英语十四行诗的
历时演变与艺术传承

The Diachronic Evolution
and Artistic Inheritance of English Sonnets

周桂君 著

社会科学文献出版社
SOCIAL SCIENCES ACADEMIC PRESS (CHINA)

上　卷

历时演变

导　言

　　十四行诗是最富生命力的诗歌形式，在诗歌发展史上占有重要地位。文艺复兴时期，伟大的意大利诗人彼特拉克（Francesco Petrarca，1304～1374）是十四行诗的集大成者，其诗作结构缜密、韵味隽永。16 世纪时，十四行诗传入英国。最早将彼特拉克的十四行诗引入英国的是怀亚特（Thomas Wyatt，1503～1542）和萨里（Henry Howard Surrey，1517～1547），他们在将起源于意大利的这种格律诗本土化的过程中做出了杰出的贡献。在他们之后，十四行诗在英语语言中生根发芽，并开出绚丽的花朵。威廉·莎士比亚（William Shakespeare，1564～1616）使十四行诗在韵律和结构方面都得到了发展，从而成为运用这种诗体进行创作的最杰出的诗人，他创作了 154 首十四行诗，并创造了独具个人特色的十四行诗体，即莎士比亚体十四行诗。17 世纪的英国诗人约翰·弥尔顿（John Milton，1608～1674）在十四行诗的发展过程中发挥了重要作用，为后世留下了十四行诗精品。而 18 世纪是十四行诗的衰落期，没有多少人使用这种诗体进行创作，这种情况直到 19 世纪才得以改变，大多数浪漫主义诗人在创作中加入了十四行诗的元素，有不少经典作品得以问世。威廉·华兹华斯（William Wordsworth，1770～1850）和约翰·济慈（John Keats，1795～1821）都对十四行诗的发展演变做出了杰出贡献。早期的译介是英语十四行诗的缘起，弥尔顿起到了承上启下的作用，十四行诗在浪漫主义诗人的笔下走向复兴，并一直延续至今。在现代社会中，十四行诗并没有销声匿迹，相反，这种古老的诗体与时俱进，融合了现代生活的内容，艺术上也吸收了现代派的表现手法，再一次焕发青春。现代派诗歌的产生、发展和成熟过程中都有十四行诗的影子。因此，早期的英语译介、弥尔顿的杰出贡献、浪漫主义诗人笔下十四行诗的复兴以及十四行诗与现代派诗歌的关系是英语十四行诗历时演变中的关键问题，也是其发展演变的历史节点。

最早将彼特拉克的十四行诗引入英国的是怀亚特和萨里。他们在翻译和模仿彼特拉克的十四行诗时，分别表现出不同的特征。萨里译诗的风格接近彼特拉克，语言优美，音韵和谐，与怀亚特形成了对比。但怀亚特的译诗也有其独特价值。无论是怀亚特对彼特拉克风格的颠覆性解读，还是萨里对彼特拉克风格的刻意领会，都为英语十四行诗的发展做出了贡献。怀亚特模仿彼特拉克的情感分析方式，使用简洁的语言和有力的隐喻，把十四行诗这种写儿女私情的诗变成充满力量的诗篇，继承和发扬了彼特拉克的传统。萨里改造了彼特拉克的十四行诗，使之更加适合英语语言。萨里对彼特拉克进行模仿，在模仿中又加入了自己的创造。萨里承袭了英语诗歌传统，并通过自己的十四行诗使这种诗歌传统延续下去。虽然萨里的十四行诗是模仿彼特拉克十四行诗的作品，但是从思想到语言都是地地道道的英语十四行诗。

从怀亚特和萨里到莎士比亚，十四行诗几乎都以爱情为主题。弥尔顿打破了爱情十四行诗传统，为十四行诗的发展做出了杰出的贡献。概括起来，弥尔顿的贡献主要体现在三个方面。一是弥尔顿以史诗的风格书写十四行诗，使十四行诗获得一种古典诗歌的庄严和优雅。二是弥尔顿十四行诗扩展了十四行诗的主题。儿女情长的十四行诗在弥尔顿笔下呈现另一番景象。弥尔顿的十四行诗中容纳的是宗教的、社会的和政治的题材。弥尔顿用他的十四行诗创作实践证明了十四行诗小体裁大主题的可能性。弥尔顿在十四行诗题材上的这种突破为未来的十四行诗发展铺平了道路。三是弥尔顿对十四行诗形式发展的贡献。弥尔顿不用双行体，放弃英语十四行诗的双行体传统，回归意大利体十四行诗。弥尔顿虽然在韵律上回归了彼特拉克的传统，但在句法安排上做了大胆的改革。弥尔顿的句法改革直接导致了十四行诗风格上的变化，让十四行诗这种小诗拥有了史诗般的宏伟风格，这为十四行诗后来的发展打下了基础。

莎士比亚是十四行诗发展历史上的一个重要人物。不过他既没有在韵律上做出突出贡献，也没有像弥尔顿那样拓展十四行诗的主题。莎士比亚的贡献在于他在写古老的爱情主题时将心理分析、美学和哲学思考引入十四行诗中，为十四行诗注入了现代意识，使之面貌一新。特别值得一提的是，莎士比亚把美的主题与十四行诗的爱情主题融为一体，表面写爱情，实则写美，抽象意义的美。本书将从心理学、美学及哲学层面探讨莎士比亚十四行诗中美的主题。在许多十四行诗人笔下都有以美为主题的诗歌，笔者之所以选择莎士比亚的十四行诗作为研究文本，主要原因是莎士比亚诗中美的主题很集中，其内涵也很深邃，可以代表十四行诗中"美"这一主题的最高成就。

戏剧性因素入诗也是莎士比亚对十四行诗发展的突出贡献。在莎士比亚的十四行诗中，我们常常会发现戏剧的影子。十四行诗中的戏剧因素有以下几种表现。一是戏剧冲突在十四行诗中的体现。二是戏剧台词入诗，特别的戏剧独白以及适合表演中朗读的台词入诗。三是写入十四行诗中的戏剧情节和戏剧情景。莎士比亚将戏剧情节和场景以隐喻的方式写入了十四行诗，这使莎士比亚的十四行诗富有戏剧性和表演性。戏剧性因素入诗使诗歌更加具有娱乐性，更容易为广大读者所接受。这也是莎士比亚的十四行诗在当今仍然被众多的读者和研究者推崇的原因。

18 世纪，十四行诗体受到了普遍质疑，很多有学问的大家也站出来否定十四行诗。因此，到 18 世纪末，十四行诗的处境已经很艰难。19 世纪初，华兹华斯开始重新思考十四行诗的价值，为十四行诗体辩护，并认真地尝试用这种诗体作诗。如果说弥尔顿使十四行诗书写严肃的主题，那么华兹华斯则使十四行诗书写严肃主题的功能进一步加强了。华兹华斯的另一贡献在于他使十四行诗书写自然的主题增加了思想的厚度，从借助自然抒发情怀，到通过自然表达严肃的思想理念。19 世纪，在以华兹华斯为首的诗人们的努力下，英语十四行诗迎来了复兴。如果我们把伊丽莎白时代比作十四行诗的黄金时代，那么 19 世纪就是十四行诗的白银时代。济慈的诗歌艺术受到了斯宾塞、莎士比亚和弥尔顿的影响，其中对他影响最大的是莎士比亚。济慈起初采用标准的彼特拉克十四行诗形式，但他始终知道彼特拉克的十四行诗有局限性。济慈对莎士比亚十四行诗的语言和内容是相当迷恋的，他的十四行诗艺术也在莎士比亚的影响下走向成熟。

在文学发展史上，传统与现代不仅相互斗争、相互冲突，而且相互依存。西方现代派诗歌主要的流派有象征派和意象派。象征派强调可以凭借神秘的直觉能力透过现象看本质。他们认为艺术家应该抛开现实，凭着直觉能力创造抽象的美。意象派要求彻底解放格律对诗歌的束缚，用精确的意象表达情感。十四行诗的内核中已经包含现代派诗歌的元素，主要有四点。一是诗歌中晦涩的象征。二是现代派时间叙事。现代派把世界看成碎片化的，因而对传统作品中的线性时间顺序不屑一顾，而是具有自己独特的时间意识，弗罗斯特（Robert Frost，1874~1963）的十四行诗中也体现了类似的时间意识。三是将非个性化原则融入诗中。在现代的十四行诗中，诗人也对现代人情感的异化进行了探索。在有些现代派诗人看来，十四行诗格律严整，无法表现现代生活的支离破碎感和不可预测性，但19世纪末期诗人梅雷迪思（George Meredith，1828~1909）则赋予十四行诗现代派特征。梅雷迪斯和艾略特（Thomas Stearns Eliot，1888~1965）都在作品中表达了现代社会人类情感的异化，都成功地将传统的十四行诗表现形式与现代生活的内容相融合。现代派风格的十四行诗在表现异化主题时，在形式方面也做了变通。十四行诗逻辑化的语言表达方式被碎片化的语言所取代，以便使形式与内容更为一致。

第一章　早期译介

　　最早将弗朗西斯科·彼特拉克的十四行诗引入英国的是托马斯·怀亚特和亨利·霍华德·萨里。怀亚特是亨利八世的朝臣,曾任外交使节,据说他的情人是当时国王的妻子。他将意大利十四行诗引入英国,他的96首诗歌收录在《陶特尔杂集》(*Tottel's Miscellany*, 1557)中。400多年来,评论家们一直认为怀亚特是英国文艺复兴时期的首位代表,同时是一位与中世纪彻底决裂的诗人。怀亚特拥有很多荣誉头衔:他是十四行诗的引入者,把三行诗节和回旋曲引入英国;他是英国第一位讽刺作家;作为诗人,他把本国与法国和意大利的风格结合到一起;他是亨利八世统治时期最好的宫廷诗人,事实上,他也是乔叟(Geoffrey Chaucer, 1340~1400)和斯宾塞(Edmund Spenser, 1552~1599)之间最好的诗人,写出了这个时期最好的诗篇。他的诗篇被誉为最好的格律版本;更为重要的是,他是一位伟大的抒情诗人。[①]尽管后期的十四行诗诗人,如锡得尼(Philip Sidney, 1554~1586)和斯宾塞等多求助于外国模式,而拒绝模仿怀亚特,但在开辟英国十四行诗的发展道路方面,怀亚特所做的工作意义重大,其贡献不容忽视。

第一节　怀亚特和萨里的翻译

　　怀亚特和萨里都是先翻译十四行诗,再模仿创作,进而形成自己的作

---

① Muir, Kenneth. "Wyatt's Poetry," *Literature Criticism from 1400 to 1800*, 70(2002): 223.

品风格。怀亚特和萨里都推崇杰弗里·乔叟的诗歌，也都向往意大利的诗歌风范。他们探索诗歌的各种形式，尝试用当时不同的诗歌形式进行创作，其中对彼特拉克十四行诗的翻译是他们在英国文学史上的主要贡献之一。当然，翻译其他国家文学作品的目的是改造英语语言，并提升其张力，使英语可以和欧洲的其他语言一样富有表现力。

　　一部文学作品一旦完成并面世，就会被读者以多种方式阐释，文学作品由一种语言被翻译成另一种语言也是一个阐释过程。怀亚特与萨里在翻译同一首彼特拉克诗歌的时候，就是以不同的方式对其进行诠释的。怀亚特的诗歌"The long love"和萨里的"Love, that doth reign"都翻译自彼特拉克的第109首十四行诗，但两首译诗的风格迥然不同。我们先来看一下彼特拉克译诗的字面翻译版本，从而对彼特拉克的风格有所了解。

　　下面是英语译者托马斯·温特沃斯·希金森（Thomas Wentworth Higginson，1823~1911）对彼特拉克诗歌的直译：

She Ruled in Beauty o'er This Heart of Mine
Petrarca

　　She ruled in beauty o'er this heart of mine,

　　A noble lady in a humble home,

　　And now her time for heavenly bliss has come,

　　'Tis am mortal proved, and she divine.

　　The soul that all its blessings must resign,

　　And love whose light no more on earth finds room,

　　Might rend the rocks with pity for their doom,

　　Yet none their sorrows can in words enshrine;

　　They weep within my heart; and ears are deaf

　　Save mine alone, and I am crushed with care,

　　And naught remains to me save mournful breath.

　　Assuredly but dust and shade we are,

　　Assuredly desire is blind and brief,

Assuredly its hope but ends in death.

—Translated by Thomas Wentworth Higginson[①]

在美中，她把我的心占据

彼特拉克

在美中，她把我的心占据，
贵族家庭中的贵族，
现在天堂的赐福降临到她这里，
我是凡人，她是神圣的。
她的灵魂接受所有的祝福，
地球上再也找不到那般的光辉，
这样的命运大概岩石都会怜悯，
然而，这痛苦无法用语言表达；
它们在我心里哭泣，耳朵聋了。
独自拯救我，我被爱压垮，
除了悲伤的气息，什么也没有留给我。
当然我们是尘土和阴影，
当然欲望是盲目和短暂的，
当然有希望，但是以死亡告终。

——笔者译自该诗的英文译本

在这首直译过来的作品中，我们看到彼特拉克一再强调爱情的神圣。诗中，诗人所爱的女子也是神圣的，她是"贵族家庭中的贵族"（A noble lady in a humble home），她蒙受上天的赐福，她是神，而诗人则是尘世的人。这样的设定让爱成为不可能实现的渴望、不可能满足的心愿，爱的神圣和诗人的痛苦形成对照。诗歌的气氛是美和哀伤的，圣洁的女子让诗人感受到了爱情的可贵，但作为凡人的诗人不可能得到这份爱。于是，诗人

---

① Higginson, Thomas Wentworth. "She ruled in beauty o'er this heart of mine," http://www.sonnets.org/petrarch.htm.

陷入了无法解决的矛盾中。此外，该诗使用了一种白描似的语言，简朴而纯粹，形成了优美淡雅的风格。怀亚特在翻译彼特拉克诗作的基础上进行了再创作：

The Long Love That in My Heart Doth Harbor...

Wyatt

The long love that in my heart doth harbor

And in mine heart doth keep his residence,

Into my face presseth with bold pretense,

And there campeth, displaying his banner.

She that me learneth to love and to suffer,

And wills that my trust and lust's negligence

Be reined by reason, shame, and reverence,

With his hardiness taketh displeasure.

Wherewith love to the heart's forest he fleeth,

Leaving his enterprise with pain and cry,

And there him hideth and not appeareth.

What may I do when my master feareth?

But in the field with him to live and die

For good is the life ending faithfully. ①

我心中长久的爱……

怀亚特

我心中长久的爱

在我的心里留着他的居所，

在我的脸上印了他大胆的借口，

---

① Wyatt. "The long love that in my heart doth harbor...," http://www.sonnets.org/wyatt.htm#006.

在那里驻扎，旗帜招展。

我从她那里学到爱和痛苦，

还有我的信任和欲望的过失

理智、羞耻心和敬畏控制了我，

他的坚韧招致不满。

她的爱向心灵的森林逃跑，

让爱痛苦和哭泣，

而他隐藏而不显现。

当我的主人都恐惧，我该怎么办？

只有与他并肩作战，无论死生。

因善良是怀着忠诚走完一生。

——笔者译

彼特拉克原诗的韵律是"ABBA，ABBA，CDDCEE"，包含11个音节，怀亚特译诗则用了10个音节，采用五步抑扬格，但多有不规则之处。译诗的重音非常多，其节奏仿佛是铿锵有力的讲话节奏，而不是诗歌的节奏，诗歌的尾韵也不像彼特拉克原诗那么整齐。怀亚特使用的韵律都是些简单的单音节词，节奏虽然有力，但是显得单调。有批评家认为怀亚特对抑扬格的使用表明他在韵律上费了些心思，但是他的使用不太成功。他在最后一个章节里使用重音，反而使诗歌的美感受损。与之相比，萨里在这方面做得好一些。"就韵律和结构、语言上的改革来说，萨里似乎比怀亚特的贡献更大。有批评家指出怀亚特的诗中有'野蛮的诗意构建'，而萨里在结构和韵律方面超越了怀亚特。"[①]

不过，怀亚特诗歌的韵律与其诗歌的内容是相得益彰的。从内容来看，怀亚特的译诗用突出的意象表达了强烈的情感：

The long love that in my heart doth harbor

And in mine heart doth keep his residence,

---

① Mcgaw, William. "Surre's ' Love That Doth Raine' : The History of a Mistranscription," *Journal of Language, Literature and Culture*, 1(1987) : 87.

Into my face presseth with bold pretense,
And there campeth, displaying his banner.

我心中长久的爱
在我的心里留着他的居所，
在我的脸上印了他大胆的借口，
在那里驻扎，旗帜招展。

　　爱像旗帜一样被大胆地展现出来，这个比喻的使用颠覆了彼特拉克原诗中婉约柔美的风格，让诗歌多了一份力量感。诗歌的语言仿佛掷地有声，结合这样的含义，使诗中出现重音而造成的不和谐与诗歌内容相匹配。所以，在批评界，也有人认为怀亚特这样写诗是故意为之，是为了达到一种他希望达到的效果，即让诗充满野性的力量。萨里也在翻译的基础上进行了再创作，而他的创作则呈现出另外一种风格：

Love That Doth Reign and Live Within My Thought
Surrey

Love that doth reign and live within my thought
And built his seat within my captive breast,
Clad in arms wherein with me he fought,
Oft in my face he doth his banner rest.
But she that taught me love and suffer pain,
My doubtful hope and eke my hot desire
With shamefast look to shadow and refrain,
Her smiling grace converteth straight to ire.
And coward Love, then, to the heart apace
Taketh his flight, where he doth lurk and plain,
His purpose lost, and dare not show his face.
For my lord's guilt thus faultless bide I pain,
Yet from my lord shall not my foot remove

Sweet is the death that taketh end by love. ①

爱主宰我的思想和生活
萨里

爱主宰我的思想和生活

在我被俘获的胸膛里建造了他的座位，

他的旗帜停歇在我的脸上，

但是她教会了我爱和痛苦，

我犹豫的愿望和我的狂热

带着惭愧躲进阴影中，

她微笑的优雅转成了怒容。

懦夫的爱，向心里飞奔

带着他逃走，在那里潜伏，

他的目的丧失了，不敢露出脸来。

因为我主的罪过如此完美，等待我的痛苦，

然而，我的主不会把我的脚移开，

甜蜜的死亡，也结束了爱。

——笔者译

　　萨里和怀亚特在翻译和模仿彼特拉克的同一首十四行诗时表现出不同的特征。"与怀亚特相比，萨里显得更大众化，更加意识到他开启了一种新传统，而不是更新或继承旧的传统。"② 这种认识的影响是深远的，这意味着萨里在翻译彼特拉克的诗歌时，已经有了一种语言自觉意识。就是说，他主观上要求自己所译的十四行诗是英国化的，是与英语完美结合的十四行诗。虽然怀亚特和萨里都通过翻译彼特拉克的十四行诗使英语更具表现力，但怀亚特翻译过来的十四行诗语言不够流畅，萨里则因怀有把意

---

① Surrey. "Love that doth reign and live within my thought," http://www.sonnets.org/surrey.htm#102.

② Hardison, O. B. "Tudor Humanism and Surrey's Translation of the Aeneid," *Studies in Philology*, 3 (1986): 240.

大利诗歌与英语诗歌传统和英语语言相结合的意愿，所以其翻译和模仿创作的十四行诗更接近地道的英语诗歌。

第二节　怀亚特的模仿与突破

怀亚特的思想很不平凡，他善于分析自己的情感，并能够恰当地表达情感，即懂得如何在抱怨的同时得到尊重，如何引起同情却不被轻视。因此，似乎自然的一切都在倾听他的诉说，对他的不幸深表同情。怀亚特在诗中表达了男人式的悲伤。为了把一种写儿女私情的诗变成充满力量的诗篇，怀亚特创造了独特的感情表达方式。

第一，怀亚特将爱情提升到信仰的高度。爱与忠诚在怀亚特的诗中不断出现。试看下面这首诗：

If Amorous Faith in Heart Unfeigned

Wyatt

If amorous faith in heart unfeigned,

A sweet languor, a great lovely desire,

If honest will kindled in gentle fire,

If long error in a blind maze chained,

If in my visage each thought depainted,

Or else in my sparkling voice lower or higher

Which now fear, now shame, woefully doth tire,

If a pale colour which love hath stained,

If to have another than myself more dear,

If wailing or sighing continually,

With sorrowful anger feeding busily,

If burning afar off and freezing near

Are cause that by love myself I destroy,

Yours is the fault and mine the great annoy. ①

---

① Wyatt. "If amorous faith in heart unfeigned," http://www. sonnets. org/wyatt. htm#006.

如果心里有真正多情的信仰

怀亚特

如果心里有真正多情的信仰，

一个甜蜜的倦怠，一个伟大的可爱的愿望，

如果诚实会在温和的火焰中点燃，

如果长久的错误在迷宫中锁住，

如果我的面貌把每一个思想都写出来，

否则发出火花的声音更低或更高

现在的恐惧，现在的耻辱，悲伤得让人疲惫，

如果一种爱被苍白的颜色玷污，

如果有比我更亲爱的人，

如果哭泣或叹息不断，

悲伤的愤怒为他添柴加油，

如果远处燃烧和近处冻结

是我因爱而毁灭，那就是原因所在

你的过错和我的烦恼。

——笔者译

　　诗歌的第一句使用 faith（信仰，信念）一词，把爱情比作"真正多情的信仰"，将爱置于神圣的高度，使诗篇有了极大的感情发展空间。诗人在爱中受煎熬变成一种伟大的受难，诗人所表达的愤怒也因此具有一种悲壮的崇高之美，而且不显得琐碎。与莎士比亚类似主题的十四行诗相比较，怀亚特的诗更有力量。

　　怀亚特在诗中多次使用与 faith 意义相近的词，如 truth、trust 等。truth（真理）这个词在怀亚特的诗歌中经常出现，由此可见，怀亚特对爱情的理解并不只是在个人情感的小圈子里纠缠。与之相反，他把个人情感置于广阔的社会背景下，使爱情这种情感与信仰、信念、真理、信任产生了密切的交集。透过这些交集，可以感受到诗人自己的信念与其所处的社会环境之间产生的矛盾。诗人要求爱中有信仰、信念及真理的存在，但他的爱

却不易拥有这些东西。

怀亚特不断使用"信念"及与之相近的那些词，其实还含有一种为自己辩护的意思。在当时纷繁复杂、充满欺诈的社会环境中，他强调自我的存在，所以对他来说，信念就变得异常宝贵。怀亚特是一位宫廷官员，身处勾心斗角的环境中。他的情人嫁给了国王，成了国王的妻子。面对这样的情形，怀亚特内心压力重重。他不能暴露自己的真情，而必须不断掩饰自己的情感。"信"（faith）是信念、信心，也是信仰，它是植根于怀亚特潜意识中的一种诉求，是诗人心灵的呼喊。就如岩石缝隙中生出的草一样，诗人向天空和大地表达自己对生活的渴望。由于怀亚特宫廷诗人的特殊身份，"信"就有了双重意味：一是作为臣子对国王的忠诚，二是对自己情人的信心。然而，这两种"信"是怀亚特无法同时做到的，因为他爱的是国王的妻子，忠于爱便是背叛国王，忠于国王便是背叛了爱。正因为诗人的这种经历，他笔下的"信"以及与"信"相关的词语都变得富有深意。

第二，通过使用隐喻增强诗歌的张力，使诗歌富有力量。在怀亚特翻译彼特拉克的十四行诗时，他面临着选择什么样的十四行诗来翻译的问题。怀亚特的选择与当时的流行趋势有一定关系。在当时的宫廷诗歌中，人们比较欣赏绮丽的文风和华美的语言，这种流行趋势至少在最初阶段决定了他从彼特拉克诗中选取什么作品来翻译。事实上，虽然怀亚特起初对华丽的辞藻感兴趣，但后来他的兴趣转移了，他对彼特拉克奇特的隐喻产生了兴趣。

怀亚特正是在借鉴彼特拉克的隐喻时，发扬光大了彼特拉克的十四行诗艺术。怀亚特在他的诗中挖掘隐喻的含义，并达到了所需要的效果。他在诗中使用隐喻，同时配以富有力度的、简洁朴素的语言，这样更突出了隐喻的力量，使强烈情感的浓度进一步加深。这首《我给你我的心，不是为了要痛苦》（*My Heart I Gave Thee, Not to Do It Pain*）就是一个很好的例子。

My Heart I Gave Thee, Not to Do It Pain

Wyatt

My heart I gave thee, not to do it pain;
But to preserve, it was to thee taken.

I served thee, not to be forsaken,

But that I should be rewarded again.

I was content thy servant to remain

But not to be paid under this fashion.

Now since in thee is none other reason,

Displease thee not if that I do refrain,

Unsatiate of my woe and thy desire,

Assured by craft to excuse thy fault.

But since it please thee to feign a default,

Farewell, I say, parting from the fire:

For he that believeth bearing in hand,

Plougheth in water and soweth in the sand. [①]

我给你我的心，不是为了要痛苦

怀亚特

我给你我的心，不是为了要痛苦；

而是为了确保，它属于你。

我侍奉你，不是为了被抛弃，

而是我应该得到报酬。

我满足于做你的仆人，

但是你不要以这种方式结我的账。

既然你别无理由，

为了不再烦你，我可以克制。

我的悲哀未休，你的欲望不止，

想方设法原谅你的过失。

但既然你掩盖那过失，

永别了，我说，离开火：

因为那相信手中方向盘的人

其实只是在水中犁地，沙里播种。

——笔者译

诗人一反彼特拉克的传统，认为爱情是相互的，付出的爱情需要得到回报。由此，他就把彼特拉克式的理想爱情转换成现实生活中的爱情。在诗中，诗人显然在与所爱之人讨价还价，使爱情戏剧化地展现在读者面前。"永别了"一词表明诗人与情人的关系已经全面瓦解，此时一方准备原谅，另一方却文过饰非。诗人意在表明是对方的不真诚使他们的关系无法弥合，所以只能分手。在怀亚特的诗歌中，爱情关系变得更加现实，也更加复杂化。彼特拉克式的单方面对女性崇拜和赞颂是一种很纯粹的情感，使彼特拉克的诗如同一幅画用了大量的纯色。而在怀亚特的诗中，情感多呈现为混合色调，这里的情感不再那么单一，也不再那么纯粹，但更有深度，更加浓烈。彼特拉克纯净柔美的十四行诗在怀亚特笔下变得结实而稳健。

"火"的意象表明爱情具有毁灭一切的能量，而诗人想离开"火"就是想放弃爱。"火"又表明了诗人内心的煎熬，"离开火"（parting from the fire），此言掷地有声，又似从天而降的旨意。起初"火"的隐喻特征几乎没有显现，但再次思考，会发现它的隐含力量会不可避免地爆发。这简洁凝练的语言蕴含巨大的情感内核，使诗歌富有力量。在诗歌的最后一行，诗人用了两个比喻——"水中犁地，沙里播种"（plougheth in water and soweth in the sand）——来写爱的徒劳。诗歌的最后一句如同格言，表达诗人毅然决然地拿定主意，没有缠绵悱恻，没有愁思凝结，诗的语气展现出诗歌刚健的风格。

这种刚健风格的产生，除了要归因于怀亚特使用的隐喻外，还得益于其文学语言的简朴。怀亚特的诗歌语言就像他写家信时的语言一样。"他不喜欢雄辩式的语言风格，也不用装饰性的语言，因为他真正关心的是真实的东西。"[①] 对真实、真诚的追求必然使怀亚特在语言选择方面表现出一种极简风格。有趣的是，莎士比亚的十四行诗有很多是雄辩式的，并且很

---

① Peterson, Douglas L. *The English Lyric from Wyatt to Donne*, Princeton: Princeton University Press, 1967, p. 90.

注重装饰，把装饰用得自然贴切，滔滔不绝的莎士比亚与怀亚特形成了鲜明的对比。

第三节　萨里的模仿与再突破

萨里被称为萨里伯爵，出身于英国贵族家庭，是文艺复兴时期的一位重要人物。萨里是诺福克公爵的长子和继承人，从小就受到良好的教育，通晓科学与数学，还精通多门欧陆语言——法语、意大利语和西班牙语，这为他后来成为学者兼诗人奠定了基础。萨里是一位才华出众的宫廷诗人，同时也是一名以自我为中心、骄傲自大、鲁莽冲动、野心勃勃的年轻人。政治上的稚嫩使他无法在复杂的宫廷中立足，他的个性使他树敌颇多。最终，他于 1547 年因反叛罪被处死。

萨里是英语十四行诗先驱。本节通过分析萨里的十四行诗《温柔的季节》（*The Soote Season*），探索萨里的十四行诗与彼特拉克诗歌的关系、与英语诗歌传统的关系。一方面，萨里改造了彼特拉克的十四行诗，使之更加适合英语语言；另一方面，萨里承袭了英语诗歌传统，并通过自己的十四行诗使这种诗歌传统延续下去。所以，萨里的诗作是对彼特拉克十四行诗的模仿和再创作。

萨里的这首《温柔的季节》取材于彼特拉克的诗《春天的归来带来忧伤》（*Zefiro Torna*，CCCX），是萨里模仿彼特拉克而创作的一首英语十四行诗。我们先探讨《温柔的季节》是如何模仿彼特拉克诗风的。萨里对彼特拉克诗作模仿的最大痕迹在于诗歌的构思。

从结构安排的表意层面上看，萨里并没有对彼特拉克的诗歌内容进行改变。这两首诗表达的内容都可以分为三个层面：第一层面写的是美好的天气让大地绿意盎然，美景令人心旷神怡；第二层面描摹的是生长的季节，大地上到处充满了生机和生命的欢愉；第三层面描写诗人因失恋而无法陶醉于美好的自然，心中充满悲伤痛苦，无法排解。从表达的内容来看，萨里的构思与彼特拉克并无二致。彼特拉克的这首十四行诗与萨里这首诗以同样的方式开始。彼特拉克的诗直译为：

Zephyr returns; and in his jocund train

Brings verdure, flowers, and days serenely clear; [1]

西风归来了，还有那和暖的天气，
翠绿草木和鲜花还有明媚的蓝天。

——笔者译

萨里是这样写的：

The soote season, that bud and bloom forth brings,
With green hath clad the hill and eke the vale;

这温柔的季节里，嫩蕾绽放，
山脉与谷地穿上了绿色衣裳。

——笔者译

  在彼特拉克诗篇的开头，诗人描写西风吹拂，送来鲜花绿草，送来和暖的天气。萨里则一开篇就将夏季说成"这温柔的季节"（the soote season），为诗歌定了调。西风送来的天气也好，"温柔的季节"也好，它们都能够给人带来心灵的安宁，这既为下面诗行的发展提供了空间，又为后面诗行中意义的转折埋下伏笔。接下来，两位诗人都用简洁的笔法描绘出百花盛开、绿树成荫的夏日美景。但萨里在自己的十四行诗中融入了更多的创造性因素。

  第一，萨里在诗歌结构的安排上抛开了彼特拉克的风格。彼特拉克用的是"前八后六"的，前8行描述了夏季的美景，一切都生机盎然，在后6行中，诗人写了自己的痛苦。萨里则用了三组四行诗，加上最后的双行体。

  第二，彼特拉克和萨里在诗中表现出人与自然的不同关系。在萨里所生活的时代，爱情诗延续这样一种传统，即把对爱情的抒写与对自然美的赞颂联系起来。而彼特拉克进一步抬升宫廷之爱的精神层面，将对自然描

---

[1] Petrachy. "Zefiro torna," https://www.poetrysoup.com/famous/poem/sonnet_xlii_22965.

绘与爱情抒写融合得更加美妙。萨里在写《温柔的季节》一诗时，把对自然的书写与对爱情的抒写融合得非常完美，这一点与彼特拉克相同。但萨里诗中所写的人与自然的关系与彼特拉克诗中的不同。

在彼特拉克的诗中，前 8 行描写生机勃勃的自然，但在第 9 行开头用了一个转折词"but"。诗人写道：

> *But nought to me returns save sorrowing sighs,*
> *Forced from my inmost heart by her who bore*
> *Those keys which govern'd it unto the skies:*
> *The blossom'd meads, the choristers of air,*
> *Sweet courteous damsels can delight no more;*
> *Each face looks savage, and each prospect drear.* [①]

> 但除了悲伤，我一无所有，
> 我内心深处被她控制
> 钥匙攥在她手里，那门通往天堂：
> 开花的草地，空中的唱诗班，
> 甜蜜的有礼貌的少女也不再令我高兴；
> 每一张脸看起来都野蛮，每种前景都凄凉。
>
> ——笔者译

由于诗人的心情是悲凉的，自然美景在他心中就变了样子。彼特拉克把自然牢牢置于个人情绪控制之下，通过个人情绪的变色镜透视自然，为自然涂上自己忧伤心灵的暗色，这后 6 行诗表达了诗人心灵的孤寂和绝望。

彼特拉克在书写自然时，始终将自己置于中心位置。人类自古以来便有一种人类至上的观点，认为"每一种动物都要为人类某种目的服务。如

---

① Petrachy. "Zefiro torna，"https://www.poetrysoup.com/famous/poem/sonnet_ xlii_22965.

果没有实用目的，也有道德与审美目的。"① 所以，彼特拉克才会用自己的情绪包围自然世界，让自然世界在自己的内心变形。诗人关注的通常是自然的审美功能等精神层面，彼特拉克也不例外。正因为他潜意识中有人类中心主义的观念，所以才会强行把自然拉到自己的心灵世界里，并将其变成灰色。

萨里用了整整 12 行来描写自然的美好，特别是写出了在夏季这个特殊的季节里，动物们情意浓浓的景象：

The nightingale with feathers new she sings;
The turtle to her make hath told her tale.

新换羽毛的夜莺引吭高歌，
斑鸠对情侣讲着往事。

——笔者译

夏季是一个适合谈情说爱的季节。从这些写景的诗句中，我们看到了诗人内心对爱情的渴望，这些描写景色的语言述说的是诗人内心的情话。诗歌以这样的诗句作为结尾：

And thus I see among these pleasant things
Each care decays, and yet my sorrow springs.

就这样，我穿梭于这些悦目的美景中，
所有忧虑都会消散，可悲伤却涌上我的心头。

——笔者译

读到结尾这两句诗，不难发现萨里在前面的诗句中描绘自然中的欢乐完全是为了反衬他的痛苦，而这又不单单是一种反衬。如果重新审视前面

---

① 〔英〕基思·托马斯：《人类与自然世界：1500—1800 年间英国观念的变化》，宋丽丽译，译林出版社，2009，第 9 页。

的诗句，读者会发现诗中所有动物的行为都附带求偶的目的，这暗示在诗人的幻想中，他将自己投射到这些动物身上，与它们一起褪去旧日的皮毛，换上新羽，亮起歌喉，跳起爱情之舞。在诗人的想象中，这些动物体现的是诗人的情怀和欢乐。诗人在自己的想象中享受爱意绵绵的欢愉，因而他为景物注入了爱情的气氛和生命的血液。但在诗歌的最后两句，诗人拉开了与自然的距离。"就这样，我穿梭于这些悦目的美景中"，这表现出诗人将自己视为一个独立的个体，进而成为自然的旁观者。这个旁观者并非不爱自然，与之相反，他对自然的爱深厚而博大。"所有忧虑都会消散"，这表现了诗人对自然的温情。其实，诗中活泼可爱的、正春情萌动的动物都是诗人关怀的对象。这一层表意起到过渡作用，推动诗歌从上文自然美景的温馨向下文诗人的内心痛苦这层意思转换，更重要的是，它将诗人的欲望伪装起来，让读者觉得面对一切安好的自然，我们也可以与诗人一起感受到夏日的温馨和甜美。最后，诗歌只用了半句诗来收尾，表达出诗人痛苦的心情。这半句仿佛让全诗的意思陡然一转："可悲伤却涌上我的心头。"就此，诗歌戛然而止，读者无从知晓诗人的痛苦是什么，只能从诗的意境去推断，从而给读者留下无限想象的空间。

　　诗人在前 12 行不是泛泛地描写夏日的景色，而是选取动物们相亲相爱的场面来描绘，由此不难推断出诗人为何伤情。自然万物都可以相爱，而诗人却孑然一身，他的爱情受挫，与整个自然界的运行脱节，使他成为自然中不和谐的音符，诗人的痛苦最终喷涌而出。在这里，萨里把读者的注意力转移到人与自然形成的关系中。诗中的自然描写反映出诗人暗藏的渴望，表现出诗人对自然的审美。同时诗人也展现出人与自然的另一种微妙关系。自然美景虽然是可以让受伤的心灵康复的药膏，但在有些时候，如痛苦过深时，这种药膏便无法发挥作用。萨里用了三组四行诗的形式从各个角度描写自然之美，然后用最后两行描述自己无法排遣的悲伤情绪。自然被诗人描绘得非常有感染力，让我们的心都为之融化。越是这样，便越能衬托出诗人内心的痛苦之深，因为就连这样令人感到惬意的自然美景都依然无法平复诗人心中的悲伤，可见诗人心中的痛是多么刻骨铭心。与彼特拉克不同，萨里没有因自己的情绪影响对自然的审美，没有戴上有色眼镜，没有把自然的一切都涂上自己心情的颜色。恰恰相反，他就让自然的美留在那里，而不去打扰自然。萨里感兴趣的是描述自然的状态，他从旁观者的视角描述自然，展现出他对自然的某种认识以及人与自然的关系。萨里的诗歌创造了一个奇特的世界，在这个世界中，个人的体验与各种对自然的体验连接在一起。《温柔的季节》通过对各种动物渴望求偶的描写、对夏季这一谈情说爱季节的描述以及对诗人自身痛苦心灵的表达，建立起含有多种矛盾元素的人与自然的关系。萨里创造了一个强大的诗歌语境，让情感充分释放，从而使这种情感完整透彻地被理解。然后，他把自己置于一边，让自己的悲伤在自然的欢乐背景上跳动，像一个不和谐的音符，时不时引起人们回眸一望，并使人顿生无限怜悯。萨里这首小诗体现了诗人对于自然的尊重，他把自己和其他动物与植物摆放在同一位置，以博爱之心去关注它们的快乐与幸福。从这个意义上讲，萨里是真正具有生态意识的人。萨里的《温柔的季节》在某种程度上是对彼特拉克《春天的归来带来忧伤》诗意的阐释。例如，萨里的诗将彼特拉克的两行诗句展开进行描述。彼特拉克写道：

The air and earth and water are filled with love,
Every animal is reconciled to loving.

空气、泥土和水中都爱意绵绵，
一切生灵都沉醉于爱中。

——笔者译

而萨里是这样描述的：

The nightingale with feathers new she sings;
The turtle to her make hath told her tale.
Summer is come, for every spray now springs,
The hart hath hung his old head on the pale;
The buck in brake his winter coat he flings;
The fishes flete with new repaired scale;
The adder all her slough away she slings;

The swift swallow pursueth the flyes smale;

The busy bee her honey now she mings,

Winter is worn that was the flowers' bale. ①

新换羽毛的夜莺引吭高歌，

斑鸠对情侣讲着往事，

夏季到来，四处的枝条疯一般猛长，

雄鹿脱落的犄角挂在栅栏上；

公兔子把冬衣抛进了树丛，

换上新鳞的鱼儿在水中游动，

小蛇把蜕掉的皮扔到一边，

敏捷的燕子追逐着飞虫，

忙碌的蜜蜂酿起花蜜。

令花儿悲惨的严冬已磨损消融。

　　　　　　　　　　　　　　　——笔者译

　　可以看出，萨里把彼特拉克这两句诗的意思充分地描述出来。萨里在诗篇开始描绘远景，渐渐拉近距离，把田野中的一切元素都调动起来，描绘了一个生机勃勃的夏天、一个生命力旺盛的季节。彼特拉克诗中沉醉于爱情的一切生灵被萨里具象成了各类动物，天上飞的燕子、地上跑的雄鹿和兔子、爬着的蛇，还有水里的游鱼，所有这些动物都沉浸于缠绵的爱意中。"雄鹿"与"公兔子"的意象突出了繁殖的寓意；而花儿也摆脱了严冬，可以尽情开放。一切生命，一切动物、植物，都在尽情地繁衍、舒展，夏天这个季节让生命释放出所有的能量。萨里就这样用一个个动物求偶的形象与场面诠释出彼特拉克诗句的内涵，这就像一面卷着的旗帜被拉住一角并迎风一甩，它便展开，在风中舞动起来。

　　萨里摈弃了彼特拉克对象征性写法的偏爱。彼特拉克和萨里的这两首十四行诗都是柔美的。但由于两位诗人描写自然时采用的艺术表现手法不同，他们的诗歌具有不同的情调。萨里这首诗的风格是朴素清新的，

---

① Surrey. "The soote summer," http://www. sonnets. org/surrey. htm.

彼特拉克的诗则是神秘优雅的。彼特拉克在这首十四行诗的前 8 行中描绘了欣欣向荣、爱意绵绵的夏日景象。诗中使用许多神话典故，使自然景色平添了神秘的气氛；诗人还采用拟人与比喻的修辞手法，让夏日的大地充满活力。萨里的诗中仍有莺歌燕舞，但萨里没有把这些动物与神话传说相联系的意图，彼特拉克诗中的 Procne（普洛克涅，被神变为燕子的雅典公主）变成了萨里诗中的 swallow（燕子）。萨里做出这样的调整是有意识地将诗歌置于现实生活层面，而不是充满神秘气氛的神话情景中。彼特拉克的诗使用隐喻和典故，用自然表达诗人的心灵，但萨里对于隐喻的使用没有兴趣。同时，由于萨里不使用修辞，他的诗歌有种单纯的美感。

萨里不仅在诗歌格式安排方面抛开了彼特拉克，他对自然的看法也与彼特拉克不同。从诗歌内容来看，萨里的《温柔的季节》在某种程度上是对彼特拉克的《春天的归来带来忧伤》诗意的阐释和升华。此外，在诗歌语言方面，萨里摈弃了彼特拉克对象征性手法的偏爱，这些使他们的诗歌呈现出不同的风格。

《温柔的季节》也与英语诗歌传统有着千丝万缕的联系。这首十四行诗隐含了一个关于自然与人的心灵之间关系的命题，即自然能够给人以精神上的安慰。英语诗歌传统一直关注自然对心灵的安慰和净化作用，这种"关注"到 18 世纪后期变得尤为明显。18 世纪后期，对自然，尤其是荒野自然的欣赏转化为一种宗教行为。自然不仅美丽，而且具有道德康复功效。"荒野的价值不是消极的，不只是提供一个私密的地方，一个自省与独自幻想的机会（古代的想法）；它还有更积极的作用，给人慈善的精神力量。"[①] 关于这种观点，我们只要读一读 19 世纪的浪漫主义诗歌作品，便可以找到大量证据表明诗人们是如何把精神世界托付给自然的，何况还有华兹华斯这样终身到自然中寻求智慧与精神启示的诗人。萨里对于自然的关爱也是深植于英语诗歌传统之中的。

此外，这首十四行诗在语言方面也体现出英语诗歌传统的影响。虽然这首诗是模仿彼特拉克十四行诗而创作的，但是从思想到语言都是地道的

---

① 〔英〕基思·托马斯：《人类与自然世界：1500—1800 年间英国观念的变化》，宋丽丽译，译林出版社，2009，第 270 页。

英语十四行诗。萨里是宫廷诗人，学识渊博，对外来文学作品和本民族文学都有深入研究。"萨里敬重乔叟，以其为师。他使用乔叟的词汇、短语和结构，来赋予自己的诗歌一些古典味道。"① 有学者评论说："萨里将全部注意力聚焦于乔叟和彼特拉克，他在创作中效法彼特拉克的文风，以乔叟的语言为基础。"②

同时，"萨里也意识到他自己的诗与乔叟的诗歌之间存在的根本区别。所以，当他援引乔叟时，他在发音和词汇方面都对乔叟进行自觉模仿"。③此外，萨里对自然的热爱也与乔叟的影响有关。萨里为我们描绘了一幅夏日美景，诗中的自然风光是写实的。诗人对自然的观察细致入微，因此能够描绘出逼真的乡村景色。他诗中的一草一木都是有情的生灵，纯洁而美丽。诗人描绘了一种自然界万物复苏、大地欣欣向荣的夏日景象，而这种细腻美妙的自然书写也可以在乔叟的诗中找到影子。

萨里对乔叟的借鉴既体现在内容方面，也体现在语言方面。乔叟的诗歌充满对自然的热爱，散发着浓浓的田园气息，诗里鲜花盛开，百鸟齐鸣，充满无限生机和喜悦。乔叟对古典文学和新文学兼收并蓄，将奥维德（Ovid，前 43～17）、维吉尔（Virgil，前 70～前 19）、彼特拉克、但丁（Dante Alighieri，1265～1321）的作品译成英语，其作品风格优雅，如行云流水。萨里深得乔叟诗歌的韵味，从乔叟的诗歌《鸟儿回旋曲》（*The Bird's Rondel*）中可以比较清晰地看到萨里对乔叟诗歌的借鉴，下面举例说明这一问题：

The Bird's Rondel

Geoffrey Chaucer

Now welcome summer with thy sunshine soft.

---

① Padelford, Frederick Morgan. "Surrey's Contribution to English Poetry," *Poetry Criticism*, 59 (2005): 50.

② Nott, George Frederick. "An Essay on Wyatt's Poems," *Literature Criticism from 1400 to 1800*, 70 (2002): 56.

③ Hardison, O. B. "Tudor Humanism and Surrey's Translation of the Aeneid," *Studies in Philology*, 3 (1986): 237.

This wintry weather thou will overtake

And drive away the night so long and black.

Sain valentine thou who art crownedaloft.

The little birds are singing for thy sake.

Now welcome summer with thy sunshine soft.

This wintry weather thou will overtake.

They have good reason to be glad and oft,

Since each has found his mate in bush and brake.

Now welcome summer with thysunshine soft.

This wintry weather thou will overtake

And drive away the night so long and black. [①]

鸟儿回旋曲

乔叟

用你柔和的阳光迎接夏日，

你会驱走长夜漫漫，

战胜那冬天的寒霜。

圣瓦丁河啊，你皇冠高耸，

鸟儿也在为你歌唱。

用你柔和的阳光迎接夏日，

你会战胜那冬天的寒霜。

鸟儿们当然要欢欣鼓舞，

因为它们在林中已成对成双。

---

① Geoffrey Chaucer. "The Bird's Rondel," http://www.en8848.com.cn/read/poems/mjsg/195453.html.

用你柔和的阳光迎接夏日，

你会驱走长夜漫漫，

战胜那冬天的寒霜。

——笔者译

在内容方面，《鸟儿回旋曲》中的三层意思在萨里的《温柔的季节》一诗中都能找到影子。这三层意思分别如下。

第一，夏天是温柔的。下面这段旋律在诗中反复出现，营造了全诗欢乐温馨的气氛：

Now welcome summer with thy sunshine soft.
This wintry weather thou will overtake
And drive away the night so long and black.

用你柔和的阳光迎接夏日，

你会驱走长夜漫漫，

战胜那冬天的寒霜。

第二，夏天是繁衍生息的季节。乔叟诗中含有这层意思，这与彼特拉克的《春天的归来带来忧伤》中的诗句含义很相似：

They have good reason to be glad and oft,
since each has found his mate in bush and brake.

鸟儿们当然要欢欣鼓舞，
因为它们在林中已成对成双。

The air and earth and water are filled with love,
Every animal is reconciled to loving.

空气、泥土和水中都爱意绵绵，

一切生灵都沉醉于爱中。

不同的是，乔叟的诗句写得更具体。上文曾论述萨里对彼特拉克的这句诗进行阐释，反复咏叹。动物们相爱的场面在萨里的十四行诗中被反复渲染，"雄鹿"、"公兔子"、"换上新鳞的鱼儿"、蜕皮的"小蛇"等不同动物纷纷登场，为迎接新生命做好准备。萨里把彼特拉克的诗意舒展开来，方式同乔叟一样，都是具体描写，着重写动物们的求偶表现和快乐的心情。只不过萨里的描写比乔叟的更加细致和全面，乔叟只写了林中成对成双的欢乐鸟儿，而萨里笔下却有多种动物意象出现，更加突出了夏季这一求偶季节中热闹的场面。萨里的描写散发着英国乡村的泥土气息，生动活泼。相比之下，彼特拉克的描写"空气、泥土和水中都爱意绵绵，／一切生灵都沉醉于爱中"则体现出甜美优雅、柔美温馨的风格。萨里从彼特拉克那里借来了诗意，并从乔叟那里借鉴了诗歌的清新风格。

第三，明朗、欢快和纯净的氛围。乔叟在诗中创造了明朗、欢快和纯净的氛围。类似的诗句也出现在萨里的诗中，只是萨里在最后两句写自己的心情独立于自然美景中的万物，与乔叟这首诗的立意不同。但在对自然之美的描写和对自然之美的审美品味上，萨里的十四行诗《温柔的季节》里处处都能看到乔叟的影子。

再从韵律来看，头韵在《温柔的季节》中的应用十分出色，这一点也和乔叟的诗相似，这首诗的题名"The Soote Season"本身就用了头韵修辞。英语中头韵的历史相当悠久，英语中最古老的长篇史诗《贝奥武甫》（*Beowulf*）就大量运用了头韵。这种修辞沿用至今，而且出现了很多使用头韵的优秀英语诗歌作品，比如美国诗人爱伦·坡（Edgar Allan Poe，1809~1849）在他的诗作《乌鸦》（*The Raven*）中就出色地使用了头韵。对于英语语言来说，头韵是一种有效的修辞手法，能使诗行增加形式美感。比如乔叟的《鸟儿回旋曲》多次在重复诗行中使用头韵：

Now welcome summer with thy sunshine soft.
This wintry weather thou will overtake

其实，萨里对头韵的喜爱由来已久。"在萨里的诗歌中，他持续采用头韵修辞，这种用法在古英语中根深蒂固，通常的效果是表达明显的愉悦之情。"①
在《温柔的季节》一诗中，诗人多处使用头韵，给人一种平衡和稳定的审
美感觉，不断地重复相同的辅音，使诗歌产生很强的节奏感和欢快感，与
诗人描写欣欣向荣美景的情调融合，十分贴切。

　　在《温柔的季节》中，萨里对头韵的应用不仅展现了诗歌的形式美和
节奏感，同时还营造出一种既美妙又感伤的气氛。诗中摩擦音［s］、［f］、
［h］与爆破音［b］、［t］交替出现。摩擦音［s］和［f］给人以夏季清风
徐徐的感觉，这两个摩擦音的频繁出现仿佛让我们听到风吹过山野，给人
一种舒畅的感觉。［h］音则如同将心中的郁闷一并释放出去。两组音交替
使用，听起来仿佛是夏季带来的温馨情调被突如其来的爆破音［b］、［t］
（told her tale；buck in brake）所打破。

　　音节的读音带给人的感觉虽然与诗句书写的意思并无关联，但与整个
诗歌的主基调有关。当我们读到诗歌的最后，发现诗人其实是在说夏季的
美景虽然温馨，但是失恋的他独独无法排解内心的忧愁时，会发现诗歌的
主题正与诗歌头韵所营造的气氛吻合。亲切的自然与心中倍感失落的诗人
相对照，营造了一种矛盾的氛围，既美妙又感伤。在乔叟的诗中，自然的
温馨气氛与人的心灵感受是一致的，人在自然中感受欢乐；在萨里的诗
中，自然也是温馨的，只是人与自然的关系变得更加复杂，人能够感受到
自然的欢乐，但自然的欢乐却无法排遣诗人心中的痛苦。

　　在萨里之后的英语诗歌中，读者仍然可以看到与《温柔的季节》特别
类似的自然书写。托马斯·纳什（Thomas Nashe，1567～1601）的《春》
（*Spring*）就是这样一首诗：

> *Spring, the sweet Spring, is the year's pleasant king;*
> *Then blooms each thing, then maids dance in a ring,*
> *Cold doth not sting, the pretty birds do sing,*
> *Cuckoo, jug-jug, pu-we, to-witta-woo!*

---

① Padelford, Frederick Morgan. "Surrey's Contribution to English Poetry," *Poetry Criticism*, 59 (2005): 53.

The palm and may make country houses gay,
Lambs frisk and play, the shepherds pipe all day,
And we hear ay[e] birds tune this merry lay,
Cuckoo, jug-jug, pu-we, to-witta-woo!

The fields breathe sweet, the daisies kiss our feet,
Young lovere meet, old wives a-sunning sit,
In every street these tunes our ears do greet,

Cuckoo, jug-jug, pu-we, to-witta-woo!
Spring! The sweet Spring!

春，甘美之春，一年之中的尧舜，
处处都有花树，都有女儿环舞，
微寒但觉清和，佳禽争着唱歌，
啁啁，啾啾，哥哥，割麦、插——禾！

榆柳呀山楂，打扮着田舍人家，
羊羔嬉游，牧笛儿整日价吹奏，
百鸟总在和鸣，一片悠扬声韵，
啁啁，啾啾，哥哥，割麦、插——禾！

郊原荡漾香风，雏菊吻人脚踵，
情侣作对成双，老妪坐晒阳光，
走向任何通衢，都有歌声悦耳，

啁啁，啾啾，哥哥，割麦、插——禾！
春！甘美之春！①

——郭沫若译

---

① 〔英〕纳什：《春》，〔英〕弗·特·帕尔格雷夫原编《英诗金库》，罗义蕴、曹明伦、陈朴编注，四川人民出版社，1987，第2~5页。

　　托马斯·纳什是伊丽莎白时期的"大学才子"（University Wits）之一。就像萨里的诗《温柔的季节》描写夏天一样，纳什的诗歌《春》描写春天这一特定季节。纳什笔下的春天和萨里诗中的夏天虽然是两个不同的季节，但两位诗人在诗中的描述却极其相似。英国属于温带海洋性气候，四季变化并不明显，春夏两季的区别更小。从这首诗来看，纳什对春天的感受和萨里对夏天的感受是一样的。春天万物复苏，大地一片欢乐，诗人将各种各样的自然景物调动起来写入诗中，来营造诗歌的气氛。诗中有"榆柳""山楂""羊羔""牧笛儿""百鸟""雏菊"等充满生机的意象，诗人将春天的元素随手拈来，任意抛撒，令人目不暇接。诗中不断用象声词来描述鸟儿的歌唱，使整个春天变得热闹非凡，仿佛到处都洋溢着生命的欢乐。在这首诗中，自然的欢乐气氛就是诗人内心的真实写照，诗人所感受到的外在自然其实是诗人内在心灵的体现。

　　纳什是 16 世纪中晚期的诗人，他是否读过萨里的诗歌并无资料可以佐证，但萨里对英国 16 世纪中后期诗人产生了影响，这一点是确定的。在 16 世纪中后期，人们不断引用萨里的诗歌，特别是特伯维尔（Turbervile，约 1540~1597）和乔治·盖斯科因（George Gascoigne，1535~1577），这两位 16 世纪中晚期的诗人不仅模仿萨里，还从他那里剽窃诗行和短语。他们的模仿和剽窃客观上加深了萨里对后世文学的影响以及人们对萨里的了解。到了伊丽莎白时代，一些重要的诗人也纷纷使用萨里的诗歌形式，这些诗人包括斯宾塞、马洛（Christopher Marlowe，1564~1593）、莎士比亚和锡得尼，这使萨里在英语诗歌史上的地位更加稳固。

　　虽然莎士比亚所写的 154 首系列十四行诗非常著名，影响力很大，但他对紧随其后的 17 世纪诗人几乎没有产生什么影响，而是对 19 世纪浪漫主义诗人产生了重要影响。所以，在下一章中，笔者将论述 17 世纪诗人弥尔顿（John Milton，1608~1674）对十四行诗的贡献。

第二章　转折过渡

作为格律诗，没有哪一种诗体比十四行诗的历史更加悠久。在十四行诗起伏的发展进程中，有一位诗人做出了不可磨灭的贡献，他就是弥尔顿。"当重要的诗人和不太重要的诗人们都来写十四行诗的时候，如果没有弥尔顿的大受欢迎和彼特拉克诗行引起的敬仰，十四行诗的复苏可能不会到来。"①

从怀亚特和萨里到莎士比亚，十四行诗几乎都是写爱情的。锡得尼和斯宾塞都写过爱情十四行诗系列，献给心中的情人。莎士比亚甚至洋洋洒洒地写了154首十四行诗来探索爱情中的种种表现，分析爱情心理的复杂多变，也用来献给所爱的人。邓恩（John Donne，1572～1631）的《神圣的十四行诗》（Holy Sonnets）写的是宗教主题，但也以爱情和婚姻作为比喻。"不管我们的注意力放在何种欲望上，十四行诗都可以表达它。彼特拉克式的爱变成了所有欲望的一种类比：爱情可以比喻政治上取得成功的欲望，爱情可以比拟扩大自己权力的欲望，当然也可以比喻男人和女人所渴望的真正的性爱，爱情十四行诗也可以是爱本身的类比。同样，它也可能不是爱本身的类比，在某种意义上说，这种欲望比爱有更广阔的空间。"② 因此，十四行诗似乎与爱情主题结下了不解之缘。弥尔顿打破了爱情十四行诗的传统，拓展了十四行诗的主题，还在十四行诗的形式上做了创新。

---

① Havens, Dexter. *The Influence of Milton on English Poetry*, New York: Russell and Russell, 1961, p. 527.

② Spiller, Michael R. G. *The Development of the Sonnet: An Introduction*, London：Routledge，1992，p. 125.

第一节　弥尔顿的诗

诗人经常在他们的诗中提及弥尔顿，包括在十四行诗中谈论弥尔顿，记述对他的评价，表达对他的敬仰。这样的诗很多，从侧面反映出弥尔顿的影响。

德莱顿（John Dryden，1631~1700）写了一首关于弥尔顿的诗，刊印在 1688 年出版的《失乐园》（*Paradise Lost*）一书中弥尔顿画像的下面，这数行小诗记述了德莱顿对弥尔顿的评价：

Epigram on Milton

John Dryden

Three poets, in three distant ages born
Greece, Italy, and England did adorn
The first in loftiness of thought surpassed
The next in majesty; in both the last
The force of Nature could no farther go
To make a third she joined the former two

题弥尔顿画像

约翰·德莱顿

三位著名的诗人
降生在三个遥远的时代。
各自为希腊、意大利和英格兰
增添了夺目的光彩。
第一位凭高雅取胜
第二位以雄浑见长
第三位非同凡响
兼有两者之强

> 原来是万能的造化
>
> 除此外无法可想
>
> 为塑造第三位宠儿,
>
> 惟有揉合两者而取其所长①

——黄源深译

诗中提及的三位诗人分别是荷马(Homer,约前 9 世纪或者前 8 世纪)、维吉尔(Virgil,前 70~前 19)和弥尔顿。荷马是古希腊诗人,他的长篇叙事史诗《伊利亚特》(*Iliad*)和《奥德赛》(*Odyssey*)对西方的宗教文化都产生了深远的影响。荷马史诗风格优雅大气,奠定了希腊审美意识的基调。维吉尔是奥古斯都时代的古罗马诗人,他的史诗《埃涅阿斯纪》(*Aeneid*)对后世文学产生了深远影响,弥尔顿也受到他的影响。德莱顿把弥尔顿同这两位史诗巨人相提并论,其实就是把弥尔顿的文学地位定位在与荷马和维吉尔比肩的高度。而且最重要的是,德莱顿在诗中指出,弥尔顿兼有荷马高贵的思想(loftiness of thought)和维吉尔雄浑的风格(majesty),一语概括出弥尔顿的可贵之处。德莱顿主要是就弥尔顿的史诗做出如上评论,但这也同样适用于弥尔顿的十四行诗。弥尔顿的十四行诗同他的史诗一样关注重大的社会问题,体现崇高的思想,显示出雄浑的风格。

女诗人安娜·西沃德(Anna Seward,1742~1809)也被弥尔顿诗歌崇高的思想和雄浑的诗风所感染,因而写诗赞美弥尔顿。安娜·西沃德是 18 世纪英国浪漫主义诗人,被称为“利奇菲尔德的天鹅”(swan of Lichfield)。她从小就开始写诗,这受到父亲的鼓励,但母亲不赞成。她主要创作挽歌和十四行诗,还写了一部诗化小说。直到 1780 年,38 岁的安娜·西沃德才发表了第一首诗——《致亨利·卡蕾先生,贺其十四行诗出版》(*To Mr. Henry Cary, on the Publication of His Sonnets*)。这首诗歌以十四行诗的形式探讨了十四行诗的创作问题,诗中对弥尔顿做出了很高的评价:

---

① 〔英〕德莱顿:《题弥尔顿画像》,孙梁编选《英美名诗一百首》,黄源深译,中国对外翻译出版公司、商务印书馆香港分馆,1987 北京/1986 香港,第 86~87 页。

To Mr. Henry Cary, on the Publication of His Sonnets

Anne Seward

Praised be the poet who the sonnet-claim,
Severest of the orders that belong
Distinct and separate to the Delphic song,
Shall reverence, nor its appropriate name
Lawless assume: peculiar is its frame—
From him derived, who spurn'd the city throng,
And warbled sweet thy rocks and wood among,
Lonely Valclusa! and that heir of Fame,
Our greater Milton, hath in many a lay
Woven on this arduous model, clearly shewn
That English verse may happily display
Those strict energic measures which alone
Deserve the name of Sonnet, and convey
A spirit, force, and grandeur, all their own. [①]

致亨利·卡蕾先生，贺其十四行诗出版

安娜·西沃德

被赞美的十四行诗的诗人宣称
严格的诗中的词序，
不同于模糊不清的一类诗歌，
应当尊敬的并不是十四行诗的名称
不合法的假定：奇特的是它的框架——
一切由此派生，这框架拒绝城市人群，
栖身于孤独的瓦莱克塞地区的

---

① Seward, Ann. "To Mr. Henry Cary, on the Publication of His Sonnets," http://www. sonnets. org/seward. htm.

岩石与树林的甜蜜中，这声名的继承者——

我们的伟大的弥尔顿，在许多叙事诗中

在这项艰巨的模型中编织，清楚地显示

英语诗歌可以愉快地展示

这些严格的规则，其自身

就配得上十四行诗的名声，传达出

精神、力量和光荣，全属于他自己。

——笔者译

这里诗人首先为十四行诗下了一个定义，并且提出这样一种观点，那就是我们不仅要重视十四行诗的形式，更重要的是要把我们的关注放在十四行诗的内涵上。在诗歌的第5~8行中，诗人做了一个"不合法的假定"（lawless assume）。之所以这么讲，是因为这是以前的十四行诗中没有的法则，是诗人自己提出的法则，即十四行诗的框架为诗歌提供了无限的发展空间。

在诗歌的第9~14行中，诗人举了英语十四行诗的例子，借以说明自己对十四行诗的观点：十四行诗源于孤独的灵魂及其与自然的情感联络，这才是应当重视的，而非其形式本身。接下来的六行诗写弥尔顿用他的十四行诗传达出光荣和伟大的思想，使十四行诗声名远播，并且证明了英语可以用来写好这种诗歌这一事实。女诗人见地非凡，她看出十四行诗的价值不在于形式，而在于内涵。诗人以弥尔顿为例，因为弥尔顿的诗歌中有伟大的精神力量。像写长诗一样，他同样用十四行诗的形式创造出了伟大的诗歌作品。莎士比亚的十四行诗作品是娱乐性的，而弥尔顿的则不同，弥尔顿用十四行诗这种微不足道的形式创作出了伟大的英语诗歌。

华兹华斯对弥尔顿的评价也超过了他对莎士比亚的评价。华兹华斯和济慈都在诗中评论过弥尔顿，肯定他对英语诗歌所做的贡献。华兹华斯本人的很多诗歌都是直接受弥尔顿诗歌的影响而创作的，如《威斯敏斯特大桥》（*Westminster Bridge*）、《威尼斯共和国的灭亡》（*The Extinction of the Venetian Republic*）、《图森·卢维杜尔和弥尔顿》（*Toussaint. L'Ouverture, and Milton*）、《夜色中的星星，西方的辉煌》（*Fair Star of Evening, Splendour of the West*）、《这是一个美丽的夜晚，平静而自由》（*It Is a*

Beauteous Evening, Calm and Free)、《内陆，在一个山谷里，我站着》(*Inland, Within, Among Us*)、《这是不可想象的》(*It Is not to Be Thought of*)、《当我在记忆中的时候》(*When I Have Borne in Memory*)。[1]

弥尔顿的诗歌具有一种古典主义倾向，他将十四行诗这种小诗写成了与宏伟诗篇同样有价值的诗歌。有评论家指出："然而，可以说，通过教育和本能，弥尔顿很快为他所用的文学形式赋予了古典主义的思想或意象。他在第四首十四行诗中既引用了维吉尔和奥德赛，还在其他方面仿效彼特拉克，正如前文所述。在他的另一首十四行诗中，他用品达体作为结尾。几首十四行诗的古典因素表明，在弥尔顿深沉的基督教思想情感中，他还是本能地运用古代诗歌的意象。"[2]

同时，学者们还认为："弥尔顿的十四行诗同当时其他一些诗人的十四行诗有很多共同特点，他们可能很容易被认为形成了一个特殊的群体。但是，关于这一群体的特点，人们并没有达成共识。有学者认为这些诗模仿塔索（Torquato Tasso, 1544~1595）被称为'英雄诗'的诗歌。"[3]

虽然人们对弥尔顿的这组十四行诗还有不同的意见，但其诗歌含有的古典因素却显而易见。正是这种从古典诗歌中继承下来的宁静与宏大气魄，为弥尔顿在开拓十四行诗主题和艺术形式方面提供了可能。

威严与安详，成了弥尔顿风格最显著的标签。浪漫主义诗人雪莱（Percy Bysshe Shelley, 1792~1822）的诗歌充满激情，而且他信手拈来各种比喻，总的来说与弥尔顿的风格不同；但雪莱的一首十四行诗《奥兹曼迪亚斯》(*Ozymandias*) 与他一贯的风格不同，被看作具有弥尔顿的风范。"虽然雪莱翻译的意大利十四行诗使用三行体和八行体，但他的大部分诗歌体现了浪漫主义对规则的漠视。雪莱习惯性使用方便的韵律。然而，尽管有缺点，《奥兹曼迪亚斯》仍然是一首给人印象深刻的诗。这首诗很伟

---

[1] Havens, Dexter. *The Influence of Milton on English Poetry*, New York: Russell and Russell, 1961, p. 456.

[2] Finley, John H., Jr. "Milton and Horace: A Study of Milton's Sonnets," *Harvard Studies in Classical Philology*, 48(1937): 33.

[3] Schlueter, Kurt. "Milton's Heroical Sonnets," *Studies in English Literature, 1500-1900*, 1(1995): 129.

大，从开头两行可知，其威严和重量使它置身于弥尔顿之列。"①

Ozymandias

Shelley

I met a traveller from an antique land,

Who said: Two vast and trunkless legs of stone

Stand in the desert . . . Near them, on the sand,

Half sunk, a shattered visage lies, whose frown,

And wrinkled lip, and sneer of cold command,

Tell that its sculptor well those passions read

Which yet survive, stamped on these lifeless things,

The hand that mocked them, and the heart that fed;

And on the pedestal these words appear:

"My name is Ozymandias, king of kings;

Look on my works, ye Mighty, and despair!"

Nothing beside remains. Round the decay

Of that colossal wreck, boundless and bare

The lone and level sands stretch far away. ②

奥兹曼迪亚斯

雪莱

我遇见一位来自古国的旅人

他说：有两条巨大的石腿

半掩于沙漠之间

近旁的沙土中，有一张破碎的石脸

---

① Havens, Dexter. *The Influence of Milton on English Poetry*, New York: Russell and Russell, 1961, p. 538.

② Shelley. "Ozymandias,"http: //www. sonnets. org/shelley. htm.

抿着嘴，蹙着眉，面孔依旧威严

想那雕刻者，必定深谙其人情感

那神态还留在石头上

而斯人已逝，化作尘烟

看那石座上刻着字句：

"我是万王之王，奥兹曼迪亚斯

功业盖物，强者折服"

此外，荡然无物

废墟四周，唯余黄沙莽莽

寂寞荒凉，伸展四方。①

——穆旦译

　　这是一首咏古迹的诗歌，描写一个旅行者从沙漠归来，讲述他所见到的景象：那是一位古代埃及的威武国王，他的雕像被置于沙漠中，不过现在这巨大的雕像已经倾倒。诗人面对这一景象，不由得发出感叹：曾经不可一世的国王，脸上流露出傲慢的国王，如今被黄沙掩埋，想世间那伟大的功业、杰出的事迹也不过如此。这正像《红楼梦》中那位跛足道人所唱的《好了歌》："古今将相在何方？荒冢一堆草没了。"

　　这首诗中最能体现弥尔顿风格的是最后的诗句：

Nothing beside remains. Round the decay

Of that colossal wreck, boundless and bare

The lone and level sands stretch far away.

此外，荡然无物

废墟四周，唯余黄沙莽莽

寂寞荒凉，伸展四方。

---

① 〔英〕雪莱：《奥兹曼迪亚斯》，《雪莱诗选》，穆旦译，中国宇航出版社，2018，第18页。

在《哀失明》(*On His Blindness*) 一诗中，弥尔顿诗行的内容与形式结合得非常完美，以这两句为例：

> *When I consider how my light is spent,*
> *Ere half my days, in this dark world and wide,*

> 在这黑暗的茫茫世界上，
> 人生未过半，就耗尽了光明，

雪莱诗中的"黄沙莽莽"和弥尔顿诗中"黑暗的茫茫世界"都营造了一种辽阔广袤的意境，突出了个人在宇宙面前的渺小。正因如此，雪莱的诗也具有一种历史厚重之感，具有弥尔顿式的风格。从《奥兹曼迪亚斯》中，我们看到了弥尔顿式的威严和庄重，也看到这种风格的传承。"雪莱的十四行诗和弥尔顿的一样，有同样远大的抱负，被同样的弥尔顿之火所激发。"① 同弥尔顿一样，雪莱也是一位反对专制的勇士。他热爱自由，反对专制，关心人类的未来。雪莱的精神与弥尔顿是相通的，弥尔顿诗歌的那种博大情怀在雪莱的诗中也可以找到。同时，这种精神特质也体现在雪莱的艺术中。"雪莱十四行诗的结构表明，诗人承认封闭是诗歌形式中最为专制的元素，它限制了诗歌任何可能的变化或发展。"② 像西风一样自由的诗人无法忍受专制的社会制度，同样无法忍受艺术上的条条框框。雪莱的诗是向未来发出的预言，而弥尔顿也以他的诗篇为人类的未来描绘出宏伟的蓝图，这两位诗人在精神上是契合的。所以，毫不奇怪，雪莱的十四行诗是被"弥尔顿之火"(Miltonic fire) 点燃的。"弥尔顿之火"这个比喻非常贴切，在文艺复兴后的 17 世纪，弥尔顿的出现让英国的文化界再现曙光。弥尔顿是火焰，因为他是一个为民主革命献身的勇士，还因为他的文学创作烧毁了腐朽的无病呻吟的文学，为后来文学的发展扫平了道路。如果十四行诗的历史上少了弥尔顿，很难想象十四行诗将会有怎样的命运。

---

① Jennifer, Wagner. "A Figure of Resistance: The Visionary Reader in Shelley's Sonnets and the 'West Wind' Ode," *Southwest Review*, 1(1992): 109.

② Jennifer, Wagner. "A Figure of Resistance: The Visionary Reader in Shelley's Sonnets and the 'West Wind' Ode," *Southwest Review*, 1(1992): 110.

第二节　主题的拓展

　　弥尔顿在十四行诗中不仅写爱情，也写某些重要的历史事件，发表对社会问题的看法，惯于书写儿女情长的十四行诗在弥尔顿笔下呈现另一番景象。弥尔顿的诗歌涉及宗教问题、社会问题和政治问题，其十四行诗创作实践证明了十四行诗小体裁、大主题的可能性。弥尔顿在十四行诗题材上的突破为未来十四行诗的发展扫平了道路。十四行诗题材上的拓展连带促成了表现形式和诗歌内容方面的一系列变化，弥尔顿巧妙地驾驭这种题材，创作了独树一帜的十四行诗。

　　弥尔顿在他的十四行诗中阐述宗教主题，但这一主题并非始于弥尔顿。比如诗人约翰·邓恩的《神圣的十四行诗》系列就是关于宗教主题的，但邓恩是用隐喻来写宗教诗的。书写爱情的十四行诗在隐喻使用方面具有悠久的历史，怀亚特就是一个使用隐喻的高手。用隐喻来写宗教诗，与书写爱情的传统十四行诗的跨度并不大，因为爱情诗常用隐喻来写，而在一些宗教诗中，爱情再被拿来当作谈论宗教的隐喻手段。道理相同，思路相似。但弥尔顿不同，他的宗教诗直接切入宗教主题，就事论事，不借助隐喻的手段。在这方面，弥尔顿是一位首开先河的诗人。下面这首《哀皮德蒙特大屠杀》（*On the Late Massacre in Piedmont*）便是弥尔顿一首成功的宗教主题十四行诗：

On the Late Massacre in Piedmont

J. Milton

Avenge, O Lord! Thy slaughter'd Saints, whose bones

Lie scatter'd on the Alpine mountains cold;

Even them who kept Thy truth so pure of old,

When all our fathers worshiped stocks and stones;

Forget not: in Thy book record their groans

Who were Thy sheep and in their ancient fold

Slain by the bloody Piedmontese that roll'd

Mother with infant down the rocks. Their moans
The vales redoubled to the hills, and they
To Heaven. Their martyr'd blood and ashes sow
O'er all th' Italian fields where still doth sway
The triple tyrant: that from these may grow
A hundredfold, who, having learnt thy way,
Early may fly the Babylonian woe.

哀皮德蒙特大屠杀

弥尔顿

主呵，替你的被屠杀的圣徒复仇吧！

看他们尸骨在阿尔卑斯山遗弃；

别忘记这些人，因他们在我们祖先

还崇拜木石时，就信守纯正的古教义；

请你把他们的呻吟记在簿子上，

因他们是你的羔羊，却在古栅里，

被那些血腥的皮德蒙特人杀害，

连抱着婴儿的母亲都推下峭壁。

山谷的哭声震山头，山头的回声

冲云霄。请你把殉难者们的血与灰，

播种在三重冠暴君统治底下的

意大利国土内，使圣徒蕃〔繁〕① 殖千百倍，

待他们晓得了你的报仇的意旨，

便及早躲避巴比伦大劫的连累。②

　　　　　　　　　　　　　　　——殷宝书译

---

① 引文中部分字词与当前规范用字不一致，故在原文字后用"〔 〕"括注现正确用字。下同，不另注。

② 〔英〕弥尔顿：《哀皮德蒙特大屠杀》，〔英〕弗·特·帕尔格雷夫原编《英诗金库》，罗义蕴、曹明伦、陈朴编注，四川人民出版社，1987，第306~309页。

　　诗歌源自这样一个真实的历史事件：由于意大利北部信奉福音派基督教的瓦尔登人拒绝皈依天主教，萨瓦伊公爵于1655年对他们大开杀戒，使2000多人罹难，数千人被迫皈依天主教。这场大屠杀事件就是弥尔顿的十四行诗《哀皮德蒙特大屠杀》的创作背景。

　　这首诗采用了五步抑扬格，每行10个音节，尾韵是"ABBA，ABBA，CDCDCD"。这首十四行诗的主题是宗教。诗歌分为两部分：第一部分从第1行到第7行前半，第二部分从第7行后半到第14行。诗歌以呼语开篇，"Avenge，O Lord"（主啊，复仇），诗歌的这种展开方式具有一种凌空而起的气势，表明诗人在书写此诗的时候心潮澎湃，义愤填膺，这也为此后诗歌一气呵成的迅猛发展奠定了基础。在诗歌的第一部分，诗人历数了屠杀者犯下的惨无人道的罪行。诗歌选取了非常令人震撼的情节，比如连母亲和婴儿都没有被放过，来揭示这场屠杀的残酷。这些被屠杀的人被喻为羔羊，这也是一个极富宗教意义的比喻。这些信仰者自野蛮时代就已经开始信奉福音派基督教，这更表明以不信天主教为由杀戮他们不仅是残酷的，也是野蛮的，表明这些举起屠刀的人并不是真正的教徒。诗歌第二部分描写被屠杀者的再生，虽然用散文式的语言书写，但很有力量。通常如果要在很小的篇幅内传达深刻的含义，不用隐喻是很难做到的。对重点情节的精确捕捉和对《圣经》典故的娴熟运用使弥尔顿的诗产生了一种难以言喻的深刻性。"巴比伦大劫"就是出自《圣经》的典故。犹太人的《圣经·旧约》记载，洪水大劫之后，诺亚的子孙遍布大地，所以他们向东迁移，在古巴比伦附近定居下来。他们说同一种语言。大家商量后决定要在这里建造一座城，城中造一座通天塔，使他们流芳千古。高塔即将建成，直插云霄。这激怒了上帝。上帝不能容忍人类的傲慢和虚荣，决定惩罚他们。于是上帝让人们说不同的语言，并分散在各处，这样建塔工作就半途而废了。这个典故说明上帝对人类的控制能力超出人类的想象。那么，屠杀无辜人民的人最终会受到上帝的惩罚，而上帝的羔羊必将获得重生。上帝对人类的善与惩罚并非虚言。

　　读完整首诗，再回头来看诗歌开头的呼语——"Avenge，O Lord"。我们会发现，其实诗中出现了两个上帝：一个是《圣经·旧约》中的耶和华，他有自己选定的拯救者；另一个是《圣经·新约》中基督徒的上帝，他并不要求以眼还眼、以牙还牙，而是要和平，不要暴力，要以怨报德。

后者才是弥尔顿的诗歌开头"Avenge, O Lord"的含义。诗中"巴比伦大劫"的典故也说明了这一点，即上帝的惩罚并不是杀戮，而是为了阻止人类的愚蠢行径。这就是上帝的"报复"，这是从恶中生出爱的"报复"，也是诗中弥尔顿所提倡的"报复"。

弥尔顿的这首十四行诗是咏叹公众性事件的，它本身立意高远，诗中也含有宗教体验的内容。只是这种宗教体验不是个人式的，而是集体式的。这种体验不是个人在皈依宗教时的心路历程，而是集体性事件中人共有的宗教情感。这种构思的优势在于：诗人即使不运用隐喻这种重要的诗歌手段，而只用平铺直叙的语言，也同样可以将诗歌写得激动人心。

与邓恩的一首十四行诗进行比较，可以发现弥尔顿的公众性宗教主题十四行诗与邓恩的个人性主题十四行诗不同。

Batter My Heart, Three-person'd God

John Donne

Batter my heart, three-person'd God; for you
As yet but knock, breathe, shine, and seek to mend;
That I may rise, and stand, o'erthrow me, and bend
Your force to break, blow, burn, and make me new.
I, like an usurp'd town to another due,
Labour to admit you, but oh, to no end,
Reason your viceroy in me, me should defend,
But is captiv'd, and proves weak or untrue.
Yet dearly I love you, and would be lov'd fain,
But am betroth'd unto your enemy;
Divorce me, untie, or break that knot again,
Take me to you, imprison me, for I
Except you enthrall me, never shall be free,
Nor ever chaste, except you ravish me. [1]

---

[1] Donne, John. "Batter my heart, three-person'd God," http://www.sonnets.org/donne.htm.

敲打我的心，三一神

约翰·邓恩

敲打我的心吧，三一神，你尽管
打击、吹气、磨光，努力修补，
为使我站起就该先打倒我，
集聚力量，粉碎、狂吹、焚烧、重铸我。
我，一座被占的城池，欠另一主子的债，
想要承认您，但是，啊，无果；
想必你安插在我心中的总管该保护我，
他却被囚禁，原来他懦弱不忠；
然而，我挚爱您，也愿为您所爱，
可是，却偏偏被配给了您的死敌；
让我离婚吧，解开、扯断那纽带，
把我带到你身边，囚禁我，因为，
我将难得自由，除非被你奴役，
我将难保贞洁，除非被你强暴。

——笔者译

在这首十四行诗中，诗人的观点是："当天堂运转在拯救的轨道上时，它会以各种方式拯救地球上的灵魂。"[1]

诗歌的结构为"前八后六"。在诗歌的前 8 行，诗人运用了一系列的动作词，如 batter（打击）、knock（敲击）、breathe（吹气）、shine（闪烁）、mend（修补）、break（打碎）、blow（吹）、burn（烧）等，描绘出一幅幅令人震惊的画面，仿佛是将人放入炼狱中经受各种考验一般。诗中 break（打碎）、blow（吹）、burn（烧）构成的头韵使阅读诗歌的语速变得很快，使诗歌变得很有气势。这首诗歌充分展现了玄学派诗歌的特点，比喻十分怪诞，却颇有道理。诗人说自己"欠另一主子的债务"（to another

---

① Geriguis, Lora. "John Donne's Holy Sonnet 10," *Explicator*, 3(2010): 155.

due），暗指他从信天主教改信英国国教的矛盾心理。"心中的总管"（your viceroy in me）指的是宗教教义对人的约束作用。在这首诗中，心灵被当成一个空间，莎士比亚的作品也是如此，把心灵分解成几个部分，以比喻暗示各部分的特性，这样似乎更便于诗人表达矛盾的内心。

在诗歌的后 6 行，诗人用婚姻作比来写信仰，这是基督教经典中的传统，非常普遍。此时，邓恩由天主教徒改信英国国教，离婚便是改变信仰的比喻，而下面使用的 chaste（贞洁的）、ravish（强奸、强暴）等与性有关的词语喻指的依然是信仰问题。以婚姻和性喻指信仰，这在《圣经》中已有先例。《圣经·旧约》中的《所罗门之歌》（Song of Solomon）就是一个以爱情和婚姻喻指神人关系的故事，邓恩这首诗的构思多半源于对《所罗门之歌》的熟读与深刻理解。《所罗门之歌》相传为所罗门王所作，写了神与人，或神与基督教的关系。可以确定的是，这是关于爱的诗歌。在诗中，上帝与他的新娘，即与他所创造的人联姻，并升入天堂。《所罗门之歌》分为八章：在第一章，国王访问葡萄园，爱上了一个卑微的葡萄园守护者；在第二章，国王，即耶稣去了女孩家，想要娶她；在第三章，他们结婚了，这也是他们受洗的日子；在第四章，他们去度蜜月，神讲述他们信仰中的生活；第五章写婚姻的完善，新娘用最美丽、最有诗意的语言描绘了耶稣的面貌；第六章写新娘的蜕变，新娘的灵魂在教堂被净化，国王对她的爱越来越深；在第七章，女孩的灵魂完全成熟，致力于福音传道；第八章是在七天婚礼宴会结束的离别之时所唱，讲述他们在地球上婚姻生活的每一天，这是爱的赞歌。了解了《所罗门之歌》的内容，我们就不难理解邓恩在诗歌最后所写的两句：

> *Except you enthrall me, never shall be free,*
> *Nor ever chaste, except you ravish me.*

> 我将难得自由，除非被你奴役，
> 我将难保贞洁，除非被你强暴。

这正是人神关系的写照。ravish 一词既有"强暴"之意，又有"欣喜若狂"之意，诗人意在通过这个很敏感的关于性的词语来生动表达信仰带给人精神上的解脱与极大的安慰。全诗以婚姻和爱情写信仰，虽非独创，但运用得恰到好处。

邓恩这首诗是关于宗教的,描写的是个人化的宗教体验;弥尔顿的诗同样写宗教,但是不写个人的宗教体验,而是描写公众性的宗教体验,这种公众性宗教体验的依据是《圣经》经典。

邓恩的宗教性体验是通过个人感受来写的。"在第十首《神圣的十四行诗》(Holy Sonnets, 10)中,邓恩思考上帝的神秘:上帝是遥远的,是隐身的,但你可亲密地体验到他的存在。"① 如何亲密地体验到上帝的存在呢?在这首诗中,邓恩解决了这个问题。"邓恩在诗中通过身体的感受谈论他在精神上的转变,把信仰的动摇描绘成身体上的秩序紊乱,而信仰的改变是通过身体反映出来的。……孤独和身体的病弱让他把注意力放在自己身体的变化上,把自己的身体当成了一个战场。"② 邓恩用身体所经受的打击暗喻精神所经受的打击,这种隐喻的手段使邓恩在诗中很好地表现了宗教主题。当精神性的体验被外化为身体的体验时,身体成为精神表现的工具,而这里附带建立起另一种关系,即思想与情感的关系。"在邓恩的这首诗中,思想与肉体纠缠在一起,反之亦然。邓恩试图消除情感和激情与谨慎思考之间的裂痕。"③ 身体的表现直接来源于情感体验,而思想是情感的发动机。邓恩的诗在建立起身体与精神的关联时,就建立了身体与情感、身体与思想、思想与情感之间的相互关系。

分析到这里,可以得出这样的结论:与邓恩式的个人化宗教十四行诗不同,《哀皮德蒙特大屠杀》作为一首公众性主题的十四行诗具有历史性,可以方便地记录历史事件,而不产生任何违和感。公众性十四行诗与散文式语言的结合带来更多便利,使十四行诗能够容纳更多关于现实生活的内容。正是在这一层面上,弥尔顿提升了十四行诗的表现能力,使十四行诗这种小诗更容易表现重大主题;同时,弥尔顿在宗教主题作品中摆脱了隐喻手段,这是一种创新。宗教经典本身是以故事作为隐喻来阐释道理的,不用隐喻表现宗教主题,这不像我们想象的那么容易。诗歌是抽象的,并

① Geriguis, Lora. "John Donne's Holy Sonnet 10, " *Explicator*, 3(2010): 158.

② Coles, Kimberly Anne. "The Matter of Belief in John Donne's Holy Sonnets, " *Renaissance Quarterly*, 3(2015): 918, 921.

③ Winkelman, Michael A. *A Cognitive Approach to John Donne's Songs and Sonnets*, Palgrave Macmillan, (2013): 292.

且具有模糊性；宗教也是抽象的，也具有模糊性。

弥尔顿那些书写个人情感的十四行诗同样把读者引向了宏大的主题，使原本具有个人性的十四行诗获得了一种公共性质。弥尔顿的十四行诗虽然不多，但他从来不重复自己，每首诗都有饱满的内容和思想。莎士比亚的十四行诗写得很动人，含有足够的趣味性与娱乐性。相比之下，弥尔顿的快乐不来自那些轻飘飘的东西，他所喜爱的是崇高的主题和崇高意义上的审美品味。弥尔顿的十四行诗不是献给一个女子的系列十四行诗，他的诗中写了很多人、很多事，他如写信般给同时代的人写诗。这种书信般的诗体继承和发扬了十四行诗作为献诗的传统，并且由于弥尔顿的加入，这种传统在随后的时间里被进一步发扬光大。弥尔顿把十四行诗写给同时代人，这种做法体现出意大利十四行诗的影响。

十四行诗作为献诗的历史很久远，这当然与它短小的篇幅有着相当密切的关系。因为篇幅短小，十四行诗可以很容易地写在一页之内，有外在样貌上的可观赏性；同时，十四行诗的结构使它很适合完成一种合乎逻辑的赞美性的话语，这使诗人们总是把十四行诗这种小诗直接或隐秘地献给某个人。彼特拉克等诗人把这种诗献给一个女人劳拉（Laura），而弥尔顿把这种诗献给了很多人——他同时代的人。这种现象看上去似乎没有什么特别之处，但对十四行诗有非凡的意义。把十四行诗潜在的献诗对象定义为同时代的人，那么这个人就必须有入诗的可能性，这意味着诗人需要对这些人的社会价值和审美价值做出判断，也注定了诗歌的内容具有强烈的社会意义。"弥尔顿的十四行诗之所以生动有力主要是由于他所描述对象的真实性格，不论人物或事件都各具特色。各个人物、东西和事实在弥尔顿生活史上都很重要，他都为之激动不已，有时在灵魂深处，有时则感情外露，但总是真情实意的〔地〕受到感动。他发觉十四行诗被束缚在单一的主题上，即束缚在未遂所愿的爱情主题上，而且多半是矫揉造作的一时的激情，他就将它解放出来，并且如兰多尔所说，使这种'曲调大放光芒'。凡是在诗中强烈地被感受到的东西，都是直截了当，质朴无华地表达出来的。伊丽莎白时代十四行诗的矫揉造作和雕虫小技都被一扫而光，代之以率直痛快。"① 以下面这首诗为

---

① 《弥尔顿十四行诗集》，〔美〕A. W. 维里蒂注，金发燊译，广西师范大学出版社，2004，第5页。

例来说明这个问题：

To the Lady Margaret Ley

J. Milton

Daughter to that good Earl, once President
Of England's Council and her Treasury,
Who lived in both, unstain'd with gold or fee,
And left them both, more in himself content,

Till the sad breaking of that Parliament
Broke him, as that dishonest victory
At Chaeroneia, fatal to liberty,
Kill'd with report that old man eloquent;

Though later born than to have known the days
Wherein your father flourish'd, yet by you,
Madam, methinks I see him living yet;

So well your words his noble virtues praise,
That all both judge you to relate them true,
And to possess them, honour'd Margaret.

赠玛格丽特·莱伊女士

弥尔顿

令尊曾经就任英国议院议长、财政大臣，
两度显贵，都出污泥而不染，
两度去职，却无愧于扪心自问，
您就是这位好伯爵的骨肉千金。

在那议院横遭摧残的可悲时辰，

他五内迸裂，有如那雄辩的长者，

当凯罗尼亚传来可耻的胜利音讯，

葬送了自由，也破碎了老人的身心。

恨我生也晚，不逢辰，未曾耳闻目睹

令尊大人咤叱风云的盛时光景，

从您身上，我看到他依然栩栩如生；

您赞誉他的高尚品德的珠玑之言，

印证了您言之真诚，您之真诚，

您也有他一样的品质，玛格丽特夫人。①

——谭建华译

  在这首十四行诗中，诗人首先明确指出他献诗的对象。这位接受献诗者有不平凡的身世，所以诗人首先对已故的人表达敬意，这表明弥尔顿对英国贵族的历史很了解，同时也反映出他对参政的兴趣。接下来，弥尔顿提到"从您（献诗的对象）身上，我看到他依然栩栩如生"；而且从"您"的品德中，诗人也看到祖上的优点在后世的传承。这表明贵族所留下的精神遗产，包括公民责任和心智上的成就等都具有很强的连续性，这种想法可以让生活在英国动荡历史时期的弥尔顿和他同时代的人感到安慰和自豪。弥尔顿创作了不少此类诗歌，像《赠西里克·斯金纳》（*To Cyriack Skinner*）、《赠克伦威尔将军》（*To the Lord General Cromwell*）和《赠费尔法克斯将军》（*On the Lord General Fairfax at the Siege of Colchester*）。弥尔顿的诗写给他同时代的人，谈论有社会意义的事，这本身就意味着这些诗的内容不是卿卿我我的儿女情长，而是严肃主题。通过在诗歌中描写不同的人，弥尔顿表达了自己的思想观点。创作这种诗就像一些画家喜欢画英雄人物一样，在画英雄人物时，画家要展现英雄人物的精神风貌，以此表达

---

① 〔英〕弥尔顿：《赠玛格丽特·莱伊女士》，〔英〕弗·特·帕尔格雷夫原编《英诗金库》，罗义蕴、曹明伦、陈朴编注，四川人民出版社，1987，第432~435页。

自己对某种价值观的肯定与认同。

弥尔顿之所以让他的小诗表现重大主题，主要是因为弥尔顿坚信诗人有重要的历史使命。"弥尔顿关于诗人历史使命的思想主要来源于古典思想，特别是贺拉斯（Quintus Horatius Flaccus，前65~前8）的思想。贺拉斯是这些古典思想的有意识的发言人，因此弥尔顿是遵循贺拉斯的思想来写这些十四行诗的，而不是仅仅继续对意大利人进行模仿。"① 有关诗人的作用，贺拉斯在《诗艺》（Art of Poetry）中作过详细的论述："当人类尚在草昧之时，神的通译——圣明的俄耳甫斯——就阻止人类相互屠杀，放弃野蛮的生活，因此传说他能驯服老虎和凶猛的狮子。同样，忒拜城的建造者安菲翁，据传说，演奏竖琴，琴声甜美，如在恳求，感动了顽石，听凭他摆布。这就是古代艺人的智慧，（他们教导人们）划分公私，划分敬渎，禁止淫乱，制定夫妇礼法，建立邦国，铭法于木，因此诗人的诗歌都被人看做神圣的，享受荣誉和令名。其后，举世闻名的荷马和堤尔泰俄斯的诗歌激发了人们的雄心奔赴战场。神的旨意是通过诗歌传达的；诗歌也指示了生活的道路；诗人也通过谱写诗歌求得帝王的恩宠；最后，在整天的劳动结束后，诗给人们带来欢乐。因此，你不必因为（追随）竖琴高手的诗神和歌神阿波罗而感觉可羞。"② 对弥尔顿来说，他的思想和精神比他的文学更加伟大。弥尔顿的文学创作正如贺拉斯所说，无论是他的长篇巨著《失乐园》，还是他为民主革命所写的小册子，以及像十四行诗这样的小诗，弥尔顿总是踏踏实实地把严肃的思想赋予其中。寓教于乐一直是弥尔顿孜孜追求的目标。在他看来，"诗人的愿望应该是给人益处和乐趣，他写的东西应该给人以感动，同时对生活有帮助"。③ 弥尔顿的思想观点也许并不尽善尽美，但把一生献给人民自由与解放事业的弥尔顿本身就是一首真正的诗，是最优美、最高尚事物的一部分，他的思想和艺术的双重光环照亮了后世诗人的道路。

---

① Finley, John H., Jr. "Milton and Horace: A Study of Milton's Sonnets," *Harvard Studies in Classical Philology*, 48(1937):42.

② 〔古希腊〕亚里斯多德、〔古罗马〕贺拉斯：《诗学·诗艺》，罗念生、杨周翰译，人民文学出版社，1982，第110、111页。

③ 〔古希腊〕亚里斯多德、〔古罗马〕贺拉斯：《诗学·诗艺》，罗念生、杨周翰译，人民文学出版社，1982，第108页。

"18 世纪十四行诗的一些共同特征来自弥尔顿，人们也因为弥尔顿开始写十四行诗。在相当长的一段时间内，十四行诗主要是写给某人的，当沉思型的抽象诗歌成为流行趋势时，这种用法就少了。弥尔顿指出了方向，他被很多人追随，因为当时其他的一些诗歌写得很抽象，不能引起人们的兴趣，所以十四行诗作为一种即兴诗歌变得流行。在庆祝朋友来访、参观了美丽的地方、过生日和书的出版或者什么微不足道的事件时，或者只是出于个人兴趣，它都在后来的 18 世纪成为最受欢迎的表达形式。"①不过弥尔顿的十四行诗真正产生影响是在 19 世纪，正是因为弥尔顿对十四行诗的主题进行开拓，向后来的诗人昭示十四行诗不是微不足道的小诗体，而是可以承载重大意义的诗体，才有了华兹华斯和济慈等浪漫主义诗人对十四行诗的复兴。而十四行诗的创作自 19 世纪复兴延续至今，使十四行诗这种古老的诗歌形式传承下来。"可以肯定地说，十四行诗不仅在弥尔顿的影响下重生，而且多年来一直保持着他的主题。从 150 年前的重生开始至今，十四行诗一直承载着弥尔顿的印记，而非任何其他诗人的印记。"②

第三节　形式的创新

"在弥尔顿用人们熟悉的意大利十四行诗形式试验写诗之前，英语中已经出现了大量十四行诗。那些不用双行体结尾的十四行诗是不为人知的，创作这些诗歌的试验是菲利普·锡得尼爵士所做的，尽管其他诗人偶尔也进行这样的试验，但在理论上，弥尔顿是第一个把不用双行体结尾的意大利十四行诗介绍到英国的人。"③弥尔顿不用双行体，这使他的十四行诗少了很多限制，为十四行诗走上更加自由的发展道路做出了贡献。

弥尔顿之所以做出这种选择，即放弃英语十四行诗的双行体传统，回归意大利体十四行诗，与他本人对意大利文化的深刻了解以及对意大利语

① Havens, Dexter. *The Influence of Milton on English Poetry*. New York: Russell and Russell, 1961, p. 520.
② Havens, Dexter. *The Influence of Milton on English Poetry*. New York: Russell and Russell, 1961, p. 548.
③ Smart, J. S. *The Sonnets of Milton*. Oxford: Clarendon Press, 1966, p. 19.

的纯熟运用是分不开的。"他有深厚的意大利文化修养，能够感知到彼特拉克方式的美，并把引进彼特拉克式诗行当成自己的任务。他拒绝了莎士比亚模式，而认同意大利诗歌模式，在《致克伦威尔》（To Cromwell）和其他几首用意大利语写的十四行诗中，结尾使用了双行体。但在所有其他作品中，出于艺术原因，他更倾向于用两行不押韵的诗结束。就这样，弥尔顿把英语十四行诗置于新的位置之上，并为后世诗人树立了榜样。他没有立即创建一个流派，因为之后十四行诗被世人忽视了很长一段时间，后来有些诗人也写过十四行诗，但很快被人们遗忘。弥尔顿被视为十四行诗的典范，他的十四行诗为华兹华斯的诗奠定了真正的韵律基础。当然，弥尔顿诗中违规现象频繁出现，弥尔顿的范例被不完美地遵循着，但他仍然是一个正确的模型，漠视弥尔顿是危险的。意大利形式被公认为比其他所有的形式更高贵、更美丽，并且随着时间的流逝而获得了权威性，对他们的接受从未像今天这样彻底。"① 弥尔顿的贡献在于回归意大利传统，结尾处不用双行体，开始了书信体散文式的十四行诗，这种书信体十四行诗也出现在 18 世纪、19 世纪之交的作家查尔斯·兰姆（Charles Lamb，1775~1834）的十四行诗中。兰姆生于伦敦，他和姐姐都很有文学天赋，可惜兰姆的姐姐患有精神病，兰姆也曾有短时期的精神错乱。由于姐姐的精神病时常发作，还在一次发作时杀死了母亲，兰姆便承担了照顾姐姐的义务，姐姐则用自己的体贴和关照来回报兰姆。兰姆在写给好友柯勒律治（Samuel Taylor Coleridge，1772~1834）的一封信中附上了这首诗，说这是他在精神清醒的时候写出来的。

To My Sister
Charles Lamb

If from my lips some angry accents fell,
Peevish complaint, or harsh reproof unkind
'T was but the error of a sickly mind
And troubled thoughts, clouding the purer well

① Smart, J. S. *The Sonnets of Milton*, Oxford: Clarendon Press, 1966, p. 21.

And waters clear of Reason; and for me

Let this my verse the poor atonement be

My verse, which thou to praise wert e'er inclined

Too highly and with a partial eye to see

No blemish. Thou to me didst ever show

Kindest affection; and would'st oft-times lend

Weeping my sorrows with me, who repay

But ill the mighty debt of love I owe

Mary, to thee, my sister and my friend. ①

给姐姐的信

查尔斯·兰姆

如果从我的口中，愤怒的词句汹涌而出

怒气冲冲的抱怨，刺耳无情的责难

它并非有意，而是一颗病痛心灵的过失

纷繁复杂的思想，遮蔽了清纯的灵魂

理智的泉水轻轻流过，洗净了我心中的阴霾

就让我的这些诗行些微地弥补我的过错

我的诗句，你从来都是将它无比赞美

捧得太高，用你偏爱的眼神去欣赏

没有任何瑕疵。对于我

你从来都是充满了最真挚的手足之情

并且常常对我无私奉献

倾听一首低沉的因相思而写的短诗

抚平我因爱情而来的创伤

玛丽，献给你，我的姐姐和朋友

——谭少茹译

---

① 〔英〕兰姆：《兰姆书信精粹》，谭少茹译，江苏教育出版社，2006，第4~5页。

这是写给姐姐的十四行诗，就像家常谈话。诗的前四行写自己在神志不清时种种乖戾的表现，他发怒、责难他人、言辞刺耳，但这些都是病痛、精神失常的状态引起的。诗人说自己写这首十四行诗的目的就是想在清醒时写诗献给姐姐，从而弥补自己的过失。这首书信体十四行诗的开头表达了诗人对自己行为的悔恨，"在这里忏悔有时有真正的挽回作用。在忏悔之后通常会有一种巨大的解脱感，这可以归因于迷失的羊重新进入人类社会，他难以忍受的道德孤立和退缩停止了，这就是忏悔的主要心理价值"。① 当理性战胜精神错乱，诗人重新回到清醒的生活中，他真诚地悔恨自己在病中的过失，他的心理负担也因此减轻了。接下来诗人差不多一气呵成，让诗歌营造出一种散文的气氛，以深情的笔墨写出动人的姐弟之情。这首诗是弥尔顿风格的，形式是书信体的，以十四行诗的形式写给姐姐。在弥尔顿的 24 首十四行诗中，有 16 首是直呼式的，也就是写给能被叫出名字的人。弥尔顿的诗叙事多于抒情，风格朴素。兰姆的这首诗也一样，诗中的隐喻并不显眼，娓娓而谈，不雕琢，不修饰，质朴清新，深得弥尔顿十四行诗的风骨。

弥尔顿虽然在韵律上回归了彼特拉克传统，但在句法安排上做了大胆的改革。弥尔顿不严格遵照前八后六的彼特拉克体十四行诗传统，他的十四行诗多数都是把前 8 行诗节里的思想和节奏直接带进后 6 行诗中，所以他常常不在前 8 行与后 6 行之间进行转折，而是在第 7 行后半的时候转折，就如我们上边提到的这首《哀皮德蒙特大屠杀》，诗人通过这样的句法安排创造出一种连贯的气势。不过，即使不在第 7 行后半转折，弥尔顿同样可以创造出一种贯通一气的诗篇。

弥尔顿句法上的这种改革直接导致了十四行诗风格上的变化，让十四行诗这种小诗获得了史诗般的宏伟风格，这为后来的十四行诗发展打下了基础。莎士比亚的风格是华丽的，弥尔顿的风格是厚重的，这种风格为后来的诗人写诗提供了榜样。没有弥尔顿的影响，十四行诗很可能在 19 世纪走向轻浮，而失去进一步发展的可能。"弥尔顿的十四行诗在英语里第一次以无韵诗的简练质朴来表达它的主旨。以前写英语十四行诗的作家似乎认为形式的错综复杂需要相应地配之以同样的意义的细致刻画，他们的十

---

① Jung, G. G. *Freud and Psychoanalysis*, Princeton University Press, 1961, p. 432.

四行诗是智巧之作，给智力出难题而不是激发想象力……弥尔顿在最初试了一下写出第一首十四行诗，之后就抛开了前一个时代所盛行的模式，他所有的十四行诗都没有意义含糊不清或结构错综复杂的地方，他是经过深思熟虑之后才选择这样写作的。尽管英语十四行诗先例所侧重的是另外一回事，尽管人们认为这种诗的形式必须避免直截了当、显而易见的东西。十四行诗以常见又单纯的东西为基础而达到崇高的境界，这是弥尔顿式十四行诗的光芒。"①

　　弥尔顿十四行诗的内容重于形式。弥尔顿在诗中总是以内容为主，根据内容来随机调节所使用的形式。正因如此，弥尔顿的十四行诗给人一种浑然天成的感觉。有的十四行诗即使想方设法找寻符合诗歌逻辑结构的形式，也是不可能做到的。我们发现，弥尔顿的诗歌实际上是推进式的。他的诗不在起承转合上做文章，而是飞流直下、酣畅淋漓。我们以下面这首诗为例，便可以说明这个问题。

On the Detraction Which Followed Upon the Writing of Certain Treatises
John Milton

A book was writ of late called Tetrachordon,
And woven close, both matter, form, and style;
The subject new: it walk'd the town awhile,
Numb'ring good intellects; now seldom por'd on.
Cries the stall-reader, Bless us! what a word on
A title-page is this! and some in file
Standspelling false, while one might walk to Mile-
End Green. Why is it harder, Sirs, than Gordon,
Colkitto, or Macdonnel, or Galasp?
Those rugged names to our like mouths grow sleek,
That would have made Quintillian stare and gasp;

---

① 《弥尔顿十四行诗集》，〔美〕A. W. 维里蒂注，金发燊译，广西师范大学出版社，2004，第6页。

Thy age, like ours O soul of Sir John Cheek,

Hated not learning worse than toad or asp,

When thou taught'st Cambridge, and King Edward, Greek. [1]

论对我论文的诽谤

约翰·弥尔顿

一本书被命名为《四龙头》

材料、形式和风格无可挑剔；

主题新颖，它传遍了小镇，

麻木的知识分子变得不知所措，

普通的读者喊道：上帝保佑！那标题页

是个什么字！还有接踵而来的

拼写错误，而人们可以集会，

讨论这文章为什么比戈登的、

科尔基托的、麦克唐纳的、加乐普的都艰涩

那些别扭的名字，从我们的嘴巴里滑落，

那会使古罗马修辞学者夸替林顿目瞪口呆；

你的年龄和我们相当，噢，约翰·奇克爵士的灵魂啊，

你在剑桥教书，给爱德华国王讲课，教希腊语，

想过吗，讨厌学习比蟾蜍或毒蛇更糟。

——笔者译

　　1645 年，弥尔顿写了一本关于离婚的小册子，是一篇议论文，题名为《论对我论文的诽谤》（*On the Detraction Which Followed Upon the Writing of Certain Treatises*），论《圣经》中四个主要地方有关婚姻或无效婚姻的现象，结果遭到长老会会员的批评。过去弥尔顿曾是长老会的支持者，现在

---

① 　Milton, John. "On the Detraction Which Followed Upon the Writing of Certain Treatises, "Charles W. Eliot, ed *The Complete Poems of John Milton*(Vol. 4), New York: P. F. Collier & Son, 1996, p. 81.

他在这首诗中一再表达他如何反对长老会，对他们充满蔑视。诗中写道，诗人自己的作品发表了，他本人认为该文严谨，风格和内容都无可挑剔。然而，该诗主题新颖，让知识阶层一时间不知所措，而普通读者由于不理解，也对该诗产生抱怨之情。接着诗人为自己辩护，他觉得这种误解的产生正是由于人们的无知，弥尔顿在诗中指名道姓，锋芒毕露。这首诗在韵律上并不遵循彼特拉克的十四行诗传统，也不是彼特拉克式前八后六的结构。诗歌一气呵成，没有人为斧凿的痕迹；语言质朴流畅，如行云流水，浑然天成。诗中列举了许多人名，有的是弥尔顿的同时代人，其中多数人现已无从考证。弥尔顿把这首十四行小诗当成了一篇檄文，诗歌结构上的连贯打造了气贯长虹的气势，这与诗人对长老会会员进行批评的语气正好吻合。不过，这首诗也有缺点，比如运用的典故和提及的陌生人名使诗歌读起来有点拗口。虽然弥尔顿对十四行诗的改革并没达到尽善尽美的程度，但他通过对十四行诗的创新，对十四行诗日后的发展产生了重要影响。"弥尔顿的趋势是使十四行诗变得宁静，虽然不够自然，但如果没有他树立的崇高的榜样，以及由规则用韵的困境激发起的探索欲望，那么，十四行诗极有可能会迅速恶化成表达忧郁或无聊乏味事物的诗体。"①

　　华兹华斯也曾模仿弥尔顿写过一首类似主题的十四行诗，但其诗中的气势却怎么也无法与弥尔顿的这首诗相比。我们来看华兹华斯的这首诗：

On the Detraction Which Followed the Publication of Certain Poem

A book came forth of late, called Peter Bell;

Not negligent the style; —the matter?—good

As aught that song records of Robin Hood;

Or Roy, renowned through many a Scottish dell;

But some who brook those hackneyed themes full well,

Nor hear, at Tam o' Shanter's name, their blood

Waxed wroth, and with foul claw, a harpy brood,

---

① Havens, Dexter. *The Influence of Milton on English Poetry*, New York: Russell and Russell, 1961, p. 527.

On bard and Hero clamorously fell.

Heed not, wild Rover once through heath and glen,

Who mad'st at length the better life thy choice,

Heed not such onset! nay, if praise of

To thee appear not an unmeaning voice,

Lift up that grey-hatred forehead, and rejoice

In the just tribute of thy Poet's pen. [1]

论一首诗出版后的负面评价

一本书被命名为《彼得贝尔》

风格自如，材料吗——无可挑剔；

有如罗宾汉的诗歌，

罗依，你游荡在苏格兰的林间谷地，

那习惯于平庸主题的人们，

听不到彭斯的诗《塔姆山德》，他们的血液中

涌动苍白的愤怒，而贪婪者伸出魔爪，

在喧嚷中击倒吟游诗人和英雄，

小心了，行吟诗人穿过了野地与幽谷，

他们最终要选择更好的生活，

小心了，不要这样发起攻击！不，假如赞美

对你来说，并不是一个空洞的声音，

抬起那沉重的怀恨的额头，高兴地

为诗人的笔呈上公正的赞美。

——笔者译

这首诗显然是对弥尔顿诗歌的模仿。一开始，在第 1~4 行中，诗人写

---

[1] Wordsworth, William. "On the Detraction Which Followed the Publication of Certain Poem," Edward Dowden, ed. *The Poetical Works of William Wordsworth*, Ward, Lick & CO., Limited, 1940, p. 207.

自己出版的这首诗从内容到风格都很好，诗人所陈列的判断诗歌好坏的标准与弥尔顿诗中所写的也很相似，这说明华兹华斯与弥尔顿就什么是好诗这一点具有一致意见。接下来的第 5~8 行写他人对这首诗的批评。在第 9~12 行中，诗人为自己的诗辩护，并呼吁人们倾听诗人的心声，呈上公正的赞美。诗歌在构思上与弥尔顿的十四行诗相同，而且华兹华斯和弥尔顿都认为人们对他们诗歌的批评是不公正的，这样的批评源于不学无术。也就是说，二者都认为这些评论者是庸才，他们不可能对诗人的伟大作品做出公正的评价。华兹华斯有意模仿弥尔顿写诗反击批评者，似乎也表明诗人在有意无意地将自己置于与弥尔顿同样的地位。

华兹华斯的诗与弥尔顿的诗在构思与内容方面虽然一致，但艺术表现手法不太一样。在弥尔顿的诗中，我们基本看不出诗歌层次的递进，全诗不能停顿，必须一气读完。而在华兹华斯的诗中，诗歌的分层十分明显：诗歌第 5 行以 but 开头，表明意思的转折，在第 9 行和第 11 行，分别用动词 heed 引起祈使句，以造成号令的效果。清晰的结构使诗歌中规中矩，其韵律是典型的彼特拉克体。所以，这首诗从形式上讲不是弥尔顿的散文式十四行诗，而是典型的意大利十四行诗。正是由于华兹华斯使用了这种结构，他的诗歌少了弥尔顿诗歌的气势。华兹华斯的这首诗不用典故，读起来更加通俗易懂。对弥尔顿的模仿意味着华兹华斯从弥尔顿那里得到了诗歌的灵感，同时又通过自己的创作进一步延续和传承它。"即使最先对这种形式感兴趣的人以及后来采纳这种形式的许多人不是直接从弥尔顿那里得到了灵感，他们的作品无疑也已经间接地从弥尔顿那里得到灵感。"① 今天，当我们再去读当代十四行诗时，可能偶尔会看到浪漫主义时期十四行诗诗人的影响，但我们似乎很少去追踪这种影响的源头可能有很大一部分来自弥尔顿。模仿和影响是这样发生的："当作者不再意识到它的存在，读者很难找出证据时，这种影响可能是最普遍和最重要的。也就是说，当人们对它使用变得如此熟悉，以至于本能地使用时，这种影响就是最普遍和最重要的。当十四行诗第一次复活时，情况并非如此。当时，作家们故意地，有些甚至是痛苦地试图按照引导的步骤去做。但在 19 世纪的最后

---

① Havens, Dexter. *The Influence of Milton on English Poetry*, New York: Russell and Russell, 1961, p. 522.

25年，'十四行诗'已经在很大程度上意味着'弥尔顿十四行诗'。甚至在不懂得和不关心十四行诗的人中，弥尔顿的创新也被他们吸收同化了。"① 有些批评家赞美弥尔顿，认为"弥尔顿的品位是成熟的，是不断成长的。莎士比亚适合所有年龄段的人，而弥尔顿适合成熟的成年人"。②

　　综上所述，弥尔顿拓展了十四行诗的主题，使它从一种只能言情说爱的小诗体变成了一种可以容纳重要主题的诗体。在十四行诗的形式上，弥尔顿抛弃了常用的双行体，回归了彼特拉克体，并对彼特拉克体进行了灵活的运用和改造。由此，弥尔顿增强了十四行诗的表现力，为十四行诗的进一步发展和传承起到了至关重要的作用。在弥尔顿之后，十四行诗走向衰落。18世纪时，十四行诗则如同幽谷中徘徊的幽灵，它的重见天日、再度辉煌发生在19世纪浪漫主义诗人重拾这种诗体的时候。

---

① Havens, Dexter. *The Influence of Milton on English Poetry*, New York: Russell and Russell, 1961, p. 530.

② Chesterton, G. K. "The Taste for Milton," Dorothy Collins, ed. , *A Handful of Authors; Essays on Books & Writers*, New York: Sheed and Ward, 1953, p. 76.

第三章　繁荣发展

与怀亚特和萨里不同，莎士比亚在英语十四行诗的韵律方面采取拿来主义的做法，把怀亚特和萨里所改造的英语十四行诗韵律"ABAB，CDCD，EFEF，GG"直接用于自己的系列十四行诗，以致这种韵律在后世有了一个响亮的名字：莎士比亚十四行诗韵律。莎士比亚也不像弥尔顿那样抛开爱情的主题，让十四行诗的主题具有更大范围，而是继续在诗中书写这个自彼特拉克以来最常见的十四行诗主题。那么莎士比亚的贡献又在哪里呢？简单地讲，莎士比亚的贡献体现在写古老爱情主题时将心理分析、美学和哲学思索引入十四行诗，为十四行诗注入现代意识，使之面貌一新。许多十四行诗人笔下都有以美为主题的诗歌，我们之所以选择莎士比亚十四行诗作为研究文本，主要原因是莎士比亚诗中美的主题很集中，其内涵也很深邃，可以代表十四行诗中"美"这一主题的最高成就。在书写美时，莎士比亚对那喀索斯自恋情结（Narcissus complex）进行了批判。他在十四行诗中劝朋友结婚，其对自恋情结的批判，最终目的指向对美的维护。莎士比亚在诗中还将真、善、美三者联系起来，进而探究它们的哲学意蕴。莎士比亚坚信艺术使美永恒这一观念。这不仅体现了莎士比亚对艺术的审美观，也说明了莎士比亚对其作品艺术价值的充分认识和他对个人诗才的自信。因为莎士比亚以美为主题，他的示爱对象又是男子，这客观上使他笔下的女性形象被排挤、被颠覆。此外，莎士比亚还将戏剧与十四行诗进行了完美的结合，利用十四行诗这种诗歌体式创立了精彩的戏剧诗歌氛围。

第一节　主题的丰富

爱情诗除了表达爱慕之情、爱情的痛苦与喜悦外，还可以有很实用的功能，其中一个重要的实用功能就是劝婚。劝婚爱情诗内容的特点决定了它通常都是边抒情边议论，并且诗的结尾会明确表达求婚意图。劝婚爱情诗与一般爱情诗的区别就在于它的功利性很强，而且不加掩饰，说服劝诫的意味很浓。在莎士比亚的154首十四行诗中，前20多首多是关于劝婚的。莎士比亚劝婚诗的内容与艺术表现形式皆与传统劝婚诗不同。就内容而言，二者的不同之处在于劝婚的出发点不同。传统式的劝婚诗以人生短暂，应该"及时享乐"为劝婚理由，而莎士比亚以"求美"为劝婚理由，因而展现出莎士比亚十四行劝婚诗的独特魅力。劝婚诗通常会引出一个与其并列的主题，那就是时间主题。就艺术表现形式而言，通过时间主题的介入，莎士比亚的劝婚诗被引向另一个方向——求美。

应该如何劝婚呢？这个问题激发了诗人的想象，一种卓有成效的劝婚诗便应运而生，即通过告诉世人人生短暂，应该"及时享乐"来劝婚。这在欧洲的古典文学中还是颇有市场的。本章所说的"及时享乐"这个词在拉丁语中是carpe diem，翻译成英语为seize the day。事实上，将"carpe diem"译成"及时享乐"并不是很精确。其字面意思是"把握今天"，但"把握今天"有很多种方式，"及时享乐"只是把握今天的一种方式而已。"把握今天"和"及时享乐"都是面对有限时光所采取的态度和手段。"把握今天"和"及时享乐"虽然意思有差别，但是常常连在一起。这是因为西方从古至今有很多诗人在写爱情诗的时候，会从抓住时光、不负青春这个角度入手，来劝勉人们活得快乐幸福。这样的劝勉本身并没有半点颓唐的意味，而是面对生活的一种积极的态度。在古希腊和古罗马的诗歌中，爱情诗的主题与及时享乐的主题两相融合，共同塑造了爱情诗歌的特点。

实际上，carpe diem不论是翻译成"把握今天"，还是译成"及时享乐"，其文化内涵都走了样，因为在中国文化语境下，"把握今天"的言外之意是抓紧时间，做一番丰功伟业，而"及时享乐"则带有颓废的意味。唐诗《金缕衣》中有言："劝君莫惜金缕衣，/劝君惜取少年时。/花开堪折直须折，/莫待无花空折枝。"该诗劝人珍惜青春时光，认为哪怕是价值连城的金缕衣，也不如青春时光美丽。诗又以花为喻，表面上是提醒世人如果错过了花期，就再也不能享受花的美丽了；实则让人们珍惜时光，珍惜青春，有"好花不常开，好景不常在"的意味。此诗中所表达的意思最接近于 carpe diem 的含义。"及时享乐"一语在中国文化中含有贬义，这与孟子思想的巨大影响有关。孟子在《生于忧患，死于安乐》中说："舜发于畎亩之中，傅说举于版筑之间，胶鬲举于鱼盐之中，管夷吾举于士，孙叔敖举于海，百里奚举于市。故天将降大任于是人也，必先苦其心志，劳其筋骨，饿其体肤，空乏其身，行拂乱其所为，所以动心忍性，曾益其所不能。"孟子的这段文字教导人们先学会吃苦受累，而后可以增强能力、获得成功。这段文字家喻户晓、老幼皆知，其影响力可见一斑。因此，中国文化中的"享乐"与愁苦低迷的堕落情绪有关，与放纵情欲有关。也正是出于这种原因，中国文化中"及时享乐"的主题通常离不开青楼与酒。

宋朝柳永的词《鹤冲天》写道："黄金榜上，偶失龙头望。明代暂遗贤，如何向？未遂风云便，争不恣狂荡，何须论得丧。才子词人，自是白衣卿相。烟花巷陌，依约丹青屏障。幸有意中人，堪寻访。且恁偎红倚翠，风流事、平生畅。青春都一饷。忍把浮名，换了浅斟低唱。"这体现了进则天下、退则诗酒的心态。诗人说，功名难就，才无人赏，何不随心所欲、尽情游乐呢。那些浮名虚利算得了什么，又何必为此患得患失呢。诗酒风流，纵然是白衣，也不亚于王侯将相了。诗人纵情游乐，实为不得已的选择。柳永生于官宦之家，深受儒家思想影响，其用世之志从未改变。至暮年及第，柳永十分喜悦，为官济世之梦终于实现。柳永诗中所言的淡泊名利、放浪形骸，不过是不得已的选择罢了。这样的选择实际上是为了消解壮志难酬的痛苦，在诗酒风流中寻找一点心灵的安慰而已。柳永的诗虚构了放纵生活带来的快乐，用纸醉金迷掩饰内心的失落感。相比之下，唐朝杜牧的《遣怀》一诗表达得更加直率："落魄江湖载酒行，楚腰纤细掌中轻。十年一觉扬州梦，赢得青楼薄幸名。"诗人因政治失意而出入青楼，饮酒取乐，放任堕落。但这样的生活并没有给诗人带来安慰，只让其又平添了一层浪掷生命、虚度光阴的懊恼。

我们再体味一下古希腊、古罗马诗人笔下的"及时享乐"主题是如何呈现的。下面是德莱顿（John Dryden，1631～1700）翻译的贺拉斯（Quintus Horatius Flaccus，前65～前8）的诗句：

Happy the Man, and happy he alone,

He who can call today his own:

He who, secure within, can say,

To-morrow do thy worst, for I have liv'd today.

Be fair, or foul, or rain, or shine,

The joys I have possesst, in spight of fate, are mine. ①

幸福的人，他独自享受幸福，

只有他为自己过好今天

自己拥有了今天，他才能说：

明天随他去，今天我已生活了。

无论是美与丑、晴与雨，

不管命运如何，我拥有了我的快乐。

——笔者译

    这些诗句劝人们要珍惜当下的时光，这样纵使明天遭遇乖戾的命运，今天已经享受了生命的快乐。可见，在西方诗歌中，爱情主题的"及时享乐"思想并非中国古诗中消极处世的观念，而是一种对待人生的积极态度，是西方人对如何利用有限生命过上幸福完满生活这一问题所做的严肃思考。

    17 世纪的英国骑士诗人罗伯特·赫里克（Robert Herrick，1591～1674）写了一首诗，名为《致处女：好好利用你的时间》（*Gather ye Rosebuds While ye May*）：

Gather ye rosebuds while ye may,

Old Time is still a-flying;

And this same flower that smiles today

To-morrow will be dying.

玫瑰当令就当摘取，

---

① Leishaman, J. B. *Themes and Variations in Shakespeare's Sonnets*, London: Hutchinson & CO LTD, 1961, p. 97.

> 旧日时光流逝，飞去远方，
> 今朝花儿展开笑颜，
> 明日一来即零落成尘。

——笔者译

这首诗劝少女早些结婚，不然会误了青春。这是一首 carpe diem 主题的诗歌，诗人用花的意象来劝告少女，青春苦短，要抓紧时间享受美好的青春时光。

17 世纪的英国诗人安德鲁·马维尔（Andrew Marvell，1621~1678）在诗歌《致羞怯的情人》（*To His Coy Mistress*）一诗中继承了贺拉斯的"及时享乐"思想。诗人邀请少女与他一同享受美好的时光，不要虚度青春。诗歌中对肉体的快乐毫不讳言，热烈地赞美世俗人间的欢愉。诗中用了相互对立的两种意象，其中一组是描写少女的美貌和洋溢着生命力的青春的意象，如：

> *Now, therefore, while the youthful hue*
> *Sits on thy skin like morning dew,*
> *And while thy willing soul transpires*
> *At every pore with instant fires.*

> 因此，我心上的姑娘呀，
> 趁你青春的容颜还像凌晨的露珠，
> 你炽烈的情焰还燃起你两颊的红晕。①

——黄新渠译

另一组则是关于死亡的意象，如：

> *Thy beauty shall no more be found.*

---

① 〔英〕安德鲁·马维尔：《致羞怯的情人》，《英美抒情诗选萃》，黄新渠译，四川人民出版社，1998，第 42~43 页。

Nor, in thy marble vault, shall sound
My echoing song. Then worms shall try
That long preserved virginity:
And your quaint honour turn to dust;
And into ashes all my lust.
The grave's a fine and private place,
But none, I think, do there embrace.

你的美丽将消逝得渺无踪影，

在你那大理石的墓穹下，

也不再回荡我的歌声；

那时只有墓边的虫蛳，

来品尝你久藏的童贞。

你玉洁冰清的坚贞将变为尘土，

我满腔的情欲也会化为灰烬。

坟墓倒是个幽静沉寂的地方，

但谁也不会在那儿拥抱亲吻。①

——黄新渠译

大理石的墓穹下（in thy marble vault）、尘土（dust）、灰烬（ashes）、坟墓（grave）这些意象都与死亡有关。这些意象所构筑的画面与上文少女青春靓丽、美丽热情的画面形成鲜明的对照。诗人以这样富有强烈视觉冲击感的画面，劝说少女要"及时享乐"，答应他的求爱：

Now let us sport us while we may;
And now, like amorous birds of prey,
Rather at once our time devour
Than languish in hisslow-chapped power.

---

① 〔英〕安德鲁·马维尔：《致羞怯的情人》，《英美抒情诗选萃》，黄新渠译，四川人民出版社，1998，第42~43页。

让我们像困卧在笼中的情鸟，

趁早寻欢作乐，别错过这美景良辰！

宁肯在瞬息的欢乐中度过时光，

也胜过在相思的煎熬中虚度青春。①

——黄新渠译

这四句诗表达了诗人"及时享乐"的价值观念，也是诗歌最后的结论。

其实，莎士比亚也写过"及时享乐"主题的诗。下面就是其中一首：

O, Mistress Mine, Where Are You Roaming?

Shakespeare

O mistress mine, where are you roaming?

O stay and hear, your true love's coming,

That can sing both high and low.

Trip no further, pretty sweeting:

Journeys end in lovers meeting.

Every wise man's son doth know.

What is love? ' tis not hereafter,

Present mirth hath present laughter:

What's to come is still unsure.

In delay there lies no plenty.

Then comes kiss me, sweet and twenty:

Youth's a stuff will not endure. ②

---

① 〔英〕安德鲁·马维尔：《致羞怯的情人》，《英美抒情诗选萃》，黄新渠译，四川人民出版社，1998，第42~43页。

② Shakespeare, "O, Mistress Mine, Where Are You Roaming?" *Complete Works of William Shakespeare*, Canrerbury Classics; Lea, 2014, p. 1368.

啊，我的情人，你要去哪里游荡？

莎士比亚

啊，我的情人，你要去哪里游荡？
驻足听，真爱来临，
它高歌或低唱
别再流浪了，我的甜美的女子，
爱人相遇，就结束了旅程。
聪明的人子都知道这样的道理。

爱为何物？爱不在来世，
它带来喜和乐，
还有那莫可名状的一切，
蹉跎岁月，还哪有欢乐可留，
那么，来吻我吧，宝贝，
青春易逝，谁又能追得回来？

——笔者译

　　这首诗是典型的"及时享乐"主题的诗歌。在这首诗中，莎士比亚遵循"及时享乐"这类主题诗歌的一贯做法，劝诫情人快点来享乐。他的理由除了青春易逝以外，还有来世不可期。在诗人看来，今生错过便再难相聚，所以现世的欢乐才是我们应该追求的。莎士比亚的诗《啊，我的情人，你要去哪里游荡？》与安德鲁·马维尔的诗《致羞怯的情人》不同之处在于：莎士比亚的诗重在说理，而安德鲁·马维尔则以鲜明的诗歌意象揭示人生短暂，要"及时享乐"这一主题，以此打动少女，使她可能接受"及时享乐"的观念。同时，两诗都揭示了冥土可怖、"来世不可期"的道理。

　　"及时享乐"已成为劝婚过程中最有说服力的理由，成为许多诗人写劝婚诗时最喜爱的谈资。莎士比亚的抒情小诗中也有这样的劝婚诗，但莎士比亚的十四行劝婚诗却摆脱了这个劝婚理由。我们不禁要问：是什么使莎士比亚放弃了原来劝婚诗的思路，选择了其他方向呢？笔者认为有如下两点原因。第一，古代诗人所写的以"及时享乐"为理由的劝婚诗已经很出色，莎士比亚如果去重拾这个主题，就没有多少发展空间了。事实上，莎士比亚所写的那首《啊，我的情人，你要去哪里游荡？》以青春易逝、及时享乐为劝诫理由，诗歌内容比较陈旧，并没有什么新奇感。诗人想创新，就必须另辟蹊径。第二，莎士比亚的这些劝婚诗是写给一个男子的，该男子的结婚对象当然不是诗人自己，因此劝婚诗最终达成目的这一结果，对诗人来说吸引力就大打折扣了。同时，诗人也无法用这种满足感来吸引读者。所以，最安全的办法就是换一个更新颖的劝婚理由。这里特别要提及的是，莎士比亚的部分系列十四行诗是写给一位黑肤女人的，并不是劝婚诗。他在这类诗中描写了爱情情感的热烈及其对人的折磨，但是并没有表达结婚的愿望。

莎士比亚劝婚的目的是传承美。诗人劝年轻人早点结婚生子，以便在时间的流逝中及早播种，让美进入新陈代谢的程序中。这样，莎士比亚的劝婚诗处处体现出与时间作战的痕迹。时间被当成了剥夺美的罪魁祸首，因而诗人要求年轻人通过生育来与时间作战。古往今来，多少文人墨客感叹人生短暂。庄子云："人生天地之间，若白驹过隙，忽然而已。"面对稍纵即逝的人生，诗人常常会发出深深的感叹。莎士比亚的十四行诗系列用了大量的篇幅来书写有关时间的主题。他对时间主题的处理方式非同一般，在内容和艺术方面都显示了独具一格的魅力。先来看莎士比亚在处理时间主题时的特色。在人生有限的时间里，我们应该如何度过一生？这一直是贤哲们思考的问题，而莎士比亚在他的多首十四行诗中也一直试图回答这一问题。在莎士比亚的 154 首十四行诗中，有 127 首是写给一个青年男子的，其余写给一个黑肤女人。在 127 首写给男子的十四行诗中，诗人赞美了这男子的美貌，并描写了他们之间的情感纠葛和喜怒哀乐。给青年男子的十四行诗有一个重要主题，是有关时间的。把这些诗放在一起，我们发现莎士比亚用他的诗歌发起了一场与时间的战争。在这场战争中，他的目的很明确，即不仅要维护世俗生命的永恒，还要让美得以永恒。所以，莎士比亚发起的这场战争可以叫"美之保卫战"。他举起了两件有力的武器：一是生命的繁殖，二是艺术。莎士比亚孜孜不倦地论证通过生命的繁殖让美得以永恒的必要性和意义，进而又认为艺术是使美得以永恒的更先进的武器。

莎士比亚的第 2 首十四行诗以时间为主题，提出通过繁殖力来实现生命永恒。

Sonnet 2

When forty winters shall besiege thy brow,
And dig deep trenches in thy beauty's field,
Thy youth's proud livery, so gazed on now,
Will be a totter'd weed of small worth held:
Then being ask'd where all thy beauty lies,
Where all the treasure of thy lusty days,
To say, within thine own deep-sunken eyes,
Were an all-eating shame and thriftless praise.
How much more prasie deserved thy beauty's use,
If thou couldst answer, 'This fair child of mine
Shall sum my count and make my old excuse, '
Proving his beauty by succession thine!
This were to be new made when thou art old,
And see thy blood warm when thou feel'st it cold. ①

第 2 首十四行诗

当四十个冬天围攻你的朱颜，
在你美的园地挖下深的战壕
你青春的华服，那么被人艳美，
将成褴褛的败絮，谁也不要瞧：
那时人若问起你的美在何处，
哪里是你那少壮年华的宝藏，
你说："在我的深陷的眼眶里，

---

① Shakespeare. "Sonnet 2," Open Source Shakespeare, https://www.opensourceshakespeare.org/views/sonnets/sonnet_ view. php? Sonnet = 2.

是贪婪的羞耻和无益的颂扬。"
你的美的用途会更值得你赞美，
如果你能够说："我这宁馨的小童
将总结我的眼，宽恕我的老迈。"
证实他的美在继承你的血统！
这将使你的衰老的暮年更生，
并使你垂冷的血液感到重温。①

——梁宗岱译

这首诗的结构为前面四行一组，共三组；最后再加两行结尾。在第一组四行中，莎士比亚假定了一个未来的场景，那就是年轻人到了四十几岁的时候，青春不在，美貌尽失。诗人用了与战争有关的意象，使时光的残酷与战争的残酷形成了类比，语言具有很强的震撼力。在第二组四行中，诗人用 then 开启第一行诗歌，表明诗歌的情节出现了一个戏剧性的转折；接着诗人假设会有两种不同的回答，分别出现在第二组四行诗和第三组四行诗中。第二组四行诗中的回答是：

To say, within thine own deep-sunken eyes,
Were an all-eating shame and thriftless praise.

你说："在我的深陷的眼眶里，
是贪婪的羞耻和无益的颂扬。"

而第三组四行诗则是与之相反的回答：

If thou couldst answer, 'This fair child of mine
Shall sum my count and make my old excuse,'

如果你能够说："我这宁馨的小童

---

① 《莎士比亚全集》第 11 卷，梁宗岱译，人民文学出版社，1991，第 160 页。

将总结我的眼，宽恕我的老迈。"

这两组回答正好形成了鲜明的对比。于是，在最后两行诗中，诗人对两组答案作出评价，得出这样的结论：如果有子嗣传世，生命便可以得到重生，美便可以永远流传下去。这首诗中使用未来的某个时间作为立足点，并从这一立足点出发展开诗句，从而达到劝谏的目的，体现出巧妙的构思。其他一些名篇也采用过类似的构思，例如叶芝（William Butler Yeats，1865~1939）的《当你老了》：

When You Are Old

When you are old and grey and full of sleep,
And nodding by the fire, take down this book,
And slowly read, and dream of the soft look
Your eyes had once, and of their shadows deep;

How many loved your moments of glad grace,
And loved your beauty with love false or true,
But one man loved the pilgrim Soul in you,
And loved the sorrows of your changing face;

And bending down beside the glowing bars,
Murmur, a little sadly, how Love fled
And paced upon the mountains overhead
And hid his face amid a crowd of stars. [1]

当你老了

当你老了，头白了，睡意昏沉，

---

[1]　Yeats, W. B. "When you are old,"http://blog. sina. com. cn/s/blog_ a064b6fb0102x290. html.

炉火旁打盹，请取下这部诗歌，

慢慢读，回想你过去眼神的柔和，

回想它们昔日浓重的阴影；

多少人爱你青春欢畅的时辰，

爱慕你的美丽，假意或真心，

只有一个人爱你那朝圣者的灵魂，

爱你衰老了的脸上痛苦的皱纹；

垂下头来，在红光闪耀的炉子旁，

凄然地轻轻诉说那爱情的消逝，

在头顶的山上它缓缓踱着步子，

在一群星星中间隐藏着脸庞。①

——袁可嘉译

这首诗和莎士比亚的诗一样，都是假设在未来的某一个时间点来回顾今天。有趣的是，这也是一首劝婚的十四行诗。时间主题是诗歌内容所涉及的主要因素，同时也是诗歌构思的着眼点。在两位诗人笔下，时间这一抽象概念变成了具体的画面和形象，让我们轻松地感受到时光对人的影响力。

16~17世纪的诗人往往在书信体诗歌中使用"及时享乐"主题；这种诗歌内容适合使用书信体，因为这种诗歌类似于求爱信。在这一阶段，十四行诗的内容总的来看有点单调。虽然莎士比亚在十四行诗以外的其他一些抒情诗中涉及"及时享乐"主题；但在十四行诗中，他没有使用这一主题。莎士比亚写了很多以时间短暂为主题的十四行诗，只是他没把侧重点放在"及时享乐"上。莎士比亚已经不满足于把"及时享乐"当成生命的目的，而是有更高的追求。他在十四行诗中劝朋友结婚生子，不是为了"及时享乐"，而是为了通过生育下一代实现生命的永恒。不过随着其系列十四行诗的发展，莎士比亚放弃了通过生子得到永生的观念，而是换了一种方式，即希望凭借艺术的永恒来实现生命的永恒。

---

① Yeats, W. B. "When you are old," http://blog. sina. com. cn/s/blog_ a064b6fb0102x290. html.

　　在与时间的战斗中，莎士比亚把世俗的世界变成了精神的世界。彼特拉克在写给心爱的人劳拉的诗中表达坚贞不渝的爱，强调劳拉的甜美或者爱的痛苦，而莎士比亚写的却是与时间战斗。为了保卫爱人的美丽，莎士比亚选择时间作为靶子，并挥舞他的骑士之剑与之战斗。"彼特拉克受基督教思想的影响，所以他不关心人生短暂这个问题，不去与时间对抗，也不把人生短暂当成悲剧性的。"① 同彼特拉克一样，莎士比亚也受基督教价值观念的影响，但莎士比亚未必认同这些价值观念。在莎士比亚的诗中，我们发现他一直想从自身这里找到某种永恒的东西，而不是从神那里找到。莎士比亚的诗中没有那么多宗教色彩，虽然宗教典故意象时而出现，但总的来看，莎士比亚的诗是关于世俗世界的。不过即使是写世俗世界，莎士比亚也把它提升到精神世界的高度，这是非同寻常的。诗人要运用自己内在的力量来攀升理想境界，然而自然规律不可违抗，正如尼采（Friedrich Wilhelm Nietzsche，1844~1900）说："意志不能改变过去；它不能打败时间与时间的希望，——这是它的最寂寞的痛苦。意志解放一切：但是它自己如何从痛苦里自救，而嘲弄它的囚室呢？唉，每一个囚犯都变成疯子！被囚的意志也疯狂地自救。它的愤怒是时间不能倒退：'已如是者'——便是意志不能踢开的石块。"② 没有人能够战胜时间而得到永生。虽然诗人相信艺术可以使美永存，但面对时间的流逝，他也时常在诗中流露出伤感的情绪。

　　那么，莎士比亚的劝婚理由是什么呢？简单地回答就是劝人为了使"美"永恒而结婚。结婚意味着放弃自恋，让生命开花结果。从莎士比亚的第 1 首十四行诗开始，生命繁殖与美的问题就被提了出来，这一问题在前 20 多首诗中的大部分诗篇里多次重复。诗人的观点是明确的，即只有通过繁殖，美才能传承。剩下的问题就是如何使这个观点富有说服力，并能够为年轻人所接受，而这就成了莎士比亚不断变换方式去论证的关键点。莎士比亚在十四行诗中通过批判那喀索斯情结来增加其诗歌的说服力。对于那喀索斯的故事，我们并不陌生。那喀索斯是希腊神话中的美少年。他

---

①　Leishaman, J. B. *Themes and Variations in Shakespeare's Sonnets*, London: Hutchinson & CO LTD, 1961, p. 105.

②　〔德〕尼采：《查拉斯图拉如是说》，尹溟译，文化艺术出版社，2003，第 153 页。

的父亲是河神，母亲是仙女。那喀索斯长大后成为天下第一美男，见过他的女子都深深地爱上了他，但那喀索斯对她们不屑一顾。女神涅墨西斯（Nemesis）决定报复他。她设计让那喀索斯爱上了湖水中自己的倒影，结果那喀索斯由于迷恋他自己的倒影，渐渐变得憔悴，最后死在湖边。那喀索斯情结即自恋情结。"同爱情、战争和嫉妒一样，自恋必须在文学的主题中占有一席之地。然而，从另一面来看，自爱永远与我们同在，以其健康和不健康的形式。在描写热心或者冷漠的人物时，我们不可避免地会碰到自恋的问题。"[①] 莎士比亚把自恋主题引入劝婚诗，这样，他就与传统的劝婚诗分道扬镳了。在其第 1 首十四行诗中，莎士比亚把希腊神话中那喀索斯神话的寓意形象化，以此来劝说年轻人结婚：

Sonnet 1

From fairest creatures we desire increase,

That thereby beauty's rose might never die,

But as the riper should by time decease,

His tender heir might bear his memory:

But thou, contracted to thine own bright eyes,

Feed'st thy light's flame with self-substantial fuel,

Making a famine where abundance lies,

Thyself thy foe, to thy sweet self too cruel.

Thou that art now the world's fresh ornament

And only herald to the gaudy spring,

Within thine own bud buriest thy content

And, tender churl, makest waste in niggarding.

Pity the world, or else this glutton be,

To eat the world's due, by the grave and thee. [②]

---

① Newbold, Ronald F. "Narcissism and Leadership in Nonnus's Dionysiaca," *Helios*, 2(2001):173.

② Shakespeare. "Sonnet 1," https://www.opensourceshakespeare.org/views/sonnets/sonnet_view.php?

第 1 首十四行诗

对天生的尤物我们要求蕃〔繁〕盛，

以便美的玫瑰永远不会枯死，

但开透的花朵既要及时凋零，

就应把记忆交给娇嫩的后嗣；

但你，只和你自己的明眸定情，

把自己当燃料喂养眼中的火焰，

和自己作对，待自己未免太狠，

把一片丰沃的土地变成荒田。

你现在是大地的清新的点缀，

又是锦绣阳春的唯一的前锋，

为什么把富源葬送在嫩蕊里，

温柔的鄙夫，要吝啬，反而浪用？

可怜这个世界吧，要不然，贪夫，

就吞噬世界的份，由你和坟墓。①

——梁宗岱译

这首诗的结构是前面每四行为一组，共三组，最后为一个双行体句。第一组四行诗中论及繁衍、永生、时光流逝以及留下后代这样一些话题，并表明了诗人的观点，即顺应自然、留下子嗣才是明智的选择。诗人强调这种主张是合乎天道人情、毋庸置疑的。莎士比亚用未开的花来比喻那个不肯结婚生子的年轻人。"花蕾"（bud）的比喻与第二行中的玫瑰花（rose）相呼应。开花的玫瑰是成熟的，而未开的花蕾是不成熟的，它的美没有完全被释放出来。可见，"花蕾"一词的意象中隐含了莎士比亚对自恋年轻人的评价：他的美还没有达到完善的程度。第二组的四句与第一组的四句形成对照，诗人用"但是"（but）转折，对诗中的"你"进行了谴责。这个"你"指的就是青年男子，"你"因不愿意把美传承给后代而把美消磨掉，所以诗中"你"的做法违反天道，在"你"身上再现了那喀索斯情

---

① 《莎士比亚全集》第 11 卷，梁宗岱译，人民文学出版社，1991，第 160 页。

结。在接下来的四行中，通过分析，莎士比亚劝年轻人停止自恋，因为这是对自己的莫大伤害，并苦口婆心地劝年轻人珍惜美貌、传承美貌。

这样的内容自然决定了诗歌的结构，使该诗的结构与那喀索斯的故事相呼应。前四句是引子，讲述自然要求人结婚生育；然后就是与那喀索斯的故事结构相同的部分，即从自恋走向毁灭。所谓自恋其实就是自己爱上自己，"自恋的个人或人物往往模糊个人与别人的界限，认为二者是相互渗透的，或者认为个人与他人之间没有边界"。[①]

也就是说，自恋的人不知道他人的存在，分不清自己和外在的世界。"自恋的一种描述方式是无法放弃全能的幻想。自恋可以解释为一种理想的幸福感。就像胎儿一样，由于不知道自己是依赖于别人才能存在的，因此感到自主和无所不能，而一个人会因为爱而爱，而不是因为任何品质、能力或行为。这种状态至少会在幻想中排除对他人的存在、需求的依赖，尤其是获得爱或尊重的需要。"[②] 爱情本应该指向外在世界或指向他人的情感，但在自恋者那里却成了指向内在世界的情感。那喀索斯爱上了自己的影子，这就是自恋者的写照。影子不具有创造力，是对活生生的生命的机械模仿，影子的存在必须依靠本体。投影者与影子是重合的，因为重合，投影者与影子之间的爱是一种不可能获得发展、不可能拥有前景的爱。在那喀索斯的故事中，那喀索斯不结束他的自恋，就必须结束他的生命，别无选择：

Feed'st thy light's flame with self-substantial fuel
Making a famine where abundance lies

把自己当燃料喂食自己眼中的火焰，
把一片丰活的土地变成荒田。

莎士比亚诗中所写的"眼中的火焰"（thy light's flame）立即在我们头脑中

---

① Masse, Michelle A. Review: Narcissism, Issue: II, Durham: Duke University Press, 1987, p. 182.

② Whitford, Margaret. "Irigaray and the Culture of Narcissism," *Contemporary Literary Criticism*, 3 (2003) : 34.

唤起那喀索斯的形象。神话中的那喀索斯正是全神贯注地凝视自己水中的倒影，把全部生命力贯注于目光中，目不转睛地凝视水中的倒影，就这样一天天耗尽了生命。"眼中的火焰"这个意象表明诗人对自恋的后果具有非常深刻的认识；同时，对于"火焰"的本质，作者也表现出较为深刻的认知。"让我们研究一下火焰的短暂性。火焰的本性是瞬间消亡，它在本质上也没有固定的形式，随生随灭。但显然，火焰又具有延续性，我们可以持续看到的火焰不是单纯的同一个火焰——新的火焰（是）产生在旧的火焰之上的，火焰在数量上的前后并不一致。很容易看出来，如果燃料被撤销，火焰就会熄灭。"[1] 在莎士比亚的诗中，那"喂食自己眼中火焰"的燃料不是别的，正是年轻人自己的生命。诗中把年轻人的自恋与那喀索斯的故事相呼应，指出火焰在把生命吞噬的同时也失去了燃料，必将因此而熄灭。

诗的语气很强烈，也很有力量。在诗歌的最后两行，诗人用"坟墓"这样的死亡意象警示朋友自恋会导致悲剧的结局：

Pity the world, or else this glutton be,
To eat the world's due, by thegrave and thee.

可怜这个世界吧，要不然，贪夫，
就吞噬世界的份，由你和坟墓。

这样，整首诗仿佛建立在对那喀索斯故事的解读上。虽然诗中没有明显出现神话典故的标记，但是诗中的意象和结局都暗示了这首诗与那喀索斯故事的关联。诗人正是借助那喀索斯情结论及自恋的后果，为他的劝婚提出一个有力的理由，而这个劝婚理由也使莎士比亚的劝婚诗有了一个特定的主题——批判自恋。

文艺复兴时期十四行诗的传统是将爱人视为神圣的神。在莎士比亚的第1首十四行诗中，年轻人充满青春的朝气，散发着诱人的气息和普照他人的阳光，是理想的美的化身和似神一样的存在。这样的形象在文艺复兴

① 〔英〕培根：《新工具》，陈伟功编译，北京出版社，2008，第124页。

时期的十四行诗中是极为普遍的。通常在十四行诗描绘出这样的美人之后，诗人或写尽赞美之辞，或倾吐对美人求而不得的苦恼。但莎士比亚抛开了这个范式，转而诉诸繁衍问题，这完全颠覆了文艺复兴时期十四行诗的传统。在莎士比亚的诗中，年轻人成为爱的源头，而不是诗人之爱的响应者。诗人要求年轻人放弃自恋，结婚生子，传承美丽。这种角度的改变意味着诗歌的内容与彼特拉克式的爱情十四行诗分道扬镳了。诗人不是向爱恋的对象表达爱意和敬仰之情，而是充分地开发年轻人作为"爱的源头"的可能性。要让年轻人真正地成为爱的源头，诗人就必须与自恋这种心理状态做斗争，因为自恋必然导致年轻人失去爱的能力，更谈不上成为爱的源头，那么劝他结婚生子也就不能成功。因此，莎士比亚找到了一个非常好的突破口，其劝婚十四行诗的第一枪是对准自恋的。为了消除自恋，诗人调动了从神话传说到现实思考等各方面的力量，对自恋行为展开围剿。

莎士比亚对那喀索斯情结的展现在他的第 3 首十四行诗中有了进一步发展。镜子的隐喻被莎士比亚淋漓尽致地运用到诗歌中：

Sonnet 3

Look in thy glass and tell the face thou viewest

Now is the time that face should form another;

Whose fresh repair if now thou not renewest,

Thou dost beguile the world, unbless some mother.

For where is she so fair whose unear'd womb

Disdains the tillage of thy husbandry?

Or who is he so fond will be the tomb

Of his self-love to stop posterity?

Thou art thy mother's glass, and she in thee

Calls back the lovely April of her prime:

So thou through windows of thine age shalt see,

Despite of wrinkles this thy golden time.

But if thou live, remember'd not to be,

Die single, and thine image dies with thee. ①

第 3 首十四行诗

照照镜子，告诉你那镜中的脸庞，

说现在这宠儿应该另造一副；

如果你不赶快为它重修殿堂，

就欺骗世界，剥掉母亲的幸福。

因为哪里会有女人那么淑贞

她那处女的胎不愿被你耕种？

哪里有男人那么蠢，他竟甘心

做自己的坟墓，绝自己的血统？

你是你母亲的镜子，在你里面

她唤回她的盛年的芳菲四月：

同样，从你暮年的窗你将眺见——

纵皱纹满脸——你这黄金的岁月。

但是你活着若不愿被人惦记，

就独自死去，你的肖像和你一起。②

——梁宗岱译

诗的前 4 行让年轻人透过镜子中的形象来想象自己的未来。年轻人有两种选择：一种是繁衍后代，让美传承下去；另一种是孤寂终老。第二组四行诗用"因为"（for）起句，表明诗人要就第一组诗中所描写的情形给予进一步阐释，追溯上述现象产生的两个原因：女人不会拒绝怀胎受孕，而男人也不会蠢到不传承自己的血统就走进坟墓。第三组诗歌把时光拉回到过去。于是，诗中出现了三个时间段：现在、未来以及过去。这三个时间段相互对比、相互映照。这三个不可能同时存在的时间段被诗人放到了

---

① Shakespeare. "Sonnet 3," https://www.opensourceshakespeare.org/views/sonnets/sonnet_view.php?Sonnet=3.

② 《莎士比亚全集》第 11 卷，梁宗岱译，人民文学出版社，1991，第 161 页。

一个平面上，使我们在这三个时间段中任意穿越。这种时间跨越把人生阐释得淋漓尽致，也使诗人提出的劝谏更加令人信服。最后两句用转折词"但是"（but）开启，指出不留下后代的结果就是独自死去，你的肖像会和你一起死去，再次强化了关于永生的主题。需要注意的是，莎士比亚的十四诗中多次用坟墓、冬天等意象来象征死亡，把生命与死亡对立起来，进而凸显劝婚的力量。

联系该诗开篇就提及的"镜子"意象来看，这首诗更像是那喀索斯故事的翻版。那喀索斯是在湖水中见到自己的容貌，因而才爱上自己的影子，并为此付出了生命的代价。莎士比亚诗中的"镜子"意象与那喀索斯故事中的"湖水"意象体现出异曲同工之妙。弗莱说："文学批评是一种知识，批评非不断地谈论自己的课题不行，因此它发现了一个事实，即词的秩序中存在着一个中心。如果不存在这样一个中心，那么任何东西也无法阻碍由程式和体裁所提供的许多相似之处激起我们无穷尽的自由联想；这些联想也许仅属暗示，甚至是可望而不可及，但它们始终形成不了一个真正的结构。原型研究是把不同的文学象征都看作一个整体的不同部分去进行研究。如果的确存在像原型这类东西，那么我们还得进一步，设想一个自成一体的文学天地同样是可能存在的。要么文学批评是一团飘忽不定的鬼火，一个无出口又走不到尽头的迷宫，要么我们就得认定文学具有一个整体形式，而不是把现有的文学作品仅仅堆砌到一块儿。"[1] 弗莱的这段话有两个重点：一是词语秩序中存在着一个中心；二是强调把文学当成一个整体形式来认识，使我们不至于迷失于文学作品的迷宫中。就前者来看，词语秩序的中心是解读文学作品的关键，因为这个中心是文学作品得以展开和深化的契机。就莎士比亚的第 3 首十四行诗来讲，词语秩序的中心在"镜子"这个隐喻上，词语秩序的安排是围绕着镜子这一中心展开的。因为照镜子而产生感悟，又因为拒绝这种感悟所揭示的道理，即早日结婚延续生命，而出现最后的结果，即无子而终。

"明亮的镜子，不管是磨得发光的铜镜，还是镀银的镜子，看来都能丝毫不爽地捕捉住形象，并将其映现出来。这样，镜子就变成了对模仿的

---

① 〔加〕诺思罗普·弗莱：《批评的解剖》，陈慧、袁宪军、吴伟仁译，吴持哲校译，百花文艺出版社，2006，第 168 页。

隐喻式模仿。但是，就像所有的模仿行为一样，镜子本身的这个隐喻却欺骗了我们，使我们忽略了观察某一形象时所存在的基本的逃避或明显的扭曲现象，我们原希望将其看作是真实的毫无扭曲的反映。这面模仿的镜子将人类行为的形象、自然的或心灵的形象返回给我们。确实，不管什么东西进入其光线角度，这面镜子都会一概将其复制下来。在反映来到它面前的事物时，这面镜子就是这样毫不犹豫，这就使我们忽略了这么一个事实，即这面镜子只是为了一个目的而制造的：为了向我们每个人展示在这个世界上我们除此以外根本无法看到的那个形象——正在看着镜子的我们自己的脸。"① 镜子因为具有这样的功能，所以很容易被我们当成认识自己的工具。认识自己其实是一件非常困难的事，世界上有人终其一生也无法认识自己。诗人对镜子的隐喻情有独钟，原因正在于镜子在认识功能上能够弥补人类的不足。"镜子能够出现，因为我是能看—可见的，因为存在着感性的自反性，镜子表现这种自反性，复制这种自反性。通过镜子，我的外观得以完整起来，我最秘密地拥有的东西进入到这一面貌当中，进入到我在水中的映像已经让我猜测到的这一平面而封闭的存在中。施尔德注意到，如果对着镜子抽烟斗，我不仅在手指捏拿之处，而且在这些自负的手指中，这些唯独在镜子里可见的手指中感觉到光滑而灼热的木头表面。镜中的幽灵在我的肉外面延展，与此同时，我身体的整个不可见部分覆盖我所看见的其他身体。"② 镜子不仅让我们看见那些假如不借助镜子就无法看到的身体部分，还通过让我们看到这些身体部分的动作，自然而然地对这些动作中蕴含的精神意义进行解读。如此一来，镜子不再是单纯地复制我们的身体，而是给我们提供了一个认识自己的角度。

这首十四行诗中第一句提到镜子，最后一句提到死亡。由镜子到死亡，这种结构也重复了那喀索斯神话的结构。因此，诗歌结构构成一种循环：在镜中看到自己—镜子是一个警示—如果年轻人不接受这个警示，那么结果就是他将死去。这首诗从结构上讲是以那喀索斯故事为原型的，因为在第一行就出现了那喀索斯式的意象，也出现了那喀索斯情结。诗人把这首诗的含义与著名的希腊神话联系起来，这样就为我们开拓了更为广阔

---

① 〔美〕宇文所安：《迷楼：诗与欲望的迷宫》，三联书店，2003，第170页。
② 〔法〕莫里斯·梅洛-庞蒂：《眼与心》，杨大春译，商务印书馆，2007，第47~48页。

的思维空间。当我们读这首十四行诗的时候，会不由得想到那喀索斯故事中的森林、湖泊、仙女，那炽热的追逐、爱与恨、报复与受难，以及美少年和他的影子。这些就像整个诗歌的背景音乐一样，诗的意义也因而被渲染出来。不仅如此，这一切也仿佛是绘制出的背景，用不同的色调衬托诗意，将诗意蕴含的力量发挥到了最高水平。

莎士比亚诗中的镜子不仅具有那喀索斯神话中湖水的象征含义，而且增加了另外一层含义。希腊神话中的美少年在湖水中照见自己的影子，便爱上了这个影子，而不知道这个影子就是他自己。这个情节喻指自恋者对自我的态度，正如弗洛伊德所说：自恋者"对待自己身体的态度与他对性对象身体的态度一样。他看着自己的身体，感觉很美，抚摩它、爱护它，以此获得一种满足感"。① 而在莎士比亚的诗中，镜子就像湖水那样，可以让年轻人看到自己的影子；同时，年轻人本身也是一面镜子，可以照见其父母的形象：

Thou art thy mother's glass, and she in thee
Calls back the lovely April of her prime:

你是你母亲的镜子，在你里面
她唤回她的盛年的芳菲四月：

母亲在镜中看到的不是自己的影子，而是她孩子的形象。因此，母亲所爱的对象不是自己，而是孩子这一他者，一个与她相似又与她不同的生命体。母亲也因此摆脱了自恋，成为美的传承者。诗人希望朋友像母亲这样，在后代人身上发现自我，而不是在自己身上找到自我。由此，莎士比亚就把那喀索斯的故事做了"移位"。"移位"这个词出自弗莱，他指出："权威性神话之所以显得更加深刻，不仅是传统使然，还应归因于在神话中，可能容纳的更大程度的隐喻性认同。在文学批评中，神话往往为解释

---

① Freud, Sigmund. *Civilization and Its Discontents*, London: Hogarth Press, 1963.

传奇中的移位现象提供了隐喻性的线索。"① 如果莎士比亚只是重复那喀索斯的故事，那么他的诗也就失去了生命力。只有在原来的神话隐喻基础上，进一步扩大这种隐喻所展现的内涵，才能使神话焕发出新的光彩。而莎士比亚之所以能够为那喀索斯神话中的镜子隐喻添加新的内容，根本原因在于以往的文化并不仅仅是人类的记忆，也是我们已埋葬了的自己的生活。莎士比亚没有在诗中简单地重复那喀索斯的故事，而是对这个故事进行了重新创作，从而使这个故事获得新的生命。弗莱谈到这样一件事："柏拉图画过一幅阴暗的画，画面上是人类面对客观世界的墙站着，瞪眼望着由背后一团犹如太阳的火投到那墙上的闪烁不定的影子。可是如果这一些是历史的影子，那么上述类比就无法成立了，因为我们借以望见影子的唯一之光乃是我们自身内部的普罗米修斯之火。这些影子的实体只能存在于我们自己身上……正是我们常常比喻的某种'自我复活'，即仿佛见到满山谷的枯骨都长出了我们所赋予的血和肉。"② 莎士比亚的创造力正体现在使一个古老的神话在他的十四行诗中获得了新生。在这首诗中，莎士比亚在那喀索斯神话中镜子的隐喻上嫁接了自己的思想，使该诗中的那喀索斯情结变得更加丰满，更加富有说服力。

　　莎士比亚也没有忘记"情感上的变化在很多情况下唤起身体上的变化"③ 这一事实：

> *So thou through windows of thine age shalt see,*
> *Despite of wrinkles this thy golden time.*

> 同样，从你暮年的窗你将眺见——
> 纵皱纹满脸——你这黄金的岁月。

---

① 〔加〕诺思罗普·弗莱：《批评的解剖》，陈慧、袁宪军、吴伟仁译，吴持哲校译，百花文艺出版社，2006，第 272 页。

② 〔加〕诺思罗普·弗莱：《批评的解剖》，陈慧、袁宪军、吴伟仁译，吴持哲校译，百花文艺出版社，2006，第 511 页。

③ Pugmire, David. "Narcissism in Emotion," *Phenomenology and the Cognitive Sciences*, 3(2002): 315.

　　诗中先是要朋友自己照镜子，进而又将子嗣比喻成镜子，扩大了隐喻的内涵。现在，诗人又将暮年比成了窗子，窗子可以看成镜子的一个变体，因为它们同样具有看的功能。"镜子经常出现，象征着人类经验的无限倍增和重复。镜子和镜像可以用来显示人性不断重复。"①

　　在第 22 首十四行诗中，诗人再次使用"镜子"的意象。这次不是让年轻人从镜子里看看他的美貌，而是让其在镜子里目睹自己的衰老：

Sonnet 22

My glass shall not persuade me I am old,

So long as youth and thou are of one date;

But when in thee time's furrows I behold,

Then look I death my days should expiate.

For all that beauty that doth cover thee

Is but the seemly raiment of my heart,

Which in they breast doth live, as thine in me:

How can I then be elder than thou art?

O' therefore, love, be of thyself so wary

As I, not for myself, but for thee will,

Bearing thy heart, which I will keep so chary

As tender nurse her babe from faring ill.

Presume not on thy heart when mine is slain;

Thou gavest me thine, not to give back again. ②

第 22 首十四行诗

　　这镜子决不能使我相信我老，

---

① Mandlove, Nancy B. "Chess and Mirrors: Form as Metaphor in Three Sonnets of Jorge Luis Borges," *Poetry Criticism*, 22(1999) : 292.

② Shakespeare. "Sonnet 22," https: //www. opensourceshakespeare. org/views/sonnets/sonnet_ view. php? Sonnet = 22.

只要大好韶华和你还是同年；
但当你脸上出现时光的深槽，
我就盼死神来了结我的天年。
因为那一切装点着你的美丽
都不过是我内心的表面光彩；
我的心在你胸中跳动，正如你
在我的：那么，我怎会比你先衰？
哦，我的爱呵，请千万自己珍重，
像我珍重自己，乃为你，非为我。
怀抱着你的心，我将那么郑重，
像慈母防护着婴儿遭受病魔。
别侥幸独存，如果我的心先碎；
你把心交我，并非为把它收回。①

——梁宗岱译

诗人认为自己与年轻人是合二为一的，因此只要年轻人还青春尚在，那么他自己也就不会老去。但如果年轻人的脸上爬满了皱纹，诗人就希望死神降临。你中有我，我中有你。在这样的描写中，诗人与年轻人之间建立起一种非常亲密的关系，这种关系使诗人与年轻人息息相通。在第二组四行诗中，诗人追溯了他与年轻人息息相通的原因所在：这是一种相互交换的爱。由于你的心在我的心中，所以我不会比你衰老。在第三组四行诗中，诗人尽情地抒发自己的爱恋之情。这样的情感发展到诗歌的最后两行，成了不折不扣的对年轻人的依恋，甚至已经到了失控的地步。"别侥幸独存，如果我的心先碎；/你把心交我，并非为把它收回。"（Presume not on thy heart when mine is slain; /Thou gavest me thine, not to give back again.）这如同发自心底的哀求。然而，从艺术角度讲，诗人也因为让情感任意宣泄，使诗歌失去了几分艺术效果。在这首诗歌中，诗人仍然是在使用那喀索斯神话的结构，即从镜子到死亡，但该诗的表达比较委婉曲折，因而这一结构看上去不太明显。

———————————

① 《莎士比亚全集》第11卷，梁宗岱译，人民文学出版社，1991，第180页。

　　镜子是莎士比亚诗歌中的一个重要比喻。镜子和人的眼睛一样，都是通过视觉使我们认识世界的。人通过镜子看到自己，复制了一个自己；如果没有镜子，人类就缺少关于自身的经验，缺少认识自身的最直观的方式。人格是可以一分为二或者更多的。在镜子的帮助下，每个人都可一分为二。人在凝视镜子的时候，会与镜子产生距离，并由此产生思考。这样，镜子中的影子并不是对人的简单复制，而是一个引起人不同情绪的载体。镜子使人的自我世界变得清晰，同时也变得复杂。那喀索斯情结也这样体现在镜子的隐喻中。在莎士比亚十四行诗中，那喀索斯情结如同一个不断变换角色的演员，在小小的十四行诗的舞台上登台表演，显出它深厚的文化底蕴和魅力。

　　十四行诗本身就具有思辨性，而这一点在莎士比亚十四行诗中得到了尽情发挥。莎士比亚在借鉴那喀索斯情结处理自己的题材时，加入了更多心理分析的内容。这些内容极具现代意识，体现了诗人对人类心理的细致观察。诗人通过直觉所认识到的有关人类心理的特征与心理学家的研究成果竟然奇迹般地不谋而合，令人惊叹。莎士比亚的第 9 首和第 10 首十四行诗就是对那喀索斯情结的细致分析。下面我们来具体分析这两首诗：

Sonnet 9

Is it for fear to wet a widow's eye,

That thou consumest thyself in single life?

Ah! If thou issueless shalt hap to die.

The world will wail thee like a makeless wife;

The world will be thy widow and still weep,

That thou no form of thee hast left behind,

When every private widow well may keep,

By children's eyes her husband's shape in mind.

Look, what an unthrift in the world doth spend

Shifts but his place, for still the world enjoys it;

But beauty's waste hath in the world an end,

And kept unused, the user so destroys it:

No love toward others in that bosom sits

That on himself such murd' rous shame commits. ①

第 9 首十四行诗

是否因为怕打湿你寡妇的眼，

你在独身生活里消磨你自己？

哦，如果你不幸无后离开人间，

世界就要哀哭你，像丧偶的妻。

世界将是你寡妇，她永远伤心

你生前没给她留下你的容貌；

其他的寡妇，靠儿女们的眼睛，

反能把良人的肖像在心里长保。

看吧，浪子在世上的种种浪费

只换了主人，世界仍然在享受；

但美的消耗在人间将有终尾：

留着不用，就等于任由它腐朽。

这样的心决不会对别人有爱，

既然它那么忍心把自己戕害。②

——梁宗岱译

　　这首诗以"寡妇"这个意象引领全诗的内容。诗人比较了两种"寡妇"：一是年轻人不结婚而使世界成为"寡妇"，以此强调他这样做，对世界而言是个损失。诗人又把没有儿女的"寡妇"与有儿女的"寡妇"相比较，认为有儿女的寡妇还可以在儿女眼中看到丈夫的形象，而年轻人的"寡妇"将对他怀着爱恋的追忆。look 一词用得强而有力，诗歌的语气充满了惋惜与义愤之情。接下来，诗人用了一些经济学词语，如 unthrift 和

---

① Shakespeare. "Sonnet 9," https://www.opensourceshakespeare.org/views/sonnets/sonnet_view.php?Sonnet=9.

② 《莎士比亚全集》第 11 卷，梁宗岱译，人民文学出版社，1991，第 167 页。

user。自恋的年轻人意在节约使用自己的美貌，而结果恰恰相反，因为他不肯使用自己的美，最终他的美白白浪费了。最后两行诗是诗人的评价，延续了这一组四行诗的语气，把谴责的情绪推向了高潮：

> No love toward others in that bosom sits
> That on himself such murderous shame commits.

> 这样的心决不会对别人有爱，
> 既然它那么忍心把自己戕害。

现代心理学研究告诉我们："自恋如果变得过度，会阻止对他人产生强烈的爱。"[①] 自恋是封闭的，它将自己囚禁在自我之内。"自恋就是将自我置于虚构的地方，而不是一个社会的位置上。也就是说，自恋者虚构一个自己的形象，以此保护自己。"[②] 因此，自恋是一把双刃剑，它既可以伤人，也可以伤己。诗中使用 consume（消磨）一词，意指自恋行为对自恋者自身的损害。自恋者在把自己置于虚构的位置时，也同时把自己置于危险的境地。这个虚构的位置不会给他提供任何有价值的信息，无法帮助他做出正确的判断和决定。自恋者因为缺乏安全感而虚构一个自我形象，目的是保护自己，但这个虚构的形象不但不能保护他，反而会使他离现实更加遥远，最终的结果就是自己的生命虚耗，这就是诗中 consume 这个词的含义所在。第 10 首十四行诗实际上是第 9 首十四行诗的延续：

Sonnet 10

> For shame! Deny that thou bear'st love to any,
> Who for thyself art so unprovident.
> Grant, if thou wilt, thou art beloved of many,

---

① Lipshires, Sidney. "Genitality, Regression and Some Definitions," *Twentieth-Century Literary Criticism*, 207(2008): 66.

② Mathäs, Alexander. "Love, Narcissism, and History in Heinrich Böll's Das Brot der frühen Jahreand Ansichten eines Clowns," *Seminar*, 2(1997): 159.

But that thou none lovest is most evident:

For thou art so possess'd with murd'rous hate,

That 'gainst thyself thou stick'st not to conspire.

Seeking that beauteous roof to ruinate

Which to repair should be thy chief desire,

O' change thy thought, that I may change my mind!

Shall hate be fairer lodged than gentle love?

Be, as thy presence is, gracious and kind,

Or to thyself at least kind-hearted prove:

Make thee another self, for love of me,

That beauty still may live in thine or thee. ①

第 10 首十四行诗

羞呀，否认你并非不爱任何人，

对待你自己却那么欠缺绸缪。

承认，随你便，许多人对你钟情，

但说你并不爱谁，谁也要点头。

因为怨毒的杀机那么缠住你，

你不惜多方设计把自己戕害，

锐意摧残你那座峥嵘的殿宇，

你唯一念头却该是把它重盖。

哦，赶快回心吧，让我也好转意！

难道憎比温婉的爱反得处优？

你那么貌美，愿你也一样心慈，

否则至少对你自己也要温柔。

另造一个你吧，你若是真爱我，

---

① Shakespeare. "Sonnet 10," https://www.opensourceshakespeare.org/views/sonnets/sonnet_view.php?Sonnet=10.

让美在你儿子或你身上永活。①

——梁宗岱译

第 10 首十四行诗的起句显示出这首诗与前一首十四行诗的衔接关系十分紧密。第 10 首诗对第 9 首诗得出的结论表示质疑,以这样的方式开启诗篇,可以说是水到渠成。在第 9 首十四行中,诗的结尾处似乎把话说得过于绝对。因此,在这第 10 首十四行诗中,诗人的情绪缓和下来,试图更加客观地看待年轻人的自恋行为,批评的语气变得温和。前 4 行构成第一组,接着就上首诗的话题提出疑问;接下来的一组四行诗分析原因。诗人用殿宇比喻年轻人的美貌,"重盖"殿宇指把美貌传承下去,留给子嗣。最后 6 行以一个感叹语"噢"(O)开头,表示诗人要直接对朋友进行规劝。

诗中还将爱恨两种情感对立。不过爱也好,恨也罢,都没有特定的对象。诗中的爱有特定含义,在诗人看来,结婚生子意味着对别人有爱,也意味着对自己的爱;反之则为恨。自恋行为具有怨恨的性质,因为自恋的结果是既伤害自己,也伤害他人。因此,爱与恨这一组二元对立因素构成了诗歌发展的内在结构。具体来讲,诗人在第一组四行诗中提出爱与恨的问题,在第二组四行诗中分析怨恨的后果,在第三组四行诗中则委婉地规劝友人要向善并怀有爱。随后,诗人在最后两行诗中引出全诗关于生命永恒的主题。

如果说在第 9 首十四行诗中,诗人对自恋呈现谴责的态度,那么在这首诗中,诗人则以建议性的口吻提出了走出困境的方法。"弗洛伊德指出,一个被痛苦和不适折磨着的人放弃了他对外部世界事物的兴趣,就因为世界并不关心他的痛苦。但弗洛伊德的观点使我们找到了创伤后精神重建的可能。"② 自恋是将自己与世界隔绝的结果,使人因为隔绝而产生痛苦,那么这种创伤后精神重建的唯一办法就是重新建立与世界的联系。莎士比亚的十四行诗传达的也是这样的含义。莎士比亚劝说年轻人结婚,以此来放弃自恋,让美得以传承。需要注意的是,莎士比亚并不是劝说年轻人与世

---

① 《莎士比亚全集》第 11 卷,梁宗岱译,人民文学出版社,1991,第 168 页。

② Ramadanovic, Petar. "'You Your Best Thing, Sethe': Trauma's Narcissism," *Studies in the Novel*, 1-2(2008): 178.

界建立起普遍性的联系，以此走出自恋；而只是劝年轻人结婚生子，传承美貌。因为爱自己的美，所以应传承自己的美，诗中的这个劝婚理由本身也具有一种那喀索斯情结。传统的劝婚诗以"及时享乐"为说辞劝婚，虽然老套，倒也合乎情理；而莎士比亚以美为劝婚理由，缺乏普遍性。"及时享乐"这种观念不仅是诗中的人物可以接受的，也是读者所能接受的。所以，以"及时享乐"为理由的劝婚诗具有大众性。莎士比亚以留存美为由的劝婚诗则少了这一特点。结婚是为了延续美，这个理由把一部分不美的人排除在外，也把一部分虽然美丽，但没有顺利地把这种美传给子孙后代的人排除在外。所以，莎士比亚的劝婚理由虽然新奇，但也只是新奇而已。它指向自我，而不指向大众，他的劝婚是以另一种不太封闭的自恋方式，代替现有的完全封闭的自恋方式。换言之，追求美这一目标本身就带有自恋性。正如弗莱所言："追求美比追求真和善是危险得多的无聊之举，因为它对'自我'的诱惑更加强烈。跟真和善一样，美在一定意义上也是一种可以指望从伟大艺术中发现的品格，但是挖空心思去追求美，只能削弱创作的精力。艺术中的美就像人们品行中的幸福一样：幸福虽可能伴随你的行为而来，却不能作为你行为的目标，就如同一个人是无法'追求幸福'的，能追求的仅是能为你带来幸福的东西。把美作为目标，至多只能产生具有吸引力的东西，也即由'可爱'这个词所代表的美的品位。"①

就其实质而言，以求美为目的的劝婚诗就是"在自给自足的唯我主义观念中，自我脆弱或不发达的自我意识需要寻求一个爱的对象，一个外在的实体，用来投资情感"。② 这个爱的对象不再是自恋者自身，却是最接近自恋者自身的人。在莎士比亚的劝婚诗中，这个爱的对象不过是由自恋者转换成了由自恋者复制的与他面貌相似的子女。所以，归根结底，还是没有走出那喀索斯情结的怪圈。

莎士比亚的劝婚诗要求以一种新的自恋来代替当下的自恋，从这些诗句中，我们能够看到诗人对人类心理的洞察力，这是一种通过直觉来认知

---

① 〔加〕诺思罗普·弗莱：《批评的解剖》，陈慧、袁宪军、吴伟仁译，吴持哲校译，百花文艺出版社，2006，第 163 页。

② Newbold, Ronald F. "Narcissism and Leadership in Nonnus's Dionysiaca," *Helios*, 2(2001): 175.

的方式。莎士比亚对自恋心理的了解还可以从他的第 4 首十四行诗中看出来：

Sonnet 4

Unthrifty loveliness, why dost thou spend

Upon thyself thy beauty's legacy?

Nature's bequest gives nothing but doth lend,

And being frank she lends to those are free.

Then, beauteous niggard, why dost thou abuse

The bounteous largess given thee to give?

Profitless usurer, why dost thou use

So great a sum of sums, yet canst not live?

For having traffic with thyself alone,

Thou of thyself thy sweet self dost deceive,

Then how, when nature calls thee to be gone,

What acceptable audit canst thou leave?

Thy unused beauty must be tomb'd with thee,

Which, used, lives th' executor to be. ①

第 4 首十四行诗

俊俏的浪子，为什么把你那份

美的遗产在你自己身上耗尽？

造化的馈赠非赐予，她只出赁；

她慷慨，只赁给宽宏大量的人。

那么，美丽的鄙夫，为什么滥用

那交给你转交给别人的厚礼？

① Shakespeare. "Sonnet 4, "https://www. opensourceshakespeare. org/views/sonnets/sonnet_ view. php? Sonnet = 4.

赔本的高利贷者，为什么浪用

那么一笔大款，还不能过日子？

因为你既然只和自己做买卖，

就等于欺骗你那妩媚的自我。

这样，你将拿什么账目去交代，

当造化唤你回到她怀里长卧？

你未用过的美将同你进坟墓；

用呢，就活着去执行你的遗嘱。①

——梁宗岱译

　　自恋最大的动机是爱自己、珍惜自己。莎士比亚抓住了这一点，对自恋者进行抨击。在第一组四行诗中，自恋者以为是造化使他成为美人，因此便任意挥霍这种美。莎士比亚把自恋的人称为浪子，认为他们辜负了上天的恩赐。以此为前提，在接下来的四行诗中，诗人开始论辩。第二组四行诗以 then（那么）开始，不仅是为了承上启下，同时还起到加强语气的作用。诗人质问年轻人为什么如此滥用他的美貌。第三组四行诗用 for（因为）开启，表明诗人要继续论证。诗歌第 13 行使用了表示死亡的意象"坟墓"（tomb），表明如果不利用自然恩赐的美貌，使之传于后代，那无异于死亡；只有利用自然恩赐的美，将其传于后代，才是顺应天理。莎士比亚将生与死进行对照，使主题更加突出，说理更为透彻。"美丽的人们。……包括那些生活在自恋幻想中的人，其实希望得到赞赏，不是因为他有了不起的成就，而仅仅是因为他就是他自己。"② 而莎士比亚在这首诗中反其道而行，把应该得到赞赏的人贬低成守财奴，通过这样的策略瓦解了年轻人的自恋情结。

　　已经把年轻人的自恋批判到这种程度，诗人还能够继续写自恋主题吗？事实上，关于自恋主题的书写，莎士比亚并没有江郎才尽。在第 62 首十四行诗中，诗人变换角度，再次精彩地演绎了自恋主题。虽然这首诗不属于劝婚十四行诗，但它同样体现了自恋主题，所以我们把它放在这里进

---

① 《莎士比亚全集》第 11 卷，梁宗岱译，人民文学出版社，1991，第 162 页。

② Newbold, Ronald F. "Narcissism and Leadership in Nonnus's Dionysiaca," *Helios*, 2(2001) : 176.

行分析:

Sonnet 62

Sin of self-love possesseth all mine eye
And all my soul and all my every part;
And for this sin there is no remedy,
It is so grounded inward in my heart.
Methinks no face so gracious is as mine,
No shape so true, no truth of such account;
And for myself mine own worth do define,
As I all other in all worths surmount.
But when my glass shows me myself indeed,
Beated and chopp'd with tann'd antiquity,
Mine own self-love quite contrary I read;
Self so self-loving were iniquity.
'Tis thee, myself, that for myself I praise,
Painting my age with beauty of thy days. ①

第 62 首十四行诗

自爱这罪恶占据着我的眼睛，
我整个的灵魂和我身体各部；
而对这罪恶什么药石都无灵，
在我心内扎根扎得那么深固。
我相信我自己的眉目最秀丽，
态度最率真，胸怀又那么俊伟；
我的优点对我这样估计自己：

---

① Shakespeare. "Sonnet 62," https://www.opensourceshakespeare.org/views/sonnets/sonnet_view. php?Sonnet=62.

不管哪一方面我都出类拔萃。
但当我的镜子照出我的真相，
全被那焦黑的老年剃得稀烂，
我对于自爱又有相反的感想：
这样溺爱着自己实在是罪愆。
我歌颂自己就等于把你歌颂，
用你的青春来粉刷我的隆冬。①

——梁宗岱译

　　诗人在这首诗中批评自己的那喀索斯情结。诗人开篇就描述了自己那不可救药的自恋。他自恋得无法自拔，自恋占据了他的眼睛，占据了他的灵魂。在5~8行中，诗人进一步描述了自己的自恋，诗人一连用几个 no 引领句子，以强调自己的美丽无人可及、天下第一。莎士比亚的十四行诗很注重营造、渲染的效果，浓墨重彩的描写往往是为下文的急剧转折打下伏笔，接下的四句诗中就是如此。第9行开头用 but（但是）转折，9~12行写出了偶像破灭、神话破碎后满地狼藉的感觉。标榜美丽无双的诗人在现实面前变成了一个丑陋不堪的老人，连把自己想象成拥有美丽与青春的人这种幻觉都成了罪孽。诗人已从天下第一的幻觉之巅，瞬间跌到了绝望的深谷，其情绪可谓一落千丈。在最后两行，诗人出乎意料地假定自己与年轻人是合二为一的，也就是说，诗中主人公的美丽就是诗人的美丽。诗人在最后两句中揭开了谜底：诗人之所以歌颂自己的美丽，原来意在表明这样近乎犯罪的自恋竟出于对年轻人的羡慕与爱，诗人的自恋变成了对年轻人的爱恋。原来自恋是假装的，爱他人才是真的。用这样的笔墨曲折地写爱，令人无比动容。
　　诗歌是否从反面批判了年轻人的自恋情结呢？回答是肯定的。但值得注意的是，写到第 62 首十四行诗的时候，诗人已经放弃了对年轻人美貌消殒的担忧，他将爱情寄托在年轻人身上，想以此来拯救自己的青春。"镜子"这个与自恋主题最匹配的意象再次出现，镜中是一个衰老者的形象，这也是那喀索斯神话的再现。那喀索斯看到湖水中消瘦丑陋的自己，感到

---

① 《莎士比亚全集》第 11 卷，梁宗岱译，人民文学出版社，1991，第 220 页。

无法接受，便投水而死了。但诗人写到这里时，将这个神话改变了一下。他没有像那喀索斯那样死去，与之相反，他用年轻人的美貌装饰自己，从而拯救了自己。这是因为诗人显然把一个重要情节隐含在文字背后，那就是把年轻人的美留在记忆里或诗歌中，待诗人衰老之际，可以让这些美来拯救他。painting（粉刷）一词含有"装饰"的意思。诗人用年轻人的美丽装饰自己的暮年，让丑陋的自己得到救赎，从而免除了那喀索斯的悲剧命运。

莎士比亚劝婚十四行诗的内容与传统劝婚诗不同，形成了自己独特的风格。莎士比亚的劝婚诗是以传承美为理由来劝婚，这本身就具有那喀索斯的色彩。莎士比亚的劝婚诗充分利用那喀索斯这一希腊神话故事的内涵，将其当成一个原型模式加以利用，使这一神话故事变成了回荡在莎士比亚劝婚十四行诗中的背景音乐。除此之外，莎士比亚的劝婚十四行诗还注重心理分析，诗人以惊人的洞察力分析人的心理，剖析人的情感。这也是莎士比亚爱情十四行诗经久不衰的原因之一。

第二节　探索真与美

诗人钟情于美，那么他就必然关注美的姐妹善与真。真善美的关系是哲学家和美学家热衷于探索的问题，也是很多诗人关注的问题。莎士比亚就常常在十四行诗中探讨这三者之间的关系，这是下文要讨论的问题。

真与美的关系是莎士比亚十四行诗热衷于探索的一个问题。在莎士比亚的十四行诗中，"美"（beauty）这个词既有具体的含义，也有抽象的含义。具体的含义便是莎士比亚用各种比喻描绘出的年轻人的美，而其抽象的含义是把美当成一种理念。"真"（truth）一般表示与客观事实相符。

真与美既可以浑然一体，又可以相互区分。黑格尔（Georg Wilhelm Friedrich Hegel，1770~1831）在他的《美学》（Aesthetics）中说："美就是理念，所以从一方面看，美与真是一回事。这就是说，美本身必须是真的。但是从另一方面看，说得更严格一点，真与美却是有分别的。说理念是真的，就是说它作为理念，是符合它的自在本质与普遍性的，而且是作为符合自在本质与普遍性的东西来思考的。所以作为思考对象的不是理念的感性的外在的存在，而是这种外在存在里面的普遍性的理念。但是这理念也要在外在界实现自己，得到确定的现前的存在，即自然的或心灵的客观存在。真，就它是真来说，也存在着。当真在它的这种外在存在中是直接呈现于意识，而且它的概念是直接和它的外在现象处于统一体时，理念就不仅是真的，而且是美的了。美因此可以下这样的定义：美就是理念的感性显现。感性的客观的因素在美里并不保留它的独立自在性，而是要把它的存在的直接性取消掉或否定掉，因为在美里这种感性存在只是看作概念的客观存在与客体性相，看作这样一种实在：这种实在把这种客观存在里的概念体现为它与它的客体性相处于统一体，所以在它的这种客观存在里只有那使理念本身达到表现的方面才是概念的显现。"① 在黑格尔看来，从理念上讲，美与真是一回事。在更严格的意义上讲，美与真是有区别的；但在特定的条件下，二者可以合二为一。在莎士比亚的十四行诗中，诗人从艺术的角度思考美与真的关系，用形象化的语言表达美与真的关系，从而使他的诗具有一种哲学的意味。我们来看一下第 54 首十四行诗：

Sonnet 54

O, how much more doth beauty beauteous seem

By that sweet ornament which truth doth give!

The rose looks fair, but fairer we it deem

For that sweet odour which doth in it live.

The canker-blooms have full as deep a dye

As the perfumed tincture of the roses,

Hang on such thorns and play as wantonly

When summer's breath their masked buds discloses:

But, for their virtue only is their show,

They live unwoo'd andunrespected fade,

Die to themselves. Sweet roses do not so;

Of their sweet deaths are sweetest odours made:

① 〔德〕黑格尔:《美学》第 1 卷, 商务印书馆, 2006, 第 142~143 页。

And so of you, beauteous and lovely youth,

When that shall fade, my verse distills your truth. ①

第 54 首十四行诗

哦，美看起来要更美得多少倍，
若再有真加给它温馨的装潢！
玫瑰花很美，但我们觉得它更美，
因为它吐出一缕甜蜜的芳香。
野蔷薇的姿色也是同样旖旎，
比起玫瑰的芳馥四溢的姣颜，
同挂在树上，同样会搔首弄姿，
当夏天呼息使它的嫩蕊轻展：
但它们唯一的美德只在色相，
开时无人眷恋，萎谢也无人理；
寂寞地死去。香的玫瑰却两样；
她那温馨的死可以酿成香液：
你也如此，美丽而可爱的青春，
当韶华雕〔凋〕谢，诗提取你的纯精。②

——梁宗岱译

在第 54 首十四行诗中，诗开头的两行"哦，美看起来要更美得多少倍，/若再有真加给它温馨的装潢！"直奔主题，点出真与美的问题。接下来，诗人通过运用玫瑰和蔷薇的意象来论述真与美的区别。这 8 行诗的描写似乎让我们感到玫瑰和蔷薇都一样美，但到第 9 行意思就出现了转折。实际上，诗人是通过对比这两种花的美，指出玫瑰的美与蔷薇的美不同。玫瑰和蔷薇看起来一样美，但前者美而且芬芳，后者则只有色相，并无芬

---

① Shakespeare. "Sonnet 54, "https://www. opensourceshakespeare. org/views/sonnets/sonnet_ view. php?Sonnet = 54.

② 《莎士比亚全集》第 11 卷，梁宗岱译，人民文学出版社，1991，第 212 页。

芳。这样，玫瑰就成了真与美的象征，而蔷薇不过徒有其表而已。这里诗人论及美与真的问题。诗中，"真"使"美"更加美丽，使美的分量骤增。莎士比亚在他的艺术主张中总是把"真"放在一个重要的位置。此处的"真"是指自然界存在的客观真实，指自然世界的本质，体现了自然世界的普遍规律，这个"真"与黑格尔哲学中的"真"是一个意思。在诗歌的最后两句中，诗人把年轻人的"美"说成是真与美的统一。他自己的诗歌则充当了分离器，从"美"中分离出"真"，从而使"美"永恒。玫瑰开花那一瞬间呈现了外在美，当玫瑰凋谢以后，这种美就不存在了，而"真"却从这种美中被提炼出来，因而"真"中有"美"，"美"中有"真"。

浪漫主义诗歌对真与美的问题也做了许多探索。在某种程度上，济慈的"美即真，真即美"是莎士比亚关于真与美观点的进一步阐发。济慈在《希腊古瓮颂》中表达了这一观点。诗中描写了古瓮上浮雕的几幅画面。古瓮这件艺术品被赋予一种历史感。济慈在《希腊古瓮颂》中还描写了求爱的场面和祭神的场面，每个场面都很美。然而，古瓮虽然美丽，但它的美丽是冰冷的，因为它没有生命，它的美是艺术之美。诗人揭示出艺术之美是永恒的美，也是冰冷之美。

济慈把美与真理等同，因此让美获得了永恒的生命力。有人认为"美即真，真即美"的诗句损害了整首诗歌的完美，给人焦虑感。不过，结合诗中的情境，这样的诗句就不显造作了。诗人在诗中已将古瓮的图案还原于自然，并从自然中借得生命，而又突然意识到古瓮只是一件永恒的艺术品，这也是使这首田园牧歌变得"冰冷"的原因。诗人意识到有生命的美不能长久，而没有生命的美却又是"冰冷"的，二者不能两全。所以，他便吟出了"美即真，真即美"的诗句，这是为了弥补有生命之美不能永恒之遗憾。"在'真美'和'他的'想象所捕捉的美中，真理是第二类；美是经验中的真实存在。被认为极有价值的东西必须是真实的。济慈正在做一种严肃的反思和冥想。他发表了一段认识论方面的陈述。他的结论主要是美学上的，但这是由他自己的经验所支持的。在真即美的另一种表述中，真理首先作为对想象力的检验而被构想出来。对立面相互融合，真理最终变成了一个动因，使美在形式中得以体现。'真实的'这里指的是外在的自然，而检验是忠实于其轮廓和细节的。"① 当真进入了美，就达成了真与美的融合。

不过，我们将济慈诗中对真与美的论述与莎士比亚这首十四行诗中对真与美的论述进行比较，就会发现他们都承认"美就是真，真就是美"，但莎士比亚在表达这层意思时却比济慈委婉得多。在整首诗中，莎士比亚通过比较来写美与真的问题；但到最后，他只说自己的诗歌会提炼出真，却没有进一步说真就是美，这样就给读者留下思考的空间，同时也避免了可能引起的混乱。济慈在他的《希腊古瓮颂》中虽然也做了很多铺垫，为最后得出这个结论创设语境，但得出的这个结论还是过于绝对，以至于剥夺了读者的思维空间。艾略特说济慈的"美即真，真即美"损害了诗歌的完美，笔者认为这个观点似乎言过其实。济慈的这个结尾并不是不符合语境，只是这样的表达太过直接，没有留下空白，因此在一定程度上限制了读者思考的自由。《希腊古瓮颂》"通过把真和美大胆地等同起来，用最尖锐的形式提出了这个问题——很显然，这首诗本身试图成为诗歌本质以及广义的艺术的寓言，当这一点变得明显时，问题也就愈发尖锐"。《希腊古瓮颂》"已经明显地成为一个高深莫测的寓言：人们可以强调美即是真，从而把济慈归入纯艺术阵营，这是普遍的看法。但是，同样正确的是，人们也能够强调真即是美，与赞同宣传艺术的 20 世纪 30 年代的马克思主义文论家进行论战。'美即是真，真即是美'这一陈述的含混性应该可以警醒我们不要过分孤立地坚持这一观点"。②

如果与美国女诗人艾米莉·狄金森（Emily Dickinson，1830~1886）谈论真与美的诗进行比较，我们就会觉得济慈《希腊古瓮颂》中的结论表达得太过直白。狄金森写了一首有关真与美的小诗：

I died for beauty but was scarce

Adjusted in the tomb,

When one who died for truth was lain

---

① Fogle, Richard Harter. "A Note on Romantic Oppositions and Reconciliations," Clarence D. Thorpe, Carlos Baker, Bennett Weaver, ed. *The Major English Romantic Poets—A Symposium in Reappraisal*, Carbondate: Southern Illinois University Press, 1957, p. 19.

② 〔美〕克林斯·布鲁克斯：《精致的瓮：诗歌结构研究》，郭乙瑶等译，世纪出版集团，2008，第 147 页。

In an adjoining room.

He questioned softly why I failed?

"For beauty, " I replied.

"And I for truth, —the two are one;

We brethren are, " he said.

And so, as kinsmen met a night,

We talked between the rooms,

Until the moss had reachedour lips,

And covered up our names. [1]

我刚刚为美而死，

安息在墓里，

有个为真而死的人

躺在我的隔壁。

他悄悄地问我为何而身死？

"为美，"我答。

"我为真，两者合一；

我们是兄弟。"

于是如同亲戚夜里相逢，

我们便隔墙谈天，

直到青苔爬上嘴唇，

将我们名字覆盖。

——笔者译

这首诗中设计了一个独特的墓地场景：两个死去的人被比邻安葬了，于是开始了对话。诗歌在一种超自然的气氛中展开，美和真被描绘成一对知己，他们的对话持续了漫长的岁月。诗歌内容极其神秘，美与真的对话

---

[1] Dickinson, Emily. "I died for beauty but was scarce, " https://wenda. so. com/q/1412486229 729301？src＝140.

内容是什么，这一点无人能知，诗人也没有正面描写。但诗人将美与真之间的关系描述为亲人关系，墓地场景仿佛是漫长的美学历史的隐喻，也像是对永恒的一次祭奠。为美而死者与为真而死者之间似乎是婚姻关系，因为他们的棺木挨在一起。诗人对美与真之间关系的看法显然与莎士比亚和济慈的观点类似，都认为美与真关系密切，你中有我，我中有你。同莎士比亚一样，狄金森在美与真关系的问题上也表达得相当含蓄。从狄金森的小诗中，我们看到诗人特别强调的就是美与真的和谐。我们从小诗中可以感受到为美而死的人与为真而死的人一见如故，他们有说不完的话、交流不完的情感，似乎彼此都在对方身上找到自我以及自我的本质。黑格尔说："美本身却是无限的、自由的。美的内容固然可以是特殊的，因而是有局限的，但是这种内容在它的客观存在中却必须显现为无限的整体和自由。因为美通体是这样的概念：这概念并不超越它的客观存在而和它处于片面的有限的抽象的对立，而是与它的客观存在融合成为一体，由于这种本身固有的统一和完整，它本身就是无限的。此外，概念既然灌注生气于它的客观存在，它在这种客观存在里就是自由的，像在自己家里一样。因为概念不容许在美的领域里的外在存在独立地服从外在存在所特有的规律，而是要由它自己确定它所赖以显现的组织和形状。正是概念在它的客观存在里与它本身的这种协调一致才形成美的本质。"① 莎士比亚的第 54 首十四行诗、济慈的《希腊古瓮颂》和狄金森的这首《我刚刚为美而死》都表达了对美的本质的探索，而这种探索离不开对真的分析。

19 世纪的诗人和哲学家对美与真的问题多有研究，但也有例外。比如华兹华斯的一首抒情诗运用了与莎士比亚第 54 首十四行诗类似的花的意象，构思方式类似，但是没有涉及真与美的问题。在莎士比亚第 54 首十四行诗的第 9~12 行，诗人写蔷薇死去的时候什么也没有留下，被人遗忘。蔷薇作为玫瑰的配角，衬托出玫瑰的美，这层意思在华兹华斯的诗中被翻转。华兹华斯《露西》（Lucy）组诗中的一首构思与此相似，叫作《她住在人迹罕至的路边》（She Dwelt Among the Untrodden Ways）。该诗写道：

She dwelt among the untrodden ways

---

① 〔德〕黑格尔：《美学》第 1 卷，商务印书馆，2006，第 142~143 页。

Beside the springs of Dove,

A Maid whom there were none to praise

And very few to love:

A violet by a mossystone

Half hidden from the eye!

—Fair as a star, when only one

Is shining in the sky.

She lived unknown, and few could know

When Lucy ceased to be;

But she is in her grave, and, oh,

The difference to me! ①

她住在人迹罕至的路边，

就在鸽泉近旁；

生前无人赞美，

少有人能将她爱恋。

隐藏着的一朵紫罗兰，

开在长满青苔的石畔！

美若星光灿灿

独自挂在天上。

在世时无人知她，

又有谁能知她；

然而，当露西被埋进坟墓！

对我呀，天翻地覆！

——笔者译

---

① Wordsworth, William. "She dwelt among the untrodden ways," Edward Dowden, ed. *The Poetical Works of William Wordsworth*, London: Ward, Lick & CO. , Limited, 1940, p. 197.

　　这首小诗写了露西生前无人问津，不曾享受过众人的赞美，像青苔石旁"半隐半现的紫罗兰"，无声无息地开放并凋落，静静地离开人间。象征露西生命的紫罗兰开花无人知晓，凋谢也无人怜惜，正如莎士比亚诗中的蔷薇。然而，华兹华斯一反莎士比亚的诗意，他不是要惋惜和轻视这样的命运，而是从这样的结局中看到一朵紫罗兰绝尘傲世的生命姿态，看到那个像紫罗兰一样静静逝去的露西姑娘的美丽。通过这样的对比，可以感受到不同诗人在观察自然、感受生命时微妙的异同。华兹华斯的这首小诗是否受到了莎士比亚的直接影响，这无从考证。但作为一位 19 世纪浪漫主义诗人，华兹华斯对莎士比亚的十四行诗是相当熟悉和喜爱的，这在他自己写的一些十四行诗中都有所体现。那么，可以推断，华兹华斯对于莎士比亚诗中有关真与美的主题是了解的，只是他不像济慈那样看重这个主题。

　　真是客观实在，这一观念在文艺复兴时期是一个流行的看法，是当时人们对真的理解的基本走向："人文主义者大多把事物的外表形式看成美的基础或本质，这就是比例、对称、和谐、整一等等。他们普遍相信，可以用数学的方法找出最美的线、形，最美的比例，把它们定为公式供艺术家使用。达·芬奇认为，比例是事物中最美的……'美就是一个整体中各部分之间的某种协调与一致，这种协调与一致符合于和谐所要求的那种严格数量、限度和布局，这也就是自然界绝对的和首要的原则。'"① 可见，真不是人头脑中的固有产物，而是自然世界中的法则所在，人所做的不过是发现这个普遍性的规律而已。简单地说，真是指对客观事物的准确再现。莎士比亚在他的第 82 首十四行诗中也表达了对真的看法。在这首诗中，诗人有意向其他与自己竞争的诗人发出挑战：

Sonnet 82

I grant thou wert not married to my Muse

And therefore mayst without attaint o'erlook

The dedicated words which writers use

---

　　①　李醒尘：《西方美学史教程》，北京大学出版社，2005，第 101 页。

Of their fair subject, blessing every book
Thou art as fair in knowledge as in hue,
Finding thy worth a limit past my praise,
And therefore art enforced to seek anew
Some fresher stamp of the time-bettering days
And do so, love; yet when they have devised
What strained touches rhetoric can lend,
Thou truly fair wert truly sympathized
In true plain words by thy true-telling friend;
And their gross painting might be better used
Where cheeks need blood; in thee it is abused. ①

第 82 首十四行诗

我承认你并没有和我的诗神
结同心，因而可以丝毫无愧恧
去俯览那些把你作主题的诗人
对你的赞美，褒奖着每本诗集。
你的智慧和姿色都一样出众，
又发觉你的价值比我的赞美高，
因而你不得不到别处去追踪
这迈进时代的更生动的写照。
就这么办，爱呵，但当他们既已
使尽了浮夸的辞藻把你刻划〔画〕，
真美的你只能由真诚的知己
用真朴的话把你真实地表达；
他们的浓脂粉只配拿去染红

---

① Shakespeare. "Sonnet 82," https://www.opensourceshakespeare.org/views/sonnets/sonnet_view.
php?Sonnet=82.

贫血的脸颊；对于你却是滥用。①

——梁宗岱译

在前 8 行中，诗人一方面承认年轻人可以接受来自其他诗人的赞美，另一方面又暗示年轻人太容易被那些华而不实的诗篇打动。第 9 行则急转直下，再一次涉及艺术真与美的问题。在诗歌中，诗人通过比较，指出另一个诗人和他自己所写的关于年轻人的诗是不一样的，另一个诗人总是用华丽的言辞赞美年轻人的美貌。最后，莎士比亚发现那些用浮华的言辞写的诗歌最终不能与自己朴实纯真的诗歌相媲美。诗歌里 true（真）这个词重复使用了四次，以强调艺术之真的重要性。真也是莎士比亚艺术思想的一个重要组成部分。莎士比亚在多首十四行诗中都对矫揉造作的浮夸艺术之风进行了批判，虽然诗人本人有时也不免陷入这种浮夸的泥潭，但总的来说，莎士比亚是赞成真实与朴素的艺术风格的。

其实，莎士比亚在这首诗中强调了以下两点。第一点，真是年轻人的属性。诗人认识到年轻人所拥有的美的属性为真，但是这一点年轻人却不知道，因此，他才会去别的诗人那里寻找赞美。第二点，艺术之真意味着不浮夸，不玩弄辞藻，朴实无华。这是诗人大力倡导的，因为诗人知道，只有说明了艺术的真实价值，他才会把年轻人从别的诗人那里吸引过来。诗人要求摒弃浮华的描绘，就是要还原客观性的描绘。

客观的描述是对美的模仿，这种模仿要求揭示美中的真。只有揭示了真，才能真正反映出美，这就像写实性绘画要求分毫不差。如果一个画家把人体上的每一根汗毛都画得恰如真实情况一样，那么他的模仿是成功的。诗歌中所要求的"真"与绘画要求的这种"真"是一回事，只不过绘画是通过色彩媒介，而诗歌则通过语言媒介达到这些要求。在当今的绘画领域，如果一位画家将他的绘画对象画得就像高清照相机拍摄的照片一样，我们就会称这种风格的绘画为超写实。在人类绘画历史的某个阶段，人们一度认为绘画不同于摄影，认为绘画没有必要像摄影那样追求真实性，但现在又有一些画家主张追求这种真实性。真实性是客观的存在，它就是真，而求美不能离开求真。即使在毕加索（Pablo Picasso，1881~1973）那些抽象的画中，我们也会看

---

① 《莎士比亚全集》第 11 卷，梁宗岱译，人民文学出版社，1991，第 240 页。

到一种奇怪的"逼真"，所以他画的东西才能称为艺术。回到诗歌的论题，道理是一样的：一首诗歌或直接表达事物的真实情形，就如超写实的绘画；或曲折地表达事物的真的属性，如现代派诗歌表面上的离经叛道。不论怎样，它的实质都必定归于真，能够揭示事物的客观规律，不然就不是高明的艺术。

　　自然是真实的客观存在，诗人也是真诚的，那么诗人所创作的诗也必然含有真的成分。在下面这首诗中，莎士比亚探索了艺术创作的问题。他强调了自然之真对诗人创造作品的重要性。

Sonnet 59

If there be nothing new, but that which is

Hath been before, how are our brains beguiled,

Which, labouring for invention, bear amiss

The second burden of a former child!

O, that record could with a backward look,

Even of five hundred courses of the sun,

Show me your image in some antique book,

Since mind at first in character was done!

That I might see what the old world could say

To this composed wonder of your frame;

Whether we are mended, or whether better they,

Or whether revolution be the same.

O, sure I am, the wits of former days

To subjects worse have givenadmiring praise. [1]

第 59 首十四行诗

如果天下无新事，现在的种种

---

① Shakespeare. "Sonnet 59," https://www. opensourceshakespeare. org/views/sonnets/sonnet_ view. php?Sonnet = 59.

从前都有过，我们的头脑多上当，
当它苦心要创造，却怀孕成功
一个前代有过的婴孩的重担！
哦，但愿历史能用回溯的眼光
纵使太阳已经运行了五百周，
在古书里对我显示你的肖像，
自从心灵第一次写成了句读！
让我晓得古人曾经怎样说法，
关于你那雍容的体态的神奇；
是我们高明，还是他们优越，
或者所谓演变其实并无二致。
哦，我敢肯定，不少才子在前代
曾经赞扬过远不如你的题材。①

——梁宗岱译

这里诗人发现：其实所谓的创新不过是书写人们早已熟知的东西。"苦心要创造"（labouring for invention）一语表现了诗人费力作诗的情形，同时也说明诗人在努力创新的时候也不断受到挫折，吃力地前行着。"一个前代有过的婴孩的重担！"（The second burden of a former child!）指一切的创造其实都是对已有事物的重复。美国文学批评家哈罗德·布鲁姆（Harold Bloom，1930~2019）在《影响的焦虑：一种诗歌理论》（The Anxiety of Influence: A Theory of Poetry）一书中提出：真正的诗史就是一个诗人怎么备受其他诗人影响的故事。在诗歌创作中，后来的诗人要想真正崛起，就要对先驱们的诗歌进行修正，从而使自己在文学史上获得一席之地。这个主张与莎士比亚的"一个前代有过的婴孩的重担"的比喻有些相似。布鲁姆强调对前人诗歌的承继，同时也表明好的诗歌不仅是模仿，还有对模仿的突破。莎士比亚用诗人的语言表明，所谓的艺术创新是基于旧有艺术的模仿，就像一个已有过的婴儿被重新孕育一样。"已有过的婴儿"象征着早已存在的诗歌，而新诗则是对这个婴儿的重新孕育，诗人已经看出了新

---

① 《莎士比亚全集》第11卷，梁宗岱译，人民文学出版社，1991，第217页。

创作的诗歌和以往诗歌作品的亲缘关系。至于这个重新孕育的婴儿是否有与旧的婴儿不同的特点，诗人接下来把先驱们的作品与他本人的作品进行了对比，就如同把那个旧的婴儿拿来与新的婴儿进行对比。诗人再次渴望阅读古代的作品，结果发现自己所写的也并不逊色。当然，莎士比亚的兴趣不在于探索诗歌创新的问题，但他的诗歌创新思想在短短的诗句中已然凸显出来。在诗歌最后两句，诗人肯定了自己的优势。原来并不是诗人的诗艺有多高超，而是他所选择的这个关于年轻人的美貌的题材可能比古代人所选的任何题材都要美。也就是说，是题材使人能够写出更加美好的作品，原来诗人的功绩全要归功于他所选择的这个题材。明写自己的诗美，暗写年轻人的貌美。诗歌的第 11 行以一个感叹词"哦"（O）开始，也表达了诗人对自己可以拥有这样杰出的题材深感庆幸，其快乐之情溢于言表。

诗中的隐喻是精确的，被用来解释和说明事实。诗歌的感人之处也在于它所说的东西俱是真的体现。庞德（Ezra Pound，1885～1972）认为："真正的隐喻是'解释的'，而不只是'装饰的'。它具有'精确性'，这种精确性来自'准确地复制那些历历在目的东西'的企图。但是，隐喻本身是一个视觉的构图，它把通常出现的世界进行了变形。通过给这个场景添加一个形象或构图，隐喻再次体验了它。"庞德有时候似乎认为艺术意味着事实的基本设想。它体现事实。它并不发表评论或者见解，"艺术、文学、诗歌都是一种科学，就像化学是一种科学一样……不合格的艺术是不精确的艺术。正是艺术造成了虚假的报道"。①

真就是自然的属性，就是自然美。赫尔德（Johann Gottfried Herder，1744～1803）认为"没有真就没有美，同样没有美也就没有真"。他说："一切美都以真为基础，一切美都必定只通向真和善。因此，我所说的美，如果多少是合乎人性的，也就是说，引向了真的事物和善的事物，那么真就成为美的，因为美只不过是真的外在形象。"这里赫尔德表面上强调的仍是形式，但他一再申明，这不是空洞的、抽象的形式，而是包含丰富内容的个别的真的形式。他赞同英国画家荷加斯（William Hogarth，1691～

---

① 〔加〕查尔斯·泰勒：《自我的根源：现代认同的形成》，韩震等译，译林出版社，2001，第745页。

1764）关于美的线形的论断，认为人们之所以喜爱曲线美，正是由于它使人想到人体的线条。他说："人体的美就在于健康的、生命的形式。"赫尔德在晚年写的《卡利贡涅》（*Kalligone*，1800）一书中对康德（Immanuel Kant，1724~1804）的《判断力批判》（*Kritik der Urteilskraft*）进行了批判。其要点有三。首先，他批判了康德关于审美判断不涉及任何利害关系的观点。他说："在自然界和人类社会里，无益的美是完全不能想象的。"美如果对人无益，不是人所必需的，那么人们就绝不会去追求美。因此，美客观地存在于美的对象本身，并非康德所说的纯主观的东西。其次，他批判了康德的形式主义和主观的、形式的合目的性观点。康德认为，美只涉及对象的形式，与对象的内容无关，只具有主观的、形式的合目的性。赫尔德说："没有内容的形式——这就是空瓦罐、碎片。精神赋予一切有机体以形式，使形式有生气；如果没有精神，形式就只是死板的图画、尸体。"他主张美是形式和内容的和谐统一。他重视形式，但认为只有表现事物本质的形式才能是美的。① 最后，他还批判了康德关于先天审美能力的观点。他认为，康德割断了审美主体与社会、历史的联系，只孤立地从个体心理学的角度分析美，这是片面的和错误的。事实上，人的审美能力是在现实的社会实践活动中历史地产生和发展起来的。把真当成美的重要依据和美的属性，就决定了人们对于真的看法接近于唯物主义。其实，赫尔德对康德的批判也是对唯心主义思想的批判。诗人虽然没参与到美与真的哲学论辩中，但诗人用他们的诗揭示了与哲学家所揭示的同样的思想与道理。

真是客观实在，就决定了真一定会体现自然美。艺术之所以能够体现自然之真，关键就在于艺术的模仿性。在柏拉图看来，艺术模仿的并不是具体的美之事物，而是美的理念。"在这种对自然的直接而简单的模仿中，如在描述一个美丽的女人的形态时，诗人远不如雕刻家：在把它与其他事物进行比较，并提出其他关于美或爱的观念时，他有了一个全新的想象力来源；在这种能力中，现代人至少比古人更大胆、更频繁地使用这种能力。"② 莎士比亚关于美的观念并不是来源于对美的刻画，而是来源于柏拉图（Plato，前427~前347）思想的影响。莎士比亚用诗歌的形式再现了柏

---

① 李醒尘：《西方美学史教程》，北京大学出版社，2005，第202页。

② Hazlitt, William. "Schlegel on the Drama," *Nineteenth-Century Literature Criticism*, 15(1987) : 68.

拉图的理念说。"理念"（eidos，idea）的动词形式是"看"（ide），指"看到的事物"。柏拉图将其定义为心灵的眼睛所看到的东西。在柏拉图看来，世界是理念的世界，世界上每一样物体都有一个理念，造物主是按照理念来创造物体的。也就是说，世界上一切物体都是理念的产物。这体现了柏拉图学说的唯心主义性质。柏拉图认为理念是物体的模型，是物体的本质。理念是物体模仿的模型，物体存在的目标就是实现其本质。物体是对理念的模仿，而艺术是对物体的模仿。这一抽象的理论被莎士比亚写在他的十四行诗里，形象地再现：

Sonnet 99

The forward violet thus did I chide:

Sweet thief, whence didst thou steal thy sweet that smells,

If not from my love's breath? The purple pride

Which on thy soft cheek for complexion dwells

In my love's veins thou hast too grossly dyed.

The lily I condemned for thy hand,

And buds of marjoram had stol'n thy hair:

The roses fearfully on thorns did stand,

One blushing shame, another white despair;

A third, nor red nor white, had stol'n of both

And to his robbery had annex'd thy breath;

But, for his theft, in pride of all his growth

A vengeful canker eat him up to death.

More flowers I noted, yet I none could see

But sweet or colour it had stol'n from thee. [1]

---

[1] Shakespeare. "Sonnet 99," https://www.opensourceshakespeare.org/views/sonnets/sonnet_view.php?Sonnet=99.

第 99 首十四行诗

我对孟浪的紫罗兰这样谴责：
"温柔贼，你哪里偷来这缕温馨，
若不是从我爱的呼息〔吸〕？这紫色
在你的柔颊上抹了一层红晕，
还不是从我爱的血管里染得？"
我申斥百合花盗用了你的手，
茉沃兰的蓓蕾偷取你的柔发；
站在刺上的玫瑰花吓得直抖，
一朵羞得通红，一朵绝望到发白，
另一朵，不红不白，从双方偷来；
还在赃物上添上了你的呼息〔吸〕，
但既犯了盗窃，当它正昂头盛开，
一条怒冲冲的毛虫把它咬死。
我还看见许多花，但没有一朵
不从你那里偷取芬芳和婀娜。①

——梁宗岱译

    这首诗不是 14 行，而是 15 行。诗歌以对一朵花的谴责开篇，诗人用谴责语气说紫罗兰花的色泽是从年轻人的血管里染来的。接下来，诗人又把目光转向其他花朵。诗人写道："我申斥百合花盗用了你的手，茉沃兰的蓓蕾偷取你的柔发；站在刺上的玫瑰花吓得直抖。"诗人以极大的密度列举了各色花朵如何偷取了年轻人的美。接下来，诗人甚至恶狠狠地说让毛虫把花咬死。在诗歌的最后两行，诗人再一次强调，没有一朵花不是从年轻人那里盗取了美。在这首诗中，莎士比亚环顾大自然里的各种色彩、各种香味、各种形状，他觉得所有这一切美丽的东西都是从年轻人那里模仿来的，都从年轻人那里得到了他的色彩。这样的构思明显是对柏拉图理念说的一种艺术化再现。在诗人看来，年轻人代表的是美这一理念，那么

---

① 《莎士比亚全集》第 11 卷，梁宗岱译，人民文学出版社，1991，第 257 页。

自然中那些美的花朵无论如何变化，也最终离不开对美这一理念的模仿。这一理念之所以为美，就在于其中体现了事物的本质，事物的本质就是最接近于真的那个东西，实现了真也就实现了美。花色再美丽，它们中不含有真，唯有模仿象征理念的年轻人，它们才能得到真，从而使它们显得美。

在第 98 首十四行诗中，莎士比亚又将年轻人当成了美的本源。这首诗歌潜在的意思就是年轻人即抽象的美的理念，美丽的花也模仿了年轻人的美：

Sonnet 98

From you have I been absent in the spring,

When proud-pied April dress'd in all his trim

Hath put a spirit of youth in every thing,

That heavy Saturn laugh'd and leap'd with him.

Yet nor the lays of birds nor the sweet smell

Of different flowers in odour and in hue

Could make me any summer's story tell,

Or from their proud lap pluck them where they grew;

Nor did I wonder at the lily's white,

Nor praise the deep vermilion in the rose;

They were but sweet, but figures of delight,

Drawn after you, you pattern of all those.

Yet seem'd it winter still, and, you away,

As with your shadow I with these did play. ①

第 98 首十四行诗

我离开你的时候正好是春天，

---

① Shakespeare. "Sonnet 98," https://www.opensourceshakespeare.org/views/sonnets/sonnet_view.php?Sonnet=98.

当绚烂的四月，披上新的锦袄，

把活泼的春心给万物灌注遍，

连沉重的土星也跟着笑和跳。

可是无论小鸟的歌唱，或万紫

千红、芬芳四溢的一簇簇鲜花，

都不能使我诉说夏天的故事，

或从烂漫的山洼把它们采掐：

我也不羡慕那百合花的洁白，

也不赞美玫瑰花的一片红晕；

它们不过是香，是悦目的雕刻，

你才是它们所要摹〔模〕拟的真身。

因此，于我还是严冬，而你不在，

像逗着你影子，我逗它们开怀。①

——梁宗岱译

诗歌一开始，诗人写他离开年轻人的时候正是春天。他描绘了春天时轻松欢快的景象，一切都充满生机和活力。在伊丽莎白时代，人们相信土星的出现会使人感到压抑和忧郁。春天的气息是如此动人，所以就连土星也加入了春的欢声笑语中。在诗歌的第 5 行，诗人用 yet（可是）来转折，然后不惜笔墨地描写夏季的富丽堂皇。只是，这丰饶的夏季万物都算不得什么，因为在诗人看来，那些美其实都源于年轻人。所以，当诗人把年轻人喻成美的理念而非具体的美的时候，他对年轻人之美的赞扬就已经无以复加了。第 18 首十四行诗也是将美当成理念来赞颂的：

Sonnet 18

Shall I compare thee to a summer's day?

Thou art more lovely and more temperate.

Rough winds do shake the darling buds of May,

---

① 《莎士比亚全集》第 11 卷，梁宗岱译，人民文学出版社，1991，第 256 页。

And summer's lease hath all too short a date.

Sometime too hot the eye of heaven shines,

And often is his gold complexion dimm'd;

And every fair from fair sometime declines,

By chance or nature's changing course untrimm'd:

But thy eternal summer shall not fade

Nor lose possession of that fair thou owest,

Nor shall Death brag thou wand'rest in his shade

When in eternal lines to time thou growest.

So long as men can breathe or eyes can see,

So long lives this and this gives life to thee. [①]

第 18 首十四行诗

我怎么能够把你来比作夏天?

你不独比它可爱也比它温婉。

狂风把五月宠爱的嫩蕊作践,

夏天出赁的期限又未免太短。

天上的眼睛有时照得太酷烈,

它那炳耀的金颜又常遭掩蔽:

被机缘或无常的天道所摧折,

没有芳艳不终于雕〔凋〕残或销毁。

但是你的长夏永远不会凋落,

也不会损失你这皎洁的红芳,

或死神夸口你在他影里漂泊,

当你在不朽的诗里与时同长。

只要一天有人类,或人有眼睛,

---

① Shakespeare. "Sonnet 18, " https://www.opensourceshakespeare.org/views/sonnets/sonnet_view. php?Sonnet = 18.

这诗将长存，并且赐给你生命。①

——梁宗岱译

在这首诗中，诗人用一个问句开头："我怎么能够把你来比作夏天？"（Shall I compare thee to a summer's day？）然后，诗人列举了夏天的种种不如意。要知道夏季在英格兰是一个美好的季节，但诗人却刻意凸显夏天的不如意，比如夏天有风和烈日、夏日时光过于短暂等。第 7 行提到 "And every fair from fair sometime declines"，第一个 fair 表示美的事物，而第二个 fair 表示美的理念。美的事物源于美的理念，这正符合柏拉图的理念思想。诗人说年轻人不会失去他的美（Nor lose possession of that fair thou ow'st），这里的 fair 一词指的是理念。诗人把夏季的一切美好的景物都当成年轻人的影子，其真身是年轻人，这再一次印证了柏拉图的理念思想。理念体现的是事物的共相，即事物的本质属性；理念也是事物完美的模型。

这两首诗都充分地体现出柏拉图的理念说对莎士比亚的影响。诗歌赞美"美的理念"，诗人认为自己的诗就是对这种美的理念的模仿。为了达到对美的理念进行模仿的目的，诗人需要做的是找到一些材料，使我们认识这个美的理念。美的理念是抽象的，为了认识这个抽象的理念，就必须从认识具体的事物开始。因此，在这两首诗中，诗人调动起自然界的鸟语花香，从而使这种美变得可以捕捉。诗人把自然界的意象搬来作为材料，构建起美这一理念的大厦。

既然莎士比亚在关于美的主题的十四行诗作品中所赞颂的美是抽象的美的理念，那么就附带产生了一个问题，即诗人所歌颂的对象是男人还是女人并不重要。即使真的存在一个莎士比亚爱恋的年轻人，诗人的诗都是写这个年轻人的，那么我们依然可以确信，这些诗与其说是爱情的表白，不如说是艺术的虚构。诗人写这些诗就像他创作戏剧一样，他让诗歌有一个明确的指向，让读者以为有一个年轻貌美的人是诗歌的接受者，那也不过是为了增强诗歌艺术的真实感，创造出更好的艺术效果罢了。正因为诗人赞美的是美的理念，所以莎士比亚对于他所赞颂的美属于男性还是属于女性是不太关心的。在第 20 首十四行诗中，诗人就把年轻人当成了一个双

---

① 《莎士比亚全集》第 11 卷，梁宗岱译，人民文学出版社，1991，第 176 页。

重性别的人来赞美:

Sonnet 20

A woman's face with Nature's own hand painted

Hast thou, the master-mistress of my passion;

A woman's gentle heart, but not acquainted

With shifting change, as is false women's fashion;

An eye more bright than theirs, less false in rolling,

Gilding the object whereupon it gazeth;

A man in hue, all' hues' in his controlling,

Much steals men's eyes and women's souls amazeth.

And for a woman wert thou first created;

Till Nature, as she wrought thee, fell a-doting,

And by addition me of thee defeated,

By adding one thing to my purpose nothing.

But since she prick'd thee out for women's pleasure,

Mine be thy love and thy love's use their treasure. ①

第 20 首十四行诗

你有副女人的脸，由造化亲手

塑就，你，我热爱的情妇兼情郎；

有颗女人的温婉的心，但没有

反复和变幻，像女人的假心肠；

眼睛比她明媚，又不那么造作，

流盼把一切事物都镀上黄金；

绝世的美色，驾御〔驭〕着一切美色，

---

① Shakespeare. "Sonnet 20," https://www.opensourceshakespeare.org/views/sonnets/sonnet_view.php?Sonnet=20.

　　　　既使男人晕眩，又使女人震惊。

　　　　开头原是把你当女人来创造：

　　　　但造化塑造你时，不觉着了迷，

　　　　误加给你一件东西，这就剥掉

　　　　我的权利——这东西对我毫无意义。

　　　　但造化造你既专为女人愉快，

　　　　让我占有，而她们享受，你的爱。①

——梁宗岱译

　　这首诗不劝年轻人结婚生子，也不再写艺术使美得以永恒，而是探索年轻人的双重性。他有一副女人的脸，由造化亲手塑造。他既是热情的情妇又是情郎，master-mistress 这种双重性别使年轻人既有女人的温婉性格，又强过女人，因为他心地忠实，不似女子那般善变。这首诗是一个造人的神话。前 8 行写年轻人的双性特征，这种特征使年轻人的美更加完善。第 9 行以 and 开始，表示诗人思路的延展。诗人由年轻人的外貌想到了造物主塑造的过程，不免带有几分神话意味。诗人仍然拥有年轻人的爱，他也爱着年轻人。造化把诗人造成男人，但这一点并没有影响诗人对年轻人的爱，因为这种爱是精神上的，而非肉体上的，这种爱从根本上讲是对理念之美的爱。

　　"真"的创造源于艺术家的技术，"真"的产生与艺术家的精神世界有关。黑格尔说，"绘画却不能停留在这种对主体性的丰富内容及其无限性的全神贯注上面"，它还要使本来只构成附属品、环境和背景的个别特殊事物保持它们的独立自由。在这种由最深刻的严肃性的题材转到外在界特殊具体的现象的前进过程中，绘画必然要走到专注于单纯外在现象的极端，以至内容变成无足轻重的，而表现事物外貌的艺术手腕却成为兴趣的中心。这里我们就看到天空、时节和树林光彩的瞬息万变的景象，云霞、波涛、江湖等的光和返光，杯中酒所放出的闪烁的光影，眼波的流动以及一瞬间的神色和笑容之类用最高的艺术手腕凝定下来了。"绘画在这里从理想性向前跨到生动的现实，用精工细作的方式把其中

---

　　① 《莎士比亚全集》第 11 卷，梁宗岱译，人民文学出版社，1991，第 178 页。

现象所产生的效果丝毫不走样地描绘出来。这里所需要的不是单纯的施工方面的勤勉而是精神方面的努力，只有精神方面的努力才能把每一个别细节都画成本身完美的，同时又使整体融贯和谐，这就需要最高明的艺术。"[1] 诗歌与绘画艺术在审美的规律方面是相通的。艺术表达的逼真并不仅仅是一个技术问题，当技术达到一定水平后，要想达到完美的效果，就只能靠心灵。伟大的哲学家黑格尔看到了这一点。不过，早在文艺复兴时期，诗人莎士比亚已经在他的诗中阐释了这个观点。第 85 首十四行诗就是这样：

Sonnet 85

My tongue-tied Muse in manners holds her still,

While comments of your praise, richly compiled,

Reserve their character with golden quill

And precious phrase by all the Muses filed.

I think good thoughts whilst other write good words,

And like unletter'd clerk still cry 'Amen'

To every hymn that able spirit affords

In polish'd form of well-refined pen.

Hearing you praised, I say 'Tis so, 'tis true,'

And to the most of praise add something more;

But that is in my thought, whose love to you,

Though words come hindmost, holds his rank before.

Then others for the breath of words respect,

Me for my dumb thoughts, speaking in effect. [2]

---

[1] 〔德〕黑格尔：《美学》第 3 卷上册，朱光潜译，商务印书馆，1996，第 239 页。

[2] Shakespeare. "Sonnet 85," https://www.opensourceshakespeare.org/views/sonnets/sonnet_view. php?Sonnet=85.

第 85 首十四行诗

我的缄口的诗神只脉脉无语；

他们对你的美评却累牍连篇，

用金笔刻成辉煌夺目的大字，

和经过一切艺神雕琢的名言。

我满腔热情，他们却善颂善祷；

像不识字的牧师只知喊"阿门"，

去响应才子们用精炼〔练〕的笔调

熔铸成的每一首赞美的歌咏。

听见人赞美你，我说，"的确，很对"，

凭他们怎样歌颂我总嫌不够；

但只在心里说，因为我对你的爱

虽拙于词令，行动却永远带头。

那么，请敬他们，为他们的虚文"。

敬我，为我的哑口无言的真诚。①

——梁宗岱译

这首诗用对比的手法写成，诗人把自己设定为缄默的人，与其他人对年轻人滔滔不绝的赞美形成了对照。在写自己的时候，诗人只用了 my tongue-tied Muse（我的缄口的诗神）来表示自己沉默的状态；而在写其他诗人时，诗人却用了 richly（丰富的）、golden quill（金色的笔）、precious phrase（珍贵的词语）等词句来渲染其他诗人所写的诗是多么富丽堂皇。诗人那缄默的诗神因而显得黯然无光。在诗歌的第 5~8 行，诗人延续了这种对比，在诗中写道："我满腔热情，他们却善颂善祷"（I think good thoughts whilst other write good words）。这说明其他人只是善用言辞，而诗人是用心灵来爱年轻人的。通过比较就会发现，其实莎士比亚的这首诗很有讽刺意味。虽然其他的诗人使出浑身解数来赞美，但是他们的赞美没有价值。诗人接下来用了一个比喻，说自己像牧师一样，这表明诗人拥有非

---

① 《莎士比亚全集》第 11 卷，梁宗岱译，人民文学出版社，1991，第 243 页。

常虔诚的心灵。在诗人的热情与虔诚面前，其他诗人的诗不论多么精致，不论多么辞藻华丽，都像沙子筑成的宫殿，一阵风来就会土崩瓦解。在诗歌的第 9~12 行，诗人变得更加自信。诗人现在明确表示：那些大张旗鼓地用瑰丽浮夸的言辞赞美年轻人的诗人，他们的赞美永远不会像诗人的赞美那么有力。因为其他人只有华丽的言辞，而诗人却对年轻人怀有忠诚与爱。这里也涉及一个艺术创作的问题，那就是对于艺术创作来讲，重要的是思想真诚，而不是言辞华丽。这种思想也是 19 世纪浪漫主义诗歌大力提倡的。在诗歌的最后两行，诗人变得强大，相信自己的真诚胜过一切虚饰。他略带讽刺地劝谏年轻人："那么，请敬他们，为他们的虚文"（Then others for the breath of words respect）。虚文有什么可取之处呢？所以诗人实际上是劝年轻人远离浮夸的谄媚诗歌，而接受诗人那些发自内心的真诚诗篇。

　　虽说内心的真诚是点睛之笔，但内心的真诚能否更好地反映诗歌中"真"的面貌呢？我们从休谟（David Hume，1711~1776）的《人性论》（*A Treatise of Human Nature*）中可以找到答案，休谟说："我乐意于在人性科学中建立一个一般的公理，也就是说：当任何印象呈现给我们时，它不仅将心灵传送到与之相关联的那些观念，而且也同样把印象的一部分力度和活泼程度传达给那些观念。在很大程度上，心灵的所有作用都依赖于它在进行那些活动时的心理倾向；而且心灵的活动总是随着精神的旺盛或消沉，以及注意力的集中或分散而变得具有更多或更少的力度和活泼性。因此，当任何一个使思想兴奋和活跃起来的对象被呈现时，只要那种心理倾向继续保持，心灵所从事的每一种活动都将变得更为有力和生动。显而易见，那种心理倾向的继续完全依赖于心灵正在使用的那些对象；并且任何新的对象都会自然地给予精神一个新的方向，而且还会改变这种心理倾向；相反，当心灵经常地固定于同一个对象，或者顺利地、不知不觉地沿着一些相关联的对象向前移动时，这种心理倾向就有了更长的持续时间。因此，就会发生下面的情形：心灵一旦被一个当下的印象所激起，它就会由于心理倾向从一个对象到另一个对象的自然过渡，而对这些关联着的对象形成一个更加生动的观念。这些对象的改变是如此的容易，以至心灵除了将它自身应用于那个相关联的观念，并获得由当下的印象而来的所有力度和活跃程度以外，几乎觉察不到它。"① 当我们的内心活跃起来，心灵对外界事物的加工就会不一样。任何一门技艺发展到一定高度，再向上发展就会变得很难，这时便是心灵介入的契机。内心真诚的人就会成为登峰造极者，而内心不真诚、不活跃的人则会成为劣等的技工。真诚的意义就在于此。

　　莎士比亚十四行诗中的很多篇章都把真与美联系起来，不过即使诗人不强调真与美的关系，如果一首诗是真实灵魂的写照，那么它同样是美的。我们来看怀亚特的这首诗：

Like to These Immeasurable Mountains
Wyatt

Like to these immeasurable mountains

Is my painful life, the burden of ire:

For of great height be they and high is my desire,

And I of tears and they be full of fountains.

Under craggy rocks they have full barren plains;

Hard thoughts in me my woeful mind doth tire.

Small fruit and many leaves their tops do attire;

Small effect with great trust in me remains.

The boist'rous winds oft their high boughs do blast;

Hot sighs from me continually be shed.

Cattle in them and in me love is fed.

Immovable am I and they are full steadfast.

Of the restless birds they have the tune and note,

And I always plaints that pass thorough my throat. ②

---

① 〔英〕大卫·休谟：《人性论》，石碧球译，中国社会科学出版社，2009，第72页。

② Wyatt. "Like to these immeasurable mountains,"http://www. sonnets. org/wyatt. htm#006.

像这些无法估量的山

怀亚特

像这些无法估量的山
是我的痛苦的生活，愤怒的负担：
因为它们高大，是我的心愿，
用我的眼泪，它们充满了喷泉。
它们拥有那布满崎岖的山岩的贫瘠的平原；
我那艰难的思想让我可怜的心智精疲力竭。
小果和许多叶片打扮着它们的高处，
我付出了巨大的信任，却效果甚微。
专横的风损害它们的高枝，
我的叹息不断地流下。
它们中的牛和我的爱被喂养。
我巍然屹立，它们坚定不移。
它们为不安的鸟调节曲调与音符，
感叹总是从我的喉咙发出。

——笔者译

　　诗人用宏大的意象来书写心中的痛苦与愤怒，诗人笔下小小的十四行诗因这强有力的意象而变得气势非凡。也许是因为在诗中，怀亚特直接用简短的隐喻来书写，诗歌才产生了力量。这一节中景物的隐喻展现了宏大的场面；而在宏大场面中，诗人的爱情似乎显得渺小。诗人说："我付出了巨大的信任，却效果甚微"（Small effect with great trust in me remains）。这一小一大的对比很说明问题。trust（信任、信念）这个词是诗人在他的十四行诗中常用的。对怀亚特来说，trust 是爱的一个核心概念，它包含着诗人的爱情理想。trust 的使用表明诗人认为爱应该是忠实的、美好的、纯净的、圣洁的，需要全身心投入与付出。他也把自己所付出的爱称为 trust，而这样的爱只取得一点点微不足道的效果，从另一个方面批评了情人不识真金，只慕虚荣。在诗歌的后 6 句中，诗人让情感倾泻而下，仿佛把天地万物全都召集来，为他而叹息。因为有了前 8 句的铺垫，诗人的叹息显得那样令人同情，而没有矫揉造作之感。

　　这首诗的"真"有两个层面。一个层面是诗歌中有真诚的情感付出。诗人常常着墨于因真诚的情感被辜负而产生的巨大痛苦，"真"体现的是一种自我意识的满足。"在自我意识的这种满足里，它经验到它的对象的独立性。欲望和由欲望的满足而达到的自己本身的确信是以对象的存在为条件的，因为对自己确信是通过扬弃对方才达到的；为了要扬弃对方，必须有对方存在。因此自我意识不能够通过它对对象的否定关系而扬弃对象；由于这种关系它毋宁又产生对象并且又产生欲望。欲望的对象事实上是不同于自我意识，欲望的本质；通过这种经验自我意识便认识到这个真理了。但是，同时，自我意识仍然是绝对自为的，而它要获得绝对的自为存在，只有通过扬弃对象，它的满足必须建筑在对象的扬弃上，因为这就是真理。"① 怀亚特诗中的对象是一个令他痛苦的形象，唯有这样一个对象，才能激起他抒发个人情感的欲望，进而实现诗歌所要表达的心灵的"真"。另一个层面指的是"真"含有自由之意。诗人的整首诗歌中没有装饰性的语言，表达率真，是真情的自然吐露，诗歌在表达上达到了"真"的境界。与莎士比亚的十四行诗进行比较，怀亚特的十四行诗在诗歌艺术方面似乎更加自由。自由也是"真"给人的一种具体的感受。

　　在莎士比亚的第 125 首十四行诗中，诗人对"真"（true）在爱情中的价值进行了充分的论述：

Sonnet 125

Were 't aught to me I bore the canopy,

With my extern the outward honouring,

Or laid great bases for eternity,

Which prove more short than waste or ruining?

Have I not seen dwellers on form and favour

Lose all, and more, by paying too much rent,

For compound sweet forgoing simple savour,

---

① 〔德〕黑格尔：《精神现象学》，贺麟、王玖兴译，商务印书馆，1997，第 56 页。

Pitiful thrivers, in their gazing spent?

No, let me be obsequious in thy heart,

And take thou my oblation, poor but free,

Which is not mix'd with seconds, knows no art,

But mutual render, only me for thee.

Hence, thou suborn'd informer! a true soul

When most impeach'd stands least in thy control. [1]

第 125 首十四行诗

这对我何益，纵使我高擎华盖，

用我的外表来为你妆〔装〕点门面，

或奠下伟大基础，要留芳万代，

其实比荒凉和毁灭为期更短？

难道我没见过拘守仪表的人，

付出高昂的代价，却丧失一切，

厌弃淡泊而拼命去追求荤辛，

可怜的赢利者，在顾盼中雕〔凋〕谢？

不，请让我在你心里长保忠贞，

收下这份菲薄但由衷的献礼，

它不搀〔掺〕杂次品，也不包藏机心，

而只是你我间互相致送诚意。

被收买的告密者，滚开！你越诬告

真挚的心，越不能损害它分毫。[2]

——梁宗岱译

在这首诗的头 4 行中，诗人表明了自己对所爱之人的态度。诗人不屑

---

[1]　Shakespeare. "Sonnet 125," https://www.opensourceshakespeare.org/views/sonnets/sonnet_view.php?Sonnet=125.

[2]　《莎士比亚全集》第 11 卷，梁宗岱译，人民文学出版社，1991，第 283 页。

公然表达对所爱之人的敬慕心情，在诗人看来，那些装点门面的虚假情感炫耀都是浪费时间。在诗歌的第 5~8 行中，诗人讽刺与他竞争的诗人徒劳地要赢得年轻人的倾心，结果事与愿违。诗中用了"付房租"（paying too much rent）这个意象，来暗示年轻人的其他追求者永远像租房的人一样无法真正让他们的情感安居下来。诗中翻译的时候把 paying too much rent 意译为"付出高昂的代价"。接下来，诗人又对比使用了两个意象："混合的甜味"（compound sweet）和"简单的味道"（simple savour）。别的诗人偏爱前者，而诗人喜爱后者。诗人称这些竞争诗人为"可怜的赢利者"（pitiful thrivers），他们虽然张扬，但终究是缘木求鱼，空自欢喜。在诗歌的第 9~12 行，诗人把自己纯洁的爱情奉献给年轻人，他说自己的爱"不搀〔掺〕杂次品，也不包藏机心"（not mix'd with seconds, knows no art）。诗人一直相信真诚才是爱情最好的献礼，他在许多诗中都表达过这层意思，这是诗人一贯的主张。在诗歌的最后两行，诗人再一次声明，真心定会突破重重阻碍，最终取得胜利。

诗人所付出的真实情感就是爱，瓦格纳（Wilhelm Richard Wagner，1813~1883）认为，"在最形而上学的意义上，'爱'意味着以符合天道的方式存在。这个天道是什么呢？是永恒地发展和创造。在《未来的艺术作品》（1849）里，瓦格纳谈到了'自然的子宫'，说里面有'永恒的排卵、生育和渴望'。这就是青年瓦格纳的自然观：一切都是整个自然发展和创造的一部分，而且一切自身都在自己的层次上发展和创造着，所以永恒地变化和创造是整个自然和自然中一切成分的第一原则，就是在这个意义上，瓦格纳在《未来的艺术作品》里说：人心与自然的本质是一样的，在其内部'供奉着有着无限可能性的欲与爱'，一言以蔽之，最广泛的形而上学意义上的'爱'意味着自然的本质性的发展和创造的趋势、万物的发展和创造行为，以及个体的人以参与这种发展和创造的方式生活"。[①] 莎士比亚在诗中不厌其烦地讴歌爱情，从哲学意义上讲，这就是歌颂自然之真、彰显自然万物本身的发展和创造行为。

在关于真与美的十四行诗中，莎士比亚有时把自己的艺术与对手诗人的艺术进行对比，有时又把他对年轻人的情感和年轻人对他的情感进行对

---

① 张望：《理查·瓦格纳的诗学》，厦门大学出版社，2001，第 18 页。

比。在这两种情形下，诗人都设定存在一个对方，这个对方的存在完全是
为了表现诗人自己，展现诗人的自我意识。莎士比亚用对手诗人的假艺术
来凸显自己的艺术是真的，用年轻人对自己的不真实的情感来彰显自己的
情感的真诚。这样，真与美就全然落在了诗人这一边。这就难怪当我们读
这些诗歌的时候，会始终站在诗人这一边，为他的真情感动，为他的艺术
叫好了。

Sonnet 21

So is it not with me as with that Muse

Stirred by a painted beauty to his verse,

Who heaven itself for ornament doth use

And every fair with his fair doth rehearse,

Making a couplement of proud compare

With sun and moon, with earth and sea's rich gems,

With April's first-born flowers, and all things rare,

That heaven's airs in this huge rondure hems.

O! let me, true in love, but truly write,

And then believe me, my love is as fair

As any mother's child, though not so bright

As those gold candles fixed in heaven's air:

Let them say more that like of hearsay well;

I will not praise that purpose not to sell. ①

第 21 首十四行诗

我 的 诗 神 并 不 像 那 一 位 诗 神

只 知 运 用 脂 粉 涂 抹 他 的 诗 句，

---

① Shakespeare. "Sonnet 21," https://www.opensourceshakespeare.org/views/sonnets/sonnet_view.
php?Sonnet=21.

　　连苍穹也要搬下来作妆〔装〕饰品，

　　罗列每个佳丽去赞他的佳丽，

　　用种种浮夸的比喻作成对偶，

　　把他比太阳、月亮、海陆的瑰宝，

　　四月的鲜花，和这浩荡的宇宙

　　蕴藏在它的怀里的一切奇妙。

　　哦，让我既真心爱，就真心歌唱，

　　而且，相信我，我的爱可以媲美

　　任何母亲的儿子，虽然论明亮

　　比不上挂在天空的金色烛台。

　　谁喜欢空话，让他尽说个不穷；

　　我志不在出售，自用不着祷颂。①

——梁宗岱译

　　在这首诗的前 8 行，莎士比亚描写"那位诗神"（that Muse）是如何写诗的。"那位诗神"在这首诗中第一次被提到，指代另一个诗人。该诗人也在写诗赞美年轻人的美貌，是莎士比亚的竞争对手。那位"诗神"给他的诗句涂脂抹粉，涂抹出来的美是一种修饰之美，而并非真实的美。莎士比亚也列举了"那位诗神"的一系列做法。"那位诗神"的大手笔实在是惊世骇俗，他上天入地寻找意象来修饰他的诗歌，仿佛连苍穹都要搬下来做他的赞美的陪衬，他还罗列每个古代的美人以便烘托气氛，来赞美他自己想赞美的那个人。不仅如此，他还把太阳、月亮、海里的珍宝乃至宇宙中一切奇妙的事物都端上来，装饰年轻人的美。这个诗人用种种浮夸的比喻写成对偶的诗句，费尽心思寻找意象来歌颂年轻人的美。他的努力与其宏阔的手笔果真令人叹为观止。那么，莎士比亚面对这样的竞争对手又当如何应对呢？诗人相信真正打动人的不是富丽堂皇的外表，而是内心的真实情感，他认为真实的爱所灌溉的诗才能不朽。最后这两句诗展示了诗人意志的坚定及其对自己信念的忠诚。他相信，用直接、淳朴和真诚的语言所写的诗才是有价值的，用修辞手段、艺术技巧堆砌出来的诗则是没有灵

---

① 《莎士比亚全集》第 11 卷，梁宗岱译，人民文学出版社，1991，第 179 页。

魂的，缺少真诚是不能创造出好艺术的。莎士比亚指出，他和那个与他竞争的诗人之间最大的不同点在于：他寻求的是真诚，即真诚的情感和真诚的表达，而那位诗人只想用浮夸与虚饰来赞美。前者朴实，后者浮华。这首诗也反映出莎士比亚的艺术观念，那就是艺术需要真诚，同时艺术之真即自然之真。

　　在莎士比亚的第 84 首十四行诗中，他再一次强调艺术创作要朴实自然，而且需要真诚：

Sonnet 84

Who is it that says most? which can say more

Than this rich praise, that you alone are you?

In whose confine immured is the store

Which should example where your equal grew.

Lean penury within that pen doth dwell

That to his subject lends not some small glory;

But he that writes of you, if he can tell

That you are you, so dignifies his story,

Let him but copy what in you is writ,

Not making worse what nature made so clear,

And such a counterpart shall fame his wit,

Making his style admired every where.

You to your beauteous blessings add a curse,

Being fond on praise, which makes your praises worse. ①

第 84 首十四行诗

谁说得最好？哪个说得更圆满

---

① Shakespeare. "Sonnet 84," https://www.opensourceshakespeare.org/views/sonnets/sonnet_ view.php? Sonnet = 84.

比起这丰美的赞词："只有你是你"？

这赞词蕴藏着你的全部资产，

谁和你争妍，就必须和它比拟。

那枝文笔实在是贫瘠得可怜，

如果它不能把题材稍事增华；

但谁写到你，只要他能够表现

你就是你，他的故事已够伟大。

让他只照你原稿忠实地直抄，

别把造化的清新的素描弄坏，

这样的摹本已显出他的巧妙，

使他的风格到处受人们崇拜。

你将对你美的祝福加以咒诅：

太爱人赞美，连美也变成庸俗。①

——梁宗岱译

在这首诗开头，诗人就对他的竞争对手发出了挑战。在接下来的第 5~12 行中，莎士比亚指出模仿自然对艺术来说是必要的，但过分地装饰自然只会创造出虚假的艺术。莎士比亚认为自然已经把年轻人制造得如此精美，因此过多的装饰会将这种原生态的美毁掉。莎士比亚在这里强调艺术应该是自然和朴实的，真正的美就是那种最接近于真的美。这种美才是无比丰富、令人崇拜的。在诗歌的最后两行，诗人批评年轻人太过喜欢人们的赞美，这其实是一种糟糕的品位，而正是年轻人这种喜欢赞美的品位，鼓励了别人写出那些庸俗的诗歌来。这些诗歌不仅本身没有价值，而且有损于年轻人的美。从中可以看出莎士比亚对年轻人进行劝谏的意味。

Sonnet 127

In the old age black was not counted fair,

Or if it were, it bore not beauty's name;

---

① 《莎士比亚全集》第 11 卷，梁宗岱译，人民文学出版社，1991，第 242 页。

But now is black beauty's successive heir,

And beauty slander'd with a bastard shame:

For since each hand hath put on nature's power,

Fairing the foul with art's false borrow'd face,

Sweet beauty hath no name, no holy bower,

But is profaned, if not lives in disgrace.

Therefore my mistress' brows are raven black,

Her eyes so suited, and they mourners seem

At such who, not born fair, no beauty lack,

Slandering creation with a false esteem:

Yet so they mourn, becoming of their woe,

That every tongue says beauty should look so. [①]

第 127 首十四行诗

在远古的时代黑并不算秀俊，

即使算，也没有把美的名挂上；

但如今黑既成为美的继承人，

于是美便招来了侮辱和诽谤。

因为自从每只手都修饰自然，

用艺术的假面貌去美化丑恶，

温馨的美便失掉声价和圣殿，

纵不忍辱偷生，也遭了亵渎。

所以我情妇的头发黑如乌鸦，

眼睛也恰好相衬，就像在哀泣

那些生来不美却迷人的冤家，

用假名声去中伤造化的真誉。

这哀泣那么配合她们的悲痛，

---

① Shakespeare. "Sonnet 127," https://www.opensourceshakespeare.org/views/sonnets/sonnet_view.php?Sonnet=127.

　　大家齐声说：这就是美的真空。

　　这哀泣那么配合她们的悲痛，

　　大家齐声说：这就是美的真容。①

——梁宗岱译

　　诗人在这首诗的前 8 行中表示了他的担忧。诗人反对用化妆品去装饰自己，那样用种种化妆品打扮出来的美是没有价值的，圣洁的美也会因为这装饰而受到亵渎。诗人反对装饰出来的美，强调自然之美，认为唯有自然之美才是真正有价值的美，这样圣洁的美才不会因为装饰而受到亵渎。"大家齐声说：这就是美的真容。"这个结尾很有戏剧色彩，仿佛是戏剧的合唱。最后大家一致承认，美的真容就是这样的自然之美。诗人先从美的定义入手来回顾历史，认为在古时候黑并不算美，而如今人们的审美意识变化了，黑也被当成了美。美的观念的这种变化也引起人们的非议，而之所以有这么多非议，原因就在于多数人还在拼命地装饰自己，用装饰来掩盖丑陋，诗人认为这样是不美的。莎士比亚在这首诗中明确提出了他的审美观念，即以朴素为美。这使我们想起老子在《道德经》中所提倡的"见素抱朴"。"素"是指没有染色的生丝，"朴"则是没有加工的原木，老子以此比喻合乎自然法则。合乎自然，便是朴素，莎士比亚所提倡的也正是这种合乎自然的美。

　　人们为什么背离了自然之美呢？莎士比亚在诗中也回答了这个问题。人们之所以背离了自然的朴素之美，是因为过分装饰。就如同今天的人通常以黑发为美，如果华发渐生，人们便趋之若鹜地将白发染黑，以为这样才美。天然生长的黑发固然美，天然生长的白发也是美的，但是人们只承认黑发的美，而不承认白发的美，原因就在于人们倾向于把黑发与年轻健康联系在一起，久而久之，黑色的毛发也便自然地与愉快的正面情绪联系起来，而白色的毛发便与负面情绪联系起来。当人们把白发染成黑发的时候，就是在把丑陋遮掩起来，通过装饰来造出一种美的姿容。

　　莎士比亚在作品中多次论及艺术要朴素这一道理，还认为朴素的艺术才是真诚的艺术。艺术为什么需要真诚呢？锡得尼分析过诗人为什么是真

---

① 《莎士比亚全集》第 11 卷，梁宗岱译，人民文学出版社，1991，第 287 页。

诚之人，他说："至少我认为，真实地——就是：在白日之下的一切作者中，诗人最不是说谎者；即使他想说谎，作为诗人就难做说谎者。当天文学家和几何学家测量恒星的高度时，是难以避免说谎的。你想，医生说谎是多么寻常，他们断定什么东西有益于疾病，而这些东西却送给卡戎①大批的灵魂，都是在到他渡口之前淹死在汤药里的。其余一切担当肯定什么的人也不会少说些谎。至于诗人，他不肯定什么，因此他是永不说谎的。因为我认为，说谎就是肯定虚伪的为真实的。所以，其他作者，尤其是历史家，由于他肯定许多东西，在人类知识的这种朦胧状态里，是难以避免许多谎话的。但是诗人，犹如我已说过的，总不肯定。诗人从来不用魔法来圈住你的想象范围，使你相信他所写的是真实的。他并不援引别的记载为根据，而且甚至为他的开头部分召唤那温柔的缪斯来以美的创造注入他的心灵。事实上诗人努力来告诉你的不是什么存在着，什么不存在，而是什么应该或不应该存在。"② 在锡得尼看来，由于诗人只描述了事实，并未鉴别事实，所以客观上讲，诗人没有说谎。即使诗人说谎，他一写诗也就不能说谎了。从艺术上讲，一个真正的诗人不需要呼唤诗神来装点他的诗篇，使他辞藻华丽，他只需要告诉我们什么是应该存在的，什么是不应该存在的。莎士比亚的这首诗就通过对比的方式告诉我们什么是一个真正的诗人应该做的，什么是不应该做的。当诗人写那个竞争诗人要怎么做，而他又要怎么做时，他没有做任何判断，但是读者的心目中已经形成了自己的判断，这就是诗人要达到的效果。

　　中国古代的唯心主义哲学思想也一再强调艺术需要真与诚。在英语中，truth 这个词既有"真"之意，又有"诚"之意。"真"指符合自然规律，"诚"侧重指人精神范畴的真。"真""诚"之意加起来共同构成了中国古代的"诚"这一哲学范畴。"'诚'这一古老的哲学范畴，其原意为诚实无欺或真实无妄，是从道德范畴中演化而来的。《中庸》中子思提出了'诚'的范畴。子思认为'诚'是'天道'，是宇宙万物的本原，宇宙间的一切事物均由'诚'派生出来……'诚者，物之终始，不诚无物……诚者，非自成己而已也，所以成物也。'那么，作为'天道'的'诚'有

---

① 希腊神话中渡在冥河摆渡的艄公，把亡灵渡到冥府门口
② 〔英〕锡得尼：《为诗辩护》，钱学熙译，人民文学出版社，1998，第 42 页。

什么特点呢？子思说：'天地之道，可一言而尽也，其为物不贰，则其生物不测。天地之道，博也，厚也，高也，明也，悠也，久也。'这里，'不贰'体现了诚的特点'专一'，而'博、厚、高、明、悠、久'则体现了'诚'这一'天道'的真实存在，这是一种唯心主义宇宙观。子思在《中庸》中把天道与人道区别开来，认为'诚'是天之根本属性，而努力寻求天人合一，则为人道。在子思看来，'天道'是先天的，是圣人与生俱来（的）。"① 在中国古代哲学思想中，"诚"体现的是天道，是天人合一的思想。人只有"诚"，才可以认识自然规律，发现事物的本源，即"真"。

在莎士比亚的第 21 首十四行诗中，诗人认为艺术之真即自然之真。诗人之所以不赞成竞争诗人为所赞美的对象涂脂抹粉，就是因为他认为艺术应该反映自然之真。如果赞美发自内心，源于真诚，那就是至高无上的赞美。用中国古典哲学的话来讲，是合于天道的赞美。《中庸》有言："天地之道，博也，厚也，高也，明也，悠也，久也。"合于天地之道，便可以永恒。这是中国古代哲学思想给我们的启示。莎士比亚的诗中也提出艺术之真乃是自然之真，而自然是永恒的存在，合乎自然的艺术也必将获得永恒。这也是为什么莎士比亚在他的诗歌中极力推崇艺术永恒观念。

自然美中含有真，艺术美中也含有真，因而产生了一个问题，那就是自然美与艺术美哪一个更美。在莎士比亚的诗中，自然美与艺术美的天平时而会向自然美倾斜，时而又向艺术美倾斜，这反映了诗人思想的矛盾性。我们来看下面这首诗，诗中出现了一个竞争诗人。诗人写道：

Sonnet 79

Whilst I alone did call upon thy aid,
My verse alone had all thy gentle grace,
But now my gracious numbers are decay'd
And my sick Muse doth give another place.
I grant, sweet love, thy lovely argument
Deserves the travail of a worthier pen,

---

① 关于"诚"学说的解析，见宋一夫主编《诚》，吉林文史出版社，1994，第 3 页。

Yet what of thee thy poet doth invent
He robs thee of and pays it thee again.
He lends thee virtue and he stole that word
From thy behavior; beauty doth he give
And found it in thy cheek; he can afford
No praise to thee but what in thee doth live.
Then thank him not for that which he doth say,
Since what he owes thee thou thyself dost pay. [1]

第 79 首十四行诗

当初我独自一个恳求你协助，
只有我的诗占有你一切妩媚；
但现在我清新的韵律既陈腐，
我的病诗神只好给别人让位。
我承认，爱呵，你这美妙的题材
值得更高明的笔的精写细描；
可是你的诗人不过向你还债，
他把夺自你的当作他的创造。
他赐你美德，美德这词他只从
你的行为偷取；他加给你秀妍，
其实从你颊上得来；他的歌颂
没有一句不是从你身上发见。
那么，请别感激他对你的称赞，
既然他只把欠你的向你偿还。[2]

——梁宗岱译

---

[1] Shakespeare, "Sonnet 79," https://www.opensourceshakespeare.org/views/sonnets/sonnet_view.php?Sonnet=79.

[2] 《莎士比亚全集》第 11 卷，梁宗岱译，人民文学出版社，1991，第 237 页。

　　原来这个竞争诗人也在写诗赞美年轻人。莎士比亚一开始谦虚地说，自己的诗已经陈腐，而"年轻人之美"这个题材配得上更高明的笔来描绘。诗歌的第1~6行大有退隐江湖的意味，然而第7~10行出现了转折。诗人说这个新的竞争者对年轻人之美的描绘，无论是对其美德的赞扬还是对其外貌的赞美，全都来自年轻人本身。也就是说，是年轻人的美成就了那个诗人。在结尾的两句，诗人说既然那个诗人不过是窃取了自己所歌颂对象的美，那么美的源头仍然是年轻人，而非那个诗人。这首诗体现了莎士比亚的创作思想，即艺术是一种模仿力，被模仿的物体本身是一个自然的物体，自然美要高于艺术美，艺术美不过是对自然美的模仿。然而，在莎士比亚的其他一些诗篇中，艺术美又高于自然美。第101首十四行诗就涉及这一主题：

Sonnet 101

O truant Muse, what shall be thy amends

For thy neglect of truth in beauty dyed?

Both truth and beauty on my love depends;

So dost thou too, and therein dignified.

Make answer, Muse: wilt thou not haply say

' Truth needs no colour, with his colour fix'd;

Beauty no pencil, beauty's truth to lay;

But best is best, if never intermix'd?'

Because he needs no praise, wilt thou be dumb?

Excuse not silence so; for't lies in thee

To make him much outlive a gilded tomb,

And to be praised of ages yet to be.

Then do thy office, Muse; I teach thee how

To make him seem long hence as he shows now. ①

---

① Shakespeare. "Sonnet 101," https://www. opensourceshakespeare. org/views/sonnets/sonnet_view. php?Sonnet = 101.

第 101 首十四行诗

偷懒的诗神呵，你将怎样补救
你对那被美渲染的真的怠慢？
真和美都与我的爱相依相守；
你也一样，要倚靠它才得通显。
说吧，诗神；你或许会这样回答：
"真的固定色彩不必用色彩绘；
美也不用翰墨把美的真容画；
用不着搀〔掺〕杂，完美永远是完美。"
难道他不需要赞美，你就不作声？
别替缄默辩护，因为你有力量
使他比镀金的坟墓更享遐龄，
并在未来的年代永受人赞扬。
当仁不让吧，诗神，我要教你怎样
使他今后和现在一样受景仰。①

——梁宗岱译

　　诗歌开头，诗人向诗神发出吁求。不过，在这里诗人创造了自己的逻辑：真与美是年轻人的属性，而诗神也要依靠年轻人。就是说，真与美的象征是年轻人，而非诗神，并且诗神的灵感也来自年轻人。莎士比亚的十四行诗中常会使用这样的表达方式，姑且称为"超越最高级"的表达方式。"超越最高级"指的是诗人常常把习惯上认为是最高一级的事物降一级，在其之上再加一个更好的事物，以此来夸张地赞美诗人所要咏叹的事物。比如说诗神通常是诗歌之美的最高象征，也是诗歌灵感的不二源泉，但是莎士比亚反其道而行之，说诗神之美也源于年轻人，这样诗人就把年轻人的美置于世界上最高的位置，我们可称之为"超越最高级"。在这样的赞美之后，在第 5~12 行，诗人和诗神展开了辩论。诗神认为，真与美

---

① 《莎士比亚全集》第 11 卷，梁宗岱译，人民文学出版社，1991，第 259 页。

本身不用彩绘，也不用描画，自然之美本身就是完美。而诗人争论说，诗神的力量可以让年轻人永葆青春，艺术比自然更能让美保持永恒。最后两行，诗人迫不及待地要求诗神立即采取行动来使美永恒。

艺术美高于自然美，这一直是文艺复兴时期被普遍认同的观点。锡得尼指出："没有一种传授给人类的技艺不是以大自然的作品为其主要对象的。没有大自然，它们就不存在，而它们是如此依靠它，以致它们似乎是大自然所要演出的戏剧的演员。因此天文学家观察星象，而凭他所见到的，记录下大自然所采取的秩序。几何学家、数学家也是如此对待各种不同的数量。音乐家也是如此在节拍方面告诉你什么是自然地和谐的，什么却不是的。自然哲学家也因此而有他的名称，道德哲学家则关心出于自然的德行以及种种恶习和情欲，而说：'遵循自然，在这里面你不会犯错误'……只有诗人，不屑为这种服从所束缚，为自己的创新气魄所鼓舞，在其造出比自然所产生的更好的事物中，或者完全崭新的、自然中所从来没有的形象中，如那些英雄、半神、独眼巨人、怪兽、复仇神等等，实际上，升入了另一种自然，因而他与自然携手并进，不局限于它的赐予所许可的狭窄范围，而自由地在自己才智的黄道带中游行。"① 诗人创造出自然中所没有的东西，而并不是对自然进行照相式的抄录。但是归根结底，诗人笔下的自然还是一个真的自然。比如一个半神的形象在自然中是不存在的，但是半神的形象分解开来，就可以在自然中找到对应的客体。半神的精神气质是人的精神的体现，并不是什么超自然的事物。即使当我们使用超自然这个词时，也不过是想证明诗人所创造的东西不是自然中已有的存在，但是我们无法证明这种非现实的存在物后面不是自然中特定的对应物。艺术中真的客体仍然是自然本身，所以对于艺术美的倚重最终还是要回到真这个问题上来。在第 67 首和第 68 首十四行诗中，莎士比亚批评假艺术，即不含有真的艺术。

Sonnet 67

Ah! wherefore with infection should he live,

---

① 〔英〕锡得尼：《为诗辩护》，钱学熙译，人民文学出版社，1998，第 9、10 页。

And with his presence grace impiety,

That sin by him advantage should achieve

And lace itself with his society?

Why should false painting imitate his cheek

And steal dead seeing of his living hue?

Why should poor beauty indirectly seek

Roses of shadow, since his rose is true?

Why should he live, now Nature bankrupt is,

Beggar'd of blood to blush through lively veins?

For she hath no exchequer now but his,

And, proud of many, lives upon his gains.

O, him she stores, to show what wealth she had

In days long since, before these last so bad. ①

第 67 首十四行诗

唉，我的爱为什么要和臭腐同居，

把他的绰约的丰姿让人亵渎，

以至罪恶得以和他结成伴侣，

涂上纯洁的外表来眩耀耳目？

骗人的脂粉为什么要替他写真，

从他的奕奕神采偷取死形似？

为什么，既然他是玫瑰花的真身，

可怜的美还要找玫瑰的影子？

为什么他得活着，当造化破了产，

缺乏鲜血去灌注淡红的脉络？

因为造化现在只有他作富源，

自夸富有，却靠他的利润过活。

---

① Shakespeare. "Sonnet 67," https://www.opensourceshakespeare.org/views/sonnets/sonnet_view. php?Sonnet=67.

哦，她珍藏他，为使荒歉的今天

认识从前曾有过怎样的丰年。①

—— 梁宗岱译

　　在第 67 首诗中，莎士比亚表达了这样一种思想：年轻人的美是自然的美，是美的极致，那些矫揉造作的艺术根本无法呈现年轻人的美，因为这种人工制品与年轻人的自然美比起来相形见绌。这首诗似乎也探索了艺术与自然的关系，仿佛是在说艺术没有办法表现出自然的美，当然莎士比亚所说的艺术不包含他自己的诗歌艺术，而是指那些过于矫揉造作的艺术。诗人在第 1~4 行中提出一个问题，并清晰地描绘了这一问题的起因。而在第 5~10 行中，诗人以 why 开头，频频提问，一连问了三个问题，营造了一种铺天盖地、不可阻挡的气势。这一系列问题为下面的四句做了很好的铺垫。诗歌对年轻人的美的赞颂因而变得顺理成章。第 13 行诗中所用的感叹词"哦"（O）把上面层层建立起来的紧张感释放出来，让赞美的情怀笼罩整个诗篇。莎士比亚的第 68 首十四行诗与第 67 首关系十分密切，就像一首诗的两个诗节。

Sonnet 68

Thus is his cheek the map of days outworn,

When beauty lived and died as flowers do now,

Before the bastard signs of fair were born,

Or durst inhabit on a living brow;

Before the golden tresses of the dead,

The right of sepulchres, were shorn away,

To live a second life on second head;

Ere beauty's dead fleece made another gay:

In him those holy antique hours are seen,

Without all ornament, itself and true,

---

① 《莎士比亚全集》第 11 卷，梁宗岱译，人民文学出版社，1991，第 225 页。

Making no summer of another's green,

Robbing noold to dress his beauty new;

And him as for a map doth Nature store,

To show false Art what beauty was of yore. ①

第 68 首十四行诗

这样，他的朱颜是古代的图志，

那时美开了又谢像今天花一样，

那时冒牌的艳色还未曾出世，

或未敢公然高据活人的额上，

那时死者的美发，坟墓的财产，

还未被偷剪下来，去活第二回

在第二个头上；那时美的死金鬘

还未被用来使别人显得华贵：

这圣洁的古代在他身上呈现，

赤裸裸的真容，毫无一点铅华，

不用别人的青翠做他的夏天，

不掠取旧脂粉妆〔装〕饰他的鲜花；

就这样造化把他当图志珍藏，

让假艺术赏识古代美的真相。②

——梁宗岱译

诗的第一句为"这样，他的朱颜是古代的图志"（Thus is his cheek the map of days outworn），只一句便把时间切换到遥远的古代。在接下来的第2~10行，诗人用了几个表示时间的词，如 when（当……的时候）、before（在……之前）和 ere（在……之前），通过这些词语的使用，诗人不断把

---

① Shakespeare "Sonnet 68," https://www.opensourceshakespeare.org/views/sonnets/sonnet_view.php?Sonnet=68.

② 《莎士比亚全集》第 11 卷，梁宗岱译，人民文学出版社，1991，第 226 页。

我们带回古代，使诗歌带有怀旧的情调。在诗歌的第 11~12 行，诗人接连用了两个分词短语 making、robbing，从而形成一种强烈的时间感，让人联想到现在人们为了美丽而肆意掠夺、涂脂抹粉的丑态。诗歌的最后两行与第 1 行形成呼应，意在表明年轻人的美是一种自然的美，这种自然美是无法用虚假的艺术来表现的。诗人提倡自然美，但是读罢此诗，感受最多的还是关于艺术美的议论，而"年轻人之美"这个主题反倒被弱化了。这种现象在莎士比亚的十四行诗中比较常见。诗人原本是要写年轻人的美，但是另一主题却被写得过于强大，以至于这个原初的主题变成了附加品。

总的来看，这首诗解释了艺术之真、艺术之假与美的关系。诗歌中虽然没有刻意地出现"真"（truth）这个词，但是可以看出这首诗还是关于美与真的关系的。假艺术中没有真，因而也就不能表现美，也就是说真的缺席意味着美的缺席。只有真在场，美才能在场，这与济慈的"美即真，真即美"表达的意思一样，只是莎士比亚表达得更加委婉曲折。而艺术美之所以高于自然美，就在于艺术美是对自然的提炼，是对真的捕捉，所以才显得更美，能够永恒。因此，莎士比亚在众多诗篇中都凸显了其诗歌艺术如何使美得以永恒这一主题。当然，莎士比亚的前提是把自己的诗歌作品理所当然地当成了具有真的艺术。

莎士比亚不仅在这首诗中论及自己艺术的伟大，也在其他多首十四行诗中提出自己的艺术一定会永恒这个观点。诗人之所以这样高度评价自己的诗歌，是因为他的诗歌是赞颂年轻人的。在把赞颂和敬重献给别人的时候，他自己也变得价值连城了，因为赞颂别人意味着抛弃自己的自负，提升自己的道德。康德说："敬重之中的不悦又是如此的微小，以至于一旦我们捐弃了自负并使敬重的实践影响得到确立，就会对这一法则的美妙庄严百看不厌，而当灵魂看到这一神圣法则被提升于自己和自己那脆弱的本性之上时，也相信自己得到了同等程度的升华。诚然，伟大的天赋以及与其相匹配的行为可以唤起敬重或者类似的情感，而将这种情感献给它们也是正确的；因而赞美似乎同这一〔敬重的〕情感是完全一样的。"① 莎士比亚的第 67 首和第 68 首十四行诗都批评了当时的文化艺术，反对矫揉造作，

---

① 〔德〕伊曼努尔·康德：《实践理性批判》，张永奇译，中国社会科学出版社，2009，第89 页。

提倡真实的美。在莎士比亚看来，当时的社会充斥着虚假艺术，因此莎士比亚把目光转向古代。在遥远的古代，莎士比亚仿佛看到种种天然的美丽，自然而淳朴，这是莎士比亚所追求的艺术美的体现。

如上所述，在莎士比亚的十四行诗中，以真与美为主题的十四行诗有很多，但是一般来讲只涉及真与美。但在莎士比亚的第 105 首十四行诗中，他却将真善美三者联系起来看待：

Sonnet 105

Let not my love be call'd idolatry,

Nor my beloved as an idol show,

Since all alike my songs and praises be

To one, of one, still such, and ever so.

Kind is my love to-day, to-morrow kind,

Still constant in a wondrous excellence;

Therefore my verse to constancy confined,

One thing expressing, leaves out difference.

' Fair, kind and true' is all my argument,

' Fair, kind, and true' varying to other words;

And in this change is my invention spent,

Three themes in one, which wondrous scope affords.

' Fair, kind, and true, ' have often lived alone,

Which three till now never kept seat in one. ①

第 105 首十四行诗

不要把我的爱叫作偶像崇拜，

也不要把我的爱人当偶像看，

---

① Shakespeare. "Sonnet 105," https://www.opensourceshakespeare.org/views/sonnets/sonnet_view.php?Sonnet = 105.

　　既然所有我的歌和我的赞美

　　都献给一个、为一个，永无变换。

　　我的爱今天仁慈，明天也仁慈，

　　有着惊人的美德，永远不变心，

　　所以我的诗也一样坚贞不渝，

　　全省掉差异，只叙述一件事情。

　　"美、善和真"，就是我全部的题材，

　　"美、善和真"，用不同的词句表现；

　　我的创造就在这变化上演才，

　　三题一体，它的境界可真无限。

　　过去"美、善和真"常常分道扬镳，

　　到今天才在一个人身上协调。①

——梁宗岱译

　　在诗歌开头第 1~4 行中，诗人说自己的爱并不是偶像崇拜，自己的爱人也并非偶像。诗人只是因为爱，才把所有的歌和赞美都奉献给自己的爱人。第 5~8 行中用了两个 constant（不变的，恒定的）来强调爱是永恒的。诗的情感变得非常单纯，诗歌的表达平易质朴，做到了形式与内容的高度统一。诗中一再强调爱情的一心一意、爱的永恒不变，还有去掉差别的爱的同一性。这里诗人所写的爱不再像他在其他诗中所写的那样复杂，而是变得纯净而单一，像童话般美好。第 9~12 行揭示了真善美的关系。莎士比亚承认真善美的关系构成了他的十四行诗的全部材料，说他自己的十四行诗在真善美三者相互的演绎中，不断地表达着无限的诗意。诗人在年轻人身上发现的美丽让诗人有用不尽的诗思，无论多少次赞美年轻人的美丽，这种诗思取之不尽，仍然以无限的方式存在着。在诗歌的最后两行，诗人说美、善和真经常单独出现，这三者很少在一个人身上统一，而他们在年轻人身上达到了统一。因此，年轻人就成了一个完美的典型，将真善美集于一身。

　　莎士比亚说自己的诗是关于真善美的，而这个年轻人又是真善美的化

---

① 《莎士比亚全集》第 11 卷，梁宗岱译，人民文学出版社，1991，第 263 页。

身。但综观莎士比亚系列十四行诗对年轻人的描写，我们会对这首诗中莎士比亚所下的断言产生怀疑。因为在多首诗中，诗人都明里暗里地责备年轻人的不善，比如在 142 首十四行诗中，年轻人的不善就被直截了当地揭穿：

Sonnet 142

Love is my sin and thy dear virtue hate,

Hate of my sin, grounded on sinful loving:

O, but with mine compare thou thine own state,

And thou shalt find it merits not reproving;

Or, if it do, not from those lips of thine,

That have profaned their scarlet ornaments

And seal'd false bonds of love as oft as mine,

Robb'd others' beds' revenues of their rents.

Be it lawful I love thee, as thou lovest those

Whom thine eyes woo as mine importune thee:

Root pity in thy heart, that when it grows

Thy pity may deserve to pitied be.

If thou dost seek to have what thou dost hide,

By self-example mayst thou be denied![1]

第 142 首十四行诗

我的罪咎是爱，你的美德是憎，

你憎我的罪，为了我多咎的爱：

哦，你只要比一比你我的实情，

就会发觉责备我多么不应该。

---

[1]　Shakespeare. "Sonnet 142," https://www.opensourceshakespeare.org/views/sonnets/sonnet_view.php?Sonnet = 142.

就算应该，也不能出自你嘴唇，
因为它们亵渎过自己的口红，
劫夺过别人床弟〔第〕应得的租金，
和我一样屡次偷订爱的假盟。
我爱你，你爱他们，都一样正当，
尽管你追求他们而我讨你厌。
让哀怜的种子在你心里暗长，
终有天你的哀怜也得人哀怜。
假如你只知追求，自己却吝啬，
你自己的榜样就会招来拒绝！①

——梁宗岱译

诗人在这里采用对比的手法，把自己的爱与情人的恨相对照。诗人自己付出的是爱，而情人则给予他恨。即便如此，情人还要责备诗人，所以诗人心里当然会充满痛苦和悲伤。在第 5~8 行，诗人解释了为什么情人没有理由责备他。原因在于他的情人是不忠诚的，与其他人相爱，订立爱的假盟。而有趣的是，诗人承认自己也和情人一样常常订立爱的假盟，不过诗人所订立的爱的假盟是指诗人虽然明白情人的品德不好而且并不爱自己，却一如既往地爱着自己的情人，并与之订立假盟。在第 9~12 行中，诗人由此找到了自己和情人的相同之处，那就是他们都订立假盟。所不同的是，情人厚颜无耻地与他人订立假盟，而诗人却是欺骗自己而与情人订立假盟。虽然都是假盟，但性质迥然有别。诗人似乎找到了一个与情人间的共同点，于是诗人请求情人怜悯他，理解诗人对他的爱。诗歌写到这里，诗人的痴情已经跃然纸上了。诗歌的最后两行像是一种警示，也像是一种劝告，是诗人恳请被接受的说辞。

从上文来看，这个年轻人哪里是真善美集于一身呢？那么莎士比亚所言的他自己的诗是关于真善美的，难道这是错误的评论吗？实际上，这要从对"善"这个词的理解谈起。虽然诗中提及善，但并没有解释诗人所说的"善"指什么。在这里，"善"并不是指一般意义上的道德观念。虽然

---

① 《莎士比亚全集》第 11 卷，梁宗岱译，人民文学出版社，1991，第 300 页。

道德的高尚本身也可以引起善的感觉，但是莎士比亚所称的"真善美"中的善并非取其狭义的道德上的意义。因为只从道德的角度去判断善，就是把"善"囚禁在人所制定的框架内，将善的光环锁在了规则的黑盒子里。尼采说："卑微之人的美德在某个哲学家那里就意味着恶习和软弱。"[1] 尼采还指出："根本没有什么道德现象，只有对道德现象的解释。"[2] 尼采的这种道德相对论观点虽然有点绝对，但是反映出西方思想体系中的道德与善是两个不同的范畴。在莎士比亚的 142 首十四行诗中，他谈的是年轻人的道德问题，或者说是狭义上的善的问题，而不是像他在"真善美"这一概念中谈及的哲学意义的善。所以，第 142 首十四行诗所谈的年轻人的不善的问题与第 105 首十四行诗中所谈的"真善美"的概念属于不同层面的问题，它们并不自相矛盾。

那么，"真善美"这一概念中的哲学意义上的善又是什么呢？这其实指的是美中所包含的善。美中包含着善。在中国古代的思想中，善与美也是不可分的。《礼记·乐记》中说："乐者，天地之和也；礼者，天地之序也。和，故百物皆化，序，故群物皆别。""礼"体现的是天地的和谐，"乐"体现的是天与地的秩序。乐最初产生于人类对自然律动的模仿、对生命节奏的体悟。乐给人以和谐之美，所以美中已包含了善。中国古代哲学中也蕴含着西方美善合一的思想，美因和谐的愉悦走向善，那么善又是如何走向美和真的呢？

"意志是意识的最深的统一作用，即自我本身的活动，因此作为意志原因的本来的要求或理想总是产生于自我本身的性质，也可以说就是自我的力量。我们的意识，无论在思维或想象上，也无论在意志上，或是在所谓知觉、感情、冲动上，在它们的根基深处都有种内在的统一物在进行活动，所以意识现象都是这个统一物的发展与完成。同时，对于这种整体进行统一的最深的统一力就是我们的所谓自我，意志是最能表现出这种力量的。由此可见，意志的发展完成，立即成为自我的发展完成，因而可以说善就是自我的发展完成（self-realization）。也就是说，我们的精神发展出来

---

① 〔德〕尼采：《超善恶：未来哲学序曲》，张念东、凌素心译，中央编译出版社，2000，第 95 页。

② 〔德〕尼采：《超善恶：未来哲学序曲》，张念东、凌素心译，中央编译出版社，2000，第 84 页。

各种能力，能达到圆满成熟的就是最高的善［即亚里士多德所说的圆满实现（entele-chie）就是善］。竹就是竹，松就是松，正像它们各自充分发挥其天赋性能一样，人发挥人的天性自然就是人的善。斯宾诺莎也说过所谓'德'不外是顺从自己固有的性质而活动的意思，这样善的概念就接近美的概念。"① 莎士比亚在十四行诗中描写的种种关于爱情的折磨与喜悦体现的正是个人意志不断发展完善的过程，也是展示人的自然天性的过程，因而是美与善的合一。"所谓美是在事物照理想一样实现时所得到的感觉。所谓照理想一样实现，就是指这一事物发挥其自然的本性而言。所以，有如花在显示其本性时是最美丽的一样，人在显示其本性时便达到美的顶点。善就是美，例如某种行为本身即使从大的人性要求来看是没有什么价值的，但是在这种行为真正是出于人的天性的自然行为时就会引起一种美感，同样地，在道德上也会产生一种宽容之情。希腊人就把善和美等同相视。"② 同时，善与真也建立起联系："从另外一方面来看，善的概念与实在的概念也是一致的。如前所述，事物的发展完成是一切实在成立的根本形式，所以无论精神、自然或宇宙都是在这种形式上成立的。如此可显现在我们所说的作为自我的发展完成的善，就是指服从自我的实在规律而言的：也就是说同自我的真正实在相一致的便是最高的善。那么道德的规律就将包含于实在的规律之中，善就可以用自我的实在的真性来说明了。所谓构成判断价值的基础的内在的要求和实在的统一力实际上是一个东西，而不是两个。所以把存在和价值分开来思考的方法，是来自把知识对象和情意对象分离开来的抽象作用，而在具体的真正实在上，这两者本来就是一个的。因此所谓求善和接近于善就等于认识自我的真。唯理论者把真和善等同相视，也含有一面的真理。"③ 莎士比亚的十四行诗系列谈及最多的是美与真，"善"的论题很少，因为美本身就含有善和真。因为"真"内涵比较丰富，或许更容易入诗，所以一再被诗人写入诗中。莎士比亚似乎忽视了善的存在，但从第105首十四行诗来看，诗人一直是默认真善美三者统一的。

---

① 〔日〕西田几多郎：《善的研究》，何倩译，商务印书馆，1981，第69页。
② 〔日〕西田几多郎：《善的研究》，何倩译，商务印书馆，1981，第70页。
③ 〔日〕西田几多郎：《善的研究》，何倩译，商务印书馆，1981，第78页。

在莎士比亚的系列十四行诗中，诗人在赞美年轻人的美的同时，也赞美了自己的真诚和自己诗歌的"真"。这是一个巧妙的构思，我们也似乎能够感觉到：在这个巧妙的构思背后，诗人微笑着离去，而他的背影留在历史的河岸上。后来的读者们向那河流蜿蜒之处望去，看到的不仅是艺术之美、艺术之真，还有诗人的真诚之美和自信之美。在莎士比亚的十四行诗中，诗人从艺术的角度思考美与真的关系，用形象化的语言表达美与真的关系，从而使他的诗歌具有一丝哲学的意味。莎士比亚在探索真与美的问题的时候，也没有忘记将善呈现出来，从而形成了莎士比亚美学思想中的真善美三位一体。

莎士比亚的十四行诗虽然探索了"真善美"的关系，但是他最关注的还是美，美的永恒存在是诗人念念不忘的问题。在下文中，我们要针对艺术使美永恒这一问题进行论述，进而探索莎士比亚是如何用他的十四行诗来阐释"艺术使美永恒"这一主题的。

艺术使美永恒，这个主题在莎士比亚的部分十四行诗中反复出现。那么莎士比亚为什么会对这个主题感兴趣呢？他又是如何表现这个主题的呢？

"艺术使美永恒"这个主题之所以能够牢牢地在莎士比亚十四行诗中占据主要地位，其根本原因在于这个主题体现的是文艺复兴时期的美学思想。反过来说，正是文艺复兴时期的美学思想造就了莎士比亚十四行诗中的艺术永恒主题。"美是文艺复兴时期美学的基本概念之一，15世纪以来，许多艺术家都致力于探索美的理论。他们的观点各不相同，但主导倾向是唯物主义的。中世纪时认为，美在天国，上帝最美，现在却认为，美在人世，人最美。人文主义者恢复、继承了古代唯物主义的传统，坚决肯定了美的客观性。美是现实世界最深刻的本质，完全不是神的、超验的本质，它就存在于现实事物本身的性质和规律之中。"① 在文艺复兴时期，美是人们关注的一个基本概念。艺术家和哲学家围绕美这一问题提出了很多观点，但他们的美学观念已经与中世纪的美学观念分道扬镳了。中世纪时期，人们认为美具有神的属性，美在于上帝。但在文艺复兴时期，美回归了尘世，人们认为美不是存在于天堂，而是存在于现实社会中，这是文艺

---

① 李醒尘：《西方美学史教程》，北京大学出版社，2005，第101页。

复兴时期人文主义思想的体现。这种思想认识上的转弯使艺术家大胆地歌颂美，宣扬美。"总的说来，文艺复兴时期的美学逐渐摆脱了中世纪的神学美学，它恢复和发展了古希腊罗马以现世生活为内容的美学，其基调是唯物主义和现实主义的。虽然这一时期还没有出现成熟严密的美学理论体系，对于各种美学和艺术问题争议颇多，但却为美学提供了现实的基础，造成了西方美学史上从古代美学向近代美学的转变，这是不可磨灭的历史功绩。"①

对肉体美的热爱与希腊文化息息相关。希腊文化是一种世俗人本主义文化，它强调现世生活的欢乐。希腊神话中的神仙常化身凡人，到人间寻乐。基督教庄严的天堂与希腊神话中欢乐的人间形成了对照。西方文学是"两希"文化的产物，但不同作者有不同的偏向。莎士比亚在十四行诗中对肉体美的歌颂正是受希腊文化影响的例证。"文艺复兴被视为西方文化史上的一个胜利时代，一个希腊式的美的理想得到了最有力和最深远的表达的时代。"② 莎士比亚维护美的方式是通过艺术来传承美，而非靠神的恩典，这也是莎士比亚十四行诗的世俗性质的体现。在莎士比亚的 154 首十四行诗中，只有不到 20 首书写劝婚主题。诗人劝婚的目的是维护美，结婚生子是传承美的手段，这纯粹是唯美性的。但是诗人很快进入了艺术使美永恒的主题。这个主题是文艺复兴时期的一个很普遍、很流行的主题。中世纪神学思想在欧洲的文化中占主导地位，所以关于永恒的问题是与神联系在一起的。永恒是神的属性，但是在文艺复兴时期，人文思想让人们回到了现实，而现实世界中的生死问题就成了一个重要的问题。世界上的一切事物都会随着时间的推移走向灭亡，永恒意味着战胜时间的侵蚀。从现实的层面上讲，还没有什么事物能够永恒，永恒只是人类美好的希望和幻想，但是人类从来没有停止对永恒的追求和对永恒的可能性的探索。诗人对永恒的探索总是融入丰富的想象和哲人的思辨。接下来我们要探索莎士比亚是如何用十四行诗这一艺术形式来阐释和发展这一主题的。为了使美的主题得到阐释和发展，莎士比亚首先把他所描写的对象美化甚至神化，

---

① 李醒尘：《西方美学史教程》，北京大学出版社，2005，第 103 页。

② Pater, Walter Horatio. "Nineteenth-Century Literature Criticism," *Studies in the History of the Renaissance*, 159(2006) : 120.

进而表达对其本人艺术的信心。莎士比亚虽然相信美将永恒，但有时也会产生动摇，因此他在诗中不断呈现对于永恒的矛盾情结。

第三节 诗歌艺术论

莎士比亚醉心于书写"艺术使美永恒"这个主题，其原因还在于美与模仿有联系，模仿不是别的，正是创造的源泉。"模仿造生痛苦或快乐，不是因为它们被错误地认定为现实，而是因为它们把现实带到心里。当想象被一幅风景画重新创造时，树木是不可能给予阴凉的，喷泉也不能给予凉爽；但是我们觉得在我们旁边有这样的喷泉，我们应该高兴，我们觉得有这样的森林在我们头上摆动，我们应该高兴。"① 模仿的快乐因此产生，模仿也成了诗人创作的动机。下面我们就具体地讨论一下这些问题。

莎士比亚所论之美是抽象之美，所以他必须为自己的美之书写确立目标，即一个具体的对象，否则就无从下手。于是，诗中便有了一个客体，一个被赞颂的对象，否则美就无所寄托。莎士比亚在十四行诗中把自己所描写的爱的对象等同于美。美是愉悦的需要，也是生存的需要。很有趣的是，西方诗人对美这一抽象的概念颇感兴趣，中国的诗人也谈论美，但是其兴趣所在却是形象化的美。"中国诗主要跟基本的、特定的、可能可见的事物打交道，他们谈一棵美丽的树，一个可爱的人，而不谈诸如美或爱之类的抽象概念。"② 而且从审美的趣味来看，中国古诗中也有写恋人美貌的诗句，但是那些总是与自然融为一体，而且人的美不会超越自然之美。"兰有秀兮菊有芳，怀佳人兮不能忘。"刘彻《秋风辞》中佳人的美只在隐约之间，绝对不会有莎士比亚的第 18 首十四行诗中"我怎能把你比作夏天"那样直白的表达。而且中国古诗中美人的美多是通过对自然的联想而展现的，如"依旧桃花面，频低柳叶眉"。即使直接描写美人容颜，也必定要以自然之物作喻，体现了天人合一的思想。道家思想中对人的美则基本持淡泊态度或者说是否定态度的。"不少人都认为老子对文艺和审美抱

① Hopkins, David. *The Routledge Anthology of Poets on Poets*, London and New York: T. J. Press, 1994, p. 44.

② 刘岩：《中国文化对美国文学的影响》，河北人民出版社，1999，第 91~92 页。

否定态度，如老子主张'五色令人目盲，五音令人耳聋，五味令人口爽……是以圣人为腹不为目'（十二章）等。其实，老子这种对文艺和审美的否定看法，并没有从根本上取消美和艺术创造，他只是从负面方面否定了人们对美和艺术的一些常识性看法，而提出有关艺术和审美的一些深层次问题，如追求天道自然美和关注人的生命价值等。老子以否定方式言美，以不美为美，并不是不要美，而是要否定人为美，回归自然美，实现天地之大美。"① 天地之大美是自然的美而非人的美。读莎士比亚的十四行诗，我们会惊奇地发现，诗人在倾心地、合乎逻辑地赞美一个人。我们来看看在下面这首诗中，诗人是如何美化甚至神化诗歌的描写对象的：

Sonnet 100

Where art thou, Muse, that thou forget'st so long

To speak of that which gives thee all thy might?

Spend'st thou thy fury on some worthless song,

Darkening thy power to lend base subjects light?

Return, forgetful Muse, and straight redeem

In gentle numbers time so idly spent;

Sing to the ear that doth thy lays esteem

And gives thy pen both skill and argument.

Rise, resty Muse, my love's sweet face survey,

If Time have any wrinkle graven there;

If any, be a satire to decay,

And make Time's spoils despised every where.

Give my love fame faster than Time wastes life;

So thou prevent'st his scythe and crooked knife. ②

---

① 毛宣国：《中国美学诗学研究》，湖南师范大学出版社，2005，第 156 页。

② Shakespeare. "Sonnet 100," https://www.opensourceshakespeare.org/views/sonnets/sonnet_view.php?Sonnet = 100.

第 100 首十四行诗

你在哪里，诗神，竟长期忘记掉

把你的一切力量的源头歌唱？

为什么浪费狂热于一些滥调，

消耗你的光去把俗物照亮？

回来吧，健忘的诗神，立刻轻弹

宛〔婉〕转的旋律，赎回虚度的光阴；

唱给那衷心爱慕你并把灵感

和技巧赐给你的笔的耳朵听。

起来，懒诗神，检查我爱的秀容，

看时光可曾在那里刻下皱纹；

假如有，就要尽量把衰老嘲讽，

使时光的剽窃到处遭人齿冷。

快使爱成名，趁时光未下手前，

你就挡得住它的风刀和霜剑。①

——梁宗岱译

在第 1~4 行，诗人开始自我责备。诗人批评自己忘记了年轻人，好久没有写诗赞美年轻人了。诗人责备自己把灵感的源头都忘掉了，并且责备自己离开赞美年轻人这个题材，而去选择那些平凡的题材来写诗，把光阴浪费掉了。诗人用命令式的表达开始第 5 行诗，并在第 9 行中再次使用命令式，意在唤起年轻人的注意。写到这里，诗人的情绪不断升级，由一开始的自我批评，到踌躇满志地要赞美年轻人。诗中镰刀的意象指的是死亡和时间的流逝，此处诗人没有创造出更加新奇的意象，还是在重复他此前使用过的意象。诗人仿佛又要冲上一个特殊的战场，与时光战斗，好夺回年轻人的美。

首先，这里用到了诗神缪斯这个典故。诗人没有直接责备自己忘记了年轻人，却转而责备诗神。诗中体现了柏拉图的诗歌创作理论，柏拉图

---

① 《莎士比亚全集》第 11 卷，梁宗岱译，人民文学出版社，1991，第 264 页。

说:"有时你看到许多个铁环互相吸引着,挂成一条长锁链,这些全从一块磁石得到悬在一起的力量。诗神就像这块磁石,她首先给人灵感,得到这灵感的人们又把它传递给旁人,让旁人接上他们,悬成一条锁链。凡是高明的诗人,无论在史诗或抒情诗方面,都不是凭技艺来作成他们的优美的诗歌,而是因为他们得到灵感,有神力凭附着。科里班特巫师们在舞蹈时,心理都受一种迷狂支配;抒情诗人们在作诗时也是如此。他们一旦受到音乐和韵节力量的支配,就感到酒神的狂欢,由于这种灵感的影响,他们正如酒神的女信徒们受酒神凭附,可以从河水中汲取乳蜜,这是她们在神志清醒时所不能做的事。抒情诗人的心灵也正像这样,他们自己也说他们像酿蜜,飞到诗神的园里,从流蜜的泉源吸取精英,来酿成他们的诗歌。"①

由此可见,诗神的作品是不同凡响的,诗人显然把自己的诗当成诗神的作品。在现世中,诗人灵感的来源是年轻人。因此,出现了三个人物:诗人、诗神和年轻人。在这里,灵感的源泉变成了年轻人,而不是诗神,但是诗人的诗因诗神而来。也就是说,诗神与年轻人是合二为一的。诗人把自己的诗看成诗神的作品,这也表明他对自己的诗歌高度自信,对自己的诗歌评价很高。不过诗人对自己的赞美是含蓄的,对年轻人的赞美却是张扬的。正因为对象的美是客观的美,它才有价值。也就是说,莎士比亚在赞美自己的歌颂对象时,就已经为诗歌的价值正名了。年轻人的美近似于神的美,那么这种美便在读者心中变得令人期待,并且不断增值。年轻人与诗神身份的混合表明莎士比亚相信美在其自身。尼采说:"'美在它自身'(beautiful in itself)甚至不是一个概念,而仅仅是一个词组。在美的事物中,人将自身树立为完美的标准;在选择好的例证里,他在其中崇拜他自己。一个物种除了以这种方式确立它自身以外,别无其他作为。"② 莎士比亚诗中,年轻人拥有的美是完美,是自身之属性,所以它才可以和诗神的身份重合。"为了培养同情心,你必须在活生生的美的事物中思索它

---

① 〔古希腊〕柏拉图:《伊安篇——论诗的灵感》,《柏拉图文艺对话集》,朱光潜译,译林出版社,2020,第 7 页。

② 〔英〕尼采:《偶象的黄昏》,〔美〕莫蒂默·艾德勒、查尔斯·范多伦编《西方思想宝库》,《西方思想宝库》编委会译编,吉林人民出版社,1988,第 1290 页。

们；为了培养景仰，你必须在美的事物中瞻望着它们。"① 莎士比亚将体现美的年轻人作为美的标准，将其等同于诗神，使美被扩展为一种有能量的、能感动自身的美感。"在普通生活中鄙贱、琐屑得你不能使它显得高尚的事情是没有的，生活中没有艺术所不能使之神圣的事物。"②

诗人赞颂美，对美的存在充满了喜悦，但是光阴在无形中吞噬着世界上的一切事物，包括美。美丽的容貌将消损，失去往日的芬芳。写时间对美的侵蚀是一个很好的切入点，也很容易引起读者的共鸣，所以感叹时光易逝就成了美之主题的孪生姐妹。关于时光短暂这一主题的书写在西方古代诗人那里并不罕见。综观莎士比亚的系列十四行诗，可以发现莎士比亚在写艺术使美得到永恒这一主题之前是做了一些铺垫的。诗人也许是无意为之，但不管怎么说，这个铺垫对主题的展开是有帮助的。例如，在第15首十四行诗中，莎士比亚将爱情当成一个有机体，并对有机体这一观念进行了诠释。在其诗歌中，有机体的观念与爱情生长的观念是紧密联系在一起的。下面我们来分析这首诗：

Sonnet 15

When I consider everything that grows

Holds in perfection but a little moment,

That this huge stage presenteth nought but shows

Whereon the stars in secret influence comment;

When I perceive that men as plants increase,

Cheered and checked even by the selfsame sky,

Vaunt in their youthful sap, at height decrease,

And wear their brave state out of memory:

Then the conceit of this inconstant stay

Sets you most rich in youth before my sight,

Where wasteful Time debateth with Decay

---

① 〔英〕王尔德：《英国的文艺复兴》，飞舟译，中国人民大学出版社，1987，第103页。
② 〔英〕王尔德：《英国的文艺复兴》，飞舟译，中国人民大学出版社，1987，第103页。

To change your day of youth to sullied night;

And, all in war with Time for love of you,

As he takes from you, I ingraft you new. ①

第 15 首十四行诗

当我默察一切活泼泼的生机

保持它们的芳菲都不过一瞬，

宇宙的舞台只搬弄一些把戏

被上苍的星宿在冥冥中牵引；

当我发觉人和草木一样蕃〔繁〕衍，

任同一的天把他鼓励和阻挠，

少壮时欣欣向荣，盛极又必反，

繁华和璀璨都被从记忆抹掉；

于是这一切奄忽浮生的征候

便把妙龄的你在我眼前呈列，

眼见残暴的时光与腐朽同谋，

要把你青春的白昼化作黑夜；

为了你的爱我将和时光争持：

他摧折你，我要把你重新接枝。②

——梁宗岱译

在第 15 首十四行诗中，前 8 行为一个层次。在这一层中，诗人意在表明宇宙中的万物都不会久存，其完美只是昙花一现。在第一组四行诗中，诗人做了归纳总结，认为宇宙的一切只是瞬间。"一切"（every thing）囊括万物，而"宇宙的舞台"（that this huge stage）令人感受到茫茫人世、浩渺宇宙的空旷和寂寥。这 4 行语气宏阔。纵观红尘人间，感叹世事无常，

---

① Shakespeare. "Sonnet 15," https://www.opensourceshakespeare.org/views/sonnets/sonnet_view.php?Sonnet=15.

② 《莎士比亚全集》第 11 卷，梁宗岱译，人民文学出版社，1991，第 173 页。

人生多变，命运难以把握。在接下来的一组四行诗中，诗人将人生比喻成草木，白云苍狗，白驹过隙，人生一世，草木一秋。"何生我苍苍，何育我黄黄。"（陈陶《草木言》）草木如此，人何以堪。第9行用"于是"（then）开头，有转折的意思。上面8行对情境进行了铺垫，设定一种沉郁的气氛，第9行开头的这组四行诗是基于以上情境所采纳的一种姿态或得出的一种结论。诗人认识到人世的无常易变，这种无常反倒使年轻人的青春和美貌显得更加难得，弥足珍贵。美好的事物停留得越是短暂，就越令人感到它值得珍惜。因为它停留得短暂，我们知道终将失去它，这种感觉会增加那将失去之物的价值。只要想象那美丽之物终有失去的一天，我们的心灵便会赋予这即将失去之物以更多的柔情。诗中用词和音韵也非常巧妙，如"便把妙龄的你在我眼前呈现"、rich（丰富的，富有的）等词句引人联想，富有感染力，让人感到繁华和璀璨正从记忆中被抹去。同时，wear一词有"损耗"的意思，让人体会到青春被一点点消耗掉，那是一种令人痛惜而又无奈的感觉。此外，"任同一天空把它鼓励或阻挠"（Cheered and checked even by the self-same sky）一句用了两种头韵 cheered and checked 和 self-same sky，押韵的语言使诗歌变得十分流畅，抒情性得到了提升。

　　十四行诗的整体性是莎士比亚乐于探索的一个问题。在第15首十四行诗中，莎士比亚说一切都在生长，他还要嫁接美。在《柯林斯词典》（*Collins COBUILD English Dictionary*）中，ingraft 的解释是"cause to grow together parts from different plants"，[①] 译为"嫁接"是贴切的。这个词是莎士比亚这首诗歌中的亮点。十四行诗就像植物一样，是有生命的，是一个有机的整体。作为一个有机的整体，十四行诗是可以生长的，是自给自足的。只有这样的诗歌，才有长久的生命力。被嫁接的植物可以继续生长，被嫁接的爱也可以不断地增长，而嫁接爱的方式便是诗人通过艺术使美成为永恒。"嫁接"这个词体现的是有机整体这个概念。"嫁接"是使嫁接的对象成活，成为有生命的东西，成为有机体。第15首十四行诗可以看成一个宣言，诗人正是怀着嫁接美的理想，向时间宣战。在这里，我们看到莎士比亚想为"艺术使美永恒"这个主题寻找一个合乎逻辑的解释。

---

　　① 《柯林斯词典》，https：//www.collinsdictionary.com。

选择了最美的诗歌描写客体，或称诗歌创作的灵感之源，那么莎士比亚接下来的任务便是用他的诗歌来使美永恒。诗人紧紧扣住与时光作战这个意象，借助这个构思完成了多首出色的十四行诗。时光是剥夺美的敌人，诗人与时间的战斗就是护卫美的战斗。莎士比亚的审美意识具有浓厚的希腊意味。他书写的是外貌的美，这种美本身就是一种价值，本身就值得卫护。因此，在接下来的十四行诗中，与时间争夺美成为贯穿全诗的主题。在这里，我们发现莎士比亚在书写时光易逝时，常常体现出对西方传统文学的效仿。通过继承西方古典文化传统，莎士比亚的作品产生了古典风韵，无意中使莎士比亚平添了对自己作品的信心。下面，我们就用具体的例子来分析一下：

Sonnet 19

Evouring time, blunt thou the lion's paws,

And make the earth devour her own sweet brood;

Pluck the keen teeth from the fierce tiger's jaws,

And burn the long-lived phoenix in her blood;

Make glad and sorry seasons as they fleet'st,

And do whate'er thou wilt, swift-footed Time,

To the wide world and all her fading sweets,

But I forbid thee one most heinous crime:

O, carve not with thy hours my love's fair brow,

Nor draw no lines there with thine antique pen;

Him in thy course untainted do allow

For beauty's pattern to succeeding men.

Yet do thy worst, old Time: despite thy wrong,

My love shall in my verse ever live young. [1]

---

[1]   Shakespeare. "Sonnet 19," https://www.opensourceshakespeare.org/views/sonnets/sonnet_view.php?Sonnet=19.

第 19 首十四行诗

饕餮的时光，去磨钝雄狮的爪，
命大地吞噬自己宠爱的幼婴，
去猛虎的额下把它利牙拔掉
焚毁长寿的凤凰，灭绝它的种，
使季节在你飞逝时或悲或喜。
而且，捷足的时光，尽肆意摧残
这大千世界和它易谢的芳菲。
只有这极恶大罪我禁止你犯：
哦，别把岁月刻在我爱的头上，
或用古老的铁笔乱画下皱纹
在你的飞逝里不要把它弄脏，
好留给后世永作美丽的典型。
但，尽管猖狂，老时光，凭你多狠，
我的爱在我诗里将万古长青。①

——梁宗岱译

在诗歌一开始，诗人将时光比喻成一个贪吃的猛兽。这只猛兽肆意在大地上横行，制造出一幕幕人间悲剧。诗人用了 7 行诗来形容这只猛兽在大地上的暴行，这 7 行诗写得充满想象力，生动非凡。时光的无情在诗人笔下化作一个个鲜明可感的形象，时光以惊人的笔触改变着大地上的一切。时光力量强大，时光行径残酷，时光能量巨大，时光毫无理智，肆意妄为。它是巨兽，也是恶魔。在第 8 行，诗人以一种坚定强硬的态度站起来与时光讲话，命令时光不要夺走年轻人的美。在第 13 行，诗人以 yet 开始。在上面的诗行中，诗人极尽恐吓时光之能事，现在突然以 yet 转折："但，尽管猖狂，老时光"（Yet do thy worst, old Time）。这一句表明诗人虽然对时光进行恫吓，但是他心里是没有底气的。而诗歌的最后一句"我的爱在我的诗里将万古长青"（My love shall in my verse ever live

---

① 《莎士比亚全集》第 11 卷，梁宗岱译，人民文学出版社，1991，第 177 页。

young）表达了诗人强烈的自信和决心。时间不仅是利器，还是洪水猛兽。莎士比亚用这样的意象来表现时间的残酷，用诗人丰富的联想讨伐了时间的短暂、青春的易逝。在第 19 首十四行诗中，对时间的讨伐不断升级，让人感到诗人对时间夺去美的愤怒。而这种愤怒在第 63 首十四行诗中得到了更加充分的展现，该诗的语言如刀一般锋利，给读者留下深刻的印象。

　　不过，这种表达方式并非莎士比亚的首创，在欧洲早期的文学作品中出现过类似的关于时间的描写。莎士比亚第 19 首十四行诗中的"第一行可以肯定是出现在奥维德《变形记》的最后一部中。这首十四行诗的其他几段也与奥维德的诗句类似。奥维德有句诗写道：'吞噬一切的时间，你会把狮子的爪子磨钝。'"①"吞噬一切的时间"这个意象在莎士比亚的第 63 首十四行诗中再一次出现。这一次，时光是毒手、是吸血鬼、是占领军、是窃贼、是利刃，它消耗美、断送美、摧毁美。该诗包含的意象虽然很多，但都具有一个功能，那就是能够"吞噬一切"，这是第 19 首十四行诗的一个变体。诗人罗列了这么多意象，我们并不觉得杂乱，因为所有意象都指向"吞噬一切的时间"这层意思。

Sonnet 63

Against my love shall be, as I am now,

With Time's injurious hand crush'd and o'er-worn;

When hours have drain'd his blood and fill'd his brow

With lines and wrinkles; when his youthful morn

Hath travell'd on to age's steepy night,

And all those beauties whereof now he's king

Are vanishing or vanish'd out of sight,

Stealing away the treasure of his spring;

For such a time do I now fortify

---

① J. B. Leishman. *Themes and Variations in Shakespeare's Sonnets*, London: Oxford University Press, 1961, p. 16.

Against confounding age's cruel knife,

That he shall never cut from memory

My sweet love's beauty, though my lover's life:

His beauty shall in these black lines be seen,

And they shall live, and he in them still green. ①

第 63 首十四行诗

被时光的毒手所粉碎和消耗，

当时辰吮干他的血，使他的脸

布满了皱纹；当他韶年的清朝

已经爬到暮年的巉岩的黑夜，

使他所占领的一切风流逸韵

都渐渐消灭或已经全部消灭，

偷走了他的春天所有的至珍；

为那时候我现在就厉兵秣马

去抵抗凶暴时光的残酷利刃，

使他无法把我爱的芳菲抹煞〔杀〕，

虽则他能够砍断我爱的生命

他的丰韵将在这些诗里现形，

墨迹长在，而他也将万古长青。②

——梁宗岱译

　　在诗中，诗人写到他所挚爱的年轻人也无法抵抗时间的毒手，免不了
终有一天人老珠黄，"被时光的毒手所粉碎和消耗"。在这里，时间的意象
是一种具有魔力和毁灭力的意象。诗人通过运用这种意象，让时间成为一
个以各种狰狞的形象出现在我们面前的魔鬼。age's steepy night（暮年的巉

---

① Shakespeare. "Sonnet 63," https://www.opensourceshakespeare.org/views/sonnets/sonnet_view.php?Sonnet=63.

② 《莎士比亚全集》第 11 卷，梁宗岱译，人民文学出版社，1991，第 218 页。

岩的黑夜）一语极言暮年的凶险和可怕。"Are vanishing or vanish'd out of sight"（都渐渐消灭或已经全部消灭）这句同时使用 vanish 一词的现在进行时和完成时，形象地表现出美丽正在消失和已然消失殆尽的状态，十分生动形象。这首诗表明时间终会夺走美貌。在第 9~12 行，诗人开始写自己怀着饱满的信心要与时光抗争，要永恒地保留年轻人的美。在最后两行，诗人点出了艺术永恒的主题。虽然时间是那么严酷，不可对抗，但是诗人坚信艺术能够使生命和美永恒。在第 16 首诗中，诗人还谦逊地称自己的诗为"我这枝弱管"，而在第 19 首和第 63 首十四行诗中，他已经自信地要与时间作战了。

有关"吞噬时间"的意象虽然不是莎士比亚的首创，但是这个比喻并不突兀。莎士比亚再伟大，也离不开对前人文学传统的继承，但是，妙就妙在莎士比亚的继承做得天衣无缝。莎士比亚在书写与时光作战之前，已经做了很多铺垫。在第 15 首十四行诗中，他表达了嫁接美的理想，由此开始向时间宣战，而在第 19 首就拿着刀枪走上了战场。正是这样一个思路，让莎士比亚的十四行诗系列有着内在的逻辑性。然而，并不是自第 15 首十四行诗以后，莎士比亚就只写与时间的战争。事实上，莎士比亚的思路呈现为两条平行的主线：一条是与时间作战，一条是赞美爱人。第 18 首和第 100 首都是这样的例子。这两条线索有着内在逻辑上的联系：赞美爱人是与时间作战的动机，与时间作战是为了向爱人献上最宝贵的礼物——维护他的美。

由上可见，莎士比亚在表达"时间损害美"这一观念时建构了恢宏的场面，使小小的十四行诗成为血雨腥风的战场。这种宏大场面的描写完全不逊色于《荷马史诗》，莎士比亚或许从《荷马史诗》中借鉴了不少。"公元三世纪，亚历山大已不再是古典学术和文化的研究中心。随着中世纪的到来，曾是一门显学的荷马史诗研究（包括文学批评）经历了长达一千多年的沉寂。但丁应该读过荷马史诗（他尊称荷马为"诗人之王"），但肯定不太熟悉历史上作为一门学问的荷马（史诗）评论。及至莎士比亚写作戏剧的时代，人们对荷马及其史诗的了解程度有了较大的改观。莎翁写过一出取材于有关特洛伊战争传闻的悲喜剧《特罗伊洛斯与克瑞西达》，颇得好评，可见当时的伦敦观众已或多或少地具备了接受此类剧作的文学素养和审美情趣。与此同时，荷马研究也在欧洲大陆悄然兴起，开始成为学者们谈论的话题。"①

其实，在很多方面，莎士比亚十四行诗中有关美的主题都与希腊文化结下了不解之缘。一是对人体美的赞颂，这承袭了希腊文化。在希腊神话中，神并无特殊的道德优势，他们和人一样，会嫉妒、会做坏事，唯一不同的是他们有美丽的容貌、匀称的体态和不死之身。美本身可以成为追求的目标，而不是追求美之外的事物，这意味着美本身就具有道德的价值。"古诗词在视觉上关注人体，这揭示了审美价值与看似无形的道德价值之间的密切联系。"② 二是莎士比亚的十四行诗展现出《荷马史诗》般的恢宏与宁静。如果说上面这两首遣责时光无情的诗有《荷马史诗》恢宏的气质，那么下面这首同样也是关于时光无情的诗，则既有战斗中的紧张气氛、海阔天空的恢宏，也有大气磅礴的安详，处处散发着美的古典韵味。三是莎士比亚的十四行诗从语言风格来讲也是很朴素的。他的语言是古典的，也是倾向于口语的，二者看似相互矛盾，但其实这只是一个判断标准的问题。"在一部作品中，我们会对'口语'和'文语'的文化价值感兴趣，并倾向于认为口语是粗糙和原始的。在另外的语境中，我们称之为古典，因为我们是用我们的写作概念和标准来判断这些文字的。这在论及诗歌的时候表现最为明显，特别是《荷马史诗》，其原初的写作目的并不是让人阅读。当谈到诗歌，尤其是荷马史诗时，这一切变得尤为重要，因为我们正在评估一种话语，这种话语本来就不应该被阅读，而只是从我们规范的角度而作为言语产生'文语的'，而不是'口头的'作品时，它才被阅读。但是在一个没有使用任何写作手段的社会里，在没有与之形成对比的'文人'诗人的情况下，他们仅仅是诗人，而不是'口头'诗人。'口头文体'，它的存在只有在与'有文化'的文体相对立时才有意义。"③ 正如我们会把《荷马史诗》看成古典的一样，我们也把莎士比亚的十四行诗看成古典的。但是"古典的"应该加引号，因为这只是从现代英语的标准出发而进行的阐释。中国古代的宋词被认为是雅致的文学，但其实它主要

---

① 《荷马精选集》，陈中梅编选，北京燕山出版社，2005，陈中梅"编选者序"，第 13 页。

② Worman, Nancy. "Odysseus Panourgos: The Liar's Style in Tragedy and Oratory," *Helios*, 1(1999)：35.

③ Hernandez, Pura Nieto. "Classical and Medieval Literature Criticism," *College Literature*, 2 (2007)：45.

是口语化的词作。莎士比亚十四行诗的语言是当时流行的英语，是朴素的语言，有口语化的倾向。

Sonnet 60

Like as the waves make towards the pebbled shore,
So do our minutes hasten to their end;
Each changing place with that which goes before,
In sequent toil all forwards do contend. Nativity,
once in the main of light, Crawls to maturity,
wherewith being crown'd,
Crooked elipses 'gainst his glory fight,
And Time that gave doth now his gift confound.
Time doth transfix the flourish set on youth
And delves the parallels in beauty's brow,
Feeds on the rarities of nature's truth,
And nothing stands but for his scythe to mow:
And yet to times in hope my verse shall stand,
Praising thy worth, despite his cruel hand. [①]

第 60 首十四行诗

像波浪滔滔不息地滚向沙滩：
我们的光阴息息奔赴着终点；
后浪和前浪不断地循环替换，
前推后拥，一个个在奋勇争先。
生辰，一度涌现于光明的金海，
爬行到壮年，然后，既登上极顶，

---

① Shakespeare. "Sonnet 60," https://www.opensourceshakespeare.org/views/sonnets/sonnet_view.php?Sonnet = 60.

凶冥的日蚀便遮没它的光彩，

时光又撕毁了它从前的赠品。

时光戳破了青春颊上的光艳，

在美的前额挖下深陷的战壕，

自然的至珍都被它肆意狂喊，

一切挺立的都难逃它的镰刀：

可是我的诗未来将屹立千古，

歌颂你的美德，不管它多残酷！①

——梁宗岱译

　　这首诗的主题是时间流逝。在诗歌的第 1~4 行中，诗人把时间比喻成波浪：就像浪花不断地涌向岸边一样，分分秒秒的时间也一次又一次地涌向人生的终点。在中国古诗中也出现过类似的比喻。在杨慎的《临江仙》中有"滚滚长江东逝水，浪花淘尽英雄。是非成败转头空"一语，感叹时间流逝，英雄末路。苏东坡的《念奴娇·赤壁怀古》诗云："大江东去，浪淘尽，千古风流人物。"此处以浪涛喻指时光流逝，吟诵怀古情怀。在莎士比亚的这首诗中，比喻用得很精确。浪花被比喻成分钟，这个比喻落实到非常具体的时间概念上，而中国古典诗歌中则不要求这种精确。在第 5~8 行诗中，诗人写了时光的双重性。一个人出生了，来到了世界上，时光给了他生机勃勃的青春，而就在他"登上极顶"（wherewith being crown'd），走向成熟时，他的光辉开始暗淡，时间又将要把他的生命收回。诗中的用语非常精确，如 crawls to maturity（爬行到壮年）表明了人生的艰难，Crooked elipses（凶冥的日蚀）写出了诗人对消损生命的种种厄运的愤怒之情。在第 9~12 行中，诗人仿佛把大量的比喻铺天盖地摔下来，营造了一种气势磅礴的阵容。时光被暗喻成利器、狼吞虎咽的野兽。最后，在时光的镰刀下，一切都将归于无。想象力在这四句诗中绽放奇葩，给人留下难以忘怀的印象。

　　在这里，莎士比亚不再劝年轻人结婚生子，他已经认识到保留年轻人美貌的唯一办法就是把他的美写成诗歌，让年轻人的美获得永恒的价值。

---

① 《莎士比亚全集》第 11 卷，梁宗岱译，人民文学出版社，1991，第 218 页。

"可是我的诗未来将屹立千古"（And yet to times in hope my verse shall stand）和第 18 首十四行诗中的"当你在不朽的诗里与时同长"（When in eternal lines to time thou grow'st）是类似的表达。"在第 60 首十四行诗中，诗人把时间视为一种破坏性的、无情的力量，但最后在结尾指出通过诗歌可以保存美的价值。诗人揭示了大自然和人类与时间的斗争都是徒劳的。在第 60 首十四行诗中，莎士比亚用各种诗歌手段界定永恒。他认为如果不通过文学获得永恒，那么抵抗时间的侵蚀是无用的。"[1]

将艺术作为对抗时间的良药，这种实现生命永恒的手段使莎士比亚十四行诗中的劝婚主题书写自然而然地终止了。因为既然艺术可以使生命达成永恒，那么通过婚姻来传承美也就没有必要了。时间主题既是劝婚诗派生出来的一个主题，同时也引导着劝婚诗转向对美的诉求。莎士比亚既以最完满的形式终结了劝婚诗，又阐释了艺术使美永恒的命题。这种美是身体的美。诗歌使美永恒，因为世世代代的人们阅读诗歌的时刻，就是重新发现美的时刻。在莎士比亚书写年轻人的最后一首诗中，诗人对他以前写过的主题进行了总结：时光会带走美和爱，也会带走诗人，但是诗歌会使年轻人永恒。诗人写道：

Sonnet 126

O thou, my lovely boy, who in thy power

Dost hold Time's fickle glass, his sickle, hour;

Who hast by waning grown, and therein show'st

Thy lovers withering as thy sweet self grow'st;

If Nature, sovereign mistress over wrack,

As thou goest onwards, still will pluck thee back,

She keeps thee to this purpose, that her skill

May time disgrace and wretched minutes kill.

Yet fear her, O thou minion of her pleasure!

She may detain, but not still keep, her treasure:

---

① Arbour, Robert. "Shakespeare's Sonnet 60," *Explicator*, 3(2009) : 157–160.

Her audit, though delay'd, answer'd must be,

And her quietus is to render thee. ①

第 126 首十四行诗

你，小乖乖，时光的无常沙漏

和时辰（他的小镰刀）都听你左右；

你在亏缺中生长，并昭示大众

你的爱人如何雕〔凋〕零而你向荣；

如果造化（掌握盈亏的大主宰），

在你迈步前进时把你挽回来，

她的目的只是：卖弄她的手法

去丢时光的脸，并把分秒扼杀。

可是你得怕她，你，她的小乖乖！

她只能暂留，并非常保，她的宝贝！

她的账目，虽延了期，必须清算：

要清偿债务，她就得把你交还。②

——梁宗岱译

在这首诗中，诗人完全相信他的诗会长存。在诗人看来，即使在他离开这个世界以后，他的诗也会一直存在，而年轻人也将在诗中永生。诗人没有刻意去写时光将最后夺走年轻人的美，也没有写他的诗会令年轻人永远活在诗里，这些在以前的十四行诗中已经被书写多次了。在这首诗中，诗人理所当然地认为他的诗将得以永恒。在第 5~12 行中，诗人写道，在命运的波折中，年轻人最终还是掌握在造化的手上。诗人在写这部分诗行的时候，语气很客观，并没有为年轻人的美即将消逝而感到惋惜的意思。这可能是因为诗人对自己诗歌的价值已然有了信心，他希望最后一首关于

---

① Shakespeare. "Sonnet 126," https://www.opensourceshakespeare.org/views/sonnets/sonnet_view.php?Sonnet=126.

② 《莎士比亚全集》第 11 卷，梁宗岱译，人民文学出版社，1991，第 218 页。

这一主题的十四行诗能够以对自己艺术水准的肯定来结束，从而给系列十四行诗中的这类主题诗歌定下喜剧性的基调。

莎士比亚不仅从世俗生活的角度肯定自己的诗歌艺术必将得以永恒，他还从宗教的角度来阐释永恒的主题：

Sonnet 55

Not marble, nor the gilded monuments

Of princes, shall outlive this powerful rhyme;

But you shall shine more bright in these contents

Than unswept stone besmear'd with sluttish time.

When wasteful war shall statues overturn,

And broils root out the work of masonry,

Nor Mars his sword nor war's quick fire shall burn

The living record of your memory.

'Gainst death and all-oblivious enmity

Shall you pace forth; your praise shall still find room

Even in the eyes of all posterity

That wear this world out to the ending doom.

So, till the judgment that yourself arise,

You live in this, and dwell in lover's eyes. ①

第 55 首十四行诗

没有云石或王公们金的墓碑

能够和我这些强劲的诗比寿；

你将永远闪耀于这些诗篇里，

远胜过那被时光涂脏的石头。

---

① Shakespeare. "Sonnet 55," https://www.opensourceshakespeare.org/views/sonnets/sonnet_view.php?Sonnet=55.

当着残暴的战争把铜像推翻，

或内讧把城池荡成一片废墟，

无论战神的剑或战争的烈焰

都毁不掉你的遗芳的活历史。

突破死亡和湮没一切的仇恨，

你将昂然站起来：对你的赞美

将在万世万代的眼睛里彪炳，

直到这世界消耗完了的末日。

这样，直到最后审判把你唤醒，

你长在诗里和情人眼里辉映。①

——梁宗岱译

诗人说年轻人将永远活在自己的诗中，他将不朽，因为就连大理石墓碑上镂刻的字迹也不会比诗人的诗流传得更加长久。在第5～8行诗中，诗人的信心进一步加强。在1～4行中，诗人写自己能够抵挡自然的力量，即时间的流逝，纵然时间可以把石头涂脏，却不能损害他的诗篇。而在第5～8行中，诗人写到即使是人为的灾难——战争，也不能将他的诗篇损毁。那么，他在诗篇中所描写的那个美青年也必然同诗人的诗一同不朽。与第18首写艺术永恒主题的十四行诗不同的是，在这首诗中，诗人自始至终都是满怀信心地高调谈论自己的诗篇。在接下来的第9～12行中，诗人又从另一角度说明他的诗篇将使年轻人万世万代永远不朽，直到世界末日。"这样，直到最后审判把你唤醒"（That wear this world out to the ending doom），结尾这句与第18首十四行诗中的最后两句异曲同工。第18首十四行诗的最后两句写道："只要一天有人类，或人有眼睛，/这诗将长存，并且赐给你生命。"（So long as men can breathe or eyes can see, /So long lives this, and this gives life to thee.）诗人要表达的正是"诗将永存，而年轻人的美也将永存"的主题。在这首诗中，诗人显然摆脱了一些忧惧，他毫不怀疑，他的诗与年轻人的美将永恒存在。诗歌的最后两行重申了他伟大的诗篇将使年轻人得到永生的主题，令人想到年轻人将位列天堂，摆脱

---

① 《莎士比亚全集》第11卷，梁宗岱译，人民文学出版社，1991，第213页。

俗世的生死而得到永生，而且这句诗也极具宗教色彩。诗人又想象年轻人在诗篇中、在情人的眼里活着，因为这些十四行诗是关于爱的。爱是不朽的，情人也将在这爱的诗篇里读懂其自身，体验诗人与年轻人的情感纠葛，领略诗中那个年轻人的美丽，这样年轻人也就在情人的眼里复活了。在基督教的信仰中，"各样美善的恩赐和各样全备的赏赐都是从上头来的，从众光之父那里降下来的；在他并没有改变，也没有转动的影儿"。[①] 美与神圣的信仰联系在一起，美的永恒就更加不容置疑了。从宗教角度肯定艺术美的永恒，这使莎士比亚十四行诗的这一主题有了文化深度，力量更加强大，气势也更加恢宏。

莎士比亚在诗中强调他的诗比纪念碑（monuments）更长寿，在第 81 首十四行诗中，纪念碑的意象再一次出现。这一次，诗人把自己的诗喻成了纪念碑：

Sonnet 81

Or I shall live your epitaph to make,

Or you survive when I in earth am rotten;

From hence your memory death cannot take,

Although in me each part will be forgotten.

Your name from hence immortal life shall have,

Though I, once gone, to all the world must die:

The earth can yield me but a common grave,

When you entombed in men's eyes shall lie.

Your monument shall be my gentle verse,

Which eyes not yet created shall o'er-read,

And tongues to be your being shall rehearse

When all the breathers of this world are dead;

You still shall live—such virtue hath my pen—

---

① 〔法〕约翰·加尔文：《基督教要义》，钱曜诚等译，三联书店，2014，第 231 页。

Where breath most breathes, even in the mouths of men. ①

第 81 首十四行诗

　　无论我将活着为你写墓志铭，

　　或你未亡而我已在地下腐朽，

　　纵使我已被遗忘得一干二净，

　　死神将不能把你的忆念夺走。

　　你的名字将从这诗里得永生，

　　虽然我，一去，对人间便等于死；

　　大地只能够给我一座乱葬坟，

　　而你却将长埋在人们眼睛里。

　　我这些小诗便是你的纪念碑，

　　未来的眼睛固然要百读不厌，

　　未来的舌头也将要传诵不衰，

　　当现在呼吸的人已瞑目长眠。

　　这强劲的笔将使你活在生气

　　最蓬勃的地方，在人们的嘴里。②

——梁宗岱译

　　诗人在这里表达了对自己诗歌艺术的强烈自信，相信自己的诗歌一定会一直传承下去。凭借艺术的永恒，他能使自己的恋人，即那个年轻人也得到永生。诗人用对比构建了这首诗的基本结构。一方面，诗人不断地贬低自己，认为自己很卑微，必将走向腐朽；另一方面，他相信自己的诗歌将永恒，也将把这种永恒带给年轻人。诗歌在将诗人即将腐朽的生命与年轻人永恒的生命进行对比的过程中一层层发展下去。

　　在诗歌的第 9~14 行，诗人对自己的小诗大加褒奖，毫不吝啬赞誉之

---

①　Shakespeare. "Sonnet 81," https://www.opensourceshakespeare.org/views/sonnets/sonnet_view.php?Sonnet=81.

②　《莎士比亚全集》第 11 卷，梁宗岱译，人民文学出版社，1991，第 239 页。

词。诗人想象在未来人的眼中，在未来人的嘴里，都会充满对年轻人的美的赞颂，诗歌的语气由此有了强烈的抒情意味。在第 9~14 行中，诗人一连用了由 which、when、where 引导的三个从句，并用 and 引出了一个并列句，中间是一个分号，这样 9~14 行实际上是一个套有三个从句和一个并列句的长句。这个句式的使用很好地创造出一种时间感，仿佛未来的岁月绵延不尽，而年轻人的美也将永世长存。

虽然诗人在诗中肯定诗歌艺术能够使美得以永恒，但其实诗人心中对这个问题一直都存在疑问。诗人并非始终满怀信心，有时候他也会对自己的诗歌产生一点怀疑。他把这种疑问带到诗歌中，使他的诗歌像是在叩问命运，这体现了诗人对人生的哲思。例如莎士比亚的第 16 首十四行诗：

Sonnet 16

BUT wherefore do not you a mightier way

Make war upon this bloody tyrant, Time?

And fortify yourself in your decay

With means more blessèd than my barren rime?

Now stand you on the top of happy hours,

And many maiden gardens, yet unset,

With virtuous wish would bear your living flowers,

Much liker than your painted counterfeit:

So should the lines of life that life repair

Which this time's pencil or my pupil pen,

Neither in inward worth nor outward fair

Can make you live yourself in eyes of men.

To give away yourself keeps yourself still,

And you must live, drawn by your own sweet skill. ①

---

① Shakespeare. "Sonnet 16," https://www.opensourceshakespeare.org/views/sonnets/sonnet_view.php?Sonnet = 16.

第 16 首十四行诗

> 但是为什么不用更凶的法子
>
> 去抵抗这血淋淋的魔王——时光？
>
> 不用比我的枯笔吉利的武器，
>
> 去防御你的衰朽，把自己加强？
>
> 你现在站在黄金时辰的绝顶，
>
> 许多少女的花园，还未经播种，
>
> 贞洁地切盼你那绚烂的群英，
>
> 比你的画像更酷肖你的真容：
>
> 只有生命的线能把生命重描；
>
> 时光的画笔，或者我这枝弱管，
>
> 无论内心的美或外貌的姣好，
>
> 都不能使你在人们眼前活现。
>
> 献出你自己依然保有你自己，
>
> 而你得活着，靠你自己的妙笔。①

——梁宗岱译

　　在第 16 首十四行诗的前 4 行，诗人提出一个问题：用什么来"抵抗这血淋淋的魔王——时光？"诗人以 but 开头，既能凸显语气的加强，又可暗示此前诗人与年轻人已经有过很多次争论。同时，诗中也出现了与战争相关的意象，如战争（war）、血淋淋的魔王（bloody tyrant）、构筑防御工事（fortify）等等，还出现了与死亡相关的"腐朽"（decay）一词，这些常用来比喻时间的残酷无情。这不是莎士比亚第一次用战争意象来比喻。战争意象能够带来震撼和强烈的感官冲击力，其运用会立刻使人想到生与死的问题。正因如此，战争意象的使用也与诗歌的永恒主题合拍。在接下来的 4 行诗中，诗人从另一个角度来劝说年轻人结婚生子。在第 4 行中，诗人说自己的诗笔是荒凉的（barren rhyme），意思是艺术所能复制的美远比不上他自己的孩子对他的美的传承那么逼真。在第 8 行诗中，诗人用"画像"

---

① 《莎士比亚全集》第 11 卷，梁宗岱译，人民文学出版社，1991，第 174 页。

（painted counterfeit）来比喻自己为年轻人所写的诗。画像无法刻画出年轻人的美，因此艺术在这里是无能的，远比不上活生生的生命自身的繁衍来得直截了当。尽管诗人费尽心机想要表现年轻人的美，但是他无法创造生命的实体。在接下来的 4 行诗中，诗人自谦地称自己的诗为"我这枝弱管"（my pupil pen），以进一步显示艺术在保持美这方面所感到的无能为力。无论是上天恩赐了青春时光，还是诗人的诗笔，都无法留住年轻人的美。在最后两行，诗人再次强调此诗的主题，那就是只有年轻人自己能够让自己的美长存下去。"献出你自己依然保存你自己"（To give away your self, keeps your self still），这种说辞是莎士比亚在他的许多首十四行诗中一再强调的理由，也凸显了这样一个逻辑：孩子是父母的复制品，美貌可以通过遗传保留下来。

莎士比亚的第 65 首十四行诗也突出体现了这种有趣的矛盾性：

Sonnet 65

Since brass, nor stone, nor earth, nor boundless sea,

But sad mortality o'er-sways their power,

How with this rage shall beauty hold a plea,

Whose action is no stronger than a flower?

O, how shall summer's honey breath hold out

Against the wreckful siege of battering days,

When rocks impregnable are not so stout,

Nor gates of steel so strong, but Time decays?

O fearful meditation! where, alack,

Shall Time's best jewel from Time's chest lie hid?

Or what strong hand can hold his swift foot back?

Orwho his spoil of beauty can forbid?

O, none, unless this miracle have might,

That in black ink my love may still shine bright. [①]

---

① Shakespeare. "Sonnet 65," https://www.opensourceshakespeare.org/views/sonnets/sonnet_view. php?Sonnet=65.

第 65 首十四行诗

　　既然铜、石、或大地、或无边的海，

　　没有不屈服于那阴惨的无常，

　　美，她的活力比一朵花还柔脆，

　　怎能和他那肃杀的严重抵抗？

　　哦，夏天温馨的呼息〔吸〕怎能支持

　　残暴的日子刻刻猛烈的轰炸，

　　当岩石，无论多么险固，或钢扉，

　　无论多坚强，都要被时光熔化？

　　哦，骇人的思想！时光的珍饰，

　　唉，怎能够不被收进时光的宝箱？

　　什么劲手能挽他的捷足回来，

　　或者谁能禁止他把美丽夺抢？

　　哦，没有谁，除非这奇迹有力量：

　　我的爱在翰墨里永久放光芒。①

——梁宗岱译

　　这首诗以时间为主题。在诗中，诗人认为无论是岩石、铜器、地球，还是无边的海洋，都没有办法与时间竞赛，那么比一朵花还脆弱的美又怎么能够抵挡住时间的侵蚀呢？

　　在诗歌的第 5 行和第 9 行，诗人都用 O（哦）这个感叹词开始，让诗歌的语气中充满感慨。这首诗中出现的意象多在此前的十四行诗中出现过，与战争相关的词语再一次被用来形容时光的无情，nor（也不……）和 or（或者）等连词的使用也给人一种无助感，即无论怎么做，都无法阻止时光催人老的步伐。

　　和上一首诗不同，诗人再次相信自己的诗歌能够使年轻人得到永生。艺术永恒的主题在第 64 首十四行诗中一度陷落，但在第 65 首十四行诗中

---

① 《莎士比亚全集》第 11 卷，梁宗岱译，人民文学出版社，1991，第 223 页。

又坦然登场。诗人希望能够用其诗歌把年轻人的美留住,使年轻人的美永存于艺术之中。关于自己的诗歌艺术能否使年轻人的美丽保持下来,使其实现永生,诗人对此态度摇摆不定,这也呈现了诗人矛盾丛生的内心世界。诗人一方面肯定艺术足以使美永恒,另一方面又怀疑、否定艺术真有这样的力量。他把这种矛盾心理写进诗里,也给我们展现了一个人内心思想的复杂和多变。虽然诗人在与时光的战斗中充满矛盾和痛苦,但他从没有放弃过艺术使美得到永恒这个主题。从第 18 首十四行诗到第 126 首十四行诗,诗人多次涉及这一主题,并不断地探索、挖掘。歌德(Johann Wolfgang von Goethe,1749~1832)说:"逃避这个世界,再没有比从事艺术更可靠的途径;而要想与世界紧密相关,也没有比艺术更有把握的途径。"[1] 莎士比亚就是把艺术当成与这个世界联络的途径,他坚信艺术所传播和表达的美在数个世纪之后仍然会存在。

把莎士比亚关于艺术永恒的十四行诗连起来看,就会发现这些诗在总体思路上存在着一种有趣的矛盾性,而诗人也在不断地玩味这种矛盾性。在第 32 首十四行诗中,诗人退一步想,如果自己的诗歌真的不能永恒,那么就诉诸情感,看情感是否可以使诗歌永恒:

Sonnet 32

If thou survive my well-contented day

When that churl Death my bones with dust shall cover,

And shalt by fortune once more resurvey

These poor rude lines of thy deceasèd lover,

Compare them with the bett-ring of the time,

And though they be outstripped by every pen,

Reserve them for my love, not for their rime,

Exceeded by the height of happier men.

O, then vouchsafe me but this loving thought:

---

① 〔美〕莫蒂默·艾德勒、查尔斯·范多伦编《西方思想宝库》,《西方思想宝库》编委会译编,吉林人民出版社,1988,第 1204 页。

' Had my friend's Muse grown with this growing age,

A dearer birth than this his love had brought

To march in ranks of better equipage;

But since he died, and poets better prove,

Theirs for their style I'll read, his for his love. ' ①

第 32 首十四行诗

倘你活过我踌躇满志的大限，

当鄙夫"死神"用黄土把我掩埋，

偶然重翻这拙劣可怜的诗卷，

你情人生前写来献给你的爱，

把它和当代俊逸的新诗相比，

发觉它的词笔处处都不如人，

请保留它专为我的爱，而不是

为那被幸运的天才凌驾的韵。

哦，那时候就请赐给我这爱思：

"要是我朋友的诗神与时同长，

他的爱就会带来更美的产儿，

可和这世纪任何杰作同俯仰：

但他既死去，诗人们又都迈进，

我读他们的文采，却读他的心。"②

——梁宗岱译

在前 8 行诗文中，诗人怀疑自己诗歌的价值，称自己的诗是"拙劣可怜的诗卷"（these poor rude lines）。诗人设想了一个未来时刻，那时，诗人已经辞世，而他爱恋的年轻人在读他的诗。诗人想象随着时光的流逝，

---

① Shakespeare. "Sonnet 32," https://www.opensourceshakespeare.org/views/sonnets/sonnet_view.php?Sonnet=32.

② 《莎士比亚全集》第 11 卷，梁宗岱译，人民文学出版社，1991，第 190 页。

他的诗歌会过时，所以他要求年轻人在读诗时，记住这些诗是为爱做的，而不是单纯为了艺术。因此，在第 9~14 行，诗人就要求年轻人带着爱的情感读他的诗歌。每个诗人都会关心自己诗歌的价值，这也成为西方诗歌中经常出现的主题，但在中国却不常见。美国诗人狄金森在《这是我写给世界的信》(*This Is my Letter to the World*) 中这样写道："这是我写给世界的信，/因为它从来不写给我，/自然带来简单的讯息，/既温柔又崇高的存在。/她的讯息是写给那双我看不见的手，/为了她的爱，亲爱的同胞，/请温柔地，评断、评断我。"(This is my letter to the world/That never wrote to me —/The simple News that Nature told —/With tender Majesty/Her Message is committed/To hands I can not see —/For love of Her - Sweet - countrymen-/Judge tenderly-of Me)① 深居简出的诗人狄金森也关心自己的诗歌会引起人们怎样的评价，这是诗人主体意识的一种体现，也是诗歌自觉意识的体现。诗人关心诗歌的价值，并不是说诗人对于身后的声名有多么重视，而是表明诗人希望通过诗歌对自己进行审视，力求建立起自我与世界之间的联系，希望世界对自己形成一个更有利于自己的看法。济慈在早期诗歌中也一再论及自己能否写出有价值的诗歌这一问题。有趣的是，他一边对这个问题产生疑问，一边写着那些足以让自己流芳千古的诗歌。

矛盾性对于艺术来说并不是坏事，因此也不能要求诗人的思想始终统一。在莎士比亚的系列十四行诗中，诗人一方面认为时光不可抗拒，另一方面又相信艺术能够永恒。莎士比亚不是以时间为断裂点，分述其对艺术永恒命题的怀疑和自信，而是经常以矛盾之态审视二者之间的关系。上文给出两个例子，其中一个是他的第 16 首十四行诗，另一个是他的第 65 首十四行诗，其间的空间跨度和可以推算的时间跨度都说明诗人的思想一直没有走出矛盾的泥淖。亚里士多德（Aristotle，前 384~前 322）说："一切意见中最为确实的是，矛盾的陈述不能同时为真。"② 莎士比亚所谈论的命题本身就是一个矛盾的陈述。既然矛盾的陈述不能为真，那么诗人应该持有什么样的立场呢？其实多数时候，诗人都是在两者之间徘徊。从诗中来

---

① 〔美〕艾米莉·狄金森：《这是我写给世界的信》，木也译，重庆出版社，2021。
② 〔古希腊〕亚里士多德：《形而上学》，苗力田译，中国人民大学出版社，2003，第 80 页。

看，诗人表达了存在的两种情形：或是时光胜利，或是诗歌胜利。但他的思路实际上是在这两者之间的，是居中的。在那些有关时光的十四行诗中，莎士比亚处于战斗状态，还不是一个胜利者。亚里士多德也从形而上学的角度肯定了居中者的存在。"如果不是为理论而理论的话，在所有矛盾物之外，应该存在着居间者，故一个人可能既以其为真又以其为不真。在存在与不存在之外它也将存在，因此在生成和消灭之外将有另外某种变化。此外，在所有其否定即是对相反者的肯定的地方都将有居间者存在。"①

莎士比亚的矛盾性也增强了其作品的丰富性，因为世界本就是一个复杂的矛盾体。莎士比亚所生活的时代正是充满生机和冲突的时代。"其实，莎士比亚的伟大，在于他的丰富而不是完美。歌德说得好'诗人生活在一个值得尊重并且重要的时代，他非常清楚地把这个时代的文化教养，甚至是不良教养也表现给我们看，可以说，假如他不跟他的时代薰莸同处的话，他不会对我们产生那么大的影响。'莎士比亚生活在文艺复兴后期的英国，当时的情况是旧秩序、旧道德旧文化已经分崩离析，而新的尚未完全建立，各方面都显得乱糟糟，新旧混杂，充满了矛盾，同时也洋溢着无限生机。莎士比亚的丰富性、多样性和诸多内在矛盾，都能从其生活的时代中找到根据。"② 虽然莎士比亚在艺术是否能使美得到永恒这个问题上左右摇摆，但是总的来看，在莎士比亚的系列十四行诗作中，关于艺术使美得到永恒的诗篇在数量和质量上都要略胜一筹。这样推论下来，莎士比亚还是相信艺术能够使美永恒这一观念，这也是莎士比亚艺术观念的一个重要组成部分。

无论是通过结婚生子来传承美，还是通过艺术来传承美，都是诗人想出来的合乎客观规律的传承美的手段。在这两种传承美的途径中，诗人还顺带阐明了一个实质问题，即"模仿"。生育是对美的模仿，艺术也是对美的模仿。模仿主题是劝婚诗中那喀索斯主题之外的另一个主题，这个主题自然地从生命的模仿延伸到诗歌对美的模仿。由此，莎士比亚的爱情诗就把模仿的主题引入其中。下面我们来看一个例子：

---

① 〔古希腊〕亚里士多德.《形而上学》，苗力田译，中国人民大学出版社，2003，第81页。
② 董健、马俊山：《戏剧艺术十五讲》，北京大学出版社，2004，第234页。

Sonnet 6

Then let not winter's ragged hand deface

In thee thy summer ere thou be distilled:

Make sweet some vial; treasure thou some place

With beauty's treasure ere it be self-killed.

That use is not forbidden usury

Which happies those that pay the willing loan;

That's for thyself to breed another thee,

Or ten times happier be it ten for one.

Ten times thyself were happier than thou art,

If ten of thine ten times refigured thee:

Then what could death do if thou shouldst depart,

Leaving thee living in posterity?

Be not self-willed, for thou art much too fair

To be death's conquest and make worms thine heir. ①

第 6 首十四行诗

那么，别让冬天嶙峋的手抹掉

你的夏天，在你未经提炼之前：

熏香一些瓶子；把你美的财宝

藏在宝库里，趁它还未及消散。

这样的借贷并不是违禁取利，

既然它使那乐意纳息的高兴；

这是说你该为你另生一个你，

或者，一个生十，就十倍地幸运；

十倍你自己比你现在更快乐，

---

① Shakespeare. "Sonnet 6," https://www.opensourceshakespeare.org/views/sonnets/sonnet_view.php?Sonnet=6.

如果你有十个儿子来重现你：

这样，即使你长辞，死将奈你何，

既然你继续活在你的后裔里？

别任性：你那么标致，何必甘心

做死的胜利品，让蛆虫做子孙。①

——梁宗岱译

首先，该诗前 6 行讲明了一个道理，那就是美不应该被浪费掉。接下来，诗人直入主题，直言劝说年轻人生育，理由是"如果你有十个儿子来重现你：/这样，即使你长辞，死将奈你何，/既然你继续活在你的后裔里？"这个理由说的是模仿以及模仿的益处。诗人的基本信条是：繁衍是一种模仿，在这种模仿中，人可以获得快乐与永生。人之所以能够通过繁殖获得永生，是因为繁殖是对生命的模仿，而快乐是模仿这件事本身所具有的属性。

一般来说，读这首诗的时候，我们常以为莎士比亚所说的繁衍子嗣的快乐是指传宗接代的快乐，但是仔细品读就会发现，莎士比亚真正关心的问题并不是亲情关系，而仅仅是美的传承。他所讲的主要是模仿的快乐，至于传承后代这一事件中人类情感方面的审美，在他的诗中是被弱化掉的。即使有些诗篇中偶尔涉及父母与子女之间的情感，但这始终不是莎士比亚关注的重点。从劝人放弃自恋而结婚生子，使生命永恒，再到以艺术为媒介让生命永恒，这看似一种转换，其实仍然是诗人创作的美之主题，同时也体现了模仿主题。模仿主题中的劝婚主题与艺术使美永恒主题的共同之处，是使这两个主题交合在一起的结合点。

模仿不可小看。歌德在《格言和感想集》中说："如果我们根据艺术是对自然的摹〔模〕仿就因而小看它，那就可以这样地来回答：自然也是在摹〔模〕仿许许多多别的事物。再说，艺术并不能确切地摹〔模〕拟眼睛所能看到的那些东西，它只不过是回复到自然所赖以构成并按其行动的

---

① 《莎士比亚全集》第 11 卷，梁宗岱译，人民文学出版社，1991，第 164 页。

那个理性因素上去罢了。"① 模仿是自然世界的行为规律，而艺术的模仿带给人喜悦，也是诗人创作的动力。朱光潜先生说："模仿就是人的一种自然倾向，从小孩时就显示出来了。人之所以不同于其他动物，就在于人在有生命的东西之中是最善于模仿的。人一开始学习，就通过模仿。每个人都天然地从模仿出来的东西得到快感。这一点可以从这样一种经验事实得到证明：事物本身原来使我们看到就起痛感的，在经过忠实描绘之后，在艺术作品中却可以使我们看到就起快感，例如，最讨人嫌的动物和死尸的形象。原因在于学习能使人得到最大的快感，这不仅对于哲学家是如此，对于一般人也是如此，尽管一般人在这方面的能力是比较薄弱些。因此，人们看到逼肖原物的形象而感到欣喜，就由于在看的时候，他们同时在学习，在领会事物的意义。例如，指着所描写的人说：'那就是某某人。'如果一个人从来没有见过原人或原物，他看到这种形象所得到的快感就不是由于模仿，而是由于处理技巧、着色以及类似的原因，因为不仅模仿出于人类天性，和谐与节奏的感觉也是如此，诗的音律也是一种节奏。人们从这种天生资禀出发，经过逐步练习，逐步进展，就会终于由他们原来的"顺口溜"发展成为诗歌。"② 莎士比亚在他的十四行诗中探索了艺术使美永恒这一主题，这与文艺复兴时期的文化倾向和审美维度是合拍的。诗人将审美的对象神圣化，又引入时间主题，并在书写风格上仿效古典。而无论是通过结婚传承美，还是以诗歌艺术传承美，诗人都离不开对自然的模仿和对美的模仿。

莎士比亚倾向于把艺术看成模仿，这体现在镜子的隐喻中。镜子反映出现实世界，镜子中的影像是对现实世界的模仿。在本书的其他章节，我们谈到镜子隐喻着自恋，当镜子中照出自己的影子时，镜子便充当了自恋的媒介。从那喀索斯神话中的水中影子到现实世界中人照镜子看到自己，其中蕴含的是同一个道理。单从功能的角度讲，镜子是一个反映者。莎士比亚在他的一些诗中表示，写诗是对年轻人美貌的模仿，也就是说，诗人的功能与镜子一样，二者都是模仿者。模仿是最有诗意的举动。意大利思

---

① 〔美〕莫蒂默·艾德勒、查尔斯·范多伦编《西方思想宝库》，《西方思想宝库》编委会译编，吉林人民出版社，1988，第 1204 页。
② 朱光潜：《西方美学史》，人民文学出版社，2003，第 81~82 页。

想家维柯（Giovanni Battista Vico，1668～1744）说："儿童们都擅长于摹〔模〕仿，我们看到儿童们一般都摹〔模〕仿他们所能认识到的事物来取乐。这条公理显示出：世界在它的幼年时代是由一些诗性的或能诗的民族所组成的，因为诗不过就是摹〔模〕仿。这条公理也说明：凡是涉及需要、效益或便利的技艺，甚至涉及人类娱乐的技艺，都在哲学家们还没有出来之前，在诗的时期就已发明出来了；因为凡是技艺都不过是对自然的摹〔模〕仿，在某种意义上都是'实物'的诗（'real'poems，不是用文字而是用实物来造成的）。"① 诗人是模仿者，镜子也是模仿者，那么诗人与镜子谁是更好的模仿者，或者叫反映者呢？莎士比亚在他的第 103 首十四行诗中提出了这个有趣的问题：

Sonnet 103

Alack, what poverty my Muse brings forth,

That having such a scope to show her pride,

The argument all bare is of more worth

Than when it hath my added praise beside!

O, blame me not, if I no more can write!

Look in your glass, and there appears a face

That over-goes my blunt invention quite,

Dulling my lines and doing me disgrace.

Were it not sinful then, striving to mend,

To mar the subject that before was well?

For to no other pass my verses tend

Than of your graces and your gifts to tell;

And more, much more, than in my verse can sit

Your own glass shows you when you look in it. ②

---

① 〔意〕维柯：《新科学》上册，朱光潜译，商务印书馆，1997，第 122 页。

② Shakespeare. "Sonnet 103," https://www.opensourceshakespeare.org/views/sonnets/sonnet_view.php?Sonnet=103.

第 103 首十四行诗

我的诗神的产品多贫乏可怜！

分明有无限天地可炫耀才华，

可是她的题材，尽管一无妆点，

比加上我的赞美价值还要大！

别非难我，如果我写不出什么！

照照镜子吧，看你镜中的面孔

多么超越我的怪笨拙的创作，

使我的诗失色，叫我无地自容。

那可不是罪过吗，努力要增饰，

反而把原来无瑕的题材涂毁？

因为我的诗并没有其他目的，

除了要模仿你的才情和妩媚；

是的，你的镜子，当你向它端详，

所反映的远远多于我的诗章。①

——梁宗岱译

在这首诗的第 1~4 行中，诗人说自己的作品变得贫乏可怜。尽管这作品所歌颂的题材，即年轻人的美，仍然无与伦比，但诗人的诗歌却不能把这种美完整呈现。在诗歌的第 5~8 行，诗人继续怀着歉疚的心情写诗，说自己的诗写不出什么，还是镜子更能够反映出年轻人的美。在第 9~12 行，诗人写自己的诗就是要模仿年轻人的美。他的模仿原本是要为年轻人增色，不料却毁掉年轻人的美。这里诗人表达了他的艺术思想，即艺术应该模仿自然。在诗歌的最后两行，诗人承认镜子的模仿能力比自己的诗更胜一筹。

艾姆拉姆斯（M. H. Abrams，1912~2015）在文学批评著作《镜与灯》 (*The Mirror and the Lamp*) 中写道："本书的书名用两个常见而相似之物形容心灵：一个把心灵比作外在世界的反映者，另一个则把心灵比做一种发

---

① 《莎士比亚全集》第 11 卷，梁宗岱译，人民文学出版社，1991，第 261 页。

光体，认为心灵也是它所感知的事物的一部分。前者概括了从柏拉图到 18 世纪的思维特征；后者代表了浪漫主义诗人。"①莎士比亚这首诗中镜子的比喻就是一个反映者的比喻。镜子作为反映者比诗人的心灵要忠实高明得多。诗人也感到自己的心灵这个反映者要比镜子迟钝，诗人希望自己的心灵可以成为镜子那样忠实的模仿者，但又明白这只能是一种空想，因此诗人惭愧不已。在诗歌的最后两行，诗人进一步表达了这层意义。

在十四行诗中，莎士比亚一方面着墨描写美貌绝世的年轻人，并将其神化、唯美化；另一方面又不断在诗中宣扬自己的艺术价值。虽然诗人也一直在挣扎着思考自己的艺术是否真能使美永恒，但是他衡量自己十四行诗艺术价值的天平最后倒向了肯定性评价的一方。莎士比亚在诗中表达了他的美学思想——艺术是模仿。莎士比亚之所以醉心于书写"艺术使美永恒"这个主题，原因还在于美与模仿有联系，模仿不是别的，正是创造的源泉，能够带来创造的快乐，因此模仿成了诗人创作的动机。

对美的坚守、对真善美的探索以及强调艺术使美永恒，构成了莎士比亚在其十四行诗中所要传达的美之观念。这一观念对后世诗人的影响很大，其影响也并不局限于十四行诗。比如美的主题一直是浪漫主义诗人济慈的颂诗和一些长诗的主题。这个问题超出了十四行诗的讨论范围，在此不做过多论述。十四行诗的女性主题与美的主题是蕴含于爱情主题中的。透过这两个主题，我们可以追溯人类历史的漫长发展过程中人类欲望的涌动、文化的流变以及社会的进步。诗人们用小小的十四行诗所承载的是漫长的人类发展史中人类的欲望之维与哲思之维。

莎士比亚的主要兴趣在于写抽象的美，而不是像彼特拉克那样表达对美女的崇拜之情，这也决定了莎士比亚笔下的女性形象不是圣女。莎士比亚颠覆了传统十四行诗中的女性形象，把圣女变成了凡人。

华兹华斯在《别蔑视十四行诗》（*Score not the Sonnet*）中说"莎士比亚用这种诗体打开了自己的心灵"。华兹华斯把莎士比亚的十四行诗看成了某种自传性质的诗篇，但事实上，关于莎士比亚的十四行诗是否有自传性这一问题，学界还在研究和争论。不过，"我们假设，并且我认为我们

---

① 〔美〕M. H. 艾布拉姆斯：《镜与灯：浪漫主义文论及批判传统》，郦稚牛、张照进、童庆生译，王宁校，北京大学出版社，2004，"序"，第 3 页。

应该这样假设，即这些十四行诗虽然没有直接的自传性，至少也反映了诗人的经历、爱和欲望"。①

经过几代诗人的努力，到了莎士比亚时期，十四行诗已经有了相当大的变化。在莎士比亚时代，中世纪的骑士精神已经衰落，莎士比亚笔下的女人也不再是完美的形象。此时女性由理想化的完人回归现实层面，不再是男人崇拜的对象和爱情情感的寄托对象，而成了有血有肉的人。从圣坛上走下来的女人在诗歌中有了更加清晰的身影，但自中世纪以来延续下来的对于女性的观念并没有彻底地改变。即使在莎士比亚塑造的具有独立精神、智慧和才干的那类女人形象中，如《威尼斯商人》（The Merchant of Venice）中的鲍西亚（Portia），也依然是把自己的价值建立在得到男性的爱情和得到男性的赞美这一基础之上，仍然不是现代意义上的女性。正如女权主义者指出："妇女属于男人是个普遍的习惯，任何背离这种习惯的情形当然就会显得不自然。"② 在男性的想象中，处于从属地位的女性自然成为男性渴望的对象，在彼特拉克和怀亚特的诗中都是这样。到了莎士比亚时期，在莎士比亚的十四行诗中，女性的从属地位并没有发生改变，女性仍然是被男性追逐和猎取的对象。只是莎士比亚十四行诗中的女性形象更加丰满和立体，更加接近现实层面。莎士比亚的十四行诗甚至颠覆了传统女性的形象，彼特拉克和斯宾塞诗中的典雅高贵的女子在莎士比亚的诗中变成了另一番模样。

在莎士比亚的 154 首十四行诗中，第 1～126 首是写给一个年轻男子的，第 127～154 首写给一个黑肤女人。"莎士比亚的十四行诗没有使黑肤女人理想化，而且具有讽刺意味的是，女性与美之间的关联在诗人赞美年轻男人的那些十四行诗里出现，充满了古典文学的趣味。批评家进一步指出诗人的欲望是非常复杂的。'黑肤女人'十四行诗是在探讨女性吸引力问题。"③ 如果一个女人既温柔娴静，又优雅美丽，那么她的魅力是毋庸置疑的，诗人赞美和歌颂这样的女人也是顺理成章的。不过在莎士比亚之前，已经有无数诗人写了这种十四行诗。莎士比亚如果就此模式继续写下

---

① Muir, Kenneth. "The Order of Shakespeare's Sonnets,"*College Literature*, 3(1977): 194.

② 〔英〕玛丽·沃斯通克拉夫特：《女权辩护》，王葵译，商务印书馆，1995，第 266 页。

③ Singh, Jyotsna G. "Review of Shakespeare's Sonnets," *Shakespeare Quarterly*, 59. 4(Winter 2008): 492.

去，可能未必会超过他的前辈。更何况像莎士比亚这样对现实世界中的人性和生活的真谛都有透彻了解的作家，也不会满足于书写那种相对单纯的爱情诗篇。崇拜女人的心理情结在莎士比亚看来显然没有太多的吸引力，所以莎士比亚似乎为自己设定了一个比较困难的课题：外貌不美丽的女人也有吸引力。"将污点洗白虽然很难，但未必不会成功。而诗人也很自信，他觉得用自己的神笔可以完成这一任务，像炼金术士那样创造出奇妙的可能性。这大约可以解释莎士比亚为何为自己设定了丑陋女人也有吸引力这个难题。"① 莎士比亚的第130首十四行诗就探索了这个问题。

在莎士比亚第130首十四行诗的第1~12行，诗人刻画了情人的形象，诗中写道：

> *My mistress' eyes are nothing like the sun;*
>
> *Coral is far more red than her lips' red;*
>
> *If snow be white, why then her breasts are dun;*
>
> *If hairs be wires, black wires grow on her head.*
>
> *I have seen roses damask'd, red and white,*
>
> *But no such roses see I in her cheeks;*
>
> *And in some perfumes is there more delight*
>
> *Than in the breath that from my mistress reeks.*
>
> *I love to hear her speak, yet well I know*
>
> *That music hath a far more pleasing sound;*
>
> *I grant I never saw a goddess go;*
>
> *My mistress, when she walks, treads on the ground:* ②

我情妇的眼睛一点不像太阳；

珊瑚比她的嘴唇还要红得多：

雪若算白，她的胸就暗褐无光，

---

① Healy, Margaret. *Shakespeare, Alchemy and the Creative Imagination: The Sonnets and a Lover's Complaint*, Cambridge：Cambridge University Press, 2011, p. 260.

② Shakespeare. "Sonnet 130," https://www.opensourceshakespeare.org/views/sonnets/sonnet_view.php?Sonnet=130.

发若是铁丝，她头上铁丝婆娑。

我见过红白的玫瑰，轻纱一般；

她颊上却找不到这样的玫瑰；

有许多芳香非常逗引人喜欢，

我情妇的呼吸并没有这香味。

我爱听她谈话，可是我很清楚

音乐的悦耳远胜于她的嗓子；

我承认从没有见过女神走路，

我情妇走路时候却脚踏实地：①

——梁宗岱译

这是诗人对自己的情人形象的描绘。诗中写道，"我情妇的眼睛一点不像太阳"，这指的是情人眼中既没有太阳的光辉，也没有太阳的热度；"珊瑚比她的嘴唇还要红得多"表明情人嘴唇苍白，没有血色。"雪若算白，她的胸就暗褐无光"（If snow be white, why then her breasts are dun），这句诗直译过来是"如果说雪都是白色，怎么她的胸脯却是暗褐色的"。诗人的意思是：铺天盖地的雪花都可以是白色的，怎么情人的胸脯还那样黯淡无光。接下来诗人写道，"发若是铁丝，她头上铁丝婆娑"。这表明女子的发丝如铁丝一样乱成一团，哪里有一丝一毫的美感。在接下来的诗句中，诗人一鼓作气数出情人的不美之处：脸颊没有玫瑰色、呼吸没有芳香、声音一点都不悦耳、步态毫不优雅，简直浑身上下没有一点美可言。然而，在诗歌的最后两行，诗人写道：

And yet, by heaven, I think my love as rare
As any she belied with false compare. ②

可是，我敢指天发誓，我的爱侣

---

① 《莎士比亚全集》第 11 卷，梁宗岱译，人民文学出版社，1991，第 287 页。

② Shakespeare. "Sonnet 130," https://www.opensourceshakespeare.org/views/sonnets/sonnet_view.php?Sonnet=130.

胜似任何被捧作天仙的美女。①

——梁宗岱译

这个结尾有点突然，也显得有些许的苍白无力，因为既然在以上的 12 行诗中诗人竭尽全力，调动各方面的意象，描绘出了一个外貌丑陋难以让人称颂的、举止乏善可陈的女人，那么诗人的忠贞之爱来自何处呢？一般来讲，诗人在倾诉爱慕之情之前，通常都会赞美爱人的美貌。比如苏格兰诗人彭斯（Robert Burns，1759～1796）在他的诗歌《一朵红红的玫瑰》（*A Red，Red Rose*）中先写爱人的美丽与可爱，再发出爱的誓言：

A Red, Red Rose
Robert Burns

O, my Luve's like a red, red rose,
That's newly sprung in June.
O, my Luve's like the melodie,
That's sweetly play'd in tune.

As fair art thou, my bonnie lass,
So deep in luve am I,
And I will luve thee still, my dear,
Till a' the seas gang dry!

Till a' the seas gang dry, my dear,
And the rocks melt wi' the sun!
I will luve thee still, my dear,
While the sands o' life shall run.

And fare thee weel, my only Luve!

---

① 《莎士比亚全集》第 11 卷，梁宗岱译，人民文学出版社，1991，第 287 页。

And fare thee weel, a while!
And I will come again, my Luve,
Tho' it were tenthousand mile! ①

一朵红红的玫瑰

罗伯特·彭斯

我的爱人是朵红红的玫瑰
六月里初绽了新蕾，
啊，我的爱人是支和谐的曲子，
甜美地奏起乐来。

你是如此之美，
我爱你情深，
我会永远爱你，我的爱，
直到大海枯竭。

直到大海枯竭，爱，
太阳融化了山石！
我还爱着你，爱，
只要生命不息，

再见，再见，唯一的爱，
暂别一会，
我会回到你身边，爱，
哪怕是千里万里。

——笔者译

---

① 〔英〕罗伯特·彭斯，《红红的玫瑰》，https://baike.baidu.com/item/%E7%BA%A2%E7%BA%A2%E7%9A%84%E7%8E%AB%E7%91%B0/19385562。

诗中第一节写出爱人的美丽与可爱，为其后表达的爱情誓言打下了基础。诗人先是发誓海枯石烂都不改变的忠诚，再表示短暂离别后终要回来的决心，诗歌的逻辑性很强。相比之下，莎士比亚的这首十四行诗先用大量诗行写情人一无是处，甚至丑陋得可怕，但到了诗歌结尾，莎士比亚也像彭斯那样发下誓言，也要爱到地老天荒。这样的写法看上去很不合乎逻辑，最后两行的忠贞表白无法扭转前12行对情人丑态的描绘所造成的负面印象。因此，十四行诗最后两句所表达的忠贞顿时成为无本之木，与前面的诗行形成意义上的断层。这首十四行诗很难称得上上乘之作，但是把诗中本应该赞美的情人写成了丑女，正体现了这首十四行诗的反传统性。

　　莎士比亚对于传统十四行诗的挑战并没有结束。事实上，诗人的第131首十四行诗继续探讨了黑肤女人有无被爱价值这个问题。这一次，诗人设定了另一个很棘手的问题，那就是这个黑肤女人的个人品德问题。显然，莎士比亚心中是有潜在读者的。因为读者在读了第130首十四行诗后，会产生一个疑问，那就是：黑肤女人那么丑陋，诗人爱她哪一点呢？如果单单从第130首十四行诗来看，就像上文所说，诗人的爱是不合逻辑的，除非我们假定这个女人虽然很丑陋，但拥有高尚的品德，所以才让诗人爱得那么真挚。关于黑肤女人的品行这一问题，莎士比亚在第131首十四行诗中再一次颠覆了传统的观念。在第1~8行，诗人探讨了黑肤女人是否有内在美这一问题：

> *Thou art as tyrannous, so as thou art,*
> *As those whose beauties proudly make them cruel;*
> *For well thou know'st to my dear doting heart*
> *Thou art the fairest and most precious jewel.*
> *Yet, in good faith, some say that thee behold*
> *Thy face hathnot the power to make love groan:*
> *To say they err I dare not be so bold,*
> *Although I swear it to myself alone.* ①

---

① Shakespeare. "Sonnet 131," https://www.opensourceshakespeare.org/views/sonnets/sonnet_view.php?Sonnet=131.

尽管你不算美，你的暴虐并不

亚于那些因美而骄横的女人；

因为你知道我的心那么糊涂，

把你当作世上的至美和至珍。

不过，说实话，见过你的人都说，

你的脸缺少使爱呻吟的魅力：

尽管我心中发誓反对这说法，

我可还没有公开否认的勇气。①

——梁宗岱译

诗中首先写的是这个女人不仅不美丽，而且脾气很暴躁，可见从性格的角度来讲，她也是乏善可陈，但是诗人说自己还是把她当成珍宝。接着诗人写别人对这个黑肤女人的看法：大家都认为这个黑肤女人缺乏魅力。诗人显然也受到这种评论的影响，因此处于矛盾中：他对这个黑肤女人的爱使他不愿意承认别人的看法，但是他也没有勇气公开为这个女人辩护。诗人内心也不得不承认别人的看法，那就是，这个黑肤女人是不美的。诗人不能公开为她辩护，因为诗人的内心是纠结的。在第 9~12 行中，诗人写道：

And, to be sure that is not false I swear,

A thousand groans, but thinking on thy face,

One on another's neck, do witness bear

Thy black is fairest in my judgment's place. ②

当然我发的誓一点也不欺人；

数不完的呻吟，一想起你的脸，

---

① 《莎士比亚全集》第 11 卷，梁宗岱译，人民文学出版社，1991，第 239 页

② Shakespeare. "Sonnet 131," https://www.opensourceshakespeare.org/views/sonnets/sonnet_view.php?Sonnet=131.

马上联翩而来，可以为我作证：

对于我，你的黑胜于一切秀妍。①

——梁宗岱译

在这一节中，诗的意思出现转折，诗人对那些批评黑肤女人的人进行了反驳。在诗人看来，不管别人说什么，这个女人对他来说是有魅力的。在诗歌的最后两行，诗人写道：

In nothing art thou black save in thy deeds,
And thence this slander, as I think, proceeds. ②

你一点也不黑，除了你的人品，

可能为了这原故，诽谤才流行。③

——梁宗岱译

在诗歌的最后两行，诗人写黑肤女人的人品低下才是人们对她评价很低的缘故。在最后一行，诗人用"as I think"（我猜想）一语缓和了语气，表明诗人不想再进一步批评黑肤女人了。

在这首诗中，诗人借助别人的视角从侧面来写这个黑肤女人不美，但是诗人却爱她。在第 131 首十四行诗中，诗人几乎是故意把第 130 首十四行诗中出现的逻辑上的断裂延续下来，或许诗人就是想通过这种逻辑上的断裂来表明人类行为的荒诞性和爱情的盲目性。一个并不漂亮的女人却可以引起男人对她的欲望，这似乎是诗人有意为自己设立的障碍。一个外貌没有吸引力而且品德不佳的女人，却被诗人写成了一个令他神魂颠倒的欲望对象，足见诗人的标新立异。诗人这样安排应该出于两种考虑：一是探索人类欲望的非理性特征，就如许多作家在小说中描写一种双方差别巨大、看似不可能的恋爱一样；二是莎士比亚为他的诗歌赋予一种戏谑的成

---

① 《莎士比亚全集》第 11 卷，梁宗岱译，人民文学出版社，1991，第 239 页。
② Shakespeare. "Sonnet 131," https://www.opensourceshakespeare.org/views/sonnets/sonnet_view.php?Sonnet=131.
③ 《莎士比亚全集》第 11 卷，梁宗岱译，人民文学出版社，1991，第 239 页。

分，就如同我们在卡通片里看到的，把一个极高的人与另一个极矮的人放在一起，把极大的与极小的东西放在一起，以追求一种对比和夸张的效果。此外，或许诗人这两首十四行诗的构思方式本身就是充满戏谑性和游戏性的。这个写给黑肤女人的十四行诗系列原本就没有写给年轻男子的那个十四系列分量重。"在十四行诗中写同性爱情，而避免将十四行诗写给女性，这种做法并没有随着维多利亚时代的结束而结束。把十四行诗献给一位年轻男子而不是献给女人的这种做法一直延续到 20 世纪。在 1904 年版的十四行诗集里，一位牧师兼学者认为对于敏于感受美又害怕美会消损的诗人来说，老男人爱上年轻男子是一个很自然的主题。在《莎士比亚的流言》（*The Scandals of Shakespeare's Sonnets*）一书中，作者把莎士比亚写给女人的那部分十四行诗贴上了'附录'的标签，认为这些诗只是写给年轻人的十四行诗后面附加的内容，并且告诉读者这里写的女人既不美丽也不道德。"[①]

学者们的这些观点至少表明，莎士比亚对于自己写黑肤女人的这部分十四行诗的重视程度远在他写的关于年轻男人的十四行诗之下。很有可能的是，莎士比亚对于他写的那些关于年轻男人的十四行诗感到厌倦，因而故意在写黑肤女人的这部分十四行诗里加入讽刺与幽默来调节气氛。

彼特拉克笔下的欲望是含蓄的，笼罩在朦胧月光之下；锡得尼笔下的欲望是受到道德制约的；斯宾塞笔下的欲望被诗意和优雅的笔触改造得柔和优美；怀亚特笔下的欲望虽然炽热，却被隐喻削去了锋芒。而莎士比亚呢？莎士比亚不同于以上任何一位诗人，他笔下的欲望书写是现实主义的，也是自然主义的，不加遮掩，没有犹抱琵琶半遮面的羞涩，没有被理想的光环笼罩以后的美化。莎士比亚的手法是直白的、坦诚的、毫无保留的。正如评论家们所指出的："锡得尼总是有新教徒的良知和终极安慰带给他的尊严；斯宾塞把恋爱当成是走向神圣婚姻的前奏，当成是妻子服从于丈夫的前奏，因而就降低姿态去向女人屈服了。彼特拉克甚至是带着些许傲慢把自己献于爱的祭坛之上的……但谦逊型的十四行诗诗人莎士比亚

---

① Matz, Robert. "The Scandals of Shakespeare's Sonnets," *ELH*, 2(2010): 493–494.

却总是毫无保留、坦诚相见的。"① 他的第 135 首十四行诗就是写情欲的。

　　这首十四行诗紧紧围绕"will"一词展开。"will"这个词的意思却有些不好确定，在伊丽莎白时期，"will"这个词指的是男性器官。莎士比亚的一些诗是围绕"will"一词展开的。"莎士比亚的一些十四行诗以意愿的名义敦促女士给予性爱，一般来讲会以比较猥亵的方式让人想起格言警句的语气，而不是彼特拉克的十四行诗中的语气氛围。"② 这首诗中的"will"可能指的是年轻人、黑肤女人的丈夫以及诗人自己，或者指一般意义上的情人。在诗歌的第 1~8 行中，诗人写道：

> *Whoever hath her wish, thou hast thy 'Will,'*
> *And 'Will' to boot, and 'Will' in overplus;*
> *More than enough am I that vex thee still,*
> *To thy sweet will making addition thus.*
> *Wilt thou, whose will is large and spacious,*
> *Not once vouchsafe to hide my will in thine?*
> *Shall will in others seem right gracious,*
> *And in my will no fair acceptance shine?*③

> 假如女人有满足，你就得如"愿"，
> 还有额外的心愿，多到数不清；
> 而多余的我总是要把你纠缠，
> 想在你心愿的花上添我的锦。
> 你的心愿汪洋无边，难道不能
> 容我把我的心愿在里面隐埋？
> 难道别人的心愿都那么可亲，

① Wilon, John Dover, ed. *The Sonnets: The Cambridge Dover Wilson Shakespeare* Vol. 31, William Shakespeare, Cambridge: Cambridge University Press, 2009, p. xiv.

② Smith, Hallett. *Elizabethan Poetry*, Cambridge: Harvard University Press, 1952, p. 193.

③ Shakespeare. "Sonnet 135," https://www.opensourceshakespeare.org/views/sonnets/sonnet_view.php?Sonnet = 135.

而我的心愿就不配你的青睐？①

——梁宗岱译

　　诗人描写黑肤女人有许多情人，多到数不清，并表示自己也希望能够成为这些情人之一。"想在你心愿的花上添我的锦。"这已经算是赤裸裸的情欲表白了。诗人又把自己与黑肤女人的其他情人做了一个比较，劝说黑肤女人接受他的"愿"（will）。因为既然她可以欣然接受那么多人的"愿"，为什么就不能多加一个"愿"呢？这种规劝听起来很是中肯。在接下来的第9~14行中，诗人继续这种劝说：

> *The sea all water, yet receives rain still*
> *And in abundance addeth to his store;*
> *So thou, being rich in ' Will, ' add to thy ' Will'*
> *One will of mine, to make thy large ' Will' more.*
> *Let no unkind, no fair beseechers kill;*
> *Think all but one, and me in that one ' Will. '* ②

> 大海，满满是水，照样承受雨点，
> 好把它的贮藏品大量地增加；
> 多心愿的你，就该把我的心愿
> 添上，使你的心愿得到更扩大。
> 别让无情的"不"把求爱者窒息；
> 让众愿同一愿，而我就在这愿里。③

——梁宗岱译

　　这里用了一个比喻，把"愿"比作无边无际的大海，把自己比喻成雨点。宽广的大海尚可以容纳数不清的雨点，为什么情人就不能接受自己

---

① 《莎士比亚全集》第11卷，梁宗岱译，人民文学出版社，1991，第293页。
② Shakespeare. "Sonnet 135," https://www.opensourceshakespeare.org/views/sonnets/sonnet_view.php?Sonnet=135.
③ 《莎士比亚全集》第11卷，梁宗岱译，人民文学出版社，1991，第293页。

呢？这个比喻极言情人接纳自己是一件多么容易的事情，而反衬出来的意思就是，如果情人不接纳自己，那是多么违背常理！诗人再次劝情人不要把自己排斥在这"愿"之外。全诗中"will"一词出现了 14 次之多，而且经常会有在一行诗中同时出现两次的情况：

> *And 'will' to boot, and 'will' in overplus;*（第 2 行）
> *Wilt thou, whose will is large and spacious,*（第 5 行）
> *So thou, being rich in 'will,' add to thy 'will'*（第 11 行）
> *One will of mine, to make thy large 'will' more.*（第 12 行）

"will"一词在诗行中压头韵，这样就进一步强调了"will"一词的意义，造成一种循环往复，余音绕梁的感觉。诗人对于"will"这个词的把玩意犹未尽，在下一首十四行诗中仍然继续。第 136 首十四行诗仍然围绕"will"这个词展开。"诗中用'will'这个词暗示很多东西：它是器官、性别的隐喻和故意的谬误，会以不可预知的和不相称的方式环绕着我们。它是一种主体性观念的转喻，同时这个转喻牵扯着原因和后果。"[1] 在第 136 首十四行诗的第 1~8 行中，诗人写道：

> *If thy soul cheque thee that I come so near,*
> *Swear to thy blind soul that I was thy 'Will,'*
> *And will, thy soul knows, is admitted there;*
> *Thus far for love my love-suit, sweet, fulfil.*
> *'Will' will fulfil the treasure of thy love,*
> *Ay, fill it full with wills, and my will one.*
> *In things of great receipt with ease we prove*
> *Among a number one is reckon'd none:* [2]

---

[1] Schwarz, Kathryn. "Will in Overplus: Recasting Misogyny in Shakespeare's 'Sonnets'," *ELH*, 3 (2008): 739.

[2] Shakespeare. "Sonnet 136," https://www.opensourceshakespeare.org/views/sonnets/sonnet view.php?Sonnet = 136.

你的灵魂若骂你我走得太近，

请对你那瞎灵魂说我是你"心愿"，

而"心愿"，她晓得，对她并非陌生；

为了爱，让我的爱如愿吧，心肝。

心愿将充塞你的爱情的宝藏，

请用心愿充满它，把我算一个，

须知道宏大的容器非常便当，

多装或少装一个算不了什么。①

——梁宗岱译

在第 135 首十四行诗中言说了那么多"will"之后，诗人显然也意识到单纯的肉欲之爱的庸俗。于是，在第 136 首十四行诗中，他想到灵魂可能会对抗性的欲求，但诗人很快用"你那瞎了的灵魂"（thy blind soul）一语把灵魂贬黜了，再次回到肆无忌惮劝说情人接受他这一轨道上来。诗中说正如宏大的容器多装一个物品算不了什么一样，有着众多情人的情妇再接纳他也是易如反掌。这段描写一方面使我们认识到这个黑肤女人的品德实在是乏善可陈；另一方面也暗示出尽管黑肤女人有众多情人，但诗人显然还不在她所接纳的人当中。在诗歌的第 9~12 行，诗人写道：

Then in the number let me pass untold,

Though in thy stores' account I one must be;

For nothing hold me, so it please thee hold

That nothing me, a something sweet to thee:

Make but my name thy love, and love that still,

And then thou lovest me, for my name is 'Will.'②

请容许我混在队伍中间进去，

---

① 《莎士比亚全集》第 11 卷，梁宗岱译，人民文学出版社，1991，第 294 页。

② Shakespeare. "Sonnet 136," https://www.opensourceshakespeare.org/views/sonnets/sonnet_view.php?Sonnet=136.

不管怎样说我总是其中之一；

把我看作微末不足道，但必须

把这微末看作你心爱的东西。

把我名字当你的爱，始终如一，

就是爱我，因为"心愿"是我的名字。①

——梁宗岱译

　　诗人乞求黑肤女人把自己当成情人，尽管自己是如此微不足道。在诗歌的最后两行，诗人干脆把自己命名为"will"，把自己仿佛走火入魔般的情欲描写得无以复加。"will"这个词用在这里暗示诗人对这个黑肤女人与其他男人有性关系并不嫉妒，而只是要求这个黑肤女人也能够接受他。诗人对于黑肤女人的渴求是身体方面的，对于道德伦理则完全没有顾忌。沃斯通克拉夫特说"一个能够甘心愿意同一个漂亮有用但无思想的伴侣共同生活的男子，他在淫乐的满足中，已经失去了对于高尚的享乐趣味；他从来没有感到过被一个能够了解他的人所爱的那种平静的满足。"②

　　在这两首诗中，诗人正是抓住了"will"这个词的词义，对其进行充分挖掘，像变魔术一样，围绕这个不起眼的词义建构起诗歌主题的大厦。"will"主要有两种含义：一种含义是表示"愿意"，即情人心甘情愿要与诗人两情相悦；另一种含义即男性生殖器官，诗人不失时机地把性的联想融入诗歌中。"正如我们将看到的，莎士比亚的许多人物表现出了那种完全的修辞性的自我意识。有时角色参与冗长的比喻性的语言竞赛，或是经常展示自己的口才，巧妙地扭曲别人的话来达成他们自己的目标和满足其认知，并创造性地模仿别人的说话方式。两类人物对莎士比亚的即兴创作有着特别的作用：双关语和重复修辞。在这两类之间有一定的重叠，一些双关语的数字重复而其他涉及表达意义方面的转移。莎士比亚智慧的双关语被广泛认可。"③

　　这段话虽然就莎士比亚戏剧展开的评论，但也非常适合用来描述莎士比亚在这两首十四行诗中的表现。如果我们把诗中的叙事人看成一个戏剧中的人

---

① 《莎士比亚全集》第 11 卷，梁宗岱译，人民文学出版社，1991，第 294 页。

② 〔英〕玛丽·沃斯通克拉夫特：《女权辩护》，工薆译，商务印书馆，1996，第 114 页。

③ Freeman, Jane. "Shakespeare's Rhetorical Riffs," *Shakespearean Criticism*, 109(2007) : 247-272.

物，那么这个叙事人能言善辩，说话滔滔不绝。双关语 will 被反复使用，既是双关又是重复修辞，诗人就这样建立起诗歌的结构及其活泼的诗意。

"从彼特拉克诗歌严重背离普遍的性别规范来看，黑肤女人触发了一个非常与众不同的性体验……我认为这是性的发展历史上重要的时刻。"①在莎士比亚写女人的这部分十四行诗中，我们看到诗人在书写女人、欲望和性的时候没有刻意避讳，而是以坦然的方式把这一切都呈现在读者面前。黑肤女人给人的性体验不是高雅的贵族式的，不是遵循彼特拉克传统的许多诗人所写的那种柔情蜜意的，而是十分折磨人的。有很多情人的女子还仍然被渴望着，何况她还是道德堕落且面貌丑陋的人，这不合常理，却又充满诱惑。莎士比亚用诗句揭示了人类复杂的情感与性体验的无理性特征。

虽然莎士比亚在他的许多十四行诗中都淋漓尽致地表现了男人对女人的欲望，但他对这种欲望还是有比较清晰认识的。在第 129 首十四行诗中，莎士比亚就专门探讨了欲望的本质。在这首十四行诗开头，诗人就对色欲进行了一系列的攻击挞伐：

> The expense of spirit in a waste of shame
> Is lust in action; and till action, lust
> Is perjured, murderous, bloody, full of blame,
> Savage, extreme, rude, cruel, not to trust,
> Enjoy'd no sooner but despised straight,
> Past reason hunted, and no sooner had
> Past reason hated, as a swallow'd bait
> On purpose laid to make the taker mad;
> Mad in pursuit and in possession so;
> Had, having, and in quest to have, extreme;
> A bliss in proof, and proved, a very woe;

---

① Gil, Daniel Juan. "Poetic Autonomy and the History of Sexuality in Shakespeare's Sonnets," *Poetry Criticism*, 98(2009) : 103.

Before, a joy proposed; behind, a dream. ①

把精力消耗在耻辱的沙漠里，
就是色欲在行动；而在行动前，
色欲赌假咒、嗜血、好杀、满身是
罪恶，凶残、粗野、不可靠、走极端；
欢乐尚未央，马上就感觉无味：
毫不讲理地追求；可是一到手，
又毫不讲理地厌恶，像是专为
引上钩者发狂而设下的钓钩；
在追求时疯狂，占有时也疯狂；
不管已有、现有、未有，全不放松；
感受时，幸福；感受完，无上灾殃；
事前，巴望着的欢乐；事后，一场梦。②

——梁宗岱译

"耻辱"（shame）是诗人对情欲性质的描述，与情欲相伴而来的是人类的一切恶行：

Is perjured, murderous, bloody, full of blame,
Savage, extreme, rude, cruel, not to trust,

色欲赌假咒、嗜血、好杀、满身是
罪恶，凶残、粗野、不可靠、走极端；

诗人似乎要穷尽所有的词语来形容色欲的可恶，诗歌以近乎排山倒海的强劲之势开启了对情欲的讨伐。诗人还进一步指出色欲是匆忙的、任性

---

① Shakespeare. "Sonnet 129," https://www.opensourceshakespeare.org/views/sonnets/sonnet_view.php?Sonnet=129.
② 《莎士比亚全集》第 11 卷，梁宗岱译，人民文学出版社，1991，第 287 页。

的和无目的性的。因色而来的欢乐也是短暂的，一时的娱乐过后，是无尽的厌恶。从第 9 行起，诗人用对比的手法写了追求色欲和占有色欲是怎样的疯狂。而第 8 行结尾处与第 9 行开头都用"疯狂"（mad）一词，造成了一种首尾相连的效果：

On purpose laid to make the taker mad;
Mad in pursuit and in possession so;

　　这种修辞手法在汉语中叫顶针、联珠、蝉联，有助于抒发气势贯通的感情，把事物之间的联系表达得酣畅淋漓且环环相扣。在这节描写色欲的十四行诗中，运用这个首尾相连的修辞方式与色欲的"产生—满足—失望—再产生"的循环模式同步，形式与内容完美结合。在诗歌的最后两行，诗人劝诫道：

All this the world well knows; yet none knows well
To shun the heaven that leads men to this hell.

　　这一切人共知；但谁也不知怎样
　　逃避这个引人下地狱的天堂。

　　诗人要求人们远离色欲的诱惑。在整首诗中，诗人滔滔不绝，说教论理，展现出一种躁动不安的情绪。"在古代勤于思考的道德家看来，我们的诸多道德困境的根源就是我们囿于肉体之中，或者按柏拉图派的哲人的话说"，我们被囚禁于或埋葬在肉体之中。"斐洛把努力争取美德——一切好人都受到感召去争取的东西——最简练地表述为灵魂（或心智）与肉体之间的抗争。"① 对肉欲的讨伐和抵抗肉欲的观念表现了诗人的道德倾向。如果我们把莎士比亚的系列十四行诗看成一个整体，那么可以把第 129 首、第 135 首、第 136 首这几首诗放在一起。按照这样一个排列顺序，我们可以发现诗人的心灵像钟摆一样在肉欲和灵魂之间摇摆不定。

---

① 〔美〕韦恩·A. 米克斯：《基督教道德的起源》，吴芬译，商务印书馆，2012，第 245 页。

在诗歌的最后一行中，诗人用矛盾修饰法说明了色欲的本质——看似天堂，实则地狱。这首诗虽然没有直接涉及女人，但是诗中对于色欲问题的探索显示出诗人是站在一个自然人的角度来思考这一问题的，也是站在一个男性的角度，潜意识地把女人当成是色诱的靶子来攻击的，这是站在父权制社会的角度对女性的审视。色欲从男人而起，却把欲的罪孽加之于女人，这也许是父权制社会的典型特征。

莎士比亚之所以颠覆传统的十四行诗中的女性形象，这当然也是因为诗人是站在父权制社会这一角度对女性进行审视的。然而，站在父权制社会角度对女性进行审视的诗人并不仅仅有莎士比亚，彼特拉克、锡得尼和弥尔顿等诗人同样如此。但其他这些诗人的笔下都关注女人的美德，莎士比亚却与之不同。原因何在呢？

克罗齐（Benedetto Croce，1866~1952）指出：“莎士比亚不是一位具有道德和政治思想的诗人。毋宁说，莎士比亚怀有一种强烈的生命意识，其反映在‘处于悲喜交加、处于各种矛盾和复杂性之中’永恒的不和谐……莎士比亚的人生观不是盲目憎恶的人生观。莎士比亚相信，善良和美德的力量较之邪恶和罪恶的力量更为强大有力，尽管这种力量从来不是体现于一种更高层次的和谐之中：‘莎士比亚笔下的世界，是在这些对比之下却没有得到解决的一个世界’……克罗齐强调，莎士比亚不是哲学家。他提出了问题，但是并未提供答案。”[1] “没有得到解决的世界”，用这词语来形容莎士比亚的世界是恰当的。这种评价使我们联想起济慈在他著名的“消极能力说”中对莎士比亚的评价。济慈说：“有一些事情涌上心头，与我的想法吻合，这使我灵机一动，骤然明白是什么品质使人取得成就，尤其是在文学上，像莎士比亚就最具有这种品质——我是指消极能力，即一个人能够止于不确定中，止于神秘和困惑中，而不急于去弄清事实的真相。例如，柯勒律治因为不能够满足于对事物的半清晰状态，他会与从神秘的幽处看取真相的机缘失之交臂。像这样追根问底，得到的答案不过是：对于一位伟大的诗人来讲，对美的考虑超越一切其他思量。”[2]

---

[1] 〔美〕雷纳·韦勒克：《近代文学批评史》第 8 卷，杨自伍译，上海译文出版社，2006，第 362 页。

[2] Keats, John. *The Poetical Works of Keats*, Boston: Houghton Mifflin Company, 1986, p. 277.

"止于神秘和困惑中，而不急于去弄清事实的真相"，这与克罗齐所说的"没有得到解决的世界"如出一辙。在济慈看来，莎士比亚停留在"神秘和困惑中"，正好符合艺术的审美状态，保持了艺术的魅力。而克罗齐说莎士比亚的世界是一个矛盾"没有得到解决的世界"，他并不是强调这个世界的审美功能，而是告诉我们这个世界的状态就是如此。了解到这一点，读者在读莎士比亚作品的时候，就不必去期待一个最终的结果。这样可能更有助于我们把注意力放在莎士比亚作品中所体现的客观性和普遍性上。但是，我们还是可以进一步追问，为什么莎士比亚的世界是一个"没有得到解决的世界"呢？

克罗齐对这个问题的回答是这样的："莎士比亚超出天主教和新教之外，甚至超出基督教或者任何宗教思想之外。莎士比亚除了尘世以及萦绕于它的周围和之上的奥秘幽灵之外，并不知道来世。尽管如此，对于禁欲主义或者神秘主义，他虽然一无所知，但是他的良知、他的人性的灵敏特征都强烈地带有基督教伦理的印记。然而，莎士比亚缺乏关于万物的理性进程的观念，或者说一个主宰一切的天意这样的概念。"① 笔者认为他的分析有一定道理。如果把莎士比亚和弥尔顿进行对比，便更能够认识到这种分析的客观性。弥尔顿强烈的宗教信仰使他的十四行诗总是处于一个完整的认识循环链条上：通常的表达格式为"发现问题—困惑—在宗教中找到答案"，他著名的《哀失明》（On His Blindness）就是这样的结构。诗人先是抱怨失明的悲惨命运，对上帝发出质疑，而后通过宗教领悟并解决了这个问题。但莎士比亚在十四行诗中对于寻找终极答案没什么兴趣，所以即使有些诗中确乎存在一个解决方式，通常那个方式也不够严肃，而且没有太大分量。

综上所述，莎士比亚在他的十四行诗中塑造了与众不同的女性形象——丑陋的、道德败坏的女人，从而彻底颠覆了传统十四行诗中优雅高贵的女性形象。同时，莎士比亚在十四行诗中也赤裸裸地书写人的色欲的本质以及对色欲的批判和绝望。这不仅是因为莎士比亚站在父权制社会的视角来写女人，还因为莎士比亚的艺术世界并不关注矛盾的解决，而是关

---

① 〔美〕雷纳·韦勒克：《近代文学批评史》第 8 卷，杨自伍译，上海译文出版社，2006，第 363 页。

注矛盾的展现，而这与莎士比亚缺乏宗教信仰有关。

第四节　诗风的新创

　　莎士比亚的另一个贡献是将戏剧引入诗中。戏剧与诗歌之间的亲缘关系比戏剧与小说之间的关系要更近。西方戏剧史上最伟大的戏剧家莎士比亚的戏剧是用无韵体写成的，类似于散文诗。"任何艺术都是艺术创造者的一种'言说'，从言说的方式来看，戏剧是史诗的客观叙事性与抒情诗的主观抒情性这二者的统一。黑格尔曾说：'戏剧无论在内容上还是在形式上都要形成最完美的整体，所以应该被看作是诗乃至一般艺术的最高层。戏剧应该是史诗的原则和抒情诗的原则经过调解（互相转化）后的统一。'这就是说，一方面当戏剧把一种完整的动作情节直接摆在观众的眼前，并表现出客观存在的历史内容时，它是带有史诗那样的客观叙事性的；但是，另一方面，它在舞台上所展现的那些动作情节、那种充满着冲突的情境，均源于人的内心世界，是立体化了的人的目的和情欲，这时它就又带有抒情诗那样的主观抒情性了。"[①] 戏剧展现动作与情节，而动作与情节又源于人物的内心；诗歌同样是通过描写行动来展现内心世界的。戏剧与诗歌对行动和人物的心理都很重视，在这一点上，它们之间并无太大差别。如果说戏剧与诗歌有什么不同的话，这种不同就是诗歌在展现内心世界方面比戏剧有更大的空间。因为诗歌不像戏剧那样直接表演给观众看，观众的在场始终对戏剧的形式与内容产生影响。诗歌的观众是隐性的、潜在的，如果作家愿意，可以忽略这个观众的存在，一首诗歌可以完全由写内心世界的活动构成。但是一部戏剧要是纯粹地只写内心的活动，那么观众是很难接受的。现在戏剧领域也尝试写内心活动戏剧，不过这种戏剧也通常运用修辞手段将内心活动以现实行为的方式表现出来。归根结底，戏剧还是要给观众看的，而诗歌只是静静地在那里述说。

　　诗歌的述说本身就是一种叙事，"虚构作品，如诗歌，很简单，是一种语言学上的'虚构'，这个词的原始意义没有任何阻止叙事诗的意思，

---

　　① 董健、马俊山：《戏剧艺术十五讲》，北京大学出版社，2004，第 13 页。

或者说，要求非叙事性。"① 我们强调诗歌的叙事性，其目的就在于纠正我们的误解。提到抒情诗，我们最普遍、最被广泛接受的误解就是排除抒情诗的叙事性。即使抒情诗里存在明显的叙事成分，我们通常也会将其一带而过，想当然地认为抒情诗中抒情的成分才是最要紧的。但这其实是一种误解，叙事与抒情不仅不是相互矛盾的，而且是相辅相成的，抒情使叙事变得生动，叙事使抒情更具真实感，也更能打动人心。系列十四行诗有设定的叙事人，有诗化情感指向的对象，还有随着诗歌的发展加入的其他角色。锡得尼甚至把他的十四行诗系列取名为《爱星者与星》（*Astrophil and Stella*），这个系列十四行诗写于 1581~1582 年，是锡得尼写给恋人的情诗。诗人将所爱之人称为"星"，而自己则是"爱星者"，十四行诗中的两个叙事人都非常清晰地出现在系列十四行诗的题目中。由此可见，诗人对于十四行诗的叙事性不仅毫不避讳，而且还大力宣传，这表明诗人希望把抒情诗歌的思路事先告诉读者，以便更好地引领读者走进他情感的九曲回廊中，也有力地表明了十四行诗的戏剧性特征。

另外，戏剧的叙事、抒情与十四行诗极其相似，但也有学者认为戏剧与抒情诗不同，"戏剧受演出时间、演出地点、表现手段（直接将一种'情境'呈现在观众面前）的制约，其客观叙事性不同于史诗（以及后来的长篇小说），主观抒情性也不同于抒情诗……它的叙事是高度主体化了的叙事，它的抒情是高度对象化了的抒情。"② 从一般意义上来讲，戏剧的叙事和抒情与小说、诗歌的叙事和抒情均不相同，但是十四行诗也不同于一般意义上的抒情诗。十四行诗的叙事是高度主体化的，它的抒情也是高度对象化的。在文学史上，我们有杰出的十四行诗系列作品。华兹华斯将类似主题的十四行诗放在一起，用一条主线将其串联起来，同样形成一个松散的系列。这些系列十四行诗作品是高度主体化的，它们强调叙事人的存在，并将叙事人作为系列诗歌的主线；它们的抒情也是高度对象化的抒情，因为十四行诗通常是写给某一个人的。这个人是叙事人所爱之人，准确地说，是爱而不能得的人，叙事人将所爱之人作为抒情对象，向其表达

---

① Kinney, Clare Regan. *Strategies of Poetic Narrative*, Cambridge: Cambridge University Press, 1992, p. 1.

② 董健、马俊山：《戏剧艺术十五讲》，北京大学出版社，2004，第 13 页。

情感。由此看来，戏剧的叙事与抒情与十四行诗本质上是没有区别的。

诗歌和戏剧一样，都是关于幻想主题的。"'幻想主题'（fantasy theme）是指幻想的内容、实质，也即消息/话语（message）的内容。"①"幻想主题"是对想象中事件的一种表述，它可以是发生在过去的事件，可以是真实的事件，但是在表现形式上，它一定要加入作家的创造、想象，其通常以象征、隐喻的方式表述出来。因此，从根本上讲，"幻想主题"是戏剧性的，而诗歌作为一种融入了相当高幻想成分的文学作品，一定也是具有戏剧性的。不仅十四行诗具有戏剧性特征，其他的诗歌也是如此。

在莎士比亚十四行诗中，我们常常会发现一些戏剧的影子，这些戏剧因子被纳入了十四行诗中，这得益于作者的深厚功底。戏剧注重人物、情节和场景的刻画，而诗歌则是抒情性的，使戏剧因素入诗，丰富了诗歌的表现力。不过，有时候尝试不成功，也会破坏诗歌原本的格调。然而，不论成功与否，戏剧因素入诗成为莎士比亚十四行诗中一道独特的风景。这些被写进十四行诗中的戏剧因素包括戏剧冲突、戏剧独白、戏剧隐喻、戏剧情节、心理描写以及戏剧式辩论，这些因素让莎士比亚的十四行诗更富有戏剧性，更富有表演性。下面，我们就具体分析一下这个问题。

十四行诗作为一种辩论性很强的诗歌体裁，含有类似戏剧中的矛盾冲突，这增添了诗歌的趣味性，也使诗歌变得更具有故事情节性。"人们注意到的诗歌常常是戏剧化的，但戏剧，正如人们所注意到的一样，完全取决于这种对立的斗争。"②在莎士比亚的戏剧中，戏剧冲突尤其突出，这些冲突矛盾最终都统一于诗歌的完整性中。"善于征服群众的艺术家能叫响一切冲突发出和谐的声音，并用自己的强力和自我解脱使事物受益。因为，他通过每件艺术作品中的象征语言表现出自己最内在的经验——他们的创作就是对经验存在的感谢。"③对于文学创作而言，矛盾冲突更是不可或缺，莎士比亚十四诗的重要特征之一就是矛盾冲突。德国哲学家谢林

① 邓志勇、王懋康：《幻想主题修辞批评：理论与操作》，《外语教学》2013年第2期，第11页。
② Jarrell, Randall. "Levels and Opposites: Structure in Poetry," *Poetry Criticism*, 41(2003): 703.
③ 〔德〕弗里德里希·尼采：《权力意志——重估一切价值的尝试》，张念东、凌素心译，商务印书馆，1996，第304页。

（Friedrich Wilhelm Joseph Schelling，1775～1854）说，绝对肯定的东西要为那种只有作为对立才有一种实存的东西、永恒的东西要为纯粹时间性的东西做出牺牲。① 对立因素是重要的，虽然对立的因素时时刻刻在变化。下面，我们就具体地分析一下莎士比亚十四行诗中的戏剧性冲突所体现的哲思及其艺术效果。

戏剧台词或者表现演员的内心世界，或者用于发表自己的意见，非常具有诗歌效果的是陈述内心情感的台词，我们称之为戏剧独白。戏剧独白是英美文学传统中的一种诗歌形式，在戏剧独白中，有一个第一人称说话人，在表演过程中由他大段地陈述自己的内心观点或想法。

"戏剧性的独白揭示了戏剧中隐藏的深层内容……戏剧独白将戏剧所要表达的含义延伸。"② 虽然戏剧独白抒发内心情感，与诗歌是近亲，但是戏剧独白从根本上讲还是属于舞台的，因为它的存在是与观众联系在一起的。"戏剧家既是艺术家又是工匠，他是一个舞台工匠，因为他与公众合作。俗话说，每出戏都是虚张声势的，事情不是这样发生的，也不可能这样发生，但是剧作家要使观众相信事情确实发生了（至少在戏剧演出的三个小时内）。他虚张声势的方式取决于当代观众对舞台的态度、观众的智慧、那个时期的惯例等等，也就是说，他的招数是由他的合作者，即观众口授给他的。假设一个剧作家希望观众知道他的英雄在某个危机中的想法，如果他那个时代的习俗允许独白，他就让他的英雄独白。独白本身既不是好的艺术，也不是坏的艺术，它只是好的工艺或坏的工艺，根据观众是准备好接受，还是不愿意接受它。但是，独白如果不符合人物性格，那就是一门糟糕的艺术。在现代舞台上，独白是观众无法接受的。"③

当莎士比亚以戏剧独白的方式来写十四行诗的时候，他潜在地将十四行诗的读者等同于戏剧的观众。莎士比亚第66首十四行诗就是一首典型的戏剧独白式十四行诗。这首诗由第一人称的人物站出来讲话，并隐含地设

---

① 〔德〕F. W. J. 谢林编著《对人类自由的本质及其相关对象的哲学研究》，邓安庆译，商务印书馆，2008，第121页。

② Langbaum, Robert. *The Dramatic Monologue in Modern Literary Tradition*, New York: The Norton Library, 1963, p. 181.

③ Milne, A. A. "Dramatic Art and Craft," *Twentieth-Century Literary Criticism*, (2018): 66.

定了听众，而所讲的内容和语言都如同家常闲谈，给人一种戏剧表演的印象：

Tired with all these, for restful death I cry,

As, to behold desert a beggar born,

And needy nothing trimm'd in jollity,

And purest faith unhappily forsworn,

And guilded honour shamefully misplaced,

And maiden virtue rudely strumpeted,

And right perfection wrongfully disgraced,

And strength by limping sway disabled,

And art made tongue-tied by authority,

And folly doctor-like controlling skill,

And simpletruth miscall'd simplicity,

And captive good attending captain ill:

Tired with all these, from these would I be gone,

Save that, to die, I leave my love alone. ①

厌了这一切，我向安息的死疾呼，

比方，眼见天才注定做叫化〔花〕子，

无聊的草包打扮得衣冠楚楚，

纯洁的信义不幸而被人背弃，

金冠可耻地戴在行尸的头上，

处女的贞操遭受暴徒的玷辱，

严肃的正义被人非法地诬让，

壮士被当权的跛子弄成残缺，

愚蠢摆起博士架子驾驭才能，

艺术被官府统治得结舌箝〔钳〕口，

---

① Shakespeare. "Sonnet 66," https://www.opensourceshakespeare.org/views/sonnets/sonnet_view.php?Sonnet=66.

> 淳朴的真诚被人暗称为愚笨，
> 因徒"善"不得不把统帅"恶"伺候：
> 厌了这一切，我要离开人寰，
> 但，我一死，我的爱人便孤单。①

——梁宗岱译

　　这首诗由一系列抱怨组成，诗人试图表达对生活和情感遭遇的种种不满，他厌恶了这个世界，想要离开这个世界。在诗歌的第 1~8 行中，诗人仿佛把自己的不满情绪倾泻而出，而他的种种抱怨并不指向个人的不幸，而是指向整个社会伦理道德的沦丧，这就使莎士比亚的这首十四行诗具有揭露社会黑暗的效果。这首诗和哈姆雷特（Hamlet）的独白如出一辙，但是远不如哈姆雷特的独白那样闻名遐迩。比较一下，我们不难发现其中的一些原因：一方面，《哈姆雷特》作为戏剧，演出的成功和其传播形式使哈姆雷特的独白家喻户晓；另一方面，我们恐怕要从这首十四行诗与哈姆雷特独白的差别中去寻找原因了。哈姆雷特的独白和莎士比亚十四行诗中的一样，列举了人世间的种种不平和社会的黑暗现象，以更充分的笔墨描绘了人物的矛盾心态和对不确定的未来命运的极度忧虑，在情感表达的透彻和思想的深刻性上都更有普遍性的意义。

　　比较一下哈姆雷特的独白，我们就能发现其中的相似之处："生存还是毁灭，这是一个值得考虑的问题。默然忍受命运的暴虐毒箭，或是挺身反抗人世间的无涯苦难，通过斗争把它们扫清，这两种行为，哪一种更高贵？死了，睡着了，什么都完了。要是在这一种睡眠之中，我们心头的创痛，以及其他无数血肉之躯所不能避免的打击，都可以从此消失的话，那正是我们求之不得的结局。死了，睡着了，睡着了也许还会做梦；嗯，阻碍就在这儿；因为当我们摆脱了这一具朽腐的皮囊以后，在那死的睡眠里，将要做些什么梦，那不能不使我们踌躇顾虑。人们甘心久困于患难之中，也就是为了这个缘故；谁愿意忍受人世间的鞭挞和讥嘲、压迫者的凌辱、傲慢者的冷眼、被轻蔑的爱情的惨痛、法律的迁延、官吏的横暴和费尽辛勤所换来的小人的鄙视，要是他只用一柄小小的刀子，就可以清算自

----

① 《莎士比亚全集》第 11 卷，梁宗岱译，人民文学出版社，1991，第 224 页。

己的一生？谁愿意担负着这样的重担，在烦劳的生命压迫下呻吟流汗，倘不是因为惧怕不可知的死，是它迷惑了我们的意志，使我们宁愿忍受目前的磨折，也不敢向我们所不知道的痛苦飞去？这样，重重的顾虑使我们都变成了懦夫，决心的赤热光彩，被审慎的思维盖上了一层灰色，伟大的事业在这一种顾虑之下，也会逆流而退，失去了行动的意义。"[①]

　　和哈姆雷特的独白一样，在这首十四行诗中，诗人想到假如自己离去，爱人就会孤单，于是在诗歌的结尾暗示出一种无可奈何的选择。这种以抱怨来表达对尘世不满情绪的诗歌，都有一个大体上差不多的模式。在约翰·济慈《夜莺颂》（*Ode to a Nightingale*）的第三节里，我们也能看到类似的表达，即用大量的篇幅来表达愤懑与厌世的情绪，然后，在诗歌最后几行出现转折，表明诗人由于无法克服某种忧虑，只能苟活于人世。

　　如果这首十四行诗只是作为戏剧独白出现，那么它无可挑剔；但是作为一首十四行诗，它是不完美的。这首诗的表演痕迹太过突出，整篇诗歌都很明确地在对一名潜在读者讲话，让读者感到自己仿佛面对着戏剧舞台上的演员，这种感受与诗引起的感受是不同的。诗歌诉诸想象，想方设法调动起读者的想象力，但是戏剧独白只是简单地把一定的信息、情感传达给观众。所以，当这首十四行诗不厌其烦地罗列天才如何沦为乞丐、草包如何上位、权力如何被掠夺、信义怎样被抛弃、正义怎样被诟病时，作为读者，我们的头脑被大量信息填满，使我们好像要跟着这个诗中的讲话者一起手舞足蹈，跟着他一起发泄心中的不满，却唯独没有唤起我们的想象。此外，这首诗对于营造诗歌的情调也丝毫不费心思，对于隐喻的使用相当随意。这首诗虽然用十四行诗的形式写成，但从内在功能上讲，它更像是戏剧独白。

　　此外，还有莎士比亚的第 149 首十四行诗：

Sonnet 149

Canst thou O cruel, say I love thee not,

When I against my self with thee partake?

Do I not think on thee when I forgot

---

① 《莎士比亚全集》第 9 卷，朱生豪译，人民文学出版社，1978，第 54 页。

Am of my self, all-tyrant, for thy sake?

Who hateth thee that I do call my friend,

On whom frown'st thou that I do fawn upon,

Nay if thou lour'st on me do I not spend

Revenge upon my self with present moan?

What merit do I in my self respect,

That is so proud thy service to despise,

When all my best doth worship thy defect,

Commanded by the motion of thine eyes?

But love hate on for now I know thy mind,

Those that can see thou lov'st, and I am blind. ①

第 149 首十四行诗

你怎能，哦，狠心的，否认我爱你，

当我和你协力把我自己厌恶？

我不是在想念你，当我为了你

完全忘掉我自己，哦，我的暴主？

我可曾把那恨你的人当朋友？

我可曾对你厌恶的人献殷勤？

不仅这样，你对我一皱起眉头，

我不是马上叹气，把自己痛恨？

我还有什么可以自豪的优点，

傲慢到不屑于为你服役奔命，

既然我的美都崇拜你的缺陷，

唯你的眼波的流荡转移是听？

但，爱呵，尽管憎吧，我已猜透你：

---

① Shakespeare. "Sonnet 149," https://www.opensourceshakespeare.org/views/sonnets/sonnet_view.php?Sonnet=149.

你爱那些明眼的，而我是瞎子。①

——梁宗岱译

在该诗中，诗人心里压制已久的痛苦和怒火似乎一下迸发出来。诗人的第一句就是质问情人，为什么否认自己对她的爱。在第 5～12 行中，诗人接连用了 who、whom、what 这样的疑问词，步步紧逼质问情人：诗人已经让自己卑微到唯情人马首是瞻的地步，为什么还是不能得到她的爱？这样层层紧逼的质问突出了诗人的痴情，也反衬出情人的残酷。诗歌第一句出现 cruel（狠心的）这个词，并在后文列举出诗人为爱献出的一切，甚至活得卑躬屈膝，把自己置于类似于奴隶的地位，但这样还是不能得到情人的爱，这一事实其实突出的就是情人的狠心和诗人的可怜。在诗歌的最后两行中，诗人似乎已经明白一切。诗人承认自己的无能，任凭情人去爱别人，因为一切都无法挽回，情人终究会残酷地把诗人抛弃，去爱其他的人。这首诗歌是诗人对自己的反思，诗人在质问情人的过程中也描述了他自己对这份爱情所采取的态度，想要弄清楚他的做法错在何处，为什么没能赢得情人的爱。这是一种戏剧台词形式的十四行诗。

诗中一次次对"你"的强硬质问，把我们从诗的意境中拉出来，进入一个戏剧场面中，让我们意识到这是一幕典型的戏剧表演场景。读者被放在舞台剧的观众席上，成为戏剧的观众。这种戏剧台词式的十四行诗所产生的审美效果，我们可以称之为"间离效应"（alienation effect）。"间离效应或 A 效应也被称为距离效应，是德国戏剧家导演布莱希特戏剧理论的核心思想。它涉及旨在使观众与戏剧的行为保持距离的技巧，并提醒观众意识到他正在观看表演。"②

莎士比亚的这首十四行诗通过提出问题、尽量减少意象和隐喻的使用来淡化诗的意味，并突出戏剧表演的意味。间离效应产生的审美效果就是让我们发现自己作为读者与作品中发生的事情之间存在距离，这样我们不会受到作品中所发生事件的伤害。同时，我们可以作为旁观者体会到一种

---

① 《莎士比亚全集》第 11 卷，梁宗岱译，人民文学出版社，1991，第 307 页。

② Webster, Merriam. *Merriam Webster's Encyclopedia of Literature*, Springfield: Merriam-Webster, 1995, p. 236.

模拟出来的忧伤情感：一方面，借着别人的忧伤，我们可以发泄我们自己的痛苦；另一方面，发现这种忧伤与我们保持着安全的距离，这两点都给我们带来愉悦。这首诗不像莎士比亚的其他一些十四行诗那样以语言、意象和隐喻的研究取胜，而主要通过营造诗歌的戏剧性气氛取胜。

　　莎士比亚还将心理描写引入诗中。剖析人物心理本是戏剧独白所擅长的，所以心理描写的使用也使莎士比亚的十四行诗更有戏剧特色。戏剧和小说以心理分析见长，诗歌则以抒情见长。心理描写是对人物内心世界的剖析，意在揭示人的行为动机，是刻画人物最重要的手段。十四行诗虽然是有很强论辩性质的诗歌，但是将整篇诗歌用来写人物的心理，这种大胆的尝试并不多见。在莎士比亚的系列十四行诗中，第115首就是这样的一种尝试：

> Those lines that I before have writ do lie,
>
> Even those that said I could not love you dearer:
>
> Yet then my judgment knew no reason why
>
> My most full flame should afterwards burn clearer.
>
> But reckoning time, whose million'd accidents
>
> Creep in 'twixt vows and change decrees of kings,
>
> Tan sacred beauty, blunt the sharp'st intents,
>
> Divert strong minds to the course of altering things;
>
> Alas, why, fearing of time's tyranny,
>
> Might I not then say ' Now I love you best, '
>
> When I was certain o'er incertainty,
>
> Crowning the present, doubting of the rest?
>
> Love is a babe; then might I not say so,
>
> To give full growth to that which still doth grow?[①]

我从前写的那些诗全都撒谎，

[①] Shakespeare. "Sonnet 115, " https://www.opensourceshakespeare.org/views/sonnets/sonnet_view.php?Sonnet=115.

连那些说"我爱你到极点"在内，
可是那时候我的确无法想象
白热的火还发得出更大光辉。
只害怕时光的无数意外事故
钻进密约间，勾销帝王的意旨，
晒黑美色，并挫钝锋锐的企图，
使倔强的心屈从事物的隆替：
唉，为什么，既怵于时光的专横，
我不可说，"现在我爱你到极点"，
当我摆脱掉疑虑，充满着信心，
觉得来日不可期，只掌握目前？
爱是婴儿；难道我不可这样讲，
去促使在生长中的羽毛丰满？①

——梁宗岱译

  在诗歌开头，诗人就承认以前说的能够爱年轻人到极点的话都是谎言。接下来，诗人揭示了自己当时的心态，那时诗人感觉爱年轻人爱到了极点，他既享受这种感觉，又担心这种感觉不会长久，所以才会写下那些诗来撒谎。在这里，诗人所说的"撒谎"并不是指他的爱不真诚，而是指他在以前写的那些诗中所表达的情感用了一些夸大的言辞。

  在诗歌的第 5~8 行中，诗人进一步解释他为什么会在以前的诗中"撒谎"。归根结底，诗人是因为珍惜年轻人，珍惜爱，所以才会"撒谎"。在诗人看来，时间流逝了，爱就会消失，时间流逝了，年轻人的美也会消失，自己那颗坚定不移爱的心也可能抵挡不住时间的侵蚀。

  在诗歌的第 9~12 行中，诗人以尖锐的笔触剖析了自己的内心。诗人认识到原来自己从前写"我爱你到极点"那样的话完全是因为自己对于爱的未来没有信心。当时，诗人不知道他对年轻人的爱还能持续多久，当爱到达极点的时候是否还能够期待未来。然而，当诗人写这首诗的时候，他发现他对年轻人的爱与日俱增，没有减少。

---

① 《莎士比亚全集》第 11 卷，梁宗岱译，人民文学出版社，1991，第 273 页。

在诗歌的最后两句，诗人写自己在这首诗中找到了使爱情长生不老的灵丹妙药，也找到了使爱情能够抵挡时间侵蚀的办法，那就是不去强调在某一时刻爱情已达到了高潮，而是把爱当作一个婴儿。它会不断地成长，其生命力不断充盈，变得越来越强壮。由此可以看出，在这首诗中，诗人的想象非常奇特，对爱情的描写充满了生命力。经过对自己的心理进行描写分析，诗人最后才有了对爱情的信心。这首十四行诗突出了第一人称叙事的特点。第一人称叙事是从"我"的视角进行的叙事，是一种有局限性的叙事。诗中的叙事人"我"追忆自己过去的情感，品味自己现在的情感，又对自己将来的情感进行展望。叙事人讲述的是自己的故事、自己的情感，他的第一人称叙事使事件变得真实可信，使人如临其境。第一人称叙事视角的使用增加了这首十四行诗的戏剧化成分，宗白华先生说："叙事文学的目的是其处于客观的地位，描写一件外境事实的变迁，不甚掺杂主观情绪的色彩，这可算是纯粹客观的文学。这两种文学的起源及进化，当以叙事文学在先，抒情文学在后，而这两种文学结合的产物，甚至于戏曲文学抒情文学的对象是'情'，而叙事文学的对象是'事'，但戏曲文学的目的却是那由外境事实和内心情绪交互影响产生的结果—人的'行为'。所以，戏曲的制作，一方面要写出人的行为，由细致的情绪上的动机、积渐造成为坚决的意志，表现成外界实际的举动；同时另一方面要写造成这种种情绪变动的因，即外境事实和自己举动的反响。所以，戏曲的目的不是单独地描写情绪，如抒情文学；也不是单独地描写事实，如叙事文学它的目的是描写能发生行为的情绪和能激成行为的事实'。戏曲的中心就是'行为'的艺术表现。这样看来，戏曲艺术是融合抒情文学和叙事文学而加之新组织成的艺术，是文艺中最高的制作，也是最难的制作。"① 但是，在读这首十四行诗的时候，我们会发现其中抒情文学的成分渐渐变少，而戏剧化的成分逐渐增多。同时，在第一人称叙事之外，诗中还插入了引语"我不可说，'现在我爱你到极点'"，使戏剧表演的意味越发浓厚。在莎士比亚这里，戏剧与抒情诗的界线已经变得越来越不明显了。

在莎士比亚系列十四行诗中，除了戏剧独白式的十四行诗以外，像戏

---

① 宗白华：《美学与意境》，人民出版社，2009，第36页。

剧台词一样适合表演的十四行诗也有几首，第91首十四行诗就是这样。在这首诗中，就像戏剧表演一样，诗人滔滔不绝地炫耀口才，其中有戏剧的俏皮，却没有诗歌的厚度。我们来分析一下这首十四行诗：

Sonnet 91

Some glory in their birth, some in their skill,

Some in their wealth, some in their bodies' force,

Some in their garments, though new-fangled ill,

Some in their hawks and hounds, some in their horse;

And every humour hath his adjunct pleasure,

Wherein it finds a joy above the rest:

But these particulars are not my measure;

All these I better in one general best.

Thy love is better than high birth to me,

Richer than wealth, prouder than garments' cost,

Of more delight than hawks or horses be;

And having thee, of all men's pride I boast:

Wretchedin this alone, that thou mayst take

All this away and me most wretched make. ①

第 91 首十四行诗

有人夸耀门第，有人夸耀技巧，

有人夸耀财富，有人夸耀体力；

有人夸耀新妆，丑怪尽管时髦；

有人夸耀鹰犬，有人夸耀骏骥；

每种嗜好都各饶特殊的趣味，

每一种都各自以为其乐无穷：

---

① Shakespeare. Sonnet 91 http://www. opensourceshakespeare. org/views/Sonnets/Sonnets. php

可是这些癖好都不合我口胃——

我把它们融入更大的乐趣中。

你的爱对我比门第还要豪华，

比财富还要丰裕，比艳妆光彩，

它的乐趣远胜过鹰犬和骏马；

有了你，我便可以笑傲全世界：

只有这点可怜：你随时可罢免

我这一切，使我成无比的可怜。①

——梁宗岱译

在第 1~6 行中，莎士比亚列举了人们喜欢沉浸其中的各式各样的活动。前 4 句均以 some…some 这样一种程式化的表达方式出现，这种程式化表达使诗歌的语气较为舒缓、平稳地展开，有点像戏剧中出场的人物故弄玄虚地讲上一段独白的情形。在第 7~12 行，诗人说他看得比一切都要重的是他对年轻人的爱，觉得如果拥有了年轻人，就拥有了一切。这一节与上面列举的相对照，表示诗人对别人在意的一切毫不艳羡，这全都是因为他的心中有对年轻人的爱，这就足够了，也就是说年轻人的爱成了诗人的一切。在诗歌的最后两行，诗人认识到这种把全部情感都投入一个人身上的做法是危险的，因为当这个人离开他时，他将一无所有。在这里，"悲惨的"（wretched）这个词用了两次，强调诗人感受到如果年轻人抛弃了他，他会非常恐惧；也表明诗人对于年轻人的爱没有多大把握，他这份爱的投入更像是场赌博。戏剧独白入诗能够使诗歌产生新奇感，但同时也可能削弱诗歌的抒情性，这种在诗歌中炫耀口才的做法与伊丽莎白时代的文化风尚有关。"在伊丽莎白统治的头 20 年里，抒情诗的概念没有本质的变化。雄辩和朴素文体之间的区别是不言自明的。口才仍然作为一种手段能使白话文更加精练，作为一种文体艺术，作为一种社会优雅，雄辩的或'文学'的诗歌仍被归入修辞传统，认为诗歌是修辞的一个分支，往往还

---

① 《莎士比亚全集》第 11 卷，梁宗岱译，人民文学出版社，1991，第 249 页。

认为修辞学科是演讲的艺术。"① 正是基于这种认识，即使像莎士比亚这样伟大的诗人、戏剧家也难免要在文学作品中炫耀一番，尽管明明知道这样做会有损作品的表达效果。

十四行诗是适合辩论的，莎士比亚十四行诗中有许多辩论的段落，这些辩论式的段落也类似于戏剧表演中的一段台词，显示了诗人不凡的隐喻能力和敏捷的辩才。更重要的是，这些辩论的十四行诗与莎士比亚戏剧中的辩论段落十分相似。我们来看第 121 首十四行诗：

> ' Tis better to be vile than vile esteem'd,
>
> When not to be receives reproach of being,
>
> And the just pleasure lost which is so deem'd
>
> Not by our feeling but by others' seeing:
>
> For why should others false adulterateeyes
>
> Give salutation to my sportive blood?
>
> Or on my frailties why are frailer spies,
>
> Which in their wills count bad what I think good?
>
> No, I am that I am, and they that level
>
> At my abuses reckon up their own:
>
> I may be straight, though they themselves be bevel;
>
> By their rank thoughts my deeds must not be shown;
>
> Unless this general evil they maintain,
>
> All men are bad, and in their badness reign. ②

> 宁可卑劣，也不愿负卑劣的虚名，
>
> 当我们的清白蒙上不白之冤，
>
> 当正当的娱乐被人妄加恶声，
>
> 不体察我们的感情，只凭偏见。

---

① Peterson, Douglas L. *The English Lyric from Wyatt to Donne*, Princeton: Princeton University Press, 1967, p. 121.

② Shakespeare. "Sonnet 121," https://www.opensourceshakespeare.org/views/sonnets/sonnet_view.php?Sonnet=121.

为什么别人虚伪淫猥的眼睛

有权赞扬或诋毁我活跃的血？

专侦伺我的弱点而比我坏的人

为什么把我认为善的恣意污蔑？

我就是我，他们对于我的诋毁

只能够宣扬他们自己的卑鄙：

我本方正，他们的视线自不轨；

这种坏心眼怎么配把我非议？

除非他们固执这糊涂的邪说：

恶是人性，统治着世间的是恶。①

——梁宗岱译

在诗歌中，诗人受到了公众的批评，公众似乎对诗人的道德产生了质疑。在诗歌的第 1~4 行中，诗人表明他宁愿背负卑劣的恶名，也不愿意背负卑劣的虚名。前者名副其实，后者则名不副实。诗人的意思是，不管什么指控，只要是真实的，即使是指控他卑劣，他都会接受。诗人没有在诗歌一开始就去辩白，说自己的品质有多么优秀，自己有多么诚实可靠，而是用这样一种表达方式，让读者意识到诗人是诚挚无欺的，这就为他以下的辩白打下了基础，使他的话有可信性。他还没有开始讲话，读者已经觉得自己是在听一个诚实人述说，这正是诗人写这 4 行诗所要达到的效果。在诗歌的第 5~8 行中，诗人发问，那些没有道德的人有什么权力来对他品头论足，诗中用了"虚伪淫猥的眼睛"（false adulterate eyes）、"侦探"（spies）这样的词，把那些诋毁诗人的人的丑恶嘴脸揭露得入木三分。在诗歌的第 9~12 行中，诗人表明了自己的立场："I am that I am"（我就是我），这个表达借用了《圣经》的《出埃及记》（Exodus）中神所说的话。在这个典故中，神对摩西说："我就是我。"（God said to Moses，"I am who I am."）《圣经》典故的使用给诗人塑造了一个正直高大的形象，而肆意污蔑他的那些人则成了卑鄙无耻的小人。写到这里，诗人虽然没有直接为自己的道德加上任何高尚正义的标签，但此时，正直与邪恶已是冰炭分明

---

① 《莎士比亚全集》第 11 卷，梁宗岱译，人民文学出版社，1991，第 279 页。

了。在诗歌的最后两行，诗人说那些人对他的污蔑不成立，除非世间是由恶来统治，这一邪说才能成立。也就是说，这一邪说是一个巨大的谬论，这些人对诗人的指控也完全是无中生有、毫无根据的。诗人在这里展现了他杰出的辩才，这种辩才他曾经在戏剧中无数次使用，但在他的十四行诗中还不多见。

这首诗中提到"Which in their wills count bad what I think good?"（为什么把我认为善的恣意污蔑？）和"I may be straight，though they themselves be bevel"（我本方正，他们的视线自不轨），这种立论观点和立论方式在莎士比亚的戏剧中已司空见惯。比如在莎士比亚的剧作《裘力斯·凯撒》（Julius Caesar）中有一段安东尼（Marcus Antonius Marci Filius Marci Nepos，前83~前30）在凯撒（Gaius Julius Caesar，前100~前44）葬礼上的演讲，与这首十四行诗的构思类似，"各位朋友，各位罗马人，各位同胞，请你们听我说：我是来埋葬凯撒，不是来赞美他。人们做了恶事，死后也免不了遭人唾骂，可是他们所做的善事，往往随着他们的尸骨一齐入土，让凯撒也这样吧。尊贵的勃鲁特托斯已经对你们说过，凯撒是有野心的；要是真有这样的事，那诚然是一个重大的过失，凯撒也为了它付出了惨痛的代价。现在我得到勃鲁托斯和他的同志们的允许——因为勃鲁托斯是一个正人君子，他们也都是正人君子——到这来在凯撒的丧礼中说几句话。他是我的朋友，他对我是那么忠诚公正；然而勃鲁托斯却说他是有野心的，而勃鲁托斯是一个正人君子。他曾经带许多俘虏回到罗马来，他们的赎金都充实了公家的财库，这可以说是野心者行径吗？穷苦的人哀哭的时候，凯撒曾经为他们流泪，野心者是不应当这样仁慈的。然而勃鲁托斯却说他是有野心的，而勃鲁托斯是一个正人君子。你们大家看见在卢柏克节的那天，我三次献给他一顶王冠，他三次都拒绝了，这难道是野心吗？然而勃鲁托斯却说他是有野心的，而勃鲁托斯的的确确是一个正人君子。我不是要推翻勃鲁托斯所说的话，我所说的只是我自己所知道的事实。你们过去都会爱过他，那并不是没有理由的，那么什么理由阻止你们现在哀悼他呢？"[1] 这段演讲像这首十四行诗一样巧妙地把演讲人放在正义的地位上，而将敌对方放在恣意污蔑善行的位置上，让读者自然而然地得出结

---

[1]　《莎士比亚全集》第8卷，朱生豪译，人民文学出版社，1978，第262、263页。

论，站在诗人一边。

莎士比亚很自然地将戏剧式情节、情景写入十四行诗中，使他的十四行诗如同微型戏剧。"情节就是叙事作品中的'故事'，与生活中原生态故事的不同之处在于它是由作者根据生活素材加工创造的，并已获得了自身的因果关系和审美特性……人和事，或者说人及其行动，便是情节的主要内容。一句话来说，戏剧情节就是剧作家从生活中提炼出来的矛盾冲突其存在方式。然而戏剧的情节与史诗、长篇小说的情节是不同的，是长度、容量的不同，还是比较外在和表面上的差异最根本的不同之处在于戏剧的情节是由其显在部分与潜在部分构成的，而史诗和长篇小说的情节则全是显在部分。所谓显在部分，是指被放在舞台上让观众直接看到的那些情节；而潜在的部分，则是指'幕后'、'台下'的那些故事，这些人和事是虚写的，观众看不到，但必须想办法叫他们知道、想到并充分理解，否则他们就无法透彻地看懂舞台上表演的那部分显在剧情，因为这潜在部分与显在部分是血肉相连的。"①

十四行诗不可能有戏剧作品那么大的容量，在短小的篇幅中，要想取得戏剧的效果，就必须有隐喻的参与。使用隐喻，可以使诗歌内容最大限度地被表现出来，扩充诗歌内容的容量。隐喻不仅仅是一种修辞形式，它更多地体现了人类对事物的理解。"隐喻渗透了语言活动的全部领域并且具有丰富的思想历程，它在现代思想中获得了空前的重要性，它从话语修饰的边缘地位过渡到了对人类理解本身进行理解的中心地位。"② 在戏剧中，莎士比亚经常运用隐喻来使戏剧显得华丽，不过他有时候会过多地运用隐喻，从而破坏了戏剧情节的紧凑性。但是在十四行诗中，情节的交代不需要很大的篇幅，反倒使莎士比亚可以更多地用隐喻来表达思想情感，而且不至于产生冗长之感。

有趣的是，莎士比亚在其第 23 首十四行诗中运用与戏剧相关的隐喻。通过这个隐喻，我们看到诗人是如何透过对戏剧艺术的理解来观察和体会人类内心情感的：

---

① 董健、马俊山：《戏剧艺术十五讲》，北京大学出版社，2004，第 127 页。
② 〔法〕保罗·利科：《活的隐喻》，汪堂家译，上海译文出版社，2004，"译者序"，第 5 页。

As an unperfect actor on the stage,

Who with his fear is put besides his part,

Or some fierce thing replete with too much rage,

Whose strength's abundance weakens his own heart;

So I, for fear of trust, forget to say

The perfect ceremony of love's rite,

And in mine own love's strength seem to decay,

O'ercharged with burden of mine own love's might.

O, let my books be then the eloquence

And dump presagers of my speaking breast,

Who plead for love, and look for recompense,

More than that tongue that more hath more expressed.

O, learn to read what silent love hath writ:

To hear with eyes belongs to love's fine wit. ①

仿佛舞台上初次演出的戏子

慌乱中竟忘记了自己的角色，

又像被触犯的野兽满腔怒气，

它那过猛的力量反使它胆怯；

同样，缺乏着冷静，我不觉忘掉

举行爱情的仪节的彬彬盛典，

被我爱情的过度重量所压倒，

在我自己的热爱中一息奄奄。

哦，请让我的诗篇做我的辩士，

替我把缠绵的衷曲默默诉说，

它为爱情申诉，并希求着赏赐，

多于那对你絮絮不休的狡舌：

请学会去读缄默的爱的情书，

---

① Shakespeare. "Sonnet 23," https://www.opensourceshakespeare.org/views/sonnets/sonnet_view. php?Sonnet＝23.

用眼睛来听原属于爱的妙术。①

——梁宗岱译

在这首十四行诗中，一个主要的隐喻是把一个痴心热恋的人比喻成初登舞台、表演不成熟的演员（unperfect actor on the stage），他因为担心和恐惧而忘记了台词。强烈的情感变成了心灵的重负，使诗中的爱变得沉重。爱到了极点仿佛就要走向反面，诗人被爱这种感情所压迫，不能呼吸。从第9行开始，诗歌的意思出现了转折，这种情况在莎士比亚的十四行诗中经常出现。诗人要求年轻人去读他的诗，因为他相信他的诗能够更好地表达自己的感情。最后，诗人劝说恋人去读自己用爱写的情书，因为用爱写下的情书是深情和真挚的，眼睛中的爱情也没有丝毫的伪装。诗人的劝说真挚而诚恳，给人留下深刻的印象。诗人在这首诗中也暗示出这个他爱着的年轻人喜欢表面上的阿谀奉承，却对真挚的感情视而不见。

诗中虽然只在前两行提及"演员"这个隐喻，但其实这个隐喻才是贯穿全诗的。诗人要让自己的诗篇做他的"辩士"，把缠绵情感"默默诉说"，这些表述与演员的表演形成了差异和对立。诗人反对像演戏一样表达爱情，而要求爱情以"默默诉说"的方式在诗篇中流淌，"絮絮不休的狡舌"也是戏剧中常有的现象。

在16世纪初期，许多戏剧是在公共场所演出的，而没有专用的剧场。16世纪90年代，莎士比亚的事业发展处于鼎盛时期，此时商业戏剧模式开始成熟，剧场面向社会各个阶层的人开放。通常剧院是露天式的，"戏剧的形式似乎主要由两个外部的和偶然的因素决定，也就是说，艺术家很少能够控制它们，或者就根本无法控制。第一个因素是戏剧表演所在的剧院，第二个因素是演出所面对的观众。希腊悲剧的独特特征，如形式性、简约性、呐喊性、缺乏行动性，诗意完美性等，都是其所在环境产生的自然结果"。② 在这样的露天剧场里，由于人数众多，加上扩音条件的限制，如果剧情紧凑得像现在的电影一样，可能观众会看不懂。此外，在露天剧

---

① 《莎士比亚全集》第11卷，梁宗岱译，人民文学出版社，1991，第181页。

② Darlington, W. A. *Literature in the Theatre, and Other Essays*, London: Chapman and Hall, 1925, p. 114.

场里，观众的流动性很大，他们可能在观看戏剧表演的过程中进进出出，这样即使剧情拖沓一些，观众也不会觉得不舒服。因此，剧情拖沓、语言冗长、"絮絮不休的狡舌"就成了当时戏剧的通病。莎士比亚的戏剧中也不时有这种情况出现，莎士比亚戏剧中的人物没有一个不喜欢滔滔不绝讲话的。对于这首诗，如果我们不从爱情诗的角度看，也完全可以把它看作莎士比亚对当时戏剧领域的中肯评论。使用戏剧中的隐喻并不稀奇，即使是在日常生活中，我们也可以随手使用戏剧的隐喻，但唯有作为戏剧大师的莎士比亚才能把戏剧的隐喻分析得这样透彻。

　　戏剧性因素入诗使莎士比亚的十四行诗产生了独特的效果，富有戏剧性和表演性，因此莎士比亚的诗歌更加具有娱乐性，更容易为广大的读者接受。当怀亚特把十四行诗介绍到英国后，他将十四行诗的内容变得更加接近现实生活。而在莎士比亚这里，十四行诗产生了许多变化，其中一个重要的新特点就是十四行诗变得非常戏剧化，这挑战了我们对十四行诗的认知。"最能打动人的文学作品是那种使读者以一种新的批评态度来认识自己习惯准则和期望的作品。这种作品质询并改变我们介入其中的但并未言明的信念，'不承认'我们常有的观念习惯，并因此迫使我们首先承认作品本来的面目。有价值的文学作品并非只是加强我们的既定观念，而是要破坏或违反这些标准的观察方式，并因此教给我们新的理解规则。这里与俄国的形式主义有某种相似之处：在阅读行为中，我们惯有的假想'陌生化'了，客观化到使我们可以批评它们，并因此还可以修正它们。我们如果用自己的阅读战略来改变文本，那么它同时也改变我们。像科学实验中的物体一样，它可以对我们的'问题'产生一种预想不到的'答案'。对于像伊瑟这样的批评家来说，整个阅读最重要的是它使我们进入更深的自我意识中，找到一种对我们自身特点的更富批评性的看法，这好像我们努力读一本书时，我们一直'阅读'的就是我们自己。"[1]这也是莎士比亚的十四行诗在当今仍然有众多的读者和研究者的原因。除了莎士比亚，勃朗宁夫人（Elizabeth Barrett Browning，1806~1861）的十四行诗也善于写戏剧情节：

---

① 〔英〕特里·伊格尔顿：《现象学，阐释学，接受理论——当代西方文艺理论》，王逢振译，江苏教育出版社，2006，第76~77页。

I Thought Once How Theocritus Had Sung

I thought once how Theocritus had sung
Of the sweet years, the dear and wished-for years,
Who each one in a gracious hand appears
To bear a gift for mortals, old or young:
And, as I mused it in his antique tongue,
I saw, in gradual vision through my tears,
The sweet, sad years, the melancholy years,
Those of my own life, who by turns had flung
A shadow across me. Straightway I was' ware,
So weeping, how a mystic Shape did move
Behind me, and drew me backward by the hair;
And a voice said in mastery, while I strove, -
"Guess nowwho holds thee!"-
"Death,"I said, But, there,
The silver answer rang, "Not death, but Love."

想起，当年希腊的诗人曾经歌咏

想起，当年希腊的诗人曾经歌咏：
年复一年，那良辰在殷切的盼望中
翩然降临，各自带一份礼物
分送给世人——年老或是年少。
当我这么想，感叹着诗人的古调，
穿过我泪眼所逐渐展开的幻觉，
我看见，那欢乐的岁月、哀伤的岁月——
我自己的年华，把一片片黑影接连着
掠过我的身。紧接着，我就觉察
（我哭了）我背后正有个神秘的黑影
在移动，而且一把揪住了我的发，

往后拉，还有一声吆喝（我只是在挣扎）：

"这回是谁逮住了你？猜！""死。"我答话。

听哪，那银铃似的回音："不是死，是爱！"①

——方平译

　　从彼特拉克起，诗人在创作十四行诗的时候，倾向于把这种体裁写成系列十四行诗的形式。彼特拉克、斯宾塞、莎士比亚、锡得尼、勃朗宁夫人等诗人都留下了不朽的系列十四行诗作品。诗人们之所以青睐系列十四行诗创作，原因在于作为抒情短诗，十四行诗的容量是有限的，但系列十四行诗则不同，它能够给予作者足够大的空间，让作者将诗歌联系起来，创造很强的戏剧效果。系列十四行诗通常循着一个比较简单的思路一步步展开，从整体来看，它是一种松散的短篇诗歌组合，而其情节联系起来又具有很强的故事性，类似于戏剧。

　　小说是以叙事取胜的，而戏剧也可以用很大的篇幅讲述一个事件的始末和因果，所以也被看成叙事性的，但诗歌通常是短小的，又具有抒情性，因而诗歌在讲述故事方面似乎有局限性。因此，在提到诗歌的时候，我们很少把诗与叙事联系起来。但是，在文学发展早期，诗歌其实就是被用来记叙事件的，《荷马史诗》就是运用诗歌的形式来讲述故事。其实，一部作品是不是叙事性的，不在于它是什么形式，而在于它的内容。一部关于法律条文的书即使是用诗歌的形式分行写出，它也不是诗。即使是诗歌，也可以像小说那样讲述一个完整的故事。就像小说那样，诗歌也会抓住我们的兴趣，给我们留下悬念，并使我们对诗中的主人公产生同情。一首十四行诗虽然也可以做到这一点，但就戏剧性效果的创造来讲，系列十四行诗更容易达到叙事的效果。莎士比亚的十四行诗具有戏剧效果，那大体是因为诗人本身是一位杰出的戏剧家，这样一个身份让他不由自主地把戏剧的特点带到他的诗歌中来。"锡得尼看到彼特拉克的十四行诗的发展潜力，但是他天真地担心其在英国人的手里被过度使用，他担心英国人不

---

① 〔英〕勃朗宁夫人：《想起，当年希腊的诗人曾经歌咏》，《葡萄牙人的十四行诗》，方平译，https：//baike. so. com/doc/4803394-5019686. html。

重视十四行诗的形式，于是他设计了一种十四行诗系列的戏剧性方式。"①
1581 年，锡得尼开始创作系列十四行诗《爱星者与星》。该诗集于 1582 年
写成，并于他死后在 1591 年出版，共包含 158 首十四行诗。这部作品通常
被视为莎士比亚之后伊丽莎白时期最出色的系列十四行诗，叙述了诗人与
一位勋爵夫人相爱的故事。在诗中，诗人描写了自己初恋时的激情以及自
己为了克制情感而献身于公共事业的决心。在这些系列十四行诗中，锡得
尼沿袭了彼特拉克的传统，从系列十四行诗的开始到结束，都在通过各种
亲身经历的痛苦和冲突来描写一个女子对他的吸引力，但写到最后，却什
么都没有解决。这部系列十四行诗中出现了一个从头到尾始终在场的人
物，不仅将各首十四行诗联系在一起，还使系列十四行诗的戏剧性特征更
加明显了。

莎士比亚的十四行诗描写了真实的社会关系。然而，诗歌毕竟不是戏
剧，它的篇幅是有限的，人物和情节的表达也不像戏剧那样可能伸展开
来，得到充分表达。诗歌的情节只能依靠比喻或者片言只语的描述来达到
效果，莎士比亚把诗歌变成了碎片化的戏剧。莎士比亚在诗中揣摩出场人
物的心理，特别是揣摩他们欲望的走向，并以此来刻画这些欲望的本真面
貌。我们在读莎士比亚诗歌的时候，也像看戏剧一样，会不知不觉在诗人
的引领下进入诗中出现的戏剧性人物的生活中，体验他们的情感与思维。

莎士比亚的系列十四行诗中主要有以下几个角色：叙事人、年轻人、
黑肤女人、竞争诗人、幻想角色。在众多角色中，叙事人是最重要的，始
终在诗歌中占据重要位置，引领诗歌的发展方向。年轻人是诗歌赞美的对
象，它是潜在的在场人物，无处不在，却总是躲在幕后。和年轻人一样，
黑肤女人也是诗歌涉及的对象，只不过诗人对她并不全是赞美，相关描写
有更多情欲色彩。竞争诗人出场不多，但是他的存在不可或缺。这个竞争
诗人拥有双重身份，既是诗人诗坛上的对手，也是情场上的对手。涉及这
个对手的十四行诗让诗人有机会讨论诗歌创作艺术问题，莎士比亚批评竞
争诗人在文体上的过度炫耀，要求其回归朴素的诗风。莎士比亚把他的对
手描写成一个成功的诗人，这说明当时的文坛盛行这种浮夸之风。同时，
对手的出现也增加了诗歌的戏剧性，使诗人的地位产生动摇。于是情感方

---

① Smith, Hallett. *Elizabethan Poetry*, Cambridge: Harvard University Press, 1952, p. 132.

面发生了变异，戏剧性的冲突更加强烈，使诗歌中的爱情跌宕起伏。至于幻想角色，准确地说，这不是单独的角色，而是一组角色，诗人将部分身体器官拟人化，使之成为十四行诗中的角色。下文着重研究莎士比亚系列十四行诗中的叙事人与幻想叙事人。

　　叙事人是十四行诗的一个重要因素，十四行诗中常常存在一个叙事人，情节围绕叙事人展开。在写给年轻人的十四行诗中，诗人莎士比亚经常用第二人称来称呼诗中的年轻人。这样叙事人的第一人称"我"与第二人称"你"自然地构成了一种相互之间你来我往的关系，但这种关系不是以直接引语的对话形式表达的。"在所谓十四行诗策略的问题上，他几乎总是给心爱的人写十四行诗（尽管从未令人满意地解释为什么年轻人有时被称呼为'thou'，有时作为'you'，并没有明确的模式）。没有对白，没有对话，没有离合诗、字谜、藏尾诗、可逆诗行这类让其他诗人沉迷于其中的伎俩。虽然他的诗中也有对其他文学的模仿，但是没有一首十四行诗清楚地显示是从什么地方被翻译过来的，是从英国还是从欧陆国家。"①在莎士比亚的系列十四行诗中，叙事人是以第一人称"我"这个形式出现的，"我"这个叙事人爱着年轻人，却又得不到年轻人的爱，于是，这个叙事人把自己放到了一个可怜人的位置上。叙事人就是诗中的主要说话人，这个说话人具有怎样的特征，对于整个诗歌的思想、表达和艺术效果都起着重要的作用。叙事人"我"的存在感在系列十四行诗中与日俱增，"我"在整个诗歌的发展过程中被不断地塑造，就如同在戏剧中塑造人物。渐渐地，诗歌叙事人"我"成了一个立体的形象，这个"我"在系列十四行诗中变得像戏剧中出场的人物一样，"我"的情感经历加起来就是一个戏剧故事。在整个系列十四行诗中，"我"的思想活动也经历了一些转变，不过这些变化没有连续性，具有偶然性和突发性。

　　叙事人"我"的人格有自虐倾向，在与自我的战争中，他时而从自我分裂走向自我解体，时而还会在自我压抑中突然间释放自我。如果一个人因爱情失意而放任自流，因爱人的背叛而产生自虐行为，那其实是他受到创伤后采取的一种抵抗方式，这种方式被写进诗里，便产生了一种颓废的

---

① Spiller, Michael R. G *The Development of the Sonnet: An Introduction*, London: Routledge, 1992, p. 167.

情绪。之所以称其为颓废的情绪，是因为当诗人因为失意而放弃自己的时候，他同时也放弃了通常意义上的道德与责任，走向了主流价值观的反面。这样，他当然成为不被社会接纳的人，这就导致了叙事人"我"遇到更大的生存困境。在诗歌中，个人的社会性被淡化了，内在的人格则得到充分揭示。在莎士比亚的戏剧中，我们也能够看到这一倾向。莎士比亚的重心是人物内在人格的塑造，而不是外在环境的描写。莎士比亚最著名的戏剧《哈姆雷特》就是围绕着人物的内心世界展开的，外在背景只是一个简单的布局。诗歌由于几乎没有展示社会背景的空间，所以更集中于对内在人格进行探索。

莎士比亚十四行诗中的叙事人和戏剧中的角色是一样的，叙事人像是一个出色的演员，这个人与现实生活中的人是有距离的，因为他总是在特定的诗歌语境里扮演着不同的有趣角色，有时候令我们同情，有时候又令我们嘲笑。其他诗歌的叙事者也可以是一个有趣的人，但只有莎士比亚十四行诗中的叙事人像一个舞台上的角色那样，具有很强的表演意识。

在第 134 首十四行诗中，诗人描写了一种非常复杂的关系，仿佛把小小的十四行诗变成了微型戏剧：

> *So, now I have confess'd that he is thine,*
> *And I myself am mortgaged to thy will,*
> *Myself I'll forfeit, so that other mine*
> *Thou wilt restore, to be my comfort still:*
> *But thou wilt not, nor he will not be free,*
> *For thou art covetous and he is kind;*
> *He learn'd but surety-like towrite for me*
> *Under that bond that him as fast doth bind.*
> *The statute of thy beauty thou wilt take,*
> *Thou usurer, that put'st forth all to use,*
> *And sue a friend came debtor for my sake;*
> *So him I lose through my unkind abuse.*
> *Him have I lost; thou hast both him and me:*

He pays the whole, and yet am I not free. [①]

因此，现在我既承认他属于你，
并照你的意旨把我当抵押品，
我情愿让你把我没收，好教你
释放另一个我来宽慰我的心：
但你不肯放，他又不愿被释放，
因为你贪得无厌，他心肠又软；
他作为保人签字在那证券上，
为了开脱我，反而把自己紧拴。
分毫不放过的高利贷者，你将要
行使你的美丽赐给你的特权
去控诉那为我而负债的知交；
于是我失去他，因为把他欺骗。
我把他失掉；你却占有他和我：
他还清了债，我依然不得开脱。 [②]

———梁宗岱译

　　这里，the other mine（另一个我）指的是诗人的朋友。诗人在十四行诗中一直假定自己和年轻人的身份是合二为一的，诗人就是年轻人，年轻人就是诗人，诗人说自己情愿被当作抵押品，好让年轻人得到自由。在诗歌的第 5~8 行中，诗人发现年轻人与黑肤女人彼此纠缠不清。诗人很擅长把各个领域的词语写在诗中，此处，诗人用了很多关于高利贷的词在诗歌的第 9~12 行中，诗人刻画出三个人物的性格，诗人爱得真挚，年轻人轻信，黑肤女人则心机深沉、精于权谋，结果是诗人和年轻人都难以逃脱她的手心。这短短的几行诗再一次展现了莎士比亚杰出的戏剧才能。正像莎士比亚在他的戏剧中可以把人物刻画得惟妙惟肖一样，在这首诗中，诗人

---

① Shakespeare. "Sonnet 134," https://www.opensourceshakespeare.org/views/sonnets/sonnet_view.php?Sonnet=134.

② 《莎士比亚全集》第 11 卷，梁宗岱译，人民文学出版社，1991，第 292 页。

也把三个人物的性格以及三人间的关系勾勒得分外鲜明。在诗歌的最后两行，诗人写出了三种关系的最终结局：黑肤女人得到了一切，她既拥有了年轻人，同时又拥有了诗人，这两个人都成了黑肤女人的手下败将。从这里看，黑肤女人是一个心狠手辣的形象。与写给年轻人的那些十四行诗相比，诗人写给黑肤女人的这些十四行诗在情感上更加复杂和矛盾。莎士比亚具有故事性的十四行诗无疑具有戏剧性特征，不过如果只是看到这些十四行诗的细节特征，还不足以让我们对莎士比亚的十四行诗有更加深入的理解和把握。因为在莎士比亚的十四行诗中，他写了爱情的时间问题、年龄问题及不同的价值观念问题，这些问题在其他诗人的作品中虽然也涉及，但是在莎士比亚之前从未有人对这些问题研究得如此透彻。彼特拉克以来的诗人一直在把这种抒情诗按着诗人的理想化模式来写，而不是像莎士比亚那样把十四行诗的相关内容放到现实层面来操作。在这方面，莎士比亚是与众不同的。下面是他的第 139 首十四行诗：

> *O, call not me to justify the wrong*
> *That thy unkindness lays upon my heart;*
> *Wound me not with thine eye but with thy tongue;*
> *Use power with power and slay me not by art.*
> *Tell me thou lovest elsewhere, but in my sight,*
> *Dear heart, forbear to glance thine eye aside:*
> *What need'st thou wound with cunning when thy might*
> *Is more than my o'er-press'd defense can bide?*
> *Let me excuse thee: ah! my love well knows*
> *Her pretty looks have been mine enemies,*
> *And therefore from my face she turns my foes,*
> *That they elsewhere might dart their injuries:*
> *Yet do not so; but since I am near slain,*
> *Kill me outright with looks and rid my pain.* ①

---

① Shakespeare. "Sonnet 139," https://www.opensourceshakespeare.org/views/sonnets/sonnet_view.php?Sonnet=139.

哦，别叫我原谅你的残酷不仁

对于我的心的不公正的冒犯；

请用舌头伤害我，可别用眼睛；

狠狠打击我，杀我，可别耍手段。

说你已爱上了别人；但当我面，

心肝，可别把眼睛向旁边张望：

何必要耍手段，既然你的强权

已够打垮我过分紧张的抵抗？

让我替你辩解说："我爱人明知

她那明媚的流盼是我的死仇，

才把我的敌人从我脸上转移，

让它向别处放射害人的毒镞！"

可别这样；我已经一息奄奄，

不如一下盯死我，解除了苦难。①

——梁宗岱译

诗人要求情人向他坦白她的不忠。在诗歌开头，诗人的语气就营造了感伤的氛围。诗人怀着自暴自弃的心情要求情人给他一个了断。因为过度伤心，诗人已经无法控制自己，所以他要求一种来自外在的伤害，以使他的痛苦减轻。在诗歌的第5~8行，诗人再次要求情人坦白移情别恋的事实。在第1~8行诗中，诗人一再使用眼睛的意象来表现情人的不忠诚。当情人的眼睛移向别处时，诗人感受到情人的爱也转移到了另一个人身上。情人的眼睛如同爱情的窗子，暴露了情人的内心思想，而这目光的转移对诗人来说是致命的伤害。因此，诗人要求情人坦白她的不忠。即使是亲耳听到情人的不忠，这种痛苦也远远低于情人的眼睛转向别处带给他的伤痛。眼睛是感觉的器官，感觉对于心灵的判断至关重要。雪莱说："激动的程度有三种。感觉是心灵获得一切知识的源泉；因而感觉的证据使人产生最强烈的同意。心灵的判断是建立在我们亲身经验的基础之上的，这种

---

① 《莎士比亚全集》第11卷，梁宗岱译，人民文学出版社，1991，第297页。

经验来自感觉的源泉；因此，根据经验的判断，在激动的程度上属于第二等。他人的经验，传达到我们的经验中，那就属于程度最低的一种。"[1] 诗人诉诸眼睛，就是要强调通过感觉所引起的心灵的激动。

在诗歌的第 9~12 行，诗人知道情人不会如他所愿对他忠诚，也不会对他坦白她的不忠，所以只能自欺欺人地为情人的移情别恋找借口，说情人转移目光，其实只是为了不伤害自己而已。这样的谎言其实诗人自己也不相信，但他只能强迫自己去相信，因为除了这种安慰，诗人还能够找到什么其他的安慰呢？在诗歌的最后两行，诗人终于无法忍受这样的折磨，要求情人把自己杀死，以求解脱。写到这里，诗人的自暴自弃已经非常彻底了。

在这个十四行诗系列中，叙事人"我"始终处于变化过程中，"我"的态度变化是具有戏剧色彩的。从第 134 首十四行诗到第 139 首十四行诗，其中的内在联系虽然并不紧密，但这种联系还是存在的。在第 134 首十四行诗中，"我"陷入了恋爱的困境；在第 139 首十四行诗中，"我"痛苦得不能自拔。在第 134 首诗中，"我"尚且能够抑制痛苦的喷发；而到了第 139 首十四行诗中，"我"的感情痛苦失控式地爆发出来。将每一首十四行诗联系起来作为一个整体，我们能够看到叙事人的情感发展历程。

十四行诗虽然是抒情短诗，但诗中叙事人的作用不可低估。一方面，因为诗中存在叙事人，所以便于将十四行诗联系起来形成系列诗篇。单独的十四行诗就如同一粒粒珠子，而十四行诗中的叙事人就如同一根线，能够将这些珠子串起来，形成一串美丽的项链。诗中有了叙事人，还有了叙事人所假定的献诗对象，那么系列十四行诗就可以在一个很稳定的框架内运行了。莎士比亚、斯宾塞、锡得尼、勃朗宁夫人等诗人的系列十四行诗中均有叙事人和献诗对象，这足以说明叙事人对于十四行诗的重要性。另一方面，叙事人的存在使十四行诗具有很强的现实性，增强了诗歌的可信度，让我们感受到这些诗篇的真诚，而真诚也是打动读者的有力武器。

---

① 《论无神论的必然》，《雪莱散文》，徐文惠、杨熙龄译，人民文学出版社，2008，第 154 页。

第四章　诗歌复兴

　　就英国来讲，18 世纪是小说繁荣的时代，包括十四行诗在内的诗歌并没有多少杰作。到了 18 世纪，十四行诗体受到了广泛的质疑，人们对这种诗体究竟有多少价值感到困惑。于是，一些批评十四行诗的言论出现了，其中不乏学者大家的言论。到了 18 世纪末，十四行诗的处境已然很艰难了。19 世纪初，华兹华斯开始重新思考十四行诗的价值，并认真地尝试用这种诗体作诗。华兹华斯在十四行诗的复兴方面有两个主要贡献，如果说弥尔顿使十四行诗可以书写严肃的主题，那么华兹华斯则使十四行诗书写严肃主题的功能变得更容易被掌握，更容易普及，华兹华斯的另一贡献在于他使十四行诗关于自然主题的书写变得更加成熟。19 世纪，在以华兹华斯为首的诗人们的努力下，英国十四行诗迎来了它的复兴。如果我们把伊丽莎白时期比作十四行诗的黄金时代的话，那么 19 世纪就是十四行诗的白银时代。

第一节　诗人们的为诗一辩

　　18 世纪，在英国资产阶级革命的影响下，欧洲大陆发生启蒙运动，其中心在法国。启蒙运动宣扬天赋人权，坚持自由、平等、博爱、理性的原则，启蒙文学应运而生，启蒙文学批判封建专制制度，揭露不合理的社会现象。启蒙作家创造了一些新的文学形式，打破了古典主义的清规戒律，拓展了文学表现空间。启蒙文学带来的思想自由的氛围使诗人们也要求诗歌的自由，像十四行诗这样有着严格格律要求的诗体自然让诗人们感到束缚，于是人们纷纷站出来批评十四行诗。十四行诗的地位受到了多方面的攻击，韵律更是遭受了敌意。约翰逊（Samuel Johnson，1709~1784）博士多次批评它，他认为"弥尔顿十四行诗中最好的也就只能说还凑合，也许只有第 8 首和第 21 首还写得不错，能配得上一点赞美。这种适合意大利语言的十四行诗从来没有成功地成为我们的诗……"写《失乐园》（*Paradise Lost*）的诗人在写十四行诗的时候写得这样差劲，在约翰逊博士看来，其原因就在于尽管弥尔顿是个天才，可以从岩石上刻出巨人，但不能在樱花石上做出人像。进化论之父查尔斯·罗伯特·达尔文（Charles Robert Darwin，1809~1882）的祖父伊拉斯谟斯·达尔文（Erasmus Darwin，1731~1802）不喜欢十四行诗，也特别不喜欢弥尔顿。1782 年，他说不规则的十四行诗形式和其法则"令人作呕"，他认为现在再没有任何有天赋的人会用一生的时间写出 20 首这样的东西来。大约在同一时间，史蒂文斯（George Steevens，1736~1800）宣布十四行诗有着"心血来潮的格律，矫揉造作、迂腐不堪"。这样的反对声音汇成了反对十四行诗合唱，有些评论刊物说，有谁想恢复古典十四行诗，显然表明他要恋爱了。评论文章众口一词，一些刊物宣布："英语世界没有几首能夸耀的十四行诗。"[①]

19 世纪初，十四行诗被当成一种游戏诗体拿来把玩，人们对于这种诗体的态度相当随意。诗人罗塞蒂（Dante Gabriel Rossetti，1828~1882）家的孩子们把写十四行诗当作一种游戏，写得相当随便。为游戏而写的十四行诗有时候就是拼凑，这些十四行诗多为平庸之作。当时，十四行诗已经是一种过时的诗歌体裁。对于莎士比亚，批评家基本上只把他当成一位剧作家，而他的十四行诗则不被看好。几个世纪以来，人们对莎士比亚存在着误解，主要将其视为戏剧家，而不是诗人。因此他的十四行诗被边缘化，有时甚至被认为是戏剧家练笔热身的习作。可想而知，当我们这样考量十四行诗的时候，这种诗体并不具有独立的价值，它像可有可无的文学装饰物一样悬在那里，是饭后的甜点，而不是能够摆上台面的盛宴。在那个时代，十四行诗像一粒美丽的种子，被搁置在一边，等待有人把它拾起，播撒到可以生长的土壤中。值得庆幸的是，到了浪漫主义时期，这一天终于到来了。

19 世纪英国浪漫主义诗人加入十四行诗创作的行列，极大地促进了这

---

① Havens, Dexter. *The Influence of Milton on English Poetry*, New York: Russell and Russell, 1961, p. 531.

种诗体的复兴。但是一开始，有些诗人也并不看好十四行诗，柯勒律治"对那种曾经很火的十四行诗体不屑一顾，他对彼特拉克的模式嗤之以鼻，认为要是有什么比彼特拉克的形式更难看、更矫揉造作的话，那就是用英语写的意大利式十四行诗"。不过，"虽然柯勒律治在理论上这样说，他的理论与他的实践却并不完全一致，他自己有一首十四行诗就使用了彼特拉克的形式，有些诗还用了莎士比亚的十四行诗形式"。此外，"在 19 世纪初，华兹华斯认为十四行诗'过于荒谬'"，不过后来他对十四行诗的态度产生了变化。[①] 1802 年前后，华兹华斯写了一首《别蔑视十四行诗》（*Scorn Not the Sonnet*），这首诗用十四行诗体写成，短小精悍，是为自身辩护的十四行诗。诗人开篇便对那些看不起十四行诗的批评家们开火，告诫他们不要看不起十四行诗。华兹华斯为诗争辩，这不仅仅是为了说服其他人重视十四行诗，同时也标志着华兹华斯对十四行诗认识上的转折。

为诗辩护，就是有关诗歌的论辩。为诗辩护是怎么发生的呢？当诋毁诗歌作用的言论出现时，就有诗人站出来捍卫诗歌之于人类的意义。有时并未有谁明确撰文或发表演讲来诋毁诗歌，只不过诗歌在那个时期处于低潮，诗人想借为诗辩护来重新确立诗歌的地位而已。有时又完全是诗人因为有关于诗歌的论点要发表，想一吐为快，便把自己推上辩论的舞台，以此吸引关注的目光，诗辩也因此成为诗人探索诗歌艺术的一种形式。通过诗辩，诗人通常可以系统地梳理自己的诗歌思想，展示自己的诗歌理念。正因如此，论辩的一方可能是确实存在着的某种观念或者某个对立的对象，也可能只是诗人想象中的一个靶子。更深入地讲，为诗辩护的根源在于西方文化。其实，对任何事物都同时存在着相互对立、相互矛盾的观点，思想论战在人类文明的进化史上一直都存在，为哲学辩护、为科学辩护、为艺术辩护、为宗教辩护，所有这些辩护都发生过。而以辩护一词作为文章题目，明确指出自己文章的目的，这在西方的文化史和文学史上最为常见，与西方文化受古希腊文化的影响有关。古希腊先哲在追求真理的过程中有针对不同意见进行论辩的传统，在论辩过程中研究论证方法，这为后来古希腊逻辑学的产生与发展奠定了基础，也使论辩思维渗透到文化

---

① Havens, Dexter. *The Influence of Milton on English Poetry*. New York: Russell and Russell, 1961, pp. 515-517.

生活的各个层面。为诗辩护就是西方文化土壤上开出的一朵有刺的玫瑰，论辩之语犀利，论辩成果丰厚，为诗坛的百花园增添胜景。

　　为诗辩护在英国也有悠久的历史，那些为诗辩护的诗人们留下了他们的诗歌主张和批评观念，具有相当高的价值，锡得尼和雪莱都写过著名的诗辩作品。菲利普·锡得尼爵士是文艺复兴时期的英国诗人和学者，14 岁进入牛津大学。1580~1583 年，锡得尼创作了《为诗辩护》(An Apology for Poetry)。此事的缘起是一位清教徒斯蒂芬·高森 (Stepheen Gosson) 写了一篇文章诋毁诗人，这引起锡得尼撰文以对。雪莱也写过《为诗一辩》(A Defence of Poetry)，阐释自己对诗歌地位以及诗人的责任的看法。华兹华斯没有以论文的形式发表诗辩，而是以诗的形式为诗辩护。在诗中，"华兹华斯为十四行诗的形式辩护，反对诋毁者，并且评论了莎士比亚对十四行诗的贡献，这个评论世人皆知。他还探讨了其他人对这首诗的使用。"[①] 下面我们来分析华兹华斯的这首十四行诗：

Score not the Sonnet

Scorn not the Sonnet; Critic, you have frowned,

Mindless of its just honours; —with this Key

Shakspeare unlocked his heart; the melody

Of this small Lute gave ease to Petrarch's wound;

A thousand times this Pipe did Tasso sound;

Camoens soothed with it an Exile's grief;

The Sonnet glittered a gay myrtle Leaf

Amid the cypress with which Dante crowned

His visionary brow: a glow-worm Lamp,

It cheered mild Spenser, called from Faery-land

To struggle through dark ways; and, when a damp

Fell round the path of Milton, in his hand

---

① Edmondson, Paul, and Stanley Wells. *Oxford Shakespeare Topics: Shakespeare's Sonnets*, Oxford: Oxford University Press, 2004, p. 136.

The Thing became a Trumpet; whence he blew

Soul-animating strains—alas, too few!

别蔑视十四行诗

批评者，别蔑视十四行诗，你曾紧锁眉头，

有失公允，淡泊名利的莎士比亚

用这旋律打开了他的心扉

这小小的鲁特琴抚慰了彼特拉克的创伤，

塔索一千次吹起这支管乐

它安慰了那被流放的卡蒙斯的不幸

十四行诗在快乐的桃金娘叶子上闪烁

在柏树间但丁被它加冕

他扬起梦幻的眉毛，点亮萤火之灯

温和的斯宾塞为它欢喜，他穿越黑暗，

从仙域发出呼喊，这时，从潮湿的小路上

走来了弥尔顿，十四行诗在他的手中，

变成了号角，他吹起

生命的旋律，如此罕见！①

——笔者译

  诗歌开篇，诗人的矛头直指批评家，突出小诗的诗辩性质。随后，华兹华斯列举了写十四行诗的一系列重要诗人，并言简意赅地评论这些诗人用十四行诗做了些什么。王佐良先生说："诗人谈诗，常能道人所不能道，许多精妙之点，令人神往。"② 读华兹华斯在这首小诗中对一些伟大诗人的评价，我们可以看出诗人的眼力和诗歌鉴赏力。跟随华兹华斯的《别蔑视十四行诗》，我们可以追溯欧洲十四行诗的发展足迹。这首诗列举了不少

---

① Wordsworth, William. "Score Not the Sonnet," Edward Dowden, ed. *The Poetical Works of William Wordsworth*, London: Ward, Lick & CO., Limited, 1940, p. 210.

② 王佐良：《另一种文论：诗人谈诗》，《王佐良随笔 心智文采》，北京大学出版社，2007，第128页。

十四行诗诗人，虽然也漏掉了许多，但此诗还是可以为我们勾勒出十四行诗发展演变的轮廓。

华兹华斯列举的十四行诗大家以莎士比亚为开端，以弥尔顿为终结，这样的安排是巧妙的。莎士比亚的时代是十四行诗盛行的黄金时代，莎士比亚对这个时代的贡献巨大，而弥尔顿的十四行诗在十四行诗发展历史中发挥了转折点的作用，这两位诗人的存在意味着英语十四行诗具有永恒的生命力。

16 世纪初，十四行诗诗体在英国风行一时。到了 16 世纪末，十四行诗成了英国最流行的诗歌体裁，产生了锡得尼、斯宾塞等著名的十四行诗诗人。莎士比亚进一步发展并丰富了这一诗体，他一生写了 154 首十四行诗，其诗作由三段四行诗和一副对句组成，即按"四、四、四、二"编排，其押韵格式为"ABAB，CDCD，EFEF，GG"，每行诗句有十个抑扬格音节。

莎士比亚的系列十四行诗是写给诗人所爱着的一位年轻男子和一位黑肤女人的，其中三分之二写给青年男子，还有一小部分写给那位黑肤女人。莎士比亚的十四行诗不是在同一时期写成的，所以这个黑肤女人的身份很难确定。莎士比亚的灵感有可能来源于几个女人，或者还有男人。这就是说，莎士比亚在诗中所写并非自传。但是，这些诗把爱的折磨、甜美、矛盾写得淋漓尽致，的确让我们看到了诗人的内心所感。华兹华斯说"淡泊名利的莎士比亚""用这旋律打开了他的心扉"，指的就是这一点。莎士比亚虽然洋洋洒洒写了 30 多部戏剧，但在这些戏剧中，诗人告诉我们他在讲别人的故事，而不是诗人自己的。只有在这些短小的十四行诗中，诗人"我"出场了，告诉我们他在讲自己的故事。有些批评家费力地考察这些故事中所涉及的人是不是真实存在的，但这种做法其实是没有多大意义的。艺术的真实不同于现实生活中的真实，只要我们认同了莎士比亚的诗具有艺术的真实，这艺术的真实像一盏灯，照亮了通向诗人内心的小径，那就足够了。至于诗中的年轻人或者黑肤女人是否确有其人，又有什么关系呢？华兹华斯说莎士比亚"用这旋律打开了他的心扉"，这种评论常常引来人们的关注与议论，有人认同，有人反对。"19~20 世纪的一些批评家认为十四行诗代表了莎士比亚本人最私密的生活，并为我们提供了他的私人日记。"①如果把莎士比亚的十四行诗当成他的日记来解读，那就意味着我们要研究现实生活与艺术作品之间的相似之处，但这样的研究终究不像我们想象的那样无懈可击，因为艺术家完全可以描写他没有亲身经历的事件，这是显而易见的。如果这不是事实，那么一个男性作家又如何能够描写女性的心理和女性特定的生命体验呢？把艺术作品与作家画等号，这似乎是最简便但也最不可靠的方式。美国批评家哈罗德说，"我们找不到进入莎士比亚之中心点的捷径，因为莎士比亚，我们能够设法知道任何人，在思想、语言和情感方面更加精深……"揣测马洛（Christopher Marlowe，1564～1593）或琼生（Ben Jonson，1572～1637）的核心思想，我们或有踪迹可循。但丁、弥尔顿和华兹华斯的作品"确实有很多艰深难读之处，但只要我们全身心地投入、不倦地攻读，我们仍然能悟出其中不少奥妙。但是，莎士比亚在各个层面上都为我们带来精神上的享受，却从来不让我们进入他那隐蔽的自我王国去探索、去遨游"。②这个观点与华兹华斯对莎士比亚的理解正好相反，但华兹华斯生活在强调个人情感的 19 世纪，他对于莎士比亚的评价并不是由于不了解莎士比亚。他之所以这样评价莎士比亚，主要是因为华兹华斯实际上把莎士比亚十四行诗中的真实等同于现实生活中的真实。"显然，通过宣称从内心深处受到莎士比亚十四行诗的感动，华兹华斯巧妙地把这位老诗人拉出来，来证明十四行诗的地位。他将作者和他所使用的诗歌形式结合起来，意在说明这种诗体的真实性，华兹华斯促成了莎士比亚十四行诗作为一种自传作品的通俗性解读，从而使人们对十四行诗本身的真实性和纪实性有了广泛的理解。"③

华兹华斯接下来把目光转向十四行诗的源头及其在欧洲的发展历史。他首先提到的是意大利诗人彼特拉克，"这小小的鲁特琴抚慰了彼特拉克的创伤"。十四行诗（意大利文 sonetto，英文 sonnet）是欧洲的一种格律严谨的抒情诗体，原是中世纪民间流传的短小诗歌，在 13～14 世纪，十四行

---

① Zarnowiecki, Matthew. "Responses to Responses to Shakespeare's Sonnets: More Sonnets," *Critical Survey*, 2(2016) : 12.

② 〔美〕哈罗德·布鲁姆：《影响的焦虑：一种诗歌理论》，徐文博译，江苏教育出版社，2006，第 40 页。

③ Williams, Rhian. "'Pyramids of Egypt': Shakespeare's Sonnets and a Victorian Turn to Obscurity," *Victorian Poetry*, 4(2010) : 489.

诗常常是伴着鲁特琴来吟诵的。欧洲进入文艺复兴时代后，这种诗体被广泛使用。1327 年 4 月，意大利诗人彼特拉克在法国东南部城市阿维尼翁的一所教堂里偶遇美丽、优雅、高贵的女子劳拉（Laura），立刻爱上了她，而劳拉却是已婚女人，这注定了彼特拉克的爱只能是单恋。彼特拉克写了375 首十四行诗，汇成诗集，献给他的情人劳拉。彼特拉克的十四行诗主要内容是歌颂爱情，抒发一个男子对女子的思念与渴望。彼特拉克的十四行诗每首分成两部分，第一部分由两段四行诗组成，第二部分由两段三行诗组成，押韵格式为"ABBA，ABBA，CDE，CDE"或者"ABBA，ABBA，CDC，CDC"，形式整齐，音韵优美。彼特拉克的十四行诗被当成十四行诗的典范，称为彼特拉克体，被后来的诗人竞相仿效。

塔索、卡蒙斯（Luis de Camoes，1524？～1580）和但丁等诗人或者有非凡的人生际遇，或者有独具一格的诗歌风骨，因而华兹华斯把他们写在这首《别蔑视十四行诗》的诗里，以他们的经历和对十四行诗的贡献为十四行诗这种诗体的价值申辩。塔索是意大利文艺复兴时期的叙事诗人，一生命运坎坷，其故事被歌德和拜伦（George Gordon Byron，1788～1824）写成了诗。歌德咏叹塔索生命中的光辉一面，拜伦则把塔索塑造成一个悲情人物。匈牙利作曲家李斯特（Franz Liszt，1811～1886）于 1849 年写作交响诗作《塔索》，借助音乐的力量揭示了这位天才诗人的生涯。卡蒙斯是葡萄牙诗人，一生动荡不安，到处流浪，如被放逐一般，体验着永恒地起伏着的海浪那样的动荡生活。卡蒙斯是葡萄牙文学史上最伟大的诗人，塞万提斯（Miguel de Cervantes Saavedra，1547～1616）称他是"葡萄牙的珍宝"。卡蒙斯的生活经历像电影故事一样精彩，充满了浪漫的激情。他一生擅长写十四行诗，华兹华斯写道，十四行诗"安慰了那被流放的卡蒙斯的不幸"。中世纪晚期的意大利诗人但丁是欧洲文艺复兴时代的开拓性人物。但丁的诗歌不像中世纪的诗人那样刻意回避描写个人的灵魂，而是大胆探索人类的内心世界，这也许可以解释华兹华斯对但丁的解读："十四行诗在快乐的桃金娘叶子上闪烁，在柏树间但丁被它加冕。"但丁的十四行诗主要收录在他的《新生》和《诗集》中，华兹华斯用"松柏"这一意象，大致是指中世纪盛行的对爱情的抽象描写，这种描写通常赋予爱以宗教内涵，寓意宽广而深邃，用"松柏"意象象征其品质是比较准确的。但丁的诗中也充满了对爱情的个性化书写，这就是华兹华斯用"快乐的桃

金娘叶子"（a gay myrtle Leaf）来比喻但丁诗歌的原因，寥寥几句便让但
丁十四行诗的特色跃然纸上。

接着，诗人把目光转回到英国诗人身上：

It cheered mild Spenser, called from Faery-land
To struggle through dark ways;

温和的斯宾塞为它欢喜，他穿越黑暗，
从仙域发出呼喊，

斯宾塞深受后代诗人的敬仰，这些诗人包括约翰·弥尔顿、威廉·布
莱克（William Blake，1757~1827）、威廉·华兹华斯、约翰·济慈、拜伦
爵士和阿尔弗雷德·丁尼生（Alfred Lord Tennyson，1809~1892）等。弥尔
顿在他的著作《论出版自由》（Areopagitica）中把斯宾塞描绘成"我们的
圣人和严肃的诗人斯宾塞"（our sage and serious poet Spenser）。"斯宾塞诗
行"（Spenserian stanza）是斯宾塞对诗歌的独特贡献，他的十四行诗使用
自己特有的韵律形式，系列十四行诗《爱情小诗》（Amoretti）是他写给第
二任妻子伊丽莎白·博伊尔（Elizabeth Boyle）的。1595年，斯宾塞出版
了《爱情小诗及颂歌》（Amoretti and Epithalamion），其中包含89首十四行
诗。斯宾塞在十四行诗中追随彼特拉克传统，赞美所爱的女人，表达了诗
人对一个女人的渴望。华兹华斯称斯宾塞温和，这大概与斯宾塞的风格有
关。华兹华斯写斯宾塞"从仙域发出呼喊"，这是因为斯宾塞写了那首举
世闻名的《仙后》（The Faerie Queene）。《仙后》用斯宾塞诗行写成，这种
格律斯宾塞也应用在他的十四行诗中。斯宾塞十四行诗中每个四行诗的最
后一行与下个四行诗的第一行相连，构成了这样的十四行诗韵律：ABAB，
BCBC，CDCD，EE。华兹华斯写"他穿越黑暗"，这指的是斯宾塞为十四
行诗在英国的传播开辟了道路，并肯定了斯宾塞在英语十四行诗中的影
响力。

《别蔑视十四行诗》中最后出场的诗人是弥尔顿，这不仅仅是一个时
间顺序，更重要的是，弥尔顿的出现意味着十四行诗复兴的曙光。

...and, when a damp

Fell round the path of Milton, in his hand

The Thing became a Trumpet; whence he blew

Soul-animating strains—alas, too few!

这时，从潮湿的小路上

走来了弥尔顿，十四行诗在他的手中，

变成了号角，他吹起

生命的旋律，如此罕见！

  华兹华斯最后一个提到的诗人就是弥尔顿，因为弥尔顿的十四行诗不同凡响。彼特拉克式的十四行诗是关于爱情的，写诗人对一个已婚女人的渴慕及无法满足的爱欲。斯宾塞也写关于爱情与婚姻的十四行诗，莎士比亚在十四行诗里表现爱情的各种滋味，邓恩则用十四行诗写对上帝的爱。那么弥尔顿应该写什么呢？从弥尔顿的生平来看，他一直是一位积极投身社会活动和政治活动的学者，他的十四行诗有写爱情的，也有写重大主题的。他的十四行诗常以献诗的方式赠给他人，比如致将军、致政客、致朋友等等，这些都是真实的人，而不是彼特拉克式十四行诗中带有象征色彩的某个完美的形象。我们知道，从传统来看，十四行诗是以写个人主题享誉文坛的。由于十四行诗篇幅有限，表达重大主题确有难度，而弥尔顿把重大主题引入了英语十四行诗，所以这是一个伟大的创举，标志着十四行诗题材的拓展。

  十四行诗题材上的这种发展脉络与我国宋词题材发展的历史轨迹颇为相似。起初宋词主要写小儿女的情爱，故宋词以写艳情为盛。作为"豪放派"的苏轼开拓了词的表现空间，刘辰翁在《辛稼轩词序》中说："词至东坡，倾荡磊落，如诗如文，如天地奇观。"苏轼的词纵然是写儿女私情，也有着极高的品格，这一点与弥尔顿倒有些相近。正如宋词在苏轼笔下由婉约走向豪放，十四行诗在弥尔顿笔下也由缠绵走向宏阔，这不仅是一种风格上的变化，更意味着这种体裁的新生。

  英国19世纪主要的浪漫主义诗人都投入十四行诗的创作中，带动更多的人加入十四行诗创作的行列。据研究，"19世纪的十四行诗选集比其诗歌形式的选集要多。十四行诗成为一种文化的货币，可以用于交换或者投资，小诗可以很容易地复制在纸上，也容易记住。作为商品，各种各样的小诗集被做成礼品书，常常被喻成小宝石和贵重物品，像工艺品一样"。①十四行诗进入文化领域，成为大众文化消费的一部分，这一方面是由于当时印刷技术的发展，另一方面也是由于十四行诗很规整，可以以非常精美的方式排版，令人体会到艺术品带来的愉悦。正如中国的古诗词特别适合写成书法，所以文学作品就转变成书法艺术一样，十四行诗也很适合转变成艺术品。如果印刷商把十四行诗镶嵌在一个有花边的方框里——这是我们在礼品书中经常见到的情况——那么十四行诗就从视觉上获得了一种美感，这样书的价格也会提高。虽然十四行诗变成这样一种文化消费形式未必是像华兹华斯这样严肃的十四行诗诗人所愿意看到的，但这一事实至少说明十四行诗已经迎来了复兴，这对十四行诗的传播无疑是有利的。虽然将十四行诗当作商品会刺激劣等十四行诗作品的出现，但是大浪淘沙，最后只有真正的十四行诗精品能留存下来。无论如何，在19世纪，十四行诗走入大众文化视野对十四行诗的发展和传播都是一件幸事。

　　华兹华斯对弥尔顿的赞美还有另一层意思，那就是既然弥尔顿已经成功地用十四行诗书写了重大主题，就表明十四行诗这种艺术形式可以用来书写重大主题。华兹华斯所说的重大主题指什么呢？当然指他的自然书写。华兹华斯想在十四行诗中体现他在自然中对上帝的感悟，这对华兹华斯来说就是一个重大的主题，也是华兹华斯穷其一生书写的诗歌主题。诗人要为十四行诗正名，目的就在于为他自己使用这种诗体进行前期准备，换句话说，就是为他自己即将写作的十四行诗正名。

第二节　华兹华斯的创新性

　　从最初对十四行诗的轻视，到主动为十四行诗辩护，华兹华斯这种观念转变离不开一个重要契机。读了《别蔑视十四行诗》，我们不难猜出这个契机与弥尔顿有关，发生在1802年。1802年5月21日，华兹华斯告诉我们：

---

① Tontiplaphol, Betsy Winakur. "Good(s) Sonnets: Hopkins's Moral Materiality," *Victorian Poetry*, 2 (2011)：83.

"'我妹妹给我读弥尔顿的十四行诗。我早已熟悉它们，但那时我被那贯穿十四行诗中的古朴凝重庄严深深打动，其特点完全不同于意大利的十四行诗，也不同于莎士比亚优美的十四行诗。我燃烧起来了，我可以这么说，当天下午我写了三首十四行诗，此前我只在学校写过一首不规则的十四行诗。'这一事件在诗史上如此重要，似乎诗人理解了弥尔顿诗歌的全部价值，因为他是在近四十年后重提此事。在另一场合，华兹华斯说阅读弥尔顿彻底改变了他的态度，他原先认为十四行诗这种形式'过于荒谬'。这是一个难忘的下午，不只是因为它使华兹华斯开始尊重十四行诗并开始写十四行诗，而是因为在这一年里华兹华斯没有做别的事情，一直在写十四行诗。"①

那么华兹华斯是如何看待弥尔顿的呢？除了在《别轻蔑十四行诗》这首诗中提到弥尔顿，华兹华斯在另一首十四行诗中也对弥尔顿进行了评价，并表达了自己的敬仰之情：

The Same

> Milton! thou should'st be living at this hour:
>
> England hath need of thee: she is a fen
>
> Of stagnant waters: altar, sword, and pen,
>
> Fireside, the heroic wealth of hall and bower,
>
> Have forfeited their ancient English dower
>
> Of inward happiness. We are selfish men;
>
> O! raise us up, return to us again;
>
> And give us manners, virtue, freedom, power.
>
>
> Thy soul was like a Star, and dwelt apart:
>
> Thou hadst a voice whose sound was like the sea:
>
> Pure as the naked heavens, majestic, free,

---

① Havens, Dexter. *The Influence of Milton on English Poetry*, New York: Russell and Russell, 1961, p. 519.

So didst thou travel on life's common way,

In cheerful godliness; and yet thy heart

The lowliest duties on herself did lay.

外一首

密〔弥〕尔顿！你应该活在今天：

英国需要你：她已经象〔像〕死水一潭：

圣殿、笔和剑，还有火炉，

厅堂和闺房，这豪华的财产，

破坏了古老英国内蕴的快乐。

我们这些人呀！自私自利，

啊！起来吧！还我密〔弥〕尔顿；

还我风格，还我道德，还我自由和权力

你的灵魂象〔像〕远方一颗灿烂的星：

你的声音发出大海的轰鸣，

清澈如高洁天空那样自由，威严；

在平凡的生活道路上

你踏着欢乐而神圣的旅程；然而

你的心啊，承担着最卑微的责任。①

　　　　　　　　　　　　　——罗忠恕译

　　这首诗以呼语的方式开始，诗人向弥尔顿吁求，希望他生活在今天的时代，因为今天的英国需要弥尔顿。在诗人看来，英国已经变成了"死水一潭"，人们耽于享乐，诗人面对这样的现状充满了焦虑。"圣殿、笔和

---

① 〔英〕华兹华斯：《外一首》，〔英〕弗·特·帕尔格雷夫原编《英诗金库》，罗义蕴、曹明伦、陈朴编注，四川人民出版社，1987，第 1118~1121 页。

剑，还有火炉"以及"厅堂和闺房"都是富有象征意义的意象，让人联想到宗教、文化、军事、日常生活、社交问题、女性问题等等，而这些问题都是弥尔顿在他的十四行诗中讨论过的问题。诗人说，"我们这些人呀！自私自利"（We are selfish men）。we（我们）包括了诗人自己，诗人以谦卑的心面对弥尔顿，这足显出诗人对弥尔顿深深的敬意。华兹华斯把弥尔顿当成了救世主，希望弥尔顿能够将其拯救，将人类拯救，让人们重新回到有德行、有自由和有力量的时代。

在接下来的第 9~14 行中，华兹华斯用"你"来称呼弥尔顿，这样就将弥尔顿由一位前辈变成诗人心中敬仰的朋友。这 6 句是诗人华兹华斯对圣者弥尔顿的赞美，把弥尔顿的灵魂比喻成一颗星，说明他并不属于人间，而是属于天庭，他像高居太空的星环视人间，他的诗篇自由威严，其中，"你的声音"指的是弥尔顿的诗篇。诗歌后 6 句并没有全部用来写对弥尔顿的赞美之辞，他笔锋一转，写弥尔顿尽管德配天地，但并不想躺在自己的荣誉上沾沾自喜，而是"承担着最卑微的责任"。在这里，"最卑微的责任"指的是世俗人间的种种事务。弥尔顿不仅投身于当时的政治运动，还积极就各种社会问题发表见解，他的许多思想对现代法律制度的建立都有启发。他还就许多领域发表言论，写有关政治、军事、婚姻问题的文章，还探索教育问题。他博大开阔的胸襟确实非一般人所能比拟。"在华兹华斯的一封信中，他指出弥尔顿有关教育的论文一直在探索通过沉思与行动、民事和军事服务使人变得完美的方式。"[1] 弥尔顿的这种教育理念即使放到今天也是很先进的。

华兹华斯推崇弥尔顿，这并不仅仅因为弥尔顿有诗才，更因为弥尔顿是一位献身于人类自由事业的伟人。正因为对弥尔顿有了这样的认识，诗人才能真正地理解为什么弥尔顿能用十四行诗这种小诗体做出大文章，这也表示华兹华斯已经坚定了自己的心志，要继弥尔顿之后，以十四行诗体书写他伟大的主题。就数量而言，华兹华斯写的十四行诗约 500 首，其数量是空前的。这些十四行诗中有一部分是相当平凡的诗歌，没有多少艺术价值，但这 500 首十四行诗中还有相当数量的精品。"当多罗西

---

[1] Havens, Dexter. *The Influence of Milton on English Poetry*, New York: Russell and Russell, 1961, p. 183.

（Dorothy）在1820年给他读了弥尔顿的十四行诗时，华兹华斯就以很严肃的态度来对待十四行诗了，这渗透到他的事业的其余部分，最终导致他把这种不太重要的诗歌形式看成了重要的东西。鲜为人知的是，华兹华斯对十四行诗投资的顶峰是1838年他出版的十四行诗诗集《威廉·华兹华斯十四行诗》，这部作品有477页，其中包含415首十四行诗，其他是标题页和注释。在《两卷诗》（1807）中，华兹华斯确信十四行诗已经复兴。1838年的诗集让华兹华斯留下了浪漫主义时期献给人类的不朽十四行诗。"①

华兹华斯把自己写的十四行诗分成组。其实这些十四行之间的关系很松散，把它们放在一起的唯一原因就是可以使这种诗成为一个系列组诗，以便加重十四行诗的分量，而这种做法也与西方诗人重视长诗的传统相关。英国17世纪的诗人弥尔顿以及19世纪的浪漫主义诗人等都有写长诗的传统。济慈在他的书信中则专门论及写作长诗的意趣："此外，长诗能考验创造力，我认为它是诗歌的北极星，正如幻想是诗歌的风帆，想象是方向盘一样——我们伟大的诗人们写过短诗吗？我指的是叙事诗——许多年了，这样的创造力已经被忘却了——我说得够多的了，直到我写成了《恩底弥翁》（Endymion），我都不会给自己加冕。"② 华兹华斯把十四行诗放在一起成为组诗，这一方面表现出他强烈地希望这些十四行诗能够在未来的文坛上获得一席之地，另一方面也表明华兹华斯对十四行诗这类短诗体还是有点信心不足。但是华兹华斯在十四行诗方面的发展是沿着弥尔顿指引的道路继续前进的，这本身就是一个巨大的进步。

华兹华斯认为十四行诗是一种灵活的诗体，变化多样。他自己的一组十四行诗就叫《多样化的十四行诗》，以强调十四行诗很灵活。十四行诗可以包含各种主题：致友人、敌人，有时候也写战争与和平、政治、生活上的小事情。十四行诗什么都可以写，这一点可以说是把弥尔顿的风格进一步发展了。当弥尔顿在他的诗中谈及各种社会问题的时候，就已经打破了彼特拉克以来爱情十四行诗的传统，这种破天荒似的革命带给十四行诗

---

① Simonsen, Peter. "Italic Typography and Wordsworth's Later Sonnets as Visual Poetry," *Studies in English Literature, 1500-1900*, 4（2007）: 873.

② Colvin, Sidney, ed. *Letter of John Keats*, London: Makcillan and Co., Limited, 1925, p. 250.

无限的生机。但是弥尔顿的十四行诗句子很长，虽有散文与史诗的气魄，却不够平易近人。华兹华斯除自然以外，还把其他各种主题也一并引入十四行诗中，这有力地扩大了十四行诗的表现范围，加之华兹华斯创作的十四行诗数量之巨，规模之大，语言之朴素，都为十四行诗之后的发展作出了贡献。没有弥尔顿，就不会有十四行诗的发展契机，但是没有华兹华斯，弥尔顿对十四行诗的贡献就可能不会切实地对后世的诗人形成影响。弥尔顿成就了华兹华斯的十四行诗，而华兹华斯则用自己的十四行诗让弥尔顿的精神永远留在十四行诗中。

华兹华斯书写自然既是对书写自然传统的继承，更是对这种传统的超越。早在 17 世纪，就有诗人在十四行诗中书写自然，表达向自然学习的思想：

The Lessons of Nature

W. Drummo

Of this fair volume which we World do name
If we the sheets and leaves could turn with care
Of Him who it corrects, and did it frame,
We clear might read the art and wisdom rare:

Find out His power which wildest powers doth tame,
His providence extending everywhere,
His justice which proud rebels doth not spare,
In every page, no period of the same.

But silly we, like foolish children, rest
Well pleased with colour 'd vellum, leaves of gold,
Fair dangling ribbands, leaving what is best,
On the great Writer 's sense ne'er taking hold,
Or if by chance we stay our minds on aught,
It is some picture on the margin wrought.

大自然给我们上的课

W. 德拉蒙德

我们把这美丽的书叫做"世界"，
如果我们能仔细翻阅每一页，
就会看清创造世界、改造大地
的神真是才艺无双、智慧无比：

他的神力能驯服狂暴的力量，
他仁慈的恩泽普照四面八方，
骄傲的叛逆也难逃他的法网，
每一页记载的时期都不一样。

但我们愚蠢得象〔像〕无知的孩子，
只爱金碧辉煌、五彩的羊皮纸
和飘扬的美丽丝带，却没抓住
书的精华，这伟大作者的意图；
偶尔有什么使心灵停留一下，
那只不过是每页边上的图画。①

——译者不详

　　这首十四行诗告诉我们：上帝创造了自然的世界，因而这个世界蕴藏着智慧，人类如果能够认真地去解读这自然所创造的世界，便能够体会到神的智慧，感受到神的力量恩泽，而愚钝的人类却被物质迷住了双眼，无法领会自然之书的真义，因此也错失了神的教诲。即使偶然有人看过一眼这自然之书，也没有多少人明白它的真谛，不过是看到了肤浅的表面而已。无从考证华兹华斯是否读到过这首诗，但很巧的是华兹华斯一生都在追求读懂自然这

---

① 〔英〕德拉蒙德：《大自然给我们上的课》，〔英〕弗·特·帕尔格雷夫原编《英诗金库》，罗义蕴、曹明伦、陈朴编注，四川人民出版社，1987，第 244~247 页。

部书，而且华兹华斯也和德拉蒙德一样相信是神创造了自然，神启寓于自然中。于是，华兹华斯毕生尝试读懂这自然之书。在华兹华斯的许多诗中，他都谈及向自然学习的思想，自然之书的意象也一再出现在他的十四行诗中。在《告诫：特别写给那些迷恋湖区隐居地美景的人》（*Admonition—WELL May'st Thou Halt-and gaze with Brightening Eye!*）一诗中，诗人写道：

Admonition—WELL May'st Thou Halt-and Gaze with Brightening Eye!

Well may'st thou halt-and gaze with brightening eye!

The lovely Cottage in the guardian nook

Hath stirred thee deeply; with its own dear brook,

Its own small pasture, almost its own sky!

But covet not the Abode; —forbear to sigh,

As many do, repining while they look;

Intruders-who would tear from Nature's book

This precious leaf, with harsh impiety.

Think what the home must be if it were thine,

Even thine, though few thy wants! —Roof, window, door,

The very flowers are sacred to the Poor,

The roses to the porch which they entwine:

Yea, all, that now enchants thee, from the day

On which it should be touched, would melt away. ①

告诫：特别写给那些迷恋湖区隐居地美景的人

你可以驻足，用你明眸凝视

在守望的人居住的角落里的小屋

---

① Wordsworth, William. "II. Admonition—WELL may'st thou halt-and gaze with brightening eye!" Edward Dowden. ed. *The Poetical Works of William Wordsworth*, London: Ward, Lick & CO., Limited, 1940, p. 203.

伴着亲爱的小溪，深深打动了你

那片草地，几乎就是他自己的天空

但是不要垂涎这个所在，忍住叹息，

像许多人做过的那样，边看边怨

入侵者——他从自然之书中撕下

这珍贵的树叶，却无丝毫的虔诚。

想想这屋子归你又如何？

即使归你，所需寥寥——屋顶、门窗

对穷人来说，花朵是神圣的，

他们使廊前玫瑰缠绕

是的，那些迷住你的，你一旦染指，

它就会消失不见。

——笔者译

诗人把那些垂涎湖区却不珍惜自然的人称作“入侵者”，意指人类对自然的伤害。对于那些不珍惜自然的人，诗人提出了严厉的批评：“入侵者——他从自然之书中撕下这珍贵的树叶，却无丝毫的虔诚。”这些人不去读这部伟大美丽的自然之书，只知道去破坏它来满足自己的物欲，诗人对此颇为不满，只有深爱大自然的人才能真正体会到诗人的愤怒。美国作家梭罗（Henry David Thoreau，1817~1862）在《瓦尔登湖》（*Walden*）中写道：一个农民找到一片风景美丽的地方，在那里开辟池塘，养鱼种树，把自然恩赐的美景当作挣钱的资本，从没想过去欣赏自然的美丽，他还把这个池塘用自己的名字命名。梭罗气愤地说，他有什么资格把这个池塘以他的名字来命名。对于华兹华斯来说，自然之所以被喻为书籍，原因就在于自然已经融入了诗人的精神世界中，变成了诗人精神世界的一部分。俄罗斯当代思想家别尔嘉耶夫（Nikola Berdyaev，1874~1948）说：“全部的自然与历史世界都被吸纳入精神内部与深处并且在那里获得了另外一种意义与价值。”①

---

① 〔俄〕尼古拉·别尔嘉耶夫：《自由精神哲学——基督教难题及其辩护》，石衡潭译，上海三联书店，2009，第60页。

　　"18 世纪出现了一种浪漫的倾向，就是所谓的'回归自然'。这时的人们对古希腊诗人忒奥克里托斯赞美备至，认为他有种浪漫的质朴，说他笔下有生动、激情的画面和简朴的自然以及充满了乡村浪漫的思想野性。忒奥克里托斯描述了他所看到的和感受到的，这是最为可贵的。这样的评价与我们今天阅读忒奥克里托斯的感受并不相同，但至少这种观点在 18 世纪是被广泛接受的，而且一直延续到了华兹华斯的有生之年。"① 不过，华兹华斯笔下的自然不仅仅是美好的田园，还包括城市的风景，有批评家说："对工业化的浪漫主义态度可以被描绘成一种对冒烟的烟囱和嘈杂的工厂的审美厌恶，以及对乡村田园风光的偏爱。事实上，如果新工业景观的壮丽与浪漫的想象不谋而合，它也会引起浪漫的想象。"② 《在威斯敏斯特大桥上》（Upon Westminster Bridge）就是一首描写伦敦风光的诗歌。诗人在清晨时分看到了披着晨光的城市，感觉它的美不逊色于田园风光，于是写下这首十四行诗。诗篇像一幅清新的风景画一样，在我们面前铺开城市的美景，教堂、剧院、塔楼，人类的建筑物与自然的山河连成一片，成为另类的田园风景：

Upon Westminster Bridge

William Wordsworth

Earth has not anything to show more fair:

Dull would he be of soul who could pass by

A sight so touching in its majesty:

This City now doth like a garment wear

The beauty of the morning; silent, bare,

Ships, towers, domes, theatres, and temples lie

Open unto the fields, and to the sky;

All bright and glittering in the smokeless air.

---

① Sambrook, James. *English Pastoral Poetry*, Boston: Twayne Publishers, 1983, p. 112.

② Dawson, P. M. S. "Poetry in an Age of Revolution," Stuart Curran, ed. *The Cambridge Companion to British Romanticism*, Cambridge: Cambridge University Press, 1993, p. 67.

Never did sun more beautifully steep?

In his first splendour valley, rock, or hill;

Ne'ersaw I, never felt, a calm so deep!

The river glideth at his own sweet will:

Dear God! the very houses seem asleep;

*And all that mighty heart is lying still!*①

在威斯敏斯特大桥上

威廉·华兹华斯

大地上没有什么比威斯敏斯特大桥壮观：

途经此桥的人无不为之倾倒，

宏伟的景象，如此震撼：

现在，城市披着霞光之裳

美丽的清晨，宁静、清晰，

船舶、塔楼、穹顶、剧院和教堂，

伸向原野，伸向天空；

纯净的空气中，一切那样的明媚，

从未见过如此绚烂的太阳，

把斜辉洒在峡谷、岩石和山岭上，

如此深沉的静谧！

河流在安然地流淌，

上帝啊！千家万户还在酣睡，

那颗非凡的心灵尚未苏醒！

——笔者译

　　这首诗中的工业化城市没有被污染的空气，没有高耸的烟囱，有的是剧院、塔楼、教堂等陶冶精神的场所，由这些诗歌意象构成的城市风光给

---

① Wordsworth, William. "Upon Westminster Bridge," Edward Dowden, ed. *The Poetical Works of William Wordsworth*, London: Ward, Lick & CO., Limited, 1940, p. 224.

人以清新宁静的感觉，因而人类的造物也就变成了自然的一部分。

华兹华斯在他的十四行诗中也写人，写淳朴的乡村老人。他们是自然的一部分，其卑微的存在给诗人带来一些启示，华兹华斯很擅长把乡村的穷苦老人理想化。我们从下面的这首诗中就能够略见一斑：

Though narrow be that old Man's cares, and near,
The poor old Man is greater than he seems:
For he hath waking empire, wide as dreams;
An ample sovereignty of eye and ear.
Rich are his walks with supernatural cheer;
The region of his inner spirit teems
With vital sounds and monitory gleams
Of high astonishment and pleasing fear.
He the seven birds hath seen, that never part,
Seen the Seven Whistlers in their nightly rounds,
And counted them: and oftentimes will start—
For overhead are sweeping Gabriel's Hounds
Doomed, with their impious Lord, the flying Hart
To chase for ever, on aerial grounds![1]

尽管他关心的事儿不过近在眼前，
这个可怜的老者并非如表面那样卑微：
因为，他有梦般广袤的清醒帝国；
这眼与耳的富饶之域。
他的脚步在踏实前进，他内心深处
满载着超自然的欢乐，掷地有声，
熠熠地闪烁着令人惊异的光辉，

---

[1] Wordsworth, William. "Though narrow be that old Man's cares, and near," Edward Dowden, ed. *The Poetical Works of William Wordsworth*, London: Ward, Lick & CO., Limited, 1940, p. 216.

和令人愉快的恐惧。

自从七鸟见过他，就未曾离弃。

看那七只哨在夜里响起，

偶然，一开始就会数数鸟鸣，

头上正走过加布里埃尔之犬

它注定永远与不虔诚的主人

一起在空中追逐飞鹿。

——笔者译

该诗的第 1~4 行写贫穷的老人远比他的外表更加伟大，因为他拥有清醒的心灵。第 5~8 行写老人对世界上的事物充满好奇，他内在的精神是充实的。第 9~14 行写即使死神也不能把这愉快的贫穷老人怎么样。这首诗中用了两则典故。一个是七鸟（seven birds），据说有七只鸟在夜里一起飞翔，它们的叫声预示灾难。另一个是加布里埃尔的猎犬（Gabriel's hounds）。据说这些猎犬每走过一个宫殿，那里不久就会有人死去。而象征着死亡的鸟和猎犬虽然常和老人相处，却不能使老人死去。老人虽然贫穷，但他是乐观的，他的存在给诗人以启示。诗中把贫穷的老人写得很理想化。"威廉·华兹华斯赋予诗歌一种能力，可以凭借微妙的方式描述人的本性，而且可以坚持不懈地这样做。"①

19 世纪英国浪漫主义诗人塞缪尔·泰勒·柯勒律治也认为十四行诗可以写自然，亦可抒发自己的情感。他把十四行诗定义为"一首小诗，其中有一种孤独的感觉"。他补充道："这些十四行诗在我看来是最优美的，其中道德情操、情感或感情是从大自然的风景中推断出来的，并与之相关联。"②

柯勒律治写自然的十四行诗与华兹华斯的同类主题十四行诗比起来是

---

① Bate, W. Jackson. "Keats's Style: 'Evolution toward Qualities of Permanent Value'," Wordsworth, Josephine Miles. "The Mind's Excursive Power," Clarence D. Thorpe, Carlos Baker, Bennett Weaver, ed. *The Major English Romantic Poets—A Symposium in Reappraisal*, Carbondale: Southern Illinois University Press, 1957, p. 35.

② Havens, Dexter. *The Influence of Milton on English Poetry*, New York: Russell and Russell, 1961, p. 502.

不同的。对华兹华斯来说，自然不仅仅是美与情的世界，更是充满伟大精神的世界，而柯勒律治的自然没有超过传统的自然书写。像所有从古至今的诗人一样，柯勒律治笔下的自然是美的世界，也是情的世界。下面，我们就比较一下柯勒律治的诗《无望的劳作》（*Work Without Hope*）与华兹华斯的诗《这世界，对于我们，实在够受》（*The World Is Too Much with Us*），以此来分析华兹华斯和柯勒律治在书写自然时的差别。这也是华兹华斯与其他诗人的差别所在。

Work Without Hope
Coleridge

All Nature seems at work. Slugs leave their lair—
The bees are stirring—birds are on the wing—
And Winter slumbering in the open air,
Wearson his smiling face a dream of Spring!
And I the while, the sole unbusy thing,
Nor honey make, nor pair, nor build, nor sing.

Yet, well I ken the banks where amaranths blow,
Have traced the fount whence streams of nectar flow.
Bloom, O ye amaranths! bloom for whom ye may,
For me ye bloom not! Glide, rich streams, away!
With lips unbrightened, wreathless brow, I stroll:
And would you learn the spells that drowse my soul?
Work without Hope draws nectar in a sieve,
And Hope without an object cannot live. ①

---

① Coleridge. "Work without Hope,"*Coleridge Poems*, Everyman's Library, USA, 1997, p. 108.

无望的劳作

柯勒律治

自然万物似乎都在劳作。蛞蝓离开了他的巢穴——
蜜蜂骚动不安，——鸟儿在飞翔——
而冬天仍在野外沉睡，
梦见春天，冬天的脸上露出了微笑！
而这会儿，唯一悠闲的人就是我，
不酿蜜，不求偶，不筑巢，也不歌唱。

然而，我看到风吹过生长着苋菜花的河岸，
我追踪花蜜的溪流所来之源。
开花吧，啊，苋菜花，爱为谁开为谁开，
你不用为我开花，掠过那富丽的小溪，去吧！
嘴唇暗淡，头上不戴花环，我漫步：
你能明白那让我的灵魂瞌睡的魔咒吗？
没有希望的工作就如用筛网装上甘露，
没有目标，希望也无法生存。

——笔者译

　　在诗歌的第 1~4 行中，诗人构建了一个欣欣向荣的春日场面。天上飞的、地上跑的都在活跃地劳作着，就连沉睡的冬天都因梦见春天而露出微笑，似乎冬天已经睡不着了，想起来加入这繁忙的生活。在诗歌的第 5~8 行中，诗人写了自己：诗人和那些劳作的生灵们不同，他沿河岸散步，追踪溪流之源。诗人这表面的静正好衬托出内在的动。接下来的诗句中，诗人解释他为何要沿河岸散步，原来诗人此时的悠闲是为了唤醒沉睡的灵魂。苋菜花是一种想象中永不枯萎的花，诗人对这花朵讲话，他或许祈求自己能写出永恒的诗篇，像苋菜花般永不枯萎。在最后两句，诗人思考了工作的意义，这两句像是格言，又不是空洞的格言，是诗人对比了动物们的忙碌和自己的悠闲后，经过思考得出的结论：诗人不希望人像动物一样没有目标地忙碌，只积累物质财富，却忘记精神的追求，诗人希望人们怀着希望生活。与华兹华斯正好相反，柯勒律治认为十四行诗并不能承载什么大的主题，不过是表达一些闲情逸致而已，这首诗正是借着自然抒发个人情感的作品。

"威廉·华兹华斯一直被视为大自然的杰出诗人，尽管他宣称他的主题是人：'人的心智、人的困惑是我诗歌的主要领域。'的确，他主要关心的是人，但是他更加坚信自然有起死回生的功效，他甚至认为这样的信仰是一种真理。"① 华兹华斯没有错，他通过写自然来探索人的问题，从自然中得到启示，从而形成了对自然的理性认识，并相信从自然中可以挖掘出真理，这种认识贯穿在华兹华斯书写自然的作品中。

华兹华斯的《这世界，对于我们，实在够受》的主题与柯勒律治的《无望的劳作》有些相似，两者都强调人应该在悠闲中体会人生的真谛、享受快乐的生活。但他们在立意和思想深度方面却有所不同，柯勒律治的诗把诗人的悠闲与自然界其他生灵的忙碌进行对比，华兹华斯则把自己与一大群忙碌的芸芸众生进行比较。该诗前八句半与后五句半构成两段式结构，是对彼特拉克前八后六结构的变通性使用。诗中写道：

The World Is Too Much with Us
William Wordsworth

The world is too much with us; late and soon,
Getting and spending, we lay waste our powers
Little we see in Nature that is ours;
We have given our hearts away, a sordid boon!

This Sea that bares her bosom to the moon;
The winds that will be howling at all hours
And are up-gather'd now like sleeping flowers;

---

① Watson, J. R. "William Wordsworth: Overview," D. L. Kirkpatrick, ed. *Reference Guide to English Literature*, 2nd edn., London. St. James Press, 1991, p. 66.

For this, for everything, we are out of tune;

It moves us not. —Great God! I'd rather be
A Pagan suckled in a creed outworn;
So might I, standing on this pleasant lea,

Have glimpses that would make me less forlorn;
Have sight of Proteus rising from the sea;
Or hear old Triton blow his wreathèd horn.

这世界，对于我们，实在够受
华兹华斯

这世界，对于我们，实在够受。我们从早到晚
不停地攫取着，消耗着，白费了许多力气。
而自然中投合我们心意的东西却寥寥无几。
我们献出了整个的心啊，一份廉价卑微的赠予！

这大海，面对明月倾诉着她满怀的心事与情愫，
这风儿，整日不停地呼啸怒号的风儿呀，
此刻也屏住了声息，宛如一朵朵睡着的花儿，
然而，对于这些，和别的一切，我们总感格格不入；

它打动不了我们——全能的上帝呀！
我宁愿是一个旧教哺育下的异教徒，
站在快活的绿野上，我才能领略到

大自然的奥秘真谛，使我不致孤寂、凄凉，
才能看见那普罗透斯海神从海上升起，

　　才能聆听那特里同海神把带花螺号吹响。①

——朱通伯译

　　在诗歌的第一层，即前 8.5 行中，华兹华斯批判了物欲横流的社会中芸芸众生所过的日子，他们不停地索取，却没有片刻感觉到幸福和自由。大自然给予人类的那美好的一切，人们没有心思去体会，而是把自然丰富的恩赐和宝贵的财富弃之不顾，拼命追求更多的物质，诗人为人类这样的愚昧行为深深叹息。在诗歌的后 5.5 行，诗人把他个人的选择与众生的选择做了对比：众生选择劳作，选择从自然中攫取财富；而诗人只想领略大自然的真谛。"Have glimpses that would make me less forlorn"（大自然的奥秘真谛，使我不致孤寂、凄凉）一句中 forlorn 一词体现了诗人对前 8.5 行所写众生的评价。forlorn 有被弃之意，意为因被上帝所弃而陷于孤独凄凉的境遇，诗人认为人类会在疯狂的物欲中走向悲剧。

　　华兹华斯已经认识到文明给人类造成的痛苦，但他也不能确定是不是"如果我们放弃文明，返回原始的状态，我们将变得更加幸福"。② 因此在这首诗中，诗人在后 5.5 行中说出了他自己的选择。他不是在为人类做选择，而是为自己选择："站在快活的绿野上""领略到大自然的奥秘真谛"。通过这样的选择，诗人对众生提出警示。

　　但诗人有一点是肯定的，那就是不爱自然的人类是可悲的。诗中把自然世界的美好与人类对自然的麻木进行了对比：

> *This Sea that bares her bosom to the moon;*
> *The winds that will be howling at all hours*
> *And are up-gather'd now like sleeping flowers;*
> *For this, for everything, we are out of tune;*

　　这大海，面对明月倾诉着她满怀的心事与情愫，

---

① 〔英〕弗·特·帕尔格雷夫原编《英诗金库》，罗义蕴、曹明伦、陈朴编注，四川人民出版社，1987，第 1536~1539 页。

② 〔奥〕弗洛伊德：《一种幻想的未来　文明及其不满》，严志军、张沫译，河北教育出版社，2003，第 77 页。

> 这风儿，整日不停地呼啸怒号的风儿呀，
>
> 此刻也屏住了声息，宛如一朵朵睡着的花儿，
>
> 然而，对于这些，和别的一切，我们总感格格不入；

大海是多情的；呼啸的风看似粗鲁，也会有柔情似水的时刻；而那睡着的花儿更让这静寂的世界甜美温馨。然而，人类面对自然美景却如此麻木，这是多么可惜啊！这样的人类又怎么能不被上帝抛弃呢？这就是华兹华斯在诗中传达给我们的意思。柯勒律治的《无望的劳作》关注的是自己个人的情结，而华兹华斯的《这世界，对于我们，实在够受》关注的是人类的福祉，同样涉及自然与劳作的主题，两位诗人却写出了截然不同的十四行诗。

在写关于自然的十四行诗时，华兹华斯并不仅仅描写自然景物，而是从自然中揭示宗教的启示或者道德意识，从微小的主题挖掘重大的意义内涵。拥有崇高思想的矿藏是弥尔顿和华兹华斯的共同特征，这也能说明为什么华兹华斯特别推崇弥尔顿。"假定华兹华斯的十四行诗是前一位作家作品的演化是愚蠢的。他转向其他的来源，以寻求他的灵感、他的范式，以及他对形式的看法。在他和他们之间是一个巨大的鸿沟，只有他自己的人格才能弥合。可以肯定的是，他的许多十四行诗致力于写自然，写在风景如画的景点旅行，写城堡、修道院和过去的遗址，这一点要归功于其他一些书写自然的诗人的影响。然而，华兹华斯的其他诗歌都是关于相似主题的，其实他可能本能地选择了他的主题，即使其他人从来没有写过这个主题，他也会使用这样的主题。在对待这些人时，他当然不欠前人的任何东西，因为他没利用山丘和平原写他自己的感伤，而是以史诗般的广度描绘自然，强调它的意义不仅仅是对自己，而是对整个人类来说，都是精神力量的伟大源泉。我们知道他读过并对大多数十四行诗人评价很高，但是值得怀疑的是他的工作是否受到他们中任何人的影响，真正影响他的就是弥尔顿，唯有弥尔顿而已。"[1] 弥尔顿对华兹华斯的影响是多方面的，但最重要的影响就是使华兹华斯意识到十四行诗体完全有能力表现重大主题。

---

[1] Havens, Dexter. *The Influence of Milton on English Poetry*, New York: Russell and Russell, 1961, pp. 527-528.

他促使华兹华斯加入了书写十四行诗的行列。同时，由于华兹华斯主要书写自然，他还把重大的主题与他的自然书写相结合，从而一改前人只是借自然抒发个人情感的传统，将书写自然与宗教哲学的深厚和沉郁融为一体，形成自然的抒情史诗。华兹华斯在他在十四行诗中为书写自然的主题赋予了重大的意义，他不是书写自然的创始者，却是第一个为书写自然的主题赋予了重大意义的诗人。

华兹华斯在下面的这首小诗中就融入了宗教的意蕴：

It Is a Beauteous Evening, Calm and Free

It is a beauteous evening, calm and free,
The holy time is quiet as a Nun
Breathless with adoration; the broad sun
Is sinking down in its tranquility;
The gentleness of heaven broods o'er the Sea;
Listen! the mighty Being is awake,
And doth with his eternal motion make
A sound like thunder—everlastingly.
Dear child! dear Girl! that walkest with me here,
If thou appear untouched by solemn thought,
Thy nature is not therefore less divine:
Thou liest in Abraham's bosom all the year;
And worshipp'st at the Temple's inner shrine,
God being with thee when we know it not.

这是个美丽之夜，安详自由

这是一个美丽之夜，安详自由，
神圣的时间像静然的修女
屏息，膜拜天边的落日，
它正沉落于寂静中；

天堂的温柔的气息飘荡于海面

听！万物之主正在醒来，

他让大地不停运转，

响亮如雷，预示永恒。

亲爱的孩子！女儿！到我这来，

如果那庄严的思想未将你感动，

并不是你本性中少了神性：

那不过是，你整年躺在亚伯拉罕怀中；

在神殿里做礼拜

而我们却不晓得神与你同在。①

——笔者译

　　《这是个美丽之夜，安详自由》写于 1802 年 8 月，描述了傍晚诗人与小女儿在沙滩上散步的情形。华兹华斯认为，他的小女儿如果没有被海上威严的风景影响，那是因为她与自然之神同在。华兹华斯有一个观念，那就是孩子是亲近神的，儿童对自然的亲和力是天生的。

　　诗中多次用到典故，"天堂的温柔的气息飘荡于海面"引用《圣经·创世记》中的描写，诗中所创造的气氛类似弥尔顿的《失乐园》。"亚伯拉罕的怀中"（in Abraham's bosom）也是一个典故。《圣经·新约》认为，施舍要出自内心，不能沽名钓誉，富者奢侈而不施舍，死后必受苦难。耶稣在传教时讲了一个故事。有一个财主衣饰华丽，生活奢侈；他的门前躺着一个名叫拉撒路（Lazarus）的乞丐。后来，拉撒路死了，天使把他带到始祖亚伯拉罕的怀里；不久，财主也死了，却被人埋在土里，财主在阴间备受痛苦。诗人说这个孩子在天堂里会得到上帝的爱，即使她还没有被自然景物感动，但她意识到上帝的伟大，她依然与上帝同在，儿童的心灵是纯真的，因而圣地就在她的心中。

　　诗歌是写自然的，但是在其宗教情感的浓度上，华兹华斯与弥尔顿不相上下。弥尔顿在诗中对《圣经》典故运用娴熟，深谙其寓意，华兹华斯

①　Wordsworth, William. "It is a beauteous evening, calm and free," Edward Dowden, ed. *The Poetical Works of William Wordsworth*, London: Ward, Lick & CO., Limited, 1940, p. 209.

也是如此。通过对宗教典故的运用,诗歌的内涵被扩大了,小诗因此获得了承载重大主题的能力。在英国浪漫主义诗人中,华兹华斯的诗歌最主要的根基是基督教文化,而济慈主要喜欢希腊文化,这种偏好的不同使华兹华斯更亲近弥尔顿,而济慈更亲近莎士比亚。

阿诺德(Matthew Arnold,1822~1888)说,华兹华斯"没有自己的诗歌风格,当他要有一个风格时,他陷入了沉重与夸耀"。① 这种观点有些偏颇。综观华兹华斯的十四行诗,他不仅尝试使用弥尔顿的多种题材,使之适合十四行诗的形式,还渐渐从弥尔顿的影响下摆脱出来,形成了自己的风格。当华兹华斯早期的热情平息以后,他的十四行诗明显不那么铿锵有力,变得安静、简单和随意,不再是弥尔顿式的,而是华兹华斯式的。

华兹华斯为十四行诗的发展做出了杰出贡献。继弥尔顿之后,华兹华斯进一步将十四行诗这种体裁从写伤感、忧郁和琐碎的事情中拯救出来,使这种小诗体受到了人们的青睐。而且华兹华斯通过自己大量高质量的创作,把书写自然这一主题牢固地与十四行诗结合起来,使自然主题在十四行诗最常见的主题中排名第二,仅次于爱情主题。

华兹华斯的十四行诗对他的同时代人以及后世的诗人产生了深远的影响,这种影响主要体现在他赋予十四行诗书写重大主题的使命。在十四行诗中,华兹华斯不仅书写自然,而且表现重要思想。他并不仅仅是借景抒怀,而是感悟自然中表现出的重要思想内容,客观上为这种小诗体加强了厚度。在华兹华斯决定认真书写十四行诗以后,他的十四行诗就已经与他的思想结合在一起。自然主题不仅能够表达华兹华斯的宗教思想,还表达了他对于人类社会的观点。华兹华斯是一位严肃的诗人,他对人类未来的关注,对自由、平等的热爱,在他的一生中从未停止,华兹华斯绝不是一个只身徘徊在田园小径,只知享受"孤独地漫游似一朵云"(I Wondered Lonely as a Aloud)的诗人。事实上,法国革命自由、平等、博爱的理想从来都没有离开过诗人,就连激进的拜伦也脱离不了华兹华斯的影响。"拜伦爵士从未喜欢过华兹华斯的诗歌。"② "尽管拜伦嘲笑华兹华斯,但很有

① Havens, Dexter. *The Influence of Milton on English Poetry*, New York: Russell and Russell, 1961, p. 189.

② Hebron, Stephen. *William Wordsworth*. Shanghai: Shanghai Foreign Language Education Press, (2009):89.

可能，拜伦最好的十四行诗的灵感来源于华兹华斯。1816 年夏天，拜伦写了《奇尔顿的囚徒》（*The Prisoner of Chilton*），这首十四行诗中所赞美的不羁的心灵、永恒的精神、光明和自由，与这一时期华兹华斯写的《献给自由》（*Dedicated to Liberty*）十四行诗类似，很可能拜伦模仿了华兹华斯的系列十四行诗。"[1] 在激进的拜伦看来，过着亲近自然、远离尘嚣生活的华兹华斯是一位思想保守且狭隘地失去了革命斗志的人。中国的一些外国文学史书也一直延续高尔基的观点，把华兹华斯归为消极浪漫主义诗人，认为他最后归隐湖区是落后的表现。然而，只要我们认真研究华兹华斯的生平与他的诗歌，就会明白华兹华斯归隐山林并不是消极遁世，而是换了一种方式去完成他对人类自由、博爱理想的追求。在华兹华斯的自传作品《序曲》（*The Prelude*）中，他曾这样描述法国大革命的暴力倾向：

> 其国内的屠杀开始，整整一年，
> 每一天都似节日的狂欢。壁炉边的
> 老人、恋人怀中的少女、摇篮旁的
> 母亲、战场上的勇士——全都消失了
> 消失了——朋友、敌人，不同的党派、
> 年龄、阶层，一个接一个的头颅，
> 头颅再多也不能让宣判者满足[2]

——丁宏为译

这是令诗人对法国大革命的态度产生动摇的最根本原因。他看到了法国大革命自由、平等、博爱的理想被暴力的血腥破坏，心中十分痛苦，但是诗人说：

> 无论何时，一直在心中维护着
> 我诗人的名姓，让我以这惟〔唯〕一的

---

[1] Havens, Dexter. *The Influence of Milton on English Poetry*. New York: Russell and Russell, (1961): 536.
[2] 〔英〕华兹华斯：《序曲或一位诗人心灵的成长》，丁宏为译，中国对外翻译出版公司，1999，第 273 页。

名义在世间尽奉职能；最终

是大自然本身，读者若兴趣不减，

我后面还会提到，在各种人类

感情的帮助下，她将我领回，借开阔的

空间，终让我重享脑与心之间那种

甜蜜的和谐，充满平静的真知

由此而生——它支撑着我，帮我面对

那事业后来的堕落。①

——丁宏为译

　　"那事业"指的就是"法国大革命"。诗人提出自己要重回自然，到自然中去完成他作为一个诗人的使命。这不是退却，而是以另外一种方式继续实现他对法国大革命寄予的期望。上面所说的华兹华斯书写的有关"自由"主题的十四行诗就是最好的证明，它表明华兹华斯要让十四行诗承载谈论人类理想的重任。其实，即使是在那些单纯书写自然的诗篇中，诗人同样也让自然景物成为抒发理想的媒介，成为他表达理想的符号。

　　用十四行诗书写重大主题虽然始于弥尔顿，但如果没有华兹华斯，这种主题很难传承下去。弥尔顿的十四行诗虽然庄重大气，但是不够平易近人，而华兹华斯崇尚朴素的语言，喜欢用简明的意象，这使他的十四行诗更容易被人接受。所以，在继承弥尔顿的十四行诗传统方面，华兹华斯起到了关键作用。华兹华斯受弥尔顿的影响在先，而他本人又对后来的诗人产生了影响，如阿诺德就深受华兹华斯影响。"阿诺德早期的许多诗歌都源于一种'重温华兹华斯式场景'的尝试，正如批评家们过去所概括的那样……阿诺德从来没有拒绝过华兹华斯的任何作品——例如，他继续相信真实体验和感觉的重要性……阿诺德不可能是另一个华兹华斯，但他认识到华兹华斯核心、持久的影响力。"② 下面我们通过分析华兹华斯和阿诺德就同一主题所写的诗歌，来看看华兹华斯对后世诗人产生的影响：

---

① 〔英〕华兹华斯：《序曲或一位诗人心灵的成长》，丁宏为译，中国对外翻译出版公司，1999，第 302 页。

② Machann, Clinton. "Matthew Arnold," *Victorian Poetry*, 3(2015) : 288.

To a Republican Friend, 1848

Wordsworth

God knows it, I am with you. If to prize
Those virtues, priz'd and practis'd by too few,
But priz'd, but lov'd, but eminent in you,
Man's fundamental life: if to despise
The barren optimistic sophistries
Of comfortable moles, whom what they do
Teaches the limit of the just and true——
And for such doing have no need of eyes:
If sadness at the long heart-wasting show
Wherein earth's great ones are disquieted:
If thoughts, not idle, while before me flow
The armies of the homeless and unfed: ——
If these are yours, if this is what you are,
Then am I yours, and what you feel, I share. ①

给一位共和党朋友，1848

华兹华斯

天知道，我和你在一起。如果奖励
这些美德，那些没人赞美和付诸行动的美德
但是被赞美、被爱，唯有杰出的你才配
人的根本的生活：如果轻视
舒适的鼹鼠们可怜的
乐观的诡辩，他们所做的，
教给我们正义与真理的局限——

---

① Wordsworth, William. "score not the sonnet，" Edward Dowden, ed. *The Poetical Works of William Wordsworth*, London: Ward, Lick & CO. , Limited, 1940, p. 213.

因为这样做不需要眼睛

如果悲伤长久地消耗心灵，

让世上的伟人也会不安：

如果思想，而非懒惰，在我面前涌现

无家可归和饥饿的军队：——

如果这些是你的，如果这就是你的，

那么我是你的，你的感受，我分享。

——笔者译

在这里，诗人首先表示他要站在朋友这边，赞美朋友的品质，但是诗人又用"鼹鼠"的意象表明人类认知的局限性。诗人在这里设想几个悲惨的境遇，并表明如果事态依旧如此，他愿意与朋友同甘共苦。阿诺德用同一题目写了一首十四行诗。

1848 年，阿诺德给一位朋友写了这首诗。法国王朝被推翻后，一系列革命运动遍布欧洲。与当时的自由主义者一样，这位朋友乐观地预测自由和平等的时代即将来临，但阿诺德的态度有所保留，他认为自由的呼声将再一次被暴君的贪婪扼杀。阿诺德认为，应该让暴政演变成宪政，实现这种进步需要耐心，但它是不流血的。

To a Republican Friend, 1848

Arnold

Yet, when I muse on what life is, I seem

Rather to patience prompted, than that proud

Prospect of hope which France proclaims so loud, —

France, Famed in all great Arts, in none supreme;

Seeing this vale, this earth, whereon we dream,

Is on all sides o'ershadowed by the high

Uno'erleaped mountains of necessity,

Sparing us narrower margin that we deem.

Nor will that Day dawn at a Human Nod,

When, Bursting through the network superposed

By selfish occupation, —plot and plan,

Lust, avaric, envy, —liberated man,

All difference with his fellow-motal closed,

Shall be left standing face to face with. [①]

致一位共和党朋友，1848

阿诺德

然而，当我思考什么是生活，我似乎

比那个法国大声宣布的骄傲的希望的前景，

要更多一些耐心——

法国，以所有伟大的艺术而闻名，没有至高无上的地位；

看到这个山谷，这个地球上，我们的梦想，

四周为高山所遮挡，

那是无法跨越的必然之山峦，

它让我们见到的边缘比我们想象的要小。

那一天也不会是人类一点头它就出现，

当我们突破自私占领的重重的网络，

种种的阴谋和算计，

欲望，贪婪，嫉妒，那被解放的人，

将会站在那里，

与他的同胞完全不同。

——笔者译

　　弥尔顿用十四行诗写了一些政治性主题的诗篇，使这种通常只写儿女情长的小诗进入了描述宏大内容的世界。华兹华斯极力推崇弥尔顿的政治十四行诗，他自己也写表达政治观点的十四行诗，把政治十四行诗与个人

---

① Arnold. "To a Republican Friend, 1848，"https://en. wikisource. org/wiki/The_ poetical_ works_ of_ Matthew_ Arnold/Sonnets，最后访问时间：2014 年 7 月 18 日。

情感相结合，避免了政治十四行诗僵化地直接表达政治观点的弊端。阿诺德也写政治主题的十四行诗，在这首诗中，诗人以山峦作比，以表明法国对于革命的认知未必正确，因为人类的认识受生存环境制约，不可能是绝对正确的。诗人虽是在表达政治观念，但用自然景物做喻，使他的说教不那么生硬，而且这一节写得比较直白，容易理解。诗人指出，人性的弱点注定使人类不会一劳永逸地免除专制与暴政。一个暴君被推翻，人类的贪婪和欲望会再塑造一个暴君，因为，自由平等就不可能降临人间。诗人用五步抑扬格和音节自然重音写成了这首诗，韵律是"ABAB，CDCD，EFEF，GG"。诗中阿诺德的语调是悲观的，整首诗很少用喻，显得很直白。

两位诗人的基本观点是相似的，都认为人类的认知具有局限性，他们的诗都以自然之物为喻表达这种局限性。两位诗人对历史事件的思考也不约而同地达成了共识，华兹华斯书写自然的诗中融入了更博大的思想，他并不是只关心自己生活福祉的隐居诗人，而是把人类的未来放在心上。他对自然不倦的探索为后世诗人留下了敞开的精神财富，我们说这种精神财富是敞开的，是因为在华兹华斯的启发下，后世诗人有了更大的创造空间。"不仅阿诺德，还有其他许多著名的维多利亚时代的人都对华兹华斯怀有一种矛盾心理。在理智上，他们为他自然信仰的简单而感到遗憾；然而同时，这种信仰的骨架为他们提供了一种替代性的情感满足；因为华兹华斯能够做他的继任者不能再做的事，他可以将悲伤和痛苦转化为快乐的肯定；他可以从他被称为'人类静谧、悲伤的音乐'的元素中得出这种肯定，阿诺德将其重新命名为'悲伤的永恒音符'。"[①] "华兹华斯的诗歌很少被超越。他不仅受到弥尔顿的直接影响，也直接仿效弥尔顿。他的诗崇高、高贵、感情强烈、直率、阳刚有活力、名声广，没有其他作家能像华兹华斯这样点亮人的灵魂。此外，华兹华斯像弥尔顿一样，但与大多数其他前辈又不同，华兹华斯把他身上最高尚和最深沉的血液赋予了十四行诗。1802 年，当他开始使用这种形式时，他自己是被动的，那时他并不知

---

① Knoepflmacher, U. C. "Dover Revisited: The Wordsworthian Matrix in the Poetry of Matthew Arnold," David J. Delaura ed., *Matthew Arnold: A Collection of Critical Essays*, Englewood Cliffs, N. J.: Prentice-Hall, Inc., 1973, p. 49.

道他实际上是在诗中寻找安慰。他一往情深为之献身的自由事业似乎在各个方面节节败退，英国和法国正在迅速滑向战争，他在对法国和英国的爱之间饱受折磨，失望、希望和恐惧纠缠着他。在这场生命的危机中，他的信念根基动摇了，他的许多激进思想摇摇欲坠。他为自己的情感选择了一个宣泄口——十四行诗，他写出的不仅是他个人的困惑，也是那场震撼欧洲的革命，这是全新的诗篇。自从弥尔顿'从爱情的优美的手上接过了十四行诗'，还没有人把这种强烈的感情投入其中，或者把它投入具有世界意义的事情中去。"①

十四行诗给许多使用它的人带来灵感。一个世纪过去了，人们有种强大的力量来保持十四行诗的不规则结构、论辩的语气以及真诚情感等优势，使它可以表达人类最崇高、最深情的内心。十四行诗经历了18世纪末期和19世纪初期的低谷后，在浪漫主义诗人手里走向了复兴，而在引领十四行诗走出低谷的诗人中，华兹华斯是当仁不让的领头羊。他从弥尔顿手上接过了十四行诗的大旗，并一路高举，把十四行诗的种子播种开来。在未来的十四行诗发展历程中，英国浪漫主义诗人写下了浓墨重彩的一页，华兹华斯则写下了最精彩的那一笔。

第三节　济慈的贡献及影响

19世纪是英国的浪漫主义诗歌时代，这是英语诗歌最辉煌的时期。18世纪末和19世纪初，十四行诗在英国浪漫主义诗人笔下重拾旧日的辉煌，济慈的十四行诗是不容错过的一道风景。

19世纪，十四行诗的复兴离不开人们对前辈的继承和发展。济慈喜欢尝试不同的诗体，他的诗歌艺术受到了斯宾塞、莎士比亚和弥尔顿的影响。

我们先来比较斯宾塞的这首十四行诗与济慈的一首诗：

---

① Havens, Dexter. *The Influence of Milton on English Poetry*, New York: Russell and Russell, 1961, p. 533.

Happy ye Leaves! When as Those Lily Hands
Spenser

Happyye leaves! When as those lily hands,
Which hold my life in their dead doing might,
Shall handle you, and hold in love's soft bands,
Like captives trembling at the victor's sight.
And happy lines! on which, with starry light,
Those lamping eyes will deign sometimes to look,
And read the sorrows of my dying sprite,
Written with tears in heart's close bleeding book
And happy rhymes! bathed in the sacred brook
Of Helicon, whence she derived is,
When ye behold that angel's blessed look,
My soul's long lacked food, my heaven's bliss.
Leaves, lines, and rhymes seek her to please alone,
Whom if ye please, I care for other none. ①

幸福的书页，那些百合花一般的手
斯宾塞

幸福的书页，那些百合花一般的手，
那掌握着我生命的双手，
会翻开书页，并且在爱的温柔的乐队里，
像俘虏在胜利者面前颤抖。
快乐的诗行！在繁星闪烁下，
那明亮的眼会屈尊来看，
并读出我奄奄一息的灵魂中的忧伤，

---

① Spenser, Edmund . "Happy ye leaves! When as those lily hands," http://www. sonnets. org/ spenser. htm.

那从流血的心中和着眼泪所写的书。

幸福的韵律！沐浴在号角奏出的圣乐之溪

那就是我诗篇的出处，

当你看到天使那幸福的表情，

我的灵魂长期渴求的滋养，我天堂的幸福。

书页、诗行和韵律，只为取悦她，

如果你高兴，我就不会再在乎其他。

——笔者译

在斯宾塞的这首十四行诗中，"幸福"（happy）一词出现了三次，分别为"幸福的书页"（happy ye leaves）、"幸福的诗行"（happy lines）、"幸福的韵律"（happy rhymes），分别出现在第 1、5、9 行开头。如果把这首诗的结构看成三组四行诗加一组双行体的话，第 1、5、9 行正好是每组四行诗的第一个句子，它引领了整首诗篇。而在 19 世纪英国浪漫主义诗人济慈的《希腊古瓮颂》中，也可以找到类似的表达：

Ah, happy, happy boughs! that cannot shed

Your leaves, nor ever bid the spring adieu;

And, happy melodist, unwearied,

For ever piping songs for ever new;

More happy love! More happy, happy love!

For ever warm and still to be enjoy'd,

For ever panting, and for ever young:

All breathing human passion far above,

That leaves a heart high-sorrowful and cloy'd,

A burning forehead, and a parching tongue. [1]

呵，幸福的树木！你的枝叶

---

[1] Keats, John. "Ode on a Grecian Urn," *The Poetical Works of Keats*, Boston: Houghton Mifflin Company, 1986, p. 213.

> 不会剥落，从不曾离开春天；
> 幸福的吹笛人也不会停歇，
> 他的歌曲永远是那么新鲜；
> 呵，更为幸福的、幸福的爱！
> 永远热烈，正等待情人宴飨，
> 永远热情地心跳，永远年轻；
> 幸福的是这一切超凡的情态：
> 它不会使心灵餍足和悲伤，
> 没有炽热的头脑，焦渴的嘴唇。①

——查良铮译

济慈对斯宾塞的评价很高，斯宾塞对他的影响不仅是语言上的，也包括内容方面的，斯宾塞诗歌的柔美风格和语言的清美都是济慈所喜爱的。在《希腊古瓮颂》中，济慈使用"幸福的树木！""幸福的吹笛人""更为幸福的、幸福的爱！"层层递进地把诗情推向高潮。斯宾塞十四行诗中通过重复形成产生引领性结构，此表达方式在济慈的颂诗中被运用得更加灵动，因为颂诗不像十四行诗那样有严格的韵律上的限制，使诗人能更充分地发挥想象力，从而使诗体显得十分活泼，如"呵，更为幸福的、幸福的爱！"（More happy love! More happy, happy love!），这一句在 happy 前加上一个修饰语 more，使得整个诗行有种跳跃的感觉。

当然，不仅是这首十四行诗，总体来说，斯宾塞的很多诗对济慈都具有影响力，人们普遍认为"斯宾塞没有让济慈成为一个诗人，但人们一般不理解，前辈诗人没有完成他们的使命，他们让济慈成为一个不定型的、柔弱的、故作多情的，在诗歌语调上愚蠢的诗人。他天性浪漫，喜欢色彩而不是单调形式，喜欢富丽、丰富而非克制，喜欢美的理想而不是现实，渴望生活的感觉而不是思考"。② "Happy ye leaves!" "And happy lines!" "And happy rhymes!"，斯宾塞的这种表达方式在莎士比亚的第 92 首十四

---

① 〔英〕济慈：《希腊古瓮颂》，辜正坤主编《世界名诗鉴赏词典》，北京大学出版社，1990，第 981 页。

② Havens, Dexter. *The Influence of Milton on English Poetry*, New York: Russell and Russell, 1961, p. 201.

行诗中也可以找到类似的描写：

But do thy worst to steal thyself away,

For term of life thou art assured mine,

And life no longer than thy love will stay,

For it depends upon that love of thine.

Then need I not to fear the worst of wrongs,

When in the least of them my life hath end.

I see a better state to me belongs

Than that which on thy humour doth depend;

Thou canst not vex me with inconstant mind,

Since that my life on thy revolt doth lie.

O, what a happy title do I find,

Happy to have thy love, happy to die!

But what's so blessed-fair that fears no blot?

Thou mayst be false, and yet I know it not. ①

但尽管你不顾一切偷偷溜走，

直到生命终点你还是属于我。

生命也不会比你的爱更长久，

因为生命只靠你的爱才能活。

因此，我就不用怕最大的灾害，

既然最小的已足置我于死地。

我瞥见一个对我更幸福的境界，

它不会随着你的爱憎而转移：

你的反复再也不能使我颓丧，

既然你一反脸我生命便完毕。

哦，我找到了多么幸福的保障：

① Shakespeare. "Sonnet 92," https://www.opensourceshakespeare.org/views/sonnets/sonnet_view.php?Sonnet=92.

幸福地享受你的爱,幸福地死去!

但人间哪有不怕玷污的美满?

你可以变心肠,同时对我隐瞒。①

——梁宗岱译

这首诗表达了非常曲折的情感。在诗歌的第1~4行中,诗人写道:

But do thy worst to steal thyself away,

For term of life thou art assured mine,

And life no longer than thy love will stay,

For it depends upon that love of thine.

但尽管你不顾一切偷偷溜走,

直到生命终点你还是属于我。

生命也不会比你的爱更长久,

因为生命只靠你的爱才能活。

尽管年轻人已偷偷离开,诗人还是固执地坚守这份爱,这是因为诗人的生命要依赖年轻人对他的爱,因此诗人说他的生命不会比那个爱活得更长久。所以,在这里,诗人在诗歌开头以怀疑的态度登场,自问:难道年轻人的离去就是最坏的事情吗?然而,他马上就有了答案,那就是年轻人会爱下去的。这个结论并不能缓解诗人的痛苦,因为年轻人会爱下去,但前提是诗人的生命依赖年轻人的爱,这种爱一旦不存在了,诗人的生命也就结束了。原来维持爱的秘诀并不是年轻人能够付出的爱,这不过是诗人单方面的想象而已。于是,诗人在这种自我欺骗中居然得到了安慰。在接下来的第5~12行中,诗歌的想象都建立在前四行所假设的前提下。

既然一点小小的伤害都会对诗人的感情产生莫大的影响,足以将诗人置于死地,那么更大的伤害又算得了什么呢?诗人还暗示年轻人反复

① 《莎士比亚全集》第11卷,梁宗岱译,人民文学出版社,1991,第250页。

无常，玩弄感情。诗人没有正面责备年轻人，而是将自己的行为和年轻人的行为进行对照，诗人说："幸福地享受你的爱，幸福地死去！"（Happy to have thy love, happy to die！）诗人的爱情是坚定的，而年轻人则三心二意，反复无常。在一行诗中，诗人一连用了两个 happy，来表明自己已经接受命运的安排，听之任之。在最后两行中，诗人怀疑年轻人现在以及过去对他是否都真诚。在诗歌的结尾，诗人想象他和年轻人之间的这份感情是值得怀疑的，然而诗人最后还是选择用一种幻想来掩盖事实真相。

诗中"幸福地享受你的爱，幸福地死去！"（Happy to have thy love, happy to die！）的重复使诗歌产生了斯宾塞诗歌的效果。同时，这首诗的语言纯净典雅，更接近于斯宾塞风格。济慈在写《希腊古瓮颂》的时候是否也受到莎士比亚第 92 首十四行诗的影响，我们没有直接的证据。但从济慈对斯宾塞和莎士比亚的推崇可以断定，他是熟悉这些诗歌的，斯宾塞和莎士比亚对济慈的影响是在潜移默化中发生的。

在济慈后来的诗歌发展中，他逐渐摆脱了华丽的语言风格，重归质朴与宁静。在《坐下来读〈李尔王〉》（On Sitting Down to Read King Lear Once Again）一诗中，济慈表示不再受"'金嗓子罗曼斯'的诱惑，如斯宾塞童话的力量和他自己的《恩底弥翁》这类风格，他转向了莎士比亚的苦难与悲剧模式，希望作为一个人和一个诗人在精神上得到再生"。①

当济慈决定从神话转向现实的时候，他的十四行诗的风格也经历了变化。济慈一开始采用标准的彼特拉克形式，但是他一直都知道彼特拉克的十四行诗体有局限性。同时，济慈也并不是特别满意于莎士比亚的十四行诗模式。"事实上，济慈不仅希望有一个更长的诗体形式，这将允许诗歌更自由地发展，他还希望有一个不同的押韵模式。他认为在彼特拉克的前 8 行诗中，两组四行诗是 ABBA ABBA 这样的韵律，有沉重的感觉，每组四行诗的第 2 行跳出来与第 1 行相配。另一方面，在莎士比亚十四行诗的形式中，三组相互交替押韵的四行诗这种韵律在 18 世纪传统的挽歌诗中有种倦怠的格调。而作为结束的双行体莎士比亚用起来也有困难，很难产生

---

① Hirst, Wolf Z. "On the Shore: Winter to Spring 1818, "*John Keats*, Twayne, 1981, p. 88.

令人愉快的效果。"①

不过，济慈对莎士比亚十四行诗的语言和内容相当迷恋。"济慈说他经常不离手的三本书就是莎士比亚的诗：我从来没有在十四行诗中发现这么多美——他们似乎在无意间充满了美好的事物……他说了很多，又似乎没有说什么。济慈对莎士比亚的十四行诗和斯宾塞《仙后》的崇拜反映在他的十四行诗中，成就了他富有感性的华丽语言，优雅并流畅。"② 济慈喜爱莎士比亚，除了因为他的作品以外，另一个原因是"莎士比亚的作品中很少有宗教热情，他对自己的声誉也漠不关心。他没有他那个时代的偏见，他的政治偏见也并不是很强"。③ 这样的莎士比亚得到济慈的认同。济慈是一个沉浸在美的世界中的诗人，他对外在世界的喧嚣毫无兴趣。

无论是善于写浪漫故事的斯宾塞，还是善于写苦难与悲剧的莎士比亚，济慈最为推崇的是他们的语言和神奇的想象，而非其十四行诗的形式。虽然济慈很想创造出一种比彼特拉克和莎士比亚的形式更为精美的十四行诗韵律形式，但他最后还是没能在该方面有所建树。一方面，济慈对于各种诗歌形式都能很好地驾驭，而且他的主要关注点在于写出宏大的诗篇，加之他进行文学创作的时间只有三四年，没有能够腾出精力在十四行诗的韵律上有所创新；另一方面，无论是彼特拉克式的韵律，还是怀亚特和萨里所开创并由莎士比亚发展的十四行诗韵律，二者相对来讲都是比较成熟的韵律形式。尽管诗人对这种韵律形式还不完全满意，但即使再对此进行改造，几乎也没有多少创新空间。济慈有几首十四行诗使用了彼特拉克式韵律，还有的是彼特拉克式和莎士比亚式韵律的混合运用，多数则用莎士比亚的韵律形式。

在济慈《致我的兄弟乔治》（*To My Brother George*）这首十四行诗中，诗人就用了彼特拉克和莎士比亚韵律形式的混合体。

---

① Bate, W. Jackson. "Keats's Style: ' Evolution toward Qualities of Permanent Value' , " Wordsworth, Josephine Miles. "The Mind's Excursive Power, " Clarence D. Thorpe, Carlos Baker, Bennett Weaver, ed. *The Major English Romantic Poets—A Symposium in Reappraisal*. Carbondale: Southern Illinois University Press, 1957, pp. 224–225.

② Havens, Dexter. *The Influence of Milton on English Poetry*, New York: Russell and Russell, 1961, p. 540.

③ Hazlitt, William. *Lectures on the English Poets*, Oxford: Oxford University Press, 1952, p. 85.

To My Brother George

Many the wonders I this day have seen:

The sun, when first he kissed away the tears

That filled the eyes of Morn; –the laurelled peers

Who from the feathery gold of evening lean; –

The ocean with its vastness, its blue green,

Its ships, its rocks, its caves, its hopes, its fears,

Its voice mysterious, which whoso hears

Must think on what will be, and what has been.

E'en now, dear George, while this for you I write,

Cynthia is from her silken curtains peeping

So scantly, that it seems her bridal night,

And she her half-discovered revels keeping.

But what, without the social thought of thee,

Would be the wonders of the sky and sea?[①]

致我的弟弟乔治

我今天看到的许多奇迹：

太阳，当他第一次吻干了

黎明眼中的泪水；——这戴着桂冠的荣主

依傍着柔美的金色之夜，——

浩瀚的大海，碧绿色的海，

它的船、岩石、洞穴、希望、恐惧，

神秘的声音，谁听到

必定会想那即将发生的和曾经发生的，

即使现在，亲爱的乔治，虽然我这样给你写，

---

① Keats, John. "To My Brother George," The *Poetical Works of Keats*, Boston: Houghton Mifflin Company, 1986, p. 270.

> 辛西娅从她的丝绸窗帘窥视
>
> 似乎是在她的新婚之夜，
>
> 还保持着那一半的狂喜。
>
> 但是，若不能与你交流思想，
>
> 天空和海洋还哪里有奇迹？

——笔者译

这首十四行诗写于1816年，诗歌前8行的韵律是"ABBA，ABBA"，遵循彼特拉克形式。在后6行中，前面4行的韵律安排也仿效彼特拉克体，但是最后2行以莎士比亚的双行体结束。"济慈在1818年1月转向了莎士比亚的十四行诗形式。这一时期，济慈几乎是疯狂地重新发现了莎士比亚，毫不奇怪，他把莎士比亚的十四行诗当成一个潜在的模型而转向他。"[1]

从内容来看，诗歌的前8行详细地描写了诗人所见到的美景，这些美景让诗人浮想联翩。诗歌的语言十分优美，充满了想象力，"吻干黎明眼中的泪水"更是奇美的想象。在接下来一组四句诗中，诗人写面对自然美景时心中的感受，美景触动诗人幻想的神经，使他沉醉于神话编织的梦境中。但在诗歌最后两句，诗人突然从这种梦境中跳出来，表达了对兄弟的思念之情：

> *But what, without the social thought of thee,*
>
> *Would be the wonders of the sky and sea?*

> 但是，若不能与你交流思想，
>
> 天空和海洋还哪里有奇迹？

如此，诗歌在最后两行表达了中心思想。最后的双行体转折来得有点突然，一半是因为诗歌韵律固有的缺陷，一半是由于诗歌内容衔接上有些许突兀感。其实，济慈在读莎士比亚的十四行诗时早已意识到这些问题，只是他也没有办法解决这样的问题。济慈在他的十四行诗中放弃了彼特拉

---

[1]　Phelan, Joseph. *The Nineteenth-Century Sonnet*, New York: Palgrave Macmillan, 2005, p. 36.

克的形式，这是自弥尔顿以来英国诗人主要使用的十四行诗形式，"在寻找更好的十四行诗诗行的济慈抱怨说莎士比亚十四行诗似乎太感伤了，最后的双行体很少有愉快的效果。尽管如此，济慈最好的十四行诗之一《每当我害怕》（*When I Have Fears That I May Cease to Be*）在形式上确实完全是莎士比亚式的，是一次对莎士比亚十四行诗非常成功的模仿或仿写。有批评家认为唯有在济慈那里，莎士比亚的十四行诗才对后来的英语诗歌实践有了深远的影响。"①

济慈虽然对莎士比亚的十四行诗韵律不太满意，但这与其说是对莎士比亚十四行诗韵律的不满，不如说是对十四行诗诗体本身局限性的不满。实际上，济慈对莎士比亚是十分仰慕的。济慈把一个诗人能够给予另一个诗人的最高的美誉给了莎士比亚，济慈的十四行诗艺术也在莎士比亚的影响下走向成熟。

要追踪作家的思想在创作中的运行轨迹，只能透过其作品探测影响因子，而这种探测往往是很不容易的。判断一个作家对另一作家产生影响的可能性，首先要看这个受影响的作家对施加影响者的态度。把握了这种态度，就能为我们分析影响的发生这一问题提供可靠的基础。有了这一基础，再去追溯影响的轨迹，也就有了方向。我们在这里追溯莎士比亚对济慈的影响，其意义在于这能使我们了解受影响者济慈是如何把这种影响带到他的作品里去的，从而使我们更加清晰地认识到济慈在思想上、审美观上以及艺术风格走向上如何借鉴并超越了莎士比亚。

那么，如何追溯莎士比亚对济慈的影响呢？我们从一首诗开始。济慈的诗作《再读〈李尔王〉》（*On Sitting Down to Read King Lear Once Again*）写道：

> *O golden-tongued Romance with serene lute!*
> *Fair plumed Syren! Queen of far away!*
> *Leave melodizing on this wintry day,*
> *Shut up thine olden pages, and be mute:*
> *Adieu! for once again the fierce dispute,*

① Bate, W. Jackson. "Keats's Style: ' Evolution toward Qualities of Permanent Value' , " Wordsworth, Josephine Miles. "The Mind's Excursive Power, " Clarence D. Thorpe, Carlos Baker, Bennett Weaver, ed. *The Major English Romantic Poets—A Symposium in Reappraisal*, Carbondale: Southern Illinois University Press, 1957, p. 225.

Betwixt damnation and impassion'd clay

Must I burn through; once more humbly assay

The bitter-sweet of this Shakespearian fruit.

Chief Poet! and ye clouds of Albion,

Begetters of our deep eternal theme,

When through the old oak forest, I am gone,

Let me not wander in a barren dream,

But when I am consumed in the fire,

Give me new Phoenix wings to fly at my desire. ①

以无声的鲁特琴弹奏金舌头的浪漫史，

美艳的仙女，远方的皇后！

在这个冬天里留下悦耳的曲调，

合上昔日的书卷吧，沉默：

再会！再次告别，激烈的辩论，

在诅咒与安静的肉体间，

我要燃烧自己，谦卑地验证

莎士比亚之实的苦涩和甜美，

伟大的诗人，你是阿尔比恩的祥云，

你吟诵永恒的主题，

当我穿过古老的橡树林，

别让我流浪于荒凉之梦中，

当我在火中化成灰烬，

给我重生凤凰的羽翼吧，让我翱翔。

——笔者译

在这首诗中，济慈写了自己对莎士比亚的深刻理解，分析起来主要有四层意思。第一，济慈赞美了莎士比亚在语言使用上的伟大创举，将《李

---

① Keats, John. "On Sitting Down to Read King Lear Once Again," *The Poetical Works of Keats*, Boston: Houghton Mifflin Company, 1986, p. 260.

尔王》（*King Lear*）称为"金舌头的浪漫史"，这说明济慈对于莎士比亚的语言是十分欣赏的。批评家瑞迟（Christopher Richs）指出："济慈被莎士比亚深深地感动，因为莎士比亚的词句是真实情感的逼真写照。"① 济慈本人也是以精湛的语言为文学界所称道的诗人，这一部分要归功于诗人的语言天赋，另一部分恐怕就要归功于济慈对莎士比亚的钟爱与推崇了。正因为济慈看到了莎士比亚在语言使用上所表现出的天才独创性，才吸收了莎士比亚诗笔的精华，从而丰富和完善了自己的诗歌艺术。

第二，济慈把莎士比亚的诗比喻为"安详的琴韵"，既甜美又苦涩，这是莎士比亚深深打动济慈的一种艺术风格。在阅读莎士比亚的作品时，济慈发现"一种几乎只属于上帝的才能，将迥然不同的互相矛盾的观点集结在一出剧的中心上"。② 这种从不和谐中制造和谐的办法，济慈在他的许多诗作中都进行过成功尝试。在阅读莎士比亚的作品时，无论是莎士比亚的戏剧还是诗歌，济慈都把它们读成诗。也就是说，即使是在莎士比亚的戏剧中，济慈读到的也是莎士比亚剧作中的诗性成分，这些诗性成分最终构成济慈诗歌的营养。

第三，济慈把莎士比亚奉为英国诗坛第一人，这种高度评价既是客观的，同时也含有强烈的个人情感在内。正因为济慈对莎士比亚有如此高的评价，他才能主动去学习和借鉴莎士比亚的艺术。济慈阅读广泛、学识渊博，在记录生命历程与思想动态的书信中，济慈谈论过无数作家、诗人及艺术家，而在这些人中，最令他动情的依然是莎士比亚。济慈把莎士比亚的画像挂在家中，让弟弟在莎士比亚生日这天写信给自己，以纪念这个伟大的日子。这看上去像是一种个人崇拜，但对济慈来讲，这与其说是个人崇拜，不如说是艺术崇拜。这一点正是我们接下来要谈到的第四层意思。

对济慈来讲，莎士比亚不仅是一个伟大的作家，还是自己心灵与艺术的导师。济慈把莎士比亚想象成评判他诗歌优劣的裁判，把莎士比亚当成引领他走入诗歌圣殿的导师，济慈著名的诗学理论"消极能力说"是在对莎士比亚的创作实践进行总结后提出的文艺思想。在这首短小的十四行诗

① Richs, Christopher. "Keats's Sources, Keats's Allusions," *The Cambridge Companion to Keats*, Cambridge: Cambridge University Press, 2001, p. 161.

② White, R. S. *Keats As a Reader of Shakespeare*, London: The Athlone Press, 1987, p. 45.

《再读〈李尔王〉》中，我们再一次看到了济慈以莎士比亚为师的决心。济慈先写了他读《李尔王》时的感受，即"将自己燃烧"，这一时刻是莎士比亚的作品激荡诗人灵魂的时刻。诗人心绪难平，对伟大的莎士比亚的敬仰之情油然而生，赞美他：

> *Chief Poet! and ye clouds of Albion,*
> *Begetters of our deep eternal theme,*

> 伟大的诗人，你是阿尔比恩的祥云，
> 你吟诵永恒的主题，

济慈已经充分认识到莎士比亚作品所具有的永恒价值，因而他是怀着"谦卑"的情感去品味莎士比亚的艺术灵魂的，济慈更是以诗意的语言向他心目中的这位导师请求道：

> *When through the old oak forest, I am gone,*
> *Let me not wander in a barren dream,*
> *But when I am consumed in the fire,*
> *Give me new Phoenix wings to fly at my desire.*

> 当我穿过古老的橡树林，
> 别让我流浪于荒凉之梦中，
> 当我在火中化成灰烬，
> 给我重生凤凰的羽翼吧，让我翱翔。

如果说诗神缪斯是众多诗人呼唤的名字，那么济慈的缪斯不是神话与传说中的神仙，而是莎士比亚。济慈从莎士比亚的艺术中所要汲取的是灵感之泉。更重要的是，他深信莎士比亚可以给予他想要的一切。于济慈而言，莎士比亚已经成为象征诗神的符号，一个与他的诗歌生涯关系密切的象征，一座取之不竭、用之不尽的宝库，一份上天赐予的精神财富。

莎士比亚对济慈的影响深远，正如有的批评家所指出的："莎士比亚已经渗透到济慈的心中。济慈'颂诗'的核心是莎士比亚式的，或者说，心房的一室是莎士比亚式的。"①

其实，不仅是济慈的颂诗，他的其他长诗和十四行诗也都与莎士比亚有着不解之缘，在不同程度、不同方面承袭了莎士比亚的风格。诗人从自然中获取灵感，也可以从艺术中取得灵感，而莎士比亚之于济慈应归属于后者。济慈对莎士比亚的借鉴是多维度的，归纳起来有以下三个方面。

一 构思上的借鉴

我们来比较一下莎士比亚的第 106 首十四行诗与济慈的十四行诗《初读贾普曼译的荷马》（*On First Looking into Chapman's Homer*）。

Sonnet 106

When in the chronicle of wasted time

I see descriptions of the fairest wights,

And beauty making beautiful old rhyme

In praise of ladies dead and lovely knights,

Then, in the blazon of sweet beauty's best,

Of hand, of foot, of lip, of eye, of brow,

I see their antique pen would have express'd

Even such a beauty as you master now.

So all their praises are but prophecies

Of this our time, all you prefiguring;

And, for they look'd but with divining eyes,

They had not skill enough your worth to sing:

For we, which now behold these present days,

Had eyes to wonder, but lack tongues to praise. ②

---

① Richs, Christopher. "Keats's Sources, Keats's Allusions," *The Cambridge Companion to Keats*, Cambridge: Cambridge University Press, 2001, p. 160.

② Shakespeare. "Sonnet 106," https://www.opensourceshakespeare.org/views/sonnets/sonnet_view.php?Sonnet=106.

第 106 首十四行诗

当我从那湮远的古代的纪年
发现那绝代风流人物的写真，
艳色使得古老的歌咏也香艳，
颂赞着多情骑士和绝命佳人，
于是，从那些国色天姿的描画，
无论手脚、嘴唇，或眼睛或眉额，
我发觉那些古拙的笔所表达
恰好是你现在所占领的姿色。
所以他们的赞美无非是预言
我们这时代，一切都预告着你；
不过他们观察只用想象的眼，
还不够才华把你歌颂得尽致：
而我们，幸而得亲眼看见今天，
只有眼惊美，却没有舌头咏叹。①

—— 梁宗岱译

在这首诗的第 1~8 行中，诗人回顾了历史，历史上曾有诗人为美丽的男人与女人写真，而当诗人莎士比亚把年轻人的美与很久以前的诗人描绘的那种美进行比较时，发现古代诗人记录下的美正是此时年轻人所拥有的美。诗歌第 9 行用 so 开始，表明诗人开始发表议论。在第 9~12 行中，诗人尝试解释为什么古代诗人所描绘的美正是现在年轻人所拥有的美。诗人相信是这些古代的诗人以想象的神眼预测到了年轻人的美，因此才把这份美记录下来。诗人把玄学的色彩赋予诗歌，让诗歌充满了神秘感。诗人又进一步想象古代人虽然可以用眼睛来观察，却还没有能力用笔把这美丽记录下来，可见诗人认为没有任何一种曾经存在过的美丽能与这位年轻人的美相媲美。因为那些古代的诗人之所以记录了美，并不是因为曾经存在过那么美

---

① 《莎士比亚全集》第 11 卷，梁宗岱译，人民文学出版社，1991，第 264 页。

丽的人，而完全是因为他们想象出了那种和年轻人一样美丽的人。而且尽管古代的诗人能够想象出这种美，他们却没有能力把这种美忠实地表现出来，因为他们只有想象的眼睛，没有亲眼见过这个年轻人，更何况他们也没有足够的能力歌颂这种魅力。在诗歌的最后两行中，诗人承认他也没有足够的才华把这种美丽描绘出来，尽管他可以亲眼见到古人所见不到的这种美丽。

On First Looking into Chapman's Homer

John Keats

> *Much have I travell'd in the realms of gold,*
>
> *And many goodly states and kingdoms seen;*
>
> *Round many western islands have I been*
>
> *Which bards in fealty to Apollohold.*
>
> *Oft of one wide expanse had I been told*
>
> *That deep-brow'd Homer ruled as his demesne;*
>
> *Yet did I never breathe its pure serene*
>
> *Till I heard Chapman speak out loud and bold:*
>
> *Then felt I like some watcher of the skies*
>
> *When a new planet swims into his ken;*
>
> *Or like stout Cortez when with eagle eyes*
>
> *He star'd at the Pacific—and all his men*
>
> *Look'd at each other with a wild surmise*
>
> *Silent, upon a peak in Darien.* [1]

初读贾普曼译的荷马

济 慈

我游历过很多金色的地区，

---

[1] Keats, John. "Ode on a Grecian Urn," *The Poetical Works of Keats*, Boston: Houghton Mifflin Company, 1986, p. 213.

看过许多美好的国家和王国；

到过诗人们向阿波罗

效忠的许多西方的岛屿。

有人时常告诉我眉额深邃的荷马

作为领地统治的一片广阔的太空，

可是直到我听见查普曼大声说出时，

我从未体味到它的纯净和明朗：

于是我感到象〔像〕一个观察天象的人

看到一颗新的行星映入他的眼帘；

或者象〔像〕魁梧的科特斯用鹰眼

瞪视着太平洋——所有他的伙计

怀着狂野的猜测，大家面面相觑——

在德利英的一座高峰上默然无声。

——查良铮译

　　将莎士比亚的第 106 首十四行诗与济慈的《初读贾普曼译的荷马》 (*On First Looking into Chapman's Homer*) 进行比较，我们会发现济慈在构思方面受到莎士比亚这首诗的影响，也像莎士比亚那样把目光回溯到遥远的古代，在那里诗人见识了许多奇特的书籍，领略了书中描绘的异域风光。在这里，济慈显然把莎士比亚诗中见识过的无数美女改成了此诗中的阅书无数。在济慈这首诗的第 1~8 行，诗人回顾了他曾读过的书，仿佛游历了世界上许多国家，这些经历的积累被放在诗人所要咏叹的主题之前作为背景。在莎士比亚的诗中，也是把历代人们对美人的咏叹拿出来充当诗歌主题显现的背景，这些背景都是用来衬托主题发展的。在诗歌的第 9~14 行，诗人写了发现荷马以后心灵所受到的强烈的震撼：

Then felt I like some watcher of the skies

When a new planet swims into his ken;

Or like stout Cortez when with eagle eyes

He star'd at the Pacific—and all his men

Look'd at each other with a wild surmise

Silent, upon a peak in Darien. [①]

> 于是我感到象〔像〕一个观察天象的人
> 看到一颗新的行星映入他的眼帘；
> 或者象〔像〕魁梧的科特斯用鹰眼
> 瞪视着太平洋——所有他的伙计
> 怀着狂野的猜测，大家面面相觑——
> 在德利英的一座高峰上默然无声。

与莎士比亚不同，济慈在第 9~14 行中更加侧重于抒情，而不是边抒情边论理。济慈在这 6 句中的抒情极大地提高了诗歌的情感强度，加上意境开阔，星空与海洋共同形成了磅礴的气势，而"鹰隼的眼"这一意象又极其准确地描绘出诗人阅读荷马史诗时所感到的内心震撼。相比之下，莎士比亚第 106 首十四行诗的后六句就显得情感不够浓烈。济慈若不借鉴莎士比亚的构思，以他的想象力，创造出这样的诗歌也是可能的。

二　结构上的借鉴

在十四行诗的发展历史上有一个非常有趣的现象，那就是莎士比亚虽然写了 154 首十四行诗，但是没有在韵律上下过什么功夫。莎士比亚一直使用怀亚特和萨里所发明的这种韵律，并最终成功地喧宾夺主，使这种韵律形式以他为名。济慈虽深谙此种韵律的缺点，但他还是选择了这种韵律。实际上，这种韵律虽有不足，但它与一种结构能够配合得很好，那就是在第 1~12 行中以 when 引出条件从句，提出三个条件，再自然地得出结论，这样就消除了十四行诗结尾处的双行体造成的违和感。艾略特认为："在音乐的各种特点中和诗人关系最密切的是节奏感和结构感。"[②] 而以 when 引出三个从句加双行体结构与三节四行诗的韵律 "ABAB，CDCD，EFEF，GG"产生的节奏感能够实现完美的结合。

---

① 〔英〕济慈：《初读贾普曼译的荷马》，〔英〕弗·特·帕尔格雷夫原编《英诗金库》，罗义蕴、曹明伦、陈朴编注，四川人民出版社，1987，第 903、905 页。

② 〔美〕艾略特：《诗歌的音乐性》，潞潞主编《准则与尺度——外国著名诗人文论》，北京出版社，2002，第 288 页。

莎士比亚在他的第 64 首十四行诗中使用了这种结构：

When I have seen by Time's fell hand defaced

The rich proud cost of outworn buried age;

When sometime lofty towers I see down-razed

And brass eternal slave to mortal rage;

When I have seen the hungry ocean gain

Advantage on the kingdom of the shore,

And the firm soil win of the watery main,

Increasing store with loss and loss with store;

When I have seen such interchange of state,

Or state itself confounded to decay;

Ruin hath taught me thus to ruminate,

That Time will come and take my love away.

This thought is as a death, which cannot choose

But weep to have that which it fears to lose. ①

当我眼见前代的富丽和豪华

被时光的手毫不留情地磨灭；

当巍峨的塔我眼见沦为碎瓦，

连不朽的铜也不免一场浩劫；

当我眼见那欲壑难填的大海

一步一步把岸上的疆土侵蚀，

汪洋的水又渐渐被陆地覆盖，

失既变成了得，得又变成了失；

当我看见这一切扰攘和废兴，

或者连废兴一旦也化为乌有；

毁灭便教我再三这样地反省：

---

① Shakespeare. "Sonnet 64," https://www.opensourceshakespeare.org/views/sonnets/sonnet_view.php?Sonnet=64.

时光终要跑来把我的爱带走。

哦，多么致命的思想！它只能够

哭着去把那刻刻怕失去的占有。①

——梁宗岱译

　　诗人想象着在时光的流逝中，崇高的塔楼会沦为碎瓦，铜也无法抵抗时间的侵蚀。沧海桑田，人世的变迁又有谁能够阻止得了呢？诗人也终于认识到，终有一天他的爱也将被时光带走，诗歌的语气变得沉重，诗人最终承认年轻人和他自己都不会永生。

　　诗人不再认为自己的诗可以抵抗时间的侵蚀，让美得到永生；他也不再写艺术永生这一主题，而是写"生命并非永恒"这一主题。诗歌以一种绝望的口气结束，表达了诗人深深的绝望和痛苦之情。

　　这首诗的结构很精致，连续用了三个 when 作为第 1、5、9 行的开头。第一个 when 引出的意思被第二个 when 引出的意思加强，后者继而被第三个 when 进一步加强，这样就营造了长江后浪推前浪、一浪更比一浪高的气势。

　　莎士比亚的第 12 首十四行诗是一首艺术性很高的诗，此诗也运用了这种结构方式：

> When I do count the clock that tells the time,
>
> And see the brave day sunk in hideous night;
>
> When I behold the violet past prime,
>
> And sable curls all silvered o'er with white;
>
> When lofty trees I see barren of leaves
>
> Which erst from heat did canopy the herd,
>
> And summer's green all girded up in sheaves
>
> Borne on the bier with white and bristly beard,
>
> Then of thy beauty do I question make,
>
> That thou among the wastes of time must go,
>
> Since sweets and beauties do themselves forsake

---

① 《莎士比亚全集》第 11 卷，梁宗岱译，人民文学出版社，1991，第 222 页。

And die as fast as they see others grow;
And nothing 'gainst Time's scythe can make defense
Save breed, to brave him when he takes thee hence. [①]

当我数着壁上报时的自鸣钟，

见明媚的白昼坠入狰狞的夜，

当我凝望着紫罗兰老了春容，

青丝的卷发遍洒着皑皑白雪；

当我看见参天的树枝叶尽脱，

它不久前曾荫蔽喘息的牛羊；

夏天的青翠一束一束地就缚，

带着坚挺的白须被舁上殓床；

于是我不禁为你的朱颜焦虑：

终有天你要加入时光的废堆，

既然美和芳菲都把自己抛弃，

眼看着别人生长自己却枯萎；

没什么抵挡得住时光的毒手，

除了生育，当他来要把你拘走。[②]

——梁宗岱译

首先，诗的结构十分严谨，诗歌的前 8 行构成一层意思，三次使用"当……的时候"（when）这一连接词表示在时间的区间内人生的变化。在第 1~2 行中，白昼变成黑夜，暗示时间的流逝将吞噬一切；第 3~4 行写紫罗兰花开败，人的发丝也由黑变白，这是自然的变化；第 5~8 行中树木的叶子纷纷落下，夏日的青翠不再，这是季节的变化使然，第 8 行是带着坚挺的白须被舁上殓床。

这既是一个白雪覆盖树枝的意象，也是一个白发老者的意象，使人产

---

① Shakespeare. "Sonnet 12," https://www.opensourceshakespeare.org/views/sonnets/sonnet_view.php?Sonnet=12.

② 《莎士比亚全集》第 11 卷，梁宗岱译，人民文学出版社，1991。

生青春逝去、人将老迈，最终被时光抹去的感觉。在诗歌接下来的6行中，诗人以"于是"（then）一词作为转折词直接触及主题，写出他对年轻人的美即将消逝的担心。第12行和第13行接连使用 and，以加重语气，使人有一气贯通的感觉。最后一行诗点出本诗的主题，即劝年轻人生育，以保持生命的永恒。"时光的镰刀"（time's scythe）是一种很传统的比喻，同时也是一个非常精确的比喻。这首诗也以其音乐性强而闻名，诗人用了很多处头韵，如 tells the time、past prime、with white、heat…herd、green…girded、bier…bristly beard、he…hence 等等。

再来与济慈的诗《每当我害怕》进行比较：

> When I have fears that I may cease to be
> Before my pen has glean'd my teeming brain,
> Before high-piled books, in charact'ry,
> Hold like rich garners the full-ripen'd grain;
> When I behold, upon the night's starr'd face,
> Huge cloudy symbols of a high romance,
> And think that I may never live to trace
> Their shadows, with the magic hand of chance;
> And when I feel, fair creature of an hour,
> That I shall never look upon thee more,
> Never have relish in the faery power
> Of unreflecting love! —then on the shore
> Of the wide world I stand alone, and think
> Till Love and Fame to nothingness do sink. ①

> 每当我害怕，生命也许等不及
> 我的笔搜集完我蓬勃的思潮，
> 等不及高高一堆书，在文字里，

---

① Keats, John. "When I have fears that I may cease to be," *The Poetical Works of Keats*, Boston: Houghton Mifflin Company, 1986, p. 282.

> 象丰富的谷仓，把熟谷子收好；
>
> 每当我在繁星的夜幕上看见
>
> 传奇故事的巨大的云雾征象，
>
> 而且想，我或许活不到那一天，
>
> 以偶然的神笔描出它的幻相；
>
> 每当我感觉，呵，瞬息的美人！
>
> 我也许永远都不会再看到你，
>
> 不会再陶醉于无忧的爱情
>
> 和它的魅力！——于是，在这广大的
>
> 世界的岸沿，我独自站定、沉思，
>
> 直到爱情、声名，都没入虚无里。①

——查良铮译

在这两首诗的结构方面，莎士比亚和济慈分别用了三个 when 来假设出一种可能出现的情况，然后用 then 来引出最终的结论。济慈在这里所用的三个 when 也呈升序排列，一浪高过一浪的情感被这种结构很好地释放出来。"《每当我害怕》中，'当……的时候''当……的时候''当……的时候'，每个句子都反映出诗人面对自己生死的一些感想。济慈在三个四行诗中遵循莎士比亚的结构，但该结构在最后两行诗中由于使用非重读音节反而变得松散下来，创造了一种浪潮冲击海岸、爱情与名声像水滴一样被吸收的效果。最后松散的节奏把济慈此前对他个人在实现艺术理想之前就死去这件事的担心扩展为对爱与美瞬息即逝的哀悼，从而承认宇宙的变迁。"②

诗歌最后两句具有强烈的抒情性，但同时情感又是严格控制的：

Of the wide world I stand alone, and think

Till Love and Fame to nothingness do sink.

---

① 屠岸编译《济慈诗选》，外语教学与研究出版社，2012。

② Hirst, Wolf Z. "On the Shore: Winter to Spring 1818," Wolf Z. Hirst. *John Keats*, Boston: Twayne, 1981. p. 77.

世界的岸沿，我独自站定、沉思，

直到爱情、声名，都没入虚无里。

在结尾的诗句中，济慈创造了广阔无垠的意境，令人久久回味，而莎士比亚的结句则是结论式的。

如莎士比亚第 12 首十四行诗的结句：

And nothing 'gainst Time's scythe can make defense
Save breed, to brave him when he takes thee hence.

没什么抵挡得住时光的毒手，

除了生育，当他来要把你拘走。

虽然意思到此已经完整，但令人回味的感觉远不如济慈的结尾句。济慈的《每当我害怕》这首诗从结构上讲是莎士比亚式的，但韵味更像弥尔顿的。"济慈从小就知道弥尔顿的诗，他从次要的作品甚至从史诗中借鉴，但他并不怎么在乎那些史诗的意义。"①

济慈对弥尔顿的认识是相当深刻的，他曾在一首诗中对弥尔顿做出评价：

Chief of Organic Numbers!
Old scholar of the Spheres!
Thy spirit never slumbers,
But rolls about our ears
For ever, and for ever!
…

How heavenward thou soundest,

---

① Havens, Dexter. *The Influence of Milton on English Poetry*. New York: Russell and Russell, 1961, p. 201.

Live Temple of sweet noise,

And Discord unconfoundest,

Giving Delight new joys

*And Pleasure nobler pinions!*①

韵律之国的主宰！

诗界的长者！

你的精神永远清醒，

在我们耳畔喧嚣沸腾，

无休无止，无止无休！

……

你的声音向天国升起，

用甜美之音筑起天国圣殿，

让嘈杂化和谐

让欢乐再频添欢乐，

让欢乐与高贵的思想共舞。

——笔者译

从这首诗中可以看出，济慈对弥尔顿的语言和韵律特色尤为感兴趣，最喜爱弥尔顿的情调。济慈在弥尔顿那里学到更多的是语言表现上的克制和表达方面的优雅以及意境上的宁静与和谐。济慈这两首诗的结尾与弥尔顿《哀失明》的开头极其相似：

When I consider how my light is spent,

Ere half my days, in this dark world and wide,

想到了在这茫茫黑暗的世界里，

---

① Colvin, Sidney, ed. *Letter of John Keats*. London: Makcillan and Co. , Limited, 1925, p. 413.

还未到半生这两眼就已失明，①

在弥尔顿的诗中，诗人独自一人被弃于茫茫黑暗中。而在《每当我害怕》中，诗人也是独自一人站在世界的岸沿沉思，感受着一个被生活和生命所弃的人面对世界时感到的孤独与绝望，而且两首诗中都用到 wide world，这种互文现象与其说来自模仿，不如说源于心灵相通。

在济慈的十四行诗《每当我害怕》的结尾有这样的诗句："于是，在这广大的/世界的岸沿，我独自站定、沉思，/直到爱情、声名，都没入虚无里。"这是一个站立与等待的姿态。济慈不信仰基督教，他的诗中也很少有宗教情结，所以这首诗中的站立与等待的姿态与宗教并没有直接联系。但是，诗人在诗中对情感的控制，以及在诗歌的最后诗人面对死亡时所采取的镇定态度，却让我们看到几分有很强宗教情感的诗人弥尔顿的影子。

三 隐喻及意象上的借鉴

济慈的十四行诗《人的四季》（*The Human Seasons*）用四季来象征人生的不同阶段，从而把人生变迁的大主题蕴含在短短的诗行中。用四季来比拟人生也许并不是一个新奇的意象，但济慈将卓越的想象力、高超的诗歌艺术技巧和丰富的思想内涵同时赋予这首小诗，使其获得永久的生命力。更值得研究的是，这首诗在思想与艺术上都体现了与莎士比亚十四行诗千丝万缕的联系，这种联系比较复杂，从诗歌的意象设置、词语选择、语调运用等方面都可以看到些痕迹。有传承，才有创新，传承不是复制，传承孕育着创新。我们以个案分析的方式，从济慈对莎士比亚十四行诗的传承与创新中，可以窥见伟大的十四行诗的艺术发展轨迹。

作为一种修辞手段，"隐喻"是用一物来替代另一物，暗示其中的相似之处，可以由一个隐喻的喻体与其他相关的因素组成，它们构成一种序列，从而使隐喻可以在特定的语境中产生特定的效果。隐喻可以相同，但是隐喻结构却没有一模一样的。因此，我们可以通过研究隐喻结构的不同，来探索作家不同的思想脉络与艺术取向。

---

① 〔英〕弥尔顿：《哀失明》，〔英〕弗·特·帕尔格雷夫原编《英诗金库》，罗义蕴、曹明伦、陈朴编注，四川人民出版社，1987，第368~369页。

"文学批评——就是真正地思考所应用的词语、应用中的功能，这种批评可以为现代的知性生活做出创造性、活跃性的贡献。"① 可见我们完全可以通过分析意象、用词等诗歌因素，来揭示济慈是如何继承与发展莎士比亚的十四行诗传统的，并进一步揭示诗人在诗歌创作中做出的独特贡献。

济慈的小诗《人的四季》围绕着四季这一象征性的意象展开想象，创造了许多从属于"四季"这个大意象的小意象，而每一个意象又贴近人生变迁的象征，组合在一起构成了富于哲理、发人深思、寓意深刻、结构严谨、音韵和谐的精品小诗。

济慈《人的四季》中的春天与莎士比亚的一首十四行诗在情调上有着极其相似的特征。在莎士比亚的第98首十四行诗中，诗人写道：

From you have I been absent in the spring,
When proud-pied April dress'd in all his trim
Hath put a spirit of youth in every thing,
That heavy Saturn laugh'd and leap'd with him. ②

我离开你的时候正好是春天，
当绚烂的四月，披上新的锦袄，
把活泼的春心给万物灌注遍，
连沉重的土星也跟着笑和跳。③

——梁宗岱译

在诗中，连象征阴沉忧郁的"土星"也被春天的气息所感染，而不禁欢呼雀跃起来。春天被描写得富有生气，一切事物都被春天其乐融融的气息所包围，春就这样漫延在天地间，让每个人感到春的存在并体会春的生机。春天让人轻松惬意，又让人觉得安然自得，那是一种充满活力、充满

① Palfrey, Simon, and Evan Fernie. "General Editors' Preface, "David Fuller. *The Life in the Sonnets*, London: Continuum International Publishing Group, 2001, p. 10.
② Shakespeare. "Sonnet 98, " https://www.opensourceshakespeare.org/views/sonnets/sonnet_view.php?Sonnet=98.
③ 《莎士比亚全集》第11卷，梁宗岱译，人民文学出版社，1991，第163页。

青春的气息，又是一种悠闲淡然的心境。

济慈这样描写春天：

He has his lusty Spring, when fancy clear
Takes in all beauty with an easy span:

他的春天情稠意浓，幻想清晰，
想用手掌轻松地把一切"美"来包容：①

——郑敏译

这一诗节虽然表面上看起来似乎与莎士比亚关于春天的描写不太一样，但仔细研究，我们却能够发现骨子里的相似之处。在"想用手掌轻松地把一切'美'来包容"（Takes in all beauty with an easy span）这句中，"一切"（all）一词的使用活灵活现地展现出春的气息和春的生机。春的生机是那么巨大，那么强有力，似乎可以让无边的梦想都变为现实。人的力量似乎也没有穷尽，可以将天下美景尽收眼底。青春年少、活泼欢快、无忧无虑、精力旺盛、心胸开朗明净的少年人，用春天的意象来象征再恰当不过了。

《人的四季》中写道："他的春天情稠意浓，幻想清晰。"（He has his lusty Spring, when fancy clear），这句与莎士比亚的第 5 首十四行诗中的诗句类似，莎士比亚写道：

Sap cheque'd with frost and lusty leaves quite gone,
Beauty o'ersnow'd and bareness every where:

生机被严霜窒息，绿叶又全下，
白雪掩埋了美，满目是赤裸裸：

——梁宗岱译

---

① 〔英〕济慈：《人的四季》，〔英〕弗·特·帕尔格雷夫原编《英诗金库》，罗义蕴、曹明、陈朴编注，四川人民出版社，1987，第 1572~1573 页。

　　这两首诗中都出现了"lusty"一词，意为"精力充沛的，健壮的"。济慈和莎士比亚使用的"lusty"一词的相似之处在于，两位诗人都把春天的生机勃勃、欣欣向荣与美联系起来。不同之处在于，虽然"lusty"一词包含了对充满活力的生命的敬畏感和崇拜之情，但两位诗人的侧重点依然有所不同。济慈的侧重点在于引出幻想这一主题，春天、健康、幸福、美丽的生命都因幻想的澄澈而产生了光彩。

　　济慈的《人的四季》中关于春天的隐喻结构是这样的：春天喻指生机盎然的生命，而生命又与美丽同在，旺盛的生命力是最能够驾驭幻想的。因此，济慈写春天的落脚点是对清晰透彻的幻想的赞美。济慈的隐喻逻辑序列是"春天—生命—幻想—美"，这个结构的终点在于"美"，反映出济慈的《人的四季》把人生的感悟与美紧密地联系在一起，体现了济慈对美的宗教式追求与崇拜。

　　莎士比亚把"春天—生命—美—对生命永恒的追求"作为一个逻辑序列，单纯地把春天、生命和美结合在一起。因此，他在书写春天的美丽时，还特意把春天的生机勃勃与冬天的荒凉凄惨进行了对比。该诗的意图在于劝说朋友繁衍后代，把美丽的容貌代代相传：

> But flowers distill'd though they with winter meet,
> Leese but their show; their substance still lives sweet.

> 但提炼过的花，纵和冬天抗争
> 只失掉颜色，却永远吐着清芬。①

——梁宗岱译

　　在这里，我们发现了春天隐喻结构上的变化：春天喻指生机勃勃的生命，而生命又与美丽同在，再次创造生命也便成了延续美丽、创造永恒的契机。这样，莎士比亚的第5首十四行诗的主题就成了对生命的永恒的思考。

　　那么，济慈与莎士比亚在春天这个隐喻结构上的不同又体现了他们怎

---

① 《莎士比亚全集》第11卷，梁宗岱译，人民文学出版社，1991，第163页。

样的思想境界和艺术追求呢？

　　济慈有意无意间在努力汲取莎士比亚诗作的精华，同时又在努力摆脱莎士比亚的影响，从而让自己诗歌的思想空间更大。

　　一方面，夏天作为春天的继续演绎着春天的生机勃勃与草木繁盛；另一方面，夏天也显现出它自身的独特性，这使诗人浮想联翩，将以季节比喻人生的诗歌继续延展下去。济慈写道：

> *He has his Summer, when luxuriously*
> *Spring's honey'd cud of youthful thought he loves*
> *To ruminate.*

> 他有他的兴盛的夏天，当他将
> 早春蜜饯了的反刍草仔细品尝
> 青春的情思愉快地默想①

——郑敏译

　　这"早春蜜饯了的青春之思的反刍草"（spring's honey'd cud of youthful thought）给人多少联想啊！当你青春年少，学习体验的一切都被不求甚解地接受下来，而今重新深思，细细品味，又该有怎样的一番感受呢？若在春天采集的是花粉，此时已经在享受蜜的醇甜了，这体验一定万分幸福，如临天堂。青春时期，既成熟又少世故，比之少年时要平静，比之中年还要有活力，正所谓风华正茂。而这个"早春蜜饯了的青春之思的反刍草"喻指像食物一样被腌制过的、提炼过的、储存起来的东西。这类意象的使用并不是济慈首创，在莎士比亚的第 5 首十四行诗中，我们也发现了这样类似的诗句：

> *Then, were not summer's distillation left,*
> *A liquid prisoner pent in walls of glass,*
> *Beauty's effect with beauty were bereft,*

---

　　① 〔英〕济慈：《人的四季》，〔英〕弗·特·帕尔格雷夫原编《英诗金库》，罗义蕴、曹明伦、陈朴编注，四川人民出版社，1987，第 1572~1573 页。

Nor it nor no remembrance what it was:

But flowers distill'd though they with winter meet,

Leese but their show; their substance still lives sweet. ①

那时候如果夏天尚未经提炼，

让它凝成香露锁在玻璃瓶里，

美和美的流泽将一起被截断，

美，和美的记忆都无人再提起

但提炼过的花，纵和冬天抗衡

只失掉颜色，却永远吐着清芬。②

——梁宗岱译

　　"提炼"（distillation，distilled）这个词在莎士比亚的第 5 首十四行诗中一再出现，说明莎士比亚十分重视提炼，并把这一程序当成保持美的唯一可行方法。济慈的"早春蜜饯了的青春之思的反刍草"这一意象也含有提炼的意思，"反刍"现象是指动物吞咽下大量食物，经过一段时间后再让食物重新回到口腔进行咀嚼的过程。这一过程与储存和提炼的过程有相似之处，目的都是要把精华的东西保存下来。

　　但关键之处是两位诗人的不同点，在莎士比亚的第 5 首十四行诗中，诗人要求提炼的是夏日的美，把美变成甘露，变成一份香甜。济慈则明确地使用了"早春蜜饯了的青春之思的反刍草"一语，被腌制过的以及可以用来反刍的不是美丽的春日或者夏天，而是思想，这就使诗的空间得到拓展，把诗的内涵引向了人类智慧的领域。如果说莎士比亚的比喻带我们走进了一大片湖区，那里的美丽令我们惊叹，那么济慈的比喻则是路过这个湖区时，转向一个弯道，给我们展示了一个入海口，从那里可以遥望远处无边的大海。

　　在《人的四季》中，济慈对于冬季的描写也深得莎士比亚的风范。莎

---

① Shakespeare. "Sonnet 5," https：//www. opensourceshakespeare. org/views/sonnets/sonnet_view. php？Sonnet＝5.

② 《莎士比亚全集》第 11 卷，梁宗岱译，人民文学出版社，1991，第 163 页。

士比亚把冬天与美丽的丧失联系起来。在冬天里，美被剥夺了，只留下了丑陋。莎士比亚的第 5 首十四行诗把冬天描写成"狰狞的"（hideous），冬天还把"美掩埋于雪中，到处是赤裸荒凉"（Beauty o'ersnowed and bareness everywhere）。也就是说，在冬天里，美被夺走了。"狰狞的"（hideous）、"被雪掩埋的"（o'versnowed）、"赤裸裸"（bareness），这些词语强调了冬天的美折损以后的情形，凸显了冬天的荒凉和丑陋。

冬天在莎士比亚眼中是病态的。莎士比亚在他的第 7 首十四行诗中写道，普照万物的太阳从东方升起，经过一天的行程，慢慢地走向衰弱，像人到了虚弱的老年（feeble age）。此时，老人的身体失去了年轻时期的强壮和康泰，变得孱弱无力，令人油然而生同情之心。在莎士比亚的第 97 首十四行诗中，诗人再次谈及冬天的荒凉：

> How like a winter hath my absence been
> From thee, the pleasure of the fleeting year!
> What freezings have I felt, what dark days seen!
> What old December's bareness every where![1]

> 离开了你，日子多么象〔像〕严冬，
> 你，飞逝的流年中唯一的欢乐！
> 天色多阴暗！我又受尽了寒冻！
> 触目是龙钟腊月的一片萧索！[2]
> ——梁宗岱译

而且，在 "That leaves look pale, dreading the winter's near"（树叶全变灰了，生怕冬天降临）这句诗中，莎士比亚选用了 pale（苍白的）这样的词语来形容冬天，说明冬天不仅是荒凉的，也是苍白和病态的。纵观莎士比亚十四行诗中的冬天，可以总结出如下的特色：荒凉的、丑陋的、弱小

[1] Shakespeare. "Sonnet 97," https://www.opensourceshakespeare.org/views/sonnets/sonnet_view.php?Sonnet=97.
[2] 《莎士比亚全集》第 11 卷，梁宗岱译，人民文学出版社，1991，第 255 页。

的和病态的。

在济慈的《人的四季》中，作者对冬天的描写只有寥寥数语：

He has his Winter too of pale misfeature,
Or else he would forgo his mortal nature.

他也有苍白而不俊俏的冬季，
要不，他就会将人性抛弃。①

作者只用了"苍白而不俊俏"（pale misfeature）这个词来描述冬天的情形。冬天在济慈的诗中象征人生的暮年，老年人已失去了旺盛的活力，这"苍白、不俊俏"既是自然状态的写照，也使人联想到老年人的白发和皱纹的样貌，进而想到经历了这无法逃避的老年时光，才能走完漫长的一生。两位诗人在描写冬天时有相似的情调，他们的用词也基本相同，这是一种传承。言其有意，是因为正如上文所说，济慈作为莎士比亚的崇拜者，必然会主动地接受莎士比亚的影响。言其无意，原因在于作为一个伟大的作家，济慈对于影响因素的加工远远超过模仿，也就是说原创的精神早已超越了模仿的痕迹。如果不去深入地探究，我们很难发现艺术在传承过程中发生了怎样微妙的变化。济慈笔下的冬天深得莎士比亚的情调，然而他们在意境与内涵上的区别之大却令我们震惊。

莎士比亚写冬天主要是为了写生命永恒这一主题，因而对冬天的荒芜、丑陋与弱小的感叹是用一种焦虑不安的语气写出来的，这从莎士比亚的第 5 首和第 97 首十四行诗中可以清晰地看到。冬天在美消失后出现了凄凉的景象，莎士比亚一再强调这种凄凉之境的可怕，意在说服诗中的年轻人留住自己的美丽。莎士比亚劝诗中的年轻人结婚生育，以便制造自己的复制品，并最终达成对美的守护，实现对美的延续。由于莎士比亚选择了这一主题，焦虑成为一个伴奏音，从而产生了一种以诗劝诫的效果。济慈在写此诗的时候，正是二十几岁的年轻人，但他诗中的豁达与开阔使他笔下象

---

① 〔英〕济慈：《人的四季》，〔英〕弗·特·帕尔格雷夫原编《英诗金库》，罗义蕴、曹明伦、陈朴编注，四川人民出版社，1987，第 1574～1575 页。

征老年的冬天拥有了一个老者的情怀，正如叔本华（Arthur Schopenhauer，1788~1860）所描绘的："只有到了老年期的后期，人们才真正达到了贺拉斯所说的境界：'在欲望和恐惧面前，不要让自己失去了平静、沉着。'也就是说，人们到了此时才对一切事物的虚无，对这世上的繁荣、喜气后面的空洞、乏味有了直接、真正和坚定的确信，虚幻的画像消除了。他们不再错误地认为，在这世上，除了免受身体和精神之苦以后所享受到的那种幸福以外，在某一王宫或者茅棚还栖身着另一种更特别的幸福。根据世人的价值标准而定的那些伟大或者渺小，尊贵或者卑微，对于这些老者而言，它们之间其实再也没有多大的区别，这使老年人获得了一种特别的平静心境。怀着这种心境，他们面带微笑地从高处俯瞰这一虚幻的世界……此时人们认清了这世间的富丽、堂皇，尤其是表面耀眼和尊荣后面的虚空和无意义。人们体会到：在众人渴望、期盼的事物和苦苦追逐的享受的后面，其实大都隐藏着微小不堪的内容。"① 但济慈的诗并没有像莎士比亚的诗那样指向生命永恒的主题，而是指向了人生的主题。在《人的四季》中，诗人表达了对于客观规律坦然接受的态度，济慈已经深刻认识到，不经历冬天就没有完整的人生。当济慈把人生的冬天视为客观存在时，他对待冬天的态度是坦然的、豁达的。既然冬天是人生必经的阶段，那么除了面对它，还能有什么办法呢？尽管它不美丽，尽管它不如意，我们又怎么能够违拗自然，把冬天抛弃呢？《人的四季》一诗的结尾表明济慈已经准备敞开胸怀去接纳不尽如人意的人生，这样，济慈把诗歌引向了一个更加复杂和深沉的思想世界。

此外，莎士比亚涉及四季的十四行诗虽然也有写秋天的，然而并不能从中发现与济慈书写的秋天类似的文字与思想。莎士比亚似乎更乐于写春天与冬天，而在济慈的《人的四季》中，四季都被给予了展示自身的舞台，每一个季节都有其特殊的色彩与风格。秋天可以说是济慈在整首诗中写得最为成熟、最有哲理的地方，写秋天的那一节是整个诗篇的亮点：

His soul has in its Autumn, when his wings
He furleth close; contented so to look

---

① 〔德〕阿·叔本华：《人生的智慧》，韦启昌译，上海人民出版社，2005，第234页。

秋天里他的心灵有静静的海湾

折起翅膀；满意于凝视①

　　这是入秋时的样子。人到中年，青春之梦的翅膀收敛了，踏踏实实，"满意于凝视。"他观望什么呢？诗人没有说，把这个空白留给读者凭自己的经验来填充。或许，他面对"碧云天，黄叶地"轻轻感叹；或许，他观察被收割的庄稼，分享一分收获的喜悦。不管是怎样的感受，他都"让美好的万般"（to let fair things）在"迷雾里""悠闲里"（on mists in idleness）"毫不引人注目"（unheeded），"就像溪水"（as a threshold brook）一样静静地流去，这样的心理状态只有中年人才会有。饱尝世故，历尽人生艰辛，品尝过了酸甜苦辣的中年人对人生的认识完全成熟了，这观望的表情恰恰反映出中年人内心微妙的感情漪澜。没有对人生入木三分的了解，无论如何写不出这样的文字。

　　济慈对于秋天的描写为他写冬天做好了铺垫。正是因为有了秋天里平静的思绪和"满意于凝视"的心态，诗人才会真正有接受人生之冬的豁达。也正是因为莎士比亚笔下的秋天没有写出那么丰富的人生内涵，所以莎士比亚的冬天就只有感叹生命的荒凉这样一种单一的情感了。因而，可以说莎士比亚笔下的冬天是一个瘦弱的喻体，承载着比较单一的思想，而济慈笔下的冬天是一个丰满的喻体，体现了年轻诗人不平凡的思想深度。

　　济慈的十四行诗《人的四季》在艺术上和思想上有许多与莎士比亚类似的地方，这一点在上文已经进行了深入的探讨，这种相似与相异标志着艺术传承中的继承与创新。但更应该引起我们注意的并不是这种表面上的相似或相异，而是这种相似性与相异性产生的原因。

　　在艺术方面，济慈既是莎士比亚的精神传承者，又是创新者。美国耶鲁学派文学批评家布鲁姆说："诗歌既是收缩，又是扩张。因为，所有修正都是收缩运动，但创作本身是一种扩张运动，优秀的诗歌是修正运动

---

① 〔英〕济慈：《人的四季》，〔英〕弗·特·帕尔格雷夫原编《英诗金库》，罗义蕴、曹明伦、陈朴编注，四川人民出版社，1987，第1574~1575页。

（收缩）和令人耳目一新的向外扩展的辩证关系。"① 在诗歌的"收缩"与"扩展"中，寻找使诗歌产生这种运动的动力是非常必要的。因为这种动力解释了接受影响关系的诗人在认识世界时所采取的视角，这个视角折射出的不仅是主题思想的变异，还有审美趋向、艺术品质等诸多方面的变异，而从更宏大的背景上看，它折射出一个时代的文化风尚的变化。所以说，探索诗人间影响的传承与创新的动力比研究这种影响的表现来得更为重要。

莎士比亚十四行诗中四季隐喻的传承反映了诗人所生活的那个时代的思想，处处洋溢着人文主义精神，因而莎士比亚对美的赞颂最后落到了生命永恒这一主题上。这体现了对世俗生活的热爱与赞美，与英国文艺复兴时期的人文主义思想是相符的。人文主义思想强调世俗人生的欢乐与喜悦，作为一个杰出的人文主义者，莎士比亚的许多作品，包括他的十四行诗在内，都以饱满的热情表达了对现世人生的热爱与关怀。

莎士比亚对现世人生的赞美也是与古希腊文化中的人本主义思想密切相关的。在古希腊思想中，人的自我价值需要得到充分的肯定。古希腊神话中的神和人没有太大的区别，除了神是永恒不死的以外，神性和人性一样，都具有崇高与阴暗两面。希腊人赞美神，其实赞美的也是他们自己，是对人的尊严与现世生活的肯定。一个热爱现世人生的人必然会关注生命永恒的问题，莎士比亚系列十四行诗中就用了大量的篇章书写生命永恒的主题。正像古希腊人塑像时喜欢雕刻完美的肉体一样，莎士比亚也选择身体完美的人作为他诗歌中的人物。他在诗中拟定了一个人物，一个美丽的少年。诗人要劝说这个美少年不要浪费光阴、浪费美丽，要以留下后代的方式把美传下去，让生命得以永恒存在，四季意象的使用帮助莎士比亚传达了他的这一主张。

济慈是一位深受古希腊文化影响的作家，有着深厚的人文主义思想，《灿烂的星》（*Bright Star*）一诗就集中表达了济慈对于世俗人生的爱。在这首诗中，济慈说自己不要去做圣徒，不愿像星星那样高悬夜空，而是要与爱人共同享受美好的世俗人生。可以说济慈与莎士比亚都有强烈的人文主义思想，都对现世生活充满热爱。莎士比亚在诗中把生命永恒作为主题

---

① 〔美〕哈罗德·布鲁姆：《影响的焦虑：一种诗歌理论》，徐文博译，江苏教育出版社，2006，第97页。

是不足为奇的，但有趣的是，虽然济慈也热爱并衷心赞美世俗生活，但他并不乐于用诗歌表现生命永恒这样的主题。从以上的文本分析中，我们能分明地感受到莎士比亚诗歌的情调，其一词、一句、一意象都在有意无意间渗透到济慈的小诗《人的四季》中，这主要是因为济慈从莎士比亚那些诗中吸收更多的是思想与艺术的智慧，而不是人文主义思想。有评论家指出："莎士比亚是以其智慧引人入胜的。"① 莎士比亚的"智慧"主要体现在诗中那些信手拈来的比喻上。莎士比亚奇迹般地把自然中的美、对自然美丽的想象与保存青春之美的过程和方式融合在一起，让我们认识到原来人的美可以传给后代，正如夏花的美丽足以提炼储存一样，这样的想象是具有独创性的，充满智慧与知性。济慈所爱的正是这种智慧与知性，济慈所要继承并发展的也正是这些东西。"在柏拉图看来，爱是基本的宇宙力量，指导人类的一切行动，以及自然界与天国。对美的挚爱是哲思的根源，是通向智慧之路。"② 济慈的《人的四季》就记录了这样一个由热爱美到体悟人生哲理的过程，济慈继承了莎士比亚的艺术智慧，又加入他自己的柏拉图式的思考，这两者造就了《人的四季》的主题。

此外，济慈的《人的四季》也反映了19世纪英国浪漫主义时期诗歌的理想化倾向。浪漫派诗人对爱情的表现更倾向于诉诸精神上的需求，所以莎士比亚十四行诗中探索的繁育后代以获永生的主题就不再那么合乎19世纪的审美品位了。因此，济慈在《人的四季》中不写永生的主题，而是寻找哲理性的人生理念。济慈绕开莎士比亚的永生主题，但对其作品中的艺术情趣丝毫没有放弃。济慈与莎士比亚在取材、利用意象创造诗歌意境方面存在相似之处，这表明济慈心甘情愿地接受了莎士比亚的艺术影响，借助他的影响创造了自己的诗歌王国。

济慈的十四行诗对后世诗人产生了深远的影响，其中一个原因是济慈在他的一些诗中尝试运用了彼特拉克体与莎士比亚体相结合的方法。这虽然不是韵律上的独特创新，但是为后世诗人在韵律选择方面树立了一个榜样。此外，济慈整体的诗歌风格对后世诗人的十四行诗创作产生了影响。

---

① Palfrey, Simon, and Evan Fernie. "General Editors' Preface, "David Fuller. *The Life in the Sonnets*, London: Continuum International Publishing Group, 2001, p. 12.

② Palfrey, Simon, and Evan Fernie. "General Editors' Preface, "David Fuller. *The Life in the Sonnets*, London: Continuum International Publishing Group, 2001, pp. 15-17.

　　诗人阿诺德是维多利亚时代的诗人和评论家，他写了一首十四行诗，题名为《莎士比亚》，诗中就运用了混合的韵律。阿诺德运用混合韵律是不是因为模仿了济慈，这个问题考证起来很有难度，因为影响常常是在潜移默化中发生的，但我们从阿诺德诗中可以看到其与济慈在十四行诗韵律选择方面的相似性：

Shakespeare

Others abide our question. Thou art free.
We ask and ask: Thou smilest and art still,
Out-topping knowledge. For the loftiest hill
That to the stars uncrowns his majesty,

Planting his stedfast footsteps in the sea,
Making the Heaven of Heavens his dwelling-place,
Spares but the cloudy border of his base
To the foil'd searching of mortality:

And thou, who didst the stars and sunbeams know,
Self-school'd, self-scann'd, self-honour'd, self-secure,
Didst walk on Earth unguess'd at. Better so!

All pains the immortal spirit must endure,
All weakness that impairs, all griefs that bow,
Find their sole voice in that victorious brow. [1]

莎士比亚

其他人尚在忍受我们的质疑，而你不用。

---

[1]　Arnold. Matthew, "Shakespeare," http://www.sonnets.org/arnold.htm.

我们问了又问：你微笑且恬淡，

你是全知。因为最崇高的山

不用星星的冠冕。

他坚定的脚印在海洋上扎根，

使天堂中的天堂成为他的居所，

只留下了他根据地那多云的边界，

来探索人类必死的命运：

你了解星星和阳光，

自学、自检，自荣、自在，

满怀信心在地球上行走。岂非更好！

不朽的精神必须承受的所有痛苦，

一切伤人的弱点，一切让人屈服的悲伤，

在他胜利的额头上找到它们唯一的声音。

——笔者译

　　在前 8 行中，诗人宣称莎士比亚的成就毋庸置疑，就像崇高的山脉本身就是崇高的，不需要任何修饰，莎士比亚自身的价值也是如此。诗人盛赞莎士比亚作品的宏大气势和包罗万象的内容。诗人说莎士比亚的作品具有超越自然的力量，他在海上留下脚印，在天堂之天堂中居住，这些夸张的描写表达的是诗人对莎士比亚那奇妙的诗歌艺术的赞美。这段诗中所用的意象都是高远而宏大的，以此来形容莎士比亚也进一步突出了其伟大无人能及。莎士比亚的成就高耸入云，又有谁能不仰视他，又有谁能够与他相比呢？在后 6 行诗中，前 3 行写莎士比亚的成长，后 3 行写莎士比亚的成就。阿诺德是维多利亚时期在教育和文化领域对后世产生过很大影响的人物。此处他谈的是莎士比亚的受教育情况：莎士比亚没有上过大学，是一个自学成才的作家，他依靠自己成就了这一切，比受过教育的人做得还要好。在后 3 行中，诗人赞美莎士比亚了解人性，因此才能透彻地表现人性，这就是莎士比亚之所以成为莎士比亚的原因。这首诗写出了莎士比亚的博大，而这种情怀不仅体现在莎士比亚的戏剧中，他的十四行诗也同样浑然天成且洞悉人性。

　　有趣的是，这首写莎士比亚的十四行诗却不是按照莎士比亚十四行诗的结构创作的。莎士比亚十四行诗的韵律是"ABAB，CDCD，EFEF，GG"，而阿诺德这首诗的韵律是"ABBA，ACCA，DED，EFF"。这种押韵的形式介于彼特拉克与莎士比亚之间，莎士比亚十四行诗最后的双行体还是保留了。不知是诗人有意如此安排以暗示他将彼特拉克与莎士比亚并列的意图，还是无意为之，但我们知道这种混合彼特拉克的韵律与莎士比亚十四行诗韵律的做法在济慈的十四行诗中多次出现。

　　济慈诗歌的风格对后世十四行诗的创作产生了深远的影响。杰拉德·曼利·霍普金斯（Gerard Manley Hopkins，1844~1889）就是一位受济慈影响的诗人，他是牧师和诗人，出生于英国国教家庭，父亲曾担任英国驻夏威夷领事。他在牛津大学求学时皈依了天主教，于1877年接受神职。他生前他的诗无人赏识，死后近30年始得出版，但仍不受欢迎。直到1930年再版时，人们才认识到他诗歌的价值。霍普金斯的诗表现诗人对大自然的感悟，宗教色彩浓厚，并受到济慈、德莱顿、邓恩和罗斯金等人的影响。下面我们来分析霍普金斯的诗歌《上帝的荣耀》（*God's Grandeur*）：

God's Grandeur

Gerard Manley Hopkins

The world is charged with the grandeur of God.
It will flame out, like shining from shook foil;
It gathers to a greatness, like the ooze of oil
Crushed. Why do men then now not reck his rod?
Generations have trod, have trod, have trod;
And all is seared with trade; bleared, smeared with toil;
And wears man's smudge shares man's smell: the soil
Is bare now, nor can foot feel, being shod.
And for all this, nature is never spent;
There lives the dearest freshness deep down things;

And though the last lights off the black West went

Oh, morning, at the brown brink eastward, springs—

Because the Holy Ghost over the bent

World broods with warm breast with ah! bright wings. ①

上帝的荣耀

杰拉德·曼利·霍普金斯

上帝的荣耀昭然于世，

如振动的银箔，闪出火焰的光华；

如石油的泥浆飞溅，凝聚伟大。

人类为何不敬畏他的权杖？

一代又一代践踏、践踏、再践踏；

生意让人焦灼，辛劳衍生污秽与混沌，

人类的污浊，人类的气息，令今日的大地贫瘠，

穿鞋的双足感觉不到泥土的气息。

尽管如此，自然不会耗尽，

事物的内核里永存挚爱与新奇，

当最后一线光从黑暗西方消失，

啊，晨光，在东方褐色的边际跃动，

因为，那圣灵俯下身去，

他温暖的胸膛，光明的翅膀抚育万物。

——笔者译

在诗中，诗人直接写出了上帝的伟大，即世界反映上帝的荣光，这与加尔文（Jean Calvin，1509~1564）的思想是一致的。加尔文是法国著名的宗教改革家、神学家，基督教新教的加尔文教派创始人。加尔文认为自然是上帝借以启示人类的媒介，"即使是一般大众和教育程度最低的人，只需单单接受眼睛指导，就不得不意识到造物主的伟大奇工。这些令人惊

---

① Hopkins, Gerard Manley. "God's Grandeur," http. //www. sonnets. org/hopkins. htm.

叹的星辰，数之不尽，清楚分明，有条不紊，叫人不得不承认，造物主已充足地显明了其智慧。"① 诗歌的前四行选取了自然界美丽而神奇的画面，向我们显示上帝的神力与伟大，诗人用寥寥几笔便描写出上帝以无比的威力统御人间的气度。

在第一行中，charged 为"充电"之意，"霍普金斯认为上帝显现的是一种电流，它充电、燃烧，以光的形式被反射到'银箔''石油的泥浆'上。"② 光的意象与上帝的意象是密切相关的，光的意象在宗教中有很深刻的寓意。《圣经》中《创世记》的第一篇写道："起初，神创造天地。地是空虚混沌，渊面黑暗；神的灵运行在水面上。神说，'要有光'，就有了光。神看光是好的，就把光暗分开了。神称光为昼，称暗为夜。有晚上，有早晨，这是头一日。""光"的出现意味着那个混沌不清、杂乱无章的世界的终结，光给世界带来了秩序和安宁，终结了杂乱无章的状态。上帝说光是好的，光给人带来的是喜悦与欢愉。《圣经》中又说，"神就是光，在他毫无黑暗。这是我们从主所听见，又报给你们的信息。我们若说是与神相交，却仍在黑暗里行，就是说谎话，不行真理了。我们若在光明中行，如同神在光明中。"神的光明意味着神带给人希望、幸福与安康，有光存在的地方，就有欢乐和幸福。以此类推，那么自然世界中可以反射光的物体便是上帝借光来彰显自身，"诗人在这里以'银箔''石油的泥浆'作为光的反射物，而不选取自然之物，是有寓意的。他的意思是上帝之手安排了这一切，人类的发明只是揭示了上帝创造之谜，匠人的创造力也是上帝赋予的。"③ 霍普金斯不把科学发明与上帝相对立，这在 20 世纪的今天尤其受到推崇，而霍普金斯对于科学与上帝关系的阐释在他所生活的那个时期无疑是具有创造性的想象，霍普金斯把诗意的美与宗教的启示融在一起。

第四行是一个过渡句，诗人提出了一个问题："人类为何不敬畏他的

---

① 〔美〕阿尔文·普兰丁格：《基督教信念的知识地位》，邢滔滔等译，北京大学出版社，2004，第 199、200 页。

② Tontiplaphol, Betsy Winakur. "Good(s) Sonnets: Hopkins's Moral Materiality," *Victorian Poetry*, 2 (2011): 86.

③ Tontiplaphol, Betsy Winakur. "Good(s) Sonnets: Hopkins's Moral Materiality," *Victorian Poetry*, 2 (2011): 82.

权杖？"（Why do men then now not reck his rod?）这其实是一个修辞问句，诗人并不打算回答这个问题，他是在感叹愚蠢的人类不懂得尊重自然，不懂得敬畏上帝。诗人在下面的诗句中进一步写人类是如何远离上帝的，以及远离上帝的人类过着怎样的生活。接下来的四行诗描写了工业文明下人类所过的生活，这种生活是悲哀的。"一代又一代践踏、践踏、再践踏"（Generations have trod, have trod, have trod），在这一句中，诗人竟然把"trod"（践踏）这个词连续重复三遍，这在十四行诗的用词中是非常少见的。这种重复一方面加重了语气，另一方面也营造出一种单调乏味的气氛，用以模拟现代生活节奏给人造成的乏味感。诗人尖锐地指出人类所从事的生产活动、无休止的自然开发不过是使人类越来越远离自然罢了。"穿鞋的双足感觉不到泥土的气息。"（Is bare now, nor can foot feel, being shod.）在这句诗中，诗人有意无意间将一个希腊神话故事隐于其中，这就是安泰俄斯（Antaeus）的故事。希腊神话中有一位神叫安泰俄斯，他是海神波塞冬（Poseidon）和大地母亲该亚（Gaea）之子，安泰俄斯从来不会感到疲劳，他的身体只要一接触到大地就会充满力量，他战无不胜。英雄赫拉克勒斯（Heracles）与安泰俄斯较量，双方都力大无比，但是每当赫拉克勒斯将安泰俄斯击倒在地，大地之神该亚都会使安泰俄斯恢复力量。后来，赫拉克勒斯发现了这个秘密，于是把安泰俄斯举起来使他脱离大地，最终以这种方式将他击败。穿上鞋子的人类像安泰俄斯一样远离了大地，无法感知大地的气息。鞋子象征人类文明，人类文明越是发展，人越是远离大地、远离自然，也就因此而变得越来越虚弱。

诗歌的结构遵循前八后六的彼特拉克十四行诗结构。这六句诗形成了意思上的转折，虽然人类无休止地践踏自然，但是上帝没有抛弃人类，自然仍然把它无限的生机和美丽奉献在人类的面前。单从这六行诗来看，可以发现济慈的诗歌《蝈蝈和蛐蛐》（*On the Grasshopper and Cricket*）的影子。

On the Grasshopper and Cricket

John Keats

The poetry of earth is never dead:
When all the birds are faint with the hot sun,

And hide in cooling trees, a voice will run

From hedge to hedge about the new-mown mead;

That is the Grasshopper's—he takes the lead

In summer luxury, —he has never done

With his delights; for when tired out with fun

He rests at ease beneath some pleasant weed.

The poetry of earth is ceasing never:

On a lone winter evening, when the frost

Has wrought a silence, from the stove there shrills

The Cricket's song, in warmth increasing ever,

And seems to one in drowsiness half lost,

The Grasshopper's among some grassy hills. [①]

蝈蝈和蛐蛐
济　慈

大地的诗啊永远不会死：

当骄阳炎炎使百鸟昏晕，

躲进了树荫，却有个声音

在草地边、树篱间飘荡不止；

那是蝈蝈在领唱，在奢华的夏日

它的欢乐永远消耗不尽，

因为如果它唱得疲倦过分，

就在草丛下享受片刻的闲适。

大地的诗啊永远不会停：

在寂寞的冬夜里，当霜雪

织出一片静寂，炉边的蛐蛐

尖声吟唱，歌声随着温度上升，

---

① Keats, John. "On the Grasshopper and Cricket," *The Poetical Works of Keats*, Boston: Houghton Mifflin Company, 1986, p. 193.

　　使人在睡意朦胧中恍惚听到，

　　绿草如茵的山坡上蝈蝈的歌曲。①

——飞白译

　　济慈用了十四行之多来写大自然的歌声将永远不停歇。他选择的是两种极端天气，夏天的炎热和冬天的寒冷都没有让大地的歌声停止。或是蝈蝈，或是蛐蛐，总有一两种生灵在最难熬的季节里也不忘记歌唱，这多么令人感动。自然的恩赐是那样的丰厚，让读者也不由得随着诗句感受到自然的甜蜜。霍普金斯这六行中写的同样是自然之美一刻不停地赐福给人类，他也选择了两个彼此相对的时间，一个是白天，一个是黑夜。不管是在白天，还是在黑夜，大地总不忘记用温暖来滋润万物，上帝的爱通过自然传达给人类。这六行与济慈的整首十四行诗构思相同，不同的是济慈的诗没有宗教情结。对于济慈来说，自然是美的，而美又是自足的，美本身已经足够；而对于宗教信徒霍普金斯来讲，他必然要把这美归于上帝的荣耀。"十四行诗，在似与不似之间存在着一个复杂的模式，有着数学一样精确的比例。对霍普金斯来说，它就像是一个柏拉图式美的理想。它的两个部分之间的不对称关系使它很好地表达了这个世界与外在的要求之间的冲突，而那种冲突要发生在上帝的荣光之下。霍普金斯十四行诗的原型设计是这样的：前8行写世界的美与荣耀，后6行诗节重新指引读者认识和赞美神的美和力量。"②

　　霍普金斯和济慈都把美尽情地展现在十四行诗中，二人之间只隔着一层宗教。济慈诗中的美没有宗教的润色，是世俗人间的美和自然神秘之美的结晶，而霍普金斯笔下的美则是自然之美与宗教之美的联姻。

　　从霍普金斯的另一首十四行诗中，我们可以更清晰地感受到济慈的影响：

---

① 屠岸编译《济慈诗选》，外语教学与研究出版社，2012。

② Phelan, Joseph. *The Nineteenth-Century Sonnet*, Basingstoke; New York: Palgrave Macmillan, 2005, p. 37.

Spring

Gerard Manley Hopkins

Nothing is so beautiful as spring—

When weeds, in wheels, shoot long and lovely and lush;

Thrush's eggs look little low heavens, and thrush

Through the echoing timber does so rinse and wring

The ear, it strikes like lightnings to hear him sing;

The glassy peartree leaves and blooms, they brush

The descending blue; that blue is all in a rush

With richness; the racing lambs too have fair their fling.

What is all this juice and all this joy?

A strain of the earth's sweet being in the beginning

In Eden garden. —Have, get, before it cloy,

Before it cloud, Christ, lord, and sour with sinning,

Innocent mind and Mayday in girl and boy,

Most, O maid's child, thy choice and worthy the winning. [①]

春

霍普金斯

没有什么比春天更美

当野草年复一年地生长，蓓蕾初绽，郁郁葱葱；

画眉鸟的卵融进天蓝色中，画眉鸟的叫声

回音绕林，清澈，逐渐地淡远了。

他的歌声，像闪电划过耳畔；

光润的梨树叶和花儿，他们掠过

下降的碧蓝；蓝色都在匆忙中汇集，

变得浓丽；奔跑的羊羔也得以放纵。

---

① Hopkins, Gerard Manley. "Spring, "http://www. sonnets. org/hopkins. htm.

> 这果汁，这快乐，到底是什么？
> 起初，是地球上甜蜜的存在
> 在伊甸园，有得到的一切，有饱足、
> 云、基督，主，然后因犯罪而阴郁，
> 天真的心和男孩女孩的五月天，
> 哦，圣母的孩子，你的选择，最值得赢得。

——笔者译

　　这首诗的前 8 行赞美春天的美景，后 6 行把这种美景与上帝联系起来。画眉鸟的蛋是淡蓝色的，像天空的色彩一般。在这首诗中，蓝色被一再提到。在中世纪的绘画中，通常圣母像中圣母穿的是蓝色的袍子。霍普金斯喜欢用头韵，诗歌的语句常在中间断开，从而形成一种跳跃欢快的感觉。像济慈的诗歌一样，他的诗歌喜欢把各种感官都调动起来，色彩富丽，具有厚度，而且在描写景物的时候会把天上地下、飞的跑的、有声音和无声音的都写出来。这首描写春的十四行诗颇有济慈《秋颂》一诗的风味。

　　在这 6 句中，诗人把春天的美景与上帝联系起来，这美景体现的是上帝给予人类的安排。诗中 maid's child 指的是耶稣基督，诗人意在说明自然的美是上帝的安排，而被逐出伊甸园的人类应该重新回归自然，因为那个美丽的世界就是永恒的春天，是"值得赢得"的。霍普金斯把自然的美与宗教启示紧密地联系在一起，以宗教的意图书写美。

　　虽然济慈的十四行诗不如华兹华斯的数量多，但是他写出了不少经典之作。与莎士比亚相比，济慈的十四行诗更具有抒情性；与弥尔顿相比，济慈的十四行诗则更加平易近人。济慈的十四行诗有斯宾塞的柔情，但又多了几分深刻与冷静，加之济慈在 20 世纪以来受到更高的评价，这使济慈诗歌的影响不断深化。

第五章 现代元素

　　十四行诗是一种传统的诗体，有严格的格律要求。数百年来诗人们创作十四行诗的实践也在不断完善这一诗体，不断强化这一体裁的表现力。但是，无论如何，我们还是很难将十四行诗与现代派诗歌联系在一起。十四行诗是传统的，而现代派是反传统的，这两者怎么可能建立起联系呢？事实上，在我们的文学发展史上，传统对传统的突破——或者叫创新——一直都在进行，从来没有停止过。传统与现代不仅相互斗争，相互冲突，而且还相互依存。艾略特在他的文学评论《传统与个人才能》（*Tradition and the Individual Talent*）中论述了个人与传统的关系，他说："诗人，任何艺术的艺术家，谁也不能单独地具有他完全的意义。"他的重要性以及我们对他的鉴赏就是鉴赏他和已往诗人以及艺术家的关系。你不能对他单独评价；你得把他放在前人之间来对照，来比较。这不仅是一个历史的批评原则，也是美学的批评原则。"他之必须适应，必须符合，并不是单方面的；产生一件新艺术作品，成为一个事件，以前的全部艺术作品就同时遭逢了一个新事件。现存的艺术经典本身就构成一个理想的秩序，这个秩序由于新的（真正新的）作品被介绍进来而发生变化。这个已成的秩序在新作品出现以前本是完整的，加入新花样以后要继续保持完整，整个的秩序就必须改变一下，即使改变得很小"；因此每件艺术品与整体的关系、比例和价值就重新调整了，这就是新与旧的适应。① 现代派诗歌强调的诗歌因素早已经存在于传统的胚胎中，传统的十四行诗中又融入了现代派诗歌的元素，而且有些十四行诗具有惊人的现代派诗歌品格。

----

① 《传统与个人才能》，《艾略特诗学文集》，王恩衷编译，樊心民校，国际文化出版公司，1989，第2页。

西方现代派文学是一个很难界定的概念。在美国诗人庞德看来，中世纪以后的西方文学都可以称为现代派，也就是说文艺复兴之后的文学均属于现代派文学。这一分法当然有一定的道理，因为从文艺复兴以来，以人为中心的文学就代替了以神为中心的文学，文艺复兴就是分水岭。但问题是，如果现代派文学指的是文艺复兴以来的西方文学，那么我们在研究现代派文学的时候就会遇到很多困难。又有一些研究者通过总结现代派文学的普遍特点来界定现代派文学，这样的概括虽然还不能说十分准确，但是为现代派文学的研究提供了一个可行的思路。这种观点认为："现代主义，或现代派，与广义的现代西方文学不是概念上的同义语。文学上的现代派，主要是指以非理性主义哲学、弗洛伊德主义精神分析学、存在主义哲学思潮和爱因斯坦的相对主义哲学等理论作为思想基础，在第一次世界大战以来的西方社会历史条件下，提倡反叛旧的文学传统，进行大胆的思想探索和文学实验的各种文学创作派别。"① 西方现代派诗歌中主要的流派有象征派和意象派。19 世纪与 20 世纪之交，许多唯心主义哲学著作风靡一时，叔本华的理论、柏格森（Henri Bergson，1859~1941）的哲学成为当时最有影响力的学说，也为文学艺术领域各种思潮的产生奠定了理论基础。随着资本主义的发展，人们在物质生活方面获得了极大的满足，在精神领域却陷入了危机，这被称为"世纪末的悲哀"，其典型的标志就是人们感到生活空虚、苦闷、没有欢乐、没有希望。在这种文化思潮下产生了法国象征主义诗歌，其代表人物是斯蒂芬·马拉美（Stephane Mallarme，1842~1898）、保尔·魏尔伦（Paul Verlaine，1844~1896）和阿蒂尔·兰波（Jean Nicolas Arthur Rimbaud，1854~1891）。象征派强调可以凭借神秘的直觉能力透过现象看本质。他们认为艺术家应该抛开现实，凭着直觉能力创造出抽象的美，还特别强调诗歌的音乐性，因为音乐比文字有更多的神秘感。所谓象征，就是用具体的事物表达抽象的概念，通过联想、暗示揭示真理。继马拉美、魏尔伦、兰波之后，又出现了叶芝和艾略特两位杰出的后期象征主义代表人物。叶芝擅长使用象征手法，他认为诗歌的形式是晦涩的，但诗歌的风格应该是完美、微妙的，诗歌的语言要精练、真实、自然。艾略特的《荒原》也成为现代派文学的里程碑。

---

① 林骧华编著《西方现代派文学评述》，上海人民出版社，1987，第 1 页。

现代派诗歌的另一个重要组成部分就是意象派诗歌。这一派诗人要求彻底解放格律对诗歌的束缚，用精确的意象来表达情感。意象派的代表人物庞德想用一种清新、简洁的新诗体来代替已过时的浪漫主义传统。意象派强调直接表达情感，用精确的意象去追求自然的韵律，而不是按照传统的韵律按部就班地写诗。庞德说："'意象是这样一种东西：它表现的是在一刹那时间中理智和情感的复合。'一个被描述的意象，可能是'任何一种内心冲动时所获得的最充分的表现或解释'。"意象又是"一个辐射束，……一个旋涡，从这里面产生观念，观念从意象中通过，并且不断冲击意象"。"意象派诗歌以中世纪欧洲哲学、柏格森的美学思想以及东方诗歌为精神上的渊源，一般具有清晰、精确、浓缩和具体等特点。诗人着重表现自己的瞬间直观印象，用暗示的手法来传达感情，以描绘'意象'为目的，在寻求富于独创性的隐喻时刻意求新。"[①]

现代派诗歌意在打破古典诗歌格律上的限制，以达到对词语、音韵的自然运用。现代派所提出的在诗歌内容、表达方式方面的创新，大部分也是可以用十四行诗这种诗歌形式来表现的。如果我们把目光从十四行诗严谨的格律上移开，就会发现十四行诗与现代派诗歌并非水火不容，而是相互渗透的。本章意在研究十四行诗中现代派诗歌元素的萌芽，用事实阐明十四行诗的内核中已经存在现代派诗歌的元素，而正是这种现代派诗歌元素的存在，才使十四行诗既经得起历史的风烟，又能时刻融入现代意识，直到 21 世纪的今天，仍然有诗人在使用这种诗体进行创作。

第一节　晦涩象征

现代派诗歌所主张的晦涩性象征在传统风格的十四行诗那里可以找到知音，罗伯特·弗罗斯特就写过这类象征性的十四行诗。弗罗斯特是 20 世纪美国诗人，做过鞋匠、教师和农场主。他在诗歌中书写他熟悉的田园生活，曾 4次荣获普利策奖。弗罗斯特的语言十分朴素，他的风格通常被认为是传统的田园风格。但实际上，他的诗歌有很强的现代性，他的部分十四行诗极具现代派文学的色彩。如果我们用一些普遍性的特点来称呼现代派文学，而不是把现代

---

① 林骧华编著《西方现代派文学评述》，上海人民出版社，1987，第 33 页。

派文学、现代派诗歌等同于象征派诗歌流派或者意象派诗歌流派，那么弗罗斯特的部分十四行诗也应该被列入现代派文学。不过，他的诗歌是否被列入现代派文学，这并不重要。弗罗斯特生前也从没有为了使自己属于某个派别而去创作诗歌。至于其十四行诗体现的现代派特征，那只是因为他生活在现代派思潮的文化语境下，而且他个人的才智倾向使他的诗歌风格自然地接近于现代派的创作手法。我们下面就用实例来说明弗罗斯特十四行诗中的现代派特征：

The Vantage Point
Robert Frost

If tired of trees I seek again mankind,

Well I know where to hie me—in the dawn,

To a slope where the cattle keep the lawn.

There amid lolling juniper reclined,

Myself unseen, I see in white defined

Far off the homes of men, and farther still,

The graves of men on an opposing hill,

Living or dead, whichever are to mind.

And if by noon I have too much of these,

I have but to turn on my arm, and lo,

The sun-burned hillside sets my face aglow,

My breathing shakes the bluet like a breeze,

I smell the earth, I smell the bruisèd plant,

I look into the crater of the ant. [①]

至高点
罗伯特·弗罗斯特

如果厌倦了树木，我又寻找人类，

---

① Frost, Robert. "The Vantage Point," http://blog. sina. com. cn/s/blog_ be7ab9b60101ccli. html.

好吧，我知道黎明引我走向何方，

到一个斜坡上，那里牛饲养在草坪上。

在那里悠闲地倚靠在柏树上，

别人看不见我，我在白色的轮廓中看到

远离人的家，更远的地方，

对面的山上有人的坟墓，

无论是活着的还是死的。

如果中午我太多地看到这些，

我必须准备行动，瞧，

太阳烤着的山坡，此时，我脸发红，

我的呼吸像微风摇动矢车菊，

我闻到了大地，我闻着被挫伤的植物。

我看着蚂蚁的火山口。

——笔者译

　　这首诗歌的韵律是"ABBA，ACCA，DEED，FF"，虽然也用双行体结尾，但是没有莎士比亚双行体那样的作用，它的双行体诗句是散文式的。"至高点"是一个最佳的观测点，因为它可以使诗人全面地看到事物的整体。诗人把自己想象成神，可以观察一切并置身于事外。在诗歌的第1~8行中，诗人写他厌倦了树林，因此要寻找人类。这样，诗歌就开始从自然走向人类的旅行。这首诗有一个明确的时间概念作为诗歌的主线，它也成为诗歌的结构框架。诗人在黎明时分来到人类的居所，这里有生有死，有人家和坟茔。诗人是作为一个旁观者出现的，是隐而不现的。"别人看不见我"（myself unseen），说明诗人的这个观测点不在任何人力所及的范围内，而是至高的，这个至高是一种哲学的高度。在诗歌的第9~14行，诗人写时间到了中午，此时他必须行动，这里的所指是神秘的。联系诗中的"旅程"这个隐喻，我们可知诗人是在黎明时分走向了人间，在正午时分他要准备行动还是要离开人间，走进自然中，还是到什么别的地方呢？诗中没有明确回答，这也是诗歌神秘的地方。不过，从这部分诗句来看，诗人描写了一个充满危险的大地。所以，诗人大概不能回归人间，因为人间有死亡，有坟墓；诗人也不能回归自然，因为自然的世界里有正待喷发的火山，有被挫伤的植物。那么，诗人所写的应该是一场未知后果的逃离。

这首诗歌既不是典型的彼特拉克体，也不是典型的莎士比亚体，而是采用了自然节奏的韵律。在十四行诗中，音乐性绝不仅仅是依靠诗的格律而已，诗人对诗歌语言的变化性运用，其目的也是极力去塑造诗的音乐品格。而正是在这一点上，它与现代派诗歌是相通的。"锡得尼认识到，大凡史上伟大的诗歌都证明如果没有好的格律作基础，英语诗歌就不可能被完善，但他同时也认识到诗歌一定要自然，语气真实，情感真实，格律要规范，节奏要自然，语气也要一气呵成，这些要求并不矛盾，完全可以融合在一起。因此，锡得尼把自然的节奏配上诗歌韵律，偶尔也会因修辞需要稍有变体，这样就可以产生一种特殊的音响，这声音不是诗人的声音，是诗本身的声音。"① 锡得尼对诗歌节奏的认识与意象派的主张一样。弗罗斯特这首诗中的节奏也是非常自然的，而且这首诗明显与莎士比亚那些善于幻想、充满绚丽词语的十四行诗截然不同，它的词语是平凡朴素的，这一点与意象派诗歌的主张不谋而合。

更重要的是，诗歌具有强烈的象征性。树木、黎明、草坪、太阳、微风、矢车菊、蚂蚁、火山，种种意象放在一起，构成典型的农场景象。自然的种种神秘就在这些自然之物的不明确象征中忽隐忽现地被表达出来。说它最具象征派诗歌的特征，是因为这些自然的意象初看似乎是清晰的，越看则越不清晰，再往后甚至歧义丛生了。蚂蚁就在火山口那里，蚂蚁象征着芸芸众生，其活在世界上，却不知道这世界上充满了危险。人们也这样活着，没有人意识到悲剧的命运就在眼前。在以前的十四行诗中，诗人要表达什么思想，我们基本是清楚的，比如莎士比亚诗中的那些爱情纠葛虽然复杂，最终还是可以得出一个比较明确的结果。但弗罗斯特的这首十四行诗是神秘的，它的象征是浮动的，是相当现代化的。诗歌中除了田园风景的象征以外，还有坟墓这种人间世界的物象，这些物象可能象征着欣欣向荣的生活。诗中的"我"是一个站在至高点的"我"，可能象征着无所不能的神，或者是大智慧的化身。

---

① Kimbrough, Robert. *Sir Philip Sidney: Selected Prose and Poetry*, Madison: University of Wisconsin Press, 1983, p. 161.

弗罗斯特诗中的象征与象征主义诗歌的相似之处有四点。第一点是象征的暗示性。象征物的意义虽然被渐渐揭示出来，但仍然如雾中观景般模糊。二是诗中不表达明确的意义，只是突出一种情绪。斯蒂芬·马拉美将象征主义定义为一种"通过一点一滴地引起人们对某物的联想，从而显现出的一种情绪；或者反过来说，通过择取某物并从中抽出一种'情绪'的艺术"。但他又说，这种情绪应该'通过一系列的解释（*par une série de déchiffrements*）'而被抽出来，值得重视的是在其定义的前半部分，他讲过要'一点一滴地'引起人们对某物的联想，这两条都说明'客观对应物'及其相关联的情绪不应该很明白地显现出来，而只应暗示出来。实际上，马拉美在同一节的另一个地方对此加以了强调，他争论道：'说出一件物体就消除了一首诗主要的愉悦部分，因为这种愉悦是由渐进的显现过程组成的。'他声言该物体应该只是暗示出来……并且作出结论：组成象征主义的便是这种神秘过程的完美实践"。① 三是整首诗中的语气是阴沉的。田园的意象本来给人舒适安心之感，但是诗中四处存在且不为人所知的危机使这明亮的田园景色暗淡了，给人的感觉是焦虑不安的。四是"象征主义诗歌不可避免地具有某种内在的晦涩"。② 在弗罗斯特的这首十四行诗中，人们读到最后，也只得到了一些朦胧的感觉而已，而这种印象也正是诗人特意营造的诗歌气氛——晦涩的象征和阴暗的情调。

第二节　时间叙事

时间是生命的材料，对时间本质的探索也是诗人最喜欢的主题。在莎士比亚的十四行诗中，时间常被喻为刀之类的利器，在人的脸上刻下了皱纹，剥夺了美。这种比喻虽然新奇，却是直截了当、一目了然的，而在现代派风格的作品中，时间的比喻却是曲折的。通常意义上的时间是线性的，而在西方现代作家那里，不管是诗人，还是小说家，都换了个角度看待时间。对他们来说，时间有时可以处在一个平面上。此时，时间不再是

---

① 〔英〕查尔斯·查德威克：《象征主义》，郭洋生译，冯川校，花山文艺出版社，1989，第2页。

② 〔英〕查尔斯·查德威克：《象征主义》，郭洋生译，冯川校，花山文艺出版社，1989，第3页。

叙事的线索，反倒成了叙事中的一个不可靠参数。说它不可靠，是因为当时间被看成平面的，它的进程就被人类的意识加工，进入了与线性时间不同的认知网络中，暗暗地改变着我们对世界的认识。艾略特和福克纳（William Faulkner，1897~1962），一个是现代派诗人，一个是意识流作家，其作品中多有现代派因素，在对时间的认识上都与传统的线性时间认知分道扬镳。有趣的是，弗罗斯特的一首十四行诗《灶巢鸟》（The Oven Bird）体现出的时间观念与上面两位诗人极其类似，这可以说是十四行诗中的现代派风格了。下面，我们就具体地分析一下《灶巢鸟》中时间观念的问题：

The Oven Bird

Robert Frost

There is a singer everyone has heard,

Loud, a mid-summer and a mid-wood bird,

Who makes the solid tree trunks sound again.

He says that leaves are old and that for flowers

Mid-summer is to spring as one to ten.

He says the early petal-fall is past

When pear and cherry bloom went down in showers

On sunny days a moment overcast;

And comes that other fall we name the fall.

He says the highway dust is over all.

The bird would cease and be as other birds

But that he knows in singing not to sing.

The question that he frames in all but words

Is what to make of a diminished thing. [①]

---

① Frost, Robert. The Oven Bird, 新浪博客, http://blog. sina. com. cn/s/blog_5dd13d720102wuyl. html。

灶巢鸟

罗伯特·弗罗斯特

每个人都听说过一位歌手，

一只仲夏时分的林中鸟，

又是谁让坚实的树干发出声音的？

他说树叶是旧的，他为的是花。

仲夏和春天好像一比十。

他说早期花瓣落了，那些都过去了。

当梨花和樱桃花纷纷落

晴朗的一天阴云密布，

另一场凋落来临，我们称之为秋天。

他说公路上的灰尘已经全部消失了。

这鸟儿会像其他鸟儿一样停止歌唱。

但他知道在歌唱中并不就是歌唱。

他所想的问题不能用语言表达，

那消失的一切去向何方？

——笔者译

灶巢鸟体型很小，夏天生活在美国北方，秋天来了，它就飞向南方。与其他鸟不同的是，其他鸟在春天歌唱，而这种鸟只在仲夏时分歌唱。这首诗写于 1916 年，诗歌中一只鸟儿在说话，这只鸟以第三人称的形式出现。诗歌用"他说"（he says）引导出一个间接引语结构，通过一再重复这个结构，建构起此诗的基本框架。这只鸟在仲夏时分歌唱，像预言家一样，唱着秋天，唱着冬天，并且思考着当一切都消失时他应该如何歌唱这一问题。济慈的诗《蝈蝈和蛐蛐》（On the Grasshopper and Cricket）也写了鸟的歌唱，但诗中的语气是明朗的，连感伤都是明亮的，这首诗则不一样，它伤感的语气是很彻底的，随着鸟一次又一次发言，诗歌的意境变得灰暗。在这首诗中，四季和鸟儿在四季的歌唱构成了一种重叠的隐喻。季节隐喻人生的各个阶段，而鸟歌唱的内容则把对不同季节的感受描绘出来，成为对人生的一种思索。这与济慈在《人的四季》（The Human

Seasons）中的隐喻有相通之处，都是用季节的特点来隐喻人生不同阶段的特点。但与济慈不同的是，济慈深刻却明朗，弗罗斯特深刻而晦涩。

鸟儿为什么歌唱，它无法回答，但它歌唱着，它的歌声走过了春天，走过了夏天，走过了秋天。春天是鸟儿最欢乐的季节，因为春天里鸟儿可以充满期待，但是，当夏季来临，大地到处都绿意葱茏，鸟儿对它的感觉远不如春天，因为物极必反。在夏季，万物已经发展到顶峰，那么接下来就只能走下坡路了。秋天来了，天气变凉，连公路上的灰尘也不扬起来了，说明人也很少走进森林听鸟儿歌唱了。夏天的绿色虽然繁盛，但在这完满的季节里，鸟儿已经没有什么可以期待的了。这首诗虽然写的是鸟，但它象征的是人生。当人生达到完满之时，也就失去了可能的期待，圆满之后必然要走向残缺。人生只在充满期待时，才是最令人感到幸福的。而诗中的鸟儿是仲夏之鸟，对它来说，最美好的时光春天已经过去，未来的时光是秋天和冬天。仲夏代表现在，春天代表过去，秋天代表未来。没人知道鸟儿所歌唱的、消失了的一切到底去了何方。那消失的一切不仅是过去，也是将来。鸟儿在夏天歌唱，对于秋天那凋落的季节里消失的事件，在鸟儿看来，也一样是不可知的。鸟儿只是仲夏的鸟儿，夏天是这只鸟的现在时，春天和秋天对它来说都是一种不可知的、消失了的事情。这样，仲夏之鸟就被赋予了一种时间意义。它的生活只有现在，过去、将来与现在都处在一个平面上。弗罗斯特这首诗在对时间的书写上很有现代派的意味，艾略特的诗《烧毁了的诺顿》（*Burnt Norton*）与之如出一辙：

> *Time present and time past*
>
> *Are both perhaps present in time future*
>
> *And time future contained in time past.*
>
> *If all time is eternally present*
>
> *All time is unredeemable.*
>
> *What might have been is an abstraction*
>
> *Remaining a perpetual possibility*
>
> *Only in a world of speculation.*
>
> *What might have been and what has been*
>
> *Point to one end, which is always present.*

Footfalls echo in the memory

Down the passage which we did not take

Towards the door we never opened

Into the rose-garden. ①

现在的时间与过去的时间

两者也许存在于未来之中，

而未来的时间却包含在过去里。

如果一切时间永远是现在

一切时间都无法赎回。

可能发生过的事是抽象的

永远是一种可能性，

只存在于思索的世界里。

可能发生过的和已经发生的

指向一个目的，始终是旨在现在。

脚步声在记忆中回响

沿了我们没有走过的那条走廊

朝着我们从未打开过的那扇门

进入玫瑰园。②

——赵萝蕤译

在《烧毁了的诺顿》的另一段中，相似的表达重复出现：

And the lotos rose, quietly, quietly,

The surface glittered out of heart of light,

And they were behind us, reflected in the pool.

Then a cloud passed, and the pool was empty.

---

① Eliot, T. S. "Burnt Norton Lyrics, "http://www.davidgorman.com/4quartets/1-norton.htm.

② 〔英〕艾略特：《烧毁了的诺顿》，《艾略特诗选》，赵萝蕤译，山东大学出版社，1999，第135~136页。

Go, said the bird, for the leaves were full of children,

Hidden excitedly, containing laughter.

Go, go, go, said the bird: human kind

Cannot bear very much reality.

Time past and time future

What might have been and what has been

Point to one end, which is always present. ①

荷花静静地静静地拔高，

光明的中心流泻的光流，闪闪发光，

他们在我们身后，倒映在池子之中。

一朵白云飘过，池水消逝不见。

去吧，那鸟说，小孩们在树叶丛里，

他们忍着笑，激动地藏在那里。

去，去，去，那鸟说：人类

难以接受太多的现实。

过去的时间和将来的时间

可能发生过的和已经发生的

指向一个目的，始终是旨在现在。②

——赵萝蕤译

　　无论是发生在过去，还是发生在将来，其目标都在于现在。这一表达正如弗罗斯特诗中的鸟儿一样，它是一只仲夏之鸟，对于它来说，期待是最美丽的时光，而圆满则意味着要走下坡路了。鸟儿的现在永远不完满，人也是一样。人的现在也不完满，只能期待那可能的完满，而一旦这种完满变成了现实，完满就已经处于走向衰落的路上，那恍惚中不见的过往和不可知的将来都指向现在。时间不是线性的，而是同在一个平面上。就像

---

① Eliot, T. S. "Burnt Norton Lyrics," http://www.davidgorman.com/4quartets/1-norton.htm.

② 〔英〕艾略特：《烧毁了的诺顿》，《艾略特诗选》，赵萝蕤译，山东大学出版社，1999，第137~138页。

弗罗斯特把他的鸟儿称为仲夏之鸟一样，它只存在于夏天这样一个节点上。它虽处于完满的境地，但是在它看来，真正的完满在春天，秋天的一步步逼近象征着完满的世界正在走向衰落。通过平面的方式来看待时间，目的还是写人类的欲望。由于人类的欲望总是处于动态之中，所以，人们并不存在于一段真正幸福的时光中。对仲夏之鸟来说，最幸福的时光是过去，这就证明了在欲望中的人类永远不可能得到幸福。艾略特借鸟之口说人类难以接受太多的现实，过去和将来始终旨在现在。这象征着人类目光短浅，像仲夏之鸟一样，虽然也知道四季的循环，但其生活始终被局限在一个特定的范围里。

将时光进行平面式的解析，而不是线性的呈现，这是西方作家的一种通常做法。在福克纳的小说《献给爱米丽的玫瑰花》（A Rose for Emily）中，有一段关于时间的描写：老人们把时间给搅乱了，这是老年人常有的情形。在他们看来，过去的岁月不是一条越来越窄的路，而是一片广袤的没有冬天的草地。当时间被看成一个平面的时候，过去、将来和现在便在一个水平面上。这是人们感知世界的方式，更是人们感知现在时间的方式，也是弗罗斯特诗歌中仲夏之鸟看待世界的方式。对于仲夏的鸟儿来说，它永远没有春天，因为它的期待总在未来；它也没有秋天和冬天，因为那时它将停止歌唱。所以，这仲夏之鸟只能将过去和未来的时间都放在当下，放在现在。在这一点上，它可以象征人类脆弱的心灵无法接受"太多的现实"。

第三节　非个性化

19世纪英国浪漫主义诗人十分强调情感表达，但到了现代派诗人艾略特这里，情感却被要求退出诗歌，从而让诗歌达到"非个性化"。"非个性化"是艾略特在《传统与个人才能》一文中提出的理论观点，在艾略特看来，"诗人没有什么个性可以表现，只是一个特殊的工具，只是工具，不是个性。[①] 一首诗在某种意义上有它自己的生命，它的各部分所形成的事物，完全不同于秩序井然的传说资料的主体；从诗里所产生的感觉、情感

---

① 《艾略特诗学文集》，王恩衷编译，樊心民校，国际文化出版公司，1989，第6页。

或想象是不同于诗人头脑里的感觉、情感或想象的东西。在诗歌创作中，应将诗人的个性转化为非个性"。可见，这个"非个性化"的理论就是要求诗歌达到客观化，诗人得把他自己与诗分开，把自己变成一个容器，去承载他诗歌中表达的思想与情感。艾略特还用一个比喻来说明非个性化的理论，他写道，"我用的是化学上的催化剂的比喻。当前面所说的两种气体混合在一起，加上一条白金丝，它们就化合成硫酸。这个化合作用只有在加上白金的时候才会发生；然而新化合物中却并不含有一点儿白金。白金呢，显然未受影响，还是不动，依旧保持中性，毫无变化。诗人的心灵就是一条白金丝。它可以部分地或全部地在诗人本身的经验上起作用；但艺术家愈是完美，这个感受的人与其创造的心灵在他的身上分离得愈是彻底；心灵愈能完善地消化和点化那些它作为材料的激情。这些经验，你会注意到，这些受接触变化的元素，是有两种：情绪与感觉。一件艺术作品对于欣赏者的效力是一种特殊的经验，和任何非艺术的经验根本不同"，它可以由一种感情造成，或者由几种感情结合而成，因作者特别的词语、语句，或意象而产生的各种感觉，也可以加上去形成最后的结果。还有伟大的诗可以无须直接用任何情感而完成，尽可以纯用感觉。① 艾略特把心灵比喻成"白金丝"，其作用是促进其他物质的化合反应，而其自身毫无变化，这是对"非个性化"最形象的解说。"非个性化"理论是艾略特对自己的诗歌实践的总结，现代派强调诗歌不表达感情，而要表达感觉。在传统诗歌中，如果诗歌表达感情，这种表达是直接的。虽然诗人也使用隐喻、象征等手段，但我们还是可以感受到诗歌中的情感是饱满的，因为这些隐喻和象征都直接指向诗人的情感。而在现代派诗歌中，情况则大不相同。在现代派诗歌中，无论诗人在场与否，他都处于旁观者的位置上，以客观的语气来讲述诗中的故事，他的冷静使他与诗歌内容产生了距离。在现代派诗歌中，诗人几乎和读者一样被放置在一片由各种意象、象征、比喻、修辞组成的诗篇语境中，仿佛被放逐到一处斑驳陆离、千岩竞秀的美丽风景中。没有导游解说这风景的历史和地貌特征，想要读懂它，就得调动自己的智慧和经验去猜测，这是现代派诗歌给读者提出的挑战。同时，

---

① 《传统与个人才能》，《艾略特诗学文集》，王恩衷编译，樊心民校，国际文化出版公司，1989，第5页。

现代派诗歌的这种诗歌创作理念使他们的诗歌越来越晦涩难懂。"许多现代派的实验作家都是在进行诗歌创作而不是散文创作，因此放弃了表达一个因果关系连贯的世界的尝试。由于他们对普通句法解释因果过程的能力失去了信心，他们越来越不相信通过历史发展的叙述来描绘世界的方案。作者的语言变得越来越倾向于省略，转向并列、非逻辑及拼贴。"[1] 在弗罗斯特的一首名为《测距》（*Range-Finding*）的诗中，我们看到了这种非个性化的诗歌叙事，它写了感觉，却没有写情感，意在让读者通过感觉理解情感。下面我们就来分析这首十四行诗中的现代派元素：

Range-Finding

Robert Frost

The battle rent a cobweb diamond-strung

And cut a flower beside a ground bird's nest

Before it strained a single human breast.

The stricken flower bent double and so hung.

And still the bird revisited her young.

A butterfly its fall had dispossessed

A moment sought in air his flower of rest,

Then lightly stooped to it and fluttering clung.

On the bare upland pasture there had spread

O'ernight 'twixt mullein stalks a wheel of thread

And straining cables wet with silver dew.

A sudden passing bullet shook it dry.

The indwelling spider ran to greet the fly,

But finding nothing, sullenly withdrew. [2]

---

[1] Sheppard, Richard. "Modernism, Language, and Experimental Poetry: On Leaping Over Bannisters and Learning How to Fly," *Modern Language Review*, 1(1997) : 103.

[2] Frost, Robert. "Range-Finding, "http://blog. sina. com. cn/s/blog_5dd13d720102x1tv. html.

测距

罗伯特·弗罗斯特

战斗把蛛网钻石串破开

在地上的鸟巢旁剪下一朵花

在它将一个人的胸膛射穿前。

受打击的花弯下，这样挂着。

鸟儿仍在重新查看它的幼子，

一只蝴蝶的秋天已然无所依靠，

片刻间，空中飘来它的休憩之花，

然后它蹲上去，拍打翅膀。

一夜间在平坦的高地牧场上，

散布着毛蕊花茎，纠缠成一团团的线

用银露水浸湿拉紧的蛛网，

一颗突如其来的子弹把它摇干。

内藏的蜘蛛跑去迎接苍蝇，

但什么也没有发现，只好退出。

——笔者译

这首小诗最初的名字是"战争琐事"（The Little Things of War），大约写于 1911 年，收入弗罗斯特 1916 年出版的诗集《山间隙》（*Mountain Interval*）。这首十四行诗的韵律是"ABBA，ABBA，CCAD，DEFFE"，不是典型的彼特拉克体，也不是莎士比亚体，而是一种典型的不规则押韵。

弗罗斯特处于传统诗歌和现代派诗歌的交替时期，被认为与艾略特同为美国现代诗歌的两大中心。弗罗斯特并不代表传统，他的诗歌现代得惊人。测距指测量到目标的距离。测量准确的距离在导航、建筑开发、土地开发等方面应用广泛。瞄准武器也需要测距，以便确定打击目标。这首诗不写战场，却对准了一个微观的镜头，一颗子弹在命中一个人这一最终目标前，击碎了蛛网、花朵以及自然中的种种物体。这些原本不是战争的靶子，但是战争又怎么可能区分得那样详细呢，玉石俱焚正是战争的常态。在诗歌的第 1~8 行中，诗人写道：鸟在子弹射击以后连忙查看它的幼子，不知这飞来的横祸中它的幼子能否幸免于难；而那只蝴蝶在被炸飞的花朵上找到休息地，却不知那花朵终将落地。自然的生命相互依存，但战争破坏了这一切。战争摧毁的不只是人的生命，还有自然的生命。诗歌的第6~14行继续写子弹带来的损失。诗人把自然的事物，如蛛网、花写得很美，这样自然唤起了我们对战争的痛恨。当美丽的蛛网被击碎，蜘蛛还以为捕到了猎物，不知自己就是那个被打击者。蜘蛛的愚蠢象征着人类的愚蠢，人类用战争毁灭的不是别人，正是我们自己的美好生活。诗人以田园诗的风格来写这样的反战题材的作品，确实别具一格。诗歌营造出一种童话故事般的意境，但其实所写的主题是沉重的战争。

诗歌读起来完全是从一个客观的角度写作者的感觉，意象是拼接起来的。被肆意摧残的花朵、无助愚昧的昆虫、按部就班生活着的鸟儿，大自然中的一切在战争中的遭遇都映射了人的遭遇。没有一句抒发感情的诗句，但诗中描写的一切都是令人震撼的。诗中写道："受打击的花弯下，这样挂着。"（The stricken flower bent double and so hung.）这哪里是被摧折的花，分明是战场上死去的人。诗人的描写是冷峻的，冷峻到令人发抖，诗中的意象和描写令人产生丰富的关于战争的联想。诗中没有直接写战争的残酷，但它让我们感受到战争的残酷无所不在。炮火过后，鸟儿在查看它的幼子，慈母在战争的背景下显得那么可怜和无助，谁能知道它的幼子会不会在下一次袭击中丧生呢？这不正是人类母亲的象征吗？万物相互依存，息息相通。战争对自然界的种种破坏，最终都会成为对人类自身生存环境的破坏。正因为人类与自然是息息相通的，诗人才能借写自然的遭遇来写战争给人类造成的痛苦，读者才能够从诗中体会到这种痛苦。

弗罗斯特的这首诗虽然用十四行诗形式写成，但它骨子里包含典型的现代派诗歌元素。它不仅在表现技巧上吸收了现代派诗歌的手法，而且和现代派诗歌一样，诗歌的潜在读者是受过良好教育的人。"现代主义诗歌的目标读者是受过足够的教育、能够理解诗人的专家。这也是它的诱惑之一：阅读现代主义诗歌就是步入了现代主义诗人所要求的专业读者精英圈。正如艾略特所说：'当诗人发现自己处于一个没有知识贵族的时代……诗人的困难和批评的必要性将变得更大了。'艾略特还写道，合法化的需求将越来越大。因为归根结底，合法化的核心功能之一是赋予一个人或一个群体权力，或者是在庞德和艾略特的情况下，通过批评创造一个精英诗人或读者群体。"马克斯·韦伯（Max Weber，1864～1920）直接谈到了与统治者和国家权威有关的问题，他明确指出："简单的观察表明，在每一种情况下，更受青睐的人都觉得有必要以某种'合法'的方式看待自己的立场……同样的需求也让人感觉到人类的积极和消极特权群体之间的关系。每一个享有高度特权的群体，即优势群体都会发展出他们自己的神话。"① "《测距》用非个性化的表达方式产生了类似于现代派诗歌的表现效果，同时，其语言的暗示性、象征性也将诗歌的读者拟设成了受过良好教育的人，以其高智商的表达方式预设了高智商的读者，这些都体现出这首十四行诗除去韵律形式以外，其他方面都是现代派的。换言之，这是一首用十四行诗的形式来书写的现代派诗歌。这并不奇怪，因为传统与现代之间本来就不存在绝对的鸿沟。"有些现代派的研究者已经通过对莎士比亚、卡明斯（Edward Estlin Cummings，1894～1962）和格特鲁德·斯坦因（Gertrude Stein，1874～1946）这类风格完全不同的诗人进行比较研究，发现了现代和传统诗歌之间基本上是相似的。"因此，他们有效地证明了现代主义诗歌只是一种类型，不局限于任何严格的类型或时间段。"② 当然，得出这一结论的前提是，这位研究者把现代派界定为20世纪后反传统的一代诗人的创作，将卡明斯视为现代派的代表，与代表传统诗歌的莎士比亚进行对比。不过，一方面，这项研究的结果证明了传统诗歌也可以非常现代，所以按时间来划分现代派的方式是行不通的；另一方面，它也间接地说明庞德把文艺复兴以来的诗歌皆称为现代派是有道理的。

弗罗斯特的《测距》是一首相当晦涩、体现出典型现代派风格的诗，它通过自然的意象拼接，让读者揣测诗中的含义。我们把这首诗与艾略特的一首诗进行对比，能够更好地理解《测距》一诗中的现代性元素：

---

① Watson, David. "'A Patient Etherised.' Modernism and the Legitimation of Poetry," *Journal of Literary Studies*, 12(2004): 196.

② Arbor, Ann. "Literary Criticism and Theory of Poetry: 'A Poem Is an Advanced Degree of Self,'" Barbara Adams. *The Enemy Self: Poetry and Criticism of Laura Riding*, Rochester: University of Rochester Press, 1991, pp. 25-42.

Morning at the Window

T. S. Eliot

They are rattling breakfast plates in basement kitchens,
And along the trampled edges of the street
I am aware of the damp souls of housemaids
Sprouting despondently at area gates.
The brown waves of fog toss up to me
Twisted faces from the bottom of the street,
And tear from a passer-by with muddy skirts
An aimless smile that hovers in the air
And vanishes along the level of the roofs. [1]

窗前的早晨

艾略特

她们在地下室的厨房里把早餐的盘子搅得乒乓响，
沿着被践踏的街边
我意识到女仆们阴湿的灵魂
在地下室门口垂头丧气地发出幼芽。
棕色的浓雾的波浪从街的尽头
向我抛掷拧歪了的人脸，
又从穿着泥污裙的过路人那里
投来一个漫无目标的微笑
悬在空中又沿着屋顶的方向消失了。[2]

——赵萝蕤译

---

[1] Eliot, T. S. "Morning at the Window," http：//blog. tianya. cn/blogger/post_show. asp？BlogID = 880201&PostID = 16798778.

[2] 《艾略特诗选》，赵萝蕤等译，山东大学出版社，1999，第 32 页。

　　同弗罗斯特的《测距》一样，这首诗也是多个意象的拼接。《窗前的早晨》（Morning at the Window）是艾略特创作早期的一首诗歌。在诗中，诗人将女人、人脸、微笑等一个个看似没有必然联系的意象一个挨一个地叠加在一起。诗中描绘了两幅画面：第一个是窗内的女仆正在准备早餐，弄得杯盘叮当作响；第二个是窗外的人进入了作者的视线。诗中的叙事人是一个旁观者，他在描述这两幅画面的时候，也写出对画面的瞬间印象，但是不加入个人情感。他使自己置身于一个非个性化的位置上，不展示其自身的个性，从纯粹客观的角度看女仆、看路人。在叙事人的眼里，女仆们的"灵魂"是"阴湿的"，在"地下室门口垂头丧气地发出幼芽"，这些意象把人带到了底层生活的阴暗世界里。在那里，没有希望，没有欢乐，也没有未来。叙事人只看到了窗子外面的人，那些过路人的脸是歪的，裙是污的，就连微笑也是"漫无目的"的。女仆无望的生活与行人那倦怠的生活形成了映照，窗里窗外的人们构成了这个世界。在这个世界里，人们的精神是窒息的。艾略特的这首诗写的是城市景象，而弗罗斯特的诗《测距》写的是田园景象，但两首诗的情调都是阴暗的，寓意都是晦涩的。两首诗都承载了现代派元素，都运用了基本类似的现代派创作手法。这更让我们确信，现代派诗歌与传统的十四行诗因缘甚深。

　　美国当代小说家和诗人阿米·莫木德（Amit Majmudar，1979～）也写了一首有关战争的十四行诗。同弗罗斯特的《测距》一样，莫木德的这首诗也极富现代派意味，体现了非个性化的特点。莫木德于2015年获得"俄亥俄桂冠诗人"称号，但其职业专长为诊断放射学和核医学，这位懂得医学的诗人让他的职业专长在文学中找到了用武之地。莫木德写过几首系列性的《沃尔特·里德十四行诗》（The Walter Reed Sonnets）。

　　沃尔特·里德医疗中心是1909～2011年美国陆军的旗舰医疗中心，坐落在华盛顿，诗人的《沃尔特·里德十四行诗》写的是这所医院中人们的见闻。因为这是一所军人的医院，接收者均为战争中的伤员，诗人以触目惊心的笔触写出这些场面。我们知道，在19世纪浪漫主义影响诗歌以后，十四行诗已经发展到几乎可以写任何题材。然而，提起十四行诗，我们总会想到那些诗句优美、情感真挚缠绵的诗歌，因为这实在是压倒一切的十四行诗类别。尽管弥尔顿用他强有力的题材与表现手段让十四行诗充满了阳刚韵致，但我们对十四行诗的总体印象仍然是优美温情的。而当我们读当代诗人阿米·莫木德的十四行诗时，这样的印象将被完全颠覆。下面是组诗《沃尔特·里德的十四行诗》中的一首，题名为《余烬》（*Embers*）：

I wheel her out so she can paint her nails.
"I always do this in the open air—
I hate that sharp, nail-polish smell. I swear
It's worse than gangrene sawed into a pail."
And she should know: Two tours in Iraq,
Heart in her throat and fingers on the bleed
Before she circled back to Walter Reed,
A patient this time, shrapnel in her back.
The bottle, as she shakes it, adds its clicks
To April pecking at the cherry trees.
The season's on its feet. I'm on my knees,
Holding a heel. I watch the careful flicks
That brush on Fire Red until she blows
Across the distant embers of her toes. [①]

我推她出来，好让她涂指甲。
"我总是在户外做这件事——
我讨厌那种尖锐的指甲油味。我发誓
这比在桶里的涌动的坏疽更糟。"
她该知道：在伊拉克的两次旅行，
在她回到沃尔特·里德之前，
心提到了喉咙，指头在流血，
这次她身中榴弹，成了病人，
她摇动指甲油瓶，发出了咔嗒的声响，
仿佛到四月天鸟啄樱桃树。
季节抬腿走了，而我得跪着走，

---

① Majmudar, Amit. "The Walter Reed Sonnets," *Kenyon Review*, 4(2010): 135.

> 握着鞋跟，我仔细地看那的红火苗
>
> 闪动，直到她在远处吹动，
>
> 她燃尽的脚趾的余烬。

——笔者译

诗人在第 1~4 行写了一个平常的事件，似乎波澜不惊，一个病人要求被推出房间外，因为她要涂指甲油。诗中写道，这个病人自己说指甲油的味道比"坏疽还糟糕"，这为下文的发展做了铺垫。诗在第 5~8 行交代了她受伤的原因。她在伊拉克战争中受到了伤害，"她"两次前往伊拉克，以什么身份去的，去做什么，作者没有写。她两度前往伊拉克，或者是战地记者，或者是随军护士，我们不得而知，这些都被诗人省略掉了。诗歌从第 9 行起回到了最初的情节，她开始涂指甲油。"她摇动指甲油瓶，发出了咔嗒的声响，/仿佛到四月天鸟啄樱桃树。"（The bottle, as she shakes it, adds its clicks/To April pecking at the cherry trees.）诗句中，四月是充满生机的春季，象征着欣欣向荣的生命之始。诗中还有另一个与此对立的意象，那就是受损与死亡意象，如"坏疽"，那是一种吃腐肉的虫子，所以通常被用作死亡意象。海明威的《乞力马扎罗山上的雪》中有一段情节便围绕"坏疽"这一意象展开，突出了小说的死亡主题。此处，诗歌描写战争中失去双足的人身体器官部分死亡的场景。象征生命的春天意象与象征死亡的坏疽意象同时出现，鲜明的色彩对比仿佛是野兽派绘画（Fauvism），充满了视觉冲击力。诗歌的情节也在最后两行诗中揭晓，原来诗中的"她"是要烧掉自己的断足，而此前她在给自己的脚趾涂上指甲油。这首诗有以下几个特点。

第一，这首当代的十四行诗与传统诗歌在选材上是不同的，它写的是战争故事，这种题材在十四行诗的历史上是很少见的。第二，这首诗写了一个悲剧，这个悲剧不是我们在传统的十四行诗中经常读到的个人情感遭遇中的悲剧，而是实实在在的人在战争中体验到的悲剧命运，是极具震撼力的。第三，这首诗叙事的成分大于抒情的成分，使十四行诗的戏剧性效果更加明显。第四，文中最鲜明的艺术手段就是诗人用极具张力的情节，把最富有张力的时刻描绘出来，给人留下了深刻的印象。而这种描写像抽象画一样，把大块的色彩甩过来，造成视觉上的冲击。第五，对情感表现的冷处理方式。诗中没有从正面描写战争中失去双足的女人的情感是什么样的，只是用了一个涂指甲油的情节，便把这个女子过去的生活、如今的生活以及她的未来联系起来。艾略特认为诗歌不只是要表现情感，回避情感不等于没有情感。事实上，在这首诗中，诗人把非常浓烈的情感揉进了一个个微小的动作里，就像演哑剧一样。通过剥离诗歌的情感，这首诗成了一首非个性化的诗。它客观地描述了一些场面，而浓烈的情感则隐身其后。

　　莎士比亚的十四行诗对因果关系的逻辑探索构成了诗歌的框架。艾略特的现代派诗歌和弗罗斯特极富现代派情调的《测距》以及阿米·莫木德的《余烬》将因果逻辑关系有意识地削弱了。通过对逻辑推理的削弱，创造出了一种直接言说、更加简洁的诗歌叙事，显现出一种智慧之美。"天何言哉？四时行焉，百物生焉""天地有大美而不言"，这种境界正是中国人所津津乐道的。唯其不言才能显出含蓄、隽永、神秘和千古不衰。现代派诗歌正是不尽言所欲言，这样才显得含蓄、神秘，并挑战读者的智力。诗人们将现代派的手段和因素带入十四行诗，让我们看到十四行诗的包容性。它不仅是可以表现各种主题思想的诗体，而且可以容纳各种形式的变体，这种开放性是十四行诗能够留存至今的主要原因。

第四节　异化探索

　　现代社会正经历着前所未有的动荡和变革，在现代派诗人看来，十四行诗格律严整，无法表现出现代生活的支离破碎感和不可预测性。在写给友人的信件中，华莱士·史蒂文斯（Wallace Stevens，1879~1955）发出了如下呐喊："灭亡吧，十四行诗！你有你的历史位置，但已与变幻莫测的现代生活格格不入。"[①] 史蒂文斯的话其实代表了许多现代诗人们的观点，那么十四行诗真与现代生活格格不入吗？如果现代诗人写的还是莎士比亚式的或者彼特拉克式的十四行诗，那么史蒂文斯的说法是正确的。然而，有一些诗人用十四行诗这种传统的形式书写了现代生活的内容，而且借用了现代派的表现手法，从而使我们发现这种古老的诗体竟然可以表现出现

---

① Hollys, ed. *Letters of Wallace Stevens*, New York: Alfred A. Knopf, 1966, p. 49.

代生活的内容，体现出现代生活的风尚。其中一位代表性诗人是乔治·梅雷迪思，另一位是我们熟悉的诗人艾略特。梅雷迪思的《现代爱情》（Modern Love）系列十四行诗与艾略特的现代派诗歌在内容和表现手法上颇有相似之处。下面通过比较梅雷迪斯与艾略特的诗歌，探讨十四行诗中的现代派特征。

梅雷迪思出生于英国朴利茅斯（Plymouth），父亲是商人，母亲在他5岁时去世。14岁时，他被送到德国去学习法律，但他为了新闻和诗歌事业放弃了当一名律师，并与人合作办了一本私人发行的文学杂志《月刊观察家》（Monthly Observer）。梅雷迪思是维多利亚时代的诗人，维多利亚女王在位的65年间（1837~1901），是英国最强盛的"日不落帝国"时期。维多利亚时代中期，英国达到强盛的顶峰，其工业生产能力比全世界的总和还要强，对外贸易额居世界首位。维多利亚时代也是英国工业革命的高潮时期。此时，英国经济文化也处于黄金发展阶段，科学发明层出不穷，人们相信科学进步，对工业革命充满了信心，汽船和铁路的出现加速了贸易的发展。在经济繁荣的同时，文化也达到了空前的繁荣，出现了众多文艺流派，如古典主义、新古典主义、浪漫主义和印象派艺术等，还涌现了众多小说家和诗人，印刷术的发展也促进了文学的传播。维多利亚时代富庶的中产阶级讲究有品位的生活，对家居设计、艺术鉴赏都十分讲究，以有文化品位而自豪。摆脱了生存困境的中产阶级过上了一种优雅的生活，然而，优雅生活品质的背后并不全是阳光，也有阴影。

梅雷迪思在1862年写了系列十四行诗《现代爱情》，这组诗是叙事与抒情的绝妙结合，由50首16行的十四行诗组成，写了中产阶级夫妻之间的情感悲剧。这组系列十四行诗写的是婚姻问题，基本情节如下。妻子和丈夫都认为他们的婚姻不幸福。渐渐地，妻子和另一个男人有了牵连，但他们仍然假装婚姻美满。根据医生的建议，丈夫寻求其他女人与其发生性关系。正当这段婚外情终于结束的时候，丈夫看到妻子和情人手牵手走着。此后，这对夫妇决定主动放弃各自的情人，恢复二人的婚姻。在最后一首十四行诗中，妻子认识到自己的罪过并自杀，这证明丈夫的婚外行为是错误的。丈夫和妻子被维多利亚离婚法束缚在一起，受到社会道德的约束，在痛苦中，他们成了自我毁灭者。

艾略特是英国诗人、剧作家和文学批评家，现代派运动的领袖，其代表作《荒原》（*The Waste Land*）为他赢得了国际声誉，被认为是英美现代诗歌的里程碑，使他获得 1948 年度诺贝尔文学奖。艾略特的诗歌以创新性的现代派表现手法反映西方现代社会中人们的精神世界。我们通常认为艾略特首创了在诗歌中容纳现代社会主题的做法，但其实在比他早半个世纪的作家乔治·梅雷迪思的《现代爱情》中，我们已经能看到这种具有现代派风格的元素，而且这部作品是用十四行诗的传统形式写成的。爱情情感的异化是梅雷迪斯在《现代爱情》中着重表现的主题。"异化是一个术语，在 19 世纪中叶开始流行起来，当时马克思用它来描述那些工人不拥有生产资料的工作形式对人性的否定。弗洛伊德的孤立观念增加了其他的心理暗示，它已成为社会学和心理学研究的一个热门领域。也许，在现代意义上，一个人把疏离定义为个人意识到自己与自己所在的群体或社会其他成员的疏远。但在其他情况下，异化被用来描述个人与环境的疏远，以及定义个人之间存在的分歧，这些分歧通常不被社会接受或没有明显的系统。"① 人是社会的动物，当人与他所在的群体分离，又与自然分离时，他的精神就处于分崩离析的状态。"异化可以被描述为一种主人公在心理上与所接受思维方式的分离，通常是由某种突然的动力（无论是内在的还是外在的）所促成的。被疏远的人是那些排斥或被排斥的人……疏远包括与他人的疏远，甚至与自我的疏远。暂时的自我疏离可能是一场特别的危机……爱人的死亡……或流放。异化有六类表现：无力、规范、孤立、文化隔阂、社会隔阂、自我隔阂和个人无价值感。"②

我们来分析在《现代爱情》中诗人是如何表现这种情感异化的。先来看第 16 首十四行诗：

> *In our old shipwrecked days there was an hour*
> *When, in the firelight steadily aglow,*
> *Joined slackly, we beheld the red chasm grow*
> *Among the clicking coals. Our library-bower*

---

① Woodhouse, J. R. "The Alienation of the Individual," *Twentieth-Century Literary Criticism*, 183 (2007): 167.

② Claasen, Jo-Marie. "Literator," *Journal of Literary Criticism, Comparative Linguistics and Literary Studies*, 3(2003): 85.

That eve was left to us; and hushed we sat

As lovers to whom Time is whispering.

From sudden-opened doors we heard them sing;

The nodding elders mixed good wine with chat.

Well knew we that Life's greatest treasure lay

With us, and of it was our talk. "Ah, yes!

Love dies!" I said; I never thought it less.

She yearned to me that sentence to unsay.

Then when the fire domed blackening, I found

Her cheek was salt against my kiss, and swift

Up the sharp scale of sobs her breast did lift–

Now am I haunted by that taste! that sound. [①]

在我们那沉船的日子里，曾经有那么一个时刻

那时候，火焰的光稳定地发亮，

我们看到了红色的裂口，在松散地联结在一起的

咔嚓作响的煤块中。在我们的书房，

在夜中，静静地坐着。

时间在向我们低语，把我们看作恋人。

从突然打开的门，我们听到他们在唱歌；

瞌睡的老人们一边喝好酒一边闲聊。

我们都知道生命中最宝贵的财富就在

我们的掌控中，那是我们的谈话。"啊，是的！

爱死了！"我说，我毫不夸张。

她真想我那句话不要出口。

当火球变黑的时候，我发现

她的脸颊在我的吻上撒了盐，而且很快

她的哭声越发的厉害，胸口一起一伏，

---

① 〔英〕乔治·梅雷迪斯：《第十六首十四行诗》，《现代爱情》，https：//www.theguardian.com/books/2012/aug/13/poem-week-modern-love-george-meredith。

现在我被那感觉和那声音迷住了。

——笔者译

一对夫妻情感破裂,他们要宣布爱情的死亡,这件事发生在"书房"里。诗人故意以回忆的语气来组织这首诗,以这样的叙事方式表明创伤的强烈。一件痛苦的事情总会在人的心里反复出现,对他的情感进行一次次打击,使他就像受伤的人一样经历伤口的疼痛、发炎、消肿,直至最后痊愈。或者这伤口一直不能痊愈,直到他带着这永远的痛苦走到生命的终点。本诗所写的就是后一种情形,对过去的玩味对现在来讲富有深意。哲学家克里希那穆提(Jiddu Krishnamurti, 1895~1986)说:"我们拥有过去的存在,我们建立在过去之上。过去是已知的,过去的反应遮蔽了现时和未知。未知不是将来,而是现在。将来只是过去一路推进,穿越无常的现时,这条鸿沟,这段间隙,充满了知识闪烁不定的光亮,覆盖了现时的空,然而这空里把握着生命的奇迹。"① 过去不仅仅是一个概念,它在诗中被赋予更多的生命意义,它所积累的生活中的体验延续到现在,而且很难切断。谢林说:"真正知道什么是过去的人实在很少,事实上,没有一个强大的现在,一个与我们自己(我们的过去)发生分离为代价的现在,就不可能有过去。一个没有能力面对他/她自己过去的人,真的可以说,他/她没有过去;更重要的是,他永远无法走出他的过去,而同时他又永远生活在过去。"② 诗歌的最后一句"现在我被那感觉和那声音迷住了"(Now am I haunted by that taste! that sound)清晰地表明,"我"无法从爱情死去的创伤中走出来。

这首诗看上去写得很直白,但细读之后,我们会发现诗人的隐喻是非常隐晦的。诗中有两个主导性的隐喻,一个是海上的沉船,一个是火焰。沉船象征着爱情逝去,在诗的开头诗人就写"在我们那沉船的日子里"(In our old shipwrecked days),这指两个人婚姻破裂。诗歌后面提到"她的脸颊在我的吻上撒了盐,而且很快/她的哭声越发的厉害,胸口一起一伏"

<hr>

① 〔印度〕克里希那穆提:《爱与思——生命的注释》,范佳毅译,华东师范大学出版社,2005,第22页。

② 〔美〕弗雷德里克·詹姆逊:《现代性、后现代性和全球化》,王逢振、王丽亚译,中国人民大学出版社,2018,第19页。

(Her cheek was salt against my kiss, and swift /Up the sharp scale of sobs her breast did lift-），这与上文的"沉船"意象形成了呼应。"胸口一起一伏"使她的哭泣声音变大，这样的描述暗示船在巨浪上漂流，即将沉没，而咸味的海水表明海浪已经浸入了船舱，象征着他们在危机四伏的婚姻里垂死挣扎。诗歌的开头和结尾相互呼应。

　　诗中另一个贯穿性的意象是"火"。在诗中，火焰的光在稳定地发亮，表面上看起来一切正常，但是那产生火光的炭块已经裂开一道缝，而且越来越大，这说明火焰的稳定只是假象，也象征着稳定的婚姻只是表面现象。火焰常常被用来象征爱情："爱情是一团火，它刚在心灵深处点燃最初的余烬，另一颗心灵爆出来的漂游的火星又将它燃烧起来。它火光炽热，火势凶猛，直到熊熊烈焰温暖和照耀着无数的男女以及全人类的心，同样也照亮了整个世界和大自然。"①

　　爱情之火热烈而且充满活力，照亮人类的心灵世界。当爱情之火奄奄一息，就会带来死亡的恐怖，而这也正是这首诗中"火焰"意象带给人的感受。在但丁《神曲》（*Divina Commedia*）地狱篇的第 27 章中，第 61~67 行有这样的描写："那团火焰以自己的方式咆哮了一会儿后，尖端就晃来晃去，然后发出这样的气息：假如我相信我的话是回答一个终究会返回世上的人，这团火焰就会静止不摇曳了；但是，果真像我听到的那样，从来没有人从这深渊中生还，我就不怕名誉扫地来回答你。"在但丁的笔下，火焰发出了叹息。与之相同，本诗中的火焰也是一束发出叹息的火焰，因为爱情行将就木，一切终将完结。"咔嚓作响的煤块"预示着火焰即将熄灭，它带来了巨大的伤痛，留下了无尽的悲伤。最后，"火球变黑"，爱情之船沉没，爱情不死不活，陷入了异化的深渊。

　　如果说第 16 首十四行诗中表现的内容还比较含蓄，那么在接下来的第 17 首十四行诗中，诗人的语言变得犀利，毫不留情地揭露上层社会人们精神世界的空虚：

　　　　At dinner, she is hostess, I am host.

　　　　Went the feast ever cheerfuller? She keeps

---

① 《爱默生散文选》，丁放鸣译，花城出版社，2005，第 47~48 页。

The Topic over intellectual deeps

In buoyancy afloat. They seeno ghost.

With sparkling surface-eyes we ply the ball.

It is in truth a most contagious game:

HIDING THE SKELETON, shall be its name.

Such play as this the devils might appall!

But here's the greater wonder; in that we,

Enamoured of an acting naught can tire,

Each other, like true hypocrites, admire;

Warm-lighted looks, love's ephemerae,

Shoot gaily o'er the dishes and the wine.

We waken envy of our happy lot.

Fast, sweet and golden shows the marriage-knot.

Dear guests, you now have seen love's corpse-light shine. [①]

晚饭时分，女主人是她，主人是我。

宴会上是更开心了吗？她一直谈论

高智商的深度话题

欢乐在漂浮，鬼影无踪。

用外表闪光的眼睛，我们在布置球。

其实，这是个极有感染力的游戏：

称这"把骷髅藏起来"。

游戏如这般，大约会吓坏魔鬼！

但更神奇的是，我们，

痴迷于那么不费力气的游戏，

彼此，像真正的伪君子一样，羡慕着；

那爱情的温暖光辉，那爱的蜉蝣，

将快乐的光射到碟子和酒上，

---

① 〔英〕乔治·梅雷迪斯："第十七首十四行诗"，《现代爱情》，《卫报》官网，https://www.theguardian.com/books/2012/aug/13/poem-week-modern-love-george-meredith。

我们唤起了对幸福命运的嫉妒。

婚姻易散、那纽带看上去甜美，金光闪闪。

来宾们，现在你们见证了爱之尸的微光。

——笔者译

这首诗描写了一场宴会。在宴会上，婚姻崩溃的男女主人装作非常恩爱的样子，努力创造出一个令人羡慕的温暖之家的形象。宴会上人们饮酒作乐，又在百无聊赖中玩起了"把骷髅藏起来"（HIDING THE SKELETON）的游戏。在这里，"骷髅"这个词指家中的丑事，据说每个家庭都有这种不想为外人知道的事情，但是人们都把它藏起来。就这样，宴会在其乐融融的气氛中进行着，女主人的谈话很高雅，大概是谈深奥的哲学或者艺术问题。之所以谈论这些高雅话题，并不是因为对这些话题感兴趣，而仅仅是因为这些话题能提高她的社会地位，让她更加符合上层社会的身份，同时也能慰藉她无聊的精神世界。诗歌最后毫不留情地指出，这表面的辉煌灿烂掩饰不了内在的死亡气味。这一切不过是死尸之上的微光而已，情感的真实被藏匿起来，而将虚假的一面显现出来。这种表里分离其实就是异化的表现。

这首诗揭示了上层社会人们空虚的精神世界。因为空虚，所以更需要别人关注的目光："我们全都需要有人注视我们。根据我们生活所追求的不同的目光类型，可以将我们分成四类：第一类追求那种被无数不知名的人注视的目光，换句话说，就是公众的目光……第二类是那种离开了众多双熟悉的眼睛注视的目光就活不下去的人……接下来是第三类，这类人必须活在所爱之人的目光下，他们的境况与第一类人同样危险。一旦所爱的人闭上眼睛，其生命殿堂也将陷入黑暗之中……最后是第四类，也是最少见的一类，他们生活在纯属想象、不在其身边的人的目光下。"① 宴会提供了一个好机会，让空虚的人得到暂时的满足，因为只有在这样的场合，表演才是有观众的。被注视的感觉是美妙的，哪怕那注视中含有虚假和讨好的成分。其实，这也从一个侧面说明了现代人对于自我身份的不确定以及异化感。"今天的个人，不管是哪个社会，常常

---

① 昆德拉，米兰：《不能承受的生命之轻》，许钧译，上海译文出版社，2003，第324～325页。

有一种狭隘的个人或群体认同感，'身份危机'一词已成为陈词滥调。'异化'是文学中的一个主题，更是生活中的一种综合病症，它先于各种关系模式存在。文学的声音不断地被提高，以表达或者解决代沟、种族冲突以及莫名其妙的隔阂。"[1]

《现代爱情》写出了精神的荒原，而在半个世纪之后，现代派诗人艾略特的作品《J. 阿尔弗瑞德·普鲁弗洛克的情歌》（*The Love Song of J. Alfred Prufrock*）也包含了类似的十四行诗，这样的意境和风格再一次被展现出来。在这里，我们并不是要探索艾略特是否模仿了梅雷迪思，我们希望引起注意的是：早在现代派诗歌成为一种不可或缺的文学潮流之前，梅雷迪思就已经把他的诗歌写得相当具有现代派风格了。更重要的是，梅雷迪思和艾略特两位诗人都成功地将现代派因素融入了传统的十四行诗体中。下面，我们就来分析这一节选自《J. 阿尔弗瑞德·普鲁弗洛克的情歌》的十四行诗：

> *Let us go then, you and I,*
>
> *When the evening is spread out against the sky*
>
> *Like a patient etherized upon a table;*
>
> *Let us go, through certain half-deserted streets,*
>
> *The muttering retreats*
>
> *Of restless nights in one-night cheap hotels*
>
> *And sawdust restaurants with oyster-shells:*
>
> *Streets that follow like a tedious argument*
>
> *Of insidious intent*
>
> *To lead you to an overwhelming question . . .*
>
> *Oh, do not ask, "What is it?"*
>
> *Let us go and make our visit.*
>
> *In the room the women come and go*

---

[1]　Lee, Dorothy. "Three Black Plays: Alienation and Paths to Recovery," *Modern Drama*, 4(1976)：399.

Talking of Michelangelo. ①

让我们走吧，你和我，

此时黄昏正朝天铺开

像手术台上一个麻醉过去的病人；

走吧，穿过某些行人稀少的街道，

那些人声嗡嗡然的投宿处

不眠夜在只住一宿的旅舍里度过

还有到处牡蛎壳的那些满地锯木屑的小饭馆：

街道一条接一条就像用意险恶的

一场冗长辩论

把你引向一个压倒一切的问题……

啊，不要问，"指的是什么？"

走吧，我们去拜访。

在屋里妇女们来来去去

谈论着米开朗琪罗。②

——赵萝蕤译

这是上述长诗中的一节，用了十四行诗的形式。诗中提到的米开朗琪罗（Michelangelo Buonarroti，1475~1564）是意大利文艺复兴时期的伟大画家、雕塑家、建筑家和诗人。诗中的妇女们都附庸风雅，她们明明心不在焉，在宴会与闲聊中打发人生，却还装模作样地谈论米开朗琪罗。这首《J. 阿尔弗瑞德·普鲁弗洛克的情歌》并不是我们想象中的浪漫情歌，而是表现了一个现代人情感的麻木和无力。它与《现代爱情》一样，都描写现代社会中人类情感的麻木和精神的荒凉。诗中那朝天铺开的黄昏预示着毫无生机的现代生命。而"手术台上一个麻醉过去的病人""人声嗡嗡然的投宿处""到处牡蛎壳的那些满地锯木屑的小饭馆""用意险恶的一场冗

---

① Eliot, T. S. "The Love Song of J. Alfred Prufrock, "https://www.poetryfoundation.org/poetrymagazine/poems/44212/the-love-song-of-j-alfred-prufrock.

② 《J. 阿尔弗瑞德·普鲁弗洛克的情歌》，《艾略特诗选》，赵萝蕤等译，山东大学出版社，1999，第 10~11 页。

长辩论"等一个接一个的意象描写了城市的肮脏和心灵的麻木。现代人行动迟缓，却乐于辩论，仿佛被各种思想所包围。实际上，这都是为了掩盖行动的无力和心灵的空虚。

作为一首表现现代生活主题的十四行诗，它没有完全脱离十四行诗的传统。诗歌的最后两行为"在屋里妇女们来来去去/谈论着米开朗琪罗"，初看上去与前面的诗句是截然分开的，其实不然，它是画龙点睛之笔，与前 12 行中描写的城市的肮脏和主人公内心的无聊构成呼应之势。如果把这最后两句诗看成一个意象的话，那么这两句诗很好地衬托出主人公内心的声音和外在的声音。这些谈论着米开朗琪罗的女人，她们看似有文化、有教养的文明人，但内心是荒凉的。这正映射了主人公普鲁弗洛克的精神状态，说明他正在遭受现代人情感的异化、心灵的麻木之痛。

碎片化的语言是现代派诗歌的普遍特点，梅雷迪思和艾略特的诗中也都体现了这样的特点。艾略特的诗简明、准确地表现出思想的变化。艾略特的诗歌技巧让他的诗看起来晦涩不明，但他的思想活动快捷且不按逻辑发展，从而使他的诗歌显现跳跃的意象和活泼的动态。"当诗人的心智为创作做好完全准备后，它不断地聚合各种不同的经验；一般人的经验既混乱、不规则，而又零碎，后者会爱上或是阅读斯宾诺莎，而这两种经验毫不相干，与打字的声音或烹调的气味也毫无关系；而在诗人的心智里，这些经验总是在形成新的整体。"我们可以用下列理论来说明这种差异：17世纪的诗人也就是 16 世纪剧作家的后继者，他们具有一种感受机制，可以吞噬任何经验。"他们或简单，或造作，或艰涩，或怪诞，就跟他们的前辈们一样。"17 世纪时，"感受力的分裂开始了，从此以后我们一直未能从中完全恢复"。① 诗人是最善于将不相关的事物建立起联系的人，现代诗人在他们的诗歌中大胆地展示了这一点。他们用碎片化的语言建立起一个诗歌的有机体系，而且是用十四行诗这种诗歌形式。

传统的十四行诗所表现的主题相对单一，如爱情的失意和爱情的甜美等等，这样的单一主题可以沿着一个逻辑发展开去，而且这样的安排造成

---

① 《玄学派诗人》，《艾略特诗学文集》，王恩衷编译，樊心民校，国际文化出版公司，1989，第 31 页。

了十四行诗结构上的严谨和细致。现代派风格的十四行诗则融入了现代生活的主题，如本文所说的异化主题。内容决定形式，现代派风格的十四行诗在表现异化主题时，也在形式上做了变通。十四行诗逻辑化的语言表现方式被碎片化的语言取代，以便让形式与内容更加合拍。

参考文献

〔奥〕弗洛伊德：《一种幻想的未来 文明及其不满》，严志军、张沫译，河北教育出版社，2003。

〔德〕F. W. J. 谢林：《对人类自由的本质及其相关对象的哲学研究》，邓安庆译，商务印书馆，2008。

〔德〕阿·叔本华：《人生的智慧》，韦启昌译，上海人民出版社，2005。

〔德〕弗里德里希·尼采：《权力意志——重估一切价值的尝试》，张念东、凌素心译，商务印书馆，1996。

〔德〕黑格尔：《精神现象学》，贺麟、王玖兴译，商务印书馆，1997。

〔德〕黑格尔：《美学》第1卷，商务印书馆，2006。

〔德〕黑格尔：《美学》第3卷上册，朱光潜译，商务印书馆，1996。

〔德〕尼采：《查拉斯图拉如是说》，尹溟译，文化艺术出版社，2003。

〔德〕尼采：《超善恶：未来哲学序曲》，张念东、凌素心译，中央编译出版社，2000。

〔德〕伊曼努尔·康德：《实践理性批判》，张永奇译，中国社会科学出版社，2009。

〔俄〕尼古拉·别尔嘉耶夫：《自由精神哲学——基督教难题及其辩护》，石衡潭译，上海三联书店，2009。

〔法〕保罗·利科：《活的隐喻》，汪堂家译，上海译文出版社，2004。

〔法〕莫里斯·梅洛-庞蒂：《眼与心》，杨大春译，商务印书馆，2007。

〔法〕约翰·加尔文：《基督教要义》，钱曜诚等译，三联书店，2014。

〔古希腊〕亚里士多德：《形而上学》，苗力田译，中国人民大学出版社，2003。

〔古希腊〕亚里斯多德、〔古罗马〕贺拉斯：《诗学·诗艺》，罗念生、杨周瀚译，人民文学出版社，1982。

〔加〕查尔斯·泰勒：《自我的根源：现代认同的形成》，韩震等译，译林出版社，2001。

〔加〕诺思罗普·弗莱：《批评的解剖》，陈慧、袁宪军、吴伟仁译，吴持哲校译，百花文艺出版社，2006。

〔捷克〕米兰·昆德拉：《不能承受的生命之轻》，许钧译，上海译文出版社，2003。

〔美〕M. H. 艾布拉姆斯：《镜与灯：浪漫主义文论及批判传统》，郦稚牛、张照进、童庆生译，王宁校，北京大学出版社，2004。

〔美〕阿尔文·普兰丁格：《基督教信念的知识地位》，邢滔滔等译，赵敦华审校，北京大学出版社，2004。

〔美〕弗雷德里克·詹姆逊：《现代性、后现代性和全球化》，王逢振等译，中国人民大学出版社，2018。

〔美〕哈罗德·布鲁姆：《影响的焦虑：一种诗歌理论》，徐文博译，江苏教育出版社，2006。

〔美〕克林斯·布鲁克斯：《精致的瓮：诗歌结构研究》，郭乙瑶等译，世纪出版集团，2008。

〔美〕雷纳·韦勒克：《近代文学批评史》第8卷，杨自伍译，上海译文出版社，2006。

〔美〕莫蒂默·艾德勒、查尔斯·范多伦编《西方思想宝库》，《西方思想宝库》编委会译编，吉林人民出版社，1988。

〔美〕韦恩·A. 米克斯：《基督教道德的起源》，吴芬译，商务印书馆，2012。

〔美〕宇文所安：《迷楼：诗与欲望的迷宫》，程章灿译，三联书店，2003。

〔日〕西田几多郎：《善的研究》，何倩译，商务印书馆，1981。

〔意〕维柯：《新科学》上册，朱光潜译，商务印书馆，1997。

〔印度〕克里希那穆提：《爱与思——生命的注释》，范佳毅译，华东师范大学出版社，2005。

〔英〕勃朗宁夫人:《葡萄牙人的十四行诗》,方平译,360 百科,https://baike.so.com/doc/4803394-5019686.html。

〔英〕查尔斯·查德威克:《象征主义》,郭洋生译,冯川校,花山文艺出版社,1989。

〔英〕大卫·休谟:《人性论》,石碧球译,中国社会科学出版社,2009。

〔英〕弗·特·帕尔格雷夫原编《英诗金库》,罗义蕴、曹明伦、陈朴编注,四川人民出版社,1987。

〔英〕华兹华斯:《序曲或一位诗人心灵的成长》,丁宏为译,中国对外翻译出版公司,1999。

〔英〕基思·托马斯:《人类与自然世界:1500—1800 年间英国观念的变化》,宋丽丽译,译林出版社,2009。

〔英〕玛丽·沃斯通克拉夫特:《女权辩护》,王葵译,商务印书馆,1995。

〔英〕培根:《新工具》,陈伟功编译,北京出版社,2008。

〔英〕乔治·梅雷迪斯:《现代爱情》,《卫报》官网,https://www.theguardian.com/books/2012/aug/13/poem-week-modern-love-george-meredith。

〔英〕特里·伊格尔顿:《现象学,阐释学,接受理论——当代西方文艺理论》,王逢振译,江苏教育出版社,2006。

〔英〕王尔德:《英国的文艺复兴》,飞舟译,中国人民大学出版社,1987。

〔英〕锡德尼:《为诗辩护》,钱学熙译,人民文学出版社,1998。

〔英〕雪莱:《奥兹曼迪亚斯》,百度文库,https://wenku.baidu.com/view/b3da6251ff00bed5b9f31d49.html。

《艾略特诗选》,赵萝蕤等译,山东大学出版社,1999。

《艾略特诗学文集》,王恩衷编译,樊心民校,国际文化出版公司,1989。

《爱默生散文选》,丁放鸣译,花城出版社,2005。

《柏拉图文艺对话集》,朱光潜译,译林出版社,2020。

《荷马精选集》,陈中梅编选,北京燕山出版社,2005。

《柯林斯词典》, www. callinsdictionary. com。

《兰姆书信精粹》, 谭少茹译, 江苏教育出版社, 2006。

《弥尔顿十四行诗集》,〔美〕A. W. 维里蒂注, 金发桑译, 广西师范大学出版社, 2004。

《莎士比亚全集》第11卷, 梁宗岱译, 人民文学出版社, 1991。

《莎士比亚全集》第8卷、第9卷, 朱生豪译, 人民文学出版社, 1978。

《雪莱散文》, 徐文惠、杨熙龄译, 人民文学出版社, 2008。

《英美抒情诗选萃》, 黄新渠译, 四川人民出版社, 1998。

邓志勇、王懋康:《幻想主题修辞批评: 理论与操作》,《外语教学》2013 年第 2 期。

董健、马俊山:《戏剧艺术十五讲》, 北京大学出版社, 2004。

辜正坤主编《世界名诗鉴赏词典》, 北京大学出版社, 1990。

李醒尘:《西方美学史教程》, 北京大学出版社, 2005。

林骧华:《西方现代派文学评论》, 上海人民出版社, 1955。

林骧华编著《西方现代派文学评述》, 上海人民出版社, 1987。

刘岩:《中国文化对美国文学的影响》, 河北人民出版社, 1999。

潞潞主编《准则与尺度——外国著名诗人文论》, 北京出版社, 2002。

毛宣国:《中国美学诗学研究》, 湖南师范大学出版社, 2005。

宋一夫主编《中华文化范畴普及读本·儒学·诚》, 吉林文史出版社, 1994。

孙梁编选《英美名诗一百诗》, 黄源深译, 中国对外翻译出版公司、商务印书馆香港分馆, 1987 北京/1986 香港。

王佐良:《王佐良随笔 心智文采》, 北京大学出版社, 2007。

张望:《理查·瓦格纳的诗学》, 厦门大学出版社, 2001。

赵澧、徐京安主编《唯美主义》, 中国人民大学出版社, 1988。

宗白华:《美学与意境》, 人民出版社, 2009。

Adams, Barbara. *The Enemy Self: Poetry and Criticism of Laura Riding*, Rochester: University of Rochester Press, 1991.

Arbour, Robert. "Shakespeare's Sonnet 60, " *Explicator*, 3(2009) .

Arnold, Matthew. "Shakespeare, " http://www. sonnets. org/arnold. htm.

Burns, Robert. " A Red, Red Rose, " https://baike. baidu. com/item/%

E7% BA% A2% E7% BA% A2% E7% 9A% 84% E7% 8E% AB% E7% 91%
B0/19385562.

Chaucer, Geoffrey. "The Bird's Rondel, " http://www. en8848. com. cn/
read/poems/mjsg/195453. html.

Claasen, Jo-Marie. "Literator, " *Journal of Literary Criticism, Comparative
Linguistics and Literary Studies,* 3(2003) .

Coleridge. " Work without Hope, " http://www. doc88. com/p -
9972306527510. html.

Coles, Kimberly Anne. "The Matter of Belief in John Donne's Holy
Sonnets, " *Renaissance Quarterly,* 3(2015) .

Curran, Stuart, ed. *The Cambridge Companion to British Romanticism,*
Cambridge: Cambridge University Press, 1993.

Darlington, W. A. *Literature in the Theatre, and Other Essays,* London:
Chapman and Hall, 1925.

Dickinson, Emily. "I Died for Beauty but Was Scarce, " https://
wenda. so. com/q/1412486229729301? src = 140.

Donne, John. "Batter my heart, three-person'd God, " http://www.
sonnets. org/donne. htm.

Dowden, Edward, ed. *The Poetical Works of William Wordsworth,* Ward, Lick &
CO., Limited, 1940.

Edmondson, Paul, and Stanley Wells. *Oxford Shakespeare Topics: Shakespeare's
Sonnets,* Oxford: Oxford University Press, 2004.

Eliot, Charles W., ed. *The Complete Poems of John Milton*(Vol 4) , New York:
P. F. Collier & Son, 1996.

Eliot, T. S. "Burnt Norton Lyrics, " http://www. davidgorman. com/
4quartets/1-norton. htm.

Eliot, T. S. "The Love Song of J. Alfred Prufrock, " https://www.
poetryfoundation. org/poetrymagazine/poems/44212/the - love - song - of - j -
alfred-prufrock.

Finley, John H., Jr. "Milton and Horace: A Study of Milton's Sonnets, "
Harvard Studies in Classical Philology, 48(1937) .

Freeman, Jane. "Shakespeare's Rhetorical Riffs, " *Shakespearean Criticism*, 109 (2007).

Freud, Sigmund. *Civilization and Its Discontents*, London: Hogarth Press, 1963.

Fuller, David, ed. *The Life in the Sonnets*, London: Continuum International Publishing Group, 2001.

Geriguis, Lora. "John Donne's Holy Sonnet 10, " *Explicator*, 3(2010).

Gil, Daniel Juan. " Poetic Autonomy and the History of Sexuality in Shakespeare's Sonnets, " *Poetry Criticism*, 98(2009).

Hardison, O. B. "Tudor Humanism and Surrey's Translation of the Aeneid, " *Studies in Philology*, 3(1986).

Havens, Dexter. *The Influence of Milton on English Poetry*, New York: Russell and Russell, 1961.

Havens, Raymond Dexter. *The Influence of Milton on English Poetry*, New York: Russell & Russell, 1961.

Hazlitt, William. *Lectures on the English Poets*, Oxford: Oxford University Press. 1952.

Hazlitt, William. " Schlegel on the Drama, " *Nineteenth-Century Literature Criticism*, 15(1987).

Healy, Margaret. *Shakespeare, Alchemy and the Creative Imagination: The Sonnets and a Lover's Complaint,* Cambridge: Cambridge University Press, 2011.

Hebron, Stephen. *William Wordsworth*. Shanghai: Shanghai Foreign Language Education Press, 2009.

Hernandez, Pura Nieto. " Classical and Medieval Literature Criticism, " *College Literature*, 2(2007).

Higginson, Thomas Wentworth. " She ruled in beauty o'er this heart of mine, " http://www. sonnets. org/petrarch. htm.

Hirst, Wolf Z. "On the Shore: Winter to Spring 1818, " Wolf Z. Hirst. *John Keats*, Boston: Twayne, 1981.

Hollys, ed. *Letters of Wallace Stevens,* New York: Alfred A. Knopf, 1966.

Hopkins, David. *The Routledge Anthology of Poets on Poets*, London and New

York: T. J. Press, 1994.

Hopkins, Gerard Manley. "God's Grandeur, " http://www. sonnets. org/ hopkins. htm.

Hopkins, Gerard Manley. "Spring, " http://www. sonnets. org/hopkins. htm.

Jarrell, Randall. "Levels and Opposites: Structure in Poetry, " *Poetry Criticism*, 41(2003).

Jennifer, Wagner. "A Figure of Resistance: The Visionary Reader in Shelley's Sonnets and the ' West Wind' Ode, " *Southwest Review*, 1(1992): 109.

Jung, G. G. *Freud and Psychoanalysis*, Princeton: Princeton University Press, 1961.

K., G. "The Taste for Milton, " Dorothy Collins. *A handful of authors; essays on books & writers*, Sheed and Ward, 1953.

Keats, John. *Letter of John Keats*, Sidney Colvin, ed., London: Makcillan and Co., Limited, 1925.

Keats, John. *The Poetical Works of Keats*, Boston: Houghton Mifflin Company, 1986.

Kimbrough, Robert. *Sir Philip Sidney: Selected Prose and Poetry*, Madison: University of Wisconsin Press, 1983.

Kinney, Clare Regan. *Strategies of Poetic Narrative*, Cambridge: Cambridge University Press, 1992.

Kirkpatrick, D. L., ed., *Reference Guide to English Literature,* 2nd ed., Chicago: St. James Press, 1991.

Langbaum, Robert. *The Dramatic Monologue in Modern Literary Tradition*, New York: The Norton Library, 1963.

Lee, Dorothy. "Three Black Plays: Alienation and Paths to Recovery, " *Modern Drama,* 4(1976).

Leishaman, J. B. *Themes and Variations in Shakespeare's Sonnets*, London: Hutchinson & CO LTD, 1961.

Lipshires, Sidney. "Genitality, Regression and Some Definitions, " *Twentieth-Century Literary Criticism*, 207(2008).

Machann, Clinton. "Matthew Arnold, " *Victorian Poetry*, 3(2015).

Majmudar, Amit. "The Walter Reed Sonnets, " *Kenyon Review*, 4(2010).

Mandlove, Nancy B. "Chess and Mirrors: Form as Metaphor in Three Sonnets of Jorge Luis Borges, " *Poetry Criticism*, 22(1999).

Masse, Michelle A. Review: Narcissism, Author(s): Issue: II(Winter, 1987), Duke University Press, 1987.

Mathäs, Alexander. "Love, Narcissism, and History in Heinrich Böll's Das Brot der frühen Jahreand Ansichten eines Clowns, " *Seminar*, 2(1997).

Matz, Robert. "The Scandals of Shakespeare's Sonnets, " *ELH*, 2(2010).

Mcgawa, William. "Surre's ' Love That Doth Raine': The History of a Mistranscription, " *Journal of Language, Literature and Culture*, 1(1987).

Milne, A. A. "Dramatic Art and Craft, " *Twentieth-Century Literary Criticism*, (2018).

Muir, Kenneth. "The Order of Shakespeare's Sonnets, " *College Literature*, 3 (1977).

Muir, Kenneth. "Wyatt's Poetry, " *Literature Criticism from 1400 to 1800*, 70 (2002).

Newbold, Ronald F. "Narcissism and Leadership in Nonnus's Dionysiaca, " *Helios*, 2(2001).

Nott, George Frederick. "An Essay on Wyatt's Poems, " *Literature Criticism from 1400 to 1800*, 70(2002).

Padelford, Frederick Morgan. "Surrey's Contribution to English Poetry, " *Poetry Criticism*, 59(2005).

Pater, Walter Horatio. "Nineteenth-Century Literature Criticism, " *Studies in the History of the Renaissance*, 159(2006).

Peterson, Douglas L. *The English Lyric from Wyatt to Donne*, Princeton: Princeton University Press, 1967.

Petrachy. " Zefiro torna, " https://www. poetrysoup. com/famous/poem/ sonnet_ xlii_ 22965.

Phelan, Joseph. *The Nineteenth-Century Sonnet*, Basingstoke; Yew York: Palgrave Macmillan, 2005.

Pugmire, David. "Narcissism in Emotion, " *Phenomenology and the Cognitive Sciences,* 3(2002) .

Ramadanovic, Petar. "' You Your Best Thing, Sethe' : Trauma's Narcissism, " *Studies in the Novel,* 1-2(2008) .

Richs, Christopher. *The Cambridge Companion to Keats,* Cambridge: Cambridge University Press, 2001.

Sambrook, James. *English Pastoral Poetry*, Boston: Twayne Publishers, 1983.

Schlueter, Kurt. "Milton's Heroical Sonnets, " *Studies in English Literature, 1500-1900,* 1(1995) .

Schwarz, Kathryn. "Will in Overplus: Recasting Misogyny in Shakespeare's ' Sonnets' , " *ELH*, 3(2008) .

Sewardk, Anne. "To Mr. Henry Cary, on the Publication of His Sonnets, " http://www. sonnets. org/seward. htm.

Shakespeare. "Sonnet 1 - 154, " http://www. opensourceshakespeare. org/views/sonnets/sonnets. php.

Shelley. "Ozymandias, " http://www. sonnets. org/shelley. htm.

Sheppard, Richard. "Modernism, Language, and Experimental Poetry: On Leaping over Bannisters and Learning How to Fly, " *Modern Language Review*, 1 (1997) .

Simonsen, Peter. "Italic Typography and Wordsworth's Later Sonnets as Visual Poetry, " *Studies in English Literature,* 1500-1900, 4(2007) .

Singh, Jyotsna G. "Review of Shakespeare's Sonnets, " *Shakespeare Quarterly,* 59. 4(Winter 2008) .

Smart, J. S. *The Sonnets of Milton*, Oxford: Clarendon Press, 1966.

Smith, Hallett. *Elizabethan Poetry*, Cambridge: Harvard University Press, 1952.

Spenser, Edmund. "Happy ye leaves! When as those lily hands, " http://www. sonnets. org/spenser. htm.

Spiller, Michael R. G. *The Development of the Sonnet: An Introduction*, London: Routledge, 1992.

Surrey. "Love that Doth Reign and Live within My Thought, " http://

www. sonnets. org/surrey. htm#102.

Surrey. "The Soote Summer, " http://www. sonnets. org/surrey. htm.

Thorpe, Clarence D., Carlos Baker, Bennett Weaver, ed. *The Major English Romantic Poets—A Symposium in Reappraisal.* Carbondale: Southern Illinois University Press, 1957.

Tontiplaphol, Betsy Winakur. " Good (s) Sonnets: Hopkins's Moral Materiality, " *Victorian Poetry*, 2(2011) .

Watson, David. "A Patient Etherised. ' Modernism and the Legitimation of Poetry, "*Journal of Literary Studies*, 12(2004) .

Webster, Merriam. *Merriam Webster's Encyclopedia of Literature, Springfield:* Merriam-Webster, 1995.

White, R. S. *Keats as a Reader of Shakespeare*, London: The Athlone Press, 1987.

Whitford, Margaret. "Irigaray and the Culture of Narcissism, " *Contemporary Literary Criticism*, 3(2003) .

Williams, Rhian. "' Pyramids of Egypt ': Shakespeare's Sonnets and a Victorian turn to obscurity, " *Victorian Poetry*, 4(2010) .

Wilson, John Dover, ed. *The Sonnets: The Cambridge Dover Wilson Shakespeare* Vol. 31, *William Shakespeare*, Cambridge: Cambridge University Press, 2009.

Winkelman, Michael A. *A Cognitive Approach to John Donne's Songs and Sonnets*, New York: Palgrave Macmillan, 2013.

Woodhouse, J. R. "The Alienation of the Individual, " *Twentieth-Century Literary Criticism,* 183(2007) .

Worman, Nancy. "Odysseus Panourgos: The Liar's Style in Tragedy and Oratory, " *Helios*, 1(1999) .

Wyatt. "If amorous faith in heart unfeigned, " http://www. sonnets. org/ wyatt. htm#006.

Wyatt. "Like to these immeasurable mountains, " http://www. sonnets. org/wyatt. htm#006.

Wyatt. "My heart I gave thee, not to do it pain, " http://www. sonnets. org/wyatt. htm#006.

Wyatt. "The long love that in my heart doth harbor. . . " http://www. sonnets. org/wyatt. htm#006.

Yeats, W. B. "When you are old," http://blog. sina. com. cn/s/blog_a064b6fb0102x290. html.

Zarnowiecki, Matthew. "Responses to Responses to Shakespeare's Sonnets: More Sonnets," *Critical Survey*, 2(2016).

下　卷

艺术传承

导　言

　　在十四行诗漫长的发展历程中，艺术传承有迹可循。诗人们相互借鉴，在这一过程中不断地推动十四行诗的发展，因此才有了十四行诗辉煌的艺术史。本卷选取了十四行诗的几个横切面进行研究，主要包括十四行诗的主题嬗变、十四行诗中的风格演绎、十四行诗的意象传承、十四行诗的韵律研究、十四行诗的结构五大问题。这五个问题既相对独立又互相关联。

　　第一，十四行诗涉及的最主要的主题是女性与欲望，这两个主题贯穿于十四行诗的整个发展进程。在某些历史时期，这两个主题突出一些，在其他历史时期，其影响又减弱一些，但是从来没有从十四行诗的主题中消失。正因如此，我们选取这两个主题进行研究。十四行诗是书写爱情的，更是书写女人的。历代杰出的十四行诗作者多为男性作家，他们的诗作体现了处于主体地位的男性对女性的观照。本卷沿着十四行诗的发展足迹，探索诗中对女性人物的刻画及其体现出的思想观念。文艺复兴时期伟大的意大利诗人彼特拉克笔下的女子是完美的，彼特拉克的女性崇拜观念既与历史上的骑士观念有关，又与文艺复兴时期的女性观念有关。十四行诗中的女性崇拜传统衍生的两个诗歌要素是诗中叙事人的谦卑地位和诗中对女性道德的歌颂。斯宾塞笔下的女性是温柔的，锡得尼笔下的女子是道德美的化身，而弥尔顿笔下的女性则是披着宗教面纱的圣女形象。

　　男性诗人笔下有关于女性的书写，女性诗人笔下也有女性主题的书写。我们选取了勃朗宁夫人最著名的代表作《葡萄牙人的十四行诗》（*Sonnets from the Portuguese*）来探索女性诗人笔下的女性主题十四行诗。这部抒情诗集写了一个恋爱中的女人的情思，这个女人与彼特拉克在十四行诗中刻画的女性形象在以下三个方面产生了共鸣。第一，诗中叙事人的卑微地位。当然，勃朗宁夫人诗中女性的谦卑也与 19 世纪女性的社会处境有一定的关系。第二，对女性气质的赞美。勃朗宁夫人像彼特拉克一样赞美柔弱、顺从的女性气质。第三，爱情诗被赋予基督教文化色彩。可以说，勃朗宁夫人的诗作体现了对彼特拉克式女性书写传统的继承。

十四行诗写女人，也写对女人的欲望。本书将通过对一些书写情欲的十四行诗进行案例分析，从社会学和心理学角度剖析爱情十四行诗中的欲望主题。十四行爱情诗本身就是欲望的产物，因为诗人写诗表达的是对爱情的渴求，诗是诗人欲望的宣泄。彼特拉克的十四行诗写出了他对所爱之人的崇拜，其爱情是精神化的，不过这种崇拜本身也是欲望的一部分。当英国诗人怀亚特把彼特拉克的诗介绍到英国时，无论是在诗歌的思想还是形式方面，怀亚特都与彼特拉克拉开了距离。怀亚特把彼特拉克诗中的女性崇拜改成了赤裸裸的对女性的占有欲望，书写想要占有而又不能占有的矛盾冲突。怀亚特的诗歌将女性塑造成复杂的兼具圣女之美和妖女之媚的复合体。在 19 世纪英国浪漫主义诗人济慈的笔下，女性并不具有自己的完整形象，只是作为被渴望的事物之一被置于诗中。彼特拉克、怀亚特和济慈书写作为男性崇拜对象和欲望对象的女人，从心理学上讲，这是内心压抑的结果，而诗篇正是这种压抑的释放。

第二，十四行诗的风格演绎是一个很值得研究的问题。西方的十四行诗有两个主要特点：一是主体在场现象，二是思辨性思维特征。实际上，这两个形式上的特点反映的是西方文化的特征，与西方传统的哲学和美学观念有关。这两个特征本身紧密相关，主体在场才使思辨性的表达成为可能，而思辨性的表达反过来凸显了主体的存在。

第三，本书对英语十四行诗的意象传承进行了研究，对描述性意象、修辞性意象以及意象在诗歌中的功能进行了较为细致的探索。意象是诗歌艺术的重要元素，是语言描绘的画面，我们通常接触到的意象以描述性意象居多。从结构主义的观点来看，诗人的作品是一个动态系统。在诗人的创作生涯中，意象的内涵和外延可能会缩小或扩大，有时会被压抑，而有时会被强调或者再利用。诗人在运用意象时会注意对意象进行翻新，为意象赋予新意。

莎士比亚十四行诗中的越界意象为拓展诗人的意象选择范围做出了很大贡献。什么是越界意象呢？在十四行诗中，有些意象借用了特殊领域的专业术语，如法律方面、经济方面的术语，笔者称之为"越界意象"。莎士比亚的十四行诗中出现了大量越界意象，这归根结底还是由文艺复兴时期欧洲的社会、历史和文化所决定的。莎士比亚的十四行诗中有法学、经济学、营养学、医药学、占星学等方面的意象，这些越界意象的使用使莎士比亚十四行诗更加具有包容力，并且将现实生活融入了诗歌。这样的诗篇不再有高处不胜寒的孤独优越之感，而是展现出海纳百川的澎湃之势。

意象有描述性的，也有修辞性的。从修辞的角度来看，奇喻是一种修辞格，但这个修辞格包含意象在内，我们称之为修辞性意象。奇喻承载着诗人们对世界万物创造性的想象。我们在这里要探索奇喻的起源以及奇喻造成的陌生化效果。同一个意象也可以因为文本结构的不同而产生不同的效果，这是因为不同的文本结构所预设的空间不同。同一个意象因为在不同的空间展开，便获得了不同的意义。

第四，十四行诗韵律的发展。韵律是诗歌的重要元素。英语十四行诗是引进的外来诗体，源自英国诗人对意大利诗人彼特拉克十四行诗的翻译与仿写。最早翻译和介绍十四行诗的诗人怀亚特和萨里一直就韵律问题不断地进行探索，萨里创立了后来家喻户晓的莎士比亚体。另一位对十四行诗韵律做出贡献并产生深远影响的诗人是斯宾塞，斯宾塞体十四行诗对其后的英国诗人，包括弥尔顿、马洛、雪莱、济慈等都产生了深远的影响。韵律和节奏是诗歌区别于其他文体的基本特征。在诗歌中，格律不仅仅是声音，还是与诗歌主题相关的因素。韵律结构对诗歌选音、选词乃至句法方面都会产生影响。语义和韵律结构的互动成为写好一首诗的关键，韵律与意义的有机结合使诗人留下一首又一首充满独创精神的诗歌精品。

第五，本书对十四行诗的结构进行了研究。十四行诗是一种格律诗，它的结构相对来说比较固定。笔者在该部分选取了十四行诗比较有代表性的结构问题进行研究。首先是十四行诗的尾句双行体结构。双行体中的韵律结构与意义结构相关。诗歌的韵律是一种节奏，它产生音乐感，可表达情绪。诗歌意义结构的产生依赖有节奏感的语言。双行体的韵律实际上是一种声音的重复。放在十四行诗结尾的双行体被赋予了一种使命，那就是创造出一种有意义的对照。它让我们加深了对诗歌的认识，使诗歌的魅力彰显出来。双行体诗句也可以被当成语言的游戏，使诗歌平添一种娱乐色彩。此外，笔者以弥尔顿为例，来探索诗人如何让结构与诗歌内容融为一体，并最大程度地开发结构自身可以产生的意义，使诗歌的表达更加淋漓尽致。

作为一种举足轻重的诗歌体裁，十四行诗在 600 多年发展历程中所创下的辉煌是一座永恒的艺术丰碑。本书是在继承前人研究成果的基础上开展的一次系统性的、力求全面的研究。上卷对十四行诗的历史发展脉络进行纵向梳理，从而使我们抓住了十四行诗发展过程中重要的转折点以及诗人之间的影响关系。下卷则重点探讨十四行诗中的艺术传承，从上述横切面展开论述，围绕十四行诗中的一些重要问题进行分析，力求从内容到艺术形式全方位地展示十四行诗发展过程中的演变。

第一章　主题嬗变

自诞生之日起，十四行诗的主题不断发展，不断丰富，从而使十四行诗的主题范围越来越广，使这种小诗体获得了极大的表现力。主题嬗变不但与诗人的思想倾向及其艺术品位有密切关系，而且被打上了历史的烙印。诗歌主题的变化就像服装的演变一样，形式上的变化显而易见，而其中的文化内涵与诗性内核变化却需要深入挖掘。这也是本书要探讨的问题。十四行诗具有非凡的表现力，其书写主题无所不包。我们研究十四行诗的主题时不可能面面俱到，但可采取提纲挈领的办法，研究其要点。从传统意义上讲，十四行诗是爱情诗，所以其最突出的主题是爱情。但在本书中，笔者要把女性和"美"这两个主题也作为切入点进行研究。这两个主题既相互联系，又独立存在；与爱情主题相关，却又独具个性。从这两个切入点入手要比直接研究爱情主题更容易揭示十四行诗主题的本质，因为爱情主题过于宽泛，不容易揭示十四行诗主题的基本特征。与之相比，女性主题直击十四行诗的内核，"美"的主题与西方文化传统密切相关，同时也是十四行诗中的重要主题。

第一节　女性主题

在 13 世纪和 16 世纪，十四行诗是书写爱情的最恰当的诗体。十四行诗是写爱情的，更是写女人的。历代杰出的十四行诗作者多为男性，他们的诗作体现了处于主体地位的男性对女性的观照。下面我们就沿着十四行诗的发展足迹，探索诗中对女性人物的刻画及其传达出的思想观念。

女性崇拜是十四行诗的永恒主题，随着时代变迁，女性崇拜的内涵也被不断地修正和改写。

我们首先来看女性崇拜的缘起：一是骑士观念，二是文艺复兴时期女性观念的变化。

骑士（knight, cavalier）最初指欧洲中世纪受过正规军事训练的骑兵，后来演变为一种荣誉称号，并形成了一个新的社会阶层，属于贵族的底层。骑士的身份不是继承而来的，而是凭借在领主的军队中服役获得的。在骑士文学中，骑士是勇敢、忠诚的象征，以骑士精神作为守则，并会不惜牺牲生命来保卫家园。骑士是英雄的化身，而骑士精神也成了西方文化的一部分。现在提到骑士精神，我们会将其与尊重女性联系在一起，但事实上，骑士对女人的观念是经历了一个变化过程的。12世纪以前，通常骑士对女性的态度是轻蔑和冷漠的。他们把女人看成诱惑之物，为保证其精神纯洁，他们认为必须远离女色。"骑士们被上帝赋予荣誉和体魄，所以应该遵从他们的社会地位为上帝提供服务，而不是在世俗的生活中使用它们，如与女人寻乐，或者进行其他娱乐活动。骑士是为上帝服务、为共同利益而工作的。"[①] 妇女和娱乐被看成妨碍骑士为上帝服务的绊脚石，是必须被踢开的。"作为骑士，上帝会教导他们如何成为战胜敌人的真勇士，而这敌人就是存在于人类灵魂深处的冲突。在那里，在任何人身上，都将会有一场真正的战争——与身体的弱点和欲望的斗争，这场精神上的战斗将会昼夜不息。"[②] 在这个时期，人们初步认识到女性的存在对男性是有诱惑作用的。男性通常把禁欲与精神纯洁联系在一起，进而又把这种无休止的与欲望的斗争所带来的痛苦归咎于女性，并通过贬低女性为禁欲行为找借口。这种情况在12世纪初有了改变，当时骑士对贵族妇女的态度开始变化，对她们既敬仰又崇拜，因而尊重女性的风尚也逐渐形成。于是，在中世纪禁欲时期被妖魔化的女性形象被颠覆，女性变身为天使般的存在，成为骑士心中理想的化身——一个被渴望却又不能被占有的对象。这样，骑士仍然可以保持精神上的圣洁，同时也可以满足情感上男性对女性的需要。

我们只要读一读有关骑士的诗歌，便能够了解骑士的这种思想。骑士的爱情具有精神化的特征，它像是一种成人的游戏，人人都知道这是虚幻

---

① Iwańczak, Wojciecha. "Miles Christi: The Medieval Ideal of Knighthood,"*Journal of the Australian Early Medieval Association*, 8(2012): 77.

② Iwańczak, Wojciecha. "Miles Christi: The Medieval Ideal of Knighthood,"*Journal of the Australian Early Medieval Association*, 8(2012): 88.

的，却喜欢在这种幻想里畅游一番。骑士之爱的精神化特征也正是诗人们理想的素材。诗人可以不直接写骑士爱情这种题材，但可以变相地把骑士的精神之爱化作诗歌，这就是我们现在所看到的那些将女人理想化的诗歌和小说产生的部分原因。文艺复兴时期伟大的意大利诗人彼特拉克是十四行诗的集大成者，他的诗作结构缜密、韵味隽永，其笔下的女子是完美的。在为恋人劳拉（Laura）写的十四行诗里，彼特拉克把劳拉写成了至善至美的女人，诗人以谦卑之心渴慕和赞美这个女子。不过，"彼特拉克并没有像但丁那样将逝去的情人升华为天上的神祇，劳拉无论生前还是死后，始终存在于人世，依旧如凡间民女那样妩媚动人"。彼特拉克诗作的真情实感，或许也是诗人受人喜爱的缘由之一。无疑，劳拉的完美形象是彼特拉克一手打造而成的——原本不见经传的民女，经他倾力渲染着色，化身为绝代佳人，从外表到心灵，从生前到死后，无时无处不透露着妩媚动人、高雅纯朴，品德方面更是可圈可点。可以说劳拉是文艺复兴时期文坛第一位立体鲜活的女性，她不仅在文艺复兴时红遍意大利和西欧，直到今日依然堪称欧洲文学史上众人倾慕的女性。用威尔·杜兰特（Will Durant，1885~1981）的话说，以前从来也没有人用这样多变而丰富的词语来形容，或用如此苦心的技巧来详细说明爱这一情感。彼特拉克塑造的劳拉形象让我们体会到文艺复兴运动提高了人的地位，尤其是提高了女性的地位。15世纪以后，随着文学艺术领域的女性题材作品以及女性肖像画崭露头角，姣好的面容、端庄的姿态和华丽的衣饰，构成了文艺复兴时期流行的审美新观念。[1] 诗人当然知道他所赞美与歌颂的女子并非完人，但是爱情就像有色眼镜一样，给丑陋也涂上了亮色。正如尼采所说："爱，乃至对上帝之爱，被拯救的灵魂的神圣之爱，其根源相同：都是发热，因而有理由变形；是一种醉意，善于自欺……无论如何，假如人在爱，那么他就是彻底的自欺欺人者。"[2] 人欺骗自己，以期把理想化的东西与现实结合，或者说让虚幻变成现实，而诗人自己也在这个语言创造的艺术世界里得到了安慰和审美的快感。"我们认为爱乃是生命最大的兴奋剂——因此，

---

① 崔莉：《文艺复兴时代文学巨匠及其经典作品》，中国青年出版社，2015，第75页。
② 〔德〕弗里德里希·尼采：《权力意志——重估一切价值的尝试》，张念东、凌素心译，商务印书馆，1996，第506页。

艺术，即使它在撒谎，也不为崇高的功利主义……若我们对艺术说谎的权利无动于衷，那便是不对的，因为，艺术的功能超过了我们单纯的想象，甚至颠倒了其自身价值，而不仅是价值感。爱人之人更有价值、更强大。"① 因此，彼特拉克等诗人倾向于塑造一个强大的爱人、一个可敬仰的目标，再在这种敬仰与崇拜中满足自己的欲望。

彼特拉克的女性崇拜观念不仅与历史上的骑士观念有着密切的关系，也是文艺复兴时期人文主义思想的体现。"彼特拉克的十四行诗承载着两种矛盾的观点：一个是强调继承和血缘的身份，另一个是尊重普遍的人性。在这两种观点中，社会矛盾不是指向性别的，它产生于等级或地位。但彼特拉克诗歌通过复杂的方式——性别，来表达这一社会矛盾。彼特拉克诗歌中传统的所爱的女子代表了新兴理念和人文关怀，这些是现代社会观念的一部分。这种女子是那些旧式的贵族社会里占主导地位的男性所不能得到的。"②

彼特拉克的十四行诗不是用来解决社会矛盾的，而是将其曲折地反映出来。彼特拉克生活的时代正是文艺复兴时期，此时人文主义思想崭露头角，人们从对宗教中神的崇拜转向了对普通人的关爱。当然，这个"普通人"在诗中常常被理想化，并被蒙上宗教的色彩，以符合受崇敬的要求。彼特拉克式的十四行诗中通常美化女性，这体现了人文主义思想的新理念。从男性作家书写女性的方式、内容和态度上，我们看到了文艺复兴时期诗人们女性观念的变化——不再把女性视为洪水猛兽，而是把女性当成崇拜的偶像。其中虽然掺杂着欲望的成分，但是崇拜心理消解了欲望的粗俗，并且尽量排除欲望的成分。彼特拉克笔下关于爱情的描写是优雅的。"彼特拉克的诗中没有色情的描写。同时劳拉很少直接出场讲话，这就使那些劳拉可以出场的场合变得弥足珍贵。"③

彼特拉克的十四行诗写的是一个男子对一个女子的倾心与渴望，抒发

---

① 〔德〕弗里德里希·尼采：《权力意志——重估一切价值的尝试》，张念东、凌素心译，商务印书馆，1996，第507页。

② Gil, Daniel Juan. "Poetic Autonomy and the History of Sexuality in Shakespeare's Sonnets," *Poetry Criticism*, 98(2009) : 35.

③ Braden, Gordon. "Wyatt and Petrarch: Italian Fashion at the Court of Henry Ⅷ," *Annali d' Italianistica*, 22(2004) : 237-265.

了求爱者的虔诚之心与爱的痛苦。继彼特拉克之后，还有很多诗人加入了写这类十四行诗的行列。他们抒发爱情的痛苦，这种痛苦或者是确有其事，或者是东施效颦、无病呻吟。但无论怎样，他们都在诗中夸大自身情感体验的深度，写情感受挫、爱情失败俨然成了十四行诗约定俗成的传统。失败的爱情比圆满的爱情更容易入诗，因为失败的爱情能够激发人类的欲望和想象，使爱情去除世俗的内容而变得空灵。因为艺术一定要选择适合它表现的东西，所以必须选择失败的爱情来写。艺术是有选择性的，这是一个得到了普遍承认的事实，是由情感在艺术作品中的作用所决定的。任何主导性的情绪都自动地排斥所有与它不和谐的东西。任何一种情感比起警觉的哨兵来说，都更加有效。它伸出触角，寻求同类，找到可滋养它的东西，使其自身得以完善。只有在情感消失或被分裂成分散的碎片的时候，外在于它的材料才可能进入意识。"这种在一系列持续动作中发展着的情感对材料的有力的选择性操作，将物质从数量众多的、空间上相互分离的多种对象中抽取出来，并将所抽象出来的东西凝聚在成为所有对象的价值缩影的一个对象之上。这种功能创造了一件艺术作品的'普遍性'。考察为什么某种艺术作品使我们望而生厌，人们就可能会发现，原因在于没有个人所感受到的情感来引导所呈现的材料的选择和结合。"[①] 失败的爱情是爱情的悲剧，而悲剧可以引发强烈的情感体验，使情感更倾向于向外在的物质投射，以达到宣泄和表达的目的。

关于男性对女性的想象以及男性诗人写爱情诗的风尚，塞缪尔·约翰逊认为这是彼特拉克树立的典范，但是一切上乘之作的基础都在于真实：凡是表白爱情的人，都应当感受到爱情的力量。彼特拉克是一个真正的有情人，而劳拉无疑是值得他献出爱情的人。关于另一位书写十四行爱情诗的作家考利[②]，约翰逊告诉我们，不论考利如何津津乐道，表白自己易动感情，钟爱过众多对象，其实他仅恋爱过一次，且又始终缺乏勇气去表白他的感情。"根据这桩让人难以置信的个人轶事，约翰逊便说'谁也不必那样执著于生活，以至于使自己沉湎于想象中的邂逅和艳遇而虚度年华'，

---

① 〔美〕杜威：《艺术即经验》，高建平译，商务印书馆，2005，第72、73页。
② 亚伯拉罕·考利（Abraham Cowley，1618~1667）是英国玄学派诗人、散文家。他将品达体诗歌形式用于英诗。

并且讪笑，他赞叹从未见过的娉婷，诉说他从未感到过的妒忌，设想自己时而受到眷顾，时而又遭抛弃；绞尽脑汁去想象，搜肠刮肚去回忆，为的就是找到那可以表现出希望以及忧郁的意象。"① 约翰逊一方面肯定了彼特拉克式爱情诗的价值，另一方面又对另一个写幻想爱情的诗人亚伯拉罕·考利进行了批评。在他看来，彼特拉克的爱情诗因为其真实的背景故事而获得了价值，而另一诗人的爱情诗则是因为虚构而不被看好。约翰逊的这种评价表明了他的现实主义文学批判态度。然而，无论诗中所写的爱情是真实的存在，还是幻想的产物，这对文学创作和文学欣赏来讲，并没有太大差别，因为艺术的真实原本就不等于现实的真实。如果诗人在他们的作品中表现出了艺术的真实，传达出了普遍的情感，就已经实现了艺术创作的目的，没有必要再纠结于诗作产生的现实基础。其实，无论诗人在现实中遇到怎样的情况，在投身于创作时，他就把自己想象成了另一个人。更何况，作家在创作的时候，对作品内容就有一种认同感。法国作家福楼拜（Gustave Flaubert，1821~1880）在描述创作中的认同感时颇有体会地说："我用想像塑造的人物触碰着我，追逐着我，或者，确切地说，我感觉自己就在他们中间。写到艾玛·包法利中毒时，我感到自己嘴中也有鼠药味道，仿佛也中了毒，两次感到胃部消化不适，午饭后还吐了。"② 福楼拜的经验是许多作家都体验过的，如果不能进入作品人物的思维世界，诗人就无法生动和真实地书写人类的情感。

在女性观念方面追寻彼特拉克传统的诗人并不是最早把彼特拉克的十四行诗介绍到英国的诗人怀亚特，而是其他诗人，如斯宾塞和锡得尼。十四行诗中的女性崇拜观念传统衍生出两个诗歌要素：诗中叙事人（通常是诗人自己）谦卑的地位和诗中对女性道德的歌颂。这两个因素之所以与女性崇拜情结相关，主要是因为诗中的叙事人必须是谦卑的，这样才能衬托出所崇拜的女性的伟大；而对女性道德的歌颂正是对所崇拜对象价值的肯定。这两者在崇女情结中缺一不可。

---

① 〔美〕雷纳·韦勒克：《近代文学批评史》，杨自伍译，上海译文出版社，2006，第103、104页。

② 〔俄〕瓦·费·佩列韦尔泽夫：《形象诗学原理》，宁琦、何和、王嘎译，中国青年出版社，2004，第8页。

下面我们就来谈谈十四行诗崇女情结中的两个元素：虚构的谦卑；对女性道德的歌颂。

彼特拉克十四行诗中的女子是完美的神一样的人物，而男子的地位是低微的，对女子只能怀有敬仰之情、爱慕之心。男子把自己与女子置于不同地位，女子是主人，男子成了仆人。男子的谦卑这种个人贬低看上去颇有讽刺意味。这种谦卑并不是真的贬低自己，而是屈身征服的意思。男子故意谦虚地说自己配不上心爱的女子，并把自己装扮成可怜人，从而引起女子的同情。男子的最终目的是赢得女子或者别人的同情，以达到自己的目的，或者这个目的本身就是没有希望达成的，他借此来发泄心中的苦闷。不过虽然诗中对女子的至高的赞美未必是真诚的，但是男子在诗中公开赞美女性，这也显示出文艺复兴时期人们对女性的尊重。

与此种情形类似的是中国古诗中的"闺怨诗"。其实大多数"闺怨诗"都是男性诗人的作品。男性诗人在诗中摇身一变，成了女性，在诗中倾诉怨愤之情。大致说来，闺怨诗的论述有两个要素："第一，女性的叙述者必须处于劣势的地位，在空间上，她处于一个定点，所爱的人则在不定的地方，在她无法掌握之处；在相互关系上，对方的爱没有绝对的保证，所以她的心理状态是焦虑的，故而有怨。这种劣势地位当然反映了中国古代女子在封建制度下权力被剥夺的状况。第二个要素是闺怨诗大都抒发一种阴柔的、缠绵的爱情，陈述自己受到情感的伤害与折磨，但是爱意仍不变不减，这应该是古代女子在封建制度下，在可能范围内的一种理想主义的投射。"① 其实，彼特拉克式的爱情十四行诗也是一种怨诗，十四行诗中的男主人公与中国古代"闺怨诗"中的女主人公一样，都地位低下，仰视渴望对象，为此饱受爱情折磨，但仍坚贞不渝，这无疑也是一种理想主义的投射。爱情诗中的主人公让自己扮演受难者，这从艺术的角度来讲是一个诉说爱情的好角度，因为它为诗人提供了一种表达情感的背景，这个背景可以把诗人的情感渲染得更加可信；同时，就爱情的技术层面来讲，这是一个适合引起对方注意的手段。在锡得尼的《爱星者与星》中，"讲话者把自己塑造成一

① 钟玲：《美国诗与中国梦：美国现代诗里的中国文化模式》，广西师范大学出版社，2003，第162页。

个受苦受难的人……100 多首十四行诗中的讲话者并未有一点点改变。"①
如果诗人在现实生活中遭受了爱情的痛苦，那么，在艺术中，他会把这种
痛苦放大，使之成为普遍性的痛苦，以此唤起读者的同情和共鸣，来达到
艺术的目的。如果诗人在现实生活中没有遭受过爱情的痛苦，爱情已经很
完满了，那么，为了写诗，他仍然要为赋新词强说愁。斯宾塞就是以这样
的心态来写十四行诗的。

　　不过虚构的谦卑终究是过眼云烟，可以掩盖一时，却不能长久。所
以，有一些诗人也在具有这种谦卑意识的前提下提出了一种相互爱慕的论
断。有一位诗人在他的一首十四行诗中把这种谦卑与高贵的关系对应相互
换位的关系，从而揭示爱情的相互性特征：

Love's Omnipresence

Joshua Sylvester

Were I as base as is the lowly plain,

And you, my Love, as high as heaven above,

Yet should the thoughts of me your humble swain

Ascend to heaven, in honour of my Love.

Were I as high as heaven above the plain,

And you, my Love, as humble and as low

As are the deepest bottoms of the main,

Whereso'er you were, with you my love should go.

Were you the earth, dear Love, and I the skies.

My love should shine on you like to the sun,

Arid look upon you with ten thousand eyes

Till heaven wax'd blind, and till the world were done.

Whereso'er I am, below, or else above you,

Whereso'er you are, my shall truly love you.

---

① Wood, Chauncy. "Sin and the Sonnet: Sidney, St. Augustine, and Herbert's ' The Sinner' ," *George Herbert Journal*, 2(1992) : 19-32.

爱情无处不在

乔舒亚·西尔维斯特

假如我像低低的平原一样卑下，

而你，我的爱人，像天空一样高悬，

你的卑微仆人为尊崇你的身价，

他的思念也会高升上天。

假如我像平原上的天空一样高，

而你，我的爱人，像最深的海底

一样的卑下，一样的渺渺，

我的爱也追随你，无论你在哪里。

假如你是大地，我是天空，亲爱的，

我的爱像太阳一般对你照耀，

并用万只眼睛看望着你，

直到天变浑噩，世界云散烟消，

无论我在你之下，在你之上，

无论你在哪，我都爱你赤胆忠肠。①

——李霁野译

　　诗人在这首诗中做了两个假设。第一个假设是，所爱的女子是高贵的，而自己是卑下的；第二个假设与第一个正好相反。但无论在何种情形下，诗人的爱情都不会有丝毫改变，这就是诗人对爱的誓言。这样的构思对传统的爱情诗有一定的影响，但其影响力远不如那些诗人把自己放在虚构的谦卑地位的诗歌。究其原因，如果诗中的男主人公把自己置于谦卑的地位，那么他的爱情就显得没有希望，而男主人公又怀着强烈的爱情的渴望，这样就必然形成矛盾冲突，从而增添了诗歌的戏剧性成分，使诗歌有了更大的悬念和发展的空间。而在《爱情无处不在》一诗

---

　　① 〔英〕西尔维斯特：《爱情无处不在》，〔英〕弗·特·帕尔格雷夫原编《英诗金库》，罗义蕴、曹明伦、陈朴编注，四川人民出版社，1987，第107页。笔者对中文翻译用字略做改动，下同。

中，诗人把爱情双方的谦卑变成相互的，抹平了男女主人公的差别，诗中再无奇峰突起、悬崖挂瀑的奇景，其艺术趣味大打折扣。"缺月挂疏桐"（苏轼：《卜算子·黄州定慧院寓居作》）的诗歌意境要比"满月挂疏桐"的意境更为广阔，因为前者给人的联想更多，而人类总是对于不完满的东西有更深的热爱、更大的渴望。因此，彼特拉克十四行诗中男性叙事人虚构的谦卑一直是爱情十四行诗中的撒手锏，就连基本没有崇女情结的莎士比亚在书写十四行诗时也会时不时拿出这撒手锏挥舞一下，为他的诗歌增添色彩。

虚构的谦卑如果再加上道德礼赞，那就变得更加合乎情理了。十四行诗中对女性道德的歌颂是与崇女情结相偕而来的，也是其艺术发展的必然结果。女性的身上必须有理想化的色彩，不然她就无法成为被崇拜的对象，也会使男性主人公的谦卑定位变得令人厌腻。现实中没有完美的女人，那么诗人就需要创造出完美的女人。菲利普·锡得尼认为，诗人"被自己的创新气魄所鼓舞——被那些其自身造出的比自然所产生的更好的事物，或者完全崭新的自然中所从来没有的形象所鼓舞，如那些英雄、半神、独眼巨人、怪兽、复仇神等等，实际上，因升入了另一种自然，所以他与自然携手并进，并不仅仅局限于它的赐予所许可的范围，而是自由地在自己才智的黄道带中游行。自然从未以如此华丽的挂毯来美化大地，也从未把那悦人的河流、果实累累的树木、香气四溢的花朵，或者比让人感觉到消〔销〕魂的大地更可爱的东西来当作装饰，就如同以往种种诗人所在诗中书写过的那样。它的世界是铜的，而只有诗人才给予我们金的"。① 这样的诗歌创作理念必然使锡得尼追求艺术中的唯美与唯善。彼特拉克笔下的完美女人在锡得尼这里进一步变成了道德的化身、圣洁的完人。弥尔顿的诗歌则进一步提升了女性作为圣女的地位。

十四行诗中的女性形象体现着男人对女人的审美。斯宾塞笔下的女性通常是温柔美丽的，他最杰出的作品是《仙后》。斯宾塞常被认为是英语语言诗人中最伟大的诗人之一。1595 年，斯宾塞发表了《爱情小诗及颂歌》，其中包含的 89 首十四行诗记录了他对伊丽莎白·博伊尔求爱的心路历程。彼特拉克十四行诗中的劳拉一直都是一个可望而不可即的女子，斯

---

① 〔英〕锡得尼：《为诗辩护》，钱学熙译，人民文学出版社，1998，第 10 页。

宾塞的系列十四行诗虽然也是写给一个女子的，但有所不同的是，这个女子最终与诗人喜结连理。当然，最能入诗的内容是对女人的渴望，最适合入诗的状态是可望而不可即，因为唯有这种状态才能催生焦虑、引发激荡的情绪，从而为诗歌创作提供动力。所以，斯宾塞的十四行诗同样书写彼特拉克式的渴望和痛苦。他假定心仪的佳人是难以接近的，以此来为诗歌增加情感色彩。当爱情的痛苦不够强烈，而且不足以产生诗意的感觉时，诗人就用虚构来填充。这种虚构并非源自诗人撒谎的需要，而是源于创造艺术审美境界的需要。下面来看这个集子里的第一首十四行诗《幸福的书页，那些百合花一般的手》：

Happy ye leaves! When as those lily hands,
Which hold my life in their dead doing might,
Shall handle you, and hold in love's soft bands,
Like captives trembling at the victor's sight. [1]

幸福的书页，那些百合花一般的手，
那掌握着我生命的双手，
会翻开书页，并且在爱的温柔的乐队里，
像俘虏在胜利者面前颤抖。

——笔者译

斯宾塞在第 1~4 行告诉我们这些诗是写给一位女子的。这是典型的彼特拉克式十四行诗，写的是一种尚没有得到满足的爱情。诗人想象恋人用百合花一样的手捧起这些诗章来阅读，心中忐忑不安。但诗人不直接写自己的不安，而是直接用呼语的方式与书进行对话，一方面显示出诗人是谦卑的，另一方面也交代了诗人写作这些诗歌的动机。在诗歌的第 5~8 行中，诗人写道：

---

[1] Spense, Edmundr. "Happy ye Leaves! When as Those Lily Hands," http://www. sonnets.org/spenser.htm.

And happy lines! on which, with starry light,

Those lamping eyes will deign sometimes to look,

And read the sorrows of my dying sprite,

Written with tears in heart's close bleeding book. ①

快乐的诗行！在繁星闪烁下，

那明亮的眼会屈尊来看，

并读出我奄奄一息的灵魂中的忧伤，

那从流血的心中和着眼泪所写的书。

——笔者译

诗人继续想象恋人读懂了他的诗，了解了诗人为爱情所受的苦。诗人表达的情感十分强烈，既温柔，又富有震撼力。

在第 9~12 行中，诗人再次写到自己的诗歌缘起与发展方向：

And happy rhymes! bathed in the sacred brook

Of Helicon, whence she derived is,

When ye behold that angel's blessed look,

My soul's long lacked food, my heaven's bliss. ②

幸福的韵律！沐浴在号角奏出的圣乐之溪

那就是我诗篇的出处，

当你看到天使那幸福的表情，

我的灵魂长期渴求的滋养，我天堂的幸福。

——笔者译

在这里，诗人肯定了自己诗篇的价值，因为诗中一再提到天堂、天

---

① Spenser, Edmund. "Happy ye Leaves! When as Those Lily Hands," http://www.sonnets.org/spenser.htm.

② Spenser, Edmund. "Happy ye Leaves! When as Those Lily Hands," http://www.sonnets.org/spenser.htm.

使，所以斯宾塞也许在此处指的是他举世闻名的作品《仙后》。不过，诗人称自己的诗为"幸福的韵律！"（And happy rhymes!）的根本原因还在于他的诗会得到恋人的欣赏。诗歌的最后两行写道：

> *Leaves, lines, and rhymes seek her to please alone,*
> *Whom if ye please, I care for other none.* ①

> 书页、诗行和韵律，只为取悦她，
> 如果你高兴，我就不会再在乎其他。
>
> ——笔者译

诗人重申了他的诗是为恋人而作的。这首诗的前三节为每四行一组，在每组四行诗的开头，诗人都运用一样的写法："幸福的书页！"（Happy ye leaves!）；"快乐的诗行！"（And happy lines!）；"幸福的韵律！"（And happy rhymes!）。这不仅使诗歌表达的内容层层递进，还使诗歌的语气充满仰慕之情，很符合斯宾塞创作此诗时的心情，同时也为后面的诗行定下了基调：诗中的男性叙事人是谦卑的，渴望得到女性赏识。"百合花一般的手"（lily hands）表达的仍然是诗人对女性美貌的渴望。同彼特拉克的诗一样，在这首诗中，男性对女性的渴望也被掩盖在男性对女性的仰慕之中。因为男性怀有这样的仰慕之情，所以他们把自己描绘成弱者，以求得女性情感上的恩赐，满足男性对女性的渴求。以这种方式描写男性的欲求，是彼特拉克式传统诗歌的典型特征。我们知道斯宾塞的求爱是成功的，这说明现实中的诗人并无太多的苦情，而他的谦卑更像是对骄傲的一种掩饰，其目的是达到一种诗意化的审美效果。正如评论家所指出的："斯宾塞利用谦卑这种强有力的资源，让一种似乎是透明的、静态的、肤浅的姿态变成了一种审美意境，适合表达政治性的、个人性的、修辞上的任何内容。斯宾塞的许多读者从 16 世纪就发现他诗中的谦卑体现的姿态是复杂的，里面有虚假的成分。"②

① Spense, Edmundr. "Happy ye Leaves! When as Those Lily Hands," http://www.sonnets.org/spenser.htm.

② Erickson, Wayne. "The Poet's Power and the Rhetoric of Humility in Spenser's Dedicatory Sonnets," *Studies in the Literary Imagination*, 38, 2(Fall 2005): 91.

　　锡得尼是英国诗人、朝臣、学者和士兵，是伊丽莎白时代的杰出人物。锡得尼与当时的一些文化名人多有来往，如斯宾塞把他的著名作品《牧羊人的日历》（*The Shepheardes Calender*）献给锡得尼。锡得尼的作品有《爱星者与星》、《为诗辩护》等，其中也塑造了具有美德的女性形象。1575年，锡得尼见到了潘尼罗·德文鲁克（Penelope Devereux）女士，她为诗人带来了灵感，诗人为她写了著名的十四行诗系列《爱星者与星》，但德文鲁克后来与他人结婚。虽然这组十四行诗收录了锡得尼早期的作品，但"《爱星者与星》是从 1581 年 11 月德文鲁克结婚后开始写的，可能写于1575 年，在 1582 年夏天完成"。[①]"柏拉图在他的《菲德若篇》（*Phaedrus*）中提到过女人就是美德这一观点，锡得尼用这种观点来赞美诗中女子'星'（Stella）的美好。"[②] 有趣的是，最早将彼特拉克引入英国的怀亚特和萨里都对彼特拉克的十四行诗进行了创造性的修改，但无论是在形式上，还是在爱情主题的呈现方面，锡得尼的十四行诗都越过了怀亚特和萨里，直接师从彼特拉克。有批评家说："锡得尼诗歌中所传达出的亲和力与意大利诗歌中的亲和力，两者都比古典诗歌中透露出的亲和力更大。看来这样的观点是有一些道理的。"[③]

　　《爱星者与星》系列十四行诗中，锡得尼在创作时使用了彼特拉克的十四行诗诗体，与彼特拉克的十四行诗一样，锡得尼的系列十四行诗也包含了一些爱情事件进展的情节：正如彼特拉克把系列十四行诗献给所爱慕的女子劳拉一样，锡得尼写这些诗也是为了向一位女子表白。爱的情感给了诗人灵感，由此诗人找到了十四行诗这种表达情感的形式。"情感就像磁铁一样将适合的材料吸向自身：所谓的适合，是指它对于已经受感动的心灵状态具有一种所经〔体〕验到的情感上的共鸣。"[④] 锡得尼将意大利十四行诗的诗体形式化为己用。当他开始写系列十四行诗的时候，这种诗歌形式在英国还不流行，但在他之后，这种诗歌形式在英国就变得流行起来。锡

① Heninger, S. K. Jr. *Sidney and Spenser: The Poet as Maker*, Philadelphia: The Pennsylvania State University Press, 1988, p. 397.

② Harrison, John Smith. *Platonism in English Poetry of the Sixteenth and Seventeenth Centuries*, New York: Columbia University Press, 1980, p. 164.

③ Lee, Sidney. "Sir Philip Sidney," *Literature Criticism from 1400 to 1800*, 19(1992): 132–136.

④ 〔美〕杜威：《艺术即经验》，高建平译，商务印书馆，2005，第 74 页。

得尼给他诗中的求爱者取名为"爱星者"（"Astophill"意为"star lover"），而给诗中的女主人公取名为"星"（"Stella"即"star"），他们分别成为诗中的谈话人和受话人。另外，同彼特拉克一样，锡得尼在十四行诗中也着重书写女子的道德力量。

《爱星者与星》系列十四行诗的开篇一首写出了诗人写诗的目的。诗歌第1~4行写道：

Loving in truth, and fain in verse my love to show

That she(dear She) might take some pleasure of my pain:

Pleasure might cause her read, reading might make her know,

Knowledge might pity win, and pity grace obtain; [①]

真诚的爱，我欣然把这爱托付诗行，

想象她从我的苦痛中感到快乐，

因为快乐而去读我的诗，这样她会懂我，

她会给我怜悯，那怜悯也会变得优雅。

——笔者译

诗人直接点出自己写这首诗的目的：希望自己所爱的女子看到这首诗，并因此能够回报他的真挚情感。诗人写此诗的动机就是向女子示爱，因而在诗歌的第5~8句中，诗人写道：

I sought fit words to paint the blackest face of woe,

Studying inventions fine, her wits to entertain:

Oft turning others' leaves, to see if thence would flow

Some fresh and fruitful showers upon my sun-burn'd brain. [②]

① Sidney, Philip. "Astrophil and Stella: Sonnet 1," http://www.poetryintranslation.com/PITBR/English/Sidney1thru27.php.

② Sidney, Philip. "Astrophil and Stella: Sonnet 1," http://www.poetryintranslation.com/PITBR/English/Sidney1thru27.php.

> 我搜寻恰当的词语描绘悲伤的容颜，
>
> 用巧妙的创造去愉悦她的智慧，
>
> 翻阅书籍，看看是否从那里会流出
>
> 灵感的清泉，洒在我阳光晒伤的头脑。
>
> ——笔者译

　　诗人在这里为自己的诗才苦恼，感觉自己没有足够的创造性才能来赢得女子的心。诗人的目的十分单纯，他只是希望自己巧妙的诗行能够使心仪的女子快乐。在这里，诗人是谦卑的，他的忧虑与不自信所传达出的其实是对女子的崇拜。诗人内心的独白仿佛就是："我的诗能够得到你的爱吗？"而诗人对能否得到女子的爱所表现出的焦虑更是体现出诗人对女子的爱重之意。

　　在诗歌的第 9～12 行，诗意一转，诗人写自己言语笨拙、毫无创造力，即使从先贤的书中也无法获得灵感：

> *But words came halting forth, wanting Invention's stay,*
>
> *Invention, Nature's child, fled step-dame Study's blows,*
>
> *And others' feet still seem'd but strangers in my way.*
>
> *Thus, great with child to speak, and helpless in my throes,* ①

> 然而，我言辞笨拙，想要让创造之神驻足，
>
> 创造之神，自然之子，像躲避继母的处罚一样逃跑，
>
> 而别人的作品如同陌生的事物挡在我的面前，
>
> 因此，孕育固然快乐，但在阵痛中我却无能为力，
>
> ——笔者译

　　诗人因不能写出令自己满意的诗篇而感到非常痛苦，然而此时，他获得了诗神的指引：

---

① Sidney, Philip. "Astrophil and Stella: Sonnet 1," http://www.poetryintranslation.com/PITBR/ English/Sidney1thru27. php.

Biting my truant pen, beating myself for spite—
*"Fool, "said my Muse to me, "look in thy heart and write. "*①

咬着我不听话的钢笔，因怨恨而殴打自己
"傻瓜，"我的缪斯对我说，"看着你的心写吧。"

——笔者译

　　诗人在这里也探索了诗歌应该如何创作的问题。诗人相信诗是心灵的声音，只要遵从自己的感情，便可以写出好诗，从而达成自己的目的。至此，诗人最初提出的问题便得到了解答。在此系列十四行诗的开头，我们可以看到诗人仍然使自己处于谦卑的地位——以战战兢兢的笔触开始了他的女性崇拜之旅。

　　下面我们分析锡得尼的第 4 首十四行诗。在该诗第 1~4 行中，诗人也探讨了道德问题：

Virtue, alas, now let me take some rest.
Thou set'st a bate between my will and wit.
If vain love have my simple soul oppress'd,
Leave what thou likest not, deal not thou with it. ②

美德，唉，现在让我休息一下吧。
你在我的愿望和智慧之间权衡。
如果徒劳的爱折磨我纯洁的灵魂，
就远离你不喜欢的，别再管我了。

——笔者译

　　诗中的叙事人显然已经因道德对自己的束缚而深感苦闷，所以在诗歌

①　Sidney, Philip. "Astrophil and Stella: Sonnet 1, " http://www.poetryintranslation.com/PITBR/English/Sidney1thru27. php.

②　Sidney, Philip. "Astrophil and Stella: Sonnet 4, " http://www.poetryintranslation.com/PITBR/English/Sidney1thru27. php.

开头就直接与拟人化的"道德"进行对话。他请求"道德"离开，让自己休息，给自己安宁。诗歌的第二句揭示了诗人是如何受到道德困扰的：原来诗人是在满足欲望和遵从理智之间徘徊，这无从选择的两难之境正是他苦恼的根源。在诗歌第三句，诗人说出自己全部问题的核心——不能被满足的爱，并以此来暗示这种徒劳的爱是受道德束缚而产生的结果。于是，诗人想要抛弃道德，要求道德离开自己。

　　锡得尼的诗中对女性的崇拜是彼特拉克式的，对女性品德的关注却是弥尔顿式的。在诗歌的第5~8行，诗人写道：

> *Thy scepter use in some old Cato's breast;*
> *Churches or schools are for thy seat more fit.*
> *I do confess, pardon a fault confess'd,*
> *My mouth too tender is for thy hard bit.* ①

> 更适合你的权杖是老加图胸前的那只；
> 你的位置应该在教堂或学校里。
> 我承认，原谅我坦白的错误，
> 我的嘴太柔软，无法承受你的坚硬。

——笔者译

　　诗人把道德比喻成严厉的统治者和老师，在道德面前，诗人坦白自己的过失，请求宽恕，但是仍然感到自己不能被道德驱使。诗人暗示，作为年轻人，自己的激情、冲动以及对肉体的欲望是强烈的，因此越发感觉道德束缚是那样令人不堪忍受。在诗歌的第9~14行，诗意来了一个转折：

> *But if that needs thou wilt usurping be,*
> *The little reason that is left in me,*
> *And still th' effect of thy persuasions prove:*

---

① Sidney, Philip. "Astrophil and Stella: Sonnet 4," http://www.poetryintranslation.com/PITBR/English/Sidney1thru27.php.

I swear, my heart such one shall show to thee

That shrines in flesh so true a deity,

That Virtue, thou thyself shalt be in love. ①

但如果你要夺取我的需要，

控制我身上一点小小的理智，

我发誓，我的心将向你展示

证明你的劝导的效果。

肉体神殿中这样的真神，

那美德，你自己也会爱上。

——笔者译

　　诗人与道德进行了一番争辩。诗人认为这个女子是如此神圣，强调女子内在的神圣，而非外在的诱惑力，这种神圣会使"道德"也爱上她。这个女子不仅成了道德的化身，而且似乎超越了道德，成为神圣的人。因此，诗人爱上女子，也就是爱上了道德本身，而对女子的欲望被精神上的爱消解。

　　锡得尼的许多十四行诗十分关注道德，我们来看在他的第81首十四行诗中，诗人是如何写道德的。这首诗围绕"亲吻"一词展开，诗歌的第1~4行写道：

Oh kiss, which dost those ruddy gems impart,

Or gems, or fruits of new-found Paradise,

Breathing all bliss and sweet'ning to the heart,

Teaching dumb lips a nobler exercise; ②

哦，亲吻，你分给我红色的宝石，

---

① Sidney, Philip. "Astrophil and Stella: Sonnet 4," http://www.poetryintranslation.com/PITBR/English/Sidney1thru27.php.

② Sidney, Philip. "Astrophil and Stella: Sonnet 81," http://www.poetryintranslation.com/PITBR/English/Sidney55thru81.php.

或是新近被发现的天堂的宝石或水果，

呼吸着所有的幸福，甜透了心窝，

教喑哑的嘴唇做高尚的运动；

——笔者译

诗歌以一个呼语开篇。诗人对"亲吻"使用呼语，使诗歌在惟妙惟肖的想象中拉开了序幕。诗人想象亲吻恋人的情形，形容恋人的唇犹如红色的宝石，既珍贵又美丽。又进一步将其想象成美味非凡的天堂的水果，而且还深入地想象亲吻中嘴唇的动态。"亲吻"的意象传达出男性诗人对女性的渴望。然而，即使是在写肉欲时，锡得尼还是为欲望描写蒙上了一层轻纱，使其不再是赤裸裸的了，写实中不乏诗意的修饰。

将其与莎士比亚的第 128 首十四行诗进行比较，我们可以看出二者的差别。莎士比亚的这首十四行诗也涉及对女子肉体的欲望，而且也用了与嘴唇相关的意象，但是与锡得尼的诗所描述的大不相同。莎士比亚在诗中写道：

How oft, when thou, my music, music play'st,

Upon that blessed wood whose motion sounds

With thy sweet fingers, when thou gently sway'st

The wiry concord that mine ear confounds,

Do I envy those jacks that nimble leap

To kiss the tender inward of thy hand,

Whilst my poor lips, which should that harvest reap,

At the wood's boldness by thee blushing stand![①]

多少次，我的音乐，当你在弹奏

音乐，我眼看那些幸福的琴键

跟着你那轻盈的手指的挑逗，

---

① Shakespeare. "Sonnet 128," https://www.opensourceshakespeare.org/views/sonnets/sonnet_view.php? Sonnet = 128.

发出悦耳的旋律，使我魂倒神颠——

我多么艳美那些琴键轻快地

跳起来狂吻你那温柔的掌心，

而我可怜的嘴唇，本该有这权利，

只能红着脸对琴键的放肆出神！①

——梁宗岱译

诗人创造了这样一个场景：诗人的情人在弹奏乐器，而诗人注视着那些琴键，心绪随着心上人的手弹琴的动作起伏。诗人写出了自身爱的渴慕与对情人的欲望。诗人对琴键的描写显然是拟人化的，其中对琴键跳起来狂吻情人掌心的描写正反映出诗人内心对情人的渴望。在诗歌的第 9~12 行中，诗人写道：

To be so tickled, they would change their state

And situation with those dancing chips,

O'er whom thy fingers walk with gentle gait,

Making dead wood more blest than living lips. ②

经不起这引逗，我嘴唇巴不得

做那些舞蹈着的得意小木片，

因为你手指在它们身上轻掠，

使枯木比活嘴唇更值得艳美。③

——梁宗岱译

诗人写他嫉妒琴键，因为那个小木片能够接触情人的手指，而一旁看着的诗人只能羡慕罢了。在诗歌的最后两行，诗人写道：

---

① 《莎士比亚全集》第 11 卷，梁宗岱山译，人民文学出版社，1991，第 286 页。

② Shakespeare. "Sonnet 128," https://www.opensourceshakespeare.org/views/sonnets/sonnet_view.php?Sonnet=128.

③ 《莎士比亚全集》第 11 卷，梁宗岱山译，人民文学出版社，1991，第 286 页。

Since saucy jacks so happy are in this,
Give them thy fingers, me thy lips to kiss.

冒失的琴键既由此得到快乐，
请把手指给它们，把嘴唇给我。①

——梁宗岱译

  诗人终于明确地表达了他对情人的渴望，而这首诗的重点就是写弹琴女子所引起的诗人的感官幻想。这种幻想与音乐无关，却与情欲有关。

  在写肉体的欲望时，锡得尼是含蓄而不张扬的，莎士比亚则是酣畅淋漓的。莎士比亚的这首十四行诗止于对肉体的渴望，但对锡得尼这首十四行诗来说，描写肉欲只是第一层意思，更重要的还在后面。在诗歌的第5~8行中，锡得尼仍然是将呼语作为开头：

Oh kiss, which souls, e'en souls, together ties
By links of Love, and only Nature's art:
How fain would I paint thee to all men's eyes,
Or of thy gifts at least shade out some part. ②

哦，亲吻，灵魂，甚至灵魂也能够被
爱与自然的艺术联系在一起，
我想欣然画你，让所有人看到，
或者用光影遮住你的局部。

——笔者译

  这句诗中有一个中心意象，那就是画家。诗人把自己比喻成画家，将他的诗喻为画。诗人想要用绘画那般的技巧，如光影技巧，细腻地描绘出

---

① 《莎士比亚全集》第 11 卷，梁宗岱译，人民文学出版社，1991，第 286 页。

② Sidney, Philip. "Astrophil and Stella: Sonnet 81," http://www.poetryintranslation.com/PITBR/English/Sidney55thru81.php.

女子的美丽，以便让人们都能看到。如果说第 1~4 行中写的"亲吻"还有些许肉欲的色彩，那么，第 5~8 行中的"亲吻"已经完全转化成精神层面的欣赏。此时，诗人对女子的肉体之爱已经转化成了对女子自然之美的欣赏，而且诗人表明希望用自己的笔留住女子的美丽，让美在诗中长存，用艺术使美永恒。这个主题后来在莎士比亚的诗歌中成了一个主要的主题，被莎士比亚用多种意象从各个角度来书写。在诗歌的第 9~14 行，锡得尼写道：

> But she forbids, with blushing words, she says
> She builds her fame on higher-seated praise;
> But my heart burns, I cannot silent be.
> Then since(dear life) you fain would have me peace,
> And I, mad with delight, want wit to cease,
> Stop you my mouth with still, still kissing me. [①]

> 但她禁止，红着脸说
> 她以更高的赞扬树立自己的美名；
> 但我的心在燃烧，我不能沉默。
> 那么，亲爱的，只要你高兴，我就快乐。
> 我欣喜若狂，想要放弃智慧，
> 你用安详阻止我的嘴，你的安详亲吻了我。

——笔者译

这首诗是典型的前八后六式的彼特拉克诗歌结构。在这最后的 6 行中，诗人写了女人的反应和诗人最后的结论。这个女子并没有因为受到赞美而欣喜，也没有因此而骄傲。她没有接受诗人的美意，而是告诉诗人，"她以更高的赞扬树立自己的美名"（She builds her fame on higher-seated praise）。这更高的赞美不是来自美貌，而是来自女子内心的美，来自女子

---

① Sidney, Philip. "Astrophil and Stella: Sonnet 81," http://www.poetryintranslation.com/PITBR/English/Sidney55thru81.php.

的德行和品质，这才是女子所希求的赞美。因此，诗人不能不钦佩女子的圣洁，于是放弃了一开始想要"亲吻"恋人的冲动。他的心再次燃烧起来，但这一次不是为了欲望而燃烧，而是为了这样圣洁的心灵而燃烧。虽然女子安详的神态阻止了他的欲望，但他的灵魂却因女子的圣洁而得到洗礼和升华。诗中盛赞了女子的德行，虽有道德内容，却并不乏味。"作者的情感和我们被激发的情感，都由那个世界中的场景所引起，并与题材混合在一起。由于同样原因，我们厌恶文学中的任何道德设计的侵入，而同时，如果实现了与对材料控制的真诚情感的结合的话，我们又在审美上接受任何量的道德内容。"① 锡得尼诗中的道德内容不是说教性的，而是与诗人描绘的情景有效地融为一体。

　　这首诗对情感层次的描绘不是特别分明。第一层写了诗人对于女子的渴望，这种渴望是温柔优雅且略带肉欲的渴望。但接下来第二层，诗人将之转变为柏拉图式的精神渴望，希望用诗使女子的美丽留存世间。第三层写女子对于诗人这种安排的看法以及诗人观点的转变。女子不屑于流芳于世，因为她有更美好的内心世界，而这种圣洁的心灵让诗人深受感动，最后在对女子的仰慕中平息了内心燃烧的激情。从这些诗行中，我们看到了锡得尼对于道德的重视，而在他之前的诗人怀亚特并没有显示出像锡得尼那样对道德的关怀，而且怀亚特笔下的女性没有多少道德情操引人赞美。莎士比亚那些赞美恋人的美丽诗篇也是单纯为"美"本身而赞美，基本上排除了对道德的考虑。正是道德因素的介入，才使锡得尼笔下的女子显得更加理想化，更加有魅力。

　　"那个时代的意大利人难说出口的问题不仅是肉欲，不仅是平常人庸俗的色欲，而且也有最优秀的最高贵的情欲；这不仅是因为没有结婚的女孩子们不在社交中出现，也是因为男子随着他自己的个性的全面发展，而感到自己被由于结婚而成熟了的妇女强烈地吸引着。所以这些就成为在抒情诗里弹着最高贵的调子的人，就是试图在他们的论文和对话里把他们的贪婪的情欲——'神圣的爱情'——塑造成为一个理想形象的人。当他们为爱神的残忍而诉苦时，他们不仅想到了心爱的人的娇羞或冷酷，而且想到了这种情欲本身的非法。他们企图从柏拉图的精神学说里找到所支持的

---

　　① 〔美〕杜威：《艺术即经验》，高建平译，商务印书馆，2005，第73~74页。

那种精神恋爱来使他们自己超脱这种痛苦的意识。"① 正是这样一种心理使彼特拉克写下了他那些充满柔情蜜意却不失优雅的十四行诗。"尽管彼得拉克对于劳拉的爱情是非常理想的，但他仍流露着这种情感，那就是他的十四行诗能使他的所爱和他自己一样地传诸不朽。"② 彼特拉克所塑造的劳拉应该没有让他自己失望，但是另一个诗人薄伽丘的经历却有点讽刺色彩了。"薄伽丘曾经对一个美丽的女人表示不满，因为他曾经对她表示敬意，而她却一直是无动于衷，为了得到这个美丽的女人他继续称赞她以至于使她名噪一时，但这个时候薄伽丘却暗示她，他将要试一试对她略作微词，看会有什么效果。"③

　　在关于女性的观念方面追随彼特拉克传统的诗人并不是最早把彼特拉克的十四行诗介绍到英国的诗人怀亚特和萨里，而是斯宾塞和锡得尼。在斯宾塞和锡得尼看来，彼特拉克笔下被崇拜的女人是内在美和外在美相结合的典范，是美的化身。

　　锡得尼笔下的女子固然是道德美的化身，但"美永远同思想的深度成正比。粗俗而微贱的东西，不论怎样装饰，只不过是些乱七八糟的垃圾。但是高贵的人品却能赋予青春以辉煌，赋予老迈以威严"，④ 因而诗人想在作品中虚构出理想化的女性形象。

　　弥尔顿笔下的女性形象则别有一番风采，可以说是披着宗教面纱的圣女形象。弥尔顿诗中更加关注女性的道德美，并且把道德的美感与宗教信仰结合起来，创造了既现实又神圣的圣女形象。锡得尼和弥尔顿有相同之处：他们都是各自所属时代的伟大人物，不仅是文学上的伟人，而且是道德的典范。锡得尼是举止优雅的政治家、勇敢的军事领袖兼文学家。他在战场上负伤以后，把仅有的饮水让给士兵，并说对方比他自己更需要水。这个故事被传为佳话，因为人们通常对那些贵族出身且拥有高尚品格的绅士十分爱戴。而弥尔顿是一位民主主义者，他毕生都在为人类美好的未来

① 〔瑞士〕雅各布·布克哈特：《意大利文艺复兴时期的文化》，何新译，商务印书馆，2009，第484页。
② 〔瑞士〕雅各布·布克哈特：《意大利文艺复兴时期的文化》，何新译，商务印书馆，2009，第164页。
③ 〔瑞士〕雅各布·布克哈特：《意大利文艺复兴时期的文化》，何新译，商务印书馆，2009，第164页。
④ 《论美》，《爱默生散文选》，丁放鸣译，花城出版社，2005，第30页。

而奋斗。难怪济慈在他的一首十四行诗中把锡得尼和弥尔顿放在一起：

哦！我多么喜爱
济慈

哦！我多么喜爱，在他夏天的黄昏，
那时候，一道道光线泻在金黄的西方，
银云静静停在馨香的西风上，
把一切较卑贱的思想远远地
抛在后面，暂时欣然摆脱小忧小虑；
从容不迫地搜求，去寻找
装饰着自然美的芬香的荒野，
在那里把我的灵魂骗入欢欣之中，
用爱国的箴言温暖我的心，
默想着弥尔顿的命运，锡得尼的死，
直到他们严厉的容貌显现在我心里：
或许依靠诗神的翅膀直上云霄，
待到悠扬的悲哀迷住我双眼时，
就不时洒下一滴甘霖似的泪珠。①

——朱维基译

这首诗前 8 句写自然美景让诗人心驰神往，后 6 句写诗人想到弥尔顿与锡得尼，心中涌起诗情，因受到弥尔顿与锡得尼的影响，济慈想象自己也可以写出伟大且动人的诗篇。单纯的自然美景只能让诗人"暂时欣然摆脱小忧小虑"，而唯有弥尔顿和锡得尼那样伟大的人物才能让济慈找到灵魂的欢欣。

有着崇高社会使命感的诗人笔下的女性也闪烁着深沉的内在美的光辉。"一首诗仅仅具有美是不够的，还必须有魅力，必须能按作者的愿望来左右读者的心灵。你自己先要笑，才能引起别人脸上的笑，同样，你自

---

① 《济慈诗选》，朱维基译，上海译文出版社，1983，第 310 页。

己得哭，才能在别人脸上引起哭的反应。你要我哭，首先你自己得感觉悲痛……大自然当初创造我们的时候，她使我们内心能随着各种不同的遭遇而起变化：她使我们（能产生）快乐（的感情），又能促使我们忿怒，时而又以沉重的悲痛折磨我们，把我们压倒在地上；然后，她又（使我们）用语言为媒介说出（我们）心灵的活动。"① 弥尔顿的《悼亡妻》就是这样一首抒发诗人自己内心深处情感的诗。下面我们通过分析弥尔顿的诗《悼亡妻》来看一下弥尔顿笔下的圣女形象。

这是一首悼亡诗，是弥尔顿写给已故妻子的诗。弥尔顿结过三次婚。1642 年，他与年仅 17 岁的玛丽·鲍威尔（Mary Powell）结婚，玛丽不习惯弥尔顿清教徒式的生活方式，婚后不久就回了娘家，并于 27 岁死于难产。1656 年，弥尔顿与凯瑟琳（Katherine）结婚，婚后生活幸福美满。但婚后 15 个月，凯瑟琳去世，出生不久的孩子也死去了。这首《悼亡妻》是弥尔顿写给第二任妻子凯瑟琳的。"弥尔顿习惯把他后来的十四行诗及时放入他的剑桥手稿中，据他的秘书说，弥尔顿把第 23 首十四行诗（《悼亡妻》）和有关凯瑟琳死亡的一些记载放在一起，说明这首诗开头所说的'最近死去的爱妻'（late espoused saint）指的是凯瑟琳，而不是玛丽，并且这首诗是在 1658 年 2 月凯瑟琳去世后写成的。"② 在彼特拉克的爱情十四行诗中，诗人把女子人为地想象成完美的理想化的女性。诗人认为，男子要拜倒在这样的女子脚下，崇拜她，爱戴她。同时，那个女子虽然是诗人渴望的对象，但同时又是他不能得到的。而弥尔顿的这首爱情诗写的是婚后的爱情，是现实生活中的爱情。

这首十四行诗中的叙事人是诗人自己。在诗中，弥尔顿描绘了一个美丽的梦境，在梦中他见到了死去的妻子。在诗歌的第 1~4 句中，诗人写道：

Methought I saw my late espoused saint
Brought to me like Alcestis from the grave,

---

① 〔古希腊〕亚理斯多德、〔古罗马〕贺拉斯：《诗学·诗艺》，罗念生、杨周瀚译，人民文学出版社，1982，第 99 页。

② Kelley, Maurice. "Milton's Later Sonnets and the Cambridge Manuscript," *Modern Philology*, 1 (1956): 19.

Whom Jove's great son to her glad husband gave,
Rescued from Death by force, though pale and faint. ①

恍惚中，我见到我最近死去的爱妻，
她被送还人间，像当初赫拉克勒斯
从死神手中救回阿尔塞斯蒂，
又还给她的丈夫，尽管她苍白虚弱。

——笔者译

弥尔顿在这里借用了希腊神话的典故。阿尔塞斯蒂（Alcestis）是英雄阿德墨托斯（Admetus）的妻子，但阿波罗神发现阿德墨托斯将不久于人世，忠贞的阿尔塞斯蒂愿替丈夫去死。赫拉克勒斯就是诗中所提到的Jove's great son，他同死神搏斗，把她夺回了人间，并还给她的丈夫阿德墨托斯。诗中运用的这一典故丰富了诗歌的内涵，让人联想到诗人心中的妻子是一个像阿尔塞斯蒂那样富有自我牺牲精神的圣洁女人。她对丈夫的爱毫无保留、圣洁无私。诗人也因自己有这样的妻子而感到幸运。"这是一个梦想中的场景。即使在梦中，弥尔顿也知道他的妻子已经死了，所以当他看到她在他面前时，他想起阿尔塞斯蒂被从坟墓中找回来的故事。这个类比表明这样一个事实：两个女人都是非常善良和可爱的妻子，但阿尔塞斯蒂被大力士带了回来，陪伴她的丈夫，而弥尔顿的妻子一个人回来了。那么，什么力量能从死亡中拯救她呢？"② 借用神话中赫拉克勒斯救回阿尔塞斯蒂的情节，诗人表达的是自己内心的渴望。他梦想有一个神通广大的神仙，也能够救回自己的妻子，让诗人和妻子像神话故事中的夫妻那样破镜重圆。然而，诗中，诗人的妻子不是得救归来，而是自己回来的，这暗示出她没有像神话故事中的阿尔塞斯蒂一样死而复生。这一个典故既写出妻子的高尚品德，又写出诗人对妻子的无限怀念。在接下来的诗句中，诗人再次使用典故：

---

① Milton, John. "On His Deceased Wife, "https://baike. so. com/doc/4715470-4930001. html.
② Pyle, Fitzroy. "Milton's Sonnet on His ' Late Espoused Saint' , "*The Review of English Studies*, 97 (1949): 57-60.

Mine, as whom washed from spot of childbed taint

Purification in the Old Law did save,

And such as yet once more I trust to have

Full sight of her in Heaven without restraint,

Came vested all in white, pure as her mind.

Her face was veiled; yet to my fancied sight

Love, sweetness, goodness, in her person shined

So clear as in no face with more delight. [1]

我的妻，恰似古时洗身礼救赎的女人，

已洗净了产褥的血污；

她穿着像她心地一样纯洁的白衣，

恰似我相信我有朝一日会自由自在地

在天堂里与她相遇。

她轻纱遮面，尽管如此，我好像看见

爱、甜美与善让她熠熠生辉，

这面容带给我从未有过的喜悦。

——笔者译

　　这 8 句诗描绘了在天堂里诗人与妻子相见的场景，其中也用了一个典故：希伯来法典中的"净身礼"（purification in the Old Law）。据《圣经·旧约·利未记》所载，妇人生子要经过 33 天的洁净礼，生女要经过 60 天的洁净礼。这里"净身礼"（诗文中多译成"洗身礼"）还有另一层含义，就是妻子经过人间苦难的洗礼，用她的善行洗脱了自己的原罪，于是升入天国，成为圣徒。"在某些关于女性身体及其生理过程的观念里——多数现代人眼里颇为古怪的观念，这一点尤为突出……用性意象来描述再生以及从命运中得到解脱。按照他们的说法，再生与解脱的条件是洗礼加上真知"。[2]

---

① Milton, John. "On His Deceased Wife,"https://baike. so. com/doc/4715470-4930001. html.

② 〔美〕韦恩·A. 米克斯：《基督教道德的起源》，吴芬译，商务印书馆，2012，第 261 页。

在有关妻子的许多回忆中，诗人选取了妻子生产后的场景，其中蕴含的宗教寓意是明显的。依据这首诗中的"洗身礼"意象，有批评家认为诗歌可能是弥尔顿写给第一任妻子的，因为她才是死于生产，而非他的第二任妻子。其实，这种说法只看到了表面现象，而没有看到实质。实际上，弥尔顿赋予"洗身礼"这个意象以精神内涵，将其与现实的外壳剥离，女性的精神与灵魂才是弥尔顿关注的焦点所在。诗中"她穿着像她心地一样纯洁的白衣"既写出了妻子的外在美，也写出了她的内在美。诗人描绘的妻子形象是天使的形象，仅仅想象与妻子在天堂中自由地相会，便使诗人心中充满幸福感。

弥尔顿是在 1652 年失明的，所以他在与第二任妻子结婚时，没有看见过妻子的相貌。在梦中，弥尔顿也无法想象妻子的形象。因此，在诗中，他的妻子是用轻纱遮面的。但在诗人的心中，妻子的相貌和她的品德一样美。妻子的面容被笼罩在天堂的光辉里，更加突出了妻子的圣洁形象，即天使一般的形象。《圣经》中又说："神就是光，在他毫无黑暗。这是我们从主所听见，又报给你们的信息。我们若说是与神相交，却仍在黑暗里行，就是说谎话，不行真理了。我们若在光明中行，如同神在光明中。"诗中写妻子"闪烁着光辉"，是因为弥尔顿把妻子神圣化了。

弥尔顿在写妻子的美时，突出的是女性的内在美。诗人把这种内在美用诗句化成视觉的美，使这种美展现在我们面前。柏拉图认为美在其更严格的意义上讲是感官性的，它表明了道德观念的价值。柏拉图在《斐德若篇》① 中谈到智慧时说："智慧是可爱的，纯粹的美是有力量的。"他谈道："关于美，他看见她在理想世界里与天体一起闪耀，来到地球上，我们也发现她在这里，清晰地发光。因为视觉是我们身体感官中最敏锐的东西，虽然智慧不能够被看见，但如果智慧有一个可见的形状，就可以见到它的可爱。同样，它的思想如果也有可见的对应物，也是一样美丽的，但这是美的特权，所以其中透着的可爱也是可以显见的。"②

---

① 《斐德若篇》是柏拉图的著作，写于公元前 370 年前后。此书由对话体写成，是发生在主人公、苏格拉底、斐德若之间的对话。此书讨论的是爱情的话题，不过对话中也涉及修辞艺术、应该如何实行，灵魂转世和性爱等话题。

② Harrison, John Smith. *Platonism in English Poetry of the Sixteenth and Seventeenth Centuries*, New York: Columbia University Press, 1980, p. 169.

诗人把对妻子的怀念置于宗教背景下，使诗歌不再仅仅是个人痛苦的抒发，更承载了宗教元素所附带的观念。在诗歌的最后两行，诗人使用but（但是）这个连词，诗歌的意义陡然发生巨大转变，使诗人从梦境的天堂瞬间回到了现实的地面：

> *But, oh! as to embrace me she inclined,*
> *I waked, she fled, and day brought back my night.* [1]
>
> 但她正俯身将我拥抱，
> 我醒了，她去了，白天送回了漫漫的长夜。
>
> ——笔者译

"我醒了，她去了"（I waked，she fled）构成了鲜明的对照。一个在天上，一个在地下，恩爱的情侣再也无法相见。梦中的光明消失了，诗人再次回到了现实的黑暗中。这里的"黑夜"（night）具有双关意义：一方面描述了失去爱妻的诗人内心的凄凉；另一方面表明诗人失明之后，白昼如同暗夜，没有光明。而这没有光明的白昼和梦中的光明又形成对照，再次渲染了诗人的悲伤。

在最后这两句中，动词的使用使诗歌产生了戏剧化的效果。"富有戏剧性的是十四行诗的最后两行插入了四个运动性动词'拥抱'（embrace）、'倾斜'（inclined）、'醒'（waked）、'逃跑'（fled），最后，诗人以与所有闪光的东西完全相反的无尽的失明之夜结束——诗人告诉我们丧亲之痛是人间之事。在此之后，诗人同样简单地提到失明，让这首十四行诗有种无法忍受的辛酸。"[2]

然而，纵观全诗，我们发现诗中虽写了刻骨铭心的伤痛，但诗人并不是绝望的，这要归因于诗中的宗教气氛。诗人梦中见到亡妻这件事发生在天堂里，也就是说，按照宗教信条，天堂是一个真实存在的地方。诗人想

---

① Milton, John. "On His Deceased Wife, "https://baike. so. com/doc/4715470-4930001. html.

② Parker, William Riley, and Fitzroy Pyle. "Milton's Last Sonnet Again, " *The Review of English Studies*, 6(1951) : 147-154.

象终有一天他会与妻子在天堂里相遇，借此来慰藉他的思念之情。诗歌最后两句告诉我们目前诗人的处境是悲凉的，但没有说诗人要怎样应对这样的处境，而这也正是诗歌留给我们的思考空间：

Full sight of her in Heaven without restraint,
Came vested all in white, pure as her mind.

恰似我相信我有朝一日会自由自在地
在天堂里与她相遇。

——笔者译

可见，在与妻子的这次梦中相遇之前，诗人已经设想了无数次与妻子在天堂重逢的场景，而这一次妻子在梦中的出现，也似乎是为了证明这样的重逢终将在未来发生。因此，虔诚的诗人不会完全沉浸在悲伤的情绪中，因为伤悲是不可避免的，但是一味地伤心落泪，甚至为此一蹶不振，绝不是弥尔顿这样虔诚的清教徒会做的事情，所以诗歌中诗人的情感是被抑制的、含蓄的，而不是直抒胸臆、一泻千里的。"弥尔顿简洁的语言、压缩的内容和紧张的清醒用在他写十四行诗的时候，总是一如既往地给人以一种难以琢磨的印象，可以看出他的思想在斗争，想要为给自己带来巨大损失的无边困境找到理性的秩序。"[1]

弥尔顿在这首诗中写与妻子在现实生活中的分离—梦中重逢—现实生活中再分离，这三个阶段分别对应肉体—灵魂—肉体。第一个肉体指现实生活中诗人妻子的存在，灵魂指诗人的灵魂，它离开肉体去天堂与妻子相会。第二个肉体指的是诗人自己从梦中醒来以后的现实存在。诗中又用"洗身礼"的典故强化了灵与肉的表现维度。黑格尔说："直接性的理念就是生命。"概念性的理论就犹如灵魂，而现实则为肉体。灵魂是凭借肉体的外在以直接地将自己和外界加以普遍的联系，肉体同样也是灵魂的特殊化，所以肉体除了表示存在的概念规定外，不表示任何别的差别。最后，

---

① Spiller, Michael R. G. *The Development of the Sonnet: An Introduction*, London: Routledge, 1992, p. 195.

肉体的个体性存在着无限否定性，乃至体现了除此以外的有着客观性的辩证法。这客观性也从独立持存的假象返回到主观性，所以肉体内一切器官肢体，均彼此在不同时间内互为目的，互为手段，生命既是有着特化作用的开始，又是否定了自为存在的统一结果，因而生命在其肉体里只是作为辩证过程和它自身相结合。生命的本质是鲜活的，而且就它的直接性来看，即这一活生生的个体。在生命范围里，理念的直接性存在其自身的有限性，而灵魂与肉体可分离性构成了有生命者的死亡性，"但只有当有生命者死亡时，理念的这两方面，灵魂与肉体，才是不同的组成部分"。① 弥尔顿的《悼亡妻》一诗正是在灵与肉的斗争中完成的一次心灵之旅。最后，作为肉体存在的诗人的妻子因消亡而变成了灵魂的存在，但诗人自己仍存在于世上，除了梦中短暂的灵与肉的分离，他的灵魂与肉体无法像妻子的那样分离开来，因此，诗人便无法与他的妻子长久相会。在这种灵与肉的搏斗中仍有一个可期待的前景，那就是当诗人死后，他的灵魂将可以与妻子相会，诗人在这样的宗教性逻辑中找到了心灵的安慰。虽然痛苦无边无际，但诗人最终还是为自己的痛苦找到了一个理性的秩序。

再来看与此类似的一首中国古诗，即宋朝诗人苏轼写的一首悼念亡妻的诗，我们可以对弥尔顿的诗意有更加清晰的领会。苏轼的妻子名叫王弗，16 岁时与 19 岁的苏轼结婚，二人十分恩爱，但王弗婚后第 11 年因病逝世。苏轼于四十岁时作《江城子·乙卯正月二十日夜记梦》悼念亡妻：

> 十年生死两茫茫，不思量，自难忘。千里孤坟，无处话凄凉。纵使相逢应不识，尘满面，鬓如霜。
> 夜来幽梦忽还乡，小轩窗，正梳妆。相顾无言，惟有泪千行。料得年年肠断处，明月夜，短松冈。

上阕写诗人对亡妻的思念。虽然时间已过去了很久，诗人却一直没有忘记妻子，想象如果能再与妻子相见，自己两鬓如霜，妻子也应该全然认不出了。诗歌的下阕写梦境。梦中的妻子还像从前那样倚窗梳头，但只与诗人相望，没有说话。诗中出现了如家常话一样的语言，平淡处见真情，

---

① 〔德〕黑格尔：《小逻辑》，商务印书馆，1980，第 404~405 页。

意境悠远，情调凄婉。从最后一句"料得年年肠断处，明月夜，短松冈"可以看出诗人的痛苦是巨大的，他的创伤是无法平复的。同样是悼念亡妻，同样是伤痛深重，弥尔顿的诗在悲伤中给人留下一线希望、一份豁达，那是对天堂的想象和宗教信仰所带来的心灵安慰，是一种不因失败而放弃天堂的坚守和信念，但苏轼的词中没有这种安慰，只有像滔滔江水一样长流不息的无尽的思念和痛苦。

《悼亡妻》中塑造的女性形象虽然有现实的影子，但同时也被艺术化。诗人用宗教仪式"洗身礼"表明现实生活中女性的精神世界得到了升华，女子变成了天使，由此表明弥尔顿诗中的崇女情结与宗教思想是结合在一起的。所以，在这里，我们能感受到弥尔顿对女性的尊重。此外，弥尔顿对女性的尊重还体现在他对婚姻的看法上。

弥尔顿对婚姻和两性的看法体现了弥尔顿超越时代的意识。弥尔顿的第一任妻子与他感情不融洽，婚后不久就回了娘家。弥尔顿当时想到过离婚，为此，从1643年8月到1645年3月，他写了几篇关于离婚的短文，论述离婚的法则和原则。在这些文章中，弥尔顿提出婚姻应该建立在爱情的基础上，并就离婚、自由、性别和社会制度等几个方面表达了自己的观点。他认为离婚对双方都是有利的，这个观点在当时非常令人震惊。这位天才作家总能从自己的不幸中看到人类的不幸，进而投入解决人类普遍困境的斗争中去，其关于离婚的观点体现了人类社会男女平等的思想。不过，关于弥尔顿对女性的看法历来也有很多争议，特别是他在《失乐园》（*Paradise Lost*）中对亚当（Adam）和夏娃（Eve）的描写让一些女权主义者感到不快。弥尔顿对待女性的态度并没有为他赢得女权主义者的钦佩，与之相反，弗吉尼亚·伍尔夫（Virginia Woolf，1882~1941）称他为"第一个大男子主义者"，"也许亚当和夏娃的对比描写是女权主义者所不赞成的：'在沉思中，他变得勇敢果断，在软弱中，她变得甜蜜诱人。'亚当是正直和坚强的化身，夏娃则像是藤蔓，需要依附于亚当。艾米莉·狄金森称弥尔顿为'伟大的卖花人'，但最近有一些读弥尔顿作品的人在女性主义解读上产生不同的看法，虽然他们还不能解释弥尔顿的作品里存在的这些原始的不平等，但是他们发现了很多线索，如在伊甸园中夏娃有一段关于女性独立的争辩"。①

---

① Rosen, Jonathan. "Return to Paradise," *New Yorker*, 16(2008)：72-76.

　　或许弥尔顿不像女权主义者所渴望的那样把女人完全看成具有独立精神的主体，但就弥尔顿的时代而言，他已经认识到爱情是婚姻的基础，并且还从宗教经典中寻找依据来论述自己的观点，他在作品中也给了女性发声的机会，这对一个生活在 17 世纪的作家来说是难能可贵的，他的思想已经超越了他的时代。这也决定了弥尔顿的崇女情结与彼特拉克式的崇女情结存在根本不同：弥尔顿不是因为渴望女人才赞美女人，而是因为这个女人内在的精神力量打动了他；而在彼特拉克式的崇女情结中，女性不过是被理想化的虚构形象而已。在这个世界上，严肃与崇高的思想常常是"高处不胜寒"的，弥尔顿式的女性观在之后的时代里并未得到持续的传承与发展，反倒是彼特拉克式的崇女情结在文学创作中硕果累累。实际上，维多利亚时代的人对将女性理想化几乎达到了狂热的地步，但后来这一点恰恰遭到了女权主义者的反对；因为作家有意让女性遗世独立，成为美德的象征，所以闺房天使被写得过于纯洁，简直不食人间烟火。萧伯纳（George Bernard Shaw，1856~1950）曾写道，总得有什么东西去崇拜，于是维多利亚时代的人"制定了一种道德和约定：女性即是天使"。①

　　然而，在把女性捧为天使的维多利亚时代，许多著名人物仍然把女性当成他们的附属品，其中一个著名的代表人物就是卡莱尔（Thomas Carlyle，1795~1881）。卡莱尔娶了一位智力超群的女性，却认为她的职责就是支持和照顾他，并且认为女性天生就是被动的，而不是主动的。达尔文也认为，在科学家所在的创造性领域内没有女性的一席之地。1864 年，詹姆士·布赖斯（James Bryce，1838~1922）提出，那种觉得妇女的头脑同男子的头脑一样可以而且值得栽培的观念，在一般的英国家长看来是一种冒犯，甚至是种胡说。伊丽莎白·巴雷特·勃朗宁深入思考过女诗人的困境：如果太有理智，就会被认为不正常（不像女人）；如果十分女性化，就被认为浅薄。这种将女性放在从属位置的观念与彼特拉克式的女性崇拜是能够产生共鸣的，二者都将女性置于被动的地位，将女性变成渴望的对象。这些人即使在赞美女人的时候，要满足的也是他们自身对于女性的渴

---

① 〔美〕罗兰·斯特龙伯格：《西方现代思想史》，刘北成、赵国新译，中央编译出版社，2005，第 347 页。

望。所以，虽然他们把女人捧成了天使，却不愿把女人放在与他们平等的地位上来对待。而弥尔顿则不同，在他的诗中女人也变成了天使，但这不是彼特拉克诗中的天使，而是可以与诗人进行灵魂沟通的天使。因此，弥尔顿诗中对于爱妻死而复生的渴望被笼罩了一层崇高的色彩。"这很可能是英国文艺复兴时期的最后一首十四行诗，也应该是最伟大的一首，是自十四行诗在欧洲开始发展以来最伟大的、将雄辩和欲望综合起来的诗歌。"[1]

上文论述十四行诗中的女性主题时，涉及的都是男性作家笔下的女性。对很多男性作家而言，女性是天使，是欲望的产物。然而，随着社会的发展，男性作家笔下的女性由理想的形象逐渐演变成复杂的形象，融入了更加丰富的善恶相杂的人格品质。此外，写十四行诗的不只有男性诗人，还有女性诗人。女诗人的十四行诗中又塑造了怎样的女性呢？这是论及十四行诗的女性主题时必须探索的一个问题。在众多女性诗人中，勃朗宁夫人的十四行诗在英国文学史上占有重要的一席之地，很有代表性，所以下一节将以勃朗宁夫人为例来研究女性诗人笔下的女性。

第二节　美的主题

回顾十四行诗的传统，书写女性的十四行诗多出自男性作家之手，这就意味着那些诗中的女性是男性眼中的女性，她们温柔善良、小鸟依人。我们不禁要问，如果是女性来写十四行诗，她们会怎样刻画自己呢？弗吉尼亚·伍尔夫在提到《简·爱》（*Jane Eyre*）这部小说时，曾说这部小说表现了女性的愤怒，相比之下，她更欣赏平静地写小说的简·奥斯汀（Jane Austen，1775~1817）。不过，当她看到 1929 年出版的女性小说时，曾经十分满意地说女人的书和男人的书是以同样的方式写出来的，但是这些女人的书表现出女作家有胆识，很诚恳，其写作贴近女人的感受，也没有刻意突出女性气质，不怨不怒，这是 20 世纪初女性作家的追求。这一时期，女性觉醒的时代已经到来。不过在不到一个世纪之前的勃朗宁夫人的那个时代，女性作家不仅寥若晨星，而且她们的世界非常狭小，所能写的仅仅是自己身边

---

① Spiller, Michael R. G. *The Development of the Sonnet: An Introduction*, London: Routledge, 1992, p. 196.

的故事，或者只是自己的故事。勃朗宁夫人就是这样一位作家。她在十四行诗中用个人的声音讲述故事："叙述者讲述自己的故事的叙述形式被称为个人型声音（personal voice）。这里的个人的声音是热奈特所谓的'自身故事的'（autodiegetic）叙述：讲故事的'我'也是故事主人公，是'我'以往的自我，而并不等于'同故事的'（homodiegetic）或第三人称的叙述。""个人型声音"的文学描写视角容易让读者体会到真情实感，但同时这个叙事的声音是有局限性的："（1）女性个人型的叙述如果在讲故事的行为、故事本身或通过讲故事建构自我形象方面超出了公认的女子气质行为准则，那么她就面临着遭受读者抵制的危险。（2）个人型的叙述无法采取无性别的中性掩饰手段，或所谓超然的第三人称，也无法躲避在可伪装成男性的某种文类的声音之中。（3）如果女性因为被认为不具备男性的知识水准，不了解这个世界而必须限于写女性自己，而且她们的确这样做了，那么她们也会被贴上不守礼规、自恋独尊的标签，或会因为展示她们的美德或者缺陷而遭非议。（4）由于男性作家已经建构了女性声音，在争夺个人型叙事权的竞技场上又会增加一场新的争斗，以决定到底谁是合法正统的女性声音的代表。简单地说，女性不管袒露还是掩饰，不管是出格叛逆还是谨遵礼法，不管故事讲得好还是不好以及女性叙述人身份的合法与否，女性一旦以女性的身份来讲述自己的故事，都可能受到非议，因为其评判和处置权一直掌握在男性手中。所以，除非有极大的勇气和雄心去冒险，早期的女性作者极少采用个人型声音来叙事。"①

　　但是，勃朗宁夫人在她的十四行诗中却采用了个人型声音的叙事方式，其中部分原因就在于勃朗宁夫人的生活空间是狭窄的。勃朗宁夫人是19世纪英国女诗人，早年堕马致伤，瘫痪在床。她极富诗才，其诗篇受到诗人罗伯特·勃朗宁（Robert Browning，1812~1889）的青睐，他们继而相爱。这段爱情中的双方看似存在巨大差距，一个是瘫痪在床的姑娘，一个是年轻且健康的诗人，而且勃朗宁小勃朗宁夫人6岁。然而，他们还是冲破阻碍，结成伉俪。勃朗宁夫人的抒情诗集《葡萄牙人的十四行诗》写了一个恋爱中的女人的情思。这是一系列十四行诗，共44首。这些诗篇源于女诗人真实的内心，描写了女诗人的爱情心理感受。她在写这些诗篇的

---

① 　魏森：《历史视角下的英美女性文学作品研究》，北京工业大学出版社，2017，第29页。

时候，没有想到要通过写作建构起女性的身份这类问题，摆在勃朗宁夫人面前的仅仅是一份来自多情才子的赤诚恋情，这是勃朗宁夫人所面对的世界，也是勃朗宁夫人所创造的艺术世界。

从勃朗宁夫人的十四行诗中，我们清晰地看到了女诗人笔下的女性形象。从总体来看，这个女性形象仍然遵循彼特拉克十四行诗的传统。勃朗宁夫人诗中的女性形象在三个方面与彼特拉克十四行诗刻画的女性形象产生了共鸣：第一，诗中叙事人的卑微地位；第二，对女性气质的赞美；第三，爱情诗被赋予基督教文化色彩。勃朗宁夫人是一位女作家，但她显然不是伍尔夫所欣赏的那类女作家，因为从女性主义角度来看，勃朗宁夫人的十四行诗是男性诗人的回声。下面我们就来具体探讨这个问题。

首先是诗中叙事人的卑微地位。在彼特拉克的诗中，叙事人是一个男性，这个男性把自己置于自我贬低的地位，以便获得一个仰视诗中女性的视角。这种对于诗中叙事人的设定在十四行诗中起到了至关重要的作用。这个叙事人其实是诗人虚构的一个人，有时候和诗人自己是重合的，在很多情况下，叙事人就是诗人自身。所以，有时我们在谈论诗歌时，直接说诗人如何，这就是把诗人等同于诗中的叙事人了。这个叙事人准确地说是诗人的一个自我，而且这个自我具有非凡的意义。胡塞尔说："自我具有一个完全确定地从属于它的普遍结构，就其现时的我思对象方面和在潜能、能力方面而言，这个结构不断前行的对象编目是先验的。现在，自我的本质就在于，以现实意识和可能意识的形式存在，而在后一种情况中是根据自我在自身中包含的主观的我能形式和能力形式存在。自我就是它本身在与意向对象相关时之所是，它始终具有存在者和可能方式的存在者，因而它的本质特性就在于，不断地构建意向性的系统并且拥有已经构成的系统，这些系统的编目就是那些为本我所意指、所思考、所评价、所探究、所想象和可以想象的对象，以及如此等等。"[1] 这就是说自我的存在影响着与之相关的对象，并且会拥有自身所构建的意象系统。对诗歌中的叙事人，即诗人的自我存在而言，情况也是这样。"我们所具有的自我并不是单纯空泛的极，而始终是各种固有信念、习性的稳定而持久的我，正是在这些信念和习性的变化

---

① 〔德〕埃德蒙德·胡塞尔：《笛卡尔沉思与巴黎讲演》，张宪译，人民出版社，2008，第24页。

中，位格的我和它的位格特征的统一才构造起来。"① 可见，自我的定位不仅影响自我本身，也影响与自我相关的对象。就诗歌叙事人而言，它其实是诗人的自我包含的意义，体现的是诗人的观念、习惯和信仰，而它同时把这些东西投射到与它相关的事物上去，使这些事物也获得了一种意义。诗人的自我和自我所关照的对象处于一种动态的相互建构过程中。

在彼特拉克式的十四行诗中，男性叙事人通常以一种顺从的姿态出现，他们故意贬低自己，以表现出崇女情结。然而，究其真实的目的，并没有一个男性叙事人是心甘情愿地永远处于顺从地位的。他们不过是暂时屈尊，为的是最后能够征服那个心仪的女子。而在勃朗宁夫人的十四行诗中，女性叙事人有了一个不同的自我。这个自我也是顺从的，但这个顺从者不是屈尊以期降服他人的顺从者，而是一个真实的顺从者。"女性顺从者的立场反映了彼特拉克式诗人谦卑地跪下来为他的情人献上赞美。她总是设法强调自己不如她的爱人。值得注意的是，她不仅从字面上承认他是一个更好的诗人和情人，也通过隐喻映射他和自己有天壤之别。"② 女诗人不仅要为情人献上赞美，还真心诚意地认同她与他的差别。这样，女诗人便比彼特拉克、锡得尼、斯宾塞都更加彻底地将女性放在了从属的地位上，诗中叙事人的这种自我贬低也因此看上去更加真诚可信。

其实，女诗人这种谦卑情结的基调在该系列十四行诗的开篇就已经显现了：

I Thought Once How Theocritus Had Sung
Mrs. Browning

I thought once how Theocritus③had sung
Of the sweet years, the dear and wished-for years,

---

① 〔德〕埃德蒙德·胡塞尔：《笛卡尔沉思与巴黎讲演》，张宪译，人民出版社，2008，第24页。
② Remoortel, Marianne Van. "(Re) gendering Petrarch: Elizabeth Barrett Browning's ' Sonnets from the Portuguese' ," *Tulsa Studies in Women's Literature*, 2(2006) : 254.
③ Theocritus（忒奥克里托斯，约公元前310~前250），古希腊诗人，古希腊的田园诗歌创作者。

Who each one in a gracious hand appears

To bear a gift for mortals, old or young:

And, as I mused it in his antique tongue,

I saw, in gradual vision through my tears,

The sweet, sad years, the melancholy years,

Those of my own life, who by turns had flung

A shadow across me. Straightway I was 'ware,

So weeping, how a mystic Shape did move

Behind me, and drew me backward by the hair;

And a voice said in mastery, while I strove, –

"Guess now who holds thee!" –"Death, "I said, But, there,

*The silver answer rang, "Not death, but Love. "*①

我想起，曾经希腊的诗人歌唱

勃朗宁夫人

我想起，曾经希腊的诗人歌唱

甜美的往昔，那期盼中的年月，

他们高贵手上捧着礼物

分给世人——无论他们是年老还是年青〔轻〕。

我沉思着这诗人的古韵，

穿过我泪眼展开了朦胧的幻景，

透过泪眼，我看见那一幅巨大的画面，

甜美的、哀伤的、孤独的往昔岁月，

那是我生命的岁月，在我身边投下

一片阴影。紧接着，我意识到

我身后有神秘的黑影，揪住我的发向后拖，

我挣扎着，而那神秘的声音问：

---

① Mrs. Browning. "I Thought Once How Theocritus Had Sung," *Sonnets from the Portuguese*, http: // www. gutenberg. org/files/2002/2002–h/2002–h. htm.

"这回是谁逮住了你？猜猜！""死，"我答。

那银铃似声音的回答："不是死，是爱！"①

——方平译

　　诗人沉浸在对希腊诗歌的阅读和欣赏中，想到人生有美妙的年华和上天恩赐的礼物，那礼物是人生的欢乐、甜蜜、幸福、青春和一切美好事物。这是诗人想象中的人生，正好与她现实中的人生形成了鲜明的对比。诗歌的第5~8行与第1~4行形成了对照。诗人将自己黯淡的人生与希腊诗人诗中辉煌甜美的人生进行了对比。诗人也有甜美的岁月，但现在，那些甜美的岁月都成了回忆。诗人只能透过泪眼去看那些过去的岁月，因而她看到了自己经历过的甜美岁月、悲伤岁月以及孤独的岁月。在诗歌接下来的4句中，"影子"的意象成了诗歌的中心意象，象征着生活的不如意。这时，诗歌发展到高潮，一个黑影一下来到了诗人的身后。读到这里，我们会有一种不祥的预感，似乎预示着什么悲惨的事情即将发生。而诗歌的最后两句也揭示了答案。

　　这个黑影是谁呢？诗人以为是"死"，因为对人来讲，没有比死亡更大的灾难了，但是最后谜底揭晓了，"不是死，是爱！"诗意突然出现彻底的翻转，这一次生命中的黑影是爱神的身影，他带来的不是巨大的悲痛，而是巨大的惊喜。为什么诗人会把爱的感觉与死的感觉写成类似的呢？有以下几点原因。第一，死与爱是对立的两极，而它们之间却有很大的共性，都具有不可抗拒的力量，让人不由自主地沉浸其中。这正是当诗人感受到爱情来临时真实内心世界的写照。第二，死与爱给人带来两极的情感体验，一种是极悲伤，一种是极欢喜，而这样的体验是最接近的两个极端。如果用圆周来比喻情绪，极悲和极喜正好是圆周上的两个最接近的点。在其他诗人的诗中也有类似的写法，比如在济慈的《夜莺颂》开篇，诗人写道：

My heart aches, and a drowsy numbness pains
My sense, as though of hemlock I had drunk,

---

① 〔英〕勃朗宁夫人：《我想起，曾经希腊的诗人歌唱》，《葡萄牙人的十四行诗》，方平译，https://baike.so.com/doc/4803394-5019686.html。

Or emptied some dull opiate to the drains
One minute past, and Lethe-wards had sunk:
'Tis not through envy of thy happy lot,
But being too happy in thy happiness, –
That thou, light-winged Dryad of the trees,
In some melodious plot
Of beechen green, and shadows numberless,
Singest of summer in full-throated ease.

我的心在痛，困顿和麻木

刺进了感官有如饮过毒鸩，

又像是刚把鸦片吞服，

于是向列斯忘川下沉：

并不是我忌〔嫉〕妒你的好运，

而是你的快乐使我太欢欣——

因为在林间嘹亮的天地里，

你呵，轻翅的仙灵，

你躲进山毛榉的葱绿和荫〔阴〕影，

放开了歌喉，歌唱着夏季。①

——查良铮译

　　诗人一开篇就写自己的心在痛，仿佛喝了毒酒，这是死的感觉，但接下来的诗句揭示出这不是死引起的痛，而是极度的欢乐造成的痛感。这虽然不能说是一种修辞方式，但是为诗人提供了表达强烈情感的办法，使诗歌可以产生引人入胜的效果。济慈诗中死亡与欢乐的两极对立与勃朗宁夫人的十四行诗中死亡与幸福的两极极为相似。这种对立不仅仅出现在勃朗宁夫人的这一首十四行诗中，而是在她的许多首诗中出现。

　　和彼特拉克一样，勃朗宁夫人在诗歌中也常使用疾病的隐喻。"《葡萄牙人的十四行诗》"也采用了疾病的隐喻，这是常用的彼特拉克式诗歌的形

---

　　① 〔英〕济慈：《夜莺颂》中英文对照，https://www.douban.com/note/205027909/。

式，渲染了爱情的情感状态。害相思病的典型症状是诗人的叹息、昏厥、面色苍白或变红。"① 由于女诗人本人身体欠佳，疾病缠身，她笔下的死亡与疾病的隐喻有了更加动人的深度。从现实的层面来看，女诗人在诗中写她对于病痛与死亡的感受，以及面临爱情时死亡与爱情之间的矛盾冲突，这种描写显得水到渠成，丝毫没有牵强附会或者矫揉造作之感。读者既被这些十四行诗的艺术所打动，又被女诗人非凡的爱情经历和人生经历所打动。勃朗宁夫人的诗成为不朽的艺术，部分应归功于她的十四行诗的自传性质。对读者来说，彼特拉克的劳拉只是一个带给诗人灵感的影子，但勃朗宁夫人的爱情故事是真实的历史，是一段即使不加任何美化和修辞，也足以让人感到精彩的故事。

在她的第 4 首十四行诗中，勃朗宁夫人把卑微的诗歌基调以戏剧化的手法表现出来，曲折地表达了女诗人在得到爱情时喜悦而又悲哀的矛盾心理：

Thou Hast Thy Calling to Some Palace-floor

Mrs. Browning

Thou hast thy calling to some palace-floor,
Most gracious singer of high poems! Where
The dancers will break footing, from the care
Of watching up thy pregnant lips for more.
And dost thou lift this house's latch too poor
For hand of thine? and canst thou think and bear
To let thy music drop here unaware
In folds of golden fulness at my door?
Look up and see the casement broken in,
The bats and owlets builders in the roof!
My cricket chirps against thy mandolin.

---

① Remoortel, Marianne Van. "(Re) gendering Petrarch: Elizabeth Barrett Browning's ' Sonnets from the Portuguese' ," *Tulsa Studies in Women's Literature*, 2(2006) : 256.

Hush, call no echo up in further proof
Of desolation! there's a voice within
That weeps …as thou must sing …alone, aloof. ①

你曾经受到邀请，进入了宫廷
勃朗宁夫人

你曾经受到邀请，进入了宫廷，
温雅的歌手！你唱着崇高的诗篇；
贵客们停下舞步，为了好瞻仰你，
期待那丰满的朱唇再吐出清音；
而你却抽起我的门闩，你果真
不嫌它亵渎了你的手？没谁看见，
你甘让你那音乐飘落在我门前，
叠作层层金声的富丽？你忍不忍？
你往上瞧，看这窗户都被闯破——
是蝙蝠和夜莺的窠巢盘踞在顶梁，
是蟋蟀在跟你的琵琶应和！
住声，别再激起回声来加深荒凉！
那里边有一个哀音，它必须深躲，
在暗里哭泣——正像你应该当众歌唱。②

——方平译

诗人选取了一个场景，即"你"被请到宫廷做客的场面，在这里诗中的男主人公"你"尽显风采。男主人公因可以唱出最美妙的诗歌而被邀请入宫廷，跳舞的人们停止了舞步，只为了听他唱出自己的诗句。Pregnant

---

① Mrs. Browning. "Thou Hast thy Calling to Some Palace-Floor, "*Sonnets from the Portuguese,* http://www. gutenberg. org/files/2002/2002-h/2002-h. htm.

② 〔英〕勃朗宁夫人：《你曾经受到邀请，进入了宫廷》，《葡萄牙人的十四行诗》，方平译，https：//baike. so. com/doc/4803394-5019686. html。

lips 是一个移位修饰，意思是诗人富有想象力，他口中可以吟唱富有想象力的诗篇。这一方面表明男主人公因为有出色的诗才而赢得了无数青睐，另一方面也说明最打动女诗人的正是男主人公的诗才。女诗人不写男主人公的求爱，而写男主人公的献诗，因为作为诗人的男主人公，诗才是他最好的表达爱的方式，是他灵魂结出的果实；因而诗便是爱，献诗便是献上自己的心灵。在诗歌的第 5~8 行，诗意陡然峰回路转，受到众星捧月般待遇的男主人公竟抛弃万般繁华景象，把那富丽的诗篇献到了女诗人的门下。"漾起层层的金波"（in folds of golden fulness）这个比喻显示了女诗人对男主人公的珍视以及自身的欣喜若狂，她怎么都难以相信这一切会是真的，那么美丽的诗是写给她的，并且那个被众人爱慕的青年诗人是只爱慕她的。诗中显然写的是一个发生在个人身上的事件，但是在写这个事件的同时，诗人把个人事件做了戏剧化的处理。在我们眼前呈现的是一个如同现实的、真实感人的戏剧场面。但从根本上讲，它仍然是诗人自我的展现。柯勒律治"早在 1796 年就在诗中为自我辩护：'如果我通过自己判断别人，我会毫不犹豫地肯定，在我们认为的最有趣的诗中的最有趣的段落是那些作者表达了自己感情的那部分。'但在处理'个人生活中的事件'和它转化成自我时是有'个性差异'的。真正的自我并不怪诞，也不是意外的。"① 勃朗宁夫人在她的诗中写了个人的情感经历，但同时把这种经历转化成了真正的自我。这个自我具有普遍性，并且可以引起人们的共鸣，因而其作品具有文学意义上的价值。

诗人在书写自己的情感经历的时候，首先意识到的是自我的存在，然后开始建构这种存在。一个追求者在叩击她的房门，此人是一个非凡的人物，要来献上他的爱情。女诗人于是陷入了情感的波动和思考，周围自然界的小生灵也加入进来，诗歌便围绕着女诗人的自我及其在特定环境中的建构过程展开了。"自我本身是存在着的，并且它的存在是为其自身而存在的（Sein fur sich selbst），是连同所有从属于它的特殊存在者都在它之中被构造并且继续为它而构造自身的。自我的自身存在是在不断的自身构造中的存在，这种

---

① Parker, A. Reeve. "Wordsworth's Whelming Tide: Coleridge and the Art of Analogy," *Forms of Lyric*, (1970): 78.

自身构造是所有那些所谓超越的构造、世界对象性构造的基础。"①

自然界的小生灵加入了诗人建构自我的过程中。在诗歌的第9~11行，诗人一连用了三个动物的意象："蝙蝠"（bats）、"小猫头鹰"（owlet）、"蟋蟀"（cricket）。"小猫头鹰"象征着女诗人的噩运，蟋蟀发出的微弱叫声是女诗人内心的回音。她多么想高声地应和那曼陀林美妙的琴声，但是自身病痛缠身的处境又让她痛苦难当。"蟋蟀"（cricket）微弱的叫声体现的是女诗人想喊喊不出、想哭哭不出的悲哀。在接下来的诗句中，诗人的情绪达到了至高点。诗人把内心的矛盾状态写得委婉动人，女诗人既为爱情的来临而激动，却又在爱情面前退缩。

诗中叙事人卑微的形象也与男主人公光彩照人的形象形成了鲜明对比。面对爱情的来临，身染重疾的女诗人内心非常矛盾。她渴望爱情，但面对现实中自己的健康状况，内心又十分自卑。诗中出现的诸多昆虫的意象意在映射女诗人自己的渺小。昆虫寿命短暂、力量微弱，即使是为爱歌唱的蟋蟀，也只能发出微弱的声音。

勃朗宁夫人的谦卑与19世纪女性的社会处境有一定的关系。作为一个女人，她的生活圈子有限；作为一个女作家，她所见的世面也是有限的。"女作家从自己的传统中吸取的不是忠诚而是信心。这种信心直到最近仍然不能从任何其他地方吸取。男性作家向来可以从大学或咖啡厅里获得技巧，把自己组织起来形成流派或形成自己的小圈子，四处寻求前辈指导或资助，与同辈人合作或对抗。至于妇女们，19世纪的大部分时间内，大学的门对她们是关着的，她们只得把自己禁锢在家里，陪伴未婚少女旅行，即使交朋友也受到百般限制。文学生涯中的诗人之间的交流对她们来说是不可能的。既然没有交流，她们就潜心研究同性作家的作品，从而形成一种与那些作者自然而近乎无礼的相似。当名誉使得夏绿蒂·勃朗特②去伦敦幸会她同时代最伟大的男性作家时，她在文学社交场上表现出了一种笨拙和胆怯，这也已成为一个传奇故事。"③与勃朗宁夫人同时代的女作家夏洛

---

① 〔德〕埃德蒙德·胡塞尔：《笛卡尔沉思与巴黎讲演》，张宪译，人民出版社，2008，第24页。

② 即夏洛蒂·勃朗特（Charlotte Brontë，1816~1855）。

③ 〔英〕埃伦·莫尔斯：《文学妇女》，玛丽·伊格尔顿编《女权主义文学理论》，胡敏、陈彩霞、林树明译，湖南文艺出版社，1989，第14页。

蒂·勃朗特在男性作家面前表现出的不自信也说明了女性普遍存在的心理弱势。面对这样的社会大环境，加上其本人病魔缠身的孤苦状况，勃朗宁夫人的自卑心理是可以理解的。不过随着十四行诗的进展，她由自卑走向了自信，而这种转化的动力源于爱情。

在勃朗宁夫人的十四行诗《说了一遍，请再对我说一遍》中，诗人"不断地进行回忆，回想爱情表白的瞬间，心灵的欢乐源于对爱情场面的回忆，因而诗中不断地重复充满爱的措辞"。①

Say Over Again，*and yet Once Over Again*

Mrs. Browning

Say over again, and yet once over again,

That thou dost love me, Though the word repeated

Should seem a "cuckoo-song,"as dost treat it,

Remember, never to the hill or plain,

Valley and wood, without her cuckoo-strain

Comes the fresh Spring in all her green completed.

Beloved, I, amid the darkness greeted

By a doubtful spirit-voice, in that doubt's pain

Cry, "Speak once more—thou lovest!"Who can fear

Too many stars, though each in heaven shall roll,

Too many flowers, though each shall crown the year?

Say thou dost love me, love me, love me—toll

The silver iterance! —only minding, Dear,

To love me also in silence with thy soul. ②

---

① Williams, Rhian. "' Our Deep, Dear Silence': Marriage and Lyricism in the Sonnets from the Portuguese,"*Victorian Literature and Culture*, 1(2009): 87.

② Mrs. Browning. "Say Over Again, and yet Once Over Again." *Sonnets from the Portuguese*, http://www. gutenberg. org/files/2002/2002-h/2002-h. htm.

说了一遍，请再对我说一遍

勃朗宁夫人

说了一遍 请再对我说一遍

说 我爱你

即使那样一遍遍地重复

你会把它看成一支布谷鸟的歌曲

记着 在那青山和绿林间 在那山谷和田野中

如果它缺少了那串布谷鸟的音节 纵使清新的春天

披着全身的绿装降临 也不算完美无缺

爱 四周那么黑暗

耳边只听见惊悸的心声

处于那痛苦的不安之中 我嚷道 再说一遍 我爱你

谁会嫌星星太多 每颗星星都在太空中转动

谁会嫌鲜花太多 每朵鲜花都洋溢着春意

说 你爱我 你爱我 一声声敲着银钟

只是要记住 还得用灵魂爱我 在默默里①

——方平译

这首诗与我们此前读的女诗人那些谦卑的十四行诗不同，它表达了欣喜和自信的情感。"《葡萄牙人的十四行诗》从另一个角度提供了爱的审美体验，这种体验修复了自我与世界之间的关系。通过移动到一个两性地位，自我与世界的对抗发生了根本改变，但也的确带来了这种创造性的和策略上的自我的解体。"② 女诗人走出自己的牢笼，走进一片更加广阔的天地。爱情带给她价值感，使那个自卑的自我解体了，同时构建起一个自信的自我。

---

① 〔英〕勃朗宁夫人：《说了一遍 请再对我说一遍》，《葡萄牙人的十四行诗》，方平译，https：//baike. so. com/doc/4803394-5019686. html。

② Williamsa, Rhian. "' Our Deep, Dear Silence' : Marriage and Lyricism in the Sonnets from the Portuguese,"*Victorian Literature and Culture*, 1(2009)：85.

　　诗中还表达了对女性气质的赞美。有一位女性主义批评家说，我们可以把妇女的集体意识看成一个由于与统治文化保持着联系而发生奇特内讧的亚文化群。由于这种与统治文化的联系既能提供信息又进行着限制，它们不但在这一亚文化群里形成了弱点，同时也激发出了某些力量，不但可以起调解作用，而且激起了永恒的价值。女性作家不能脱离主流文化，否则她就无法被认同。这种对主流文化的依赖，一方面使女性作家失去了男性作家所拥有的自由；另一方面也让女性作家在自己的天地里挖掘出某种力量，并有了自身的价值。正像勃朗宁夫人的十四行诗告诉我们的一样，这些诗歌所刻画的弱女子形象虽然有讨好男性的意味，但有趣的是，女性读者也被这些诗歌感动。这可能就是批评家所说的女性的亚文化可以激起永恒价值的情形。"亚文化"是相对于父权制社会的主流文化而言的，因为有许多复杂的因素在内，这个提法没有变成家喻户晓的字眼。笔者也不是很赞同这样一种提法。因为文化是全人类的，女性的文化也是人类文化的一部分，它无法完全分离出去，脱离时代而形成独属于自己的特色。但是，当我们表示那些女性知识群体所面临的文化局限时，还是可以把这个词拿来一用的。说到底，这种局限就是"中产阶级关于女性的思想形成于工业时期后的英国和美国，他们认为合乎体统的女性应是'完美的淑女'、'屋里的天使'，她们心甘情愿地任男人摆布，内心极为纯洁和虔诚，是属于她们的'家庭王国'中的皇后"。① 勃朗宁夫人主动地接受了传统女性的角色，她从思想上到艺术上的表现都是遵循父权制传统的，因而她笔下的女性与彼特拉克十四行诗的女性十分相似，这一点就没有什么奇怪的了。

　　由自卑转为自信后，诗人仍然谦逊地将自己置于卑微的地位。下面这首《舍下我，走吧。可是我觉得，从此》（Go From Me. Yet I Feel That I Shall Stand）一诗展现了多愁善感的女性的柔肠百转、温婉多情，面对自己的爱人，她欲进还退，欲走还留。诗中把这位女性的心理变化刻画得惟妙惟肖：

---

① 〔英〕伊莱恩·肖瓦尔特：《她们自己的文学》，玛丽·伊格尔顿编《女权主义文学理论》，胡敏、陈彩霞、林树明译，湖南文艺出版社，1989，第21页。

Go from Me. Yet I Feel that I Shall Stand

Mrs. Browning

Go from me. Yet I feel that I shall stand

Henceforward in thy shadow. Nevermore

Alone upon the threshold of my door

Of individual life, I shall command

The uses of my soul, nor lift my hand

Serenely in the sunshine as before,

Without the sense of that which I forbore—

Thy touch upon the palm. The widest land

Doom takes to part us, leaves thy heart in mine

With pulses that beat double. What I do

And what I dream include thee, as the wine

Must taste of its own grapes. And when I sue

God for myself, He hears that name of thine,

And sees within my eyes the tears of two. ①

舍下我，走吧。可是我觉得，从此

勃朗宁夫人

舍下我，走吧。可是我觉得，从此

我就一直徘徊在你的身影里。

在那孤独的生命的边缘，从今再不能

掌握自己的心灵，或是坦然地

把这手伸向日光，像从前那样，

而能约束自己不感到你的指尖

碰上我的掌心。劫运教天悬地殊

① Mr. Browning. "Go from me. Yet I feel that I shall stand, " *Sonnets from the Portuguese*, http: // www. gutenberg. org/files/2002/2002-h/2002-h. htm.

隔离了我们，却留下了你那颗心，

在我的心房里搏动着双重声响。

正像是酒，总尝得出原来的葡萄，

我的起居和梦寐里，都有你的份。

当我向上帝祈祷，为着我自个儿

他却听到了一个名字、那是你的；

又在我眼里，看见有两个人的眼泪。①

——方平译

　　从结构上讲，这首诗的第 1 行至第 7 行前半为一层，第 7 行后半至第 14 行为另一层。在第一层，诗人用一个祈使句开头，命令男主人公离开："舍下我。"（Go from me.）这样简短的句子表明女诗人好不容易下定了决心。紧接着一个转折词 yet 引领出这一层结构中的诗意：诗人说恋人别后她的一生从此便会活在他的影子里。然后，诗人具体展开来写自己已经完全不能控制自己，无法回到从前，无法放弃思念。诗中用了一个小小的细节，诗人说她不能"约束自己不感到你的指尖/碰上我的掌心"（nor lift my hand/Serenely in the sunshine as before），因为这手掌中有男主人公曾经的触摸，所以也成了回忆的一部分。可见在诗人这里，任何微小细节都会引起她的思念。在第二层意思中，诗人不再从自己这一单方面来写思念，转而写遥远的距离对双方的影响。诗人延续第一层意思：男主人公离开后，诗人会一直活在他的影子里。第二层意思则写男主人公离开后，会把他的心留在诗人的心里。这样，诗人的心中便有了另一颗心。两颗心同时跳动，同时感受痛苦和悲伤。当他们向上帝祈祷时，听到的是对方的名字，而诗人眼里的泪水却是两个人的。

　　这种你中有我、我中有你的爱情表达方式最早是在文艺复兴时期作品中常常出现的，锡得尼的作品中出现过，莎士比亚的作品中也出现过。爱情的互补性是人类经验领域的共识，而如果对这种爱情模式深入研究的话，我们就会发现基督教文化的本源。在《圣经》中，上帝从男人的身体

---

① 〔英〕勃朗宁夫人：《舍下我，走吧。可是我觉得，从此》，《葡萄牙人的十四行诗》，方平译，https://baike.so.com/doc/4803394-5019686.html。

上抽下了一根肋骨，用它创造了女人。这种骨中骨、肉中肉的观念是从基督教人类起源的说法中来的。男人与女人的结合便是由两个独立的人变成你中有我、我中有你这样的存在。因此，在诗人的想象中，相爱的双方可以感知对方的肉体世界和精神世界。诗人对于这种存在状态常常会不厌其烦地进行描写，因为它实际上是对性体验的一种暗示，但无论在男性诗人还是女性诗人笔下，这种性暗示都是优雅的，能够被各个时代、各种层次的读者所接受。"你中有我、我中有你"是一种合二为一的力量。

我们看一下诗人笔下对于你中有我、我中有你的描写与直接的性描写有何不同。下面这一段是澳大利亚作家帕特里克·怀特（Patrick Victor Martindale White，1912~1990）的《人树》（*The Tree of Man*）中的一段性爱描写："月光下的肉体是英勇的。男人抓住女人的身体，教给她无畏。女人将嘴贴在男人的睫毛下，对他表达最深切的关怀。男人将他令人敬畏的力量和自我压入女人的身体里。女人吸吮着毫无防备的男人。她能够感到犹豫在他的腿间颤抖，就在这时，她感到他的爱和他的力量。在她的身上，她再也拧不出她所能够给予的爱了。最后，一切都足够了，结束了，如死，如睡。"① 这是直接的性描写，也是诗意化的描写。诗中的"你中有我，我中有你"的曲折表达与此段引文具有同一含义，但是"你中有我，我中有你"这个表达方式在小说中是直接的性描写，而在诗中更像是一种性的隐喻。

爱情离不开性，但是彼特拉克的十四行诗中对性的表达是含蓄的。诗中出现的总是身体的局部，并以此设喻，而不是整体。勃朗宁夫人的十四行诗中也有相同的情形。"像彼特拉克诗中的劳拉一样，诗中叙事人的身体从来没有被描述为一个整体。它是由手、眼睛、脸颊、嘴唇和头发组成的复合体。但与之前的传统不同，身体任何一部分都没有能够诱使诗人更多使用隐喻。"② 彼特拉克不用身体设喻，这不仅可以突出诗中女主人公的精神性，还可以使读者把更多的注意力转移到对女主人公优美的精神世界的想象中来。勃朗宁夫人也没有在诗中使用过多的身体隐喻，其原因包括

---

① White, Patrick. *The Tree of Man*, New York: The Viking Press, 1955, p. 25.

② Remoortel, Marianne Van. "(Re) gendering Petrarch: Elizabeth Barrett Browning's 'Sonnets from the Portuguese'," *Tulsa Studies in Women's Literature*, 2(2006) : 253.

两个方面。一方面，诗人自己与求爱者之间存在的现实差距使这桩发生在现实生活中的爱情本身就具有了极强劲的情感冲击力，就如在烹饪菜肴时，如果食材本身已经鲜美无比，就不可以用过多的佐料来进行烹饪，否则只会掩盖食材原有的美味。这样，诗人的目光就从由身体可能发展出来的隐喻转向了别处。另一方面，诗人在创作这些十四行诗的时候意在吐露自己的心声。勃朗宁夫人的十四行诗比以往其他作家的十四行诗更具自传性，诗中的叙事人相比其他任何十四行诗中的叙事人更接近或者等同于诗人自己。如果女诗人拿自己身体的某一部分作为设喻的工具，则不仅有损贵族妇女的淑女风范，也不符合将女人视为天使的维多利亚时代读者的审美趣味。除此以外，勃朗宁夫人笔下的女子和彼特拉克笔下的女人没有本质上的区别，都是美与德的化身。

诗中结尾处出现了"眼泪"的意象。勃朗宁夫人在她的十四行诗中不断刻画弱女子的形象，这种形象也在彼特拉克式的十四行诗中经常被描绘和赞美。勃朗宁夫人也像男性作家一样不遗余力地赞美这种女性气质，她的十四行诗中经常出现眼泪、哭泣这样的意象，从而塑造了小女人的风情。勃朗宁夫人对"眼泪"意象的理解能在彼特拉克的诗中找到似曾相识的感觉。下面，我们以彼特拉克的一首十四行诗为例来分析这个问题：

If my Life of Bitter Torment and of Tears
Petrarca

If my life of bitter torment and of tears
could be derided more, and made more troubled,
that I might see, by virtue of your later years,
lady, the light quenched of your beautiful eyes,
and the golden hair spun fine as silver,
and the garland laid aside and the green clothes,
and the delicate face fade, that makes me
fearful and slow to go weeping:
then Love might grant me such confidence

that I'd reveal to you my sufferings

the years lived through, and the days and hours:

and if time is opposed to true desire,

it does not mean no food would nourish my grief:

I might draw some from slow sighs. ①

如果我的生活被折磨和泪水填满

彼特拉克

如果我的生活被折磨和泪水填满，

我会被嘲笑，麻烦缠身，

我可以看到，凭借你的晚年的德行，

小姐，你美丽眼睛的光芒熄灭了，

金发像水银一样编织在头上，

把花环放在一边，还有那翠玉衣裳，

娇嫩的脸失去光彩，这使我

害怕地哭泣：

那么，爱也许会赐予我这样的自信。

我会向你诉说我的痛苦

那过去的岁月，那逝去的时光：

如果时间与真实的欲望相反，

这意味着有食物可以滋养我的悲伤：

就让我从叹息中汲取一些吧。

——笔者译

正如彼特拉克所说，当生活充满折磨和泪水的时候，"我会向你诉说我的痛苦"。眼泪是征服爱情的利器。诗人在诗中把自己的处境写得很惨，想以此来博得对方的怜悯。孟子曰：恻隐之心，人皆有之。恻隐之心便是

---

① Petrachy. "If my life of bitter torment and of tears,"http://www.poetryintranslation.com/PITBR/ Italian/Petrarch. htm#anchor_Toc13045770.

仁的表现，能够怜悯别人，这也体现了怜悯者的强大和优势。所以，从人性的角度讲，唤起别人的怜悯之心也是达到目的的一种手段。在表达爱情的诗歌中，无论是女诗人，还是男诗人，他们都可以在眼泪中得到他人的同情，唤醒爱情。对于女诗人来说，眼泪这一武器更加有效。因为眼泪本就是与弱者联系在一起的，"一个美丽的微笑，一个意外的视线对触，一个温柔的声音，这些女性特质正是诗人彼特拉克在其十四行诗中所赞美的女性气质"。① 在勃朗宁夫人笔下，我们同样可以看到女诗人是如何展现自己的女性气质的：

Can It Be Right to Give What I Can Give?
Mrs. Browning

Can it be right to give what I can give?

To let thee sit beneath the fall of tears

As salt as mine, and hear the sighing years

Re-sighing on my lips renunciative

Through those infrequent smiles which fail to live

For all thy adjurations?O my fears,

That this can scarce be right! We are not peers

So to be lovers; and I own, and grieve,

That givers of such gifts as mine are, must

Be counted with the ungenerous. Out, alas!

I will not soil thy purple with my dust,

Nor breathe my poison on thy Venice-glass,

Nor give thee any love—which were unjust.

Beloved, I only love thee! let it pass. ②

---

① Remoortel, Marianne Van. "(Re) gendering Petrarch: Elizabeth Barrett Browning's ' Sonnets from the Portuguese' ,"*Tulsa Studies in Women's Literature*, 2(2006) : 252.

② Mrs. Browning. "Can it be right to give what I can give?" *Sonnets from the Portuguese*, http://www. gutenberg. org/files/2002/2002-h/2002-h. htm.

能不能有什么，就拿什么给你？

勃朗宁夫人

能不能有什么，就拿什么给你？

该不该让你紧挨著〔着〕我，承受

我簌簌的苦泪；听著〔着〕那伤逝的青春，

在我的唇边重复著〔着〕叹息，偶尔

浮起一丝微笑，哪怕你连劝带哄，

也随即在叹息里寂灭？啊，我但怕

这并不应该！我俩是不相称的

一对，哪能匹配作情侣？我承认，

我也伤心，象〔像〕我这样的施主

只算得鄙吝。唉，可是我怎能够让

我满身的尘土玷污了你的紫袍，

叫我的毒气喷向你那威尼斯晶杯！

我什么爱也不给，因为什么都不该给。

爱呀，让我只爱著〔着〕你，就算数了吧！①

——方平译

诗中有眼泪，有叹息，有微笑，而这些都是爱情中不可或缺的要素。诗中提到偶然的微笑（infrequent smiles），一个最让人浮想联翩的意象。微笑揭示了女性内心对爱情的渴望和羞怯，诗中这偶然的微笑很快就"寂灭"了，又给人一种闪烁之感。微笑点亮了诗人爱情的希望，但这微笑瞬间的"寂灭"又表现出诗人对于爱情的担忧。在这微笑的微妙变化中，女性细腻的爱情心理跃然纸上。"蒙娜·丽莎具有不可抗拒的魅力。她仿佛意欲告诉你些什么，某种将会改变你整个生活的秘密。我不知道，当你面对这位美丽的女性时，怎样才能解释你感受到的诱惑力？我发现，蒙娜·丽莎所做到的恰是我要求于她的：她成了我的鼓舞。在她那折服人的凝视

---

① 〔英〕勃朗宁夫人：《能不能有什么，就拿什么给你?》，《葡萄牙人的十四行诗》，方平译，360 百科，https://baike.so.com/doc/4803394-5019686.html。

的魔力下，我得出了结论，她那著名的微笑的源泉——也是她的魅力之所在——正是宁静。这就是我在卢浮宫发现的美的总原则。这个发现使我不虚此行。蒙娜·丽莎好象〔像〕是一个拥有世界上最宝贵的知识——关于自我认识的知识——的女性。自我认识以及来自充分认识自我的宁静，是一种无与伦比的美。我曾谈及过，自信是美的源泉，但自信和宁静是有差别的。自信涉及到我们面对世界的态度，而宁静则是我们自己内心的一种观照。我觉得，在过去那种比较质朴的时代，女人似乎更容易得到宁静。"① 当女性依附于男性生存时，她是不自由的，只能安于现状，不思考，无压力，这种状态更容易使人获得心灵的宁静。而当女性与男性一样加入为生存而斗争的行列时，她是自由的，同时也面临着来自社会方方面面的压力，这是为自由必须付出的代价。不过人们往往不会否认女性的微笑带给这个世界的美好。彼特拉克笔下的劳拉也有这样的微笑，这微笑让诗人为之倾倒。勃朗宁夫人作为一个女性诗人，从女性诗人这一角度描写女性的微笑，更体现出了女性气质。"勃朗宁夫人的诗，在所有具有丰富经验和过人才能的诗人的作品中独树一帜，这与她的女性特点有关。"② 可以说，勃朗宁夫人在她的十四行诗中继承了彼特拉克式的写作风格，也塑造了类似于彼特拉克诗中的女性形象。"在讨论 19 世纪的彼特拉克爱情抒情诗的继承人时，有批评家指出：女作家常常选择写浪漫的诗歌，因为这样做可以在语言中重复传统的必要的情节，或是从欲望对象的立场出发并做其代言人。"③

此外，勃朗宁夫人还在诗中肯定了女性的"静"（silence）。silence 有"沉默、寂静"之意，让女性"沉默"就是不要与男性争执，其意就是要顺从男性。这与中国古典文献中提倡的女人的礼教标准一致。《礼记·昏义》言："教以妇德、妇言、妇容、妇功。"郑玄注："妇德，贞顺也。"

---

① 〔意〕索菲娅·罗兰：《女性与美》，谢舒译，中国文联出版公司，1986，第 156 页。

② Harrison, Antony. "Intertextuality: Dante, Petrarch and Christina Rossetti, "Dolores Rosenblum. "Face to Face: Elizabeth Barrett Browning's Aurora Leigh and Nineteenth-Century Poetry, " *Victorian Studies*, 3(1983) : 320.

③ Harrison, Antony. "Intertextuality: Dante, Petrarch and Christina Rossetti, "Dolores Rosenblum. "Face to Face: Elizabeth Barrett Browning's Aurora Leigh and Nineteenth-Century Poetry, " *Victorian Studies*, 3(1983) : 321.

晋张华《女史箴》言:"妇德尚柔,含章贞吉。"《后汉书·列女传·曹世叔妻》又言:"清闲贞静,守节整齐,行己有耻,动静有法,是谓妇德。"总之,妇女最大的美德是顺从男性,顺从的具体表现就是德、言、容、功。"德"就是指正身立本,"言"指的是与人谈话要善解人意,知何为可言,何为不可言,不言语轻薄、挑拨是非。"容"重点在于稳重持礼,不轻浮不随便,认真对待生活,使自己打扮得体、穿着适宜,并不是强调外在美丽。中国历史上有四大丑女:嫫母,相传为黄帝的妻子;钟离春,又称钟无盐、无盐女,相传是战国时期齐宣王的王后;孟光是东汉隐士、美男子梁鸿之妻,演绎了举案齐眉的故事;阮家女,东晋名士、吏部郎许允之妻。这四位面貌丑陋的女子以具有四德之故都嫁给有才能的美貌男子,成就了美满姻缘。这些男子是历史上有名的贤君、名士,因而他们对妻子的选择也体现了他们对女性的审美倾向。

林语堂在评论四德中的"妇言"一德时,提出了自己的意见,这是一个生活在新时期的人对于中国传统文化的反思。林语堂说:"古者妇言列为四德之一,其实'妇言'二字本来不通,因为那并不是叫妇人说话,乃叫妇人不说话,是在提倡缄默为妇人之美德。这不知是谁最先提出的,大概他是不知女人的脾气吧?(班昭出卖女性,只能附会,不能发明)。世界语言学家蔼斯不森(Otto Jespersen)有言:'我们说话时,同时就是在思考,有些女人是一面说话,才一面发觉她们想些什么。'(We think when we talk, and some ladies talk in order to find out what they think。)此话所言,禁止女人说话,犹禁止女人动用思想。所以在男女平权之时、提倡妇人缄默,实属反劝。"[①] 现在的女权主义者则用 voiceless 一词来描写女性受压迫时的状态:女性被剥夺了话语权,只能被动地接受男权社会给予她们的定位,无法发出自己的声音。中国最早的诗歌集《诗经》中有"窈窕淑女"一词,原意是文静美好悠闲洁净的女人。女性的安静之美在现代或者西方女性主义思潮兴起之后的审美中渐渐变成了贬义词,但勃朗宁夫人是 19 世纪的女性,其审美意识是传统的,所以她以淑女的心态来书写她心中美好的女性。

---

① 林语堂:《女性·人生》,四川文艺出版社,1996,第 10 页。

And Wilt Thou Have Me Fashion Into Speech

Mrs. Browning

And wilt thou have me fashion into speech
The love I bear thee, finding words enough,
And hold the torch out, while the winds are rough,
Between our faces, to cast light on each? –
I dropt it at thy feet. I cannot teach
My hand to hold my spirits so far off
From myself—me—that I should bring thee proof
In words, of love hid in me out of reach.
Nay, let the silence of my womanhood
Commend my woman-love to thy belief, –
Seeing that I stand unwon, however wooed,
And rend the garment of my life, in brief,
By a most dauntless, voiceless fortitude,
Lest one touch of this heart convey its grief. [①]

你可是要我把对你涌起的恩情

勃朗宁夫人

你可是要我把对你涌起的恩情，
形之于言词，而且还觉得十分充裕；
不管有多猛的风，高举起火炬，
让光辉，从两张脸儿间，把我俩照明？
我却把它掉在你脚边，没法命令
我的手托着我的心灵，那么远距
自己；难道我就能借文字作契据，

---

① Mrs. Browning. "And wilt thou have me fashion into speech, "Sonnets from the Portuguese, http://www.gutenberg.org/files/2002/2002-h/2002-h.htm.

掏给你看、那无从抵达的爱情

在我的心坎？不，我宁愿表达

女性的爱凭她的贞静，而换来

你的谅解——看见我终不曾软化，

任你怎样地央求，我只是咬紧着嘴，

狠心撕裂着生命的衣裙；生怕

这颗心一经接触，就泄露了悲哀。①

——方平译

    在这首诗中，勃朗宁夫人表示自己无法用言语表达爱情，而宁愿用女性的沉默（the silence of my womanhood）来回应恋人的求婚。在这首诗中，勃朗宁夫人"沉默"，因为她面对这样一份不相称的婚姻，面对自己的求婚者，内心感到自卑，无法相信这样一份真挚的爱情就摆在她的面前。而"那无从抵达的爱情"（of love hid in me out of reach），在勃朗宁夫人看来，是她不能够得到的。由此可以看出，她的痛苦是真实的，她的挣扎是无助的，所以她不能发出声音。维多利亚时代的女性，一旦结婚，就要依赖丈夫生活。勃朗宁夫人身患重疾，这使她面对婚姻时陷入了痛苦的矛盾中。白居易的《琵琶行》中写道："冰泉冷涩弦凝绝，凝绝不通声暂歇。别有幽愁暗恨生，此时无声胜有声。"正是因为百感交集，诗人才无法将情感付诸语言，而不言则成了最好的姿态。

    在父权制社会关于女性的观念中，柔弱、顺从、小鸟依人、感伤、安静这些本身就是具有诱惑力的女性美。因为女性柔弱，所以更显示出男人的重要性，女人在精神上对男性的依赖有利于男性肯定对自己的认识。如果一个女子柔弱、顺从，并奉承一个男人，那么这个男人就感觉自己像皇帝一样，他的虚荣心和自尊心同时得到了满足。中外文学家在作品中都不遗余力地赞美女性气质，正是因为对女性的审美带来的是他们自己的心理满足。作家托尔斯泰（Lev Nikolayeviç Tolstoy，1828~1910）也说，女人应该是柔弱的，经常生病；一个完全不生病的壮女人简直和野兽一样。这是

---

① 〔英〕勃朗宁夫人：《你可是要我把对你涌起的恩情》，《葡萄牙人的十四行诗》，方平译，https://baike.so.com/doc/4803394-5019686.html。

典型的父权制社会对于女性的审美。南希·史密斯（Nancy Smith）写了一首诗《只要有一个女人》，这首著名的女性主义诗篇揭示了女性美观念的实质，她写道：

> 只要有一个女人
> 觉得自己坚强
> 因而讨厌柔弱的伪装
> 定有一个男人
> 意识到自己也有脆弱的地方
> 因而不愿再伪装坚强
>
> 只要有一个女人
> 讨厌扮演幼稚无知的小姑娘
> 定有一个男人
> 想摆脱无所不晓的高期望
>
> 只要有一个女人
> 讨厌情绪化女人的定型
> 定有一个男人
> 可以自由地哭泣和表现柔情①

柔弱的女人能够衬托出男人的坚强；无知的女人能够衬托出男人的智慧，所以中国古话曰："女子无才便是德"。而一个动辄哭泣的女人让男人自然地扮演了强悍的角色。这首诗同时也恰当地分析了男人的心理：男人也有脆弱的时候，也想摆脱压力，也想哭泣，想像女性一样用泪水表示柔情。男权制社会对女性美的审美是不符合人类的本性的。只有当人类文明发展到一定程度后，我们才会提出有关女性审美的问题。为什么历史上女性的美就是柔弱、顺从和安静呢？女性主义又为什么期待变革呢？

在男权制社会中，男尊女卑的观念根深蒂固。女性自己也加入维护男

① 赵树勤主编《女性文化学》，湖南师范大学出版社，2006，第188页。

权秩序的行列中，因为她们没有经济地位，必须靠男人才得以生存。所以，女性主义者伍尔夫在她著名的短篇《一个人的房间》（*A Room of One's Own*）里说，女人必须取得经济上的独立，才能获得精神上的独立。她庆幸自己有固定的年薪，使得她不必为了生存讨好男人。经济上的依附感使女人在精神上也成为男性的奴隶。林语堂说："向来在男权社会里，男子所喜欢的，女子样样都能做到。古代男人要女子贞静娴淑，女子便以贞静娴淑自勉；男人要寡妇守节，便也有许多节烈的寡妇。天下男人笑女子好茉莉花为近小人，然而老实说，假定男子尽以茉莉花为臭，则女子虽心好之亦必不插，此可断言也。"① "女为悦己者容"已成了普天之下女人奉行不悖的准则。

那么，女性主义者们为什么要打破被普遍遵循的女性审美原则呢？因为她们认识到一个关键的问题，那就是女人首先是人，然后才有男女的性别之分。女性主义要求的平等不是凌驾于男性之上的女权制社会的平等，她们所要求的是人与人之间的平等，而真正的女性美"都应该是真实地体现在'人类于生存困境的挣扎'中的情形的。而挣扎于生存困境，养就了人自由地探索世界之谜的文化进取心，为了人的'合目的和合规律'的生存，即更美更诗意地栖居，人类尤其需要像域外先哲霍布斯（Thomas Hobbes，1588~1679）《论公民》（*On Citizens*）所言那样富于人性：如果一个社会组织有序的话，那在资源上的掠夺就是不必要的。在自然状态下，就该每个人自己决定什么是对错。明智之人（即关心他自己的生存和福祉的人）应该认识到他的任何信念都不存在着客观的真理，因而应该选择那些对他来说最有利的观点作为他生活的实践原则。在自然状态下，由两性组成的社会，原本不应该存在孰优孰劣之争，在双性都能自主地决定自己的生存和福祉，并按正义和权利去行事，去做与各自有利的选择时，那才是合乎人性的，是有序的社会。也就是说，女性自己决定自己的命运，做践行自由、平等、公正、法治等价值观的捍卫者，那就是在促成社会性别文化的良性发展，在行使公民女性应尽的义务。追求公民'女性美'恰是'明智之人'（公民）的选择。正因为意识到权利与义务的有机统一，对于公民女性美的追求将人类自身再生产的价值提到了史无前例的高度。令人尊敬的

---

① 林语堂：《女性·人生》，四川文艺出版社，1996，第 7 页。

母亲，自重的妻子与职场上事业辉煌的女性的价值无二。每个向往'自由而全面发展的人'都各有各的用处。在可持续发展的社会中，性别的审美意识形态将越来越趋向这一体现了全面人性的潮流。"① 有批评家对勃朗宁夫人提出了批评，认为她的诗歌体现了男权意识。这种批评来自这样一条假设：女性诗人应该表现女性主体。可能是受当代女权意识的影响，人们对女性的审美离开了传统的路径，转而更加欣赏激进独立的女性，所以才会把勃朗宁夫人的处境描绘成一种奴役状态。关于爱情的十四行诗是人类欲望的产物。或许人们看惯了彼特拉克这类男性诗人笔下的传统女性形象，更希望在勃朗宁夫人这里看到一个不同的形象。然而，读者看到的依然是与彼特拉克式诗歌中相似的女性形象，这让读者产生了失望的情绪。在一个多元化的时代，我们不必人为地设立一个评价机制。我们知道勃朗宁夫人在诗中赞颂了女性气质，并用艺术的手段优美地表现了这些气质。作为一位女诗人，她从女性的角度描绘了具有传统美的女性形象，与彼特拉克式的诗歌产生了共鸣。了解这些就足以使我们更好地理解勃朗宁夫人的诗歌艺术。我们应该允许勃朗宁夫人笔下这样恪守传统、循规蹈矩的女性意识的存在，就像我们应该允许站在父权制社会对立面上英勇抗争的激进的女性意识存在一样。只有这样，我们的思想才是开放的和进步的。

从审美的角度讲，"沉默"也是勃朗宁夫人女性化的表达爱情的方式。在婚姻中，通常女性一方被认为是应该沉默的。在传统的习俗中，女性不能主动对男性示爱，所以在很多婚姻关系中，女性是被动者。在她的十四行诗中，勃朗宁夫人有意识地将女性置于沉默的被动者的位置，把爱的权力交给男性，这表明了她的顺从，同时也是一种谦虚的方式，是勃朗宁夫人在语言上的自我贬低，其目的是表现女性的温柔气质，展示女性的魅力。所以，从这一点来看，也可以把"沉默"看成勃朗宁夫人对求婚的接受。她要通过"沉默"来表达，因为她了解自己的处境，不想给所爱的人带来痛苦。同时，她具有女性的美好品德，因此配得上这份爱情，也许"沉默已经被塑造成一种情感的音调，在后来的求爱通信中被动员起来，以爱的方式来表明情感的深刻，在那里，对于用锦书来传递爱情情感的人来说，沉默既是一种迷惑，又是一种欢欣鼓舞的行动"。在第 21 首十四行

---

① 赵树勤主编《女性文化学》，湖南师范大学出版社，2006，第 53 页。

诗中，勃朗宁夫人写道：

The silver iterance! —only minding, Dear,
To love me also in silence with thy soul. ①

说你爱我，你爱我，一声声敲着银钟！
只是记住，还得用灵魂爱我，在默默里。②

——方平译

在诗中，"沉默"被看成爱情最崇高的表达。沉默是最深刻的语言，在沉默中诗人表达的是对爱情的信仰，正像灵魂是无言的一样，诗人要求最纯洁的爱情是无言的，因为只有这样的爱情才可以超越世俗的羁绊，成为永恒。

在第 22 首十四行诗中，勃朗宁夫人将"沉默"之意进一步阐发：

When our Twosouls Stand up Erect and Strong

Mrs. Browning

When our two souls stand up erect and strong,
Face to face, silent, drawing nigh and higher,
Until the lengthening wings break into fire
At either curved point, —what bitter wrong
Can the earth do to us, that we should not long
Be here contented?Think! In mounting higher,
The angels would press on us and aspire
To drop some golden orb of perfect song
Into our deep, dear silence. Let us stay

---

① Mrs. Browning. "Say over again, and yet once over again," *Sonnets from the Portuguese*, http://www.gutenberg.org/files/2002/2002-h/2002-h.htm.

② Mrs. Browning. "Say over again, and yet once over again," *Sonnets from the Portuguese*, http://www.gutenberg.org/files/2002/2002-h/2002-h.htm.

Rather on earth, Beloved, —where the unfit
Contrarious moods of men recoil away
And isolate pure spirits, and permit
A place to stand and love in for a day,
With darkness and the death-hour rounding it. ①

当我俩的灵魂壮丽地挺立起来

勃朗宁夫人

当我俩的灵魂壮丽地挺立起来，

默默地，面对着面，越来越靠拢，

那伸张的翅膀在各自弯圆的顶端，

迸出了火星。世上还有什么苦恼，

落到我们头上，而叫我们不甘心

在这里长留？你说哪。再往上，就有

天使抵在头上，为我们那一片

深沉、亲密的静默落下成串

金黄和谐的歌曲。亲爱的，让我俩

就相守在地上吧——人世的争吵、熙攘

都向后退隐，留给纯洁的灵魂

一方隔绝，容许在这里面立足，

在这里爱，爱上一天，尽管昏黑的

死亡，不停地在它的四围打转。②

——方平译

在这首十四行诗中，诗人两次用到"沉默"（silence）这个词。"当我俩的灵魂壮丽地挺立起来，/默默地，面对着面，越来越靠拢。"（When

---

① Mrs. Browning. "When our two souls stand up erect and strong, "*Sonnets from the Portuguese,* http://www. gutenberg. org/files/2002/2002 - h/2002 - h. htm.

② 〔英〕勃朗宁夫人：《当我俩的灵魂壮丽地挺立起来》，《葡萄牙人的十四行诗》，方平译，360 百科，https://baike. so. com/doc/4803394 - 5019686. html。

our two souls stand up erect and strong, /Face to face, silent, drawing nigh and higher.）勃朗宁夫人相信她的爱情是受上帝赞美之爱，一定会得到天国的赐福，因而相爱的人的灵魂向上飞升，并得到了天使的祝福。"再往上，就有/天使抵在头上，为我们那一片/深沉、亲密的静默落下成串/金黄和谐的歌曲……"（The angels would press on us and aspire/To drop some golden orb of perfect song/Into our deep, dear silence...）"亲密的静默"描绘了爱人之间息息相通、心心相印的时刻，他们不需要任何语言，就已经实现了心灵交融。这就像诗人狄金森在诗中所写的：我若能和你在一起，/今夜便是豪奢的喜悦/指南针，不必，/海图，不必，/心已在港湾，/风又奈何。这时，"沉默"已从一个表达女性气质的词语变成了表达爱情理想境界的词语，爱情的主题在"沉默"的表达中升华了。

最后是爱情诗被赋予基督教文化色彩。在彼特拉克和勃朗宁夫人的十四行诗中，爱情诗都被赋予了宗教色彩。在彼特拉克的十四行诗中，女主人公劳拉是一个圣女的形象。在《那双眼睛，那双让我激情澎湃的眼睛》这首诗中，诗人把天堂与尘世进行了对比，恋人代表着天堂，而自己代表着尘世；诗中还体现了深厚的基督教文化内涵：

Those Eyes, 'Neath Which my Passionate Rapture Rose
Petrarca

Those eyes, 'neath which my passionate rapture rose,

The arms, hands, feet, the beauty that erewhile

Could my own soul from its own self beguile,

And in a separate world of dreams enclose,

The hair's bright tresses, full of golden glows,

And the soft lightning of the angelic smile

That changed this earth to some celestial isle,

Are now but dust, poor dust, that nothing knows.

And yet I live! Myself I grieve and scorn,

Left dark without the light I loved in vain,

Adrift in tempest on a bark forlorn;

Dead is the source of all my amorous strain,

Dry is the channel of my thoughts outworn,

And my sad harp can sound but notes of pain. [①]

那双眼睛，那双让我激情澎湃的眼睛

彼特拉克

那双眼睛，那双让我激情澎湃的眼睛，

那手臂，手，纤足，那些曾经的美

我自己的灵魂能出卖我自己吗？

在另一个梦的世界里，

长发荡漾着金色的海浪，

天使般的微笑柔和地闪耀

把这地球变成了天庭之岛，

现在只是尘土，可怜的尘土，一无所知。

但我活着！自伤自嘲，

离开黑暗，却没有找到所爱的光明，

在暴风雨中漂泊在凄凉的树皮上；

死亡是我所有多情的根源，

干涸的是我思想的通道，

我悲伤的竖琴只能发出痛苦的音符。

——笔者译

　　这首诗使用的是前八后六式结构。在诗歌的前 8 句，诗人把所倾慕的女子的美丽与天堂联系起来。女子的微笑是"天使般的微笑"（angelic smile），而她的存在把地球也变成了天庭之岛（celestial isle）。"圣灵经常称赞天使尊贵的服饰。神既借着天使彰显他的威严……因他们的服饰如同镜子，在某种程度上向我们彰显神的神性……神又是最高的君王和法官，那么我们

---

① Petrachy. "Those eyes, 'neath which my passionate rapture rose," Translated by Thomas Wentworth Higginson, Texts from Sonnets of Europe, http://www. sonnets. org/petrarch. htm.

将这尊荣归给天使更是应当的，因在天使身上，神荣耀的光辉更明亮地照耀出来。天使分配和管理神赐给我们的恩惠。因这个缘故，圣经记载天使看顾我们的安全、引领我们的道路，也保护着我们，免得患难降临到我们身上。圣经中有众多这类的经文，先是指基督教会的元首而言，后是指一切信徒而言："因他要为你吩咐他的使者，在你行的一切道路上保护你。他们要用手托着你，免得你的脚碰在石头上。'"① 带着天使微笑的恋人是诗人的引导者，引导他走向天国。通过宗教文化因子的浸入，彼特拉克把恋人捧为圣女，而让自己谦卑成尘土。女作家张爱玲说，喜欢一个人，会卑微到尘埃里，然后开出花来。人类的情感是相通的。不过，在此诗中，彼特拉克的尘土（dust）具有宗教的色彩，这个意象在诗中重复出现。你自尘土来，终必归于尘土。这是《圣经·旧约》里上帝对亚当的训诫。"暴风雨"（tempest）、"干涸的"（dry）暗示诗中还用了诺亚方舟的典故。诺亚方舟的故事记载在《创世记》中。上帝见到地上充满败坏和不法的邪恶行为，就计划用洪水消灭人类。人类中有一位叫做诺亚的义人。上帝指示诺亚建造一艘方舟，并带着他的家人和牲畜、鸟类等动物进入方舟。方舟建造完成时，大洪水开始了。诺亚与他的家人以及动物们都进入了方舟。在陆地上的生物全部死亡，只有方舟中的诺亚一家和动物们得以存活。洪水消退后，诺亚一家人带着动物走出方舟，开始了新的生活。诗人引入诺亚的典故，表明诗人把爱情看成救赎的希望。由于宗教意蕴的渲染，短小的爱情十四行诗有一种大气磅礴的气势。像彼特拉克一样，勃朗宁夫人笔下的作品也有深厚的宗教意蕴。我们以勃朗宁夫人的第 7 首十四行诗为例：

The Face of All the World Is Changed，I Think

Mrs. Browning

The face of all the world is changed, I think,

Since first I heard the footsteps of thy soul

Move still, oh, still, beside me, as they stole

---

① 〔法〕约翰·加尔文：《基督教要义》，钱曜诚等译，三联书店，2014，第 143 页。

Betwixt me and the dreadful outer brink
Of obvious death, where I, who thought to sink,
Was caught up into love, and taught the whole
Of life in a new rhythm. The cup of dole
God gave for baptism, I am fain to drink,
And praise its sweetness, Sweet, with thee anear.
The names of country, heaven, are changed away
For where thou art or shalt be, there or here;
And this …this lute and song …loved yesterday,
(The singing angels know) are only dear
Because thy name moves right in what they say. [①]

全世界的面目，我想，忽然改变了

勃朗宁夫人

全世界的面目，我想，忽然改变了
自从我第一次在心灵上听到你的步子
轻轻、轻轻，来到我身旁——穿过我和
死亡的边缘；那幽微的间隙。站在？
那里的我，只道这一回该倒下了？
却不料被爱救起，还教给一曲
生命的新歌。上帝赐我洗礼的
那一杯苦酒，我甘愿饮下，赞美它？
甜蜜的，如果有你在我身旁。
天国和人间，将因为你的存在？
而更改模样；而这曲歌，这支笛子，
昨日里给爱着，还让人感到亲切

---

① Mrs. Browning. "The face of all the world is changed, I think," *Sonnets from the Portuguese*,
http://www.gutenberg.org/files/2002/2002-h/2002-h.htm.

> 那歌唱的天使知道，就因为
>
> 一声声都有你的名字在荡漾。①

——方平译

这首诗的结构是第 1 行至第 7 行前半为第一层，第 7 行后半至第 14 行为第二层。在第一层中，诗人写因爱的降临，世界在她面前改变了模样。那爱情的脚步声是从灵魂中发出的声音，它越走越近，把诗人从死亡中拯救回来。对于躺在病榻上的诗人来说，这份爱是拯救她的力量，是把她从死亡中救赎出来的力量。诗歌写得十分真挚，让人可以感受到其中的深情。把爱置于死亡的面纱下，让爱冲破死的恐惧，成为生命的力量，这是勃朗宁夫人十四行诗中经常表现的主题。诗歌第二层写获得爱以后心中的喜悦。充满苦难的生命因为爱的降临而充满了甜蜜，就连痛苦本身也变成了甜蜜，诗人把爱情的苦难当成上帝的洗礼，以此来说明诗人的心灵经历苦难以后升华了。

在这首诗中，我们要着重分析"洗礼""天使"等极具基督教色彩的意象。"信仰之圣礼是洗礼，而爱之圣礼则也是圣礼。"② 但是，在勃朗宁夫人的笔下，上帝赐予她的爱情是洗礼之水。"洗礼之主体或物质乃是水，是普通的、属自然的水，就像一般说来的宗教之物质乃是我们自己的属自然的本质一样。但是，正像宗教使我们自己的本质跟我们疏远开来，从我们这里把我们的本质盗窃了去一样，洗礼之水，同时又是一种普通的水；因为，它并不具有物理力量和物理意义，而具有超物理的力量和意义：它是重生之浴（Lavacrmn regenerationis），洗涤人一切原罪的污秽，驱赶自生来就有的魔鬼，使人跟上帝和解。这样说来，它只不过看起来是属自然的水罢了，实际上仍是超自然的水。换句话说，仅仅在想象之中，洗礼水才具有超自然的作用。"③ 这个超自然的作用指的就是清洗灵魂。勃朗宁夫人把爱情当成洗礼之水，暗含自己因信仰而得到了上帝的救赎，因信仰而承蒙上帝悦纳之意。

---

① 〔英〕勃朗宁夫人：《全世界的面目，我想，忽然改变了》，《葡萄牙人的十四行诗》，方平译，https://baike.so.com/doc/4803394-5019686.html。

② 〔德〕费尔巴哈：《基督教的本质》，荣震华译，商务印书馆，1984，第 316 页。

③ 〔德〕费尔巴哈：《基督教的本质》，荣震华译，商务印书馆，1984，第 316 页。

在《不过只要是爱，那就是美的》（*Yet*，*Love*，*Mere Love*，*Is Beautiful Indeed*）这首十四行诗中，诗人直接表达了因为信仰而承蒙上帝悦纳之意，即因上帝的悦纳，她才得以拥有爱情的幸福：

Yet，*Love*，*Mere Love*，*Is Beautiful Indeed*

Mrs. Browning

Yet, love, mere love, is beautiful indeed
And worthy of acceptation. Fire is bright,
Let temple burn, or flax; an equal light
Leaps in the flame from cedar-plank or weed:
And love is fire. And when I say at need
I love thee ...mark! ...I love thee—in thy sight
I stand transfigured, glorified aright,
With conscience of the new rays that proceed
Out of my face toward thine. There's nothing low
In love, when love the lowest: meanest creatures
Who love God, God accepts while loving so.
And what I feel, across the inferior features
Of what I am, doth flash itself, and show
How that great work of Love enhances Nature's. [1]

不过只要是爱，那就是美的

勃朗宁夫人

不过只要是爱，那就是美的
就值得接受，爱是火，
火之光一样点燃庙堂，或是柴堆

---

[1]　Mrs. Browning. "Yet, love, mere love, is beautiful indeed，" *Sonnets from the Portuguese*, http://www. gutenberg. org/files/2002/2002-h/2002-h. htm.

火可以燃烧？或者是野草，

爱是火。当我满怀渴望地说出：

我爱你！我爱你！——在你的眼中，

我变得美丽，我得到荣耀，

宛若一道新生的光线，

从我的脸上投向你的脸，爱，

就没什么低微：最微贱的生灵，

爱上帝，上帝便接纳他，

我的陋质也能感知爱上帝的垂爱，

那爱在我身上发光，召〔昭〕示着

爱如何为自然万物润色。①

——方平译

    诗中用了一个类比，把爱情比作火焰。只要是爱就是美的；火焰是明亮的，不论它燃烧的是什么，火焰都同样明亮。诗歌第 5 行至第 8 行前半写诗人自己表白了爱情，在恋人的爱情的回报中突然发现了自己的价值，而这里还用了光的意象。在诗歌的最后一部分，就是从第 8 行后半到第 14 行，诗人以极富宗教意味的方式来论述爱无高低贵贱之分，因为这种爱是奉献给上帝的。"爱上帝，上帝便接纳他，/我的陋质也能感知爱上帝的垂爱。""基督是主观性之全能，是被从自然之一切束缚与法则中救赎 出来的心，是弃绝世界、唯以自己为念的心情，是心愿之成全，是幻想之升天，是心之复活。"② 此外，在勃朗宁夫人的第 7 首十四行诗中，"天使"的意象把爱与天堂联系起来。勃朗宁夫人把爱情看成了神所赐的福祉，认为是上帝派天使安排了这一切。因此，诗人对爱情的歌颂便获得了一种神圣感。

    此外，在第 7 首十四行诗中，诗人不断地玩味 name 这个词的词义，如"国家的名字和天国的名字"（The names of country, heaven），"你的名字"（thy name），只因为诗人说到这些名字就会发现爱人的名字已经融

---

① 〔英〕勃朗宁夫人：《不过只要是爱，那就是美的》，《葡萄牙人的十四行诗》，方平译，https：//baike. so. com/doc/4803394-5019686. html。

② 〔德〕费尔巴哈：《基督教的本质》，荣震华译，商务印书馆，1984，第 317 页。

于其中。斯宾塞也曾以名字作为主要意象来写爱情十四行诗。俄国诗人普希金（Pushkin，1799~1837）也在他的诗中借用名字来写爱情：

我的名字
普希金

我的名字对你有什么意义？
它会死去，
像大海拍击海堤，
发出的忧郁的汩汩涛声，
像密林中幽幽的夜声。

它会在纪念册的黄页上
留下暗淡的印痕，
就像用无人能懂的语言
在墓碑上刻下的花纹。

它有什么意义？
它早已被忘记
在新的激烈的风浪里，
它不会给你的心灵
带来纯洁、温柔的回忆。

但是在你孤独、悲伤的日子，
请你悄悄地念一念我的名字，
并且说：有人在思念我，
在世间我活在一个人的心里。①

——译者不详

---

① Mrs. Browning: "How do I love thee? Let me count the ways," *Sonnets from the Portuguese*, https://www.gutenberg.org/files/2002/2002-h/2002-h. htm.

在这首诗中，诗人不断对名字的意义进行追问与探索，最终发现了名字的意义，它意味着一个人生命状态的改变。爱人的名字让你知道你在这个世间并不孤单。在勃朗宁夫人的这首十四行诗中，爱人的名字在天使的歌声中回荡。这便不再是世间的名字，而是升入了欢乐的天堂的名字。如果说在普希金的诗中，名字带来的是人世间的欢乐，那么在勃朗宁夫人的诗中，名字带来的就是天国的欢乐了。

勃朗宁夫人把爱情的欢乐神圣化了。借着基督的圣光，勃朗宁夫人让爱情蒙上了宗教色彩，从而让精神世界沐浴在上帝的阳光中；同时也通过这样的书写方式提升了尘世爱情的高度。在第43首十四行诗中，勃朗宁夫人从多个角度宣扬她的爱情的伟大：

How Do I Love Thee？ Let Me Count the Ways

Mrs. Browning

How do I love thee？Let me count the ways.

I love thee to the depth and breadth and height

My soul can reach, when feeling out of sight

For the ends of Being and ideal Grace.

I love thee to the level of every day's

Most quiet need, by sun and candlelight.

I love thee freely, as men strive for Right;

I love thee purely, as they turn from Praise.

I love thee with the passion put to use

In my old griefs, and with my childhood's faith.

I love thee with a love I seemed to lose

With my lost saints, —I love thee with the breath,

Smiles, tears, of all my life! —and, if God choose,

I shall but love thee better after death. ①

---

① Mrs. Browning. "How do I love thee？Let me count the way," *Sonnets from the Portuguese*, http://www.gutenberg.org/files/2002/2002-h/2002-h.htm.

我是怎样地爱你？让我逐一细算

勃朗宁夫人

我是怎样地爱你？让我逐一细算。
我爱你尽我的心灵所能及到的
深邃、宽广、和高度——正像我探求
玄冥中上帝的存在和深厚的神恩。
我爱你的程度，就像日光和烛焰下
那每天不用说得的需要。我不加思虑地
爱你，就像男子们为正义而斗争
我纯洁地爱你，像他们在赞美前低头
我爱你以我童年的信仰我爱你。
以满怀热情，就像往日满腔的辛酸
我爱你，抵得上那似乎随着消失的圣者
而消逝的爱慕。我爱你以我终生的
呼吸，微笑和泪珠-假使是上帝的意旨，
那么，我死了我还要更加爱你！①

——方平译

　　这首诗的结构非常简单，与它所表现的单纯的意思相得益彰。诗歌以一个问句开头："我是怎样地爱你？"（How do I love thee?）然后以滔滔不绝的方式来回答这个问题，但是并不显得啰嗦。因为诗人描述爱情的方式是来自各个层面的，宗教领悟、情感需要、正义与理想、人类的激情、永生的追求，所有这些加起来都被纳入表达爱的方式中。爱又被喻为光明，被当成信仰，从而使爱的情愫有了更深的意义。在勃朗宁夫人的十四行诗中，宗教因素的渗透常使得她的诗篇具有一种情感的厚度，这些诗表达的不再是表面意义上的儿女情长，而是有了更加宝贵的精神品质。

---

① 〔英〕勃朗宁夫人：《我是怎样地爱你？让我逐一细算》，《葡萄牙人的十四行诗》，方平译，https://baike.so.com/doc/4803394-5019686.html。

　　勃朗宁夫人的十四行诗与传统的彼特拉克式的十四行诗相呼应。和彼特拉克一样，勃朗宁夫人在十四行诗中压低叙事人的地位，从而抬高恋人的地位，同时又在诗中描绘了颇有情调的柔弱温顺的女子形象，并通过将宗教因子引入诗歌中，使诗中的爱情笼罩上了一层神圣的光环。

　　在女性主题的表现方面，十四行诗表达了女性崇拜的情结，塑造了理想主义的人物形象，同时也表达了男性诗人的欲望。随着时代的发展，单纯的女性崇拜被渐渐抛弃，理想化的女性形象逐渐被复杂化、世俗化的女性形象所取代。即使在女性诗人的十四行诗中，女性形象与男性诗人笔下的女性形象也没有根本区别。在女诗人的十四行诗中，女性仍然是男性心目中理想化的仙子或者欲望目标。女性主题的演变体现了社会的发展和文化的演变趋势，这种演变不是突然发生的，而是在潜移默化中进行的，其中并没有可以截然切割的时间段，而是像海边的浪潮一样，一浪高过一浪，但每一阵新浪潮涌向海滩的时候，都带着前一波浪潮的水花。

　　对女性的崇拜与对女性的欲望是相辅相成的。下一节我们就重点探索十四行诗中的欲望主题。

第三节　欲望主题

　　欲望是什么呢？欲望与人的存在又是什么关系呢？这是我们在研究十四行诗中的欲望书写时必须面对的问题。马克思说："人直接地是自然存在物。人作为自然存在物，而且作为有生命的自然存在物，一方面具有自然力、生命力，是能动的自然存在物；这些力量作为天赋和才能、作为欲望存在于人身上；另一方面，人作为自然的、肉体的、感性的、对象性的存在物，同动植物一样，是受动的、受制约的和受限制的存在物，就是说，他的欲望的对象是作为不依赖于他的对象而存在于他之外的；但是，这些对象是他的需要的对象；是表现和确证他的本质力量所不可缺少的、重要的对象。"[1] 马克思的这段话有以下几层意思：第一层意思是，在马克思看来，欲望是与生俱来的，也就是说，只要是人就会有欲望；第二层意思是，欲望的对象不是以人的意志为转移的，也就是说，人并不是想得到

---

[1] 〔德〕马克思：《1844年经济学哲学手稿》，人民出版社，2000，第105页。

什么就能得到什么；第三层意思是，人想要满足欲望的原因，即人的欲望得到满足便可以证明人的价值。下面将通过对一些书写情欲的十四行诗进行案例分析，从社会学和心理学的角度来剖析爱情十四行诗中的欲望主题。

十四行爱情诗本身就是欲望的产物，因为诗人写的是对爱情的渴求，是欲望的宣泄。"人作为对象性的、感性的存在物，是一个受动的存在物；因为他感到自己是受动的，所以是一个有激情的存在物。激情、热情是人强烈追求自己的对象的本质力量。"① 这种"激情"和"热情"在诗人那里就是诗歌的动力源泉。彼特拉克的十四行诗主要写对女性的崇拜，但崇拜本身也是因欲望而产生的。"欲望是一种缺席的感觉，或者更确切地说，是一种需要被取消的缺席。彼特拉克在十四行诗中找到了这样一个空间，在这个空间中，欲望、我和欲望所指的目标之间可以运用修辞的方式以及各种语言手段画出一个图谱，进而使这些语言上的手段成为欧洲诗歌的货币。这是彼特拉克一个杰出的贡献。"② 在彼特拉克所生活的文艺复兴时期，人文主义思想兴起，作家和诗人因而从以神为中心的文学世界转向了一个以人为中心的文学世界。彼特拉克在十四行诗中写出了他对所爱之人的崇拜，诗歌中的爱情是精神化的，爱人是纯洁和完美的。"彼特拉克的心智形式，就其在作品中的表现而言，完全是中世纪的和基督徒式的。""彼特拉克之所以爱劳拉，是因为这种爱与上帝相关。这在他的《抒情歌集》和他的书信中是一目了然的。"③ 确切地说，彼特拉克赞美的虽然是人而不是神，但是这个人身上有着神的品质。诗人明确道出现实中的女人与他诗中的女人是不同的，但还是忍不住要去虚构出这样一个女人，原因就在于"诗人若不故意'仇视女人'，常常会对女人充满幻想，甚至倾诉衷肠，但他之所以这样，多半也是因为他还没能得到他想要的女人"。④

---

① 〔德〕马克思：《1844年经济学哲学手稿》，人民出版社，2000，第107页。

② Spiller, Michael R. G. *The Development of the Sonnet: An Introduction*, London: Routledge, 1992, p. 125.

③ Roche, Thomas P. *Jr. Petrarch and the English Sonnet Sequences*, New York: AMS Press, Inc., 1989, pp. 24, 25.

④ 〔英〕弗吉尼亚·伍尔夫：《人生的冒险》，《伍尔夫读书随笔》，刘文荣译，文汇出版社，2006，第70页。

16 世纪时，怀亚特将十四行诗介绍到英国。怀亚特是一位宫廷诗人，他拥有一个朝臣所拥有的最好的品质——军事才能、艺术天赋、语言天赋、忠于君主。亨利八世本人是一位诗人和音乐家，他喜爱像怀亚特这样的人才。怀亚特有着波澜壮阔的人生经历，其政治和爱情道路都充满了风险，这也成就了他的诗歌艺术，使其诗歌具有独特的风格和内涵。无论从思想上，还是从内容上，怀亚特都与彼特拉克相距甚远。

在翻译彼特拉克诗歌的过程中，怀亚特将诗中的女性崇拜改成了对女性赤裸裸的占有欲望。"独占给予我们确认与肯定；拥有什么让我们举足轻重；我们依赖的正是这种要义。一想到我们拥有的不是一支铅笔或一座房屋，而是一个人，便会令我们感觉强大和奇特的满足。"[1] 在一首彼特拉克十四行诗的翻译中，怀亚特写出了自己为了拥有爱情所做的努力和失败后感到的绝望。"十四行诗的传统定位在于人的欲望可以通过理性得到控制。欲望合理的、自然的解决办法是通过神圣的婚姻，这是圣保罗（Saint Paul）的建议，最好是结婚，毕竟这要比让欲望燃烧来得好。"[2] 但是生活并不会按照人们的希望进行，有些欲望始终只是欲望，永远不会成为现实。彼特拉克是这样，怀亚特也是这样。但怀亚特笔下的女性不再是彼特拉克笔下诗人的崇拜对象，而是变成了诱惑和欲望对象。下面我们通过分析怀亚特的一首十四行诗来分析这个问题。

Whoso List to Hunt, I Know Where Is an Hind...

Whoso list to hunt, I know where is an hind,

But as for me, alas, I may no more;

The vain travail hath wearied me so sore,

I am of them that furthest come behind.

Yet may I by no means my wearied mind

Draw from the deer, but as she fleeth afore

---

[1] 〔印度〕克里希那穆提：《爱与思——生命的注释》，范佳毅译，华东师范大学出版社，2005，第 173 页。

[2] Roche, Thomas P. Jr. *Petrarch and the English Sonnet Sequences*, New York: AMS Press, Inc., 1989, p. 26

Fainting I follow; I leave off therefore,
Since in a net I seek to hold the wind.
Who list her hunt, I put him out of doubt,
As well as I, may spend his time in vain.
And graven with diamonds in letters plain,
There is written her fair neck round about,
"Noli me tangere, for Caesar's I am,
*And wild for to hold, though I seem tame."*①

不知谁想去狩猎，我知道有只雌鹿

不知谁想去狩猎，我知道有只雌鹿，
对我来说，哎呀，我再不会去猎它，
那劳作太过艰苦，太过辛酸，
在那群狩猎者中，我走在了最后。
然而，在我心中，我烦恼的心中无法，
离开那只雌鹿；她在逃跑，
而追到昏倒，我离开了，
因为我的网里只捕到了飘风。
有谁想去狩猎她，我毫不怀疑，
他会像我一样，白白浪费时光。
她美丽的颈上戴着项链，
那镶嵌的钻石上有这样的字样：
"别碰我，我是凯撒的，
我狂野，尽管表面温顺。"

——笔者译

这首诗是怀亚特对彼特拉克的十四行诗 "Una Candida Cerva" （Rime

---

① Wyatt. "Whoso list to hunt, I know where is an hind …" *Sonnets*, http://www.sonnets.org/wyatt.htm.

190）的翻译与改写。彼特拉克的原诗和怀亚特所翻译的诗中都运用了隐喻的语言，把狩猎比喻成诗人对爱情的追求。"虽然是彼特拉克提出了这个狩猎的隐喻，但是怀亚特将其发展，并将之用来检验对情感体验起决定性作用的经历。"[1] 怀亚特的诗与原诗的情感和思想产生了很大的不同。怀亚特改写了彼特拉克的原意，赋予诗歌不同的色彩和情感，以此来抒发内心的情感。此外，怀亚特对诗歌的改写方式与他的生平经历也有密切的关系。彼特拉克对劳拉的崇拜和单恋使他写下了抒发爱情的十四行诗，那是柏拉图式爱情的结晶。怀亚特的诗也因一个女子而起，却并不是精神之爱，而是肉体之爱。怀亚特是才华横溢的宫廷诗人，有一段不平凡的爱情经历。他爱上一个叫安娜·博林（Anne Boleyn）的女人，但是她嫁给了亨利八世（Henry Ⅷ，1491~1547），据说后来安娜与怀亚特私通，致使国王处死了安娜，囚禁了怀亚特。

诗中的第一句"不知谁想去狩猎"（Whoso list to hunt）这一提问引得读者去寻找答案。"list"意味着欲望，即想要的、需要的；"狩猎"意味着追逐、追求和搜索。在诗歌的第1行，怀亚特就用一个猎物来隐喻女人，并把对这个女人的渴望比喻成狩猎。另外，在西方文学中，"hind""doe"都被用来指美丽的女人。第1行中的这些隐喻充当了该诗中的主要隐喻，诗歌围绕这个隐喻展开，直到最后。在第2~3行中，诗人形容自己是一个猎人，为自己徒劳地试图猎鹿而悲叹：

> *But as for me, alas, I may no more;*
> *The vain travail hath wearied me so sore,*

> 对我来说，哎呀，我再不会去猎它，
> 那劳作太过艰苦，太过辛酸，

诗人说他感到抱歉，他所有为了得到她的爱而做出的努力都是徒劳的，以至于现在他是如此疲倦和痛苦。第4行的代词"他们"指的是其他

---

① Peterson, Douglas L. *The English Lyric from Wyatt to Donne*, Princeton: Princeton University Press, 1967, p. 101.

猎人，即其他男人也试图赢得这女人的爱。在诗歌的第 4~6 行，诗人指出那位女士离开了，这说明她是纯洁的，对他们不感兴趣。在第 7~8 行，诗人说他放弃了，因为他意识到他所有的努力都是徒劳的，其中以一句谚语"用网捕风"来表明追逐的徒劳。这个比喻烘托出了这首十四行诗的主题。在第 9 行中，诗人承认试图猎鹿的人都不会成功，并且肯定地说他们的努力都将和自己的一样，都是徒劳的。第 11 行写女人脖子上戴着项链，那"钻石"是坚硬的，上面刻着字。在第 13 行，诗人用拉丁文引用《圣经》的话"不要碰我"。这是一个警告。女子似乎在警告猎人不要接近她，不要企图得到她；又似乎是出于某种被迫的处境发出的这种警告，可能是那已占有该女子的人警告其他人不要碰触属于他的财产。在第 14 行中，诗人写道："我狂野，尽管表面温顺。"（And wild for to hold，though I seem tame.）"wild"这个词的意思是"自由的"，这说明这个女子是不容易得到的，因为她难以驯服，大概只有一个强壮的猎人出手才有可能抓住她。"表面温顺"则又说明她在表面上被驯服了，但内心还保持着野性。这句诗以女子的口气告诫人们她虽然看起来很温顺，但事实上拥有她是不可能的。这里有一对矛盾：野性和温顺。这对矛盾委婉地写出了这位女子的复杂性：她的外表与内心是不同的。钻石象征财富，它清楚地表明该女士是国王的财产，没有人可以觊觎她，而这个富有的国王也已经为拥有她付出了高昂的代价。女人对追求者的态度和被国王占有的事实都会令追求者望而却步。该诗写的是单恋，是一次不成功的爱情。在这首诗中，诗人表达了他失去情人的悲伤。怀亚特的这首诗与彼特拉克的原诗有以下几点不同。

第一，小鹿意象的内涵不同。彼特拉克的原十四行诗有一种梦幻的特色，把女人描绘成美丽春天里的白色小鹿，写它从诗人视野中消失。怀亚特将诗中小鹿的意象发展为一个延续的比喻，从头至尾使用。诗人自己成了一群猎人中的一个，但与其他人不同的是，他对这次狩猎具有清醒的认识，他明确地知道这场狩猎是不会有任何结果的，也就是他对这个女人的追求最终会落空。彼特拉克笔下白色的小鹿温婉可人，怀亚特笔下却是一只健壮的、充满野性的小鹿。这只小鹿并不是理想化的，它并不纯洁，诗人无法得到它，并不是因为她的纯洁，而是因为她已被人占有。

第二，凯撒的象征意义不同。彼特拉克诗中出现的凯撒喻指上帝，那皈依上帝的女子因世俗之人无法企及而变得更加纯洁可爱。该女子为上帝所拥有，这只能让诗人更加敬仰这个女子。在怀亚特的诗中，凯撒代表世俗世界的权力，怀亚特用凯撒指代那个夺走诗人心上人的国王，这位国王用权力和财富占有了诗中的那只小鹿。这表现了国王可以为所欲为，臣民只能服从。权力对于弱者的压迫是难以挣脱的，所以怀亚特的追求一开始就注定有悲剧的结局。而一个人追求不可能实现的目标，只能给自己带来痛苦。彼特拉克笔下的小鹿颈上的钻石象征美丽，而怀亚特笔下的钻石代表着无法承受的昂贵代价。

第三，抒情性与戏剧性。彼特拉克的原诗中有狩猎的比喻，但是并没有描写狩猎的场面。诗人只是在心中想着这只小鹿，想着不能得到她的苦恼，这是抒情性的描写。在怀亚特的诗中，狩猎则是直接发生的事情，狩猎的真实气氛也跃然纸上，潜在的竞争、热烈的追求构成了生动的画面。这使怀亚特的诗中充满了紧张气氛，诗歌也因此获得了一种戏剧化的效果，突出了男性力量的强大。怀亚特还特别强调了令他痛苦无比的打猎的艰难与辛苦：打猎让他身心俱疲、痛苦不堪、精力耗尽。他把生活的现实与对爱情的想象结合起来，让我们看到了爱的实际情况，以及他的爱情所面临的危险——与国王争夺爱的下场是不言自明的，除了让诗人身心俱损，别无益处。

第四，作为偶像的女人与作为欲望对象的女人。彼特拉克原诗中对女性的描写体现了尊重女性的骑士精神。彼特拉克诗中的小鹿是谦逊温柔的，喻指他所爱的女人温柔甜美，是诗人崇拜的圣女。而怀亚特诗中的这个女子野性难驯、精力充沛，其情感也相当复杂。怀亚特刻画出这个女人并不是为了仰视，而是为了表达强烈的男性欲望。毕竟在怀亚特这里，女性是作为欲望对象而存在的。怀亚特不像彼特拉克那样表达单方面的爱恋与崇拜，而是更注重表达与恋人之间的情感。怀亚特增强了彼特拉克原诗主题的张力，诗中的"不要碰我"的警示到底是来自国王，还是来自小鹿自己，诗中没有说明。但因为小鹿是野性的，所以此警示可能不仅来自国王的阻碍，也体现了小鹿自己的愿望。这样的描写增加了人类欲望的不可预测性，使诗意更加贴近现实，使情感更加复杂化。

第五，自然元素与现实元素。彼特拉克的诗中有对自然的描写，将爱的温柔情感与自然融为一体，而自然元素的加入营造了优雅美妙的诗歌氛围。但在怀亚特的诗中，诗人去掉了对自然的描写，代之以现实元素，使诗歌内容变得更加具有现实意味。由此，怀亚特把彼特拉克的神圣爱情诗改成了世俗爱情诗，把彼特拉克诗中的圣女变成了尘世的俗女。怀亚特向我们展现的不是彼特拉克式诗歌所透露出来的梦幻，而是一种戏剧化的现实。"风在网中"表明了诗人追求无果，一系列努力都付诸东流，此句的效应如同戏剧冲突的高潮。虽然诗人一直都知道追逐是徒劳的，但是他无法放手，这正是人的矛盾之处。作为一个宫廷官员，怀亚特既无法离开宫廷，也无法放弃对王后的爱。即使他意识到这份爱不会有结果，而且是危险的，他仍无法抑制自己的情感。正是由于怀亚特的处境以及他自己的爱情经历，怀亚特把自己的情感困境置于彼特拉克式的诗意中，从而把彼特拉克诗中纯洁无瑕、高不可攀的圣女变成了世俗世界的女人。

第六，男性诗人在诗中的地位不同。彼特拉克的诗歌因为着重赞美女人，使诗人自己成了配角。而在怀亚特的诗中，真正的主角并不是复杂多变的女人，而是诗人自己。诗人的情感是炽热的，他明明已经放弃了对小鹿的狩猎希望，也清晰地认识到自己不可能得到它，甚至规劝别人不要去狩猎，但他自己还是忍不住跟随狩猎的人去了。这个情节把一个深陷痛苦又无法自拔的诗人形象生动地再现出来，使我们不由得对诗人产生了同情。在这首诗中，诗人扮演了男性猎人的角色，而女性被喻为猎物。在彼特拉克的诗中，男人将女人理想化，将其变成精神恋爱的对象，而这个女子也因此被笼罩在光环之中；怀亚特的诗则直接把女性头上的光环去掉，让女人成为赤裸裸的被渴望之物。

下面我们再来分析怀亚特的另外两首诗，从而更深刻地认识怀亚特诗中的女子是如何充当男性欲望的对象的：

Unstable Dream, According to the Place...
Wyatt

Unstable dream, according to the place,
Be steadfast once, or else at least be true;
By tasted sweetness make me not to rue
The sudden loss of thy false feigned grace.

By good respect in such a dangerous case,
Thou broughtest not her into this tossing mew,
But madest my sprite live, my care to renew,
My body in tempest her succour to embrace.
The body dead, the sprite had his desire,
Painless was th' one, th' other in delight.
Why then, alas, did it not keep it right,
Returning, to leap into the fire?
And where it was at wish, it could not remain,
Such mocks of dreams they turn to deadly pain. ①

不安定的梦，随地点变化

怀亚特

不安定的梦，随地点变化，
不要再变幻，否则至少让那甜美是真的；
这也可让我不再懊悔悲伤
因你虚伪的优雅突然消失。
在这样一个危险的事件中理智行事吧，
你不要带她陷入这样折腾，
但是我的精神活在疯狂里，我想要在暴风雨中
拥抱她，让我焕然一新。
肉体死了，灵魂有了他的欲望，
一个没有痛苦，另一个欣喜若狂。
唉，为什么它没有保持下去呢？
回来，跳进火里？
它的愿望，不能继续，
这样的梦想转身就变成了致命的痛苦。

——笔者译

---

① Wyatt. "Unstable dream, according to the place…" *Sonnets*, http://www.sonnets.org/wyatt.htm.

　　怀亚特的这首十四行诗以直白的不加任何粉饰的语言道出了诗人内心澎湃的激情，用冰火两重天来形容怀亚特的诗歌情调应该是不为过的。这首诗中也塑造了一个女人的形象，这个形象比《不知谁想去狩猎，我知道有只雌鹿》中用隐喻刻画的女性形象更加现实。"你虚伪的优雅"（thy false feigned grace）一语描绘出诗中女人那种变幻无常、矫揉造作的形象。而诗人在第 1~2 行这样写道：

> *Unstable dream, according to the place,*
> *Be steadfast once, or else at least be true;*

> 不安定的梦，随地点变化，
> 不要再变幻，否则至少让那甜美是真的；

　　这些诗句反映出诗中的女人用情不专，因此与她相爱让诗人陷入痛苦中。"在这样一个危险的事件中"（in such a dangerous case）显然暗示诗人也认识到这份爱情中隐藏着危险。这里的"危险"应该指诗人对已嫁给国王的情人的爱恋。诗人明知危险，却又无法舍弃。诗人正在这样的情感烈焰中煎熬：

> *But madest my sprite live, my care to renew*
> *My body in tempest her succour to embrace.*

> 但是我的精神活在疯狂里，我想要在暴风雨中
> 拥抱她，让我焕然一新。

　　诗人的语言是直白的，但他的感情是强烈的，强烈到无须使用修饰语的程度。此诗写爱情带给诗人的冰与火般的痛苦与狂喜，同时反映出诗人所爱恋的女人魔鬼般折磨人的性情。怀亚特在剖析爱情的心理感受时，写得入木三分。之所以如此，主要还是因为他将女性塑造成一个人格复杂的复合体，不是圣女，也不是妖女，而是兼具圣女之美和妖女之媚的复合体，这更加符合怀亚特把女人当成渴望对象的安排。

下面这首诗则以一种讲故事的方式写如何对待变心的女人：

Divers Doth Use, as I Have Heard and Know...
Wyatt

Divers doth use, as I have heard and know,

When that to change their ladies do begin,

To mourn and wail, and never for to lin,

Hoping thereby to pease their painful woe.

And some there be, that when it chanceth so

That women change and hate where love hath been,

They call them false and think with words to win

The hearts of them which otherwhere doth grow.

But as for me, though that by chance indeed

Change hath outworn the favor that I had,

I will not wail, lament, nor yet be sad,

Nor call her false that falsely did me feed,

But let it pass, and think it is of kind

That often change doth please a woman's mind. ①

正如我所听说的那样

怀亚特

正如我所听说的那样，

当潜水员们的女人们变了心，

他们会悲哀和哭泣，

希望借此平息他们痛苦与悲哀。

还有，当它碰巧如此，

---

① Wyatt. "Divers doth use, as I have heard and know ..." *Sonnets* , http://www.sonnets.org/wyatt.htm.

女人变心了，爱变成憎恨，

他们说她们虚伪，并思考以语言赢回

那别处开放的女人心。

但对我来说，这确实是偶然的。

变心已经耗尽了我曾经的青睐，

我不会哭泣，不会哀痛，也不会悲伤，

尽管她以虚伪待我，我也不叫她虚伪，

但是随它去吧，不再把她放在心上，

善变也常常会让女人心满意足。

——笔者译

　　这首诗讨论了如何对待变心的女人。诗歌的第 1~8 行写了对待女人不忠的两种极端态度。第一种是像潜水员那样悲痛和哭泣，变得消沉和伤感，以此平息自己的痛苦。诗人对潜水员的表现颇有些嘲讽的意味。第二种态度是：面对女人的变心，男人一边责备，一边另外去寻找新欢。从第 9 行"但是"（but）一词开始，诗人写了自己对待这种事情的态度：他不哀痛也不责备，根本不把这一切放在心上，甚至不去揭露女人的虚伪。至于诗人为什么会采取这样的态度，诗歌的最后一行给出了答案："善变也常常会让女人心满意足。"（That often change doth please a woman's mind.）诗人以一种嘲笑的语气对女人进行了评判，他判定女人的天性就是水性杨花的，而男人就应该接受这样的现实。经过这样的推理和判断后，诗人变得十分平静和理性，于是以高高在上的充满优越感的口气告诫人们，不要去理睬那些变心的女子，因为她们本性如此，本该受到蔑视。

　　在怀亚特的女性观念中，女性是被渴望的对象，而这被渴望者又常常给诗人带来痛苦，因而女性也是怀亚特抱怨的对象。怀亚特在他的许多爱情诗中都写了对女性的抱怨，诗歌因而成了他发泄内心愤怒的工具。上面这三首诗中的女人富有诱惑力，既美丽又有心计，而诗人对她们的态度是既渴望，又轻蔑。这体现了怀亚特十四行诗中的女性观。

　　不过诗人并未把所有的女人都按照这一模式进行塑造。在他的另一首著名的十四行诗《我心中永久的爱情》（*The Long Love that in my Heart Doth*

Harbor…）中，男性与女性的欲望产生了冲突和对抗，诗中的女子有了彼特拉克诗中圣女的风范。这首诗也译自彼特拉克的诗作，怀亚特的许多译诗都改写了彼特拉克笔下的女人形象，而这首诗却在一定程度上保留了彼特拉克风格，这也说明了怀亚特女性观念的复杂性。在诗歌的第 1~4 行中，诗人写道：

> *The long love that in my heart doth harbor*
> *And in mine heart doth keep his residence,*
> *Into my face presseth with bold pretense,*
> *And there campeth, displaying his banner.* ①

> 我心中永久的爱情，
> 在我的心里为他预备了居所，
> 在我的脸上印上我大胆的要求，
> 就在那里扎营，旗帜高扬。

——笔者译

在这里，"爱"被比喻成一个将军，驻扎在诗人心中，招展着它的旗帜。诗歌写得很刚毅，有种破空而来的力量感。在诗歌的第 5~8 行中，诗人写道：

> *She that me learneth to love and to suffer,*
> *And wills that my trust and lust's negligence*
> *Be reined by reason, shame, and reverence,*
> *With his hardiness taketh displeasure.* ②

> 从她那儿，我学会了爱、学会了忍受，
> 并且祈求我有信念，放弃贪欲，

---

① Wyatt. "The long love that in my heart doth harbor…" *Sonnets*, http://www. sonnets. org/wyatt. htm.

② Wyatt. "The long love that in my heart doth harbor…", *Sonnets*, http://www. sonnets. org/wyatt. htm.

能被理智、羞耻心和敬畏控制，

以他的坚韧，剔除那令人不愉之事。

——笔者译

诗人写从情人那里学会了爱，学会了忍受。诗歌的前 4 行写的是男人的欲望，而这 4 行写女人的劝诫。女子要求男子控制情感，用理性来对付情欲，让自己怀有信仰。这里的女子颇有彼特拉克诗中女子的味道，圣洁而纯粹。

Wherewith love to the heart's forest he fleeth,

Leaving his enterprise with pain and cry,

And there him hideth and not appeareth.

What may I do when my master feareth

But in the field with him to live and die?

For good is the life ending faithfully. [①]

他怀着爱逃进心灵的森林，

让他的爱的事业痛苦和哭泣，

他还隐藏起来，不再出现，

当我的主人都担惊受怕，我又当如何？

除了在野地里与他同生共死，

忠诚的生命最终要奉献给善。

——笔者译

在这 6 行诗中，诗人写出了自己的矛盾心态。他不知道应该如何是好。是继续追逐欲望呢，还是选择放弃呢？最后诗人选择了欲望，而为了让欲望合理化，诗人解释说："忠诚的生命最终要奉献给善。"（For good is the life ending faithfully.）诗人把爱提到善的高度，再使用"忠诚的"（faithfully）一词，让人联想到宗教所要求的信念的坚定与虔诚。这样，诗人就为情欲找

---

① Wyatt. "The long love that in my heart doth harbor…" *Sonnets*, http://www.sonnets.org/wyatt.htm.

到了合理性，从而使之回归心灵。

怀亚特的这首诗将心作为一个场所，因为爱就像森林一样最终会隐藏起来。怀亚特在这首诗中讨论了爱与欲的问题，思考应该站在哪一边。这个论题具有可争辩性，后世也经常有以这种思路出现的十四行诗。

十四行诗写欲望，特别是写那些没有被满足的欲望。十四行爱情诗表达渴望得到爱，得到亲密的、明确的、具体的爱的情感。爱与被爱总是被空间或时间阻隔，或者被世俗的许多其他因素阻隔，从而无法实现这种爱，这就构成了十四行诗中爱的困境。在这种困境中，诗人尝尽爱的挫折带来的悲伤体验，诗意也因此而产生。所以，十四行爱情诗的立意起点就注定了这种诗的悲剧性，而这种悲剧性也使十四行诗中的欲望表达更加充分、彻底。

在 19 世纪的英国浪漫主义诗人济慈笔下，女人也是作为一种被渴望之物而存在的。济慈的十四行诗中直接写到女性的不多，但是从他涉及女性的这两首十四行诗名作中，我们可以对济慈关于女性的思想有所了解。我们来看在济慈的十四行诗《每当我害怕》和《灿烂的星》中，女人是如何作为一种被渴望的对象而存在的。

When I Have Fears

by John Keats

When I have fears that I may cease to be

Before my pen has glean'd my teeming brain

Before high-piled books, in charactery

Hold like rich garners the full ripened grain;

When I behold, upon the nights starred face

Huge cloudy symbols of a high romance

And think that I may never live to trace

Their shadows, with the magic hand of chance

And when I feel, fair creature of an hour

That I shall never look upon thee more

Never have relish in the faery power

Of unreflecting love—then on the shor
Of the wide world I stand alone, and think
Till love and fame to nothingness do sink

每当我害怕

济慈

每当我害怕，生命也许等不及
我的笔搜集完我蓬勃的思潮，
等不及高高一堆书，在文字里，
像丰富的谷仓，把熟谷子收好；
每当我在繁星的夜幕上看见
传奇故事的巨大的云雾征象，
而且想，我或许活不到那一天，
以偶然的神笔描出它的幻象；
每当我感觉，呵，瞬息的美人！
我也许永远都不会再看到你，
不会再陶醉于无忧的爱情
和它的魅力！——于是，在这广大的
世界的岸沿，我独自站定、沉思，
直到爱情、声名，都没入虚无里。①

——查良铮译

在这首诗中，体弱多病的诗人察觉到自己将不久于人世，而他尚有未竟的事业和无法放下的情爱，于是将其付诸笔端，写下了这首十四行诗。声名与爱情是年轻的诗人所渴望的两件事情，但是，它们都会因生命的消逝而无法得到。

---

① 〔英〕济慈：《每当我害怕》（中英文），《穆旦译文　济慈诗选》，穆旦（查良铮）译，人民文学出版社，2024，第23页。

fair creature of an hour
That I shall never look upon thee more
Never have relish in the faery power

瞬息的美人！
我也许永远都不会再看到你，
不会再陶醉于无忧的爱情

  诗人在这里对女性的描写是非常简练的。爱人是美的，爱情是无忧的，这体现了年轻人对爱情的浪漫想象与追求。济慈在这首十四行诗中并没有刻画他所爱的女性，而是把女性与功名并置，表明美丽的女子和功名一样，都是诗人的渴求之物而已。"瞬息的美人！"一语表明诗人认识到美的短暂性，女子青春的美丽容貌终会迅速地消损，但女子可以让诗人"陶醉于无忧的爱情"，给诗人以安慰。济慈诗中的女子并不具备其自身完整的形象，而只是作为被渴望的事物写进诗歌中。如果说这首诗中的女人有些抽象，那么在《灿烂的星》一诗中，女人的形象变得更加丰满：

Bright Star

John Keats

Bright star, would I were steadfast as thou art
Not in lone splendour hung aloft the night
And Watching, with eternal lids apart,
Like nature's patient, sleepless Eremite
The moving waters at their priest like task
Of pure ablution round earth's human shores,
Or gazing on the new soft fallenmask
Of snow upon the mountains and the moors—
No—yet still steadfast, still unchangeable
Pillow'd upon my fair love's ripening breast
To feel for ever its soft fall and swell

Awake for ever in a sweet unrest Still

still to hear her tender-taken breath

And so live ever—or else swoon to death.

灿烂的星

济慈

灿烂的星！我祈求像你那样坚定，

但我不愿意高悬夜空，独自

辉映，并且永恒地睁着眼睛，

像自然间耐心的、不眠的隐士，

不断望着海涛，那大地的神父，

用圣水冲洗人所字音卜居的岸沿，

或者注视飘飞的白雪，像面幕，

灿烂、轻盈，覆盖着洼地和高山。

呵，不，——我只愿坚定不移地

以头枕在爱人酥软的胸脯上，

永远感到它舒缓地降落、升起；

而醒来，心里充满甜蜜的激荡，

不断，不断听着她细腻的呼吸，

就这样活着，——或昏迷地死去。①

——查良铮译

　　这是济慈的最后一首十四行诗，诗中再次出现了女人的形象。这一次，女人也是和一个对比物共同存在的。在《每当我害怕》中，女子与功名并置；而在这首诗中，女人与灿烂的星并置。灿烂的星永远辉映长空，凝视着大地上沧海桑田的变迁，星所代表的是精神世界的追求，而诗人说

---

① 〔英〕济慈：《灿烂的星》（中英文），《穆旦译文　济慈诗选》，穆旦（查良铮）译，人民文学出版社，2024，第31页。

他不愿像星星那样永恒地凝望大地，而宁愿"以头枕在爱人酥软的胸脯上"，这样的描写掺进了更多欲望的成分。如果说《每当我害怕》中对于女性的渴望还比较内敛和含蓄，那么这里的描写就直接和大胆得多。因为济慈的诗大多数并不是专门写给某个女人的，也不是以写女人为主要目的的，所以他笔下的女性描写是很简洁的。即便如此，我们也可以感觉到女人在济慈的十四行诗中是作为被渴望的对象而存在的。济慈不像莎士比亚把女人写得那么复杂，也不像彼特拉克把女人写得那样神圣，在济慈诗中，女人仅仅作为诗人的渴望对象而出现。所以，在济慈诗中，女人本身的性格特征是单薄的，甚至是隐而不见的。

彼特拉克、怀亚特和济慈的作品中都写了作为崇拜对象和欲望对象的女人，究其原因，从心理学上讲，是出于内心的压抑。在怀亚特的诗中，诗人爱上王后，而这种爱又面对强大的阻力。济慈出于健康原因，也无法实现爱情的圆满，所以便将这欲望付诸诗篇。弗洛伊德说："可以在少数人类个体中观察到的，通由进一步完善的不懈努力，可以很容易地被理解为本能压抑的结果，而人类文明中最有价值的东西，就是在这种本能压抑的基础上建立起来的。被压抑的本能为追求完全的满足而从未停止过奋斗，它存在于重复一种满足的原始经验中。"每一篇诗作都是诗人压抑的本能在追求完善的过程中产生的。"正是所要求的获得满足的快乐与实际获得的满足的快乐之间的这种差异，才产生了这种驱动的力量。"① 彼特拉克写对女人的崇拜，他可以在这种崇拜中自足，在精神恋爱中麻醉自己；而怀亚特却只能在现实的漩涡中痛苦地挣扎。济慈诗中写对女性欲望的落空，最后只能以茫然的空虚或者无奈作了结。正如《每当我害怕》最后两句所写的那样，在"世界的岸沿，我独自站定、沉思，/直到爱情、声名，都没入虚无里"。

十四行诗发展到今天，虽然其题材几乎无所不包，但爱情一直是十四行诗的传统主题。不管十四行诗如何发展，不管其题材和主题如何丰富多彩，如何包罗万象，爱情永远是十四行诗不朽的主题，而十四行诗中的爱情诗正是人类欲望的产物。

---

① 〔奥〕弗洛伊德：《自我与本我》，车文博主编，长春出版社，2004，第31~32页。

第二章　风格演绎

十四行诗在其发展过程中不仅主题发生了变化，风格也在不断变化，形成了丰富多彩的面貌。十四行诗的风格虽然多种多样，但主要有两种：一是主体在场的风格，二是思辨风格。这两个特点其实反映的是西方文化的特征，与西方传统的哲学和美学观念联系在一起。这两个特征之间也形成了密切的联系：主体在场使思辨性的表达成为可能，而思辨性的表达则反过来突出了主体的存在，这是十四行诗的主要风格，是十四行诗区别于其他诗体的关键所在。其他的诗体也有主体在场，但是将主体在场与思辨融为一体是十四行诗的独特之处。本章探讨十四行诗这两种比较突出的风格，目的是挖掘十四行诗在历史发展进程中的风格变迁。

第一节　主体在场

与中国古典诗歌弱化主体的倾向不同，西方诗歌中的主体差不多总是在场的。在十四行诗中也是如此，主体总是堂而皇之地出现在诗中，站出来讲话。这样，西方的诗歌就形成了与中国诗歌迥然不同的风格。

诗歌的风格离不开其文化土壤。"在中国，流行的思想是人与自然的和谐，这种观念的形成与中国人的生活方式和生活环境有关。早在新石器时代，农业经济就已经建立起来。几千年来，自给自足的经济稳定繁荣，因此，人们非常依赖自然环境，对自然世界的任何微妙变化都很敏感，他们渴望与自然亲密接触。"① 在这样的生活环境中，中国的古典哲学思想诞

---

① Su, Hui, and Li Yinbo. "A Comparative Study on the Man-Nature Relationship and Its Presentation in Chinese and British Nature Poetry," *Forum for World Literature Studies*, 4(2015) : 633.

生，中国诗歌的艺术特点便是中国古典哲学思想的映射，其中"天人合一"的哲学思想对中国的诗歌艺术风格产生了深远影响。《周易·乾》写道："夫大人者，与天地合其德。""大人"指大人物，这句话是说要想成为伟大的人物，就要与天地合德。董仲舒在《春秋繁露》中说："天亦有喜怒之气，哀乐之心，与人相副。以类合之，天人一也。"天人合一，表明自然与人是相通的、一致的，可合二为一的，人与自然是彼此相通的共同体。这种思想对中国的文学艺术产生了很大影响，也最直接地影响了中国传统诗歌的风格。

西方诗歌则根植于西方文化的土壤，体现了二元分立的逻辑观念。那什么是二元分立呢？有学者指出，西方近代"哲学思维方式的基本特点是从主客、心物、灵肉、无有等二元分立角度出发运用理性来构建形而上学的体系"。① 笛卡尔认为世界上存在灵和物，这二者彼此独立，是二元对立存在的方式。

中国与西方因不同的文化背景而形成了不同风格的诗歌艺术。中西诗歌一个很大的不同就是主体在场与否。这个主体就是诗中的叙事人，这个叙事人有时候等同于诗人。通常在西方的诗歌中，主体都占据诗歌的显要位置，诗中的叙事人也都以第一人称的方式出现，十四行诗中同样是这种情形。在中国的古典诗歌中，诗中的主体却常常是缺席的，或者被隐藏起来。我们来看这首《梅花》诗：

梅花

（唐）崔道融

数萼初含雪，孤标画本难。

香中别有韵，清极不知寒。

横笛和愁听，斜枝倚病看。

朔风如解意，容易莫摧残。

这首诗写的是梅花，寄托的却是诗人心中对梅花的钟爱。因为写花和

---

① 刘放桐等编著《新编现代西方哲学》，人民出版社，2000，第11页。

写人本身是不需要区分的，天人合一的思想已经渗透到诗人的心灵中，流露在诗人的笔下。咏物即咏人，诗人对于梅花的赞叹体现的正是诗人对美好品质的赞美。诗人没有在诗中出场，而是隐身于梅花后面，但是通过诗歌的内容，我们感受到诗人高洁的品德，产生了对梅花的怜爱之情，以及对高洁品德的珍惜之情。读到最后，我们已然分不清这是写梅花，还是写诗人，你中有我，我中有你。这首诗如果用西方的诗体来写会是这样：

梅花

初放的梅花，含着白雪，

美丽孤傲的梅花啊，我想画，

又怕你的神韵难画

你的花别有韵致

清雅脱俗，不晓寒冬雪意。

你的枝干横斜错落，似愁容病姿，

北风啊，你果能解得梅花心意，

拜托，不要再摧残她了。

通过对这首诗的模拟转换，我们能够体会到主体在场表达会产生什么样的诗歌风格。从审美的意义上讲，主体的缺席模糊了人与物之间的界限，使读者自然而然地由物联想到人，再由人联想到物，从而达到了天人合一的境界，而主体的在场则使物与人分开了。在这首改写的诗中，主体"我"的出场使诗歌中的梅花与叙事人"我"分开了，梅花与"我"的分裂使这二者失去了自然融为一体的感觉。这不再是天人合一，而是二元分立，使该诗呈现了类似西方诗歌的形式。当这首中国古诗被改写成主体在场的诗歌时，它就失去了原有的魅力，那种古典诗歌中物我合一的和谐感没有了，诗篇变得破碎，被改动的古诗就不像是一个有机整体了。西方诗歌虽然有主体的在场，但诗歌还是一个有机的整体，因为诗人已经在二元分立思维模式的基础上由分而合，最后达成统一。而这首中国古诗作为一个有机整体而存在，是在物我不分的情况下形成的，一旦被分开，便很难再造一个有机整体。如果我们反过来把一首主体在场的英语诗改成汉语古诗，在去主体的过程中，也很难再造一个有机整体。其实，这也是英语诗歌汉译和汉语诗歌英译过程中存在的问题。弗罗斯特感叹说，诗歌是不可以被翻译的，他指的主要是诗歌的韵律无法让人操作。不过，不可翻译的岂止诗歌的韵律呢，这种深植于诗歌背后的思维模式和文化内涵也同样是不可翻译的。有趣的是，在西方现代派以及后现代派的诗歌中，诗人主张要把这个"我"消融掉。"很多后现代诗人发现，必须要把武断的自我溶解掉，才能写出一种以最佳方式获得自我真实的诗歌；太多的文明因素，以及各种复杂的人之角色，已使自我真实的变得模糊了。"① 西方现代派诗人已经认识到西方诗歌中的自我过于强大，已经到了应该消解这个主体的时候了。

不过，在传统的十四行诗中，我们看到还是主体在场的情况占统治地位。下面就以莎士比亚的第80首十四行诗为例，来分析十四行诗中的主体在场：

O, how I faint when I of you do write,
Knowing a better spirit doth use your name,
And in the praise thereof spends all his might,
To make me tongue-tied, speaking of your fame!
But since your worth, wide as the ocean is,
The humble as the proudest sail doth bear,
My saucy bark inferior far to his
On your broad main doth wilfully appear.
Your shallowest help will hold me up afloat,
Whilst he upon your soundless deep doth ride;
Or being wreck'd, I am a worthless boat,
He of tall building and of goodly pride:
Then if he thrive and I be cast away,
The worst was this; my love was my decay. ②

---

① 钟玲：《美国诗与中国梦：美国现代诗里的中国文化模式》，广西师范大学出版社，2003，第130页。

② Shakespeare. "Sonnet 80, "https://www.opensourceshakespeare.org/views/sonnets/sonnet_view.php?Sonnet=80.

哦，我写到你的时候多么气馁，

得知有更大的天才利用你名字，

他不惜费尽力气去把你赞美，

使我箝〔钳〕口结舌，一提起你声誉！

但你的价值，像海洋一样无边，

不管轻舟或艨艟同样能载起，

我这莽撞的艇，尽管小得可怜，

也向你茫茫的海心大胆行驶。

你最浅的滩濑已足使我浮泛，

而他岸岸然驶向你万顷汪洋；

或者，万一覆没，我只是片轻帆，

他却是结构雄伟，气宇轩昂：

如果他安全到达，而我遭失败，

最不幸的是：毁我的是我的爱。①

——梁宗岱译

　　在第 1~4 行中，诗人承认他的竞争对手已经取代了他。面对这位比自己更强大的天才，诗人只好哑口无言。在接下来的 4 行诗中，诗人觉得年轻人的价值像海洋一样无边，诗人也就仍然可以驾起他的这叶小舟驶向年轻人这片大海。在第 9~12 行中，诗人进一步使用航海的意象，来比较他自己和那位竞争对手诗人。诗人自己的小舟只要有一点浅滩就足以浮起，而那个诗人则要驾着豪华的船驶向大海。在这里，诗人表面上对竞争对手的赞扬实际上反映的是诗人对他的轻蔑，因为这正好说明诗人只需要一点点的滋养就可以大显身手，而那位竞争的诗人则必须有更多的灵感，方能有所创造，谁的诗才和想象力更大就不言而喻了。这样，表面上看似谦逊表白自己的诗人好像是在此处讽刺他的竞争对手。诗人又说，如果他的船只遇险在海上漂流，那也只能表明他对年轻人的爱太深，爱最终导致了他的失败。这也使我们回到诗歌开头，诗人描写了自己面对对手退避的场面，这里追溯了诗人遭受挫败的原因。原来不是他的诗艺不如人，而是他

---

① 《莎士比亚全集》第 11 卷，梁宗岱译，人民文学出版社，1991，第 238 页。

用情过深，是情感打败了他。行文至此，诗人既把他对年轻人的感情写得真挚动人，同时又含蓄地表明他的诗艺不输他人。

这首诗并不是莎士比亚十四行诗中的特例。在莎士比亚的 154 首十四行诗中，"我"的出场率是极高的，诗人也倾向于在诗歌中把他献诗的对象称为"你"。在这首诗中，不仅有"我"、"你"，还有另一个角色"他"的出现，使诗歌具有很强的戏剧化效果，展示了宏阔的现实画面。"我"这一诗歌主体的出场体现了诗人强烈的自我表现欲望。诗人不甘心让自己隐藏在诗后，与之相反，他想要站出来讲话。在主体出场的诗中，诗人成为诗歌的主角。

如何理解"我"的主体在场呢？诗人的主体在场体现了诗人在诗中的自我中心定位。乔治·奥威尔（George Orwell，1903~1950）在《我为何写作》（*Why I Write*）中指出："作家写作可能出于审美激情、历史冲动、政治目的或者出于纯粹的'利己主义'（egotism）。"① 当然，这个"利己主义"不含任何贬义色彩，我们要强调的是莎士比亚在十四行诗中将关注的焦点指向自身。在诗中，诗人通过自身与自身向往的目标之间的关系的呈现，来达到表达情感的目的，同时增强自我存在感。

福柯（Michel Foucault，1926~1984）这样解释主体：对于主体来说，就是要好好注意自己的目的。也就是把自己要达到的目标看得清清楚楚，而且对实现这个目标以及应做的事情、可能性有着清醒的意识，必须对他的努力一直有清晰的认识。这不是把自身当作认识的对象、意识和无意识的领域，而是人对实现目标所需要的这种紧张状态一直保持着清醒的意识。"把我们与目标分离开来的，就是自身与必须作为意识、警惕、关注的对象（而非分析认识的对象）的目标之间的这种差距。"② 以莎士比亚第80 首十四行诗为例，诗人将年轻人比喻成海，把自己比喻成小艇，而把竞争对手比喻成豪华的船，以这样的比喻来衬托自己的弱小。无论是豪华的船还是小艇，都要在海上航行，这样，诗人自己就与竞争对手形成了对比，还轻松地把自我与自我所关注的对象拉开了距离。一艘小艇在茫茫大海上航行，它所面临的困难是巨大的。主体自身与想实现的目标之间产生

---

① Jen, Gish. *Tiger Writing: Art, Culture and the Interdependent Self*, Cambridge: Harvard UP, 2013, p. 99.

② 〔法〕米歇尔·福柯：《主体解释学》，余碧平译，上海人民出版社，2005，第 235 页。

了距离，这无疑给诗歌增加了张力，从而增加了诗中所表现情感的强度。就如同一叶小舟在大海上航行必须全神贯注一样，诗人也通过凸显诗歌主体的方式强调了他对爱情的认真态度。

主体在十四行诗中的出现是以自身为轴心向其他方向辐射的。主体好比一个发光点，他在诗中关注自身，关注自己能否达到目标，能否得到年轻人的爱情。这个关注点像光一样向四周散去，驱散了周边的黑暗，这黑暗正好是关注他的对立面。"关注有许多不同的方面，它有着广泛的对立面，包括忽视、冷漠、粗心、健忘等等。"① 主体的出场正好告诉我们关注的真实存在，就好像战场上飘扬的旗帜一样告诉我们有一种对抗力量正在那里，它是一种警示，也是一种自信。

主体的出场体现了西方十四行诗的特色。主体被突显出来，这是十四行诗所刻意追求的效果。当十四行诗被介绍到中国后，中国诗人在写十四行诗的时候融入了中国古典传统。我们来比较华兹华斯和冯至（1905~1993）先生表现同一主题的十四行诗中主体出场与缺席的情况。冯至成功地运用十四行诗体写作，并写出了中国风格和特色。冯至认为诗歌创作要吸收外来养分，也指出搞外国文学研究并不是为研究而研究，而是从中国的需要出发去从事研究。他在创作中使用"洋为中方法"来吸收外来养分。冯至先生担任北京大学西语系主任的时候搞教学改革，强调西语系的学生要学好外语，学外国文学的人也要懂得中国文学。这体现了冯至先生"以中国为主体，洋为中用"的思想。冯至先生接受外来文化的主张对今天的我们仍然具有启示意义，冯至先生对外来文化的接受态度和接受方式也造就了他的十四行诗的创作风格。下面我们来比较分析华兹华斯的《咏乔治·波蒙特爵士所作风景画一帧》和冯至先生的《画家梵高》。

Painted by Sir G. H. Beaumont, Bart

Wordsworth

Praised be the Art whose subtle power could stay
Yon cloud, and fix it in that glorious shape;

---

① Lynn-George, M. "Structures of care in the 'Iliad'," *The Classical Quarterly*, 1(1996): 1.

Nor would permit the thin smoke to escape,

Nor those bright sunbeams to forsake the day;

Which stopped that band of travellers on their way,

Ere they were lost within the shady wood;

And showed the Bark upon the glassy flood

For ever anchored in her sheltering bay.

Soul-soothing Art! whom Morning, Noontide, Even,

Do serve with all their changeful pageantry;

Thou, with ambition modest yet sublime,

Here, for the sight of mortal man, hast given

To one brief moment caught from fleeting time

The appropriate calm of blest eternity. [①]

咏乔治·波蒙特爵士所作风景画一帧

华兹华斯

这生花妙笔有它神奇的力量，能叫云朵

凝在画中，化成这一团荣耀的形体；

一缕轻烟也不会逃掉，

明亮的阳光不会把这一日抛弃；

它让游人停下脚步，在他们

在浓密的林中消失以前；

一叶小舟在明镜般的水面飘荡，

泊在静静的湖湾。

抚慰心灵的艺术！你在清晨、中午、黄昏，

以变幻的容颜走入画中，

你的雄心朴实而崇高，

为了让凡人一饱眼福，你从

---

① Wordsworth, William. "Score Not the Sonnet, "Edward Dowden, ed. *The Poetical Works of William Wordsworth.* Ward, Lick & CO., Limited, 1940, p. 211.

瞬间的时光里攫取了这一时刻，

赐它以静谧的永恒。

——笔者译

这首诗歌的前 8 行描写画家笔下的一幅画，描绘了画面的内容。这是一幅风景画，画中有明媚的阳光、葱绿的树林，微风吹拂，游人徜徉其间。从第 9 行起，诗歌笔锋一转，直接赞美画家把变幻的风景画进了画里，给人以精神上的享受，让人体会到大自然的安详和美好。

我们再来看冯至先生的诗：

画家梵高

冯至

你的热情到处燃起火，

你燃着了向日的黄花，

燃着了浓郁的扁柏，

燃着了行人在烈日下——

他们都是那样热烘烘

向着高处呼吁的火焰；

但是背阴处几点花红，

监狱里的一个小院，

几个贫穷的人低着头

在贫穷的房里剥土豆，

却象〔像〕是永不消溶〔融〕的冰块。

这中间你画了吊桥，

画了轻盈的船：你可要

把那些不幸者迎接过来？①

诗中的"我"没有直接在场，但是诗以"我"与"你"对话的方式

---

① 冯至：《画家梵高》，《十四行诗》，http://www.douban.com/note/579149902/。

· 479 ·

展开，因此，"我"其实是隐在幕后了。因为诗中有"你"的存在，"我"的缺席就不那么明显，因为读者可以想象说话的声音还是"我"，不过，在严格的意义上讲，我们也可以姑且称之为主体缺席，毕竟作为主体的"我"并没有在诗中出现。这首诗和华兹华斯的《咏乔治·波蒙特爵士所作风景画一帧》一样，都是写绘画的，也都是十四行诗。但是华兹华斯的诗是典型的西方十四行诗，主体突出，逻辑鲜明，而冯至先生的十四行诗则是中国特色的。冯至先生抓住了梵高最大的特点——"热情"。热情是梵高画作的灵魂，所以诗人紧扣"热情"这一特点展开诗歌的想象。接下来，诗人把梵高的一幅幅画描绘出来，画面叠加在一起，共同塑造了诗人的精神世界。最奇妙的一笔出现在诗歌结尾，诗人说画家画了吊桥，画了船。于是，诗人发问："你可要/把那些不幸者迎接过来？"这个问题是一个点睛之笔，通过画联想到画家的精神世界，写出了诗人对画家的深刻理解和敬仰之情。这首诗的表达方式是中国古典诗歌式的。冯至先生这首十四行诗的构思与元代诗人马致远的《天净沙·秋思》类似，这首家喻户晓的古诗前几句都是写景，一直在描写画面，直到最后一句"夕阳西下，断肠人在天涯"，写出的是情，留下余音袅袅。冯至先生的诗也是在最后一句点出全诗的主题，赞美画家梵高的画有渡人灵魂的力量。

冯至先生的十四行诗中也有"我"的在场，不过这一主体与西方十四行诗的主体相比还是不同的。下面我们来看这首题名为《我们站立在高高的山巅》的十四行诗：

> 我们站立在高高的山巅
> 化身为一望无边的远景，
> 化成面前的广漠的平原，
> 化成平原上交错的蹊径。
> 哪条路、哪道水，没有关联，
> 哪阵风、哪片云，没有呼应：
> 我们走过的城市、山川，
> 都化成了我们的生命。
> 我们的生长、我们的忧愁
> 是某某山坡的一棵松树，

是某某城上的一片浓雾；

我们随着风吹，随着水流，

化成平原上交错的蹊径，

化成蹊径上行人的生命。①

　　诗中的主体"我"一再出现，而且是站在高高的山巅上。这是一个主体特写的镜头，仿佛西方人物画一样，人物居于画面的中心位置，给人以强烈的视觉冲击。亚里士多德说："要叙述一个人的许多件事情，一定要多次提起他的名字；他的名字被提起许多次，人们就会认为你说了许多件关于他的事情。"② 在诗中，"我们"出现了6次。在这样一首短篇诗歌中，这个词语的出场率可以说很高。"我们"的出现本应该引导我们意识到诗歌的主体地位，然而再看诗的内容时，会发现原来是说"我们"站在山巅时便融进了山中，变成了一片远景，可那路、那风、那云、那树也都融入了"我们"的生命中。读完了全诗，我们才发现，在这首主体在场的十四行诗中，"我们"这个主体最后是隐没于无边的山间云际了。这使我们想起盘古的神话，《广博物志》卷九引《五运历年纪》的记载："盘古之君，龙首蛇身，嘘为风雨，吹为雷电，开目为昼，闭目为夜。死后骨节为山林，体为江海，血为淮渎，毛发为草木。"盘古死后，与天地合一。冯至先生这首诗的构思就是人化成了自然的一部分，而自然的一部分也化成了人的一部分。这是一首有些神话色彩的诗，蕴含着深厚的中国文化。这个例子也说明主体的出场无疑是十四行诗形式方面最重要的特色之一，但是主体出场具体产生了怎样的文化内涵和美学意义，这一点还要根据具体情况进行具体分析。

第二节　诗的思辨

　　主体在场使十四行诗便于形成思辨风格，因为主体存在，分析、辩论、

① 冯至：《我们站立在高高的山巅》，《十四行诗》，http：//www.douban.com/note/579149902/。

② 〔古希腊〕亚里斯多德：《修辞学》，罗念生译，上海人民出版社，2006，第205页。

推理都可以由主体来操作引领。下面我们就具体研究一下思辨式风格。

　　"思辨"是指通过抽象的分析、推理、判断、论证得出结论。事物要通过辨识，才会有所区分，从而产生对比与联系。大凡西学，都重视事物之间的因果关系、逻辑关系，并重视理性。中国古籍对思辨问题也有所涉及，《中庸》中有言："博学之，审问之，慎思之，明辨之，笃行之。有弗学，学之弗能弗措也。有弗问，问之弗知弗措也。有弗思，思之弗得弗措也。有弗辨，辨之弗明弗措也。有弗行，行之弗笃弗措也。人一能之，己百之。人十能之，己千之。果能此道矣，虽愚必明，虽柔必强。"可见，思辨在中国古籍中被当成一种博学之道。古人强调学、思、辨、行，思辨被看成吸收知识为我所用的必经阶段。在漫长的历史演变中，思辨的思维方式并没有成为中国艺术领域中的主导方式，而是仅仅在小范围内存在着。但在西方则不同，思辨这种思维方式对西方文化有着深远的影响。

　　在西学的各个领域中，特别是在文学艺术领域，思辨性占有很重要的地位。比如在西方绘画艺术领域，思辨性相当重要。绘画是视觉艺术，我们通常认为直觉感受对绘画来说是最重要的，但是了解西方绘画的人都知道，其实西方绘画，特别是传统绘画主要是写实主义的。写实主义绘画要求做到细节逼真，要求分析与理性并存，这并不是照搬事物所能做到的。画家必须根据自己的观察来找出物体之间的关系，再区分明暗的层次，并进一步研究光影的效果与色彩关系，才有可能画好一幅画。没有这些理性的分析，传统绘画所要求的逼真传神效果是根本无法实现的。诗歌也一样。诗歌是想象的艺术，通常来讲，诗歌中最重要的不是理性与逻辑，而是感性和奔腾的想象，但西方的思维方式也同样渗透到诗歌中来。十四行诗作为一种格律诗，它结构规整，有一定的论述性质。诗人在诗中先提出一个问题，再自己来解答这个问题；或者自己提出一个假设或者前提，然后再通过辩论达成结果。这种思辨性在莎士比亚的十四行诗中有充分的体现，因为莎士比亚的十四行诗由三组四行诗加一个双行体构成，双行体可以起总结归纳的作用。同时，格律"ABAB，CDCD，EFEF，GG"非常规整，最后双行体中出现的两行同韵便于突出思辨结论，思辨性也得到了更加充分的体现。下面我们分析莎士比亚的第 88 首十四行诗中的思辨性：

When thou shalt be disposed to set me light,

And place my merit in the eye of scorn,

Upon thy side against myself I'll fight,

And prove thee virtuous, though thou art forsworn.

With mine own weakness being best acquainted,

Upon thy part I can set down a story

Of faults conceal'd, wherein I am attainted,

That thou in losing me shalt win much glory:

And I by this will be a gainer too;

For bending all my loving thoughts on thee,

The injuries that to myself I do,

Doing thee vantage, double-vantage me.

Such is my love, to thee I so belong,

That for thy right myself will bear all wrong. ①

当你有一天下决心瞧我不起，

用侮蔑的眼光衡量我的轻重，

我将站在你那边打击我自己，

证明你贤德，尽管你已经背盟。

对自己的弱点我既那么内行，

我将为你的利益捏造我种种

无人觉察的过失，把自己中伤；

使你抛弃了我反而得到光荣：

而我也可以借此而大有收获；

因为我全部情思那么倾向你，

我为自己所招惹的一切侮辱

既对你有利，对我就加倍有利。

我那么衷心属你，我爱到那样，

① Shakespeare. "Sonnet 88," https://www. opensourceshakespeare. org/views/sonnets/sonnet_view. php?Sonnet=88.

为你的美誉愿承当一切诽谤。①

——梁宗岱译

在诗歌的第1~4行中，诗人谈论与年轻人的关系，试图证明年轻人是有道德的。诗人想，如果年轻人贬低他，那么他就甘愿接受这种屈辱。尽管年轻人背信弃义，但诗人还是痴情地想要证明这一切是自己的过错，而并不是年轻人的错误。在这4行诗中，诗人似乎显得很脆弱，他把自己全然放弃，只是为了证明年轻人是有德行的。这种单纯的情感依赖在以下的诗行中进一步发展。诗人在第5~12行中写道：诗人要和年轻人一同来中伤自己，而且诗人还说如果他接受这种耻辱，那么不仅对年轻人有利，就是对他自己也是有利的，因为他的情思都在年轻人身上。此时，诗人自我的存在已经完全消失了，他的存在全寄托在年轻人身上。诗人作为一个个体已经消失不见，他只是充当了年轻人的影子。在诗歌的最后两行，诗歌以诗人感伤的自我鞭挞结束。诗人说：我对你的爱就是这样，为了你，我愿意承担一切侮辱。

在这首十四行诗中，诗人的逻辑是：如果年轻人自己否定自己，那么他就站在年轻人一边。因为这样做有两个好处：第一是对年轻人好，这证明年轻人是正确的，是高尚的；第二是对诗人自己有利，因为诗人越是爱年轻人，那么对年轻人好，也对诗人好，所以结论是诗人的爱可以接受侮辱。这首诗从内容来看是个谬论，诗中所把玩的正是思辨性。莎士比亚接下来的第89首十四行诗延续了这一主题：

> *Say that thou didst forsake me for some fault,*
> *And I will comment upon that offence;*
> *Speak of my lameness, and I straight will halt,*
> *Against thy reasons making no defence.*
> *Thou canst not, love, disgrace me half so ill,*
> *To set a form upon desired change,*
> *As I'll myself disgrace: knowing thy will,*
> *I will acquaintance strangle and look strange,*

---

① 《莎士比亚全集》第11卷，梁宗岱译，人民文学出版社，1991，第246页。

Be absent from thy walks, and in my tongue
Thy sweet beloved name no more shall dwell,
Lest I, too much profane, should do it wrong
And haply of our old acquaintance tell.
For thee against myself I'll vow debate,
For I must ne'er love him whom thou dost hate. ①

说你抛弃我是为了我的过失，
我立刻会对这冒犯加以阐说：
叫我做瘸子，我马上两脚都躄，
对你的理由绝不作任何反驳。
为了替你的反复无常找借口，
爱呵，凭你怎样侮辱我，总比不上
我侮辱自己来得厉害；既看透
你心肠，我就要绞杀交情，假装
路人避开你；你那可爱的名字，
那么香，将永不挂在我的舌头，
生怕我，太亵渎了，会把它委屈；
万一还会把我们的旧欢泄漏。
我为你将展尽辩才反对自己，
因为你所憎恶的，我绝不爱惜。②

——梁宗岱译

　　这首诗延续了第88首诗歌的主题，诗人进一步更具体地表示，无论年轻人怎样中伤他，诗人都保证要让年轻人的话有理由成立，他会做年轻人的帮手，使那些理由存在。诗人知道这个年轻人想要抛弃他，这足以促使诗人做出违背他自己利益的事情。但到此为止他们之间的友谊还没有完全

---

①　Shakespeare. "Sonnet 89," https://www.opensourceshakespeare.org/views/sonnets/sonnet_view.php?Sonnet=89.

②　《莎士比亚全集》第11卷，梁宗岱译，人民文学出版社，1991，第247页。

消失，诗在这里用的是将来时，表明被抛弃这件事现在还没有发生。诗人展望将来，想到如果他在将来的某个时刻真的被抛弃，那么他也要做年轻人的同谋，把他们的交情绞杀，并且还要装作路人一般。在这里，诗人已经完全与年轻人合二为一了。在诗歌的最后两行，诗人再次重申了他这样做的原因。原来，为了年轻人，他要不断和自己做斗争。年轻人不爱的，他也不能爱；如果年轻人开始恨他，那么他也要开始恨自己。

把这两首诗联系起来看，我们会发现原来诗人的一个假定前提是：他既然爱年轻人，那么年轻人的立场就是他的立场。正是在这样一个前提下，诗人才大加发挥，先是在第88首诗中分析了他为什么要采取这个立场，然后在第89首十四行诗中则描写了他采取这个立场的决心和表现，诗歌的思辨性被巧妙地运用到诗歌里。

思辨性思维方式入诗也常常有助于诗人写出富有哲理的诗句，因为在思辨中诗人的思想更加深刻，思路更加清晰。在莎士比亚的第25首十四行诗中，他就通过思辨揭示了"功名如烟云，唯有情义重"的主题：

> Let those who are in favor with their stars
> Of public honor and proud titles boast,
> Whilst I, whom fortune of such triumph bars,
> Unlook'd for joy in that I honor most.
> Great princes' favorites their fair leaves spread
> But as the marigold at the sun's eye,
> And in themselves their pride lies buried,
> For at a frown they in their glory die.
> The painful warrior famousèd for fight,
> After a thousand victories once foil'd,
> Is from the book of honor rased quite,
> And all the rest forgot for which he toil'd.
> Then happy I, that love and am beloved
> Where I may not remove nor be removed. ①

---

① Shakespeare. "Sonnet 25, " https://www.opensourceshakespeare.org/views/sonnets/sonnet_view.php?Sonnet=25.

　　让那些人（他们既有吉星高照）

　　到处夸说他们的显位和高官，

　　至于我，命运拒绝我这种荣耀，

　　只暗中独自赏玩我心里所欢。

　　王公的宠臣舒展他们的金叶

　　不过像太阳眷顾下的金盏花，

　　他们的骄傲在自己身上消灭，

　　一蹙额便足雕〔凋〕谢他们的荣华。

　　转战沙场的名将不管多功高，

　　百战百胜后只要有一次失手，

　　便从功名册上被人一笔勾消〔销〕，

　　毕生的勋劳只落得无声无臭：

　　那么，爱人又被爱，我多么幸福！

　　我既不会迁徙，又不怕被驱逐。①

——梁宗岱译

　　在诗歌开头 4 行，诗人通过对比的方式写诗人与那些吉星高照的人完全不一样，那些人在到处炫耀他们的高官厚禄，而诗人没有这种荣光，但是心中却有最让他引以为傲的欢乐。在接下来的 8 行中，诗人写无论是宠臣的权力，还是将军的声名，都是暂时的，很容易失去。王公宠臣像太阳眷顾下的金盏花，阳光下的金盏花固然美丽，然而它能在枝上停留多久呢？更何况，当阳光不再照耀，金盏花恐怕也将失去光泽，不再耀眼夺目。同样，将军的声名也会轻易失去，这人间的荣辱得失不过就是一瞬间罢了，而诗人所拥有的东西却比权力和荣誉要强大得多。在诗的最后两行，诗人说一想到爱得到了回报，这种幸福足以让他蔑视权力与荣誉，因为这份爱是可依赖的，是永恒的，这才是让诗人感到幸福的力量源泉。在结构方面，前 4 行写尽管命运没有垂青诗人，但诗人心中仍然无限欢愉。在接下来的 8 行中，诗人言说自己欢乐的原因。最后两行回应前 4 行，进一步强调诗人拥有的爱远胜过功名利禄。

----

① 《莎士比亚全集》第 11 卷，梁宗岱译，人民文学出版社，1991，第 183 页。

中国的古典诗歌中很少运用像英语十四行诗那样的思辩式的结构写诗，就是没有那种明显的议论式的层次安排。这并不是说中国的诗歌中没有思辨的思维，只是表达方式不同而已。天人合一的理念使我们的表达可以达到我与物一体的程度，当我与物已经融为一体的时候，言物即言我，又何须思辨呢？中国现代诗人也借鉴西方艺术写出了中国的十四行诗，我们可以看一下这样的诗中是否也产生了思辨性。以冯至先生的一首十四行诗为例：

鼠曲草

我常常想到人的一生，
便不由得要向你祈祷。
你一丛白茸茸的小草
不曾辜负了一个名称

但你躲避着一切名称，
过一个渺小的生活，
不辜负高贵和洁白，
默默地成就你的死生。

一切的形容、一切喧嚣
到你身边，有的就凋落，
有的化成了你的静默：
这是你伟大的骄傲

却在你的否定里完成。
我向你祈祷，为了人生。①

冯至先生的十四行诗是东西方文化融合的产物。这首十四行诗是写植物的诗，形式已经相当西化，最明显的表现就是诗中的主体是赫然在场的"我"。诗中把小草放在一边，"我"成了观察者，小草则是"我"观察的对象。而且该诗仿效十四行诗，在第8行转折，用"但是"一词

---

① 冯至：《鼠曲草》，《十四行诗》，http://www.douban.com/note/579149902/。

将诗意翻转。从分行的形式来看，显然是模仿了彼特拉克的"前八后六"式结构。

诗中在形式上有转折，有变化，像是在思辨，但其实它并不是思辨性的。诗人主要赞美鼠曲草淡泊名利的高洁品质，"但你躲避着一切名称，/过一个渺小的生活，/不辜负高贵和洁白，/默默地成就你的死生。"这里诗人的重点不是要论证说明什么，只是在描述默默生存的鼠曲草远离尘世，清心寡欲。诗中唯一可以论辩的是：鼠曲草本可以享有盛名，却甘于寂寞。诗人使用的十四行诗格式本来是适合展开论辩的，但是我们发现其实从第5行"但是"开始，诗人只是在描绘，而并没有真正地展开思辨式的表达。

如果这首诗用古典诗歌的表达方式来写，应该是这样：

鼠曲草

茸茸鼠曲草，

不屑此芳名，

甘心居渺小，

志洁心更高，

默默终到老。

喧嚣化静默，

赞美多易凋，

伟岸自可骄，

低首诚祈祷，

人生如君好。

即使改写成中国古典诗歌的表达形式，这首十四行诗也并没有违和之感。因为从根本上讲，冯至先生的这首十四行诗还是中国式的十四行诗，体现出不重思辨的中国古诗特色，其中蕴含着中国文化天人合一的思想，也体现出中国古典的审美方式。

诗中，诗人在鼠曲草这种植物上寄托了情感。"中国诗歌在理念的规模和情感的强度上可能无法与西方诗歌相比，但在感知的敏感性、情感的细腻性和表达的微妙性上往往要超过西方诗歌。毫不夸张地说，中国诗歌是中国文化的主要承载之一，也是中国人思想的最高成就之一。"① 中国诗歌之所以在情感强度上无法与西方诗歌媲美，其部分原因在于中国诗歌中主体性的缺失和思辨性表达方式的缺失，所以抒情和表意都受到限制。当西方意象派诗人向中国的古典诗歌学习，去除诗歌主体后，意象派诗人也无法写出长篇诗歌。通过比较，我们就更加理解十四行诗中的主体在场和思辨性的意义。虽然十四行诗是一种短诗体，但是它一样可以借助主体在场和思辨性拓展诗意的内涵，表达更加复杂和强烈的情感。

莎士比亚也是一位善于运用思辨的诗人。他的十四行诗有一种常见的模式，他总是喜欢先提出一个论题，然后再就这个论题展开议论。这种议题常常是一种假设，以此来展开诗歌，这也是西方诗歌的一个比较突出的特点。诗要人为地建立一个焦点，这个焦点是一个问题或者一个议题，然后诗歌围绕这个焦点展开。这一过程就如同先找到一个圆心，再围绕这个圆心把整个圆画出来，所有的关联都是围绕这个圆心建立起来的，因此所提出的问题要经过一番讨论，得到一个暂时性的结论，达到一种情感的平衡。我们说它是一个暂时性的结论，因为莎士比亚的十四行诗其实并没有得出任何结论，它只是把矛盾的双方置于诗中，并使之停留于诗中而已。读者或者被置于虚拟的期待中，或者被置于困惑的思虑中，而这正是莎士比亚十四行诗希望传递给我们的信息。这个信息不是要告诉我们一个最终的结果，只是向我们描述这个事件或者情感的真相。

济慈这样评价莎士比亚："我马上思考是什么品质造就的人才，尤其是在文学上，我的答案是消极能力。例如，莎士比亚就拥有这样的品质，我指的是，一个人可以在不确定的、神秘与困惑的语境中驻足，而不去追根究底。举个反向的例子，柯勒律治就不能驻足于这种神秘的困惑语境下，结果就是他从神秘中一无所得，与美妙的真实失之交臂。仔细思量，结论也许只是，对于诗人来说，感受美是首要的，其他的考虑都可以放置一边。"② "消极能力说"是济慈在文学研究领域的一大贡献。在济慈看

---

① Obaña, Fe. "Discovering Chinese Poetry," *The Diliman Review*, 18, 1(Jan. 1970) : 91–96.

② Keats, John. *Letters of John Keats*, Robert Giddings, ed. Oxford: Oxford University Press, 1998, p. 69.

来，是否具有"消极能力"决定了一个作者是否具有杰出的创作能力，他认为莎士比亚就是具有"消极能力"的人。通过"消极能力"创作出来的作品不是要解决什么具体问题，而是把我们投入困惑中，济慈将这种困惑理解为人类智慧的一种状态。济慈曾在书信里把人生比作里面有许多房间的大厦，很多房间都锁着门，只有两间房子对他是打开的。最初进去的那一间是无知之室，在这里，只要无思无虑，就可以待下去。第二间房间的门大开着，透出亮光，是"初思室"，这里令人愉悦的奇观让人流连忘返。但呼吸了里面的空气后，人类却感到不幸，"初思室"的光线变暗，所有墙壁上的门打开了，门外都是通向黑暗，这个第二室象征着人类的智慧。"我们在第二室中所获得的并不是一种悲剧性的幻觉——我们并没有意识到世界是丑恶的、不美的、罪恶的和不好的，我们意识到的世界是好的，也是恶的；是美的，也是丑的；是滑稽的，也是悲剧的；是高尚的，也是卑微的；是清晰的，也是模糊的。所有对立面都难以控制地共存着。我们的状态既不是绝望的，也不是顺从的，而是困惑的。"①"困惑"正是济慈在莎士比亚诗歌中发现的诗歌效果，"困惑"意味着矛盾冲突的状态。济慈认为这是艺术作品的理想状态，事实上，他在自己的作品中也极力追求创造这样一种矛盾状态，以呈现困惑的效果。"我的观点是我们在诗中无法得出任何结论，但是可以毫无疑问地发现争执——也许现在评论家们应该认识到济慈的诗作中有多少是关于这类事情的——我们可以发现，在《恩底弥翁》的开头中，诗人全神贯注于此，在两部《海披里安》（Hyperion）中，随着诗歌强度的增加，诗的象征符号之间也变得越来越矛盾，或者说是诗歌处在对比式的模糊象征中。"②在诗歌中提出问题，却不去解决它，最终以困惑状态结束，这也是西方诗歌与中国诗歌不同的地方。中国诗歌中也有以问题开启的，如元好问的这首《摸鱼儿·雁丘词》："问世间情是何物，直教生死相许。／天南地北双飞客，老翅几回寒暑。／欢乐趣，离别苦，就中更有痴儿

---

① Baker, Jeffrey. *John Keats and Symbolism*, Sussex & New York: The Harvester Press & St. Martin's Press, 1986, p. 25.

② Baker, Jeffrey. *John Keats and Symbolism*, Sussex & New York: The Harvester Press & St. Martin's Press, 1986, p. 26

女。/君应有语,渺万里层云,千山暮雪,只影向谁去。//横汾路,寂寞当年箫鼓,荒烟依旧平楚。/招魂楚些何嗟及,山鬼暗啼风雨。/天也妒,未信与,莺儿燕子俱黄土。/千秋万古,为留待骚人,狂歌痛饮,来访雁丘处。"这首古诗虽然以问题开始,却不讨论这个问题,而仅仅对这个问题进行描述。它也是围绕一个中心问题展开,但是这个意图是不外露的,诗歌在无限想象中任意伸展,通过众多意象的组合,达成呈现主题的目的。在这首诗中,我们没有得到一个思辨性很强的结论,看到的只是对情感状态的描绘。它的情调是平和的,是与自然统一的,而不是争辩的,也不是困惑的。这种被西方诗人极其推崇的"困惑"在中国古诗中并没有引起我们的重视。这个例子像是一个小小的窗口,透过它,我们可以隐约感受到中国文化与西方文化的差别。

系列十四行诗更有助于产生矛盾冲突的效果。莎士比亚首先在系列十四行诗中创造了一种复杂的关系:诗人爱年轻人,年轻人又在诗人与诗人的竞争者之间摇摆;此外,诗人还有一个情人,而情人又爱上了年轻人。这种复杂的关系本身就已经矛盾重重了。有批评家指出:"莎士比亚对新的可能性进行了探索,爱情已经从通常的极限中被解放出来了。'我拥有两份爱,让我舒适,让我绝望'是整个系列十四行诗的关键。莎士比亚把年轻人当成一位'善良的天使'、他爱的北斗星……这样,莎士比亚重新引入了一种与但丁和彼特拉克都不一样的理想主义,甚至可能比他们的更崇高,当然也更危险。"① 虽然莎士比亚的系列十四行诗所塑造的形象也是理想主义的,但是与彼特拉克和但丁的系列十四行诗不同,莎士比亚的系列十四行诗所刻画的人物、安排的情节更接近于我们的现实生活,因而也更具有欺骗性。"莎士比亚的想象力和他对人物塑造或者情感的描写一样,都具有弹性。他的目光扫过,从天到地,从地到天,它的行动既迅速又曲折,它把最极端的对立统一起来。"② 这种对立冲突的存在为思辨性言论的展开提供了可能性。

爱情诗本身就蕴含着爱者与被爱者之间的矛盾冲突,而像莎士比亚那样在诗中设计这样的三角关系,就更加丰富了这种冲突性。系列十四行诗

---

① Harrison, Ray. *Elizabethan Poetry*, New York: St Mar Tin's Press, 1960, p. 27.

② Hazlitt, William. *Lectures on the English Poets*, Oxford: Oxford University Press. 1952, p. 81.

可以营造出更加生动的情境，产生一种叙事的连贯性。"强调连贯性内容的一个说法就是 TSP，即'挂毯'（tapestry）。批评家们进一步指出，变化形式、不恰当的推论产生的各种情绪间的矛盾冲突，其实都是有意地设计的结果，该设计让有着不同诗歌目标和方法的不同作者写出了不同的十四行诗。"① "挂毯"这个比喻很有意思，挂毯由经纬线编织而成，采取不同的编织方式，就会出现不同的图案。在诗歌中也是一样的道理，诗人对于诗歌材料的不同安排、使用方式的差异使诗歌产生了迥异的效果。

矛盾冲突迫使诗人来解决难题，在解决问题的过程中，思辨能力便找到了用武之地。以矛盾冲突来引出思辨性，这种做法不仅在莎士比亚的作品中存在，在勃朗宁夫人的作品中，我们也能看到富有思辨性的安排。在勃朗宁夫人的《葡萄牙人的十四行诗》第 3 首中，我们就看到了这样的场面：诗人把情人和自己想象成两个截然不同的角色，情人是尊贵的宫廷上宾，为众多出身高贵的美女所倾倒，而诗人自己的角色则是在夜晚冷露中凄凉流浪的歌手。

Unlike Are We，*Unlike*，*O Princely Heart*！

Unlike are we, unlike, O princely Heart!

Unlike our uses and our destinies.

Our ministering two angels look surprise

On one another, as they strike athwart

Their wings in passing. Thou, bethink thee, art

A guest for queens to social pageantries,

With gages from a hundred brighter eyes

Than tears even can make mine, to play thy part

Of chief musician. What hast thou to do

With looking from the lattice-lights at me,

---

① Zarnowiecki, Matthew. "Responses to Responses to Shakespeare's Sonnets: More Sonnets，" *Critical Survey*, 2(2016) : 12.

A poor, tired, wandering singer, singing through
The dark, and leaning up a cypress tree?
The chrism is on thine head, —on mine, the dew, —
And Death must dig the level where these agree. ①

我们原不一样，尊贵的人儿呀

我们原不一样，尊贵的人儿呀，
原不一样是我们的职司和前程。
你我头上的天使，迎面飞来，
翅膀碰上了翅膀，彼此瞪着
惊愕的眼睛。你想，你是华宫里
后妃的上宾，千百双殷勤的明眸
（哪怕挂满了泪珠，也不能教我的眼
有这份光彩）请求你担任领唱。
那你干什么从那灯光辉映的纱窗里
望向我？——我，一个凄凉、流浪的
歌手，疲乏地靠着柏树，吟叹在
茫茫的黑暗里。圣油搽在你头上——
可怜我，头上承受着凉透的夜露。
只有死，才能把这样的一对扯个平。②

——方平译

　　诗歌先揭示了恋爱双方不同的角色定位，差距极大的两个人能够走到一起吗？这正是勃朗宁夫人在诗中创造的冲突，也可以说，其实勃朗宁夫人的全部十四行诗都是围绕着这一冲突展开的。勃朗宁夫人通过将十四行诗中的男女主角设定为差别巨大的两个人，从而将现实生活中真实的故事

---

① Mrs. Browning. "Unlike are we, unlike, O princely Heart!" *Sonnets from the Portuguese*, http://www.gutenberg.org/files/2002/2002-h/2002-h.htm.
② 〔英〕勃朗宁夫人：《我们原不一样，尊贵的人儿呀》，《葡萄牙人的十四行诗》，方平译，https://baike.so.com/doc/4803394-5019686.html。

掩去，代之以童话故事。诗中又常常加上各种配角，以渲染诗中的矛盾情节。比如在这首诗中就有天使和后妃充当配角，来为整个诗歌增色。诗中的恋人不为荣华富贵所动，偏偏把全部爱情献给诗中的主人公"我"，从而完成了巨大的跨越。这是对男女主角地位差别的跨越，也是爱情方面从不可能到可能的跨越。这种跨越给读者带来的惊奇感是最令人难忘的。不过，与莎士比亚相比，勃朗宁夫人作品中的这些冲突是很微妙的，带有幻想的性质，给读者的印象是虚构式的表达。勃朗宁夫人十四行诗中的冲突是优雅的、文静的，被蒙上了一层童话色彩。这主要是因为勃朗宁夫人是维多利亚时代的女性，她对女性的审美是唯美主义的，这一点与彼特拉克相似。在勃朗宁夫人的这首诗以及她其他类型的诗中，我们都发现了音乐的意象，从而使爱情的境界变得更加唯美。"诗歌一般喜欢音乐性的隐喻话语，而避开现实。就像彼特拉克的传统一样，把女人提升到一个不真实的、遥不可及的完美高度。实际的肢体表现、触感和经常有淫秽色彩的联想，则主要属于（如在大多数例子中引用以上）戏剧。"[1] 莎士比亚作品中的冲突却充满了厚重的现实感，其十四行诗具有比其他任何一位诗人的十四行诗都更强的矛盾特征。"任何一部作品中的真实元素当然都是作者个性的一部分，他的想象在人物的形象、处境与场景中显现出他本性里的基本冲突，或者是他的本性所惯于经历阶段的循环。人物是作者个人各种冲动与情感的拟人化，而作品中人物的冲突实际上就是这些冲动。我们认为某些作品更令人满意的原因在于，很大程度上系于作者以过人的透彻与坦诚表现出这些情感与关系。我们觉得他的世界真实而完整，不仅是因为包含不同的元素，更是因为这些元素能够成为一个有机的整体。"[2] 莎士比亚将这些现实的因素放在十四行诗中，同时偶尔也会容纳那些并不完美的世俗因素。所以，莎士比亚笔下的爱情并不是唯美的。如果我们把勃朗宁夫人的十四行诗比作一杯纯净水，那莎士比亚的十四行诗就是一锅营养丰富、色彩缤纷的海鲜汤。他笔下的爱情也美，但不是单纯的美，而是杂糅的美。下面这首莎士比亚的第 133 首十四行诗就集中展现了复杂的人与人

---

[1]　Trillini, Regula H Ohl. "The Gaze of the Listener: Shakespeare's Sonnet 128 and Early Modern Discourses of Music and Gender,"*Music and Letters*, 1(2008): 15.

[2]　〔美〕埃德蒙·威尔逊：《阿克瑟尔的城堡：1870 年至 1930 年的想象文学研究》，黄念欣译，江苏教育出版社，2006，第 127 页。

之间的关系及其矛盾：

> *Beshrew that heart that makes my heart to groan*
>
> *For that deep wound it gives my friend and me!*
>
> *Is't not enough to torture me alone,*
>
> *But slave to slavery my sweet'st friend must be?*
>
> *Me from myself thy cruel eye hath taken,*
>
> *And my next self thou harder hast engross'd:*
>
> *Of him, myself, and thee, I am forsaken;*
>
> *A torment thrice threefold thus to be cross'd.*
>
> *Prison my heart in thy steel bosom's ward,*
>
> *But then my friend's heart let my poor heart bail;*
>
> *Whoe'er keeps me, let my heart be his guard;*
>
> *Thou canst not then use rigor in my gaol:*
>
> *And yet thou wilt; for I, being pent in thee,*
>
> *Perforce am thine, and all that is in me.* [①]

> 那使我的心呻吟的心该诅咒，
>
> 为了它给我和我的朋友的伤痕！
>
> 难道光是折磨我一个还不够？
>
> 还要把朋友贬为奴隶的身分〔份〕？
>
> 你冷酷的眼睛已夺走我自己，
>
> 那另一个我你又无情地霸占：
>
> 我已经被他（我自己）和你抛弃；
>
> 这使我遭受三三九倍的苦难。
>
> 请用你的铁心把我的心包围，
>
> 让我可怜的心保释朋友的心；
>
> 不管谁监视我，我都把他保卫；

---

① Shakespeare. "Sonnet 133," https://www.opensourceshakespeare.org/views/sonnets/sonnet_view. php?Sonnet=133.

你就不能在狱中再对我发狠。

你还会发狠的，我是你的囚徒，

我和我的一切必然任你摆布。①

——梁宗岱译

在这首诗中，诗人写的是黑肤女人诱惑了诗人的朋友，即诗人一直爱着的那个年轻人。在诗歌的第 1~4 行中，诗人以一种诉苦的语气来写。"难道折磨我一个还不够？还要把朋友贬为奴隶的身分〔份〕？"诗人以这样的问话来谴责自己的情人。诗人把自己放在了一个弱者的位置上，而他的情人则是一个高高在上、肆意折磨他人情感的人，这样的书写让读者对诗人产生了同情。

在诗歌的第 5~8 行，诗人描述了他的三重苦难，那就是这个黑肤女人夺走诗人的朋友，还让其离弃了诗人，甚至让诗人自暴自弃，这样诗人就变成一个一无所有的人。在第 132 首诗中，黑肤女人的眼睛是悲伤的，而在这首诗中，黑肤女人的眼睛则是残酷的（cruel）。描述了自己的处境后，在第 9~12 行中，诗人便选择了一种立场，即要求黑肤女人只伤害自己，不要伤害自己的朋友。他表示自己要全力保卫朋友，诗歌写得真切感人。这里，诗人又以一个勇者的形象出现，由一个弱者变成勇者，其动力源于诗人对年轻人的爱。在最后两行诗中，诗人表明他的一切努力都无济于事，黑肤女人对诗人、对诗人的朋友都将是残酷的。

莎士比亚的十四行诗如何在形式上配合内容的矛盾冲突呢？为了回答这个问题，我们就要考虑十四行诗结构中转折词的作用。十四行诗是逻辑思维的产物，逻辑思维最能够在结构上表现出明显特征。在莎士比亚的十四行诗中，转折词语是必须存在的，结构上的转折形成了十四诗前后两部分的对比，使这种诗歌更善于表现矛盾性和对立统一。莎士比亚的诗歌通常主要有两种转折方式：最常见的是在第 9 行转折，其次是在最后的双行体转折。转折词的使用使诗歌中的对立因素更加泾渭分明，转折词作为一种标记性的词语，把诗歌分成几个有机的部分，让思路的轨迹更加清晰。莎士比亚在十四行诗中通常使用的转折词除了 but 以外，还有 then、for、

---

① 《莎士比亚全集》第 11 卷，梁宗岱译，人民文学出版社，1991，第 291 页。

so、therefore 等。他的诗歌一气呵成，不用转折词的不多。莎士比亚偶尔也用重复或者感叹词为整首十四行诗划分层次，这种做法也常常能取得成功。比如在第 116 首十四行诗中，莎士比亚就用了重复和感叹词来表示诗歌中意思的递进关系：

Let me not to the marriage of true minds

Admit impediments. Love is not love

Which alters when it alteration finds,

Or bends with the remover to remove:

O no! it is an ever-fixed mark

That looks on tempests and is never shaken;

It is the star to every wandering bark,

Whose worth's unknown, although his height be taken.

Love's not Time's fool, though rosy lips and cheeks

Within his bending sickle's compass come:

Love alters not with his brief hours and weeks,

But bears it out even to the edge of doom.

If this be error and upon me proved,

I never writ, nor no man ever loved. [①]

我绝不承认两颗真心的结合

会有任何障碍；爱算不得真爱，

若是一看见人家改变便转舵，

或者一看见人家转弯便离开。

哦，决不！爱是亘古长明的塔灯，

它定睛望着风暴却兀不为动；

爱又是指引迷舟的一颗恒星，

你可量它多高，它所值却无穷。

---

① Shakespeare. "Sonnet 116," https://www.opensourceshakespeare.org/views/sonnets/sonnet_view.php?Sonnet=116.

爱不受时光的播〔拨〕弄，尽管红颜
和皓齿难免遭受时光的毒手；
爱并不因瞬息的改变而改变，
它巍然矗立直到末日的尽头。
我这话若说错，并被证明不确，
就算我没写诗，也没人真爱过。①

——梁宗岱译

这首诗与其说是关于诗人与年轻人的爱，不如说是纯粹讨论爱情的抒情诗。这首诗是对爱这种情感的探索，这使其更容易引起读者的共鸣。在诗歌的第 1~4 行，诗人写道：

Let me not to the marriage of true minds
Admit impediments. Love is not love
Which alters when it alteration finds,
Or bends with the remover to remove:

我绝不承认两颗真心的结合
会有任何障碍；爱算不得真爱，
若是一看见人家改变便转舵，
或者一看见人家转弯便离开。

在诗中，诗人谈论的是理想的爱。理想的爱的关系就是真正的心灵结合，这种关系只能由那些具有奉献精神又具有忠诚精神的人来实现，两颗心的结合不会为任何事情所动摇、改变。在诗歌的第 5~8 行，诗人提到，爱情即使面临暴风雨也不会改变凝视的眼睛，爱像星星一样指引航程。真正的爱不会动摇，它的价值也不可估量。诗人赋予爱情的理想化色彩让爱情这种美好情感又具备了高尚的道德感。在诗歌的第 9~12 行，诗人以抒情的笔调描写爱是永恒的，时光和人生的际遇都不会改变爱的品质。在诗

① 《莎士比亚全集》第 11 卷，梁宗岱译，人民文学出版社，1991，第 274 页。

歌的最后两行，诗人满怀信心地说他所描绘的这种爱是爱本身应该有的样子。就是说，诗人坚信正是他揭示了爱的本质以及爱的全部内涵。

这首诗强调精神层面的追求，恒星这一比喻突出了诗人对永恒爱情的赞美与追求之情。从总体来看，这首诗的矛盾对立关系不是通过结构体现出来的，而是通过众多对立的意象表达出来的，同时感叹词和重复产生的结构也发挥了作用。

在莎士比亚的第 153 首十四行诗中，诗人竟然连用了两个 but 来表现转折结构，使这首诗一唱三叹、起起伏伏：

> *Cupid laid by his brand, and fell asleep,*
> *A maid of Dian's this advantage found,*
> *And his love-kindling fire did quickly steep*
> *In a cold valley-fountain of that ground;*
> *Which borrow'd from this holy fire of Love*
> *A dateless lively heat, still to endure,*
> *And grew a seeting bath, which yet men prove*
> *Against strange maladies a sovereign cure.*
> *But at my mistress' eye Love's brand new-fired,*
> *The boy for trial needs would touch my breast;*
> *I, sick withal, the help of bath desired,*
> *And thither hied, a sad distempered guest,*
> *But found no cure: the bath for my help lies*
> *Where Cupid got new fire—my mistress' eyes.* ①

爱神放下他的火炬，沉沉睡去：
月神的一个仙女乘了这机会
赶快把那枝煽动爱火的火炬
浸入山间一道冷冰冰的泉水；

---

① Shakespeare. "Sonnet 153," https://www. opensourceshakespeare. org/views/sonnets/sonnet_view. php?Sonnet＝153.

泉水，既从这神圣的火炬得来

一股不灭的热，就永远在燃烧，

变成了沸腾的泉，一直到现在

还证实具有起死回生的功效。

但这火炬又在我情妇眼里点火，

为了试验，爱神碰一下我胸口，

我马上不舒服，又急躁又难过，

一刻不停地跑向温泉去求救，

但全不见效：能治好我的温泉

只有新燃起爱火的、我情人的眼。①

　　　　　　　　　　　　　——梁宗岱译

　　在第 1~8 行诗中，诗人营造了一个美丽的神话场景：当爱神丘比特睡觉的时候，一个仙女偷了丘比特的爱情之火，将火放在金色的山谷中，让泉水将其熄灭。当泉水吸收了来自火的热量后，水就为那些因爱而生的疾病提供了解药，但这个药果真能治疗诗人的病痛吗？在诗歌的第 9~14 行中，诗人发现爱神的火炬在他情人的眼中被点燃，这表明诗人深深陷入了对情人的爱。于是，诗人便跑到温泉边治病，但最后，诗人发现温泉没有办法治好他的病，唯一能使他痊愈的是情人的爱情。这首诗以神话故事为依托，表达了诗人炽热的爱情，诗中故事性和矛盾冲突的激烈就在这迅速的转折中表达出来。

　　莎士比亚的系列十四行诗都是按照 "ABAB，CDCD，EFEF，GG" 的韵律写成的，这样的韵律对于诗歌语义结构的明晰性具有很大影响，但这并不意味着韵律和结构必须是一一对应的。韵律和结构之间 "不可能只是一对一的联系，一种格律可以用来写多种主题；另一方面，同一个主题也可用多种格律来反映，如果是一种非常普及的主题，甚至有可能用每个格律来写"。②

　　同时，韵律可以带来语义联想。"当诗人选用一种格律创作时，他同

① 《莎士比亚全集》第 11 卷，梁宗岱译，人民文学出版社，1991，第 311 页。
② 黄玫：《韵律与意义：20 世纪俄罗斯诗学理论研究》，人民出版社，2005，第 96 页。

时选用了历史积淀于格律上的语义联想，在此之前用这一格律写的诗对于诗人来说并非〔不〕是无所谓的。对于读者来说，当其读诗时看到一种格律，马上就会产生对一种或几种关于主题的期待，再读到其中具体的词句后，这种期待会得到满足。同时在某些具体的方面，读者会对这首诗同以前的同格律、近主题的诗有何不同之处进行比较，也许这正是理解此诗意义的关键。"① 莎士比亚十四行诗的韵律师承怀亚特和萨里对彼特拉克十四行诗的改造，但是在莎士比亚的作品中，韵律本身可以带来的联想其实并不多，因为莎士比亚在写这些诗歌的时候，他写的是他自己的十四行诗，这些诗是原创的。雪莱说："感觉是心灵获得一切知识的源泉……而心灵的判断是建立在我们亲身经验的基础之上的，这种经验又来自感觉的源泉。"②

莎士比亚的十四行诗是建立在感觉基础上的，是他所感受到的。他不是为了填充十四行诗这种韵律而写诗，与之相反，是结构和韵律结合起来，帮助莎士比亚展现出诗歌中的矛盾冲突。形式与内容在莎士比亚的作品中结合得天衣无缝，使十四行诗这种小诗也能成为精美的艺术作品。"他（指莎士比亚）的抒情能力体现在他的每一部作品的才气中。他的十四行诗，尽管其精彩淹没在戏剧的壮阔中，但还是像戏剧一样无与伦比。那不是几行诗的价值，而是每部作品的整体价值，就像某个无可比拟的人的音质，这也是诗的生命的语言，它的任何一个子句都像一首完整的诗一样是不可再造的。"③

莎士比亚的诗歌富有情节性。"我们可以确定诗歌是写给谁的，并因此构建一个情节，也就是说，与莎士比亚个人的一些经历和他十四行诗中所涉及的两个人，即年轻人和黑肤女人有关。这种假设涉及一些可疑的与系列十四行诗有关的传记背景，有关这个问题的合理意见之一是约翰·克里根（John Kerrigan）提出的：'文本既不是虚构的，也不是坦白式的。莎士比亚站在他系列十四行诗的第一叙述人身后，正如锡得尼曾站在爱星者之后一样——有时候那个人与诗人很近，有时候很远，但总是有某种程度

---

① 黄玫：《韵律与意义：20世纪俄罗斯诗学理论研究》，人民出版社，2005，第97页。
② 〔英〕雪莱：《论无神论的必然》，《雪莱散文》，徐文惠、杨熙龄译，人民文学出版社，2008，第154页。
③ 〔美〕拉尔夫·沃尔多·爱默生：《诗人莎士比亚》，《爱默生散文选》，丁放鸣译，花城出版社，2005，第176页。

上的修辞投影。' 这表明十四行诗可能是在一个相当广大的范围内体现了
与传记事件的关联。许多读者已经意识到这些诗歌背后的情节是由一种健
全的本能运作并生产出来的，许多十四行诗的直接性和力量暗示着他们是
由那些知道并掌握第一手材料的诗人所写的，但所有的诗歌同样都需要天
才。"① 十四行诗与诗人生活经历的关联是诗歌情节产生的发动机，没有这
种可靠的关联，就不可能产生真情实感，也不会有为了表现真情实感而设
计出来的情节。诗人需要在极短的篇幅内将冲突表现出来，这其实为创作
增加了难度。下面我们以莎士比亚的第 145 首十四行诗为例来探讨这一
问题：

> *Those lips that Love's own hand did make*
> *Breathed forth the sound that said 'I hate'*
> *To me that languish'd for her sake:*
> *But when she saw my woeful state,*
> *Straight in her heart did mercy come,*
> *Chiding that tongue that ever sweet,*
> *Was used in giving gentle doom,*
> *And taught it thus anew to greet:*
> *'I hate' she altered with an end,*
> *That follow'd it as gentle day,*
> *Doth follow night, who like a fiend*
> *From heaven to hell is flown away.*
> *'I hate' from hate away she threw,*
> *And saved my life, saying 'not you.'* ②

　　爱神亲手捏就的嘴唇
　　对着为她而憔悴的我，

---

① Dubrow, Heather. "'Incertainties Now Crown Themselves Assur'd': The Politics of Plotting Shakespeare's Sonnets," Michelle Lee ed. *Poetry Criticism*, Vol. 98, Gale, 2009. Feb. 2018.

② Shakespeare. "Sonnet 145," https://www.opensourceshakespeare.org/views/sonnets/sonnet_view. php?Sonnet = 145.

> 吐出了这声音说，"我恨"：
> 但是她一看见我难过，
> 心里就马上大发慈悲，
> 责备那一向都是用来
> 宣布甜蜜的判词的嘴，
> 教它要把口气改过来：
> "我恨"，她又把尾巴补缀，
> 那简直像明朗的白天
> 赶走了魔鬼似的黑夜，
> 把它从天堂甩进阴间。
> 她把"我恨"的恨字摒弃，
> 救了我的命说，"不是你"。①

——梁宗岱译

这首诗的结构非常简单，围绕着黑肤女人的一句话展开。黑肤女人想对诗人说"我恨"，但看到了诗人痛苦的表情，于是她把口气改变了。在诗歌的第 9~14 行中，诗人写了黑肤女人改口以后的话，黑肤女人在"我恨"后面加上了几个字，变成了我恨的"不是你"，从而救了诗人的命。诗歌表达了诗人非常脆弱的情感，诗人的生死全都系在情人的话语里，情人的一丝怜悯竟然拯救了诗人。在以前的十四行诗中，黑肤女人一向都是冷酷无情的。而在此诗中，这个黑肤女人突然变得比较温情了。当这个女人看到诗人如何为了她而深受折磨时，她的恨转化为怜悯。在诗中，天堂和地狱意象的对比使用凸显了诗人境遇的突变，女人应该如何转变她的口气呢？这成了诗歌的一大悬念，这种悬念也一直持续到诗歌的最后两行。当这个女人说我恨的并不是你的时候，诗人那种忧郁的情绪被释放了，是这些话拯救了诗人。

这首诗与莎士比亚通常使用的三个四行加一个双行体的结构截然不同，整首诗实际上就描绘了一个情节。读完这首诗，我们会发现该诗对话富有思辨性。女主人公先后说出"我恨""不是你"。当她说出第一句时，

---

① 《莎士比亚全集》第 11 卷，梁宗岱译，人民文学出版社，1991，第 303 页。

男主人公表情凝重，绝望至极。这是个不完整的句子，"我恨"后面什么也没有交代。但是从男主人公的反应来看，显然女主人公想说"我恨你"。但女主人公看到男主人公的悲伤，心生怜悯，于是说出了下半句台词"不是你"。女主人公的话变了，男主人公的心境也变了。于是，诗歌的语气转忧为喜。

对语言的运用是这首诗的妙处所在。莎士比亚在爱情十四行诗中总是出其不意地彰显智慧的地位，让诗歌中灵性与智慧相结合。莎士比亚在十四行诗中有意识地展示智慧闪光处，并巧妙地把这种智慧与巧妙的语言相结合，使诗歌更富有思辨色彩。同时再运用机智的语言，以求达到一种妙趣横生的效果，从而更突出了莎士比亚十四行诗的趣味性。

诗歌既然围绕着女主人公的一句话"我恨……"展开，那么这句话由谁来说就显得极其重要。"爱神亲手捏就的嘴唇"（those lips that Love's own hand did make），这第一句立即就把读者的注意力吸引过来，这嘴唇中说出的话我们不能不重视，因为那不是一般的嘴唇，而是爱神捏就的。这说明从这个嘴唇中所发出的每个音节都来自爱情的命令。就如同说一间屋子是用黄金砌成的，随便一颗螺丝钉都是真金的，都是价值连城的，所以我们怎么能够忽视女主人公的话呢？

在第 42 首十四行诗中，莎士比亚展现了那种把诗的想象建立在谬论之上的才能，这也是极富思辨色彩的诗歌：

That thou hast her, it is not all my grief,

And yet it may be said I loved her dearly;

That she hath thee, is of my wailing chief,

A loss in love that touches me more nearly.

Loving offenders, thus I will excuse ye:

Thou dost love her, because thou knowst I love her;

And for my sake even so doth she abuse me,

Suffering my friend for my sake to approve her.

If I lose thee, my loss is my love's gain,

And losing her, my friend hath found that loss;

Both find each other, and I lose both twain,

And both for my sake lay on me this cross:

But here's the joy; my friend and I are one;

Sweet flattery! then she loves but me alone. ①

你占有她，并非我最大的哀愁，

可是我对她的爱不能说不深；

她占有你，才是我主要的烦忧，

这爱情的损失更能使我伤心。

爱的冒犯者，我这样原谅你们：

你所以爱她，因为晓得我爱她；

也是为我的原故她把我欺瞒，

让我的朋友替我殷勤款待她。

失掉你，我所失是我情人所获，

失掉她，我朋友却找着我所失；

你俩互相找着，而我失掉两个，

两个都为我的原故把我磨折：

但这就是快乐：你和我是一体；

甜蜜的阿谀！她却只爱我自己。②

——梁宗岱译

　　诗人失去了自己的恋人，这固然让他痛心。但更让他痛心不已的是他一向渴慕的年轻人的爱却被这个女人全部拥有了，这种双重的损失让诗人无比烦忧。在接下来的一组四行诗中，诗人开始使用他一贯的自我欺骗手段，通过自欺欺人缓解爱情的创伤。诗人想象这份爱发生在年轻人和自己的恋人之间，原因在于他们两人都对自己有情。在下一组四行诗中，诗人表明他再次回归现实层面，发现了恋人的背叛、年轻人的远离，这些留给他的只有无尽的伤痛和折磨。在诗歌的最后两行，诗人求助于这样一个荒

---

① Shakespeare. "Sonnet 42," https://www.opensourceshakespeare.org/views/sonnets/sonnet_view.php?Sonnet=42.

② 《莎士比亚全集》第 11 卷，梁宗岱译，人民文学出版社，1991，第 200 页。

谬的逻辑：既然我和我的朋友是一体的，那么爱他就等于爱我，诗就在这样的自我欺骗的语句中结束了。爱伦·坡在《乌鸦》一诗中说："但那只乌鸦仍然把我悲伤的幻觉哄骗成微笑。"这句诗似乎可以成为莎士比亚这首诗的注解。在莎士比亚的这首诗中，诗人不断地重复使用 lose 一词，造成了一种"损失"铺天盖地、无所不在的感觉，让人觉得诗人自己已经被这样的"损失"劫掠一空，不由得让人同情。有趣的是，整首诗歌都建立在一个谎言之上。"他的说谎不再是有意识的，而是建立在一个古老的习惯之上的——并且正是由于这种无意识，由于这种遗忘，他产生了真实感。因为他感到被迫指出某样东西是'红的'，另一样东西是'冷的'，第三样东西是'缄默的'，所以一种指向真实的道德冲动被唤醒了"，与没有一个人相信从而被排除出群体之外的说谎者相反，诗人发现了体面、可靠性和真实的用处。[①]

　　在这首诗及其他诗中，诗人还引入了三角恋的情节。三角式爱情属于最富有思辨性的情节，它使人物之间的关系变得更复杂，从而更有助于引起戏剧冲突，引发情感变化，为文学作品注入活力，这一点有些像怀亚特的诗歌。在怀亚特的十四行诗中，我们可以感受到充沛的激情和恋爱事件中的情感冲突，第三者的介入加强了这种冲突的真实性，这在写纯真情感的彼特拉克系列十四行诗中是很难遇见的。莎士比亚的系列十四行诗利用松散的关联性设计了各种冲突：爱人不忠带来的失败感与个人自豪感的冲突，发自内心的真诚之爱与刻意装饰的爱情之间的冲突，爱的行动与爱的观念不一致引起的冲突。莎士比亚系列十四行诗中的矛盾冲突如同网上的结，将一段网与另一段网连接起来，形成经纬分明、充满冲突的网络。

　　通过矛盾因素传达出的复杂情感。莎士比亚的十四行诗在这方面有了更大的发展，在无数的隐喻中体现诗歌中情绪的紧张感。狄德罗（Denis Diderot，1713~1784）从多方面为严肃剧进行论证和辩护，认为它最真实、最感人、最有教益，最具普遍性地使严肃剧接近生活的真实。狄德罗还提出了情境说和对比说。他认为人物性格是由情境决定的，真正的对比应该是人物性格和情境之间的对比，是不同利害之间的对比。这样，他就把人

―――――――――――

① 〔美〕保尔·德·曼：《阅读的寓言——卢梭、尼采、里尔克和普鲁斯特的比喻语言》，沈勇译，天津人民出版社，2008，第 119 页。

物性格和矛盾冲突置于特定情境和利害关系的基础之上，这是符合唯物主义的现实主义。在十四行诗中，场景的营造会使诗歌更有情趣，而莎士比亚的十四行诗善于描绘场景。下面这首莎士比亚的第 143 首十四行诗就是有场景、有人物、有情节的诗歌：

> Lo! as a careful housewife runs to catch
> One of her feathered creatures broke away,
> Sets down her babe and makes all swift dispatch
> In pursuit of the thing she would have stay,
> Whilst her neglected child holds her in chase,
> Cries to catch her whose busy care is bent
> To follow that which flies before her face,
> Not prizing her poor infant's discontent;
> So run'st thou after that which flies from thee,
> Whilst I thy babe chase thee afar behind;
> But if thou catch thy hope turn back to me,
> And play the mother's part, kiss me, be kind:
> So will I pray that thou mayst have thy 'Will',
> If thou turn back and my loud crying still. ①

> 看呀，像一个小心翼翼的主妇
> 跑着去追撵一只逃走的母鸡，
> 把孩子扔下，拼命快跑，要抓住
> 那个她急着要得回来的东西；
> 被扔下的孩子紧跟在她后头，
> 哭哭啼啼要赶上她，而她只管
> 望〔往〕前一直追撵，一步也不停留，
> 不顾她那可怜的小孩的不满：

---

① Shakespeare. "Sonnet 143," https://www.opensourceshakespeare.org/views/sonnets/sonnet_view.php?Sonnet = 143.

同样，你追那个逃避你的家伙，

而我（你的孩子）却在后头追你；

你若赶上了希望，请回头照顾我，

尽妈妈的本分，轻轻吻我，很和气。

只要你回头来抚慰我的悲啼，

我就会祷告神让你从心所欲。①

——梁宗岱译

　　在诗歌的开头，诗人就创造了一个非常简洁的生活场面：一个主妇把孩子丢下，去追赶逃走的母鸡。这里出现了三个意象：主妇、母鸡和孩子。在第 5～8 行，诗人进一步完善这个场景：被扔下的孩子哭哭啼啼，他才是那个真正需要主妇的人，而主妇心里只惦念着那只母鸡，一直锲而不舍地追赶，丝毫也没有在意孩子的伤心。第 9～12 行揭示出主妇、母鸡和小孩三个意象分别喻指什么，主妇是诗人的情人，母鸡是主妇爱上的人，小孩则是诗人自己。诗人把自己对情人的感情比喻成孩子对母亲的感情，乞求情人可以给他一点安慰。可怜兮兮的诗人似乎像婴儿需要母亲那样，也需要他的情人为他提供庇护和安全感。爱的感情被描写成了单纯的依恋，母鸡的意象喻指情人所爱之人，就是诗人爱着的那个年轻人。年轻人是在逃避这个女人的追求，也就是说，他根本不爱她，而令人气恼的是女人却对他穷追不舍，而对诗人冷若冰霜。在诗歌的最后两行，像在第 135 首和第 136 首十四行诗中一样，诗人使用 will 这个词来表示，只要这个女人能够满足他的情欲，诗人就不会在意她对年轻人的追求。在情人面前，诗人的情感变得脆弱、卑微且令人心生怜悯。这首诗的情景描写惟妙惟肖，给人一种身临其境的感觉。在情景描写中有许多动作描写，这些动作描写对凸显矛盾冲突起到了重要作用。"锡得尼就特别喜欢十四行诗中出现一些行为描写，他认为这是一种特别有价值的冲突，因为这种冲突可以在十四行诗结尾的时候转化成赞美之语，还因为它允许隽语或者是讽刺语出现，给作品增加些独特性。"② 这首诗可以说是情节驱动的程式化作品，

---

① 《莎士比亚全集》第 11 卷，梁宗岱译，人民文学出版社，1991，第 301 页。

② Smart, J. S. *The Sonnets of Milton*, Oxford: Clarendon Press, 1966, p. 157.

这类作品"通常仅仅因为我们不知道它的结果而具有价值",而那些"对挫折和欲望的实现进行的细微处理……则更经常给我们带来情感的波动……可以承受重复并且没有什么损失。悬疑是最不复杂的一种期待,而惊喜则是最不复杂的一种满足。对信息心理学来说,维持兴趣最自然的方法……是惊喜和悬疑。对形式心理学来说,最自然的方法是修辞……形式上的卓越。凭借修辞和卓越的形式,惊喜和悬疑的要素被精简后带入一行或一句的写作中,直到所有最小的细节中。作品中充斥着分解、对比、与众不同的重述、省略、图像、格言、音量和美好价值。简而言之,那些行与行之间复杂且丰富的细枝末节,我们称之为风格;在更宽泛的意义上,我们称之为形式"。① 这首诗用了类比的修辞方法,创造出生动情景,形式上具有朴素清新的美感。而且由于隐喻的使用,复杂的爱情关系与单纯的人类感情被联系起来,达到了出人意料的效果,耐人寻味,富有思辨性。

主体在场与思辨风格是与十四行诗诗体共存的风格特征。这两种风格特征有时单独存在,有时又共存于一首诗中。这种风格潜移默化地融入十四行诗,逐渐成为读者对十四行诗的一种期待。风格不是固定的,但可以有相对的稳定性,正是这种稳定性让十四行诗成为独具特色并广为流传的诗歌体裁。

---

① Henderson, Greig. "A Rhetoric of Form: The Early Burke and Reader-Response Criticism," *Twentieth-Century Literary Criticism*, 286(2011) : 34.

第三章　意象传承

　　意象是诗歌艺术中的重要元素，它是一种形象化的描述，诉诸视觉、听觉、触觉、味觉、嗅觉等感官体验，是用文字描绘的感性画面。意象离不开语言，所以意象一词包含意、象与言三个元素。有学者认为"意象是一种清晰、硬朗、准确的观察，把它表达出来便成为诗，成为一种诗人与读者间的直接交流"，而不必管任何逻辑上的连贯。还有人认为"意象是感官经历的再现……一旦形成，意象本身可能成为一个象征"。甚至有人认为，"从根本上说，意象是揭示真理的一瞬，而不是一连串事件或思想的构成体"。① 庞德认为意象是理智和情感的综合体，既包含情感，也包含理智。成功地发现意象，并用清晰的语言将其呈现出来，这是众多诗人的创作理想。

　　中国古籍中也有意象之说，准确地说是意、象、言之说。中国古籍对意、象、言各自的功能和相互之间的关系有相当深入的探索。《周易·系辞上篇》中提到："书不尽言，言不尽意。然则圣人之意，其不可见乎？""圣人立象以尽意，设卦以尽情伪，系辞焉以尽其言。"可见，象是为意服务的，是表现意的方式和手段。《庄子·外物篇》中有段话清楚地阐明了"意"和"言"的关系："荃者所以在鱼，得鱼而忘荃；蹄者所以在兔，得兔而忘蹄；言者所以在意，得意而忘言。"王弼在其《周易略例·明象篇》中进一步发展了庄子"得意而忘言"的理论，阐明了意、象、言三者的辩证关系："夫象者，出意者也。言者，明象者也。尽意莫若象，尽象莫若言。言生于象，故可寻言以观象；象生于意，故可寻象以观意。意以象尽，象以言著。故言者所以明象，得象而忘言；象者，所以存意，得意而忘象。"《文心雕

---

　　① 刘岩：《中国文化对美国文学的影响》，河北人民出版社，1999，第108页。

· 511 ·

龙·神思篇》中刘勰论述道："意翻空而易奇，言征实而难巧也。是以意授于思，言授于意，密则无际，疏则千里。"

意象是诗歌中不可缺少的因素，意象的重复使用不仅发生在一个诗人的多首诗中，还可以发生在不同诗人的诗歌中。重复的意象可以因诗歌语境的不同而产生不同的诗歌风格。意象在使用中会被诗人不断地翻新，以追求更加有趣生动的表达效果。意象的选择不仅是诗人个人的选择，同时也是一个文化事件，折射出历史与文化的光芒。

从内涵来讲，意象可以分为描述性意象和修辞性意象。描述性意象是由词语所构建的图画，以象表义；修辞性意象则是指本身具有强烈比喻色彩的意象。描述性意象和修辞性意象并不是严格区分开来的两类意象，它们之间的界线并不是绝对的。描述性意象也可以含有修辞的意义，只是比较隐晦而已，而修辞性意象的修辞色彩是比较稳定而且浓厚的。在本章中，我们将探索描述性意象和修辞性意象在十四行诗中所起的作用。

第一节　描述性意象

意象具有描述性。意象被广泛地用于文学作品中，特别是诗歌作品中。诗歌是浓缩的语言，在文学作品中具有十分重要的作用。借助意象，诗歌可以更加形象地表达思想；借助意象，诗歌的内涵能够更加隽永，耐人寻味。诗人在运用意象的时候也融入了他们对大千世界的认知和对人类情感的感悟，并通过独特的艺术手段处理这些意象，使其在诗歌语境中生成更加丰富的意义。本章我们从意象的重复、翻新以及跨界意象等几个方面来探索十四行诗中的意象。

在诗人运用意象的时候，常常会出现同一个意象反复使用的情况。按照结构主义的观点，"诗人的作品是一个动态系统。早期出现在诗人语料库中的一种诗歌方面的现象，在诗人的创作生涯中可能会被缩小或扩大；有时会被压抑，而有时会被强调或者再利用"。[1]

---

① Gold, Nili Rachel Scharf. "Flowers, Fragrances, and Memories: The Different Functions of Plant Images in Amichai's Later Poetry," *Hebrew Studies*, 33(Annual 1992): 71.

　　在莎士比亚的作品中，我们就发现了这种相同意象被反复利用的情况。在莎士比亚的第18首十四行诗中和第33首十四行诗中，太阳和云的意象就反复出现。下面我们来分析这个问题。先来看莎士比亚的第18首十四行诗：

Sonnet 18

Shall I compare thee to a summer's day?

Thou art more lovely and more temperate:

Rough winds do shake the darling buds of May,

And summer's lease hath all too short a date:

Sometime too hot the eye of heaven shines,

And often is his gold complexion dimm'd;

And every fair from fair sometime declines,

By chance or nature's changing course untrimm'd:

But thy eternal summer shall not fade

Nor lose possession of that fair thou ow'st,

Nor shall Death brag thou wand'rest in his shade

When in eternal lines to time thou grow'st.

So long as men can breathe or eyes can see,

So long lives this, and this gives life to thee. ①

第18首十四行诗

我怎么能够把你来比作夏天？

你不独比它可爱也比它温婉：

狂风把五月宠爱的嫩蕊作践，

---

① Shakespeare. "Sonnet 18," https://www.opensourceshakespeare.org/views/sonnets/sonnet_view.php?Sonnet=18.

夏天出赁的期限又未免太短：
天上的眼睛有时照得太酷烈，
它那炳耀的金颜又常遭掩蔽，
被机缘或无常的天道所摧折，
没有芳艳不终于雕〔凋〕残或销毁。
但是你的长夏永远不会雕〔凋〕落，
也不会损失你这皎洁的红芳，
或死神夸口你在他影里漂泊，
当你在不朽的诗里与时同长。
只要一天有人类，或人有眼睛，
这诗将长存，并且赐给你生命。①

———梁宗岱译

    诗中列举了夏天的种种不如意。诗中的意象非常朴素。"狂风"（rough wind）、"五月宠爱的嫩蕊"（darling buds of May）等意象都饱含情感。"狂风"的粗鲁和"五月宠爱的嫩蕊"的娇美与柔弱相对照，令人不禁生出怜香惜玉的情感，特别是"嫩蕊"足以让人产生丰富的联想。在诗人笔下，嫩蕊像初生的婴儿一样，充满生机，充满欢乐，同时也像婴儿一样脆弱，禁不住风雨。莎士比亚又把法律术语写在诗里，如"夏天的租约"（summer's lease），这个意象夹杂在"狂风"、"嫩蕊"和"天上的眼睛"（eye of heaven）这些有关自然的意象中，造成一种自然无穷而人生短暂无常的强烈印象。"期限太短"（too short a date），"天上的眼睛……照得太酷烈"（too hot the eye of heaven shines）这些意象表明夏天的美丽有其自身的缺点，它处于极端，而不是恰如其分的。因此不能把年轻人比喻成夏天，因为年轻人的美是"增之一分则太长，减之一分则太短。著粉则太白，施朱则太赤。"（宋玉《登徒子好色赋》）年轻人的美远远超过了夏天。这像是一个论证过程，结论已经先得出了，就是诗歌第2行中所写："你不独比它可爱也比它温婉。"（Thou art more lovely and more temperate.）第9行是一个转折，

---

① 《莎士比亚全集》第 11 卷，梁宗岱译，人民文学出版社，1991，第 176 页。

用"但是"（but）开始，极言年轻人的美丽在任何情况下都不会消失，就连死神也奈何不得，因为在诗人的诗中，年轻人将永世流芳。这首诗的气氛是欢快的，一方面表达诗人对年轻人毫无保留的赞美，另一方面体现了诗人对自己诗才的信心。在第 16 首十四行诗中，诗人用"我这枝弱管"（my pupil pen）来形容自己的诗，并说自己的诗笔是"枯笔"（barren rhyme）。而在此诗中，这种谦卑一扫而空，代之以自信的断言："只要一天有人类，或人有眼睛，／这诗将长存，并且赐给你生命。"（So long as men can breathe or eyes can see，／So long lives this，and this gives life to thee.）这种自信的态度源于难题的解决，一直困扰诗人的是年轻人的美如何永存这一问题，此时这一问题仿佛瞬间得到了解决。诗的语气轻松平静，令人回味。

　　虽然诗中用的众多意象都很精彩，但用来比喻太阳的"天上的眼睛"、乌云遮日和天空晴好等意象尤为精彩，因为太阳和云之间的关系是变幻莫测的。诗人就是凭借这些意象写出了夏天的美好及其不尽如人意之处。这一组意象在莎士比亚的第 33 首十四行诗中再次出现，这首诗的构思与第 18 首十四行诗如出一辙：

Sonnet 33

Full many a glorious morning have I seen

Flatter the mountain-tops with sovereign eye,

Kissing with golden face the meadows green,

Gilding pale streams with heavenly alchemy;

Anon permit the basest clouds to ride

With ugly rack on his celestial face,

And from the forlorn world his visage hide,

Stealing unseen to west with this disgrace:

Even so my sun one early morn did shine

With all triumphant splendor on my brow;

But out, alack! he was but one hour mine;

The region cloud hath mask'd him from me now.

Yet him for this my love no white disdaineth;
Suns of the world may stain when heaven's sun staineth. ①

第 33 首十四行诗

多少次我曾看见灿烂的朝阳
用他那至尊的眼媚悦着山顶，
金色的脸庞吻着青碧的草场，
把黯淡的溪水镀成一片黄金：
然后蓦地任那最卑贱的云彩
带着黑影驰过他神圣的霁颜，
把他从这凄凉的世界藏起来，
偷移向西方去掩埋他的污点；
同样，我的太阳曾在一个清朝
带着辉煌的光华临照我前额；
但是唉！他只一刻是我的荣耀，
下界的乌云已把他和我遮隔。
我的爱却并不因此把他鄙贱，
天上的太阳有瑕疵，何况人间！②

——梁宗岱译

　　这首诗把年轻人比喻成太阳。前 8 行围绕"太阳"这个意象展开想象：灿烂的朝阳虽然曾经给大地涂上金色，带来愉悦的时光，但同时它让乌云肆虐，这给它的美留下了缺憾。在第 18 首十四行诗中有"天上的眼睛有时照得太酷烈，/它那炳耀的金颜又常遭掩蔽"（Sometime too hot the eye of heaven shines, /And often is his gold complexion dimmed）；在这里，

---

① Shakespeare. "Sonnet 33," https://www. opensourceshakespeare. org/views/sonnets/sonnet_view. php?Sonnet = 33.

② 《莎士比亚全集》第 11 卷，梁宗岱译，人民文学出版社，1991，第 191 页。

"天上的眼睛"指的是太阳，第33首诗的前8行可以说是第18首诗这两行诗意思的延伸。诗人还用另外两组意思对立的词语来描述太阳的华美绚丽和被乌云掩蔽时的暗淡情状。"灿烂的"（glorious）、"至尊的眼"（sovereign eye）、"金色的脸庞"（gilding pale）、"神圣的霁颜"（heavenly alchemy）这些词语用来形容太阳的辉煌，而"卑贱的云彩"（basest clouds）、"污点"（disgrace）用来形容乌云遮蔽太阳光彩的时刻。从第9~12行与前8行的关系来看，这种关系很像中国古诗中"比兴"的手法。朱熹在《诗集传》中说："比者，以彼物比此物也，兴者，先言他物以引起所咏之辞也。"莎士比亚先写太阳的辉煌及其被乌云遮蔽的情况，这是先言他物的"兴"的手法，接下来又以太阳喻指年轻人，这是"比"的手法。"比兴"之法使诗歌因"兴"而起辞，因"比"而达意。诗歌最后两行用 yet 一词转折，表明尽管年轻人的品德有瑕疵，诗人的爱仍然炽热。yet 和 but 等词经常在莎士比亚的十四行诗中出现，表达意思的反转，这成了一种程式化的表达方式。

　　在第34首十四行诗中，诗人又一次运用了太阳与乌云组合的意象群。虽然是同一个意象群，但是由于在不同的语境中使用，所以体现出不同的诗歌意境，构思奇妙。下面我们来分析第34首十四行诗中的意象：

Sonnet 34

Why didst thou promise such a beauteous day,

And make me travel forth without my cloak,

To let base clouds o'ertake me in my way,

Hiding thy brav'ry in their rotten smoke?

'Tis not enough that through the cloud thou break,

To dry the rain on my storm-beaten face,

For no man well of such a salve can speak

That heals the wound, and cures not the disgrace:

Nor can thy shame give physic to my grief;

Though thou repent, yet I have still the loss:

The offender's sorrow lends but weak relief
To him that bears the strong offense's cross.
Ah! but those tears are pearl which thy love sheeds,
*And they are rich and ransom all ill deeds.*①

第34首十四行诗

为什么预告那么璀璨的日子，

哄我不携带大衣便出来游行，

让鄙贱的乌云中途把我侵袭，

用臭腐的烟雾遮蔽你的光明？

你以为现在冲破乌云来晒干

我脸上淋漓的雨点便已满足？

须知无人会赞美这样的药丹：

只能医治创伤，但洗不了耻辱。

你的愧赧也无补于我的心疼；

你虽已忏悔，我依然不免损失：

对于背着耻辱的十字架的人，

冒犯者引咎只是微弱的慰藉。

唉，但你的爱所流的泪是明珠，

它们的富丽够赎你的罪有余。②

——梁宗岱译

诗人在第1~12行中抱怨自己受到了年轻人的伤害。在这首诗中，诗人仍然把年轻人比喻成太阳。显然，诗人很相信年轻人对他那关于"璀璨的日子"（a beauteous day）的承诺，但没有料到乌云会袭来。这暗示年轻人的行为反复无常，令诗人大失所望。在第6~12行，诗人将自己因年轻

---

① Shakespeare. "Sonnet 34, " https://www.opensourceshakespeare.org/views/sonnets/sonnet_view.php?Sonnet=34.

② 《莎士比亚全集》第11卷，梁宗岱译，人民文学出版社，1991，第192页。

人的反复无常而遭受的创伤进行了更为细致深入的描述。诗人使用"十字架"（cross）这一意象，意在把自己对年轻人的情感神圣化，暗示诗人要以受难的精神背负年轻人所犯下的过错。这也为诗歌最后一句埋下了伏笔，诗人最后还是选择宽恕年轻人，爱的忠诚再一次占了上风。爱情被涂上一层理想化的色彩。

可以说莎士比亚的第 33 首、第 34 首十四行诗沿用了其第 18 首十四行诗的意象，这种现象发生在同一个诗人身上，说明在诗人自己的语料库系统中，一些语料在被使用过之后，已经形成了记忆上的痕迹，会在适当的时候被激活并再次被使用。通过分析意象中的这些联系，我们可以发现诗人在面对某一自然现象时一种较为稳定的情结和思想。

对意象反复利用的情况并不是只发生在同一诗人身上。事实上，在不同诗人之间，意象也会出现反复被利用的情况。一首诗中出现的意象及由这个意象生成的诗歌情调可以在其他人的诗歌中被再现或拓展。

莎士比亚十四行诗中关于云雀的意象在雪莱的《致云雀》（To a Skylark）一诗中就得到了拓展。莎士比亚在他的第 29 首十四行诗中写道：

Sonnet 29

When, in disgrace with Fortune and men's eyes,

I all alone beweep my outcast state

And trouble deaf heaven with my bootless cries

And look upon myself and curse my fate,

Wishing me like toone more rich in hope,

Featured like him, like him with friend's possess'd,

Desiring this man's art, and that man's scope,

With what I most enjoy contented least;

Yet in these thoughts myself almost despising,

Haply I think on thee, and then my state,

Like to the lark at break of day arising

From sullen earth, sings hymns at heaven's gate;

For thy sweet love remember'd such wealth brings
That then I scorn to change my state with kings. ①

第 29 首十四行诗

当我受尽命运和人们的白眼，
暗暗地哀悼自己的身世飘零，
徒用呼吁去干扰聋聩的昊天，
顾盼着身影，诅咒自己的生辰，
愿我和另一个一样富于希望，
面貌相似，又和他一样广交游，
希求这人的渊博，那人的内行，
最赏心的乐事觉得最不对头；
可是，当我正要这样看轻自己，
忽然想起了你，于是我的精神，
便像云雀破晓从阴霾的大地
振翮上升，高唱着圣歌在天门：
一想起你的爱使我那么富有，
和帝王换位我也不屑于屈就。②

　　　　　　　　　　　　——梁宗岱译

在雪莱的《致云雀》中也有类似的表达：

Hail to thee, blithe Spirit!
Bird thou never wert,
That from Heaven, or near it,
Pourest thy full heart,
In profuse strains of unpremeditated art.

---

① Shakespeare. "Sonnet 29," https://www.opensourceshakespeare.org/views/sonnets/sonnet_view. php?Sonnet=29.
② 《莎士比亚全集》第 11 卷，梁宗岱译，人民文学出版社，1991，第 187 页。

　　你好呵，欢乐的精灵！

　　你似乎从不是飞禽，

　　从天堂或天堂的邻近，

　　以酣畅淋漓的乐音，

　　不事雕琢的艺术，倾吐你的衷心。①

——江枫译

　　莎士比亚的第 29 首诗从结构上讲是前八后六式。前 8 行讲诗人的人生是如何不如意，时运不济，遭受白眼，只能白白地羡慕别人的好运，人生没有希望，他对自己也失去了信心。前面 8 行写的都是生活中的损失给诗人的心灵带来了创伤。"创伤指的是一个人对压倒性事件的情绪反应，这种情绪反应破坏了以前关于个人自我意识的观念和人们评价社会的标准。"② 莎士比亚在前 8 行诗中写出命运对他的不公平，他怨天尤人、自暴自弃，无权无名带给他的创伤感让他失去了公正的自我判断力。诗歌的第 9 行来了一个转折，诗人说自己虽然有众多的不幸，但是一想到情人，他的创伤感一下子被平复了，反而转忧为喜。这喜悦之情迅速升温，最后达到了不屑与帝王换位的程度，这是情感的巨变。

　　雪莱的《致云雀》与莎士比亚第 29 首十四行诗的后 6 行在意象的使用上极其类似。莎士比亚诗中的云雀在圣门前高歌，雪莱诗中的云雀也是在天堂附近倾吐快乐。这种意象的承袭之所以出现在不同诗人的作品中，可能有两方面原因。第一，雪莱作为 19 世纪的诗人博览欧洲文学作品。第二，从西方文化的角度讲，天堂是快乐的代名词，云雀那快乐的高歌不在天堂又能在哪里呢？很可能是基督教文化背景以及柏拉图思想的影响，使两位诗人对云雀这一意象进行了类似的处理和使用。"正如整个 16~17 世纪人们理解的那样，柏拉图主义的基本原则就是灵魂所知道的天堂之美这一事实，与感官所知的尘世之美形成对比，因此在基督教哲学理念中，天堂是神圣的。"③ 不

---

① 〔英〕雪莱：《致云雀》，《雪莱抒情诗全编》，北京十月文艺出版社，2014。

② Balaev, Michelle. "Trends in Literary Trauma Theory," *Mosaic: A Journal for the Interdisciplinary Study of Literature*, 2(2008) : 149.

③ Harrison, John Smith. *Platonism in English Poetry of the Sixteenth and Seventeenth Centuries*, New York: Columbia University Press, 1980, p. 168.

管怎样，发现意象在诗歌间的这种传承能够让我们更好地把整个西方诗歌体系看成一个活跃的系统，无数诗人不断重复着它，也不断丰富着它。

　　莎士比亚第 29 首十四行诗后 6 行中的意象与雪莱《致云雀》中的意象类似，但莎士比亚这首诗前 8 行的思路却与怀亚特的一首十四行诗相似：

Love and Fortune and my Mind，Rememb'rer

Wyatt

Love and Fortune and my mind, rememb'rer

Of that that is now with that that hath been,

Do torment me so that I very often

Envy them beyond all measure.

Love slayeth mine heart. Fortune is depriver

Of all my comfort. The foolish mind then

Burneth and plaineth as one that seldom

Liveth in rest, still in displeasure.

My pleasant days, they fleet away and pass,

But daily yet the ill doth change into the worse,

And more than the half is run of my course.

Alas, not of steel but of brickle glass

I see that from mine hand falleth my trust,

And all my thoughts are dashed into dust. ①

爱情和命运，我的心，想起了

怀亚特

爱情和命运，我的心，想起了

现在的那个和那个已经存在的，

要折磨我，使我经常

---

① Wyatt. "Love and Fortune and my mind, rememb'rer," *Sonnets*, http://www.sonnets.org/wyatt.htm.

美慕他们。

爱杀了我的心。我所有的安慰

被运气剥走了。然后，我愚蠢的头脑

燃烧起来，很少得到休息，

仍然不满。

我愉快的日子，他们离开并走过，

但每天，疾病却变得更糟，

超过一半都脱离正轨。

唉，不是钢而是易碎的玻璃

我看信任从我的手边滑落，

我所有的思绪都化为尘埃。

　　　　　　　　　　　　　　　——笔者译

　　这首诗与莎士比亚的第 29 首十四行诗一样，都是写关于损失的事情。所不同的是，这首诗中写的损失不仅是命运的一无所有，还包括爱情上的一无所有。诗人描述了自己爱情不顺、命运不济的痛苦状态。莎士比亚在第 29 首十四行诗的开篇就说："当我受尽命运和人们的白眼"（When, in disgrace with Fortune and men's eyes）。诗人现在已经是雪上加霜，爱情的痛苦和命运的不幸接踵而来，不断地打击他。怀亚特总是把他的痛苦写得那样深刻，以致人们不能不产生同情。trust（信任、信念）一词表明诗人与情人之间出现的情感危机已经不可弥补，爱情已经无法挽救，一切终化为泡影。诗人在诗中描写出失落、缺失、空虚的创伤感觉。"在《哀悼与忧愁》中，弗洛伊德将哀悼解释为：对失去所爱的人的反应，或对失去某种理念的反应。"[1]

　　在莎士比亚的所有损失之外，幸好他还有爱情，所以最后爱情把他从地狱救出，使他飞升天堂。而在怀亚特的诗中，一开始爱情就已经失去了，所以怀亚特的创伤是彻底的、深刻的。在怀亚特这里，"毫无疑问，创伤影响了即使不是全部，也几乎是全部的生活领域。"[2]

---

[1]　Mandel, Naomi. "The Contours of Loss, "*Criticism*, 4(2008) : 663.

[2]　Balaev, Michelle. "Trends in Literary Trauma Theory,"*Mosaic: A Journal for the Interdisciplinary Study of Literature*, 2(2008) : 152.

　　虽然这两首诗在意象上并不相似，但是从情调上讲，怀亚特的诗歌抱怨巨大的损失带来的创伤，而莎士比亚在诗歌前 8 行中所做的也是同一件事情。这两首十四行诗存在构思上的承继关系。

　　花是诗人经常使用的意象，构思极其相似的不是很多，但还是出现过这样的现象。在 19 世纪初期的早期浪漫主义诗人布莱克那里，我们发现了与莎士比亚第 95 首十四行诗中相似的关于花的意象。下面我们来分析一下这首诗歌：

Sonnet 95

How sweet and lovely dost thou make the shame

Which, like a canker in the fragrant rose,

Doth spot the beauty of thy budding name!

O, in what sweets dost thou thy sins enclose!

That tongue that tells the story of thy days,

Making lascivious comments on thy sport,

Cannot dispraise but in a kind of praise;

Naming thy name blesses an ill report.

O, what a mansion have those vices got

Which for their habitation chose out thee,

Where beauty's veil doth cover every blot,

And all things turn to fair that eyes can see!

Take heed, dear heart, of this large privilege;

The hardest knife ill-used doth lose his edge. ①

第 95 首十四行诗

耻辱被你弄成多温柔多可爱！

---

①　Shakespeare. "Sonnet 95, " https://www.opensourceshakespeare.org/views/sonnets/sonnet_view.php?Sonnet=95.

　　　恰像馥郁的玫瑰花心的毛虫，
　　　它把你含苞欲放的美名污败！
　　　哦，多少温馨把你的罪过遮蒙！
　　　那讲述你的生平故事的长舌，
　　　想对你的娱乐作淫猥的评论，
　　　只能用一种赞美口气来贬责：
　　　一提起你名字，诬蔑也变谄佞。
　　　哦，那些罪过找到了多大的华厦，
　　　当它们把你挑选来作安乐窝，
　　　在那儿美为污点披上了轻纱，
　　　在那儿触目的一切都变清和！
　　　警惕呵，心肝，为你这特权警惕；
　　　最快的刀被滥用也失去锋利！①

　　　　　　　　　　　　　　　　　——梁宗岱译

　　在诗歌的第 1~4 行，诗人用了"玫瑰花心的毛虫"（a canker in the fragrant rose）这一意象来表现外表与内心的巨大反差。不过诗人的语气显示他似乎对这一点感到满意，因为年轻人的罪恶也被"温馨"（sweet）所遮盖。在诗歌的第 5~8 行，诗人夸张地说，那些想要诽谤年轻人的人在面对他时，也只能把谗言变成赞美，从侧面凸显了年轻人的魅力。在第 9~12 行中，诗人对年轻人的夸赞几乎到了神化的地步，似乎年轻人可以点石成金。在最后两行诗中，诗人劝勉年轻人珍惜特权，即他的这些迷人的魅力，不要滥用，否则年轻人用来掩盖他缺点的那些东西最终会失效。读到这里，我们才弄清楚为什么诗人在第 1~4 行写到玫瑰花中的虫子的时候心怀庆幸，原来诗人认为这样的掩饰还能有一定的作用，但是如果年轻人滥用魅力来掩饰自己，终有一天，他将魅力不再。诗歌仍旧是围绕内在美和外在美的问题展开。

　　威廉·布莱克也曾用花间的毛虫这一意象写过小诗：

---

①　《莎士比亚全集》第 11 卷，梁宗岱译，人民文学出版社，1991，第 253 页。

The Sick Rose

William Blake

O rose, thou art sick!
The invisible worm
That flies in the night
In the howling storm

Has found out thy bed
Of crimson joy
And his dark secret love
Does thy life destroy.

病玫瑰

威廉·布莱克

啊，玫瑰，你病了！
看不见的虫，
趁着黑夜飞来
在暴风雨中，

发现了你的床，
钻进粉红的欢乐中，
他黑暗的秘密的爱
毁了你的生命。

——笔者译

布莱克的诗歌似乎是为莎士比亚的"玫瑰花心的毛虫"这一意象做的一个注解。莎士比亚十四行诗中毛虫这个意象是诗歌的一个中心意象，诗人从这个意象出发联想到美丽与丑恶、赞美与诽谤。而在布莱克的诗中，同一个意象却具有不同的风格。布莱克的诗只强调玫瑰与毛虫的关系，毛虫的到来毁灭了玫瑰的生命，诗歌描写了这样一个过程。

我们可以发现，同样的意象会被诗人自己反复使用，也会被其他诗人拿来使用。然而，无论重复者是诗人自己还是他人，他们笔下同样的意象再次出现时，总会出现细微差别，正是这种相似中的不同构成了千变万化的诗歌世界。可见，意象的重复并不可怕，它不会使诗歌消亡，反而是诗歌发展中的一种力量。布鲁姆说："哪里有前驱的诗，就让我的诗在哪里吧——这是每一位强者诗人的理性准则。因为，诗人父亲已经被吸收进了'本我'，而不是被吸收进'超我'。有能耐的诗人站在前驱面前，就像艾克哈特（或爱默生）站在上帝面前。他不是被创造的一部分，他是灵魂的最精华部分——未被创造出来的物质。从概念上说，迟来者的中心问题必然是重复；被辩证地提高到再创造地位的'重复'乃是新人的入门之道，它使他不再感到恐惧，不再害怕自己仅仅是前驱的一个抄本或副本。"① 我们也可从上面的例子中看到，在意象的重复过程中，诗人写出了不同风格的诗。意象重复没有使诗歌走向陈腐，而是走向新奇。

　　秋天、秋叶这样的意象在诗人的笔下也呈现类似的意境。秋天是凋零的季节，对于这一点，诗人们是有共识的。如莎士比亚第 73 首十四行诗：

Sonnet 73

That time of year thou mayst in me behold

When yellow leaves, or none, or few, do hang

Upon those boughs which shake against the cold,

Bare ruin'd choirs, where late the sweet birds sang.

In me thou seest the twilight of such day

As after sunset fadeth in the west,

Which by and by black night doth take away,

Death's second self, that seals up all in rest.

In me thou see'st the glowing of such fire

That on the ashes of his youth doth lie,

As the death-bed whereon it must expire

---

① 〔美〕哈罗德·布鲁姆：《影响的焦虑：一种诗歌理论》，徐文博译，江苏教育出版社，2006，第 80 页。

Consumed with that which it was nourish'd by.
This thou perceivest, which makes thy love more strong,
To love that well which thou must leave ere long. ①

第 73 首十四行诗

在我身上你或许会看见秋天，
当黄叶，或尽脱，或只三三两两
挂在瑟缩的枯枝上索索抖颤——
荒废的歌坛，那里百鸟曾合唱。
在我身上你或许会看见暮霭，
它在日落后向西方徐徐消退：
黑夜，死的化身，渐渐把它赶开，
严静的安息笼住纷纭的万类。
在我身上你或许全看见余烬，
它在青春的寒灰里奄奄一息，
在惨淡灵床上早晚总要断魂，
给那滋养过它的烈焰所销毁。
看见了这些，你的爱就会加强，
因为他转瞬要辞你溘然长往。②

——梁宗岱译

在这首诗中，诗人表达了对死亡将至的感叹。在第 1~4 行中，诗人说年轻人在诗人身上看到了秋天。诗人把自己比作秋天的落叶，它们纷纷落下，树枝变得光秃，这显示诗人的生命接近尾声。诗人寥寥几笔就勾勒出一幅凄凉的秋景图。在第 5~8 行诗中，诗人描写夕阳西下时，光线变得越来越暗。以薄暮的场景象征死亡的来临，这也是诗中经常用到的比喻。此处还用黑夜

---

① Shakespeare. "Sonnet 73," https://www.opensourceshakespeare.org/views/sonnets/sonnet_view.php?Sonnet = 73.

② 《莎士比亚全集》第 11 卷，梁宗岱译，人民文学出版社，1991，第 231 页。

和睡眠来象征死亡。在第 9～12 行中，诗人把他的爱情比作奄奄一息的灰烬。在第 45 首十四行诗中，诗人也把欲望比喻成"火焰"（purging fire），而在这首诗中，诗人形象地写出了爱情对人的折磨。火焰一点点熄灭，最后只余下星星点点的灰烬，令人感叹！在诗歌的最后两句，诗人想到自己即将辞世，于是他想象年轻人看到这一切，会加倍地珍惜他自己、爱他自己。这其实表明诗人想到死亡将至，所以心中的爱变得更加强烈了。秋天的凋零和对生命的爱在莎士比亚的十四行诗中相会，让诗歌有了厚度，并催生了强烈的激情。

女诗人安娜·西沃德写了一首生命主题的诗，诗中也用了秋天的意象：

Behold That Tree in Autumn's Dim Decay
Anna Seward

Behold that tree in autumn's dim decay,
Stripped by the frequent chill and eddying wind;
Where yet some yellow lonely leaves we find
Lingering and trembling on the naked spray,
Twenty, perchance, for millions whirled away!
Emblem—alas too just!—of human kind:
Vain man expects longevity, designed
For few indeed; and their protracted day—
What is it worth that wisdom does not scorn?
The blasts of sickness, care, and grief appal,
That laid the friends in dust, whose natal morn
Rose near their own!—and solemn is the call;
Yet, like those weak, deserted leaves forlorn,
Shivering they cling to life and fear to fall. ①

---

① Seward, Anna. "Autumn Leaves, "http://www.sonnets.org/seward.htm.

<h2 style="text-align:center">看秋天暗淡的凋谢中的那棵树</h2>

安娜·西沃德

看秋天暗淡的凋谢中的那棵树，

被频繁的寒意和旋风剥落了树皮；

在那儿我们发现一些孤独的黄叶

撒向空中，缠绵、颤抖，

二十，或许，卷走数百万！

一种象征——哎呀，正是这样——人类的象征

虚荣的人期待长寿，设计

事实上很少有人长寿；他们漫长的一天——

价值何在，让智慧也不能轻蔑？

疾病，担忧、悲痛、恐慌会突如其来，

把朋友们抛在尘土中，他们的诞生之日

把玫瑰放在身边！——最终的呼唤却是如此庄严；

然而，像那些虚弱的、被遗弃的叶子，

他们颤抖着紧紧抓住生命，害怕跌倒。

——笔者译

　　诗人重点刻画了秋天黄叶被风吹落的感觉。这虽然是一个常见的场面，但是女诗人用她细致入微的观察力，将风凛冽、迅疾的情态写得入木三分，将树叶对树的依恋、对离开树枝的恐惧、飘荡空中的无奈写得动人心弦。雪莱的《西风颂》中的第一段可算是写秋风与落叶的佳作，我们来比较一下两首诗：

<h3 style="text-align:center">*Ode to the West Wind*</h3>

Shelley

O wild West Wind, thou breath of Autumn's being,

Thou, from whose unseen presence the leaves dead

Are driven, like ghosts from an enchanter fleeing,

Yellow, and black, and pale, and hectic red,

Pestilence-stricken multitudes: O thou,

Who chariotest to their dark wintry bed

The winged seeds, where they lie cold and low,

Each like a corpse within its grave, until

Thine azure sister of the Spring shall blow

Her clarion o'er the dreaming earth, and fill

(Driving sweet buds like flocks to feed in air)

With living hues and odours plain and hill:

Wild Spirit, which art moving everywhere;

Destroyer and preserver; hear, oh hear!

西风颂

雪莱

哦，狂野的西风，秋之实体的气息！

由于你无形无影的出现，万木萧疏，

似鬼魅逃避驱魔巫师，蔫黄，黟黑，

苍白，潮红，疫疬摧残的落叶无数，

四散飘舞；哦，你又把有翅的种籽〔子〕，

凌空运送到他们黑暗的越冬床圃；

仿佛是一具具僵卧在坟墓里的尸体，

他们将分别蛰伏，冷落而又凄凉，

直到阳春你蔚蓝的姐妹向梦中的大地

吹响她嘹亮的号角（如同牧放群羊，

> 驱送香甜的花蕾到空气中觅食就饮）
> 给高山平原注满生命的色彩和芬芳。
>
> 不羁的精灵，你啊，你到处运行；
> 你破坏，你也保存，听，哦，听！①

——江枫译

女诗人笔下的风卷落叶和雪莱诗中的具有同样的气势，只是女诗人笔下的秋风落叶多了一种宁静的气氛，伤感而克制。相比之下，雪莱诗中的风卷落叶是气势磅礴的。这种气势上的差别在于，虽然是同样的风卷落叶，雪莱要写的是大自然摧枯拉朽的力量，而女诗人的指向则完全不同，她的风卷落叶是克制的、平静的、优雅的。在后8行中，女诗人突然变成了一个雄辩家，她毫不留情地批评那些追求长寿却不追求人生价值的人，讥讽他们日日在不现实的虚荣幻想中度日。这种忽喜忽悲的人生是诗人所不齿的。在最后两句，诗歌再次使用开篇时秋风落叶的比喻，使诗歌结构趋向完整，形成了一个封闭的圆形。诗人描绘了像秋叶贪恋树枝一样贪恋生命的人，以形象的语言揭露了人的愚痴。雪莱的《西风颂》则由5节十四行诗组成，所以单独分出来看，每一节就是一首十四行诗。

诗人在使用秋天这个意象的时候，不约而同地把类似的色调和内涵赋予它，有的柔美，有的凄凉，有的壮阔，有的婉约，再一次让我们看到相同的意象在不同诗人笔下产生的不同风格。

自然界中的一切以及神话典故都经常作为诗歌意象出现在诗篇里。诗人在使用植物意象的时候，会给这些意象赋予新意。诗人在灵感迸发、情思如潮之时，也常常会让这些普通的意象焕发出迥然不同的色彩，产生奇特的效果。下面我们看怀亚特的诗中意象的翻新效果：

---

① 〔英〕雪莱：《西风颂》，〔英〕弗·特·帕尔格雷夫编《英诗金库》，四川人民出版社，1987，第1514~1515页。笔者对句读等略作修改。

Farewell, Love, and All Thy Laws Forever
Wyatt

Farewell, love, and all thy laws forever,

Thy baited hooks shall tangle me no more.

Senec and Plato call me from thy lore

To perfect wealth, my wit for to endeavor.

In blind error when I did persever,

Thy sharp repulse that pricketh aye so sore,

Taught me in trifles that I set no store,

But escape forth, since liberty islever.

Therefore, farewell, go trouble younger hearts,

And in me claim no more authority;

With idle youth go use thy property,

And thereon spend thy many brittle darts.

For hitherto though I have lost my time,

Melist no longer rotten boughs to climb. ①

永别了，爱情和你所有的律条
怀亚特

永别了，爱情和你所有的律条，

你上饵的钩子不再能把我缠。

塞涅卡和柏拉图召唤我远离你的学问，

运用我的才智去完善财富，

我曾经坚持盲目的错误，

你锋利的拒绝刺得我心痛难熬

在琐事上你给我的教训我不愿记起，

但我想逃走，自由是它的杠杆。

---

① Wyatt. "Farewell, love and all thy laws forever,"*Sonnets,* http://www.sonnets.org/wyatt.htm.

所以，永别了，你去给年轻的心送去烦恼吧，

不要在我身上施展权力；

懒惰的年轻人去利用你的财产，

去投出你那易碎的飞镖吧。

迄今（至今）虽然我失去了我的时间，

我却不愿意再把烂树枝爬。

——笔者译

在这里，诗人首先向爱情以及爱情的规则永远告别，"诱饵"将不再能够诱惑他。在怀亚特的诗中，他不把女人理想化，也不将爱情理想化。他的爱情是欲望与情感的统一体，因此他的诗总有一种坚实的现实主义力量。诗人要告别爱情，要转而研究塞涅卡（Lucius Annaeus Seneca，约前4~65）和柏拉图哲学，都铎王朝时期的学者们通常都研究塞涅卡。诗人说他想学习智慧的先贤，以让自己增加财富。诗人在第 5 行和第 6 行中给出了这种转变的原因，因为他发现当他陷入盲目的爱时，却遭到了拒绝。这拒绝刺痛了他，让他不想再面对这一切。在第 8 行，诗人说他逃跑了，因为自由是他的杠杆，意思是说自由比爱更重要。在最后一行诗节中，诗人的语气中充满了轻蔑。他命令爱情离开他，不要再来搅扰他。

诗中的"那易碎的飞镖"（thy many brittle darts）是个意象，与丘比特的箭具有类似的寓意，只是"易碎的飞镖"这个意象更具有讽刺意味。"丘比特的箭"这个典故中的隐含意思我们都很清楚，但是"易碎的飞镖"则不一样，它让我们努力去感受这个比喻所蕴含的意思，从而延长了我们感觉的时间，让我们产生一种新奇的愉悦感，达到了诗歌的目的，这就是陌生化原理在起作用。怀亚特的诗歌彰显了他鲜明的个性和强悍的语言，如飞石悬空，极具破坏力。最后，"烂树枝"（rotten boughs）这个意象也同样具有讽刺意味。诗人命令爱离开他，去诱惑那些年轻人的心。这表明他认为爱情不再对他有任何威力，因为他已经不再年轻、不再幼稚了。这个意象很新奇，诗人将田园风景中的重要组成部分——树变成了一个反面形象。在他笔下，树不再让人想到卿卿我我的恋人在树下嬉戏玩耍的场面，反之，这树枝烂掉了，不再有吸引力了。

意象是否能够成功地被翻新，还要取决于语境。翻新的意象本身就让

人产生焕然一新的联想，从而营造出不同凡响的艺术效果。在诗歌中，意象可以起到阐发诗歌意义的作用，从而使诗歌围绕某一意象延展开来，让一系列印象像珠子一样被这根意象之线串起来。这种情况就像星空中有一颗最亮的星，主导了整个天空。与这种星空的感觉类似，在诗歌中，某个意象也许特别引人注目，它的周围还有无数小星星，与它辉映，构成了绚丽的星空。下面我们以莎士比亚的第 48 首十四行诗为例来分析这样的意象所产生的艺术效果：

Sonnet 48

How careful was I, when I took my way,

Each trifle under truest bars to thrust,

That to my use it might unused stay

From hands of falsehood, in sure wards of trust!

But thou, to whom my jewels trifles are,

Most worthy of comfort, now my greatest grief,

Thou, best of dearest and mine only care,

Art left the prey of every vulgar thief.

Thee have I not lock'd up in any chest,

Save where thou art not, though I feel thou art,

Within the gentle closure of my breast,

From whence at pleasure thou mayst come and part;

And even thence thou wilt be stol'n, I fear,

For truth proves thievish for a prize so dear. ①

第 48 首十四行诗

我是多么小心，在未上路之前，

---

① Shakespeare. "Sonnet 48," https://www.opensourceshakespeare.org/views/sonnets/sonnet_view.php?Sonnet = 48.

> 为了留以备用，把琐碎的事物
> ——锁在箱子里，使得到保险，
> 不致被一些奸诈的手所亵渎！
> 但你，比起你来珠宝也成废品，
> 你，我最亲最好和唯一的牵挂，
> 无上的慰安（现在是最大的伤心）
> 却留下来让每个扒手任意拿。
> 我没有把你锁进任何保险箱，
> 除了你不在的地方，而我觉得
> 你在，那就是我的温暖的心房，
> 从那里你可以随便进进出出；
> 就是在那里我还怕你被偷走：
> 看见这样珍宝，忠诚也变扒手。①

——梁宗岱译

　　诗歌的第1~4行与第5~8行形成了对比。诗人用财物被盗这一意象来喻指情感被盗。第1~4行写诗人自己如何小心谨慎地保存财物，而比这珠宝更为珍贵的"你"却没有被锁在箱子里，相反，还被留下来"让每个扒手任意拿"（left the prey of every vulgar thief）。诗中"你"的态度显然与诗人相反，暗示年轻人并不珍惜诗人的感情，他与诗人的关系已经相当疏远。在第9~12行中，诗人表达了对年轻人的脉脉深情。诗人说，之所以没有把年轻人锁进任何保险箱，只是因为年轻人无时无刻不在他的心里，而他也容忍年轻人在他心里进进出出。"我的温暖的心房"（gentle closure of my breast）体现了诗人心中怀有的温柔、体贴的情感，诗人明知年轻人放浪形骸，对自己毫无忠诚可言，但还是无法摆脱对年轻人的依恋，因而他的诗中就表现出完全不平等的感情：一方面是诗人对年轻人毫无保留的爱、无条件的爱；另一方面是年轻人的为所欲为，对诗人的背叛或者疏远。诗人为了保持自己的爱情温度，不得不自我欺骗，不敢承认现实，这就使诗人的状态更加令人同情。这首诗中用到了"珍宝"（jewels）这个意

---

① 《莎士比亚全集》第11卷，梁宗岱译，人民文学出版社，1991，第206页。

象，诗人并没有具体表明这些珍宝指的是什么，但显然珍宝代表了诗人人生中所珍惜的一切，而年轻人的价值则又远在珍宝之上，这就表明诗人对所爱之人的珍视非同寻常。

"珍宝"这个意象很普通，单拿出来算不上意象，但我们来看看"珍宝"引起的其他相关意象。"箱子""保险箱""温暖的心房"等都成了珍藏这"珍宝"的地方，这些都是防范"扒手"、防范珍宝"被偷走"的办法。"珍宝"的意象就这样被凸显出来，在这个语境下成为一个主导意象，引领了整个诗篇的发展方向。

意象是诗歌的主要元素之一，意象在重复和翻新过程中不断地营造新奇感。它是诗人写诗的材料，展示着诗人独特的创造力。

在十四行诗中，有些意象借用了特殊领域的专业术语，如法律方面或经济方面的术语，我们称之为"越界的意象"。意象是用已知描述未知，两者之间本没有界限，但是当意象有意识地用某一学科的专业术语来实现表意效果时，它就有意识地把一个领域的联想推广到另一个领域了。在这种情况下，我们可以用"越界"一词来描述意象，意在强调诗人有意识地跨学科的意图。本文所说的"越界的意象"特别指人类所发明的被诗人拿来充当喻体的事物。莎士比亚的十四行诗中常出现法律方面的意象，这已经很接近17世纪玄学派诗人的做法了。在使用越界的意象时，诗人为那些看似没有诗意的事物赋予诗意，并将这些干涩的法律或者经济方面的意象与诗歌的浪漫情调相结合，于不可能处营造出诗意的氛围。我们之所以用"越界"一词，其实就是要强调诗人在诗意的荒漠中建造出诗意绿洲的壮举。下面我们就用具体的例子来说明这个问题。

越界意象的使用在莎士比亚的作品中达到了登峰造极的程度，之所以有这么多越界意象出现，归根结底还是由文艺复兴时期欧洲的社会、历史和文化所决定的。"地理大发现"是15～16世纪欧洲现实和此前历史相互作用的结果。"换言之，地理大发现是在欧洲历史和现实各种因素的结合点上出现的。地理大发现是欧洲人民的巨大'传奇'。为了寻找新的地理空间，欧洲人不再用'地中海—大陆'观念，而是用海洋观念来看世界。技术的进步使他们扩大了眼界。"[①] 用海洋的观念来看待世界，这种做法不

---

① 许海山主编《欧洲历史》，线装书局，2006，第99页。

仅仅局限于社会科学领域，实际上也影响了整个文艺复兴时期人们的精神世界。莎士比亚的十四行诗中丰富多彩的社会生活情景是当时现实社会的折射。当时的英国在各个领域都取得了巨大的发展，"英国人在英吉利海峡内大肆从事海盗活动，拦截西班牙等国载运金银的船只，扰乱西班牙等国的航线，打击他们的海上霸权。这些行动使英国得到了它同低地国家的金融和贸易交往中所无法得到的各种财富。这种海盗行为也是以英国海军力量的薄弱为前提的。英国海外扩张的羽翼一旦丰满"，它就与西班牙、葡萄牙等国开始公开的海上争夺了。尤其在 16 世纪最后的二三十年中，"新世界"对欧洲的影响越发明显，并在欧洲各国的实力消长中引起持久和根本性变化，这时，英国人就更加急于开展对外殖民侵略了。"在贸易平衡观念的支配下，英国尝试建立新的殖民地贸易制度（即不必通过西班牙购买来自'新世界'的商品，而是由英国人自己直接向殖民地'购买'）。英国的一大批政治家、航海家、金融家和经济学家都认为，如能向北美殖民，就可以摆脱在油类、葡萄干、橘子、柠檬、兽皮方面对西班牙的依赖，在大青、食盐和酒类方面对法国的依赖以及在亚麻、沥青、桅杆和焦油方面对波罗的海诸国的依赖。因此，'我们就不必像现在这样让自己的财富如此枯竭，不必使不可靠的朋友如此大发横财，而只需用我们现在所花费的一半钱财就可买到我们所需要的商品'。1584 年，英国在北美建立了弗吉尼亚殖民地。1588 年 7 月，英国舰队在英吉利海峡击败西班牙'无敌舰队'，开始树立海上霸权。同年，英国成立几内亚公司，专门从事殖民活动，自非洲掠运黑奴去美洲。"[①] 经济上的发展也带动了相关法律的健全，英国走向了一条有秩序的社会发展道路。经济基础决定上层建筑，科学的进步、经济的繁荣、法律的完善，这些都像空气一样，不知不觉地影响了文化领域。可以推测，在莎士比亚十四行诗中出现的法律术语、经济术语应该都是当时人们常用的字眼。这些术语被诗人拿来当成意象，写进了十四行诗中。下面我们就来分析这些越界的意象在诗歌中产生的艺术效果。

首先是把法律用语写入爱情诗中：

---

① 许海山主编《欧洲历史》，线装书局，2006，第 106 页。

Sonnet 117

Accuse me thus: that I have scanted all

Wherein I should your great deserts repay,

Forgot upon your dearest love to call,

Whereto all bonds do tie me day by day;

That I have frequent been with unknown minds

And given to time your own dear-purchased right

That I have hoisted sail to all the winds

Which should transport me farthest from your sight.

Book both my wilfulness and errors down

And on just proof surmise accumulate;

Bring me within the level of your frown,

But shoot not at me in your waken'd hate;

Since my appeal says I did strive to prove

The constancy and virtue of your love. ①

第 117 首十四行诗

请这样控告我：说我默不作声，

尽管对你的深恩我应当酬谢；

说我忘记向你缱绻的爱慰问，

尽管我对你依恋一天天密切；

说我时常和陌生的心灵来往，

为偶尔机缘断送你宝贵情谊；

说我不管什么风都把帆高扬，

任它们把我吹到天涯海角去。

请把我的任性和错误都记下，

---

① Shakespeare. "Sonnet 117，" https://www.opensourceshakespeare.org/views/sonnets/sonnet_view. php?Sonnet = 117.

> 在真凭实据上还要积累嫌疑，
>
> 把我带到你的颦眉蹙额底下，
>
> 千万别唤醒怨毒来把我射死；
>
> 因为我的诉状说我急于证明
>
> 你对我的爱多么忠贞和坚定。①

——梁宗岱译

这首诗歌差不多是一气呵成的。诗人使用了法律用语，以"请这样控告我"（accuse me thus）开启了全篇诗歌。诗人接下来列举自己的种种错误行为，如同在第110首诗中所写的那样，把自己的错误一一道来，仿佛在反思或者检讨自己的错误行径。在这首诗的最后两行，形势发生了巨大转变。读者本以为是诗人要检讨自己的过错，要乞求年轻人原谅，但最后两行中所说的原因使我们恍然大悟。原来使诗人与年轻人之间产生情感裂痕的是年轻人的背叛和多变，而不是诗人的过错。

莎士比亚在十四行诗中使用了法律方面和经济方面的概念和术语，这样就将其诗歌置于当时的社会政治经济背景之下。诗人将当时的社会思潮元素融入自己的思考，同时他的诗歌也必然是这种思考的产品。法律语言在莎士比亚的十四行诗中被用来谈论与法律不相关的事件，那么这些法律术语就在另一个语境中获得了新的意义。莎士比亚把专业领域的语言用在诗歌中，扩大了十四行诗的语言表现力。其实每一次诗歌的革命都与诗歌语言的应用分不开，华兹华斯在他的抒情歌谣集中就首先开启了诗歌语言的革命，他强调要改造农民的语言，以便使这种朴素的语言可以表达诗歌优雅的内容，这种语言上的改革必然带来诗歌内容上的改革。而莎士比亚对英语语言的贡献不仅体现在他洋洋洒洒的三十几部戏剧中，还体现在像微型雕刻一样的十四行诗中。

虽然莎士比亚的十四行诗运用了法律术语，从而引出法律主题，与当时社会文化领域的话语形成了互文，但是这并不意味着法律本身就被写进了诗中。莎士比亚将法律字眼入诗，只是因为诗中的修辞特点恰好适合用法律主题来表达。诗人也在诗中表达他对于法律的看法，诗人所表达的关

---

① 《莎士比亚全集》第11卷，梁宗岱译，人民文学出版社，1991，第275页。

于法律的期望在当时的英国并没有正式被纳入法律条款中，但是他在诗中已经表达了自己心中的正义感及其主张。在第 35 首十四行诗中，诗人再一次让法律方面的语言入诗：

Sonnet 35

No more be grieved at that which thou hast done:

Roses have thorns, and silver fountains mud;

Clouds and eclipses stain both moon and sun,

And loathsome canker lives in sweetest bud.

All men make faults, and even I in this,

Authorizing thy trespass with compare,

Myself corrupting, salving thy amiss,

Excusing thy sins more than thy sins are;

For to thy sensual fault I bring in sense——

Thy adverse party is thy advocate——

And'gainst myself a lawful plea commence:

Such civil war is in my love and hate

That I an accessory needs must be

To that sweet thief which sourly robs from me. [1]

第 35 首十四行诗

别再为你冒犯我的行为痛苦：

玫瑰花有刺，银色的泉有烂泥，

乌云和蚀把太阳和月亮玷污，

可恶的毛虫把香的嫩蕊盘据。

---

① Shakespeare. "Sonnet 35," https://www.opensourceshakespeare.org/views/sonnets/sonnet_view. php?Sonnet = 35.

　　每个人都有错，我就犯了这点：

　　运用种种隐喻来解释你的恶，

　　弄脏我自己来洗涤你的罪愆，

　　赦免你那无可赦免的大错过。

　　因为对你的败行我加以谅解——

　　你的原告变成了你的辩护士——

　　我对你起诉，反而把自己出卖：

　　爱和憎老在我心中互相排挤，

　　以致我不得不变成你的助手

　　去帮你劫夺我，你，温柔的小偷！①

——梁宗岱译

　　诗篇开头，诗人要求年轻人"别再为你冒犯我的行为痛苦"，接下来诗人理所当然地说明原因，但是诗人没有把这个原因直接说出来，而是用了类似于中国古诗中"比兴"的手法，先言他物。玫瑰虽好却有刺，银色的泉虽然美丽却有烂泥，日月明亮但也会被乌云遮蔽，嫩蕊姣好却也隐藏着可恶的毛虫。诗人用了一系列对立的自然之物，来强调美与恶是对立统一的存在，就通过阐释自然的法则而表明人都会犯错。诗人此时责备自己，而不责备真正犯了过错的年轻人。虽然不是直接地批评谴责年轻人，但这种写法的效果远胜过直接的谴责。在第 9～12 行中，诗人用法律词语"原告"（adverse party）和"辩护士"（advocate）。莎士比亚善于把社会生活各个领域的词语用于文学作品中，其视野之开阔可谓前无古人，这也说明莎士比亚的想象力是多么出众，竟可以调动起那么多意象为诗歌创作服务。莎士比亚还将经济学方面的语言写进十四行诗中：

Sonnet 49

Against that time, if ever that time come,

When I shall see thee frown on my defects,

---

① 《莎士比亚全集》第 11 卷，梁宗岱译，人民文学出版社，1991，第 193 页。

When as thy love hath cast his utmost sum,

Call'd to that audit by advised respects;

Against that time when thou shalt strangely pass

And scarcely greet me with that sun thine eye,

When love, converted from the thing it was,

Shall reasons find of settled gravity, —

Against that time do I ensconce me here

Within the knowledge of mine own desert,

And this my hand against myself uprear,

To guard the lawful reasons on thy part:

To leave poor me thou hast the strength of laws,

Since why to love I can allege no cause. ①

第 49 首十四行诗

为抵抗那一天，要是终有那一天，

当我看见你对我的缺点蹙额，

当你的爱已花完最后一文钱，

被周详的顾虑催去清算账目；

为抵抗那一天，当你像生客走过，

不用那太阳——你眼睛——向我致候，

当爱情，已改变了面目，要搜罗

种种必须决绝的庄重的理由；

为抵抗那一天我就躲在这里，

在对自己的恰当评价内安身，

并且高举我这只手当众宣誓，

为你的种种合法的理由保证：

---

① Shakespeare. "Sonnet 49," https://www.opensourceshakespeare.org/views/sonnets/sonnet_view. php?Sonnet = 49.

> 抛弃可怜的我，你有法律保障，
>
> 既然为什么爱，我无理由可讲。①

—— 梁宗岱译

这首诗的结构很整齐。诗歌的第 1、5、9 行都是以 "为抵抗那一天"（against that time）开始，写诗人已经意识到年轻人对他的背叛是一个事实，而这个事实不久就水落石出，诗人也不能通过自欺欺人的方式避开它了。在第 1~4 行中，诗人料想在不久的将来，年轻人会完全将他抛弃。此处用了经济方面的术语，如 sum（全额）和 audit（查账），用来表达爱的情感已经像金钱一样被耗尽，由此令人联想到诗人被年轻人抛弃后情感的贫穷和空虚。

在第 5~8 行中，诗人把年轻人的眼睛比喻成太阳，而年轻人的眼睛却不再看诗人，就像太阳再也不能照耀诗人一般。太阳这个意象很有力量，它烘托出诗人内心的沮丧和绝望。因为爱情上的损失是如此巨大，诗人感到无比自卑和伤痛。在第 1~8 行，诗人写自己将被年轻人抛弃的情形；第 9~14 行则写诗人面对被抛弃的命运采取的态度，他把所有的过错都归咎于自身。在这首诗中，诗人又用了法律方面的词语，创造出一种如临审判庭的感觉。在这场诉讼中，胜出的是年轻人，而败诉的则是诗人，原因是 "为什么爱，我无理由可讲"（since why to love I can allege no cause）。这一句把诗人为爱所控制而不能自已的情态写得非常逼真。

莎士比亚这首十四行诗的最后一句也表明莎士比亚意识到爱情的本质属性，即爱具有一种神秘的性质，爱的发生常常是自然而然的，无理由可讲的。莎士比亚在诗歌的最后承认，在这场爱的损失中，一切都是自己的错，仅仅因为自己不知道为什么爱。而这个理由反而从另一侧面说明诗人爱得真实，爱得诚挚。读者读到这里的时候，对诗人这个爱情败将也会给予更多的同情，为诗人遭到抛弃感到愤愤不平。

艾米莉·狄金森以她独特的意象表明爱情是发自内心的情感，不是可以通过理智解释清楚的：

---

① 《莎士比亚全集》第 11 卷，梁宗岱译，人民文学出版社，1991，第 207 页。

"*Why Do I Love*" *You, Sir?*

Emily Dickinson

"Why do I love"You, Sir?

Because—

The Wind does not require the Grass

To answer—Wherefore when He pass

She cannot keep Her place.

Because He knows—and

Do not You—

And We know not—

Enough for Us

The Wisdom it be so—

The Lightning—never asked an Eye

Wherefore it shut—when He was by—

Because He knows it cannot speak—

And reasons not contained—

—Of Talk—

There be—preferred by Daintier Folk—

The Sunrise—Sire—compelleth Me—

Because He's Sunrise—and I see—

Therefore—Then—

*I love Thee—*①

为什么我爱你，先生

艾米莉·狄金森

为什么我爱你，先生

因为——风，从未要小草

---

① Dickinson, Emily. "' Why do I love' You, Sir?" https.//www.jianshu.com/p/a385382be434.

回答，为何他经过

她就不能不摇头

闪电，从未问眼睛，

为什么，他经过，要闭上

因为他知道他说不出

有些道理，

难以言说

日出，先生，使我情不自禁

因为日出，我瞥见了

所以，因此

我爱你。

———笔者译

不过，狄金森使用了自然中的意象"风""小草""日出""闪电"。这些意象本身用于表达爱情就有优势，因为这些自然之物或者自然现象本身就具有恢宏或美丽的特点，充满生机，与爱情的特点相似。在莎士比亚第49首十四行诗中，他写道："当你的爱已花完最后一文钱，/被周详的顾虑催去清算账目。"虽然经济学上的"清算账目""一文钱"等词语与爱情的浪漫性质看上去全不沾边，但是诗人大胆地使用这些看似无法入诗的语言，并使之在诗中收到了奇特的效果。

在莎士比亚的第87首十四行诗中，经济活动方面的语言被化作意象：

Sonnet 87

Farewell! thou art too dear for my possessing,

And like enough thou know'st thy estimate:

The charter of thy worth gives thee releasing;

My bonds in theeare all determinate.

For how do I hold thee but by thy granting?

And for that riches where is my deserving?

The cause of this fair gift in me is wanting,

And so my patent back again is swerving.

Thyself thou gavest, thy own worth then not knowing,

Or me, to whom thou gavest it, else mistaking;

So thy great gift, upon misprision growing,

Comes home again, on better judgment making.

Thus have I had thee, as a dream doth flatter,

In sleep a king, but waking no such matter. ①

第 87 首十四行诗

再会吧！你太宝贵了，我无法高攀；

显然你也晓得你自己的声〔身〕价：

你的价值的证券够把你赎还，

我对你的债权只好全部作罢。

因为，不经你批准，我怎能占有你？

我哪有福气消受这样的珍宝？

这美惠对于我既然毫无根据，

便不得不取消我的专利执照。

你曾许了我，因为低估了自己，

不然就错识了我，你的受赐者；

因此，你这份厚礼，既出自误会，

就归还给你，经过更好的判决。

这样，我曾占有你，像一个美梦，

在梦里称王，醒来只是一场空。②

——梁宗岱译

这首诗一开始，诗人就向年轻人告别。因为他发现对他来说，这个年轻

---

① Shakespeare. "Sonnet 87, " https://www.opensourceshakespeare.org/views/sonnets/sonnet_view. php?Sonnet=87.

② 《莎士比亚全集》第 11 卷，梁宗岱译，人民文学出版社，1991，第 245 页。

人太珍贵，他无法拥有。在接下来的几首诗中，告别这一主题一再出现。诗人与年轻人的关系破裂了，此时他的语气是平淡的，而不是戏剧性的，特别是在这首诗的前面四行中语气显得很平淡，似乎只是解释了告别的原因。诗中用了一些有关法律和财经方面的词语，如"债权"（charter）、"债券"（bonds），以此使诗歌在一种非常正式的语气下展开。在接下来的第5~8行中，诗人进一步解释他为什么要与年轻人告别，这里的告别指的就是他与年轻人分手。从这4句诗来看，并不是诗人要与年轻人分手，而是年轻人对他的背叛，让他认识到他不可能再拥有年轻人了。在第9~12行中，诗人说年轻人与他是错误地缔结了友情，只是因为年轻人或对自己认识不清，或对诗人缺乏认识，总之这是一个错误，一旦年轻人清醒，他只会将友情收回。在诗歌的最后两句，诗人对比了拥有年轻人和失去年轻人这两种情形。曾经拥有的时候，如一个美梦，诗人在梦里称王，而醒来之后，却是一场空，大有黄粱一梦的感叹。

除了法律方面的意象和经济方面的意象，食物方面的意象也被莎士比亚写进了十四行诗中：

Sonnet 118

Like as, to make our appetites more keen,

With eager compounds we our palate urge,

As, to prevent our maladies unseen,

We sicken to shun sickness when we purge,

Even so, being tuff of your ne'er-cloying sweetness,

To bitter sauces did I frame my feeding

And, sick of welfare, found a kind of meetness

To be diseased ere that there was true needing.

Thus policy in love, to anticipate

The ills that were not, grew to faults assured

And brought to medicine a healthful state

Which, rank of goodness, would by ill be cured:

But thence I learn, and find the lesson true,

Drugs poison him that so fell sick of you. ①

第 118 首十四行诗

好比我们为了促使食欲增进，
用种种辛辣调味品刺激胃口；
又好比服清泻剂以预防大病，
用较轻的病截断重症的根由；
同样，饱尝了你的不腻人的甜蜜，
我选上苦酱来当作我的食料；
厌倦了健康，觉得病也有意思，
尽管我还没有到生病的必要。
这样，为采用先发制病的手段，
爱的策略变成了真实的过失：
我对健康的身体乱投下药丹，
用痛苦来把过度的幸福疗治。
但我由此取得这真正的教训：
药也会变毒，谁若因爱你而生病。②

——梁宗岱译

　　诗人用食物的意象开启诗篇：就像胃口也需要不断地更新，所以诗人和年轻人也都在这里寻求更好的朋友。这样一个开篇设置了悬念，读者难以预测诗人与年轻人的关系将如何发展。在诗歌第 5~6 行中，莎士比亚把第 1~2 行写的东西又细化了。诗人把年轻人比作一种永远不让人厌烦的甜蜜食物，而诗人说他选取了苦酱。这个意象表明诗人与他的新朋友相处得并不愉快，他的新朋友和这个年轻人形成了对照。诗人又用健康和生病两个意象来分别比喻他与年轻人的关系和他与新朋友的关系。第 5~8 行诗写

① Shakespeare. "Sonnet 118," https://www.opensourceshakespeare.org/views/sonnets/sonnet_view.php?Sonnet=118.
② 《莎士比亚全集》第 11 卷，梁宗岱译，人民文学出版社，1991，第 276 页。

的是诗人做出这样选择的后果。第 9 行诗用 thus 开始，得出结论。诗人发现用来给他治疗疾病的办法只能把他与年轻人的关系变得更糟糕。在诗歌的最后两行，诗人写道自己已经意识到他与年轻人的关系越来越差，诗人那因爱年轻人而生的病已经到了无药可治的地步，诗歌结尾诗人是抑郁的。

医药的意象在莎士比亚的第 147 首十四行诗中出现过：

Sonnet 147

My love is as a fever, longing still,

For that which longer nurseth the disease,

Feeding on that which doth preserve the ill,

The uncertain sickly appetite to please.

My reason, the physician to my love,

Angry that his prescriptions are not kept,

Hath left me, and I desperate now approve

Desire is death, which physic did except.

Past cure I am, now reason is past care,

And frantic-mad with evermore unrest,

My thoughts and my discourse as madmen's are,

At random from the truth vainly express'd;

For I have sworn thee fair, and thought thee bright,

Who art as black as hell, as dark as night. [①]

第 147 首十四行诗

我的爱是一种热病，它老切盼

那能够使它长期保养的单方，

---

① Shakespeare. "Sonnet 147, " https://www.opensourceshakespeare.org/views/sonnets/sonnet_view.php?Sonnet = 147.

服食一种能维持病状的药散，

使多变的病态食欲长久盛旺。

理性（那医治我的爱情的医生）

生气我不遵守他给我的嘱咐，

把我扔下，使我绝望，因为不信

医药的欲望，我知道，是条死路。

我再无生望，既然丧失了理智，

整天都惶惑不安、烦躁、疯狂；

无论思想或谈话，全像个疯子，

脱离了真实，无目的，杂乱无章；

因为我曾赌咒说你美，说你璀璨，

你却是地狱一般黑，夜一般暗。①

——梁宗岱译

　　诗人说他自己的爱情是一种热病，而他所吃的药却并不是用来治疗他的病症的，与之相反，这些药是用来维持他的热病的。在上一首诗中，即第146首诗中，最后两句用了以死神为食的意象："这样，你将吃掉那吃人的死神。"（So shall thou feed on death, that feeds on men.）而这一首诗中用了喂食疾病的意象，这说明诗人已经陷入情感的荒芜中无法自拔。在第147首诗歌的第5~8行中，诗人把理性这个意象比喻成爱情的医生，这个"爱情的医生"完全可以治好他的病，只可惜由于诗人不遵守医生的嘱咐，医生只好把他放弃了。这个意象写出诗人绝望的状态：诗人已经无药可治，唯有等待死亡降临而已，显然诗人已经无法将他自己从与年轻人的关系中解脱出来，诗人的理性已经完全不听他指挥。诗歌第9~12行写出诗人烦躁不安、焦虑以及疯狂的状态。在诗歌的最后两行，诗人的失望语气表明诗人已经意识到无论他多么希望情人是美的，但事实却是冰冷和残酷的。在事实面前，诗人显得那么渺小，仿佛被无边的暗夜所吞没，"地狱"（hell）和"夜晚"（night）这样的意象的出现表明了诗人的绝望。

　　土、水、空气、火，这些本是自然的意象，不过在莎士比亚的第44

---

① 《莎士比亚全集》第11卷，梁宗岱译，人民文学出版社，1991，第305页。

首、第 45 首十四行诗中，诗人把这四者当成了元素意象。在伊丽莎白时代，人们相信宇宙由土、水、空气、火这四种物质构成。诗人把元素意象的使用建立在希腊哲学思想的框架上，所以这个元素意象实际是哲学意义上的，也可以算是越界的意象。"文艺复兴时期的人文主义者开始将世俗的古代历史记载视为道德、哲学和谨慎智慧的典范。"① 相信宇宙由元素组成，这是古老的唯物主义的信仰，而且"古老的唯物主义观点认为微观与宏观之间有对应的关系，土、气、火、水，四种元素对应人类的四种情感"。② 所以，希腊哲学中宇宙由四种物质构成这一说法便被诗人拿来写进了诗篇里。诗人是否相信希腊哲学的宇宙说并不重要，重要的是诗人在古典哲学思维的基础上展开了诗歌想象。诗人在利用这些元素内涵的同时也概括出诗歌的意义，并对此进行了调整，使这些意象更好地为诗歌服务。

莎士比亚的第 44 首十四行诗主要写了土和水，第 45 首十四行诗写了空气和火。

Sonnet 44

If the dull substance of my flesh were thought,
Injurious distance should not stop my way;
For then despite of space I would be brought,
From limits far remote where thou dost stay.
No matter then although my foot did stand
Upon the farthest earth removed from thee;
For nimble thought can jump both sea and land
As soon as think the place where he would be.
But ah! thought kills me that I am not thought,
To leap large lengths of miles when thou art gone,

---

① Frisch, Andrea. "Decorum and the Dignity of Memory: Transformations of the Memorable in Renaissance and Reformation France," *South Atlantic Review*, 4(2018) : 120‐139.

② Coles, Kimberly Anne. "The Matter of Belief in John Donne's Holy Sonnets," *Renaissance Quarterly*, 3(2015) : 922.

But that so much of earth and water wrought

I must attend time's leisure with my moan,

Receiving nought by elements so slow

But heavy tears, badges of either's woe. ①

第 44 首十四行诗

假如我这笨拙的体质是思想，

不做美的距离就不能阻止我，

因为我就会从那迢迢的远方，

无论多隔绝，被带到你的寓所。

那么，纵使我的腿站在那离你

最远的天涯，对我有什么妨碍？

空灵的思想无论想到达哪里，

它立刻可以飞越崇山和大海。

但是唉，这思想毒杀我：我并非思想，

能飞越辽远的万里当你去后；

而只是满盛着泥水的钝皮囊，

就只好用悲泣去把时光伺候；

这两种重浊的元素毫无所赐

除了眼泪，二者的苦恼的标志。②

——梁宗岱译

在第 44 首十四行诗中，诗人首先提出了一个假设。"injurious distance"（直译为：令人感到伤害的距离）这样的用词表明，诗人感受到了与年轻人分离的痛苦，他深感被自己的血肉之躯困住，于是有了一个奇妙的想象。诗人想象自己的肉体就是"思想"（thought），也就是说自己是由思想所构成

---

① Shakespeare. "Sonnet 44," https://www.opensourceshakespeare.org/views/sonnets/sonnet_view.php?Sonnet=44.

② 《莎士比亚全集》第 11 卷，梁宗岱译，人民文学出版社，1991，第 202 页。

的，那么他就可以自由飞翔，可以随时飞到爱人的身边，再也不会被躯体禁锢。想象轻盈的思想带他飞到爱人身边，那一定是极大的快乐和幸福。在接下来的 4 句诗中，莎士比亚继续发挥伟大的想象力。诗人认为"空灵的思想"（nimble thought）可以跨越高山和大海，即使所爱之人远在天涯，也没有关系。幻想的海市蜃楼一时间迷惑了我们的双眼，读者仿佛被诗人引导着陷入了一种形而上的灵魂感应世界里。然而，在这首诗中，诗人无法触及任何可以感受得到、摸得着的现实。在第 9 行，莎士比亚又一次使用他在十四行诗中经常使用的结构，来了一个大转折，诗人从前 8 行营造的幻想氛围中一下冲了出来，滑落到现实的地面。他不得不承认自己的生命是由土与水构成的，而非思想的造物，是实实在在的物质，不是空灵的思想，回归现实的残酷是令人悲伤的。因此，在第 12 行中，诗人唯一能够做的就是"用悲泣去把时光伺候"（attend time's leisure with my moan）。这是诗人由幻想天堂跌至现实地面时所感受到的巨大反差，也是他想象的气泡破灭后内心绝望的状态。在第 9 行中，诗人又用了两个"thought"来制造头韵，以加强艺术效果。诗歌最后两行把痛苦归因于水与土——这构成自身生命的两种重浊的元素。诗歌从轻松的幻想开始，到回归沉重的现实结束，留下一抹别离的伤感与人世的无奈。

第 45 首十四行诗与第 44 首十四行诗联系十分密切。这首诗针对生命四大元素水、土、空气、火中的后两者：

Sonnet 45

The other two, slight air and purging fire,

Are both with thee, wherever I abide;

The first my thought, the other my desire,

These present-absent with swift motion slide.

For when these quicker elements are gone

In tender embassy of love to thee,

My life, being made of four, with two alone

Sinks down to death, oppress'd with melancholy;

Until life's composition be recurred

By those swift messengers return'd from thee,
Who even but now come back again, assured
Of thy fair health, recounting it to me:
This told, I joy; but then no longer glad,
I send them back again and straight grow sad. ①

第 45 首十四行诗

其余两种，轻清的风，净化的火，
一个是我的思想，一个是欲望，
都是和你一起，无论我居何所；
它们又在又不在，神速地来往。
因为，当这两种较轻快的元素
带着爱情的温柔使命去见你，
我的生命，本赋有四大，只守住
两个，就不胜其忧郁，奄奄待毙；
直到生命的结合得完全恢复
由于这两个敏捷使者的来归。
它们现正从你那里回来，欣悉
你起居康吉，在向我欣欣告慰。
说完了，我乐，可是并不很长久，
我打发它们回去，马上又发愁。②

——梁宗岱译

在莎士比亚的第 14 首十四行诗中，我们发现了占星术概念下的星星
意象：

---

① Shakespeare. "Sonnet 45," https://www.opensourceshakespeare.org/views/sonnets/sonnet_view.php?Sonnet=45.

② 《莎士比亚全集》第 11 卷，梁宗岱译，人民文学出版社，1991，第 203 页。

Sonnet 14

Not from the stars do I my judgment pluck,

And yet methinks I have astronomy;

But not to tell of good or evil luck,

Of plagues, of dearths, or season's quality;

Nor can I fortune to brief minutes tell,

Pointing to each his thunder, rain, and wind,

Or say with princes if it shall go well,

By oft predict that I in heaven find:

But from thine eyes my knowledge I derive,

And, constant stars, in them I read such art

As truth and beauty shall together thrive,

If from thyself to store thou wouldst convert;

Or else of thee this I prognosticate:

Thy end is truth's and beauty's doom and date. ①

第 14 首十四行诗

并非从星辰我采集我的推断；

可是我以为我也精通占星学，

但并非为了推算气运的通塞，

以及饥荒、瘟疫或四时的风色；

我也不能为短促的时辰算命，

指出每个时辰的雷电和风雨，

或为国王占卜流年是否亨顺，

依据我常从上苍探得的天机。

我的术数只得自你那双明眸，

---

① Shakespeare. "Sonnet 14," https://www.opensourceshakespeare.org/views/sonnets/sonnet_view.php?Sonnet = 14.

　　恒定的双星，它们预兆这吉祥：

　　只要你回心转意肯储蓄传后，

　　真和美将双双偕你永世其昌。

　　要不然关于你我将这样昭示：

　　你的末日也就是真和美的死。①

——梁宗岱译

　　诗人用风这个意象指代思想，用火这个意象指代欲望，只是这两个元素并不与诗人同在，而是与年轻人在一起。也就是说，两个意象不在诗人自己的掌控范围内。这两种元素无法控制、时隐时现，就对诗人自身造成了折磨。在诗歌的第5~12行，诗人描述了两种相互对照的情形。当这两种元素离开诗人而居于年轻人那里时，诗人自己就不胜烦恼和忧愁；而当这两者归来时，诗人又得到了暂时的安慰。可惜好景不长，当二者再次离开诗人，到年轻人那里去时，诗人又一次陷入了无边的忧愁。诗人可以把缠绵的爱情用四大元素来构思，从这里足以看出莎士比亚诗歌的奇妙。

　　占星术名义下的星星也是一个越界的意象。天体、星辰、日月，这些算是天文学领域的事物，但它们同时也是自然事物。我们并不将星、月等意象列为越界的意象。但是占星术不一样，我们可称其为玄学，它是一个理念，在这个理念下出现的"星星"这个意象也不单单是星星，而成了某种有特殊魔力的事物。"与魔法有关的第一个也是最重要的一个事物是信仰，与天体的影响有关。天体的影响并不是文艺复兴时期作家能吸引魔法力量的唯一来源，但它是占主导地位的。从这个意义上说，自然魔法主要是星体魔法，如果我们理解'星体'来表示所有的天体，而不仅仅是星星。"②

　　诗歌的构思很简单，完全按照占星术的行为方式展开。诗人说不依据星星预测自然现象或者未来，他只要看所爱之人的眼睛，那双眼睛就是"恒定的双星"。诗歌于是从玄妙的占星术走向世俗的关爱，在魔力和现实之爱之间摆动，并最终倾向于现实的天平。

---

①　《莎士比亚全集》第11卷，梁宗岱译，人民文学出版社，1991，第172页。

②　Dawes, G. W. "The rationality Of Renaissance Magic(Review) ," *Parergon*, 2(2013) : 33-58.

越界意象的使用使十四行诗更加具有包容性，也使诗歌的表现手法多样化，并且将现实生活融入诗歌中。这样的诗篇也不再有高处不胜寒的孤僻优越之感，而是显现了海纳百川的澎湃之势。

第二节　修辞性意象

比喻包括喻体和本体。修辞性意象相当于比喻中的喻体，本节不研究比喻，而是研究另一个层面的意象。或者说，我们要探讨的是喻体在诗歌中所起的效果。比喻有很多种，明喻、暗喻都是非常常见的。"奇喻"也是一种比喻，它作为一种修辞性的意象在诗歌中被广泛使用，对十四行诗更是重要。在其他诗歌中，"奇喻"仅是修辞手段而已，但是对于十四行诗来讲，奇喻在整个诗歌中占据突出位置，统领全诗。奇喻的使用让十四行诗有了更加深邃和神秘的气息，让诗歌奇风突起，有了万千风景。

作为一种修辞性意象，奇喻最重要的特点在于"奇"。意象表面看来常常是风马牛不相及之物，但是骨子里有一种极其逼人的类似性，能够给人留下诡异的感受，让人过目不忘。作为一种修辞手段，奇喻深受诗人的喜爱。奇喻承载着诗人们对世界万物创造性的想象，它是天才诗人的佐证。我们将研究奇喻的起源及其陌生化效果，并着重分析死亡奇喻的文化内涵与思想内涵。

奇喻指一种复杂的或不自然的比喻。"奇喻"一词原本是指"观念"或"概念"，受意大利文 concetto（概念）的影响，转而指一种荒诞的意象。彼特拉克式奇喻深受文艺复兴时期十四行诗作者的欢迎，是一种夸张的比喻。一般来说，一个痛苦的诗人常把他美丽而残忍的情妇比作某种实物，如坟墓、海洋、太阳等。"玄学派的奇喻"（metaphysical conceit）与17世纪的玄学派有关，是一种更为复杂和充满智慧的修辞手段。它建立了一个类比，通常是在一个实体的精神品质和物质世界中的物体之间建立，有时控制着诗歌的整个结构。奇喻往往如此，以致变得荒谬，退化为不自然的装饰。随着浪漫主义的兴起，奇喻和其他诗歌技巧一起陷入了不利的境地。19世纪末，法国象征主义者复兴了奇喻，在艾米莉·狄金森、艾略特和庞德等诗人的作品中，它们被普遍应用，尽管形式还很简练。

虽然彼特拉克的奇喻很受文艺复兴时期诗人的追捧，但使用奇喻主要还是 17 世纪玄学派诗人的特征。他们创造了许多流传于世的奇特意象，故有"玄学派的奇喻"之称。塞缪尔·约翰逊首先用"玄学派诗人"这个词来批评那些使用奇喻的诗人。现在，"奇喻"这个词已经被广泛接受，不再带有贬义色彩，而是变成了一种诗歌创作手段，指诗歌使用不寻常和矛盾意象的修辞手法。最典型的奇喻是约翰·邓恩诗中"圆规"和"金箔"的比喻。下面我们通过分析这首诗来看奇喻的特点：

A Valediction Forbidding Mourning
John Donne

As virtuous men pass mildly away,
And whisper to their souls to go,
Whilst some of their sad friends do say,
"Now his breath goes, "and some say, "No. "

So let us melt, and make no noise,
No tear-floods, nor sigh-tempests move;
'Twere profanation of our joys
To tell the laity our love.

Moving of th' earth brings harms and fears;
Men reckon what it did, and meant;
But trepidation of the spheres,
Though greater far, is innocent.

Dull sublunary lovers' love
—Whose soul is sense—cannot admit
Absence, because it doth remove
Those thing which elemented it.

But we by a love so much refined,
That ourselves know not what it is,

Inter-assurèd of the mind,

Care less, eyes, lips and hands to miss.

Our two souls therefore, which are one,

Though I must go, endure not yet

A breach, but an expansion,

Like gold to airy thinness beat.

If they be two, they are two so

As stiff twin compasses are two;

Thy soul, the fix'd foot, makes no show

To move, but doth, if th' other do.

And though it in the centre sit,

Yet, when the other far doth roam,

It leans, and hearkens after it,

And grows erect, as that comes home.

Such wilt thou be to me, who must,

Like th' other foot, obliquely run;

Thy firmness makes my circle just,

And makes me end where I begun. [①]

致辞别离,莫悲哀

约翰·邓恩

当有德高之人离世,

对灵魂低语说声走吧,

---

① Donne, John. "A Valediction Forbidding Mourning," https://wenku. baidu. com/view/3f2e9bc1b04 e852458fb770bf78a6529657d3543. html.

而他们伤心的朋友说，
"现在他呼吸停止，"一些人说，"不。"

所以让我们融化，不要喧嚣，
没有泪水如洪，也不要叹息如雨；
如果我们的爱向世人诉说，
那是对我们欢乐的亵渎。

地球运转带来伤害和恐惧；
人们猜想它做了什么，有何意味；
但是星球的抖动，
力量虽大，却与我们毫不相干。

但我们的爱如此精微，
我们自己也无法尽知
内在心灵的保障，
粗心大意中，眼睛、嘴唇和手都会错过。

因此，我们的灵魂成为一体的，
虽然我必须离开，但不能忍受
分开，伸展，
像黄金一样被打成薄片。

如果他们是两个，就算是两个，
因为圆规有两只脚；
你的灵魂，固定的脚，表面上没有
移动，但如果另一个移动，它会移动。

虽然它居中，
然而，当另一个漫游，
它倾斜着，倾听着，

　当你归来，它就直立。

　你对我如此这般，我必然是，
　像另一只脚，斜立着，奔跑；
　你的坚贞使我的圆饱满，
　从起点走向起点。

——笔者译

　　"圆规"这个奇喻几乎家喻户晓，原因就在于诗人用"圆规"这个意象来表示恋爱双方的关系。这乍看来绝对是闻所未闻，但是诗中却抓住了圆规的典型特征，即一只脚围绕另一只脚转动。诗人用这个特征来指恋人之间的心心相印，令人忍俊不禁，意象耐人寻味，不落俗套，诗人的奇思妙想令人赞叹。这告诉我们"奇喻"的特点就在于看似不像，但又极其相似，人人认可，却非人人可以用此意象。其实这首诗中除了"圆规"这个奇喻以外，还有其他奇喻存在，如把恋人的分离用"黄金被打成薄片"的意象来表示。黄金可以被打得很薄，却不会分裂，诗人以此来形容恋人虽然分离，但灵魂仍融为一体，这样的意象恰到好处。因为恋人的灵魂是合为一体的，所以当离别之时，诗人对于这份情感没有疑虑。邓恩在诗中使用"金箔"和"圆规"的奇喻，在这两种物质的特征与情感浓烈这一特征之间建立起一种贴切的联系。科学知识与情感协调一致，描写出爱情的情感强度。圆规的运行方式成为恋人关系的一种程式化表达。邓恩最初可能把奇喻作为表达情感发展强度的一种手段。

　　邓恩的诗中表达了怎样的情感强度呢？我们通过对比中国的古诗，便可以使这个问题得到清楚的解答。姚宽的《生查子》写道："郎如陌上尘，妾似堤边絮。相见两悠扬，踪迹无寻处。酒面扑春风，泪眼零秋雨。过了离别时，还解相思否？"在邓恩的诗中，完全没有"还解相思否？"的问题，因为他对这份爱情怀有信心，相信这是灵魂之爱。因为是灵魂之爱，所以也没有姚宽《生查子》一诗中的苟且。晏殊《浣溪沙》词云："一向年光有限身，等闲离别易销魂。酒筵歌席莫辞频。满目山河空念远，落花风雨更伤春。不如怜取眼前人。"在《浣溪沙》中，诗人用"不如怜取眼前人"来缓解离别之痛。但是在邓恩的诗中，他相信离别不会改变爱情，因为他与爱人的灵魂相融于一处。这首诗中所表现出的离别情感像秦观《鹊桥仙》中的诗句所描述的："纤云弄巧，飞星传恨，银汉迢迢暗度。金风玉露一相逢，便胜却人间无数。柔情似水，佳期如梦，忍顾鹊桥归路，两情若是久长时，又岂在朝朝暮暮。"

此外，在邓恩的诗中，有关天体的奇喻也很独特，地球的运转引起恐惧，但对星球的震颤我们却全然无知。通过这样的奇喻，诗人意在夸大自己爱情的伟大，也显示出诗人的气魄。对于文艺复兴时期的思想家们来说，宇宙与人的生命之间似乎有一种亲密的联系。灵魂从肉体中被放逐与行星被从星系中放逐的时间一样长。可以说，天体意象的使用也是西方文化传统使然。

邓恩的"奇喻"用得绝妙，但"奇喻"的使用并不始于邓恩。早在彼特拉克的十四行诗中，就已经存在"奇喻"。此处"奇喻"特别用来指花哨的意象。意象就是通过比较一个事物来描述另一个事物，从而使我们获得新奇感。奇喻可以说是夸大了的意象。在文艺复兴时期，诗人们在幻想中寻找不寻常的意象，以期达到惊世骇俗的效果。他们还喜欢模仿彼特拉克的奇喻，把恋人比成花园、一朵花等看上去没有相似性、仔细想来又很相似的意象。对于文艺复兴时期的诗歌来讲，"奇喻"也是一种结构性元素。一个奇喻可能是一首诗的亮点，诗中所有其他的元素都要围绕这个亮点展开，这个奇喻成为一首诗的骨架。"奇喻"是想象的奇葩，是诗人智慧的结晶。当我们以一种突然而醒目的方式将两件属于不同经验的事物放在一起时，我们的大脑力图在两者之间建立联系。但是到底什么样的事物才能够联系在一起呢？对普通人来说，事物彼此能够建立的联系实在有限，但是对于善于幻想的人则不同，他们可以发现世界上难以计数的联系方式。富有创造力的人都是善于幻想的人，而诗人则是最富有想象力的人。诗人总在力求开辟认知世界的新道路，因为他们认为惯常的认识世界的方式是乏味的，所以想方设法挖掘有趣的认知世界的新方式。

奇喻是玄学派诗歌最重要的特征。玄学派诗歌体现了玄学与诗歌的结合。玄学的神秘与理性被放进诗歌里，使诗歌获得了奇特的效果。约翰逊博士显然认为玄学和诗歌是风马牛不相及的事物，因此才会用玄学派诗歌这个词语来称呼17世纪以邓恩为代表的这类诗人创作的诗歌。约翰逊博士认为这类诗歌不伦不类，便给这类诗歌取了这样一个名称，但他没有想到的是，现在玄学派诗歌这个字眼已经完全不带贬义色彩了。

　　从审美效果来看，奇喻是产生"陌生化"效果的一种手段。20世纪初，俄国形式主义文学批评流派慢慢形成了。这个文学流派的大多数主张已经被人们渐渐遗忘，但是"陌生化"这个术语流传了下来。什克洛夫斯基（Viktor Shklovsky，1893~1984）认为诗歌的语言与人们的日常用语不同，因为它更加难以理解。他认为艺术的目的是使人们对事物产生感觉，而我们的日常习惯已经使我们的感觉变得麻木，比如当我们看到一块石头时，我们对它只有概念化的认识，没有感觉上的认识。我们认为石头是坚硬的，是有棱角的，这其实并不是感觉，而只是人们传统的认识。艺术的目的是让我们重新认识石头，从感觉的角度去感受石头是什么样的。"陌生化"原则强调艺术对人的感性产生的效果。

　　文学的基本社会功能是认识功能、教育功能和审美功能。文学的认识功能和教育功能都离不开文学的审美功能。文学要给人以乐趣，然后才能起到教育人、使人认识世界的作用，这就是我们常说的寓教于乐。要使文学作品产生审美效果，就要让作品带给人新奇的感觉，因为新奇的感觉才会引起读者的兴趣。让我们熟悉的东西变得陌生，会消灭我们习惯上产生的认知，从而使人获得发现的乐趣。这就如同人们旅游时总是想去新的地方一样。有的人会认为那些去过的地方不再能够给人带来快乐，因为他们已经熟悉它了，所以它不再能够激发起人的兴趣，而人们需要全新的刺激。在审美方面也是一样，人们需要有新的发现来激发自己对世界的兴趣，这也正是诗人和艺术家一直努力做的事情。

　　玄学派诗人以使用"奇喻"闻名，但是"奇喻"在17世纪之前的作品中也常出现，这种"奇喻"产生的震撼效果不亚于玄学派诗人的奇喻。下面我们就对比研究莎士比亚第146首十四行诗与邓恩的《死神，莫骄傲》（*Death Be Not Proud*）一诗，目的是分析、比较这两首诗中用"死亡之死"喻指"永恒"的奇喻修辞。

Sonnet 146

　　Poor soul, the centre of my sinful earth,

　　My sinful earth these rebel powers that thee array;

Why dost thou pine within and suffer dearth,

Painting thy outward walls so costly gay?

Why so large cost, having so short a lease,

Dost thou upon thy fading mansion spend?

Shall worms, inheritors of this excess,

Eat up thy charge? is this thy body's end?

Then soul, live thou upon thy servant's loss,

And let that pine to aggravate thy store;

Buy terms divine in selling hours of dross;

Within be fed, without be rich no more:

So shalt thou feed on death, that feeds on men,

And death once dead, there's no more dying then. ①

第 146 首十四行诗

可怜的灵魂，万恶身躯的中心，

被围攻你的叛逆势力所俘掳，

为何在暗中憔悴，忍受着饥馑，

却把外壁妆得那么堂皇丽都？

赁期那么短，这倾颓中的大厦

难道还值得你这样铺张浪费？

是否要让蛆虫来继承这奢华，

把它吃光？这可是肉体的依皈？

所以，灵魂，请拿你仆人来度日，

让他消瘦，以便充实你的贮藏，

拿无用时间来兑换永欠租期，

让内心得滋养，别管外表堂皇：

---

① Shakespeare. "Sonnet 146," https://www.opensourceshakespeare.org/views/sonnets/sonnet_view. php?Sonnet = 146.

> 这样，你将吃掉那吃人的死神
>
> 而死神一死，世上就永无死人。①

——梁宗岱译

在诗中，诗人冷静地思考了关于灵魂的问题，灵魂是他身体的主宰。灵魂花了很多时间去寻求世俗的欲望，而其实这些时间应该花在使人获得永生上。诗人提出了一系列问题：为什么灵魂费尽心机想要装点肉体从而满足欲望？为什么面对如此短暂的生命，灵魂还要浪费时间来追逐女人呢？那个即将倾塌的大厦象征着美色，而美色终将消失，被蛀虫吃光，永远也达不到永恒。在第9~12行中，诗人显然为被毒害的灵魂找到了解药，指明了灵魂获得拯救的方向。诗人认为只有控制欲望、充实精神、放弃肉欲、滋养内心，才能使灵魂得以不朽。在诗歌的最后两行，诗人将死亡写成了一个悖论。因为死亡是生活中不可避免的一个事实，所以灵魂就需要为此做好准备。一旦死亡已死，就是灵魂获得永生的时刻，在灵魂永生时，死亡便无能为力了。死亡之死喻指永恒，这是一个奇喻，而且是一个悖论式的比喻。奇就奇在它违背了人们对于死亡的常规认识，让一个本不可能出现的理念"死亡之死"产生。这首诗与邓恩的《死神，莫骄傲》的构思十分相似：

> Death be not proud, though some have called thee
>
> Mighty and dreadful, for thou art not so,
>
> For those whom thou think'st thou dost overthrow,
>
> Dienot, poor death, nor yet canst thou kill me.
>
> From rest and sleep, which but thy pictures be,
>
> Much pleasure, then from thee, much more must flow,
>
> And soonest our best men with thee do go,
>
> Rest of their bones, and soul's delivery.
>
> Thou art slave to Fate, Chance, kings, and desperate men,

---

① 《莎士比亚全集》第 11 卷，梁宗岱译，人民文学出版社，1991，第 304 页。

And dost with poison, war, and sickness dwell,

And poppy, or charms can make us sleep as well,

And better than thy stroke; why swell'st thou then?

One short sleep past, we wake eternally,

And death shall be no more; death, thou shalt die. [1]

死神，莫骄傲，虽然有人称你

强大、可怕，你也并非如此，

那些你以为毁灭掉的，

也并没有死，而你，可怜的死神，也杀不死我。

休息和眨眼，那是你的形象，

从你之处，必将流出更多的快乐，

我们最优秀之人越早随你而去，

越得灵魂救赎，肉体安息。

你是命运、机会、国王和狂徒的奴隶，

同毒药、战争、疾病同往，

鸦片和巫术会使我们睡得更好，

强过你的打击，何必傲慢自大？

当那短暂的睡眠之后，我们会永恒地清醒，

再无死亡；死亡，你得去死。

——笔者译

这首十四行诗题名为《死神，莫骄傲》，是论述生死问题的诗歌，从宗教教义中体会生命与死亡。在诗歌的第 1~4 句中，诗人一开始就对死神讲话。诗人的语气是轻蔑的，但他的逻辑非常独特，讲话时理直气壮。要注意，此处是讲话，而不是对话，因为诗人根本就不打算给死神留下反驳的机会。诗人先断定死神并没有杀死那些他以为自己已经杀死的人，这样写便为诗歌布下了悬念。但诗人没有紧接着这个悬念继续写下去，而是直接写死神

---

[1]　Donne, John. "Death Be Not Proud," https://wenku.baidu.com/view/2b1f7806de80d4d8d15a4f51.html.

也不能杀死诗人自己，这样就使疑问和悬念进一步升级，使诗歌产生引人入胜的效果。接着诗人道出了死神为什么不能杀死人，诗人的语气又变得轻松。第5行以from这个介词开头，使诗歌在语气的转折上不至于太突然，它延缓了下一行"从你之处，必将流出更多的快乐"（Much pleasure, then from thee, much more must flow）的出现，这一层意思的出现使诗歌的进展更有节奏感。诗人的推理在第7~8行中有了具体的答案："我们最优秀之人越早随你而去，／越得灵魂救赎，肉体安息。"（And soonest our best men with thee do go, ／Rest of their bones, and soul's delivery.）虽然邓恩很善于运用隽语，但这里诗人的口气是郑重的，他以虔诚的宗教教义来解释生死问题。这一节诗歌的语气再一次转换，诗人以雄辩的辞藻攻击死神，显示了一种排山倒海的气势。十四行诗的情感和思想表达分为几个层次，这是我们所熟悉的。邓恩的这首十四行诗并不按十四行诗通常的结构进行构思，整首诗通过语气的变换烘托出意思的发展变化，这一点是独特的。在最后两句，诗歌的节奏趋于舒缓，有一种永恒战胜了死亡，终于取得胜利的舒适之感。"死亡，你得去死。"（death, thou shalt die.）这是一个奇喻，貌似没有道理，却将道理蕴含其中，给读者留下了非常深刻的印象。

同邓恩的《死神，莫骄傲》一样，莎士比亚的第146首十四行诗也探索了生死问题。在这两首诗中，诗人对死亡的思考都掺杂了宗教的因素。莎士比亚的大多数十四行诗都有浓郁的尘世生活味道，宗教的色彩很淡。但在第146首十四行诗中，他非常严肃地思索生死问题，使他的诗歌也蒙上宗教的神秘色彩。邓恩是宗教信仰者，他诗中的生死观是宗教性的。两人都通过使用奇喻的修辞手法使诗歌获得了哲学的深度和宗教的神秘感。

死亡是生命的终结，是永生的对立面，但是通过宗教性认识，死亡成了通往永生的途径。然而，"人之情莫不恶死而乐生"，这也是不可否认的事实。在英语和汉语中都有委婉语这类修辞格，关于死亡的委婉语也有多种说法，说明了人类对于生的热爱和死的厌恶。与死亡相关的词语会给我们带来不愉快的联想，但是有时候，诗人故意反其道而行之，他们会用不愉快的意象来表达愉快的含义。莎士比亚在他的第31首十四行诗中就做过这样的尝试：

Sonnet 31

Thy bosom is endeared with all hearts,

Which I by lacking have supposèd dead,

And their reigns love, and all love's loving parts,

And all those friends which I thought buried.

How many a holy and obsequious tear

Hath dear religious love stol'n from mine eye

As interest of the dead, which now appear

But things removed that hidden in thee lie!

Thou art the grave where buried love doth live,

Hung with the trophies of my lovers gone,

Who all their parts of me to thee did give;

That due of many now is thine alone:

Their images I loved I vew in thee,

And thou, all they, hast all the all of me [①]

第 31 首十四行诗

你的胸怀有了那些心而越可亲

它们的消逝我只道已经死去；

原来爱，和爱的一切可爱部分，

和埋掉的友谊都在你怀里藏住。

多少为哀思而流的圣洁泪珠

那虔诚的爱曾从我眼睛偷取

去祭奠死者！我现在才恍然大悟

他们只离开我去住在你的心里。

你是座收藏已〔以〕往恩情的芳冢，

---

① Shakespeare. "Sonnet 31," https://www.opensourceshakespeare.org/views/sonnets/sonnet_view.
php? Sonnet = 31.

> 满挂着死去的情人的纪念牌，
>
> 他们把我的馈赠尽向你呈贡，
>
> 你独自享受许多人应得的爱。
>
> 在你身上我瞥见他们的倩影，
>
> 而你，他们的总和，尽有我的心。①

——梁宗岱译

诗中的奇喻是把年轻人喻成坟墓（grave）。这个关于死亡的意象并没有任何否定年轻人的美的意思，相反，这个坟墓是埋藏诗人最珍贵回忆的坟墓，因此它仍然是一个美的意象。与中国文化不同的是，在西方文化中，人们并不是特别忌讳死亡，因此这里的坟墓意象也不影响我们对诗意的感受。不过，死亡毕竟不是一件令人快乐的事情。莎士比亚在之前的诸多诗歌中都力劝年轻人结婚生子，从而抵抗死神的侵袭。而在这首诗中，年轻人本身则被用坟墓这个修辞性的意象来描绘，这样的反转令人感到很滑稽、很震惊。诗中说年轻人可爱，这不是因为他自身，而是因为他自身成了一个储存爱的坟墓。这样写似乎是在说年轻人不过是一个躯壳而已，诗歌的主题似乎已经演变为对已经逝去的爱的纪念。但只要我们读到最后两行，会发现诗人所赞美的还是年轻人。从最后一句来看，莎士比亚意在表示年轻人是把所有他心爱之人的情愫与美好集于一身者，年轻人才是圣中之圣，集大成者。不过莎士比亚并没有让他想要凸显的主题十分明了。诗中追思旧日时光，怀念逝去的亲朋故友，这样就自然而然地形成了一种丰富缠绵的语气。诗人曾经赋予无数美好的人与事物的情感现在转移到年轻人身上，意在强调年轻人使诗人重新获得了他最珍爱的一切，带给诗人幸福。但是由于诗歌用了丰富的意象来描写对旧日时光和旧友的怀念之情，并且写得如此生动，当诗人想把读者的注意力转到对年轻人的赞美上来的时候，我们仍然沉浸于"为哀思而流的圣洁泪珠"（a holy and obsequious tear）中，所以诗歌的主题就变得模棱两可，既像是赞美年轻人，又像是怀念亲友。

坟墓这个奇喻给人一种复杂的情感体验。诗人把所爱的年轻人比喻成坟墓，其中埋藏了美好的一切，但是坟墓的意象颠覆了人们对其已有的认

---

① 《莎士比亚全集》第 11 卷，梁宗岱译，人民文学出版社，1991，第 193 页。

知，使其变得陌生化了。我们被迫重新感知坟墓的意义，因为诗人说这坟墓中蕴藏了美。这样的奇喻虽然确实很奇特，但总是让人感觉有不足，因为"坟墓"所带来的联想实在是过于负面。无论怎样的文笔也不可能抹杀坟墓给人的不愉快之感，即使是在西方文化不太忌讳谈论死亡的文化背景下也是如此，因为人类更倾向于喜欢带给人欢乐的事物。

用坟墓来喻美好已经是彼特拉克式的奇喻，但还有比这更奇的比喻。美国 20 世纪黑人女诗人格温多林·布鲁克斯（Gwendolyn Brooks，1917～2000）写过这样一首十四行诗，诗中把死亡喻为求爱。布鲁克斯是 20 世纪美国诗坛最著名的黑人女作家，她不仅是美国文学史上第一位获得普利策文学奖（Pulitzer Prize）的黑人作家，还是美国第一位黑人"桂冠诗人"。她的这首十四行诗是反战题材的：

The Sonnet-Ballad

Gwendolyn Brooks

Oh mother, mother, where is happiness?
They took my lover's tallness off to war,
Left me lamenting. Now I cannot guess
What I can use an empty heart-cup for.
He won't be coming back here any more.
Some day the war will end, but, oh, I knew
When he went walking grandly out that door
That my sweet love would have to be untrue.
Would have to be untrue. Would have to court
Coquettish death, whose impudent and strange
Possessive arms and beauty(of a sort)
Can make a hard man hesitate—and change.
And he will be the one to stammer, "Yes. "
Oh mother, mother, where is happiness?[①]

---

① Brooks, Gwendolyn. "The Sonnet Ballad, ", http:·//www. docin. com/p-442120853. html.

民谣式的十四行诗

格温多林·布鲁克斯

哦，妈妈，妈妈，幸福在哪里？

他们把我身材高大的情人带去参战。

让我悲叹。现在我猜不出

我能用个空的心杯来做什么。

他不会再归来了。

总有一天战争会结束，但是，哦，我知道

当他大摇大摆地走出那扇门时

我甜蜜的爱一定不再忠诚。

必须是不忠诚的。必须要向

风骚的死亡求爱，她无耻和奇怪

占有一切的手臂有某种美丽

会让一个坚强的人犹豫并改变，

他会结结巴巴地说："是的。"

哦，妈妈，妈妈，幸福在哪里？

——笔者译

　　在诗中，诗人写爱人被迫上了战场，并在战场上变了心，因为他有了新情妇，而这个情妇不是别人，正是死神。诗人说自己的爱人要向死亡求爱，因为死亡会卖弄风情。为什么会这样呢？这给人以丰富的联想空间。或许在战场上，战士受到鼓动，把为国捐躯视为光荣的事业，因而便不畏死亡；或许残酷的战争让人生不如死，死比活着更加轻松。诗人这个奇喻用得很成功，使诗歌耐人寻味，不同凡响。

　　这首诗中的描写是具体的，爱人参战，将面临死亡的威胁。但在这一具体事件的背后，诗人批判的是那些夺走爱人生命的信念。是什么夺走了她的幸福，那逼迫她的爱人去参战的理由是什么，她的爱人又为什么心甘情愿地充当炮灰？诗人的愤怒指向战争，指向发动战争的信念，但她没有写这些，而是写现实世界中人的行为，并把这种行为用意象抽象化。奇喻的使用增添了十四行诗的表现力。死亡这个奇喻是西方十四行诗中一道独特的风景。奇喻的使用使十四行诗充满神秘和睿智的色彩，也让读者在阅读这些诗行的时候，心中充满惊奇感。

在十四行诗中，意象以拟人的修辞方式出现，也使意象获得了更大的表现力。在莎士比亚的作品中，就有大量关于眼与心的拟人化意象的应用。眼睛与心灵的关系是莎士比亚富有创新性的一个发现。莎士比亚的多首十四行诗都写眼睛与心灵之间的关系。"'眼睛……世界之美通过它而显露给我们的凝视，它是如此卓越，不管是谁，如果他甘愿失去它，就不再能够认识自然的全部杰作——视觉让满足的心灵逗留在身体的牢房里，多亏了眼睛向它表呈创造的无穷变化。丧失眼睛的人把这一心灵抛弃在一座阴暗的牢房里，在那里，重见太阳和宇宙光明的一切希望都中止了。'眼睛实现了向心灵开启非心灵的东西、万物的至福领地，以及它们的神和太阳的奇迹。"① 眼睛被称为人类心灵之窗，没有什么其他的器官比眼睛更有表现力，没有谁与心灵的关系能如此亲密。眼睛被诗人咏叹，被诗人美化，被赋予更加丰富的意义。《诗经·卫风·硕人》中写道："巧笑倩兮，美目盼兮。"笑再好看，也不过是看起来漂亮而已；但是美丽的眼睛不同，它还流露出顾盼的意味，仿佛有无限的深情，或者是欲说还休的惆怅。

眼睛注视的动作不仅仅是一个单纯的身体动作，它还被赋予一些意义，形成了感觉者和被感觉者之间的一种复杂关系。简单地说，当身体被用来观察世界时，它就是感觉者，而身体感觉的对象就是客观世界。但是，感觉者和被感觉者不是分开的、对立的，而是融合的。庞蒂认为"身体同时是能看的和可见的。身体注视一切事物，它也能够注视它自己，并因此在它所看到的东西当中认出它的能看能力的'另一面'。它能够看到自己在看，能够摸到自己在摸，它是对于它自身而言的可见者和可感者。这是一种自我，但不是像思维那样的透明般的自我（对于无论什么东西，思维只是通过同化它，构造它，把它转变成思维，才能够思考它），而是从看者到它之所看，从触者到它之触，从感觉者到被感觉者的相混、自恋、内在意义上的自我——因此是一个被容纳到万物之中的、有一个正面和一个背面，一个过去和一个将来的自我……"② 这种感觉者和被感觉者

---

① 〔法〕莫里斯·梅洛-庞蒂：《眼与心》，杨大春译，商务印书馆，2007，第84~85页。

② 〔法〕莫里斯·梅洛-庞蒂：《眼与心》，杨大春译，商务印书馆，2007，第36~37页。

的相混和自恋体现了内在意义上的自我。这种相混、自恋情形以及自我感受是细致而充满奥秘的。这种精妙的情感感受在莎士比亚的诗中，特别是其关于眼与心的诗中略见一斑。"由于万物和我的身体是由相同的材料做成的，身体的视觉就必定以某种方式在万物中形成，或者事物的公开可见性就必定在身体中产生一种秘密的可见性。塞尚说：'自然就在内部。'质量、光线、颜色、深度，它们都当着我们的面在那儿，它们不可能不在那儿，因为它们在我们的身体里引起了共鸣，因为我们的身体欢迎它们。"①这里假设有一种人与自然之间的呼应，这种呼应为什么产生还有待科学作出论证，但这种呼应的存在却是不容置疑的。事实上，诗歌在表现自然与内心的呼应方面已经远远地走在了哲学的前面。诗人通过直觉认识世界，通常都拒绝严谨的逻辑分析。济慈就相信直觉本身是完善的，认为其中孕育着真理。眼与心的关系在科学那里是一个神经官能的问题，但在诗人这里则是一种感悟。诗人凭借自己的想象和情感，凭借对人类普遍情感的理解能力，能够更确切地表达出眼与心的关系。

对于心灵的思考是人类对于精神世界的探问，这种探问非常普遍，从古至今未曾断绝。德国作家茨威格（Stefan Zweig，1881~1942）在他的小说《一颗心的沦亡》开篇写道："为了给一颗心以致命的打击，命运并不是总需要聚积力量，猛烈地扑上去；从微不足道的原因去促成毁灭，这才激起生性乖张的命运的乐趣。用人类模糊不清的语言，我们称这最初的、不足介意的行为为诱因，并且令人吃惊地把它那无足轻重的分量与经常是强烈地起持续作用的力量相比。正如一种疾病很少在它发作之前被人发觉一样，一个人的命运在它变得明显可见和已成为事实之前也很少被察觉。在它从外部触及人们的灵魂之前，它早已一直在内部，从精神到血液中主宰一切了。人的自我认识同时也是一种自我抗拒，而且多半是无济于事的。"② 在莎士比亚的爱情诗中，对于爱而不得的体验就是对于心灵沦陷的体验。诗人在他的十四行诗中用各种比喻表达的其实是对自己精神世界的探索。当诗人面临命运的种种不幸时，首先遭受的是对心灵的打击。内在于心

---

① 〔法〕莫里斯·梅洛-庞蒂：《眼与心》，杨大春译，商务印书馆，2007，第 39 页。
② 〔奥〕茨威格：《一颗心的沦亡：茨威格小说选》，高中甫等译，华夏出版社，2008，第195 页。

灵的东西看不见，但是更有价值，更值得被挖掘。下面这几首诗对心灵进行了多方位的探索。在这里，我们按照顺序把它们分析一下，以期找出它们之间的内在联系。首先来看莎士比亚的第 24 首十四行诗：

Mine eye hath play'd the painter and hath stell'd
Thy beauty's form in table of my heart;
My body is the frame wherein 'tis held,
And perspective it is the painter's art.
For through the painter must you see his skill,
To fine where your true image pictured lies;
Which in my bosom's shop is hanging still,
That hath his windows glazèd with thine eyes.
Now see what good turns eyes for eyes have done:
Mine eyes have drawn thy shape, and thine for me
Are windows to my breast, where-through the sun
Delights to peep, to gaze therein on thee;
Yet eyes this cunning want to grace their art;
They draw but what they see, know not the heart. ①

我眼睛扮作画家，把你的肖像
描画在我的心版上，我的肉体
就是那嵌着你的姣颜的镜框，
而画家的无上的法宝是透视。
你要透过画家的巧妙去发现
那珍藏你的奕奕真容的地方；
它长挂在我胸内的画室中间，
你的眼睛却是画室的玻璃窗。
试看眼睛多么会帮眼睛的忙：

---

① Shakespeare. "Sonnet 24," https://www.opensourceshakespeare.org/views/sonnets/sonnet_view. php?Sonnet＝24.

我的眼睛画你的像，你的却是
开向我胸中的窗，从那里太阳
喜欢去偷看那藏在里面的你。
可是眼睛的艺术终欠这高明：
它只能画外表，却不认识内心。①

——梁宗岱译

在莎士比亚的第 24 首十四行诗中，主体与客体之间的不协调出现了：我的眼睛是一个画家，从我的心灵中偷走了美。在这首诗中，情人请对方看一看自己的心里。可是怎么看呢？他的心灵是藏在他的胸膛里的，而且通过画家的眼睛是很难看到的。情人的眼睛也不容易看到，因为情人的心中怀着爱，目光受到情感的影响，不能够客观地反映现实世界，而诗人要努力发现年轻人的真实的形象（true image）。

在诗的前 8 行中，诗人使用了一个延伸的隐喻（extended metaphor），即把诗人比作画家，并顺着这个思路引出其他比喻，以此来描述年轻人的真容，而年轻人的真容必须"透过画家的巧妙去发见"。可见，年轻人的面貌在诗人心中是不清晰的。当然，这里的面貌不是指物质层面的，而是指心灵层面的。画家可以用透视的技巧来看年轻人，但是年轻人的眼睛是"画室的玻璃窗"，也就是说，画家要通过看年轻人的眼睛这扇窗户去看年轻人。那么，这扇窗户又是什么样的呢？它能够真实地反映出年轻人的真容。而那个观察者"画家"就是深爱年轻人的诗人。可见，通过画家的眼睛也很难看到年轻人的面貌，情人的眼睛也不容易被看到，因为情人的心中怀着爱，他的目光容易受到情感的影响，从而变得不能够客观地反映现实世界。这样看来，无论是从年轻人这方面说，还是从诗人这方面说，年轻人的面貌都不容易得见，这个真容只是一个幻影而已。在第 9 行，诗人长久地盯着年轻人的面容看，结果是诗人被自己的幻想征服，把自己与年轻人的人格合在一处，创造了一个完美的相亲相爱的画面。这种情感上的互动其实也是一种幻觉，由于长久地怀着虔诚的心意凝视着年轻人，诗人感觉与年轻人息息相通了。第 9~12 行这 4 句诗是喜悦的，诗人描写太阳透

---

① 《莎士比亚全集》第 11 卷，梁宗岱译，人民文学出版社，1991，第 182 页。

过玻璃窗去偷窥年轻人，称年轻人的美很吸引人，这也体现出诗人此时明朗的心情。然而，诗歌的最后两句出现了转折，把整首诗的基调由欢快转向沉郁，诗人终于发现仅从外表的吸引力来看，他还是无法看清年轻人。在莎士比亚的系列十四行诗中，诗人全神贯注于年轻人的外在美，年轻人的形象很不真实，更像是一个海报上的人物，而非现实社会中的一员。在莎士比亚的第 46 首十四行诗中，诗人精心设计了一场眼与心的争斗：

> Mine eye and heart are at a mortal war
> How to divide the conquest of thy sight;
> Mine eye my heart thy picture's sight would bar,
> My heart mine eye the freedom of that right.
> My heart doth plead that thou in him dost lie—
> A closet never pierced with crystal eyes—
> But the defendant doth that plea deny
> And says in him thy fair appearance lies.
> To 'cide this title is impaneled
> A quest of thoughts, all tenants to the heart,
> And by their verdict is determined
> The clear eye's moiety and the dear heart's part:
> As thus; mine eye's due is thy outward part,
> And my heart's right thy inward love of heart. ①

> 我的眼和我的心在作殊死战，
> 怎样去把你姣好的容貌分赃；
> 眼儿要把心和你的形象隔断，
> 心儿又不甘愿把这权利相让。
> 心儿声称你在它的深处潜隐，
> 从没有明眸闯得进它的宝箱；

---

① Shakespeare. "Sonnet 46," https://www.opensourceshakespeare.org/views/sonnets/sonnet_view.php?Sonnet=46.

被告却把这申辩坚决地否认，

说是你的倩影在它里面珍藏。

为解决这悬案就不得不邀请

我心里所有的住户——思想——协商；

它们的共同的判词终于决定

明眸和亲挚的心应得的分量

如下：你的仪表属于我的眼睛，

而我的心占有你心里的爱情。①

——梁宗岱译

　　在这首诗中，诗人使他的眼睛和心灵彼此对立，让眼和心都争先恐后地要拥有年轻人，于是两者展开了一场战争。眼和心在这里都被拟人化了，二者的争执变得富有趣味。诗人对眼与心对事物感知的不同侧面做了细腻的描述，并把诗歌的情感表达建立在这种感知的基础上，不能不说这是一种非常巧妙的安排。将事物和情感或者其他因素化整为零，进行切分，再使之入诗，寻求其间的逻辑关系，这是莎士比亚诗歌的一个明显特征。在第 44 首和第 45 首诗中，诗人也用了这种切分逻辑。伊丽莎白时代的人们认为人是由四种元素构成的，莎士比亚就想象这四种元素各行其是、各起作用，是如何使他的爱情饱受折磨的。而这首诗设定的则是自身感官之间的矛盾，以此来展开诗篇。plead（申辩）、defendant（被告）都是法律用语，诗人想象着眼与心对簿公堂的场面，倒也惟妙惟肖。"从没有明眸闯得进它的宝箱"（a closet never pierced with crystal eyes）一句颇有侦察人员搜查房屋的意味。第 9~12 行中，诗人继续运用法律语汇，"裁定"（verdict）一词的使用使读者清晰地看到一幅当庭宣判的画面。最后两句顺理成章，当然是写宣判的结果，终于达成了一个合理的裁决，眼睛与心的战争也就此结束。在十四行诗中，莎士比亚能够把社会生活中的各个方面都调动起来用于比喻，为书写爱情的诗歌服务，这是一个创举，是诗人天才的体现。第 46 首十四行诗写眼睛与心灵的相互争斗。眼与心的争斗这种构思有点类似于现代舞台上运用的分身术。而在第 47 首十四行诗中，眼睛与心灵的斗

---

　　① 《莎士比亚全集》第 11 卷，梁宗岱译，人民文学出版社，1991，第 204 页。

争宣告结束，眼与心相互合作、其乐融融。眼与心同盟所产生的结果就是眼与心都得到自己想得到的东西，十分愉快，这个结果毫无悬念。接下来是第 114 首十四行诗：

Sonnet 114

Or whether doth my mind, being crown'd with you,

Drink up the monarch's plague, this flattery?

Or whether shall I say, mine eye saith true,

And that your love taught it this alchemy,

To make of monsters and things indigest

Such cherubins as your sweet self resemble,

Creating every bad a perfect best,

As fast as objects to his beams assemble?

O, ' tis the first; ' tis flattery in my seeing,

And my great mind most kingly drinks it up:

Mine eye well knows what with his gust is ' greeing,

And to his palate doth prepare the cup:

If it be poison'd, ' tis the lesser sin

That mine eye loves it and doth first begin. ①

第 114 首十四行诗

是否我的心，既把你当王冠戴，

喝过帝王们的鸩毒——自我阿谀？

还是我该说，我眼睛说的全对，

因为你的爱教会它这炼金术，

使它能够把一切蛇神和牛鬼

---

① Shakespeare. "Sonnet 114, " https://www. opensourceshakespeare. org/views/sonnets/sonnet_view. php?Sonnet = 114.

转化为和你一样柔媚的天婴，

把每个丑恶改造成尽善尽美，

只要事物在它的柔辉下现形？

哦，是前者；是眼睛的自我陶醉，

我伟大的心灵把它一口喝尽：

眼睛晓得投合我心灵的口味，

为它准备好这杯可口的毒饮。

尽管杯中有毒，罪过总比较轻，

因为先爱上它的是我的眼睛。①

——梁宗岱译

　　诗人在第 1~8 行探讨了诗人的眼睛和心灵的运作方式，提出两种可能性，或者是心灵控制着眼睛，或者是眼睛控制着心灵。诗人一直在纠结一个问题，那就是眼睛和心灵到底哪一个是主宰。眼睛是主宰吗？看来诗人认为这个答案是对的，因为他解释说，爱教会了眼睛炼金术，爱的魔力让眼睛所见都成为美。其实，在诗人的这番解说中，我们发现表面上眼睛是心灵的主宰，但只要看看眼睛是从何处得来了这主宰心灵的力量，便会发现真正的主宰者还是诗人的心灵，是心灵产生的爱情让诗人的眼睛不论看哪里，都能看到美。

　　在第 9~14 行中，诗人站出来宣布了惊人的结果，那就是眼睛是心灵的主宰。这种结果的产生完全是因为诗人忽略了眼睛曾经受过心灵的炼金术教育这个事实，诗人所知的就是眼睛看到年轻人以后所感受到的陶醉。

　　这首诗首先涉及眼睛与心灵的关系，同时还提出一个美学的原则——移情作用，即心中的爱会把美丽赋予这种爱之物。本来是心灵的爱在先，眼中的美在后，但是人们又会完全忽视心灵的感觉，而把这种感觉归因于感官。此处诗人说眼睛把有毒的东西送给心灵享用，但是眼睛的罪过却比较轻，因为诗人不在乎什么东西被毒化了，只要它是美的，外表比实质更为重要。

　　用眼与心的关系来写爱情，这类构思在莎士比亚的十四行诗中偶尔也会形成联系比较紧密的整体，如在第 132、137、141 首十四行诗中，眼睛与心灵的关系发展体现出一定的逻辑性。在第 132 首诗中，诗人提到"我

---

　　① 《莎士比亚全集》第 11 卷，梁宗岱译，人民文学出版社，1991，第 272 页。

爱上了你的眼睛"。在 137 首诗中，诗人质问爱对自己的眼睛做了什么事，意思是爱情蒙蔽了眼睛，使眼睛失去了判断力。在第 141 首诗中，眼睛与心的战争渐渐明朗化，它们的分歧构成了第 141 首十四行诗的基本表达框架。我们来具体分析诗人在这 3 首十四行诗中是如何演绎眼与心之间关系的，先来看一下莎士比亚的第 132 首十四行诗：

Sonnet 132

Thine eyes I love, and they, aspitying me,

Knowing thy heart torments me with disdain,

Have put on black and loving mourners be,

Looking with pretty ruth upon my pain.

And truly not the morning sun of heaven

Better becomes the grey cheeks of the east,

Nor that full star that ushers inthe even

Doth half that glory to the sober west,

As those two mourning eyes become thy face:

O, let it then as well beseem thy heart

To mourn for me, since mourning doth thee grace,

And suit thy pity like in every part.

Then will I swear beauty herself is black

And all they foul that thy complexion lack. ①

第 132 首十四行诗

我爱上了你的眼睛；你的眼睛

晓得你的心用轻蔑把我磨折，

---

① Shakespeare. "Sonnet 132," https://www.opensourceshakespeare.org/views/sonnets/sonnet_view.php?Sonnet = 132.

> 对我的痛苦表示柔媚的悲悯，
> 就披上黑色，做猗旎的哭丧者。
> 而的确，无论天上灿烂的朝阳
> 多么配合那东方苍白的面容，
> 或那照耀着黄昏的明星煌煌
> （它照破了西方的黯淡的天空），
> 都不如你的脸配上那双泪眼。
> 哦，但愿你那颗心也一样为我
> 挂孝吧，既然丧服能使你增妍，
> 愿它和全身一样与悲悯配合。
> 黑是美的本质（我那时就赌咒），
> 一切缺少你的颜色的都是丑。①

——梁宗岱译

在这首诗中，诗人表达了对黑肤女人强烈的爱，而有讽刺效果的是，这个黑肤女人并不爱诗人，她对诗人的态度是轻蔑的。诗人把黑肤女人的眼睛比喻成天上的朝阳。朝阳是灿烂的，能够把黯淡的天空照亮，而黑肤女人的眼睛又含着泪光。乍一看，这个比喻似乎比较奇特，天上的朝阳与含泪的眼睛不相符，但是仔细思考，便会发现诗人追求的是神似的效果。黑肤女人的眼睛中充满泪水，那是为诗人而流的同情之泪。即使她不爱诗人，这样的悲怜也足以让诗人动情。"挂孝吧，既然丧服能使你增妍"（to mourn for me，since mourning doth thee grace）。诗中 morning 和 mourning 发音相同，造成了一种双关语的效果。诗人用他的爱换来的是悲怜，但对深爱着黑肤女人的诗人来说，这足以慰藉他的心灵，让诗人的心灵充满欢乐。爱默生说："诗人还有一种更为高贵的品质，我指的是他的快乐天性。没有这种性格，谁也做不了诗人——因为美是诗人的目标。他爱美德，不是为了它的义务，而是为了它的优雅。他爱这个世界，喜欢男人和女人，因为他们身上闪耀着明艳的光辉。他将美、喜悦与欢乐的精神洒遍人寰。伊壁鸠鲁曾说，诗歌有这样一种魅力，竟使得恋人抛弃他的情人来欣赏

---

① 《莎士比亚全集》第 11 卷，梁宗岱译，人民文学出版社，1991，第 290 页。

它。真正的诗人都以坚定而快乐的气质而著名。荷马就沐浴在阳光里，乔叟快乐而又昂扬，而萨迪说：'传闻我在悔罪，可我有什么罪要悔啊？'莎士比亚的语气一点也不亚于他们，而是更快乐，更有王者风范，他的名字就向人类的心灵暗示着欢乐与解放。如果他出现在任何一群人类灵魂当中，谁不愿加入他的行列呢？"[①] 哪怕只有星星点点的阳光，也足以让诗人露出开心的笑容。其实，这也是莎士比亚十四行诗给我们的整体印象，就连诗中的悲伤也不是漆黑的绝望，总有乐观的阳光透过云层，给人希望。

诗歌的最后两句写出的是诗人对恋人的深情告白。黑色变成了美的象征，而那些没有黑色皮肤的人反倒是丑陋的人。这首诗围绕眼睛这个中心意象展开，不过还有一条暗线，那就是对黑色的感受。女子黑色的眼睛中流露出对诗人的怜悯之情，使这个黑色与其他几首诗中的黑肤色不同。这双眼睛里的黑色承载了美的意味，无论从视觉上，还是从感情上，都体现出美。因此，诗人在最后两句的深情表白就显得顺理成章了。

再看莎士比亚的第 137 首十四行诗：

Sonnet 137

Thou blind fool, Love, what dost thou to mine eyes,
That they behold, and see not what they see?
They know what beauty is, see where it lies,
Yet what the best is take the worst to be.
If eyes corrupt by over-partial looks
Be anchor'd in the bay where all men ride,
Why of eyes' falsehood hast thou forged hooks,
Whereto the judgment of my heart is tied?
Why should my heart think that a several plot
Which my heart knows the wide world's common place?

---

① 〔英〕拉尔夫·沃尔多·爱默生：《诗人莎士比亚》，《爱默生散文选》，丁放鸣译，花城出版社，2005，第 177 页。

Or mine eyes seeing this, say this is not,

To put fair truth upon so foul a face?

In things right true my heart and eyes have erred,

And to this false plague are they now transferr'd. [①]

第 137 首十四行诗

又瞎又蠢的爱，你对我的眸子

干了什么，以致它们视而不见？

它们认得美，也看见美在那里，

却居然错把那极恶当作至善。

我的眼睛若受了偏见的歪扭，

在那人人行驶的海湾里下锚，

你为何把它们的虚妄作成钩，

把我的心的判断力钩得牢牢？

难道是我的心，明知那是公地，

硬把它当作私人游乐的花园？

还是我眼睛否认明显的事实，

硬拿美丽的真蒙住丑恶的脸？

我的心和眼既迷失了真方向，

自然不得不陷入虚妄的膏肓。[②]

——梁宗岱译

在诗歌开头，诗人就把爱称为一个盲目的傻子。在第 135 首和第 136 首诗中，诗人明知黑肤女人道德品质低劣，却还是忍不住要求这个女子爱自己，以至不顾及道德，而在此诗中，诗人显然在对爱进行反思。诗歌开篇对爱情的质问表明诗人已经开始严肃地思考爱情问题了。在第 5~8 行

---

① Shakespeare. "Sonnet 137," https://www.opensourceshakespeare.org/views/sonnets/sonnet_view.
php?Sonnet=137.

② 《莎士比亚全集》第 11 卷，梁宗岱译，人民文学出版社，1991，第 295 页。

中，诗人质问爱情，为什么不纠正眼睛所见的扭曲景象，反而鼓励眼睛继续追求它的所见。理智的爱本应该告诉眼睛，它受了蒙蔽，看到的是扭曲的景象。实际上爱情不但没有这样做，反而鼓励眼睛去追求虚妄的景象，让诗人的心灵失去了判断力。在诗歌的第9~12行中，诗人继续探索到底是自己的心灵陷入了迷途，还是自己的眼睛歪曲了事实。这首诗像莎士比亚的其他几首写眼与心的诗歌一样，也在探索眼与心的关系。不同的是，这首诗还引入了另一元素，那就是让爱情介入眼与心的关系中，诗歌也就围绕着三者之间的关系展开。在诗歌的最后两行，诗人得出结论，即他自己的眼与心犯了错误，将诗人引入了歧途。

最后是莎士比亚的第 141 首十四行诗：

Sonnet 141

In faith, I do not love thee with mine eyes,

For they in thee a thousand errors note;

But ' tis my heart that loves what they despise,

Who in despite of view is pleased to dote;

Nor are mine ears with thy tongue's tune delighted,

Nor tender feeling, to base touches prone,

Nor taste, nor smell, desire to be invited

To any sensual feast with thee alone:

But my five wits nor my five senses can

Dissuade one foolish heart from serving thee,

Who leaves unsway'd the likeness of a man,

Thy proud hearts slave and vassal wretch to be:

Only my plague thus far I count my gain,

That she that makes me sin awards me pain. [1]

---

[1]　Shakespeare. "Sonnet 141," https://www. opensourceshakespeare. org/views/sonnets/sonnet_view. php?Sonnet=141.

第 141 首十四行诗

说实话，我的眼睛并不喜欢你，

它们发见你身上百孔和千疮；

但眼睛瞧不起的，心儿却着迷，

它一味溺爱，不管眼睛怎样想。

我耳朵也不觉得你嗓音好听，

就是我那容易受刺激的触觉，

或味觉，或嗅觉都不见得高兴

参加你身上任何官能的盛筵。

可是无论我五种机智或五官

都不能劝阻痴心去把你侍奉，

我昂藏的丈夫仪表它再不管，

只甘愿作你傲慢的心的仆从。

不过我的灾难也非全无好处：

她引诱我犯罪，也教会我受苦。①

——梁宗岱译

在这首十四行诗中，诗人把自己的感官和自己的心分开来描写。感官对他的情人有诸多不满，首先就提到诗人眼睛的不满。眼睛明明发现爱情有各种各样的缺点和错误，但是心灵不配合眼睛。诗人设想眼睛与心灵是分道扬镳的，眼与心的矛盾反映了诗人理性与感性的矛盾。在诗歌的第5~8行，诗人进一步调动起其他的感官，如耳朵，这些感官和眼睛一样，都不喜欢情人，看不出情人的身上有什么美的东西。诗人一连用了三个 nor 作为第 5~7 行的开始，造成一种接二连三进行陈述的效果。在诗歌的第 9 行，诗人用 but（但是）来转折，尽管五官都不喜欢，但心灵还是痴心不改。在诗歌的最后两行，诗人想到这个女人给他的痛苦，反倒是得到了一些安慰。因为女人的行为使诗人犯罪（这里犯罪可能是指不考虑道德因素地爱上这个女人这件事），也使诗人学会受苦。诗人显然把这种痛苦

---

① 《莎士比亚全集》第 11 卷，梁宗岱译，人民文学出版社，1991，第 299 页。

当成一个炼狱，以求在苦难中获得心灵的救赎。这也是一首关于眼与心的诗，当然不仅包括眼与心，还有其他的感官与心灵的关系。把各个感官与心灵的感受分开描写，使它们处于矛盾中，以此建立诗歌的结构，这也是莎士比亚诗歌中一种很独特的结构方式，这种方式在他的许多诗歌中都存在。

从第 24 首十四行诗到第 141 首十四行诗，诗人由发现眼睛中的爱情，到探索眼中的爱情，再到展开眼与心的斗争，最后在这个斗争的漩涡中挣扎，眼与心的矛盾始终无法解决，于是眼与心分道扬镳了。在系列十四行诗中，随着眼与心的分分合合，诗人的恋情也跟着起起伏伏。从十四行诗的序列安排来看，这种进展是有连续性的。

诗人以心灵与身体器官的关系作为思路，写了不少十四行诗。其实，人们对于眼与心关系的兴趣在中世纪时期就已经十分流行了。"'心灵之眼'的形象在中世纪是众所周知的，它将注意力转向记忆的视觉维度，并指向对思维和记忆中视觉保存内容的编码和检索。"斯诺里·斯图鲁松（Snorri Sturluson，1178~1241）写的《散文埃达》（*Prose Edda*）也涉及记忆，"通过运用视觉和视觉能力的方式，它似乎预先假定了记忆和视觉之间的联系"。①

在文艺复兴时期，诗人们对于心与眼关系的想象更加丰富。同时由于文化领域的发展、科学技术的进步，关于心与眼的想象也有了更加广阔的空间。

诗人从感性角度对心与身体器官的关系进行了探索，心指的是人的精神世界，而身体器官的行为是外在的，属于物质世界。对人的两种生活和两个世界的这种二分一般通过如下的说法来表达：属于物理世界的事物和事件，包括他自己的躯体，是外在的；而心灵活动，则是内在的。当然，外在与内在的这种对立意在被看作一种比喻，因为心灵不存在于空间之中，不能说心灵在空间中存在于别的什么东西之上，也不能说心灵内有什么东西在空间中活动。"但是，这种良好的意向常常不能持久，人们发现理论家们仍然在思索，刺激的物理根源离一个人的皮肤有若干码或若干

---

① Hermann, Pernille. *The Journal of English and Germanic Philology*, Urbana: University of Illinois Press, 2015, p. 317.

里，它们怎么能在他的头脑中产生心理反应，并且，在他头脑中形成的各种决定又如何能使他的四肢发生运动。"即便把"内在"与"外在"看作比喻，"众所周知，一个人的身心彼此如何相互影响的问题仍然充斥着各种理论上的困难。心之所欲，腿、臂和舌会予以实施；触动了耳目的东西与心的知觉有关"。① 在心理学家发现人的精神世界与物质世界存在关联之前，诗人已经凭借直觉发现了。

在这首诗中，莎士比亚以人体的器官拟人，而且表述得水到渠成，没有任何人工雕琢的痕迹，这在一定程度上表明莎士比亚有一点泛神论倾向。"我们在不同程度上都是万物有灵论者。我们有些人认为车也有'人格'，还有一些人认为打字机或是玩具'是有生命的'，是有'灵魂'的。有些纸张我们很难付之一炬，因为上面写着我们的名字，一旦付之一炬，我们的一部分就随之化为灰烬了。十分明显，我们赋予这些杂物的'灵魂'实际上是我们自己心灵中的形象。但是，如果真是这样的话，我们赋予亲朋好友的灵魂不也是我们心目中的形象吗？我们都有移情活动，有时捉摸不透，而有时却一目了然，这取决于我们当时的心境，也取决于产生移情作用的不同的刺激物。"② 莎士比亚之所以把人体的器官都调动起来，作为其十四行诗中的人物，主要原因就是这些器官代表了诗人人格的各个层面。可以说，莎士比亚的这些有关心与眼的十四行诗比他的其他十四行诗具有更强的分析性。

心是一个有力的隐喻，它在文学中被使用的频率就如玫瑰被拿来隐喻爱情一样高。莎士比亚关于心与眼关系的多首十四行诗让我们看到诗人对于心灵多层面映射怀有的兴趣。这种兴趣一直持续到今天，比如多丽丝·莱辛（Doris Lessing，1919~2013）的短篇小说《弃心记》充分利用心的隐喻，写出了一个怪诞的故事。女主人公看到自己跳动的心脏，很想立即将其处置掉，但心脏却粘在手上，让她放不下，这成了她的心病。于是，她独自待在屋内静静地思考这一特殊器官的意义。在莱辛的小说中，心脏成为一篇小说的构思框架。其实，在莎士比亚关于心与眼关系的十四行诗

---

① 〔英〕吉尔伯特·赖尔：《心的概念》，徐大建译，商务印书馆，1992，第5页。
② 〔美〕道格拉斯·R.霍夫施塔特、丹尼尔·C.丹尼特编著《心我论：对自我和灵魂的奇思冥想》，陈鲁明译，上海译文出版社，1999，第29页。

中，心也被当成了构思框架，没有什么比心这富有灵性的器官更能引导作家对精神世界进行探索了。

在莎士比亚的第113首十四行诗中，眼与心合二为一，产生了强烈的超现实效果：

Since I left you, mine eye is in my mind;

And that which governs me to go about

Doth part his function and is partly blind,

Seems seeing, but effectually is out;

For it no form delivers to the heart

Of bird of flower, or shape, which it doth latch:

Of his quick objects hath the mind no part,

Nor his own vision holds what it doth catch:

For if it see the rudest or gentlest sight,

The most sweet favour or deformed'st creature,

The mountain or the sea, the day or night,

The crow or dove, it shapes them to your feature:

Incapable of more, replete with you,

My most true mind thus makes mine eye untrue. [①]

自从离开你，眼睛便移居心里，

于是那双指挥我行动的眼睛，

既把职守分开，就成了半瞎子，

自以为还看见，其实已经失明；

因为它们所接触的任何形状，

花鸟或姿态，都不能再传给心，

自己也留不住把捉到的景象；

一切过眼的事物心儿都无份。

---

① Shakespeare. "Sonnet 113," https://www.opensourceshakespeare.org/views/sonnets/sonnet_view.php?Sonnet = 113.

因为一见粗俗或幽雅的景色，

最畸形的怪物或绝艳的面孔，

山或海，日或夜，乌鸦或者白鸽，

眼睛立刻塑成你美妙的姿容。

心中满是你，什么再也装不下，

就这样我的真心教眼睛说假话。①

—— 梁宗岱译

诗人写与年轻人分离后，诗人的眼睛就与心灵合二为一，这样眼睛的功能就失去了，而眼睛功能的丧失将直接影响心的感受。在第 5~8 行中，诗人继续描写这种感受。诗歌第 5 行以 for 开始，表明诗人在追溯原因。诗人想象当眼睛不再起作用时，无论它看到什么美景，都不会传递给心灵，这样心灵就被隔绝了。在诗歌的第 9~12 行，诗人进一步探索其中的缘由。在这四行诗中，诗人写的是一种认同感。由于爱得专注，所以在诗人的眼里，看到自然中的任何事物，他都感觉到年轻人的音容笑貌。这也写出了爱的一种痴迷状态，自然万物在此处都成了爱的化身。诗歌的最后两行暗示诗人仍试图证明——可能更想对自己证明而不是对年轻人证明——他重新对年轻人产生了爱情。那么，这里的"我的真心"（my most true mind）其实指的就是诗人对年轻人彻底的忠心，而这颗爱情的忠心让诗人的眼睛只能看到心灵想让他看到的东西，等于说爱情之眼是盲目的，因为爱的眼睛只能听命于心灵。在接下来的第 114 首十四行诗中，诗人继续用眼睛与心灵作比喻。在这首诗中，眼睛和心灵之间产生了更大的偏差，也就是说，眼睛所见和心灵所感很不一致。

这里的眼与心合二为一是十四行诗中两个幻想人物的合二为一，是文学中一个有力的表现手段，在古今中外的文学中都是如此。比如在红学研究中，就有钗黛合一说，认为曹雪芹所塑造的两个人物宝钗、黛玉实际上是一个人。黛玉代表的是人物的内心，宝钗代表的是人物的外在。用弗洛伊德的人格分析法来看，代表内心的黛玉是人物的本我，而代表外在形象的宝钗则是人物的自我。眼与心合一的构思对如今的舞台表演也很有启发

---

① 《莎士比亚全集》第 11 卷，梁宗岱译，人民文学出版社，1991，第 271 页。

性。在西方心理学中，这类似于分裂人格，眼与心的合一、分裂体现出人内心的斗争。它们在十四行诗中被当成幻想人物出场，能够极大地增强诗歌的表现力。

此外，莎士比亚以心为喻，还因为在伊丽莎白时代，随着科学的发展，人们对于人的身体的认识也在逐渐加深。人们很想确定作为实体的身体器官与精神品质之间的联系，比如幻想如何在身体器官里运作。这一点就成了科学家们关注的一个问题，而对这个问题的关注又进一步给诗人提供了更大的想象空间。"相反，幻想'在眼睛里产生'和'在凝视中产生'。为什么它局限在眼睛里，而不是心脏里或者是头部呢？这些问题在《威尼斯商人》（The Merchant of Venice）中被提出来，在莎士比亚的十四行诗中得到了更深入的研究。在十四行诗中，心与心之间的冲突比比皆是……根据早期的关于想象能力的论述，通常'幻想'（fancy）一词，是想象（imagination）的另一个说法。"想象的生理状态、在大脑中所处位置，以及它的物质本质，在文艺复兴时期的科学文献中时有呈现，但众说纷纭，并且解剖学家维萨里（Andreas Vesalius，1514～1564）的发现使这个问题更加复杂。"然而，在文学领域，彼特拉克和莎士比亚的十四行诗中，这种器官功能的不确定性使这些器官作为争吵的意象在诗中出现时有了不同的面貌。最终，诗人也无法知道幻想的起源。在这些作品中，爱人不断地在自己体内寻找自己幻象的物质存在。"① 在诗中，眼与心之间所上演的战争是莎士比亚时代文化的反映。在莎士比亚时代，有关心的讨论不只出现在神学、解剖学和医学的话语中，心与身体相关，同时也与灵魂、信仰和艺术相关。当然，科学的探索有可能最终给我们一个准确的答案，但是艺术家更在意的是以修辞的方式表现心与身体其他器官的关系。科学的发展可以激发艺术家的想象，却不会限制艺术家的想象。像济慈所说，具有"消极能力"的莎士比亚这样的诗人更注重的是直觉的力量，而不是逻辑。

再者，心灵与身体的关系原本就是自然秩序所决定的，它是一种客观的存在，诗人也只是这种客观存在的发现者和表现者。美国哲学家杜威

---

① Roychoudhury, Suparna. "Anatomies of Imagination in Shakespeare's Sonnets," *Studies in English Literature*, 1(2014):121.

（John Dewey，1859～1952）说："自然使人可能获得一种安适、秩序和美丽的感觉，或者从另一个语言领域来说，客观的自然是屈服于心理活动之下的，因而它能为人所认知。这个事实曾时常被人们当作是一件神秘的事情。或者还可以从另外一端来理解这个秘密：何以人类会具有一种秩序、美丽和正义的感觉；何以他会具有一种思维和认识的能力，以致人类远超于自然之上而居于天仙之列，这似乎是很奇怪的，但是这种神秘和奇怪也似乎等于是在怀疑和奇怪到底为什么会有自然，会有存在的事物，而且它们既然存在着，又为什么就是它们现在这个样子，这种奇怪应该被转移到整个事物的进程上去。只是因为我们任意地把这个世界加以分裂，首先把它理解成一个和它实际所表现出来的情况完全不同的世界，于是我们就会觉得非常奇怪，究竟为什么它要表现成这个样子。这个世界就是认识的题材，因为心灵就是在这个世界里面发展出来的。身心的结构就是按照它存在于其中的这个世界结构发展出来的，所以身心就会很自然地发现它的某些结构和自然是吻合的、一致的，而且也发现自然的某些方面和它本身是吻合的、一致的。自然的某些方面是美丽的和合适的，而另一些方面是丑恶的和不合适的。既然心灵除了在一个有组织的过程中以外是不能够演化的，而在一个有组织的过程中，过去所获得的圆满结果总是被保存下来而予以运用，那么在心灵演化时它就要留心于过去和未来，而且它就要利用生物适应环境时的生理机构而作为它自己惟〔唯〕一的活动器官，这就不足为奇了。在最后的分析中，为什么心灵要利用身体，或者说为什么一个身体会具有一个心灵，如果有人觉得这是一件神秘的事情，那就好像他会奇怪一个种树的人为什么要利用土壤，或者说这种生长植物的土壤为什么使得那些适应于它自己的生化特性和关系的东西生长出来。"① 在杜威看来，身体是心灵生长的土壤，而身体的结构又与自然的结构吻合，因此就产生了客观自然与人类心理的联系。当莎士比亚在他的作品中写心与眼的关系时，他是从其他诗人的观察中发现这种关系的。心灵所感知的，眼睛就会表现出来。眼睛会泄露心灵的秘密，诗人则是通过破译眼睛中的情感密码来揭示心灵的话语。在眼与心的奇妙关系中，有求知的趣味，有发现的快感，有探索的悬念，一切都是引人入胜的。对于心与眼关系感兴趣的

---

① 〔美〕杜威：《经验与自然》，傅统先译，江苏教育出版社，2005，第177页。

又何止莎士比亚，只是莎士比亚围绕心与眼的关系创作了许多首十四行诗。

　　莎士比亚之后，浪漫主义诗人柯勒律治也写了一首涉及眼与心关系的十四行诗，这就是《迟到的发现》(*On a Discovery Made Too Late*)：

On a Discovery Made Too Late

Coleridge

Thou bleedest, my poor Heart! and thy distress

Reas' ning I ponder with a scornful smile

And probe thy sore wound sternly, though the while

Swollen be mine eye and dim with heaviness.

Why didst thou listen to Hope's whisper bland?

Or, list' ning, why forget the healing tale,

When Jealousy with fev' rous fancies pale

Jarr'd thy fine fibres with a maniac's hand?

Faint was that Hope, and rayless!—Yet 'twas fair

And sooth'd with many a dream the hour of rest:

Thou should'st have lov'd it most, when most opprest,

And nurs'd it with an agony of care,

Even as a mother her sweet infant heir

That wan and sickly droops upon her breast![1]

迟到的发现

柯勒律治

你在流血，我可怜的心！你的痛苦

我带着一个轻蔑的笑在推断，

尽管如此，我要小心地探查你疼痛的伤口

---

[1]　Coleridge. "On a Discovery Made Too Late, "http://www. Sonncts. org/coleridg. htm.

我的眼睛肿胀，因沉重而暗淡。

你为什么听到希望的温柔的低语？

啊，听，为什么忘记了那些带来安慰的故事，

当疯狂的苍白的幻想遇上嫉妒时

把你纤纤素手与疯子的手相握吗？

那希望微弱，昏暗，却依然美丽，

用无数美梦给休闲时光带来安慰。

你本应该最爱它，当它最为沉重，

你本应该费尽心思照料它。

就像母亲细心照料她襁褓中的继承人，

那虚弱多病依偎有她胸前的婴儿。

——笔者译

诗人在这首诗中描写悲伤。诗中的主人公"我"和"我的心"形成了两个对立的人物，心和眼之间又形成了呼应。心的痛苦为眼睛所感受，并通过眼睛的肿胀反映出来，心的感受外化到眼睛里，眼睛的变化也透露了心灵的秘密。眼与我的心在流血，而"我带着一个轻蔑的笑在推断"，这样的"我"能够给心灵的痛苦一个公道的判断吗？诗人写到这里，自然而然地产生了一种悬念，诗人感到精神上的束缚，仿佛自己被疯子掌控，幻想又似被嫉妒扑灭。这或许来自外在的压力，或许只是诗人内心的痛苦在挣扎和斗争。在诗歌的第9~14行，诗人突出诗歌的主题：希望，虽然渺茫，却总能给诗人带来宽慰，所以诗人决心要像母亲照看婴儿一样照看希望。这是一首写希望的诗歌，第1~4行写心灵之痛，第5~8行写这痛苦产生于希望受到阻力，第9~14行中诗人渐渐从失望中回转，想到希望的光不管多么微弱，总能带来美丽，进而决心呵护这希望之光，使之明亮起来，诗歌的情绪也由低沉转向明朗。

诗人的痛苦不安也许与一件事情相关。1797年秋，25岁的柯勒律治写了三首讽刺十四行诗，以笔名送至杂志社发表。第一首就是《题离去的冬天》。1797年，兰姆（Charles Lamb，1775~1834）在给柯勒律治的信中问他是否觉得自己的诗歌对宗教沉思的主题来说太过琐碎。

不管怎么说，在这首诗中，诗人已经从暗淡的心境中走了出来，打算重

拾希望。在十四行诗中，诗人完成了一次情绪上由悲伤向满怀希望的转换。

我们可以说有一种内部目光，有一只观看图画，甚至观看心理形象的第三只眼睛，"就像人们所说的有一只通过透过外部信息在我们身上引发的喧嚣来捕捉这些信息的第三只耳朵吗？当全部事情就在于懂得我们的肉眼远非光线、颜色和线条的感受器时，这又有何用呢？作为世界的计算器，眼睛拥有针对可见者的天赋，就像人们所说的，有灵感的人拥有语言的天赋一样。当然啦，这种馈赠只有通过训练才能够获得"。① 诗人是不是也通过观察我们的身体接触了外在信息后所发生的变化来捕捉人的心理现实呢？莎士比亚很善于捕捉人的心理现实，而他是通过身体的反应对心理现实进行刻画的。"眼和其视觉领域总是与心关系密切，如莎士比亚的诗'当我眨眼时，我就看得最清晰。'可能是因为十四行诗的严密、复杂、正式的设计方案，特别吸引光学感觉。一个人可以很明显地把一个思想塞进一个有限的空间里吧。"② 莎士比亚这些关于眼睛与心灵的诗展现了他对这一关系的想象与观念，柯勒律治的这首十四行诗也围绕眼与心的关系构思，二者的共同之处都是将眼与心变成幻想的人物，在诗歌中扮演他们自己。

第三节　意象的功能

十四行诗的结构主要包括彼特拉克式和莎士比亚式两种。彼特拉克把诗歌结构分成前八后六，通常前 8 行陈述一个事件或者议题，后 6 行再对这个事件或者议题进行讨论，发表感想。莎士比亚的十四行诗在彼特拉克的基础上又进行了一些推进。前 8 行被分得更加细致，被分成两个四行，而在后 6 行中，结尾处用了双行体，这样就把后 6 行中的前四行又独立出来。这样形成了四、四、四、二结构。三组四行诗容纳了结构上更加细微的变化与逻辑上的转折，联系也更加紧密。双行体的加入则成为莎士比亚十四行诗区别于彼特拉克十四行诗的最基本标志。

---

① 〔法〕莫里斯·梅洛-庞蒂：《眼与心》，杨大春译，商务印书馆，2007，第 41 页。

② Isobel, Armstrong. "D. G. Rossetti and Christina Rossetti as Sonnet Writers," *Victorian Poetry*, 4 (2010): 461-473.

诗歌的语言是象征性的，十四行诗的结构与这种语言的结合便产生了强烈的诗歌效果，或者我们可以说，十四行诗结构的恰当运用可以适当激活潜在于诗中的意象。莎士比亚的十四行诗看似简单，但其实很复杂，这主要体现在他的意象中。意象与诗中的韵律、修辞和结构相得益彰，才能产生杰出的诗作。下面我们以十四行诗为例，来具体说明结构如何激活意象：

Sonnet 14

Not from the stars do I my judgment pluck;

And yet methinks I have astronomy,

But not to tell of good or evil luck,

Of plagues, of dearths, or seasons' quality;

Nor can I fortune to brief minutes tell,

Pointing to each his thunder, rain, and wind,

Or say with princes if it shall go well,

By oft predict that I in heaven find:

But from thine eyes my knowledge I derive,

And, constant stars, in them I read such art

As truth and beauty shall together thrive,

If from thyself to store thou wouldst convert;

Or else of thee this I prognosticate:

Thy end is truth's and beauty's doom and date. [①]

第 14 首十四行诗

并非从星辰我采集我的推断；

可是我以为我也精通占星学，

但并非为了推算气运的通塞，

---

① Shakespeare. "Sonnet 14," https://www.opensourceshakespeare.org/views/sonnets/sonnet_view.php?Sonnet=14.

以及饥荒、瘟疫或四时的风色；
我也不能为短促的时辰算命，
指出每个时辰的雷电和风雨，
或为国王占卜流年是否享顺，
依据我常从上苍探得的天机。
我的术数只得自你那双明眸，
恒定的双星，它们预兆这吉祥：
只要你回心转意肯储蓄传后，
真和美将双双偕你永世其昌。
要不然关于你我将这样昭示：
你的末日也就是真和美的死。①

——梁宗岱译

　　这首诗是一首典型的莎士比亚十四行诗：前 8 行提出一个论点，第 9 行用一个 but 把前面的论点推翻，最后两行也就是第 13～14 行宣布年轻人的行为可能导致的后果。这种结构在莎士比亚的许多十四行诗中都有体现。诗中前 8 行写诗人虽然精通占星术，却不想推算气运、预测天气或者为国王占卜流年，所有这一切诗人都不打算做。因此，诗人就在前 8 行为我们留下了一个悬念，并在接下来的诗中对这个悬念进行解答。这样写的好处是让诗歌更具有引人入胜的效果。第 9 行用 but 转折，引出诗歌所要言说的主旨。这里有一个意象，就是诗人把年轻人的眼睛比喻成星星：

But from thine eyes my knowledge I derive,
and constant stars in them I read such art

我的术数只得自于你那双明眸，
恒定的双星，它们预兆这吉祥

　　由于前 8 行诗的铺垫，这个意象具有了更加丰富的意味。把眼睛比作

---

① 《莎士比亚全集》第 11 卷，梁宗岱译，人民文学出版社，1991，第 172 页。

星星本不新奇，但是凝望这颗星星的人是一个精通占星术的人，星星也被赋予了不一样的内涵。透过这星星，诗人可以预测未来。因此，眼睛中传达的信息就会被诗人解读为预兆，就像占星家解读星星一样，这个意象的出现也为下文的结论埋下了伏笔。在第 11～12 行，诗人劝年轻人结婚生育，这样美和真就会永存，而第 13～14 行与第 11～12 行形成对比，指出年轻人若不结婚生育，那么结果就是美和真与他一同消亡。第 11～14 行中，诗人像一个占星家那样说出了他的预言，这种表达方式无疑使诗人的劝谏有了某种神奇的力量。

　　莎士比亚这首十四行诗的结构层次非常明确，从而让诗歌获得了一种理性的平稳，莎士比亚的 154 首十四行诗在结构方面大多数都是这样循规蹈矩的。他不像弥尔顿那样喜欢跨行，也不像济慈那样质疑十四行诗的形式。他安安稳稳地运用现成的韵律，除了第 129 首十四行诗中有跨行诗行，莎士比亚其余的诗篇都不使用跨行手段。莎士比亚在十四行诗的结构方面是遵循传统的，他运用传统的结构写出了一些最好的十四行诗。但他也对从怀亚特和萨里那继承的传统十四行诗形式做了一点改变。在这首诗中，第 13 行开头的 or（要不然）将诗的意思转到所要得出的结论上，形式与内容达成了统一。我们发现诗歌在第 13 行出现转折，而不是在第 9 行，这使它的三组四行诗有一个静态的品质，因为我们无法确定接下来诗意的走向。正因如此，这种结构加强了诗歌的可读性，就像我们总在期待最终的结果，像学生等待老师宣布答案一样。这样的结构安排让我们展开神秘的猜测，诗中的意象也与这种结构相互配合，引导我们进入富有象征意味的诗歌意境中。

　　此诗中最主要的意象是"星"的意象，星是天体，又代表恋人的眼睛，这是有关天象对人生预测的问题，也是有关爱情的问题。它既历史悠久，又扑朔迷离，而诗歌最后的结论也是预测性的。这个预测性的结论再一次把读者带回到诗歌一开始的预测语气。这样，有关"星""占星"的意象再一次被强调，被激活，成为回荡于诗篇中的主旋律。

　　结构对意象的激活还体现在韵律划分对诗中修辞发展的标识上。还是以上面这首诗为例，前 4 行中表明了了解占星术的目的并不是推测命运，对应的韵律结构是 ABAB，而接下来的 4 句进一步说明了解占星术不是为了看天象，或者为国王占卜，对应的韵律结构是 CDCD，与前 4 行共同构成了一个完整的否定句，其基本的语法结构是"既不是……，也不是……"。而接下的四行韵律结构是 EFEF，结尾句韵律结构 GG，诗人进一步发展前面的内容，用语法结构表示就是"而是……，或者……"。所以，整首十四行诗连起来看就是如下的语法结构：我了解占星术"既不是为了这样，也不是为了那样，而是因为这样，或者得到那样的结果"。值得注意的是，十四行诗的韵律划分还可以用来表明修辞的发展阶段，诗人们一致认为这种形式结构的潜力在解释事物方面是有帮助的，虽然要解释的东西本身微不足道。

诗歌是能通过意象的语言来表达思想情感的。在下面这首怀亚特的十四行诗中，意象被进一步发展，成为诗歌的中心和引擎。诗歌的结构明晰，为前八后六式结构：

Some Fowls There Be That Have so Perfect Sight

Some fowls there be that have so perfect sight

Again the sun their eyes for to defend;

And some because the light doth them offend

Never'pear but in the dark or night.

Other rejoice that seethe fire bright

And ween to play in it, as they do pretend,

And find the contrary of it that they intend.

Alas, of that sort I may be by right,

For to withstand her look I am not able

And yet can I not hide me in no dark place,

Remembrance so followeth meof that face.

So that with teary eyen, swollen and unstable,

My destiny to behold her doth me lead,

Yet do I know I run into the glead. [1]

---

[1] Wyatt. "Some fowls there be that have so perfect sight," *Sonnets*, http://www. sonnets. org/wyatt. htm.

有些家禽有如此完美的视力

有些家禽有如此完美的视力。

太阳再一次为他们的眼睛辩护；

有些因为光冒犯了他们

就只出没黑夜里。

其他看到这明亮的火就欢乐

以为可以在里面玩，他们假装在玩，

他们发现与他们想象的大不一样，

唉，那样的话，我也许是对的。

为抵御她的眼神，我不能

然而，我不能把自己藏在没有黑暗的地方

因此，那面颊存在于我的记忆里，

所以，泪眼肿胀易变

我的命运引领我看到她，

但我知道我碰到了烧红的煤。

——笔者译

  这首诗以一个延伸的意象展开。诗歌的前 8 行写了三种鸟类，其中一种喜欢光，一种喜欢黑暗，第三种爱光、爱火。这里把"火"（fire）的意象引入诗中，因为火是发光之物，同时也用来象征情欲的炽热。诗人把自己比喻成这样的鸟，喜欢在火的光明中嬉戏，竟不料火也成了吞噬他们的力量。在诗歌的第 6~14 行，诗人发表感慨，写自己面对这样一份痛苦的爱情，明知是火坑，但还是无法放弃。命运如此安排，他也无法控制，只能忍受爱情酷烈的考验了。诗写得很生动，也很真诚，意象的运用又使诗歌呈现一种动态感。通过运用意象，怀亚特把诗歌背后的故事影射出来，用一个恰当的意象激活了诗中的其他成分，使诗歌产生了情感的力量。怀亚特的意象还创立了英语抒情诗的结构。从历史上看，它们的重要性在于：他们引入了英语抒情模式的理性反思，放弃了详细分析问题时必须描述情感的习惯。这种风格影响深远，后来文艺复兴时期的诗人仿照这样的模式创作了许多伟大的诗歌。

　　诗歌是凝练的语言艺术，意象则是诗人最重要的手段。通过意象，诗歌的意义才能变得深邃博大。意象和转喻并不仅仅局限于词语的表达，它还可以向更大的范围拓展。意象具有拓展结构的功能，这在诗歌中表现为以一个意象为主体，由此意象又派生出其他意象，共同组成一个系列。意象的功能既是表义的，同时又起到构建诗歌框架的作用。下面我们用例子来说明这个问题：

Sonnet 50

How heavy do I journey on the way,

When what I seek, myweary travel's end,

Doth teach that ease and that repose to say

' Thus far the miles are measured from thy friend!'

The beast that bears me, tired with my woe,

Plods dully on, to bear that weight in me,

As if by some instinct the wretch did know

His rider loved not speed, being made from thee:

The bloody spur cannot provoke him on

That sometimes anger thrusts into his hide;

Which heavily he answers with a groan,

More sharp to me than spurring to his side;

For that same groan doth put this in my mind;

My grief lies onward and my joy behind. [1]

第 50 首十四行诗

多么沉重地我在旅途上跋涉，

当我的目的地（我倦旅的终点）

---

① Shakespeare. "Sonnet 50," https://www.opensourceshakespeare.org/views/sonnets/sonnet_view. php?Sonnet = 50.

　　唉使安逸和休憩这样对我说：

　　"你又离开了你的朋友那么远！"

　　那驮我的畜牲，经不起我的忧厄，

　　驮着我心里的重负慢慢地走，

　　仿佛这畜牲凭某种本能晓得

　　它主人不爱快，因为离你远游：

　　有时恼怒用那血淋淋的靴钉

　　猛刺它的皮，也不能把它催促；

　　它只是沉重地报以一声呻吟，

　　对于我，比刺它的靴钉还要残酷，

　　因为这呻吟使我省悟和熟筹：

　　我的忧愁在前面，快乐在后头①

——梁宗岱译

　　诗人在这首诗的一开始就创造了一个离别的情节。诗人要出去旅行，这就意味着要远离年轻人，远离年轻人也就意味着远离"安逸和休憩"（that ease and that repose），诗人的旅行注定要充满疲惫与痛苦。诗人就是通过对比旅途中的跋涉和在家时的安逸与休憩这两种情形，来表达他的惜别之意的。虽然不知道他为什么要出发去旅行，但是我们知道他是十分不情愿离开年轻人的。从第 5 行开始，诗中使用了类比，就是诗人把自己比成那个"驮我的畜牲"（the beast that bears me）。心头的重负如同沉重的货物，这畜牲慢慢地走，因为经不起这沉重的负荷。用畜牲影射诗人，诗人的内心世界也是沉重和凄凉的。在离开自己心爱的人去远游的时刻，诗人怎能迈开脚步。诗中描写畜牲"沉重地慢慢地走"（plods dully on），这样的描写把诗人内心的压抑和沉重外化为畜生的表现，非常形象逼真。

　　在诗歌的第 9~12 行，诗人继续使用这个类比。刺在畜牲身上的"那血淋淋的靴钉"（the bloody spur）写出了诗人心中感受到的巨大刺痛，而

---

　　① 《莎士比亚全集》第 11 卷，梁宗岱译，人民文学出版社，1991，第 193 页。

畜牲的呻吟（groan）也体现了诗人发自内心的痛苦。诗歌的情感饱满充分，类比的运用使诗歌产生了很强的画面感，帮助诗人将内心世界强烈的痛苦体验外化为一个具体的形象，产生了很强的艺术感染力。

呻吟声也使诗人意识到了什么。在诗歌的最后两行，诗人揭示了他为何如此痛苦。原因是畜牲的呻吟声让他意识到：离开他的朋友，走得越远，就离快乐越远，离忧愁越近。诗中畜牲的呻吟声唤起了诗人对离别的思考，可见在听到畜牲的呻吟声之前，他一直沉浸在痛苦中，难以清楚地思考，而呻吟声唤起了诗人的感觉，使他明白省悟，但省悟的结果却是更大的痛苦。畜牲的呻吟声与诗人心中的情感呼应，产生了一种超自然的感觉，仿佛畜牲能够读懂诗人的内心，感知心灵的痛苦。总的来看，这首诗使用的意象很单纯，但很贴切，情感的表达也很细腻，很充分。

第 51 首十四行诗继续延续前一首十四行诗的旅行主题，而且很多意象也与第 50 首十四行诗相关。在第 51 首十四行诗中，诗人描写自己在旅途中艰难的跋涉过程：

Sonnet 51

Thus can my love excuse the slow offence

Of my dull bearer when from thee I speed:

From where thou art why should I haste me thence?

Till I return, of posting is no need.

O, what excuse will my poor beast then find,

When swift extremity can seem but slow?

Then should I spur, though mounted on the wind;

In winged speed no motion shall I know:

Then can no horse with my desire keep pace;

Therefore desire of perfect'st love being made,

Shall neigh—no dull flesh—in his fiery race;

But love, for love, thus shallexcuse my jade;

Since from thee going he went wilful-slow,
Towards thee I'll run, and give him leave to go. [①]

第51首十四行诗

这样，我的爱就可原谅那笨兽
（当我离开你），不嫌它走得太慢：
从你所在地我何必匆匆跑走？
除非是归来，绝对不用把路赶。
那时可怜的畜牲怎会得宽容，
当极端的迅速还要显得迟钝？
那时我就要猛刺，纵使在御风，
如飞的速度我只觉得是停顿：
那时就没有马能和欲望齐驱；
因此，欲望，由最理想的爱构成，
就引颈长嘶，当它火似地飞驰；
但爱，为了爱，将这样饶恕那畜牲：
既然别你的时候它有意慢走，
归途我就下来跑，让它得自由。 [②]

——梁宗岱译

这个笨兽走得太慢，完全是因为诗人感觉自己要离爱人越来越远，因而心情沉重，这重负连那笨兽也难以承受，因而它才会在旅途中走得如此缓慢。这首诗和第50首诗的关系如此密切，读起来几乎像一首诗的上下两段。在莎士比亚的十四行诗中，有些诗是这样的，但大多数都彼此关联不大，各自成为一个独立的诗章。这首诗在构思上有一个突出的特点，就是

---

① Shakespeare. "Sonnet 51," https://www.opensourceshakespeare.org/views/sonnets/sonnet_view.php?Sonnet=51.

② 《莎士比亚全集》第11卷，梁宗岱译，人民文学出版社，1991，第193页。

把离别的时间与即将到来的时刻进行比较。到诗歌第 4 行"当我归来时"（till I return）这里，诗人笔锋一转，切换到了未来的时间，这一次旅行不再是离别，而是重逢。诗人此处的用语表达出归心似箭的心情。"极端的迅速"（swift extremity）这一短语使诗人急切的心情跃然纸上。"御风"（mounted on the wind）和紧接下来的"以风的速度"（in winged speed）一起创造了诗歌连贯的气势，诗歌的气韵迅疾而流畅。第 9 行诗同莎士比亚诗歌中通常所用的结构那样，也用 then 开始，表示由于上面的情形自然形成的结果。在这 4 行诗中，诗人用了两次"欲望"（desire）一词，并且用了"它火似地飞驰"（in his fiery race），用火的意象表示欲望，这让诗表现出强烈的情感。在诗歌的最后两句，诗人已经不用骑马而行了，因为他的欲望，如火一样的欲望跑得更快、更迅疾，所以就再也不用那畜牲了。所以，最后诗人说自己"下来跑，让它得自由"（towards thee I'll run, and give him leave to go），诗歌在轻松愉快的气氛中结束。整首诗的气氛活泼轻松，与上一首诗形成了鲜明的对照。当然，这全都因为第 50 首写现在的离别，而第 51 首展望将来的重逢，是不同的主题决定了诗歌不同的语调。我们回顾一下第 50 首十四行诗，此诗也是以旅行作为诗歌的切入点，显然诗人并不打算去很遥远的地方旅行，然而与年轻人的距离是诗人衡量远近的标准，也就是说，对这个年轻人的爱使诗人感觉短暂的分离也很漫长。这首诗还在诗人自己和牲畜之间做了类比，诗人心灵中所感到的重负、疲惫和痛苦都在牲畜的身上体现出来。第 50 首十四行诗中提到"它火似地飞驰"（in his fiery race），在第 45 首十四行诗中也有类似的表达；诗中的"净化的火"（purging fire）一语表明第 45 首十四行诗也用火来象征欲望。

旅行的意象在诗歌中起到了拓展结构的效果，整首诗歌就是围绕着这个意象展开的。"旅行"这个意象与很多情况联系在一起，如旅行时的重负、旅行的时间、旅行的目的等，这些都与旅行者的心情相呼应。旅行的故事是诗人的心灵故事，旅行成为诗歌的线索和结构。旅行是一种愉快的体验——对旅行细节的记录可以用于审美目的。怀亚特以运用意象见长。在他的《我的战舰充满了遗忘》（*My Galley Charged with Forgetfulness*）这首十四行诗中，意象的使用精确练达，与结构互相呼应，相得益彰：

My Galley Charged With Forgetfulness
Wyatt

My galley charged with forgetfulness

Through sharp seas in winter nights doth pass

Tween rock and rock, and eke my foe(alas)

That is my lord, steereth with cruelness.

And every oar, a thought in readiness,

As though that death were light in such a case;

An endless wind doth tear the sail apace

Of forced sighs and trusty fearfulness;

A rain of tears, a cloud of dark distain,

Have done the wearied cords great hinderance;

Wreathed with error and eke with ignorance,

The stars be hid that lead me to this pain.

Drowned is reason that should me consort,

And I remain, despairing of the port. ①

我的战舰充满了遗忘
怀亚特

我的战舰充满了遗忘。

冬天的夜晚，穿过大海

岩石，和我的敌人（唉）

这是我的主，冷酷地将我指挥。

每个桨，一个准备就绪的思想，

这样，死亡似乎是光；

无尽的风会撕裂了帆

强迫的叹息和信赖的恐惧；

---

① Wyatt. "My galley charged with forgetfulness, " *Sonnets*, http: //www. sonnets. org/wyatt. htm.

疲倦的缆绳受到阻力；

用错误和无知把它缠绕，

星星被藏起来，让我陷入痛苦。

面临险境，但是诗人还没有放弃希望。

理智淹死，那本是我的伙伴，

我还活着，绝望地望向港湾。

——笔者译

　　这首十四行诗翻译自彼特拉克的第 189 首十四行诗。该诗围绕一段危险的航程这个延伸意象展开，象征着某种关系的丧失，或者叙述者感到被上帝遗弃了。怀亚特作为一个外交官和都铎王朝的大使，在欧洲有过许多次危险的航行。怀亚特在亨利八世统治时期被囚禁了两次，目睹了他的前情妇，亨利八世的妻子安娜·博林被处决。他在这首诗中写了自己的危机感，即使在怀亚特的其他一些诗中，我们也会发现这种危机意识的存在。诗人写了一个极其危险的场面，"充满了遗忘的战舰"象征着诗人内心的迷惑。在他心绪如此迷乱的时候，却依然航行在充满危险的海上。诗歌一开篇就营造出相当紧张的气氛，令人禁不住屏住呼吸。我们不能确定他的"主"是指上帝，还是控制诗人命运之人，因为怀亚特在提到"主"时没有用大写，所以"主"可能指他的国王——亨利八世。

　　在这些诗句中，诗人进一步烘托出危机的局面。桨已经准备好，时刻会抛弃诗人而逃离，风继续肆虐着。没有同情，没有信任，叹息也是强迫发出的，而信任则是不真实的，这些只能带来恐惧。这样的内容既可以表现出诗人个人感情上遭遇的疾风暴雨，也可以指代诗人政治生涯上的风起云涌。怀亚特是一位以运用意象见长的诗人，他的诗韵律并不流畅，选词也不考究，但是意象的运用却使他的诗别有一番力量，这一点是莎士比亚也不能望其项背的。

　　在诗中，诗人泪如雨下，黑暗的云投下鄙视，他仍然在痛苦中挣扎。然而，缆绳被缠绕，星星被藏起，他如豆的希望被一点点碾碎了。

　　诗人最后的指望"理智"也已经死去。至此，诗人已经把自己的绝境写得无以复加，身处这一绝境，其身上再不能添加任何负荷，一根稻草也不行。在诗歌的最后一句，一幅活生生的画面跃然纸上：一个人在绝望中

"望向港湾"。这幅画面凝集了人的坚韧以及诗人面对危机时的英雄气概。读怀亚特的诗确实能够让人心潮澎湃。

同时，在这首诗中，怀亚特把爱当成战争去写。《我的战舰充满了遗忘》将爱比喻成在危险的海上行驶的船，怀亚特打破八六分行的结构。这首诗并没有提及爱情，也许可以理解为该诗书写的是政治生涯。正是意象让诗歌产生了多义性。这首诗歌的结构为诗歌意义发展创造出了一个层层递进的空间，而诗歌的意象则将这个发展空间迅速填满，并让这个空间运转起来。

同一种意象也可以因为结构的不同而产生不同的效果。这是因为不同的结构预设的空间不同，意象在不同的空间展开，就获得了不同的意义。十四行诗是一种思辨性的诗体，其常规模式是陈述某一事实，对其展开论述或提出疑问，再论证，并得出结论。用意象来表达思辨话语时，由于意象能够引发联想，使诗歌显得更具可读性和表现力。

下面我们就以 20 世纪美国诗人罗伯特·李·弗罗斯特为例来说明这个问题。弗罗斯特一生得过 4 次普利策奖，《一个男孩的愿望》（*A Boy's Will*，1913）和《波士顿以北》（*North of Boston*，1914）的出版使他成名。他的诗多取材于农家生活，有"新英格兰田园诗人"之称。弗罗斯特的诗质朴无华，但是充满神秘色彩。弗罗斯特喜欢在诗中运用森林的意象。在下面的两首十四行诗中，弗罗斯特都用了森林意象，但因两首十四行诗的结构不同，传达出的节奏和思想律动也不同。我们来具体分析一下这两首十四行诗：

Into My Own
Robert Frost

One of my wishes is that those dark trees,
So old and firm they scarcely show the breeze,
Were not, as 'twere, the merest mask of gloom,
But stretched away unto the edge of doom.
I should not be withheld but that some day
Into their vastness I should steal away,

Fearless of ever finding open land,

Or highway where the slow wheel pours the sand.

I do not see why I should e'er turn back,

Or those should not set forth upon my track

To overtake me, who should miss me here

And long to know if still I held them dear.

They would not find me changed from him they knew—

Only more sure of all I thought was true. ①

回归本心

弗罗斯特

我的愿望之一是那黑色的树,

他们老又坚实,没有微风可以吹过,

不仅是为它,戴着阴郁的面罩,

而是因它延伸到命数的边缘。

我不应该隐瞒,但有一天

我要偷偷溜走进入他们那片开阔地,

无畏地寻找开阔的土地,

或是轮子碾压沙子的路。

我不明白为什么我应该返回,

或者那些不与我在同一轨道上的

要追上我,谁会在这里错过我?

我想知道我是否还会把他们当成至爱

他们不会发现我的变化——他们知道——

只有更确信,我想那是真的。

——笔者译

---

① Frost, Robert. "Into My Own," http://blog. sina. com. cn/s/blog_be7ab9b60101ccli. html.

　　黑暗的林子是本诗中一个有象征意义的意象。在第 1~4 行中，黑暗的林子象征着神秘的未来。诗中描写的黑暗的林子是阴郁而沉闷的，Dark, gloom 这些词加深了树林密不透风的感觉，更见其阴暗。由于诗中树林带着阴郁的面罩，这就说明树林的表象与它的实质不同。树林的无限延伸又给诗人提供了一个神秘的充满可能性的空间。在诗歌的第 5~8 行，诗人用旅行比喻人生，而这个旅行不是一般在陆上或海里的旅行，而是穿越神秘树林的旅行。诗人在这 4 句中表达了决心，他想要冲破重重阻力，无畏地去寻找自己的生活。在第 9~12 行中，诗人写道：他的旅程是不能折返了，他想要在这样的旅程上看到谁是他的同路人，谁会与他分手，他可以在这漫长的旅程中识别哪些人是他的至爱。诗人在诗歌的最后做了保证，保证自己会坚守本心，不会变化。全诗建立在旅行这个延伸的意象基础上，暗指诗人心理上的成长。诗人用简朴的语言表现出人心理成长过程中的神秘与复杂。

　　诗歌的结构依然是前八后六。诗人在前 8 行中表明了自己的愿望是去寻找黑色的树，后 6 行是对这种决心的质疑。在这场质疑中，诗人似乎为自己树立了一个谈话对象，这个对象不断指出诗人愿望中存在的各种问题，也可能这个谈话的对象不是别人，就是诗人的另一个自我。最后经过思辨过程，诗人下定决心，仍然要去寻找渴望中的黑树。

　　在弗罗斯特的另一首诗中，他再次用了森林的意象。但是这首诗的结构却使森林的意象产生了不同的风格：

A Dream Pang

Robert Frost

I had withdrawn in forest, and my song
Was swallowed up in leaves that blew alway,
And to the forest edge you came one day
(This was my dream) and looked and pondered long,
But did not enter, though the wish was strong:
You shook your pensive head as who should say,
'I dare not—too far in his footsteps stray—

He must seek me would he undo the wrong. '

Not far, but near, I stood and saw it all

Behind low boughs the trees let down outside;

And the sweet pang it cost me not to call

And tell you that I saw does still abide,

But 'tis not true that thus I dwelt aloof,

For the wood wakes, and you are here for proof. [①]

梦中之痛
弗罗斯特

我已从森林中退出，我的歌声

被吹走的叶子吞噬，

有一天你来到森林边缘

（这是我的梦），长久地看，长久地思，

但没有进去，虽然愿望很强烈：

你摇动你沉思的头，似乎在说：

我不敢——他走得太远了——

如果他想改正错误，他必须来寻我，

不是在远处而是在附近，我站在那，看到一切。

树垂下低枝的枝条，向外延伸

还有因我不去见你，才有的那份甜蜜的痛

告诉你，我看到这一切，而我还在逗留。

但我的冷淡，这不是真的，

因为森林醒了，你就在这见证一切。

——笔者译

　　森林是弗罗斯特的诗中经常出现的一个意象，它的意思随诗歌语境的不同而变化，通常森林象征着一种孤立的状态。这首十四行诗写的是一个

---

① Frost, Robert. "A Dream Pang, " http://blog. sina. com. cn/s/blog_be7ab9b60101ooli. html

梦境。诗人在第1~4行写自己在梦中已经走出了森林，而"你"应该是指到森林边缘寻找诗人的情人。在诗歌的第5~8行中，情人显然是有情意的，她想进入森林去寻找诗人，但是她犹豫良久，还是决定不进入森林。在此，"森林"意象的意义变得更加丰厚。"森林"代表的是诗人潜意识中的孤独感，还有诗人所渴望的理想生活。不管是什么，他的情人是不能与他共同分享这些了。

这几句写诗人看到了情人的犹豫。他想见情人，又忍住，他在体会"甜蜜的痛"（sweet pang）。"甜蜜"是因为诗人在森林中享受心灵的孤独与自由；而"痛"是因为诗人无法舍弃情人，又不愿离开"森林"。"痛"的原因是简单的，但诗中"森林"意象所表达的意思是不明确的，也正因如此，诗歌变得十分神秘。把"森林"当成弗罗斯特整个精神世界的意象也未尝不可，他的精神世界太过博大深邃，即使是爱他的人也无法走进这森林。所以，这个世界也是孤独的。诗歌的最后两句又来了一个转折，诗人写自己虽然外表冷淡，但内心对情人怀有爱情。这是一首写梦的诗，写到结尾，梦醒了，他的情人还在他的身边，梦里的一切都不是真的。弗罗斯特乐于写人精神世界的神秘，这首诗写的就是神秘复杂的精神世界。森林的神秘与弗罗斯特诗歌的意境彼此契合，这大约就是弗罗斯特喜欢运用森林意象的原因。

这首诗的结构仍然是前八后六，但是有趣的是，在前八和后六结构的内容中各自包含一个转折，用but来表示，从而在整首诗中形成了一种对称的结构，展示了诗人内心的矛盾冲突和行动上的矛盾冲突，使诗歌很有戏剧性。结构变成以下模式：陈述+转折（前8行），陈述+转折（后6行）。作品的结构事实上就是它的意义。在《回归本心》一诗中，前八后六构成了一种谈话机制，展现了一个思辨的程序，是一种沉思式的节奏。而在《梦中之痛》一诗中，前八后六结构由于内容中又含有一个对称的结构，于是构成了一对更加复杂的矛盾冲突，展现了诗人内心斗争的进展，像是由对比性的音符所产生的节奏。相比于《回归本心》，《梦中之痛》有更多变化，也更有活力。一首充满张力的好诗，要注入矛盾的对立因素，将诗歌置于异质性元素的冲突对抗中，并最终在变化中求得平衡与统一。《梦中之痛》通过它特有的结构形式，表现出了非同质性达成的统一体。

在使用意象时，也可能因思维方式的独特而形成看似荒谬的意象。当我们把意象和转喻放在对立面上，通过鲜明的对比创造出一种似是而非的效果时，这种意象看似不可能，细思则有理，是一种适用于现实的意象。这样的意象有可能在矛盾的语境下被激活了。例如下面这首诗：

How Oft Have I, my Dear and Cruel Foe
Wyatt

How oft have I, my dear and cruel foe,

With those your eyes for to get peace and truce

Proffered you mine heart! But you do not use

Among so high things to cast your mind so low.

If any other look for it, as ye trow,

Their vain weak hope doth greatly them abuse.

And thus I disdain that ye refuse:

It was once mine, it can no more be so.

If I then it chase, nor it in you can find

In this exile no manner of comfort,

Nor live alone, nor, where he is called, resort,

He may wander from his natural kind.

So shall it be great hurt unto us twain

And yours the loss and mine the deadly pain. [1]

我有多少次，我亲爱的和残酷的敌人
怀亚特

我有多少次，我亲爱的和残酷的敌人，

从你的眼睛里得到和平与停战

给你我的心！但你不使用

在如此高贵的事物中却只看重那低微的。

---

① Wyatt. "How oft Have I, My Dear and Cruel Foe,"*Sonnets*, http://www.sonnets.org/wyatt.htm.

> 如果别人来寻找这心，正如你相信的
> 他们徒然的希望会让他们自取其辱。
> 因此我鄙视你拒绝的东西：
> 它曾经是我的，它不再是这样。
> 如果我再追逐它，它也不会在你身上找到
> 在这种放逐中，没有任何安慰，
> 他不能独自生活，不为人需要，
> 他可能会偏离自然状态。
> 所以它会极大地伤害到我们俩
> 对你是损失，对我是致命的痛苦。

——笔者译

在这首诗中，诗人谴责自己所爱的女人不珍惜自己的情感，不看重那些高贵的品质，反而去追求那卑微的东西，说明这个女人的品位不高。诗中用战争的意象来写爱情，使爱情有了一种紧张感和强烈的视觉刺激感。用战争意象来书写爱情，在莎士比亚的十四行诗中也出现过。

在诗歌的第 5~8 行，诗人的逻辑是既然自己的心已经受到情人的鄙视，那这颗心同样会受到他自己的鄙视。这表明诗人与情人的心灵是相通的，他对她的爱使他成为她的从属，她所做的必是为他所接受的。这样的逻辑延续下去，就变成了诗人心灵的双重放逐，先是被情人抛弃，后又被自己抛弃。后来莎士比亚在诗中也使用过这种逻辑。诗的最后两行是结论，强调了损失的双重性，从而有力地强调了对爱的抛弃是对双方的伤害这一主题。

诗人说自己的心给了对方，然后以此为基础建构了诗歌的内容。这颗心在对方那里，受到对方的忽视，因而这颗心在诗人自己这里也贬值了。这个逻辑看似不合情理，很奇特，实际上却含有深意，与诗人真实的心理相符。诗歌中"心的交换"比喻恋人的真诚相爱、心心相印，有关换心后发生的事件所产生的逻辑上的奇异联想就在这样的语境下将这个意象激活了。

总之，结构是意象存在的框架，又是激活意象的工具。没有结构的意象就如同没有舞台的舞者，失去了展示风采的空间。在不同的结构下，类

似的意象会产生截然不同的诗歌节奏。结构像是意象航行的海图，不同的路线会让我们看到不同的风景。正如不能忽略诗歌的意象、象征、韵律一样，我们也不能忽略诗歌的结构。

结构激活意象，反过来，意象也可以充当结构。诗歌的结构可以说是非常灵活的。诗歌中有许多不同的结构。从总体来看，十四行诗的结构是这种诗体本身就已经具有的。一首十四行诗的结构有明显的部分，如韵律上的安排，以及前八后六的彼特拉克式结构或四四四二式的莎士比亚十四行诗结构，这是非常明显的。如果我们把这些暂时放在一边，就会发现其实在十四行诗中，除了这些结构以外，还存在一些小的结构，它们可以被看成内在的骨骼或者是软体动物的肉身。我们不妨称之为十四行诗的小结构，以此区别于我们通常所说的十四行诗的韵律结构和句式安排上的彼特拉克式结构与莎士比亚结构。对十四行诗内结构进行研究，是为了帮助我们进一步探索作为格律诗的十四行诗。除了本身的结构要求以外，还有什么样的内在逻辑和结构可以使它变得更加完美和严谨？我们还是通过例子来分析这个问题。

英国诗人邓恩曾就读于牛津和剑桥两所学校，但未获学位。邓恩出身于天主教家庭，1615 年，他成为一名英国国教牧师。他是玄学派诗人的杰出代表，他的作品包括爱情诗、宗教诗等。邓恩诗歌中的一个重要主题是宗教思想，他花了很多时间来思考和宗教有关的问题。现代派诗人艾略特对他十分推崇。下面是邓恩的一首十四行诗，名为《日冕》（*La Corona*），整首诗的结构建立在一个意象上，crown（冠、冕）这个词引导了全诗的内容，形成了诗歌结构：

La Corona
John Donne

Deign at my hands this crown of prayer and praise,
Weav'd in my lone devout melancholy,
Thou which of good hast, yea, art treasury,
All changing unchanged Ancient of days,
But do not with a vile crown of frail bays,

Reward my muse's white sincerity;

But what thy thorny crown gain'd, that give me,

A crown of glory, which doth flower always.

The ends crown our works, but thou crown'st our ends,

For at our ends begins our endlesse rest,

The first last end, now zealously possess'd,

With a strong sober thirst my soul attends.

'Tis time that heart and voice be lifted high;

Salvation to all that will is nigh. ①

日冕

约翰·邓恩

主将祷告与赞美之冠置我手上,

我在虔诚的忧思中动摇,

你,善中之善,至宝仍旧,

亘古不变,直到永恒。

别拿月桂树的王冠,那易凋谢的花

奖励我纯洁的真诚的诗歌

但你赐我的那有刺的王冠

给我荣光和永恒。

目标给我们的劳作加冕,而你给我们的目标加冕,

在我们的目标中,我们有永恒的安息,

我们狂热地拥有这第一个最终目标,

我们怀着清醒的饥渴,灵魂携手。

这一次心灵与声音得到了升华,

最终的拯救终将降临。

——笔者译

---

① Donne, John. "La Corona," http://www.luminarium.org/sevenlit/donne/lacorona.htm.

　　诗人把祷告与赞美比喻成冠冕，显示了他对这种宗教活动的虔诚。然而，他又写自己的动摇，写在动摇中又走向坚定，因为神乃至善。在第5~8行中，诗人比较了两种王冠：一种是诗人的桂冠，容易凋谢；一种是"多刺王冠"，象征宗教。诗人宁愿接受那宗教的启示，因为它更加永恒。在诗歌的第9~14行中，诗人继续使用"冠冕"一词，来与上文达成结构上的连贯。这有一点像天主教的仪式，从头到尾形成一个环形结构。这样的结构既是诗歌的艺术结构，也是思想内容方面的暗示，有一些启示意义。诗人以严肃的论证性诗句来解释宗教经典关于神对人的安排，这6句结合得非常紧密，不可分开。虽然用了冠冕的意象，但总的来看，这首诗中的宗教思想表达得依然近乎直白。诗歌在结构方面对天主教宗教仪式进行了模仿，使诗歌自有深义。诗歌的外结构是彼特拉克式的前八后六结构，而内结构是由冠冕这个意象来引领的，从而产生了极佳的表现效果。

第四章　韵律变迁

英语十四行诗是引进的外来诗体，最初是英国诗人对意大利诗人彼特拉克十四行诗的翻译与仿写，这意味着意大利语的韵律需要被转换成英语的韵律。最早翻译和介绍十四行诗的诗人怀亚特和萨里一直就韵律问题进行探索，而这种探索在十四行诗发展的历史过程中也从来没有停止过。本章分析十四行诗韵律发展的历史以及韵律的意义。

第一节　奠定与发展

在英国文学史上，萨里的名字总是与怀亚特爵士联系在一起，因为这两个人是文艺复兴早期英国最杰出的诗人，对英语诗的韵律发展做出了杰出的贡献。他们对现代化英语韵律进行了成功的实验，通过重塑旧韵律形式，引入新的韵律，简化和规范英语的韵律，扩展和提炼诗歌使用的词语，极大地提高了英语的表现力。与萨里相比，怀亚特出版的诗更多，后世的作家有更多的机会读到怀亚特的作品。

怀亚特的杰出贡献是他创造了五步抑扬格（iambic-pentameter）。"十个音节，五音步：这是在我们所有的文学作品中最简单、最著名的韵律，直到目前也是最通用、最富有表现力、最强大的韵律。有些诗人几乎在他们所有的诗歌中都用这种韵律，而且探索出千万种潜在变化。莎士比亚……他的大部分十四行诗都是五音步的抑扬格诗行。"[1] 19 世纪的诗人华兹华斯也很喜欢使用五步抑扬格。他的许多诗歌，包括十四行诗都是用五步抑扬格写成的。"华兹华斯坚持使用五步抑扬格，这说明这种格律对他来说是重要

---

[1]　Highet, Gilbert. *The Powers of Poetryz*, New York: Oxford University, 1960, p. 19.

的。"早期，当他在读格雷（Thomas Gray，1716～1771）和哥尔斯密（Oliver Goldsmith，1730～1774）时，"他努力不用格雷的自由体，而是用更传统的五音步双行体"。① 我们以一个例子来看看这种诗体的魅力：

Like to These Immeasurable Mountains

Wyatt

Like to these immeasurable mountains

Is my painful life, the burden of ire:

For of great height be they and high is my desire,

And I of tears and they be full of fountains.

Under craggy rocks they have full barren plains;

Hard thoughts in me my woeful mind doth tire.

Small fruit and many leaves their tops do attire;

Small effect with great trust in me remains.

The boist'rous winds oft their high boughs do blast;

Hot sighs from me continually be shed.

Cattle in them and in me love is fed.

Immovable am I and they are full steadfast.

Of the restless birds they have the tune and note,

And I always plaints that pass thorough my throat. ②

像这些无法估量的山

怀亚特

像这些无法估量的山的

---

① Miles, Josephine. "Wordsworth: The Mind's Excursive Power, " Clarence D. Thorpe, Carlos Baker, Jr, Bennett Weaver, ed. *The Major English Romantic Poets—A Symposium in Reappraisal*, Carbondale: Southern Illinois University Press, 1957, p. 39.

② Wyatt. "Like to these immeasurable mountains, " *Sonnets*, https://genius. com/Thomas-wyatt-like-to-these-immeasurable-mountains-annotated.

是我的痛苦的生活，愤怒的负担：

因为他们高不可攀，我的心愿也如此高大，

用我的眼泪，形成了那山间的喷泉。

他们拥有那布满崎岖山岩的贫瘠的平原；

我那艰难的思想让我可怜的心智精疲力竭。

小果和许多叶片打扮着他们的高处，

我付出了巨大的信任，却效果甚微。

专横的风损害他们的高枝，

我的叹息不断地流下。

山中牛和我的爱被喂养。

我巍然屹立，他们坚定不移。

他们为不安的鸟调解曲调与音符，

感叹总是从我的喉咙中发出。

————笔者译

　　论及诗歌的韵律，首先要弄清楚诗歌的内涵，因为韵律是为诗歌的意义服务的。我们来分析这首诗的意义。诗人用宏大的意象来书写心中的痛苦与愤怒。小小的十四行诗在诗人的笔下因这强有力的意象而变得十分有气势。这一点是难得的。也许是因为在怀亚特的诗中，他直接用简短的隐喻来书写，所以诗歌产生了力量。在宏大场面中，诗人的爱情似乎显得渺小。但诗人说，"我付出了巨大的信任，却效果甚微"（small effect with great trust in me remains）。这一小一大的对比很能说明问题。而且 trust（信任、信念、信托）这个词在怀亚特的十四行诗中常用，对怀亚特来说，trust 是爱的一个核心概念，它包含着诗人的爱情理想。trust 一词表明诗人认为爱应该是忠实的、美好的、纯净的、圣洁的、全身心投入与付出的。怀亚特也把自己付出的爱称为 trust，而这样的爱只取得一点点微不足道的效果，从一个侧面批评了情人不识真金、只慕虚荣。"我的叹息不断地流下。"（Hot sighs from me continually be shed.）从这句诗起，诗人让情感倾泻而下，仿佛把天地万物都召集来，为他叹息。因为有了前 8 句的铺垫，诗人的叹息显得那样令人同情，这叹息没有矫揉造作之感，非常自然。

　　接下来，我们再来看这首诗歌的韵律。这首诗在韵律上每一行基本是

10 个音节左右，诗歌基本保持了五步抑扬格的格律，但是总的来看，诗句读起来发音有些艰涩，主要是因为怀亚特的诗行中有太多元音。由于元音是非常响亮和重浊的，所以诗歌给人一种力量之感。这样的韵律如果单独拿出来看，有点违背我们对诗歌音乐美感的一般性期待，而如果用这样的韵律来表现怀亚特的男人式的悲愤，却是恰当的。诗歌尾韵使用了彼特拉克式的韵律。前 8 行用了环抱韵"ABBA，ABBA"，后 6 行使用比较灵活的"CDD，EFF"。尾韵的这种规则为诗歌的节奏感提供了保障，使诗歌成为标准的十四行诗。

　　怀亚特的十四行诗虽然押韵，但并不完美。他尝试使用抑扬格，但有时也在非重读音节押韵。这种押韵常常不能令人满意，显得牵强。怀亚特的十四行诗读起来常常令人感觉节奏并不和谐，反倒有些刺耳。例如，上面这首诗读来很是拗口，元音与辅音的任意变化使诗歌读起来不太清晰。虽然怀亚特诗中有时也出现头韵，但这几乎无法弥补整首诗歌的音乐感欠缺。不过，这种读来很笨拙的十四行诗却蕴含了一种精神的力量。如开头的两句诗：

Like to these immeasurable mountains
Is my painful life, the burden of ire:

像这些无法估量的山
是我的痛苦的生活，愤怒的负担：

　　这两句诗立刻给人一种强大的力量之感。语言简洁，没有任何修饰语，而这也是怀亚特十四行诗的一贯风格，一种男人式的刚健风格。重音对于这种风格的形成是至关重要的因素。重音产生响亮的音响效果，所以特别有助于表达铿锵有力的情绪。在英语语言中，重音与轻音在表达意义方面有所不同。正如我们在怀亚特的十四行诗中所见到的，重音表达了情感的强劲。不过并非所有重音都可以表达情感的浓度。重音的作用不可忽视，但只有应用恰当时，重音的表达效果才能显现出来，不然重音与轻音的区别就无从谈起。任何脱离语境的谈论只能是大致的归纳总结，而不能真正地揭示语音在诗歌作品中所起的作用。词语的音乐效果必须置于语境中来谈论，这一观念其实早在中国的古典诗论中就有涉及。

中国古典诗论对词语的音响效果十分重视。"潘邠老云：七言诗第五字要响。如'返照入江翻石壁，归云拥树失山村'。'翻'字、'失'字，是响字也。五言诗中第三字要响。如'圆荷浮小叶，细麦落轻花'。'浮'字，是响字也。所谓响者，致力处也。予窃以为字字活，则字字自响。"① 这篇诗论中对于为什么"翻、失"等字是响字的解释是：它们是重点之处。细品之，我们会发现，这里所言的"响"字是指对通篇诗歌具有非凡意义的字。例如"返照入江翻石壁，归云拥树失山村"。在这句中，"翻"字一出，便见得海面上风起云涌的壮观景象。而"失"字一出，顿时让人感到景物的变化态势。而更重要的是这则诗论强调语境的重要性。评论认为，诗中的字用得活，便可以产生"响"的效果，可见，"响"字并不是一个单枪匹马的孤胆英雄，而是因为语境的恰当选择而被调动起来的富有表现力的语言。也就是说，在一个特定的语境中，语言的潜力被最大限度地挖掘出来，取得了震撼人心的效果，这种效果就可以称为"响"。一首诗可以字字都响。用一个我们通常用的概念来讲，就是诗歌的语言要成为一个有机的整体。不同词语的发音要有机地组合在一起，这样才能字字用活、字字生动、字字有力、字字都"响"。在怀亚特的这首诗中，虽然轻音的数量很少，但是每一个轻音的出现，就像两次举锤子锤击中间的间歇性停顿一样，每一次停顿后产生更有力的猛击，因此，诗歌才产生了这样强劲有力的效果。

与怀亚特同时代的另一位诗人萨里对于十四行诗韵律的发展也有杰出贡献。"1557 年出版的《杂集》（*Miscellany*）一书，收录了萨里四十多首的诗。编辑在序中说：'我劝博学之人通过阅读学习，能够调整自己粗鄙的口味，以便能欣赏这位作者提供的新的表达和更精致的表达模式。'"② 不过，也有批评家对萨里持有不同的态度。有批评家认为萨里"缺乏怀亚特的力量，也许缺乏表达亲密经验的意愿"。③

---

① 里克编选注释《历代诗论选释》，昆仑出版社，2005，第 67 页。

② Hardison, O. B. "Tudor Humanism and Surrey's Translation of the Aeneid," *Studies in Philology*, 3 (1986): 237.

③ Jentoft, C. W. "Surrey's Four 'Orations' and the Influence of Rhetoric on Dramatic Effect," *Papers on Literature and Language*, 9. 3(Summer 1973): 250–262.

　　还有批评家指出："现在对萨里的评价有些非同寻常：每个人都知道他的诗歌，但很少有人认真阅读它，而且也没有多少人赞许这些诗。萨里在文艺复兴时期对英语韵律发展中的作用可以写上几个段落，但是这些诗歌的特点经常被忽视……萨里的诗歌……似乎并不像邓恩的或者怀亚特的诗歌那么清楚，通常是作为文学史的链条上的一环，然后被斥为'给未来诗人树立了榜样，但其自身没有多大价值'。"① 在这些观点中，人们普遍承认萨里对后世诗歌产生了影响，对他在语言上所取得的成就持肯定态度，但对其总体诗歌价值的判断，人们的意见并不统一。那么萨里在语言上的贡献突出表现在哪儿呢？我们用萨里最有名的一首诗来阐释这个问题：

Love That Doth Reign and Live Within my Thought

Surrey

Love that doth reign and live within my thought
And built his seat within my captive breast,
Clad in arms wherein with me he fought,
Oft in my face he doth his banner rest.
But she that taught me love and suffer pain,
My doubtful hope and eke my hot desire
With shamefaced look to shadow and refrain,
Her smiling grace converteth straight to ire.
And coward Love, then, to the heart apace
Taketh his flight, where he doth lurk and' plain,
His purpose lost, and dare not show his face.
For my lord's guilt thus faultless bide I pain,
Yet from my lord shall not my foot remove, —
Sweet is the death that taketh end by love. ②

---

① Jentoft, C. W. "Surrey's Four ' Orations' and the Influence of Rhetoric on Dramatic Effect, " *Papers on Literature and Language*, 9. 3(Summer 1973) : 252.

② Surrey. "Love that doth reign and live within my thought, "http: // www. sonnets. org/ surrey. htm# 102.

爱主宰我的思想和生活

萨里

爱主宰我的思想和生活
在我被俘获的胸膛里建造了他的座位，
他的旗帜停歇在我的脸上，
但是她教会了我爱和痛苦，
我犹豫的愿望和我的狂热
带着惭愧躲进阴影中，
她微笑的优雅转成了怒容。
懦夫的爱，向心里飞奔
带着他逃走，在那里潜伏，
他的目的丧失了，不敢露出脸来。
因为我主的罪过如此完美，等待我的痛苦，
然而，我的主不会把我的脚移开，
甜蜜的死亡，也结束了爱。

——笔者译

　　在这首诗中，萨里模仿彼特拉克的"8+6"结构，在怀亚特形式的基础上写成了这首诗。但他让三组四行诗有独立韵律，然后再加一个双行诗，三组四行诗展开陈述与论辩，最后两行得出结论并收尾。上面这首译诗的格律是"ABAB，CDCD，EFEF，GG"，现在我们把这种诗行称为莎士比亚十四行诗。莎士比亚似乎发现这种格律规整的用抑扬格写成的韵律模式特别好用，于是便用这种格律写成了150多首十四行诗。"因此，由怀亚特翻译，在16世纪介绍到英国的十四行诗在莎士比亚的手里成熟了。"① 是萨里成就了莎士比亚，也是莎士比亚证明了萨里的这种韵律模式对于英语十四行诗发展的重要性。

　　萨里所发明的这种韵律特别适用于分析情感。用十四行诗这种特定的

---

① Shakespeare. "Shakespearean Sonnet," MerriamWebster, ed. *Merriam Webster's Encyclopedia of Literature, Springfield:* Merriam-Webster, 1995.

诗歌形式来写爱情诗，其有利因素如下：由于篇幅有限，诗人的笔触不能过分随心所欲，诗人必须不时地诉诸理性来控制诗篇的发展。而且诗人要能够在这短短的十四行中完整展现一种思想或者情感，这其实对诗人的创造力和诗歌的结构安排提出很大的挑战。莎士比亚的十四行诗把萨里的这种模式运用得炉火纯青。三个四行诗加一个双行体，像八股文一样，把情感表达的层次排列分明，诗人用这种模式写诗其实是在做一种填字游戏。莎士比亚把这个游戏玩得游刃有余，也许是莎士比亚在使用比喻的语言方面无与伦比，所以他似乎没有感到这种韵律的限制，因为强大的语言能力完全弥补了韵律上的制约。如果把萨里发明的这种韵律比喻成金色的镣铐，虽然美丽，却是束缚，那么莎士比亚就是那个戴着金色镣铐翩翩起舞的诗人。

萨里的译文不仅韵律优美，而且语言优雅。"他相信伟大的文化没有伟大的语言是不可能的。"①

My doubtful hope and eke my hot desire
With shamefaced look to shadow and refrain

我犹豫的愿望和我的狂热
带着惭愧躲进阴影中，

——笔者译

这样的语言回归了彼特拉克式的优雅。从品位上讲，萨里比怀亚特更加精致。他对彼特拉克作品的翻译并不逊色于原作。他模仿别人而创作的诗歌中也含有他自己的原创成分。他的诗中没有令人不快的幻觉，也不反复玩味情感而令人腻烦。音乐般的节奏和优美的语言、婉约含蓄的情调，使萨里的译诗最大程度上再现了彼特拉克的神韵，与怀亚特形成了对比。对怀亚特那种韵律有些拗口的诗歌，后世的诗人们没有刻意去学习和模仿，而萨里细腻的语言和甜美的风格很受读者的欢迎，这是正常的现象。

---

① Hardison, O. B. "Tudor Humanism and Surrey's Translation of the Aeneid," *Studies in Philology*, 3 (1986): 239.

就读者来看，他们对于诗歌的期待是这样的：他们需要美感，需要美的节奏和语言。这样的品位与受西方古典作品熏陶有关。被乔叟（Geoffrey Chaucer，1343～1400）的诗歌滋养的读者更热爱优美的语言，但怀亚特也有他的价值。无论是怀亚特对彼特拉克风格的颠覆性解读，还是萨里对彼特拉克风格的刻意领会，都为英语十四行诗的发展做出了贡献。

怀亚特和萨里对十四行诗韵律的贡献在整个十四行诗的发展历史上起到了奠基的作用。另一位对十四行诗韵律做出贡献并产生深远影响的诗人就是斯宾塞。斯宾塞的十四行诗和莎士比亚的十四行诗结构不同。与莎士比亚的"ABAB，CDCD，EFEF，GG"韵律形式相比，斯宾塞体十四行诗的创作难度加大了，格律为"ABAB，BCBC，CDCD，EE"。这样看来，莎士比亚十四行诗体用的是 7 个韵脚，而斯宾塞十四行诗体用的是 5 个韵脚。前三组四行诗中的韵脚环环相扣，形成了一种交叉韵律（interlocking pattern "concatenated" 或 "chained" rhyme），这种韵律给人一种连续不断的整体的美感，仿佛海浪一个接一个地涌上来，连绵而有序，严格的规律中蕴含着一种动态的美的律动。斯宾塞体十四行诗对其后的英国诗人，包括弥尔顿、马洛、雪莱、济慈等都产生了很深远的影响。

19 世纪的英国迎来了诗歌的黄金时代，这个时期也是十四行诗繁荣发展的时代。不过十四行诗韵律上的发展变化是相对稳定的。诗人对于现存的十四行诗韵律形式虽然有所突破，但总的来看不外乎这几种情况：一是写彼特拉克体的十四行诗，二是写莎士比亚体的十四行诗，三是写彼特拉克体和莎士比亚体混合的十四行诗。我们有必要对第三种情况进行说明。彼特拉克体前 8 行基本是稳定的韵律结构，用起来比较方便，而莎士比亚体十四行诗最突出的特点是最后两行以双行体作为结束。19 世纪的英国诗人由于不满于被十四行诗的现成格律束缚得太紧，便在混用彼特拉克体和莎士比亚体方面做文章。直到 21 世纪的今天，十四行诗的格律形式依然保持相对稳定。诗人们在格律上的创新不是革命性的，而是改革性的，是对原来十四行诗格律优越性的进一步印证和补充。

好的韵律是诗歌的点睛之笔，但即使再伟大的诗人，要想把诗歌的韵律发挥到极致，把诗歌的意思和音乐性充分完美地结合，也是非常难的。法国印象派诗人注重诗歌的音乐性，他们为了写出富有音乐感的诗煞费苦心。虽然他们在诗歌韵律上取得相当大的成就，但是因强调诗歌音乐性而使诗歌意思变得过于模糊的情况也时有发生。美国诗人爱伦·坡极重视诗歌的音乐性，他的那首传世之作《乌鸦》的韵律堪称完美，但是其所表达的思想内涵还是比较单薄。可见，要取得好的音乐效果，又不能因韵害意，是一件多么困难的事情。十四行诗有较为固定的韵律形式。一方面，这为诗人的创作提供了一个框架，另一方面，诗人们又因为不得不被这框架束缚而心生不满，就产生了对十四行诗又爱又恨的双重感情。

"几乎西方每一个主要的诗人都探索过十四行诗，其他形式的诗歌不像十四行诗那样引得那么多诗人为之献身。许多诗人写了关于十四行诗的十四行诗。有赞美十四行诗的十四行诗，有讽刺十四行诗的十四行诗；有人戏仿和响应另一个诗人的十四行诗，并因此写作自己的十四行诗。因此，十四行诗与其他诗歌形式一样，在诗歌的整个轨迹中有自己的历史、传统和生命。"①

诗人们在探索十四行诗问题的时候，对于韵律问题都给予了深切的关注。济慈对十四行诗的韵律问题提出质疑，写了一首十四行诗表达他的观点：

On the Sonnet

John Keats

If by dull rhymes our English must be chained,

And, like Andromeda, the Sonnet sweet

Fettered, in spite of painéd loveliness;

Let us find out, if we must be constrained,

Sandals more interwoven and complete

To fit the naked foot of poesy;

Let us inspect the lyre, and weigh the stress

Of every chord, and see what may be gained

By ear industrious, and attention meet;

Misers of sound and syllable, no less

---

① Mandlove, Nancy B. "Dialogue of Poets and Poetry: Intertextual Patterns in the Sonnets of Jorge Guillén," *Anales de la Literatura Espanola Contemporanea*, 1–2(1991):77.

Than Midas of his coinage, let us be

Jealous of dead leaves in the bay-wreath crown;

So, if we may not let the Muse be free,

She will be bound with garlands of her own. ①

论十四行诗

约翰·济慈

如果我们的英语必须被单调的韵律困锁，

和安德罗墨达，甜美的十四行诗

被束缚着，尽管痛苦却十分可爱；

让我们探索，是否我们必须受到约束，

带子鞋纺织得要更加完整

适合诗歌的赤裸的脚；

让我们检查七弦琴，和测量章节

每一个和弦，看看能得到什么

用勤劳的耳朵，全神贯注；

声音和音节的守财奴，

和爱财的米达斯一样专注，

让我们妒忌皇冠上死去的树叶吧；

所以，如果我们不能让缪斯自由，

就让她戴着花环起舞。

——笔者译

济慈的《十四行诗》是以十四行诗的形式探索十四行诗这种格律诗体。诗人担心如果英国的诗歌被十四行诗的押韵所限制，人们可能会忽视诗歌的美。因此，诗人在诗歌第 4 行设定了一个探索的题目。诗中使用了希腊神话典故安德罗墨达（Andromeda）的故事。安德罗墨达是国王的女儿，其母得罪了海神波塞冬（Poseidon）之妻，波塞冬遂派海怪进行报复。遵循神谕，

---

① Keats, John. "On the Sonnet, " http://www.sonnets.org/keats.htm.

安德罗墨达被父母用铁锁锁在一块礁石上。美丽的安德罗墨达被束缚，象征着十四行诗虽然美丽，却被束缚。接下来，济慈就展开了探索。诗人试图找到一种比较科学的计算方法，可以提升传统十四行诗的音质。诗中的米达斯（Midas）是希腊神话中的一位国王，他贪恋财富，狄俄尼索斯（Dionysos）满足了他的愿望，让他点物成金。济慈把十四行诗的束缚当成一种令人痛苦的美丽，既爱又恨。济慈对于十四行诗形式方面的严格要求超过吝啬的米达斯。在这样的探索过程中，诗人已渐渐认识到之前的伟大诗人已经运用传统的形式写出了许多伟大的诗篇，济慈对十四行诗进行改革的愿望弱化了，他选择了回归传统，在十四行诗体裁的束缚下写出美丽的诗篇。这个结果其实在诗歌一开篇就可以预测到，因为当诗人选择用十四行诗的体裁写一首质疑十四行诗的诗歌时，这首诗就注定会成为十四行诗传统的一部分。虽然诗人面对十四行诗心情是矛盾的，但是最后诗人还是接受了十四行诗形式上的约束，因为这种约束会让缪斯戴着花环起舞。

下面是当代诗人代尔·安哥蒂（Dan Albergotti）于 2014 年发表的一首十四行诗，也是一首关于十四行诗的十四行诗：

Sonnet Sonnet

Dan Albergotti

In rigidsonnet form these words are penned,
Enclosed in fourteen lines and hemmed by rhyme.
Iambic feet that pace from start to end
But can I really be content to form
These words to such an artificial frame?
How could I keep the thought and language warm
Whenfrigid rules make up the sonnet's claim
Convey the verse in strictly measured time.
Yet from the past this old form coaxes me
Through all the work of long-dead sonneteers.
Today I take their challenge up to see
If I can't make these feet outrun the years.

Immortal life: a bright and tempting lure—
Enough to make a rigid form endure. ①

十四行诗

代尔·安哥蒂

在严格的十四行诗形式中那些词语被囚禁、
封闭和包围在十四行里，并被韵律嵌边，
抑扬格音步的步伐，从头走到尾。
以严格的测量时段表情达意，
但我难道会满足于
把词语填进这人工的模子里？
当冰冷的规则构成十四行诗的要求
我怎样能保持思想和语言的温度？
然而，那古老的诗歌体式诱使我
通读那已故诗人的典章，
今天我带着他们的挑战要去看看
我是否能使这些韵律长存，
永生——多么光明的前景，怎样的诱人，
这足以让那严格的形式万古长存。

——笔者译

在第 1~4 行，诗人首先介绍了十四行诗在形式上的特点，诗人用"囚禁"（penned）、"封闭"（enclosed）等词语表达了对十四行诗固定形式的不满。在接下来的第 5~8 行中，诗人给自己提出了两个问题。诗人的第一个问题针对十四行诗的规则，即自己是否满足于在这个十四行诗的模子里填词作诗。这个问题反映了诗人对十四行诗是否可以在模式上进行创新的困惑。打破这种模式，十四行诗便不再是十四行诗；不打破这种模式，它的规则又让诗人感到不自由。诗人接着问了第二个问题，即在遵守十四行诗规则的情况

---

① Albergotti, Dan. "Sonnet Sonnet," *European Romantic Review*, 4(2002): 347.

下，如何在思想语言上创新。虽然这首十四行诗并无惊人之语，但是诗人提出的这两个问题却是有关十四行诗发展的关键问题。在诗歌的最后 6 行中，诗人解答了自己的疑问。诗人通读了古老的十四行诗作品，受到极大的震动，但诗人把这些省略掉，留给读者以想象的空间。前人的作品给他的创作留下了一个挑战，但是诗人准备好去迎接这个挑战，因为想要把这种诗体形式保存下来的愿望实在是太强了，诗人情不自禁变得雄心勃勃，想要一试身手。令人感到忍俊不禁的是，在这首十四行诗中，诗人和济慈一样，从最初质疑传统，到最终回归传统。由此可见，不管是过去还是现在，十四行诗的韵律问题都不是一个真正令人困惑的问题，其根本原因于在十四行诗在发展的历史上留下太多经典诗篇，使任何质疑都不攻自破了。

十四行诗韵律的相对稳定性也是这种诗歌传统得以延续几个世纪的原因。其实，当读者捧起十四行诗进行阅读的时候，他的期待视野是比较固定的。他了解十四行诗是一种什么样的形式，这样他的阅读容易与他的期待相吻合，从而产生愉快的情感。莎士比亚可能是最了解读者心理的诗人，因为他的绝大部分十四行诗用了同一种韵律。不仅如此，莎士比亚推进十四行诗的形式也比较固定，基本是陈述事件—分析事件—论辩事件，最后得出结论。在大多数情况下，莎士比亚能够很好地引导他的读者接受他的构思，不过形式的固定并不意味着诗歌内容可以一劳永逸地与读者的期待合拍。不容忽视的是，读者期待的是一个一般形式，而这个形式在诗歌内容填充进去后会产生一些变化。诗歌形式像一个软布盒，这个盒子一定要由内容来充满，里面装的东西的形状会在一定程度上影响这个软布盒的形状，引起出乎我们意料的变化。内容表达完成，其形式也就实现了，最终与读者的期待视野相符的是形式，与读者的期待视野不符的是实现形式的方式。诗歌与读者期待的吻合就这样部分实现了，还有部分没有实现。这满足了我们的自信心，带给我们快乐。"虽然其他的十四行诗诗人不像莎士比亚那样对重复使用一种韵律有极大的偏爱，但总体上来讲，他们对韵律上的革新也没有太大兴趣。对于一个已经接近完美的事物，没有必要去彻底改变它。十四行诗的韵律就是这样的事物。"①

---

① Jones, Llewellyn. "Art, Form and Expression, Essay, American Editor(1884–1961) ," *Contemporary American Criticism*, (1926): 215.

第二节　韵律的功能

　　韵律和节奏是诗歌区别于其他文体的基本特征。虽然现代诗已经不把韵律当成诗歌最重要的因素，甚至主张诗歌不必押韵，但即使是这样的现代诗，也要求有自然的节奏感。从诗歌的起源来看，节奏本身就是表意性的。"在我们能思考之前的几千年里，我们像其他动物一样听到和感觉到节奏。因此有些诗，几乎是意思等同于节奏，就如同在图画中，几乎所有的意思都等同于颜色。"① 也就是说，正如色彩是绘画的表意媒介一样，节奏也是诗歌的表意媒介。

　　节奏是我们对诗歌的永恒的期待，这种期待已经深入我们的内心。"我们对节奏的热爱是我们潜意识和情感禀赋的一部分。它由心灵与身体相连的那些神秘的地方产生出来，可以默读一首诗，并与其脉动产生共鸣，觉得自己的心跳更快、更强烈。"② 诗歌像音乐和绘画一样会让我们热血沸腾。"英语和其他西方语言中的优秀诗歌大多具有强烈的节奏性。在某些领域，诗歌与逻辑学、宗教和形而上学和修辞学联系在一起。但是在格律这个特殊的领域，它接近音乐。诗歌的节奏给我们心灵愉悦和满足，就像管弦乐队发出的音律和打击乐一样。"③ 诗歌的节奏唤起了我们心灵深处的某种东西，使我们产生共鸣。现代科学倾向于研究人类大脑结构与各种情绪的联系，这种研究实际上就是希望精神性质的东西可以量化为客观的实际存在。按照这样的思维方式，我们能够对诗歌的节奏产生共鸣，一定是因为我们的大脑结构中预设了一种反映节奏的机制。这种机制是什么，是如何运作的，是有待揭开的谜底。"韵律在诗歌中的重要性是可以理解的，但是诗人在创作中使用了韵律的技巧，这是毋庸置疑的。好的诗歌与垃圾诗歌的不同就在于它的韵律精妙。"④ 韵律的规则并不像我们想象的那么复杂，它其实像数字排列一样简单。而韵律的功能则不同，这是一个永远没有终极答案的问题。简单地说，诗歌韵律的

① Highet, Gilbert.*The Powers of Poetry*, New York: Oxford University, 1960, p. 24.
② Highet, Gilbert.*The Powers of Poetry*, New York: Oxford University, 1960, p. 12.
③ Highet, Gilbert.*The Powers of Poetry*, New York: Oxford University, 1960, p. 11.
④ Highet, Gilbert.*The Powers of Poetry*, New York: Oxford University, 1960, p. 13.

功能是表意和表情性的。诗歌在何种程度上达到了表达意思、传达情感的目的，就是区分佳作与平凡作品的试金石了。下面我们就以莎士比亚的十四行诗为例来分析十四行诗中韵律的功能：

Sonnet 30

When to the sessions of sweet silent thought

I summon up remembrance of things past,

I sigh the lack of many a thing I sought,

And with old woes new wail my dear time's waste:

Then can I drown an eye, unused to flow,

For precious friends hid in death's dateless night,

And weep afresh love's long since cancell'd woe,

And moan the expense of many a vanish'd sight.

Then can I grieve at grievances foregone,

And heavily from woe to woe tell o'er

The sad account of fore-bemoaned moan,

Which I new pay as if not paid before.

But if the while I think on thee, dear friend,

All losses are restored and sorrows end. ①

第 30 首十四行诗

当我传唤对已往事物的记忆

出庭于那馨香的默想的公堂，

我不禁为命中许多缺陷叹息，

带着旧恨，重新哭蹉跎的时光；

于是我可以淹没那枯涸的眼，

---

① Shakespeare. "Sonnet 30," https://www.opensourceshakespeare.org/views/sonnets/sonnet_view.php?Sonnet=30.

为了那些长埋在夜台的亲朋，

哀悼着许多音容俱渺的美艳，

痛哭那情爱久已勾消〔销〕的哀痛：

于是我为过去的惆怅而惆怅，

并且一一细算，从痛苦到痛苦，

那许多呜咽过的呜咽的旧账，

还未付过，现在又来偿付。

但是只要那刻我想起你，挚友，

损失全收回，悲哀也化为乌有。①

——梁宗岱译

这首诗写的是损失与爱。诗歌的前三组四行诗集中写诗人在人生中的种种损失。他在情感上的损失包括失去亲朋，失去爱，失去美好的旧时光，这一切损失让诗人的情感在惆怅和泪水中踟蹰不前。在诗歌的最后两行，诗人笔锋一转，写当他想到自己与年轻人之间的友谊，诗人便收回全部的损失，也不再悲伤叹息。这说明年轻人与诗人的爱才是诗人人生中最值得留恋和珍惜的东西。

这首诗的音韵效果极佳。在诗歌中，格律和主题的关联表现在"韵律结构对选音、选词乃至句法方面的限制，对辞象的选择以致诗歌形象的建构，都有很大的作用，从而不能不影响到语义建构。而语义在建构时也要充分考虑韵律的特点和要求。这样，韵律结构和语义结构被包容进同一个结构整体中，它们之间积极互动的关系正是诗歌的审美魅力之源"。② 在第一组四行诗中，诗人不仅大量使用头韵，而且用了许多以辅音 [s] 开头的词，包括 sessions、sweet silent（第 1 行），summon（第 2 行），sigh、sought（第 3 行），造成了一种叹息的效果。在第 4 行诗中用 woes、wail、waste 构成头韵，加强了叹息的效果。诗歌以 when 开头，以 end 结束，造成了一种首尾呼应的局面，使诗歌的整体感更强。第 4 行中间的 woes 和第 7 行结尾的 woes 也构成一种首尾呼应的情形。莎士比亚不满足于十四行诗作为格律诗

---

① 《莎士比亚全集》第 11 卷，梁宗岱译，人民文学出版社，1991，第 188 页。

② 黄玫：《韵律与意义：20 世纪俄罗斯诗学理论研究》，人民出版社，2005，第 5 页。

本身的音乐效果，而是在词语运用时加上韵律，加得自然灵活，不着一丝人工痕迹，实为难能可贵。［s］和［w］这两个辅音音素单独拿出来并没有非常特殊的地方，但是放在诗歌的语境中，就使这两音的音色带有了语义的色彩。［s］和［w］的音似乎把人拉到遥远的回忆中去，这种效果与诗歌要表达的意思不谋而合，产生了音和意的统一。

　　诗歌的选词要求押韵，为词语的使用增加了难度。只有解决了这个麻烦，才有可能写出一首好诗。能够达到这一高度的诗人很多，但要使文字恰当、含蓄且优美地表达诗意，这是第二个高度，能够达到这个高度的诗人寥寥无几。诗歌还有第三个高度，那就是诗意全方位地在诗歌中浸透，这就要求诗歌中的各个元素，如意象、韵律、修辞共同指向主题，发挥表意功能。就如同交响乐队中的合奏，只有数件乐器紧密配合，才会产生预期的音乐效果。意象与修辞本身就具有极强的表意功能，但韵律不是，韵律的表意功能像西方绘画中流动的光感一样，似乎附着于物体表面，又似乎独立于物体而存在。光感难以捕捉，让人匪夷所思，但是光感的处理却是一幅画的出彩之处。韵律也一样。韵律处理得好，诗歌的音乐效果就会给人留下深刻的印象，就像一首美妙的音乐让我们浮想联翩一样。

　　诗歌的音乐效果与诗歌主题相配合，这件事情到底难度有多大，我们可以用一首莎士比亚的十四行诗来说明。莎士比亚的第 43 首十四行诗为了达到美妙的音乐效果，采用了娴熟的诗歌成韵技巧：

Sonnet 43

When most I wink, then do mine eyes best see,
For all the day they view things unrespected;
But when I sleep, in dreams they look on thee,
And darkly bright are bright in dark directed.
Then thou, whose shadow shadows doth make bright,
How would thy shadow's form form happy show
To the clear day with thy much clearer light,
When to unseeing eyes thy shade shines so!
How would, I say, mine eyesbe blessed made

By looking on thee in the living day,

When in dead night thy fair imperfect shade,

Through heavy sleep on sighless eyes doth stay!

All days are nights to see till I see thee,

*And nights brigh days when dreams do show thee me.*①

第 43 首十四行诗

我眼睛闭得越紧就看得越清晰，

因为它们白天所见极其平常；

而当我入睡，它们在梦中看你，

遮暗的目光便被引向黑暗之光。

可既然你的身影能够照亮黑暗，

让紧闭的眼睛也感到灿烂辉煌

那但愿你身影之形体能在白天

用你更亮的光形成更美的形象！

我说既然在死寂的夜你的倩影

能穿透沉睡逗留于紧闭的睡眼，

那但愿我的眼睛被赐予这幸运

能在充满生气的白天把你看见！

若是看不见你，白天也像夜晚

梦中与你相会，夜晚也是白天。②

——梁宗岱译

这首诗的突出特点是莎士比亚利用重复词展开诗篇，充分地挖掘了词语的能量。莎士比亚选取众多词语的不同含义，自如地应用于笔下，能够与之媲美的诗人绝不多见。此外，诗中运用了大量似是而非的表达，使诗

---

① Shakespeare. "Sonnet 43, " https://www.opensourceshakespeare.org/views/sonnets/sonnet_view.php?Sonnet = 43.

② 《莎士比亚全集》（11 卷），梁宗岱译，人民文学出版社，1991，第 201 页。

思变得富有哲学意趣，这二者不可分离。诗人对多义词的灵活运用常常自然而然地营造出似是而非的表达效果。在这 4 句中，诗人写眼睛闭合时能够看得见，在睡梦中看得见，黑暗变得如光明一般，但白天反而看不见想看的东西。头四句诗中所写的矛盾情形为以后的诗歌基调打下了基础。随后诗歌就延续这种似是而非的逻辑发展下去。"黑暗之光"（darkly bright）是一个明显的矛盾修饰法，表达出看似无理但含有真实意义的思想。

在第 5 行中，shadow、shadows 重复，在第 6 行中，form、form 重复，第 7 行中，clear、clearer 重复，这些既构成头韵的节奏，同时又富有对重复词语的强调意味，一举两得。在第 8 行中，用 shade shines so 加强了头韵效果。第 5~8 行诗中头韵的使用使诗歌节奏感强，又由于多采用重复词语，使得语言颇有趣味性，诗人也表现出在语言游戏中游刃有余的姿态。

也许是由于前 8 句在语言上所做的游戏多少对诗歌的抒情性产生了不利的影响，因而诗人在第 9 句开头就用了一个反问句以加强语气，提升诗歌的抒情意味。诗歌的第 13 句"若是看不见你，白天也像夜晚"（all days are nights to see till I see thee,）中，see 一词被重复两次，让诗歌继续以语言游戏的方式写下去。

诗歌的内容表达得十分自然流畅，诗歌还在多处运用词语重复来形成韵律，建构诗意，其技巧十分圆熟巧妙。不过，在这首诗中，重复性韵律使用频率太高，而且与诗歌内容的配合还不够贴切，再加上诗人不断地使用矛盾修饰法，这影响了诗歌的表现效果。这些手法单单拿出来看，每一个都很精彩，但问题是，当这样多的技巧叠加在一起的时候，结果倒有点适得其反，读者的注意力似乎被花哨的诗歌语言技巧吸引了去，反倒对诗意的表达有些迟钝了。通过这个例子，我们再次认识到，一首诗如果仅仅韵律美，音乐性强，还不能算作一首好诗。音乐性只有与诗歌的意思相融合，二者相得益彰，使得音因意而丰富，意因音而充盈，才称得上一首好诗。艾略特说："诗的音乐性并不是什么游离于意义之外的东西。否则的话，我们就可能读到具有杰出音乐美而毫无意义的诗，可是，我还从没遇到过这样的诗。那些显而易见的例外仅仅是程度上的差异而已：有时我们会读到一些诗，我们为它们的音乐所打动，而把它们的意义看成是自然而然的东西，正像有时我们所注意的是诗的意义，而无意中却为它们的音乐所打动一样。"① 只有当诗歌的音乐性与诗歌的意义实现了恰到好处的融合，我们在读诗的时候才能产生一种入境的感觉。例如，在某一个版本的电视剧《呼啸山庄》（*Wuthering Heights*）中，有这样一个镜头：一位借宿的旅人在一个风雨之夜来到了庄园上，他突然发现外边的黑树枝映在窗前，不停地摇动，还有一个凄厉的声音在喊："让我进去，让我进去！"此时，雷电和风雨声也一起响起。看到这一幕，观众的心中也会忽然响起一阵如狂风大作的音乐之声，仿佛是锈蚀的心弦突然被一种强大的外力拨动，恐怖的情景、心灵的震颤都在一种听不到的音乐声中融成了一片。这就像我们专注于诗歌所表达的意思时，无意中为诗歌的音乐性打动的情形。那是一种美妙的诗歌意思与音乐性相融合的时刻，是一首诗歌显现出光环的时刻。

即使像莎士比亚这样的伟大诗人，也难免犯顾头不顾尾的错误，因为追求诗歌的音乐效果会造成诗歌表意层面的损失。诗人在写一首诗时的设想与诗写出之后所表达的效果存在差距。作品一旦出炉，它就不再属于作者自己，而是属于这个世界。

在使用重复以加强诗歌的音乐效果时，莎士比亚也有相当成功的尝试。为加强音乐效果而进行重复，这在诗歌创作和音乐创作中都是必要的、常用的手段。诗歌像音乐一样经得起重复。重复不会使诗歌语言失色，反而会在一遍又一遍的重复中使诗歌获得新意。用勃朗宁夫人的一句十四行诗来形容，其效果就是"那样一遍遍地重复，你会把它看成一支布谷鸟的歌曲"。② 诗歌的重复就是这样，形象地讲，运用得当的重复不但不会让人感到乏味，而且还会变成美妙的音乐。有研究者指出："音乐之所以能够比相应的优秀散文更坚强地经得起重复，原因之一在于音乐在其本质上是所有艺术中最不符合信息心理学的，而更接近形式心理学。因此，形式不能萎缩。每个不和谐的和弦都在急切地寻求解决方案，无论音乐家是否将这种不和谐转化为人们所呼唤的和弦，他都是在吊大家的胃口。然而，相应的是，更倾向于用纯粹信息来吸引读者的优秀散文

---

① 《诗歌的音乐性》，《艾略特诗学文集》，王恩衷编译，樊心民校，国际文化出版公司，1989，第 178 页。

② 勃朗宁夫人：《说了一遍 请再对我说一遍 说 我爱你》，《葡萄牙人的十四行诗》，https：//www.douban.com/group/topic/51735592/。

则无法承受如此多的重复，因为一旦信息被透露，其美学价值就丧失了。如果一个人能再次进行这样的工作，纯粹是因为在现代生活的混乱中他已经忘记了它。另外，因为有了欲望，它的复苏和它的发现一样令人愉快……我们不能在新的事物（信息）中反复获得乐趣，但我们可以在自然（形式）中获得快乐。"① 下面，我们来分析莎士比亚的第 28 首十四行诗中使用的韵律重复：

Sonnet 28

How can I then return in happy plight,

That am debar'd the benefit of rest,

When day's oppression is not eased by night,

And each, though enemies to either's reign,

Do in consent shake hands to torture me;

The one by toil, the other to complain

How far I toil, still farther off from thee.

I tell the day, to please him thou art bright

And dost him grace when clouds do blot the heaven;

So flatter I the swart-complexion'd night,

When sparkling stars twire not, thou gild'st the even.

But day doth daily draw my sorrows longer,

*And night doth nightly make grief's strength seem stronger.*②

第 28 首十四行诗

那么我怎能高高兴兴地回返，

既然失去了休息安歇的福分，

---

① Henderson, Greig. "A Rhetoric of Form: The Early Burke and Reader-Response Criticism," *Twentieth-Century Literary Criticism*, 286(2010): 35.

② Shakespeare. "Sonnet 28," https://www.opensourceshakespeare.org/views/sonnets/sonnet_view.php?Sonnet=28.

> 既然白天的压迫不为夜减缓
>
> 而日夜交替的暴虐没有穷尽?
>
> 尽管日夜各自为阵〔政〕不共戴天
>
> 但为了把我折磨却沆瀣一气
>
> 白天用劳役,黑夜令我愁叹
>
> 我得累多久,总这么远离你。
>
> 我取悦白天,说你灿烂辉煌,
>
> 当乌云蔽日时你能使它明媚
>
> 我讨好黑夜,说星星若不亮
>
> 你甚至也能够使它熠熠生辉
>
> 可白天天天拖长我的烦忧,
>
> 而黑夜废夜加深我的离愁。①

——梁宗岱译

这首诗歌通篇通过对比白天与黑夜的情形来展开诗歌的想象。在第一组四行诗中,由于诗人的爱得不到年轻人的回应,诗人已经感到身心俱疲。他在无法安眠的夜里思念年轻人,这种夜以继日的思念已经让诗人精神委顿。诗歌以一个问句开头,接下来回答这个问题,情感像洪水一样奔腾咆哮而来。在接下来第二组四行诗中,诗人进一步表达了他激烈的情感起伏。诗人拼命地挣扎在白天与黑夜的轮流折磨中,但是尽管如此,他却没有能够拉近自己与年轻人的距离。面对这样的情感挫折与痛苦,诗人接下来会有什么样的反应呢?在第三组四行诗中,诗人对年轻人的爱的深情不但没有减弱,反而更加强烈,他继续赞美年轻人。在最后两行中,头韵 day—daily 和 night—nightly 不仅音韵上很巧妙,在意思上也传达出一种相思无尽的绵绵深情。同样是用词语重复形成头韵,但这首诗中的重复比第 43 首十四行诗中的重复要好得多,因为这个重复很好地与诗中传达的日夜思念的情感合拍。写到此处,诗歌又一次回到开始之处那种相思而无半刻安静的状态。这样,诗歌就形成了一个圆形结构,从起点至高潮,再到终点,最后又回到起点。诗歌中的诗人对年轻人表达的深情没有得到丝毫回

---

① 《莎士比亚全集》第 11 卷,梁宗岱译,人民文学出版社,1991,第 186 页。

报，这种单向度的爱慕之情是一种过于深情的单相思。"在伊丽莎白时代，写十四行诗奉献给诗人的灵感之源是一种职责。"[1] 莎士比亚的十四行诗有很多都是这种奉献爱的诗。诗中的爱或者被爱者被理想化，爱的情感被提炼，无私而纯粹。"莎士比亚不会以任何方式让风格（韵律）和意义（爱）分离。"[2] 但是，正如我们上文所说，并不是莎士比亚所有的十四行诗都能够很好地把音乐效果和意思结合得天衣无缝。

下面我们再研究韵脚的押韵效果。日尔蒙斯基（Germonsky, 1871~1971）在对韵脚进行深入研究后，指出韵脚不只是使声音和谐，与整个作品的语义也有复杂的关系，并向我们展示了在不同体裁、不同格调的作品中，韵脚意义不同的情况。词进入诗行后，好像被从平常的话语中抽了来，陷入一个新的语义环境的重重包围之中，它不是在一般话语的背景下被接，而是处在诗语的背景下。这样，一个单词在一般词典中核心的、基本的意义弱化，取而代之的是一些新的、侧面的意义，具有特殊的意义色彩，这是其上下文的词及其语音上的对应共同作用引起的。[3] 韵脚与诗歌意义的关系是我们经常忽略的问题，我们似乎觉得一个好的韵脚只是产生声音的和谐，那个在韵脚处出现的词无疑是恰当的词，但是只要我们把韵脚的音与诗歌的语境联系起来看，便很容易发现我们原来的看法过于简单了。好的韵脚一定是与意思相辅相成的。下面我们就通过分析美国诗人弗罗斯特的诗《割草》（*Mowing*）来说明这个问题：

Mowing

Robert Frost

There was never a sound beside the wood but one,

And that was my long scythe whispering to the ground.

What was it it whispered? I knew not well myself;

Perhaps it was something about the heat of the sun,

---

[1] Senna, Carl. *Shakespeare's Sonnets Notes*, Washington: Library of Congress, 2000, p. 35.

[2] Aquilina, Mario. "The Event of Style in Shakespeare's Sonnets," *The Oxford Literary Review*, 1 (2015): 129.

[3] 黄玫：《韵律与意义：20世纪俄罗斯诗学理论研究》，人民出版社，2005，第25页。

Something, perhaps, about the lack of sound—

And that was why it whispered and did not speak.

It was no dream of the gift of idle hours,

Or easy gold at the hand of fay or elf:

Anything more than the truth would have seemed too weak

To the earnest love that laid the swale in rows,

Not without feeble-pointed spikes of flowers

(Pale orchises), and scared a bright green snake.

The fact is the sweetest dream that labor knows.

My long scythe whispered and left the hay to make. [①]

割草

弗罗斯特

除了树林，从来没有声音，

那是我的长镰刀对大地低语。

它在低声说什么？我自己也不太清楚；

也许是因为太阳的热量，

也许是因为缺少声音——

这就是为什么它只低语却不大声。

这不是空闲时间做了收礼的梦，

有仙女或精灵送来的金子：

事实真相似乎太薄弱了。

一排排放在洼地里献给爱，

没有无顶的穗状花序

（苍白的兰花），吓坏了亮绿色的蛇。

事实是劳动知道最甜美的梦。

我的长镰不再低语，离开去割下干草。

——笔者译

---

① Frost, Robert. "Mowing,"https://www.poetryfoundation.org/poems/53001/mowing-56d231 eca88cd.

诗人前 8 行写镰刀在割草时发出的声音，说这是镰刀在低语，但是镰刀在低语什么，镰刀为什么低语，它又说了些什么，没有人知道。一切都是揣测，诗意神秘莫测。在诗歌的第 9-14 行，诗人试图解释割草的声音：这个解释没有使镰刀低语的谜团变得清晰，反而使这个谜团更加朦胧。不过诗歌的倒数第 2 行给出了答案："事实是劳动知道最甜美的梦。"（The fact is the sweetest dream that labor knows.）也就是说，劳动本身就是自足的。

这首诗使用的韵律是"ABC，ABD，ECD，GEH，GH"，既不符合莎士比亚的十四行诗韵律，也不符合彼特拉克的韵律。不过这首诗结构为前八后六，这一点模仿彼特拉克十四行诗；最后两句是全诗的总结，又与莎士比亚十四行诗的模式相近。诗歌用了很多头韵和内韵，使整首诗有种悦耳的声音。"割草"指割草这一行为，同时也是对爱情以及生活的沉思。对于这首诗还有许多其他解读方式。比如镰刀的意象一再出现，是全诗的主要意象，它象征着一些被时间带走的东西。此外，诗中似有性爱的暗示。割草的行为是做爱的委婉语。但镰刀的"爱"显然是有害的，因为诗中写到它使蛇感到害怕，并且它砍去花朵。兰花直接取自希腊语，指的是睾丸。如果把这些意象理解为与性有关的东西，这首诗就可以被解读为一首爱情诗篇。弗罗斯特诗篇的神秘性为我们提供了多重解读的可能性。

下面我们来分析韵脚与意义的关系。我们先来看韵脚词：one, ground, myself, sun, sound, speak, hours, elf, weak, rows, flowers, snake, knows. 把这些韵脚联系起来看，我们会发现一个令人惊异的特征：［s］这个摩擦音出现了 9 次之多，此外，还有［f］这个摩擦音和［k］这个爆破音。这些声音共同模拟了割草的声音，与诗歌的主题形成了非常巧妙的呼应。我们耳边仿佛响起了镰刀掠过大把草叶的声音。［au］这个双元音深厚而雄浑，给人一种力量之感，强壮的农夫在田地挥汗如雨的干活场景显现在眼前。myself、sun、sound、speak、hours、ows、flowers、snake、knows 这些词从词义上讲与"割草"这个意思并不沾边，但是在这首诗歌的特定语境中，他们原来的意思被弱化了，都与"割草"事件产生了关联。俄国一位形式主义批评家指出："诗歌韵律会影响到单词的词义，并会产生词义的增生和转变；韵律是整个诗篇的组织者和结构者，作为从属者的词在其安排下会展示出完全不同以往的意义。他甚至认为单词并没有一个固定的意义。它是变色龙，在其身上每次都会出现各种细微的差别，有时甚至是各种不同的色彩。"①

　　综上所述，十四行诗经历了漫长的发展历史。在这个发展过程中，其韵律被不断地丰富和修正，但是韵律的总体发展趋势保持平稳。韵律在十四行诗中起着非常重要的作用。韵律与意义的有机融合使诗人留下一篇篇充满独创精神的诗歌精品，这些诗歌如同璀璨的明珠，熠熠生辉。

---

① 黄玫：《韵律与意义：20 世纪俄罗斯诗学理论研究》，人民出版社，2005，第 24 页。

第五章　结构调整

　　对于十四行诗这样的格律诗来说，结构的意义非同一般。十四行诗的部分魅力就在于其严格规定的诗节和押韵形式。这种理性的、有序的、有限的模式为非理性、混乱和无限的现实赋予了一种结构。传统的十四行诗形式与特定的原型结构是一致的，把十四行诗的结构当成原型来看待，就是给这种存在数个世纪而不衰的结构提供了心理学、人类学或者哲学和宗教上的解释。一个常见的比较是把十四行诗的结构与宗教信仰结构进行比较。宗教启示过程是：人从自身的困惑出发，到领悟神的启示，再到问题的解决。十四行诗的结构安排与此类似，只不过在十四行诗中，神的启示变成了人自己内心的声音。这个声音站出来与诗中困惑的主人公对话，或规劝，或斥责，或开导，最后得到一个结果。从人类学和社会学的角度来讲，十四行诗的结构有其自身的重要性，这种重要性在艺术上又以另一种方式表现出来。接下来我们研究十四行诗的结构对诗歌艺术所起的作用。

　　十四行诗有其自身的结构方式，但其实构成诗歌结构的方式有很多，一个小小的连词或者介词也可以构成一首诗的结构。例如：

If Amorous Faith in Heart Unfeigned

Wyatt

If amorous faith in heart unfeigned,
A sweet languor, a great lovely desire,
If honest will kindled in gentle fire,
If long error in a blind maze chained,
If in my visage each thought depainted

Or else in my sparkling voice lower or higher

Which now fear, now shame, woefully doth tire,

If a palecolour which love hath stained,

If to have another than myself more dear,

If wailing or sighing continually,

With sorrowful anger feeding busily,

If burning afar off and freezing near

Are cause that by love myself I destroy,

Yours is the fault and mine the great annoy.[①]

如果心里有真正多情的信仰

怀亚特

如果心里有真正多情的信仰，

一个甜蜜的倦怠，一个伟大的可爱的愿望，

如果诚实会在温和的火焰中点燃，

如果长久的错误在迷宫中锁住，

如果我的面貌把每一个思想都写出来

否则发出火花的声音更低或更高

现在的恐惧，现在的耻辱，悲伤得让人疲惫

如果一个爱被苍白的颜色玷污。

如果有比我更亲爱的人，

如果哭泣或叹息不断，

悲伤的愤怒为他添柴加油，

如果远处燃烧和近处冻结。

是我因爱而毁灭，那就是原因所在

你的过错和我的烦恼。

——笔者译

---

① Wyatt. "If Amorous Faith In Heart Unfeigned, " *Sonnets*, http://www.sonnets.org/wyatt.htm#006.

　　这首诗在结构上是用一个连词来引领，诗人用了一系列假设来增加诗歌语气的强度。用连词来引导从句，从而为诗歌营造一种结构感，这种方式非常简便，而且容易操作。当然，这并不是十四行诗的专利。在其他抒情诗歌中，我们也能看到这样的结构方式。在这首十四行诗中，第 1~5 行用了四个 if（如果）这一连词。第 1~2 行是由 if 引导的跨行长句；第 3~5 行则是 if 引导的短句，凸显作者的语气变得越发急促；接下来的第 6~7 行不用 if 结构，起到缓冲的效果；然后，第 8~11 行又是一连 4 个 if 引导的从句，最后两句是诗歌的结论。这样的结构似乎冲淡了十四行诗本身的结构，使这首诗歌的语气变得急中有缓、起起伏伏，对诗歌效果的发挥起到了良好的作用。

　　再来看莎士比亚的第 148 首十四行诗：

Sonnet 148

O me, what eyes hath Love put in my head,

Which have no correspondence with true sight!

Or, if they have, where is my judgment fled,

That censures falsely what they see aright?

If that be fair whereon my false eyes dote,

What means the world to say it is not so?

If it be not, then love doth well denote

Love's eye is not so true as all men's 'No'.

How can it? O, how can love's eye be true,

That is so vex'd with watching and with tears?

No marvel then, though I mistake my view;

The sun itself sees not till heaven clears.

O cunning love! with tears thou keep'st me blind,

Lest eyes well-seeing thy foul faults should find. [1]

---

① https://www.opensourceshakespeare.org/views/sonnets/sonnet_view.php?Sonnet=148.

第 148 十四行诗

唉，爱把什么眼睛装在我脑里，

使我完全认不清真正的景象？

说认得清吧，理智又窜往哪里？

竟错判了眼睛所见到的真相？

如果我眼睛所迷恋的真是美，

为何大家都异口同声不承认？

若真不美呢，那就绝对无可讳，

爱情的眼睛不如一般人看得真：

当然喽，它怎能够，爱眼怎能够

看得真呢，它日夜都泪水汪汪？

那么，我看不准又怎算得稀有？

太阳也要等天晴才照得明亮。

狡猾的爱神！你用泪把我弄瞎，

只因怕明眼把你的丑恶揭发。①

——梁宗岱译

在开始的 4 句中，诗人首先设定这样一个前提：爱将眼睛放在头脑中，而理智似乎也受到爱的控制。所以，当眼睛看不清真相时，理智也跟着做出错误的判断。诗人把自己的看法与其他人的看法做了一个比较，通过比较，诗人认识到他对爱的判断是盲目的，爱情的眼睛无法看到真相。在诗歌的第 9~12 行中，诗人追溯了爱情之眼看不清真相的原因。因为爱情之眼受到了情感的操纵，所以它当然看不清真相。在诗歌的最后两行，诗人痛斥爱神的伎俩，把罪责全归于爱神。这说明诗人从情感上讲仍然不愿意承认事实，不愿意承认他所看到的美丽被众人否定，也不愿意就此认同众人的意见。诗人还期望有雨过天晴的一天，可以与自己的情人重修旧好，因而他把罪责推给爱神，表现出诗人对爱情的依赖，诗人投入的情感太多，此时已经无法自拔。

---

① 《莎士比亚全集》第 11 卷，梁宗岱译，人民文学出版社，1991，第 306 页。

这首诗三次用 if 表示假设，使诗歌的推理不断向前递进，也引领读者紧随诗人的脚步，一起去经历情感上的变化。诗中还通过使用重复的手段进一步加强这种内结构的感觉，如"它怎能够，爱眼怎能够"（How can it? O how can love's eye be true），通过这样的重复，诗歌的连贯性得到了加强。内结构与外结构的共同使用使十四行诗的逻辑更加严谨，结构更加明晰。以词语重复构建结构，这种方式在十四行诗中常有，在其他诗歌中也同样存在。这部分的重点是探索十四行诗中更有特色的一些结构，如双行体结构以及弥尔顿的三重结构，因为它们是十四行诗所特有的。即使这些结构也可以用于其他诗体，但唯有在十四行诗中才展现出其独特性。

彼特拉克的十四行诗是八六结构，即前 8 行是一个整体，后 6 行是一个整体。在怀亚特所生活的那个时代，英语中没有与十四行诗相对应的诗体。他在翻译彼特拉克十四行诗的时候，并没有现成的参照物，所以必须发明可以用英语书写的十四行诗形式。把每行包含 11 个音节的彼特拉克诗歌译成英语比较困难，于是怀亚特设计了一个每行 10 个音节的替代品——五步抑扬格。怀亚特为十四行诗创造出"三个四行为一个整体"的结构，这使得思想与意象的进展形成了有节奏的层次。三个四行之后，诗人再用一个双行体，作为对全诗意思的总结。尾句能使用双行体这种格式，这要与怀亚特和萨里发明的"ABAB，CDCD，EFEF，GG"这种韵律联系起来，正是这种韵律创造了成熟的双行体韵律形式。

双行体是指两个连续诗行形成一个整体，通常它们的节奏、韵律是对应的，它是一种对句。如果以四行诗的押韵方式为例，那么 AABB 型的押韵方式实际上就是双行押韵。英语十四行诗中经常出现以双行体结束的诗行，有点像中国古典诗歌中的对偶句。对偶句是指用字数相同、结构相同的文字来表达相近或相反意思的修辞方式，但是英语的双行体与汉语中的对偶句并不是一回事。双行体的要求没有对偶句那么严格，只要这两行诗能够形成一个整体，表达一个意思，同时押韵节奏完整，就可以称为双行体。由此可见，双行体的要求是非常宽松的。双行体的字数不一定一样多，这是由英语语言的特征决定的；同时，结构上也不强行要求相同，这给诗歌创作留下了更大的空间；双行体对韵律节奏是有要求的，但毕竟只有两行，所以押韵和节奏要求也是比较容易做到的。

双行体的功能是什么呢？这是我们在具体研究十四行诗的双行体之前必须回答的问题。"作为文艺复兴时期通俗、简洁的形式符号，双行诗中不管是十四行诗的结尾部分还是其他地方，都以另一种形式显示宫廷智慧：谚语、格言或者修辞学家所说的箴言。"① 双行体因为形式工整，给人留下深刻的印象，所以能够表达人类的感悟，在十四行诗的结尾可以起到总结全文的作用。

谈到这里，双行体的问题似乎已经清楚明了，但事实并非如此，我们上面所说的只是双行体的一般特征及其运用方式。双行体在十四行诗中的应用还要更加复杂，并且产生更多问题，但是产生问题的过程也伴随着对问题的解决过程。我们在谈论十四行诗形式变动的时候，始终把这种双行体放在十四行诗的总体框架内。双行体作为十四行诗韵律形式的一部分，它的变动一直都是在十四行诗总体框架的收缩和扩展中发生的。"每首十四行诗都是整体模式的一部分。一首诗就是改动了在其之前或者之后诗歌的十四行诗，因为每一首诗都是按照同一种对称几何结构制作出来的。因此，十四行诗模式的吸引力不只是限于个人诗歌，而是会随着时间的推移延伸到形式上。每一首诗都是一个整体的缩影，每首诗都重复并扩展了这种模式。"② 十四行诗正是在这些细微的变化中逐渐走向成熟的。

下面我们就来具体分析十四行诗结尾的双行体问题。

第一节　尾句双行体

诗歌的韵律是一种节奏，它可以产生音乐感，可以表达情绪，这些都是自然而然出现的效果。但是，诗歌的韵律也同样表达内容，这并不是韵律本身的产物，而是诗人在诗歌创作过程中通过精湛的艺术技巧实现的韵律与意义结构的统一。我们所说的意义格式指诗人要表达的意义的结构层面，而不是其内容本身。一首诗歌的意义可能千变万化，但其意义的结构

① Spiller, Michael R. G. *The Development of the Sonnet: An Introduction*. London: Routledge, 1992, p. 87.
② Mandlove, Nancy B. "Dialogue of Poets and Poetry: Intertextual Patterns in the Sonnets of Jorge Guillén," *Anales de la Literatura Espanola Contemporanea*, 1-2(1991):78.

层面可以比较稳定，如一首十四行诗可以从叙述到展开，再到转折，最后到结论。这样的结构层面可以填充进无数内容。

诗歌意义结构的产生依赖于有节奏感的语言，而我们的情感与诗歌节奏的产生有着密切的关系。正是由于情感的影响，我们才体验到节奏，一种内在的音乐在心中升起。"诗句中有节奏感的语言，首先是用来表达情绪的，感情是其首要动因。在强烈感情的影响下，我们的动作会获得节奏感，这是事实……同样的规律和同样的现象我们在发音器官中也可观察到：在神经兴奋的情况下，语言获得显著的力度和节奏感……诗句的节奏，宛如心跳，传入我们耳中，并调整我们的嗓音，使得其他心灵也开始合着节拍跳动。与心理活动的表达无关的节奏在艺术、诗歌范畴没有任何意义。获得诗体形式、按规律组织的言语具有动听、富于乐感的审美特征，但不具备主要体现于表现力的诗意的品质。"① 要想让诗歌的节奏感产生表现力，需要艺术家对诗歌进行艺术安排。也就是说，让诗歌的节奏感即它的韵律结构与诗人设计的诗歌意义结构合拍，这样才能够使诗歌获得和谐的表现力。

纵观诗歌发展的历史，我们发现韵律结构与意义结构的问题其实一直是诗歌创作中要解决的关键问题。在 20 世纪众多的诗歌流派中，韵律结构与意义结构的争论成为区分这些流派特征的标志。象征派诗歌强调诗歌的音乐性，却忽视诗歌的意义结构，而意象派则注重在意象安排上建立起一种意义结构，但忽视了诗歌的音乐性。虽然两个流派也创作出了一些诗歌精品，但是在韵律结构与意义结构的结合方面，都没有达到理想的效果。当然，韵律与意义结构之争早在这些诗歌流派形成之前就存在，而且一直在场，因为韵律结构与意义结构之争乃是诗歌内部固有的矛盾。十四行诗的韵律形式有限，但是与意义结构结合的方式却是无限的，这也是我们研究十四行诗的韵律结构与意义结构关系的意义所在。

下面我们通过一些例子来分析音与意义结构的关系问题，先来看怀亚特的一首十四行诗：

---

① 〔俄〕瓦·费·佩列韦尔泽夫：《形象诗学原理》，宁琦、何和、王嘎译，中国青年出版社，2004，第 41 页。

I Find No Peace, and All my War Is Done…

Wyatt

I find no peace, and all my war is done:
I fear, and hope; I burn, and freeze like ice;
I fly above the wind, yet can I not arise;
And nought I have, and all the world I seize on;
That locketh nor loseth holdeth me in prison,
And holdeth me not, yet can I scape nowise:
Nor letteth me live, nor die at my devise,
And yet of death it giveth me occasion.
Without eye I see, and without tongue' plain;
I desire to perish, and yet I ask health;
I love another, and thus I hate myself;
I feed me in sorrow, and laugh in all my pain.
Likewise displeaseth me both death and life,
And my delight is causer of this strife. ①

我找不到平静，战争却已终结

怀亚特

我找不到平静，战争却已终结：
我恐惧，希望，我燃烧，冻结如冰，
我在风中飞，却不能升起，
我一无所有，而却拥有整个世界
并没有将我锁进监狱，
没有，但是我却不能逃离：
这谋略，不让我活着，也不让我死

---

① Wyatt. "I find no peace, and all my war is done…" *Sonnets*, http://www. sonnets. org/wyatt. htm# 006.

　　然而，死亡它赐给我机会。

　　我不用眼睛看东西，不用舌头抱怨

　　我想消失，而我又想要健康，

　　我爱上另一个，而因此恨自己，

　　我用悲伤养育自己，又在痛苦中大笑不止。

　　生与死都同样不讨我欢喜，

　　我的欢喜在于这争斗的起因。

——笔者译

　　这首诗是对彼特拉克第 104 首十四行诗的翻译，自始至终都在写一种矛盾的思想。诗人把相互对立的事物罗列出来，表达对立的意识，以此来表现他在种种对立的事物之间被拉来拉去的情形。在这里，诗人用截然相反的概念来表达他的绝望。他无法安静，但已没有了争斗；他在燃烧，却感觉如冰凝结；他在飞翔，又不能升起；他一无所有，却想拥有整个世界。诗人近似说疯话一般说出这一系列的对立事物，表明诗人处在巨大的思想矛盾中。诗人把心里的感觉与身体上的反应结合起来。恐惧和希望、平静与争斗使得诗人一会儿发热如燃烧，一会发冷如结冰。虽然没有坚固的锁来禁锢他，但他依旧逃不掉。诗人觉得他无法控制自己的生死，暗示这种不死不活的状态并非外人强加给他，而是他自己给自己的。在第 8 行中，诗人说："死亡它赐给我机会。"（And yet of death it giveth me occasion.）在一系列挣扎之后，诗人似乎发现了死亡是唯一能够拯救他的。诗歌从第 1 行起建立起来的矛盾至此有了缓和的机会。接下来的几句诗继续前面用对立事物表达矛盾心情的写法。死亡暂时给他的机会并没有起多大的作用，因为他马上又陷入了对立矛盾的心态中。在第 11 行中，诗人写爱别人就得恨自己。这看似无理，因为爱别人与爱自己并不矛盾，但如果怀亚特的爱是一份不伦之爱，那么他就必须为这份爱付出代价，此时爱别人与爱自己也就不能共存。我们知道，怀亚特的情人是国王的妻子，这份爱持续下去是很危险的，因而他的矛盾痛苦仍是一个无解的难题。在第 12 行中，诗人的心理状态再一次通过身体语言反映出来。他的"大笑"是心理压力的体现，也是心理压力突破理智防线的结果，"这争斗的起因"应该指他的爱情。诗人最关心的是他的爱情，而非生死，这样的诗句使整首诗歌产生一种强大的力量，令人震撼。诗人明确表示，他喜欢在这爱情的痛苦中作乐。诗歌的语气挺拔俏丽，如华山之石壁，坡陡石滑，难以攀援。诗人用对立的事物表现爱情所激起的复杂情感。

诗歌的韵律是"ABBA，ABBA，CDDC，EE"。这是彼特拉克十四行诗的变体。作者用矛盾对立的方式创造出两种极端的事物，但直到诗歌结束，矛盾仍然是矛盾，什么都没有得到解决。从结构上看，诗歌是清晰的三个四行加一个双行体的结构。不过，意义结构与韵律结构是不一致的。在内容结构上，都是关于两种对立情感的比较，而在韵律结构中，四行一组的三组韵律则给人一种递进性的前行感，最后的双行体得出结论，但诗歌的意义结构与韵律结构完全不符。

我们来将其与同一时期诗人萨里的一首十四行诗进行比较：

Set Me Whereas the Sun Doth Parch the Green

Surrey

Set me whereas the sun doth parch the green

Henry Howard, Earl of Surrey

Set me whereas the sun doth parch the green

Or where his beams do not dissolve the ice,

In temperate heat where he is felt and seen;

In presence prest of people, mad or wise;

Set me in high or yet in low degree,

In longest night or in the shortest day,

In clearest sky or where clouds thickest be,

In lusty youth or when my hairs are gray.

Set me in heaven, in earth, or else in hell;

In hill, or dale, or in the foaming flood;

Thrall or at large, alive whereso I dwell,

Sick or in health, in evil fame or good:

Hers will I be, and only with this thought

Content myself although my chance be nought. [①]

置我于太阳炙烤着绿色的地方
萨里

置我于太阳炙烤着绿色的地方
或者他的光束不能溶解冰的地方，
在温暖的，他被感觉和看见的地方；
在人群中，疯狂或是明智；
把我放得或高或低吧，
在最长的夜晚或最短的白天，
在最清澈的天空，或者云层密集的地方，
在精力充沛的青年或当我的灰发苍苍。
把我放在天堂，在地上，或者在地狱里；
在山上，或溪谷，或在泛滥的洪水中吧；
囚禁或者放逐，就这样我活着，
生病的，健康的，名声不好或美名远扬。
我与她合一，而且只有这样的想法
虽然我与她无缘，却满意于这样的遐思。

——笔者译

　　萨里这首诗的韵律也是"ABAB，CDCD，EFEF，GG"，他把彼特拉克的十四行诗的八六分段变成了三组四行诗加一个双行句。在第一组四行诗中，诗人列举了一些地方，或是极热，或是极冷，或是温和，或是聪明人之间，或是愚蠢的人之间。在第二组四行诗中，诗人继续列举那些极端的元素，这里 set 这个动词也成为结构性的词语，引领了诗歌的发展方向。在第三组四行诗中，诗歌再次由 set 这个词引导，诗人由天想到地，将人生种种境遇都列举出来，以强调可以将他置于任何一种条件下。那么，假如真使他处于这些情形下，他将会怎样呢？这就是诗人一步步建立起来的

---

① Surrey. "Set me whereas the sun doth parch the green," http://www.sonnets.org/surrey.htm#102.

悬念。在诗歌的最后两行，诗人说就算是无缘相守，他心中之爱也不会逝去。萨里在前三组四行诗中让想象不断地递进，让意象不断地展开，最后再用一对双行体，把感情表达出来。

与怀亚特的诗相比，这首诗韵律与内容的配合是合拍的。最后的双行体虽然依旧没有解决任何问题，但看起来有得出结论的意思，这样的双行体就成功地给十四行诗贴上了完整的标签。而怀亚特的诗韵律节奏和内容不和谐，使整个诗篇也产生了一种不和谐的感觉。这种不和谐的原因虽然包括选词方面的生硬，但主要的原因还在于我们无法从怀亚特的诗中感到韵律与内容的相互关照。结果这首诗给人的印象就是分裂的，一边是诗歌的韵律结构，另一边是诗歌的内容结构。读这样的诗，我们的注意力被向两个不同的方向拉扯，结果对哪一个方向都没有留下深刻的印象，反而感觉到矛盾的冲突。当然也有人认为，怀亚特这样做是故意要达到一种特殊的艺术效果。这是另一个问题，而我们要研究的是诗歌形式与内容的关系。对于一部长篇小说来讲，形式与内容的微小变化在很多情况下并不影响作品主题的显现。但是对于诗歌来说，特别是对十四行诗这样微型的作品，即使细微的变化也会对诗歌的整体效果产生影响，这也是我们要研究韵律与内容配合这一问题的原因。

单单看韵律的形式是没有多大作用的，因为韵律的形式就是一个骨架，我们可以为抑扬格、抑抑扬格等韵律形式总结出无数个特点，但这也只是一般性规律，这个规律会因为诗歌内容的影响而变得微不足道。韵律与内容的配合，即韵律结构与意义结构的结合，才是我们研究的重点所在。"在诗歌作品中，节奏完成表达的功能，研究节奏就是为了理解它的功能，揭示它所表达的内容。研究诗歌作品的节奏，完全不意味着利用语言学的诗律术语确定它是抑扬格还是扬抑格，是抑抑扬格还是扬抑抑格，因为这些语言学定义根本无法揭示节奏作为形象的语言组织成分所完成的功能。节奏成分与形象语言组织的其他成分有机相联，共同构成形象的统一整体。要想弄明白一部诗歌作品的节奏成分的意义，就必须在这个联系中研究它，发现所有不同成分表达的同质性、统一体，捕捉节奏与作品的语义辞格和句法辞格一致的生命气息。"① 韵律结构本身只是一种形式，而

① 〔俄〕瓦·费·佩列韦尔泽夫：《形象诗学原理》，宁琦、何和、王嘎译，中国青年出版社，2004，第41页。

这种形式一旦被注入了恰当的内容，就能被激活，使作品产生生命的气息。通过对比怀亚特和萨里的诗，我们会发现怀亚特的诗虽然不乏激情，但是读过之后并没有一种旋律在我们心中萦绕，我们似乎已经忘记了这首诗歌的韵律。但是读萨里的诗，我们则有另一种感受，感觉有旋律在我们心中回荡，这种旋律会帮助我们想起诗歌的内容，给人一种令人激动的感觉。当我们对一首诗有了这样的印象时，就说明这首诗是活跃的，是有生命气息的。

在早期，双行体这种结构在十四行诗中虽然也有运用，但时隐时现，并没有出现大规模、重量级的运用。双行体在莎士比亚十四行诗中得到充分的实践和发展，对形式的追求体现人类的一种审美意识。"文艺复兴是一个独特的时期，处在中世纪与现代之间，处在文化贫瘠与过度文明之间，介于原始本能状态与成熟观念的世界之间。那时期的人们收住了粗鲁、好战的野性，不再是只知道活动筋骨的食肉动物，但也没有达到夜半苦读于灯下，只知道锻炼说理和思维的程度。他们兼具两种性能：有原始人那种长时间的、深深的幻想，同时，他们的举动又受到热烈而细致的、文明人的好奇心的、驱使，他们像野蛮人那样用形象思索，像文明人一样捕捉规律；他们像野蛮人一样寻求肉身的快乐，像文明人一样迈上了比低级享乐高一层的台阶；他们的趣味变得精致起来，能注意到事物的外表，而且要求完美。"① 莎士比亚对双行体的重视体现的正是文艺复兴时期人们的审美观念。莎士比亚的十四行诗探索的是爱情的普遍性规律和人类爱情心理的普遍性，形象的思维和理性地总结规律正是莎士比亚十四行诗的重要特征。一方面，诗人充分发挥想象力，运用各种比喻，将诗歌形象化；另一方面，诗人又运用力量将诗歌拉回理智的轨道。这让我们看到了诗性智慧中理性与感性的融合。正是由于捕捉规律的需要，莎士比亚发现双行体为总结规律留出了空间，于是他就在自己的 154 首十四行诗中都使用了双行体结句。在其数量庞大的系列十四行诗中，诗人意图让双行体完成总结规律的使命，他有失败，但更多的是成功的尝试。双行体的功能在莎士比亚的十四行诗中被发挥到了极致。下面，我们就通过诗歌的例子来分析这个问题：

---

① 〔法〕H. 丹纳：《艺术哲学》，张伟、沈耀峰译，当代世界出版社，2009，第32页。

Sonnet 138

When my love swears that she is made of truth
I do believe her, though I know she lies,
That she might think me some untutor'd youth,
Unlearned in the world's false subtleties.
Thus vainly thinking that she thinks me young,
Although she knows my days are past the best,
Simply I credit her false speaking tongue:
On both sides thus is simple truth suppress'd.
But wherefore says she not she is unjust?
And wherefore say not I that I am old?
O, love's best habit is in seeming trust,
And age in love loves not to have years told:
Therefore I lie with her and she with me,
And in our faults by lies we flatter'd be. [①]

第 138 首十四行诗

我爱人赌咒说她浑身是忠实,
我相信她（虽然明知她在撒谎),
让她认为我是个无知的孩子,
不懂得世间种种骗人的勾当。
于是我就妄想她当我还年轻,
虽然明知我盛年已一去不复返;
她的油嘴滑舌我天真地信任:
这样,纯朴的真话双方都隐瞒。
但是为什么她不承认说假话?

---

① Shakespeare. "Sonnet 138," https://www.opensourceshakespeare.org/views/sonnets/sonnet_view.php?Sonnet=138.

> 为什么我又不承认我已经衰老？
> 爱的习惯是连信任也成欺诈，
> 老年谈恋爱最怕把年龄提到。
> 因此，我既欺骗她，她也欺骗我，
> 咱俩的爱情就在欺骗中作乐。①
>
> ——梁宗岱译

　　在诗歌第 1~8 行的前 4 行中，诗人指责他的情人说谎，情人称自己全身都是忠实的，但是诗人说自己不愿意戳穿情人的谎话。之所以如此，其实是因为诗人需要给自己心理安慰。他虽然清楚自己已经不再年轻，但是仍希望他在情人的眼中还是年轻的。虽然他也深知情人夸他年轻不过是虚伪的奉承，但即使是奉承，也能给年老的诗人带来安慰，让他在虚幻中得到快感。在诗歌的第 9~12 行中，诗人对自己的心理做了一番剖析。老年人害怕承认自己衰老，因为衰老意味着失去了追求爱情的资格。爱情以不伤害他人为目的，因此，爱情中就存在为避免伤害而进行的欺骗。就这样，诗人与情人在相互欺骗中寻求安慰。在最后两行，诗歌以一种无可奈何的语气结束，透露出诗人内心的空虚感。年华已逝，老之将至，对爱情的向往也越来越像是一场不可能实现的梦。面对这些，诗人只能在自我欺骗中重温爱情的幸福。前 8 行陈述事实，第 9 行转折，第 9~12 行分析前 8 行所陈述的事实，最后两行得出结论。诗歌最后两行以 therefore（因此）一词开始，明确表明诗人要得出结论。这个结论与前 12 行是呼应的，从内容到结构都实现了完美的统一。双行体不是与整个诗分开的部分，而是与诗歌连成一体的有机组成部分。

　　在这首诗中，最后的双行体是一个标签，它标志着诗歌的结束。但是它又不是一个完整的标签，因为诗中所讨论的问题最终并没有找到答案，结论依旧是一团乱麻，悬而未决。不过，在诗歌的发展中，我们依然能够感受到莎士比亚尽量在使这个标签完整。诗中第 9 行使用转折词，诗歌的最后两行用标志性的 therefore（因此）一词做结，这些都是在提醒读者诗歌进展的层次。莎士比亚十四行诗的最后两句

---

① 《莎士比亚全集》第 11 卷，梁宗岱译，人民文学出版社，1991，第 296 页。

是韵律一样的双行体，它出现在前 12 句有规则的诗歌韵律的变化之后，这样就给人留下了较深刻的印象，两次重复的韵律起到一种强调的作用。应该注意的是，莎士比亚在他的 154 首十四行诗中经常使用这种模式，即在第一组四行诗中陈述，在第二组四行诗中展开，第 9 行转折，提出观点。这个模式符合读者对最后双行体的期待，为得出结论留有余地，为最后两行发挥总结概括功能提供了有利时机。然而，具体操作起来却不像想象中的那么容易。在莎士比亚的一些十四行诗中，最后两行没有起到总结的作用，反倒产生了其他一些效果，这种情形我们称为双行体的功能移位现象。

例如，在第 110 首十四行诗中，最后两行的意思就很模糊：

Sonnet 110

Alas, 'tis true I have gone here and there
And made myself a motley to the view,
Gored mine own thoughts, sold cheap what is most dear,
Made old offences of affections new;
Most true it is that I have look'd on truth
Askance and strangely: but, by all above,
These blenches gave my heart another youth,
And worse essays proved thee my best of love.
Now all is done, have what shall have no end:
Mine appetite I never more will grind
On newer proof, to try an older friend,
A god in love, to whom I am confined.
Then give me welcome, next my heaven the best,
Even to thy pure and most most loving breast.[1]

---

[1] Shakespeare. "Sonnet 110," https://www.opensourceshakespeare.org/views/sonnets/sonnet_view.php?Sonnet=110.

第 110 十四行诗

　　唉，我的确曾经常东奔西跑，

　　扮作斑衣的小丑供众人赏玩，

　　违背我的意志，把至宝贱卖掉，

　　为了新交不惜把旧知交冒犯；

　　更千真万确我曾经斜着冷眼

　　去看真情；但天呀，这种种离乖

　　给我的心带来了另一个春天，

　　最坏的考验证实了你的真爱。

　　现在一切都过去了，请你接受

　　无尽的友谊：我不再把欲望磨利，

　　用新的试探去考验我的老友——

　　那拘禁我的、钟情于我的神祇。

　　那么，欢迎我吧，我的人间的天，

　　迎接我到你最亲的纯洁的胸间。①

——梁宗岱译

　　诗人在这首诗的第一组四行诗中列举自己的缺点，并说自己把爱给出卖了。诗中，诗人承认他出卖了年轻人，这已成为事实。至于诗人是如何出卖年轻人的，诗中并没有详细地说。诗人对自己的这种行为万分愧疚，但诗人又说，这是违背他的意志的。在接下来的第二组四行诗中，诗人说他把爱给予了另一个人，但与那个人短暂的关系只是加深了他对这位年轻人的爱。也许是通过比较后，他的出轨反倒让他明白了他最爱的还是年轻人。在诗歌的第9~14行，诗人请求年轻人再一次接纳他，并且发誓说再也不用新的试探去考验年轻人了。此时，诗人已经把年轻人提升到神的地位上，像敬神一样忠心地对待年轻人。诗人的请求变得十分动人，在最后的双行体中又进一步强化了这种动情的表达方式。诗人请求年轻人欢迎他，他把这样的接纳当成重返天堂。诗人把这份爱情写得很圣洁，很纯

---

① 《莎士比亚全集》第 11 卷，梁宗岱译，人民文学出版社，1991，第 268 页。

净。既然爱在诗人的心中是如此圣洁，他一定会遵守诺言，不会移情别恋了。

在这首诗中，诗人对爱情的认识在前 8 行就已经表达得很清晰，表明诗人对这种情感的认知是成熟和稳定的，是可信赖的。在诗歌的第 9 行，诗人开始表达他的愿望，这种愿望表达在最后的双行体中达到了高潮。所以，这首诗中的双行体与第三组四行诗的联系更加紧密。虽然诗人在第 13 行开头用了一个 then（那么），这个词具有标签的意味，表明诗人要得出结论了。然而，实际上这个结论从第 9 行便开始在诗中渗透了。双行体不过是诗歌情绪自然发展的终结处而已。虽然双行体的功能是最后总结十四行诗的主题，概括中心思想，但在很多时候还是不能实现这一目标。

从韵律的格式上讲，虽然莎士比亚这首十四行诗最后两行用了双行体，但是诗人还会通过诗歌内容使双行体凸显的对比意义贯穿整首诗歌。如第 152 首十四行诗：

Sonnet 152

In loving thee thou know'st I am forsworn,

But thou art twice forsworn to me love swearing,

In act thy bed-vow broke and new faith torn,

In vowing new hate after new love bearing.

But why of two oaths' breach do I accuse thee,

When I break twenty? I am perjured most;

For all my vows are oaths but to misuse thee:

And all my honest faith in thee is lost.

For I have sworn deep oaths of thy deep kindness,

Oaths of thy love, thy truth, thy constancy,

And, to enlighten thee, gave eyes to blindness,

Or made them swear against the thing they see;

For I have sworn thee fair; more perjured I,

*To swear against the truth so foul a lie!*①

第 152 十四行诗

你知道我对你的爱并不可靠，

但你赌咒爱我，这话更靠不住

你撕掉床头盟，又把新约毁掉，

既结了新欢，又种下新的恶

但我为什么责备你两番背盟，

自己却背了二十次！最反复的是我

我对你一切盟誓都只是滥用，

因而对于你已经失尽了信誉。

我会矢口作证你对我的深爱：

说你多热烈、多忠诚、永不变卦，

我使眼睛失明，好让你显光彩

教眼睛发誓，把眼前景说成虚假

我发誓说你美！还有比这荒唐：

抹煞真理去坚持那么黑的谎！②

——梁宗岱译

在第一组四行诗中，诗人总结自己和黑肤女人的爱情。诗人说自己在爱情中不遵守誓言，而自己的情人则是双倍地不遵守誓言，她三番五次、出尔反尔地玩弄情感。在诗歌的第 5~8 行，诗人的意思急转直下：诗人开始责备自己，认为在与情人的关系中，最反复无常是他自己，是他自己对盟誓的滥用才使自己失信。在第 9~14 行中，诗人解释了他在哪些地方背弃了与情人的盟誓。刚读到第 5 行诗的时候，我们以为是诗人自己对爱情不忠才导致了情人的不忠，而读完第 5~8 行，我们才发现原来诗人是欲擒

---

① Shakespeare. "Sonnet 152," https://www.opensourceshakespeare.org/views/sonnets/sonnet_view.php?Sonnet=152.

② 《莎士比亚全集》第11卷，梁宗岱译，人民文学出版社，1991，第310页。

故纵。诗人所说的假誓就是他相信情人对他的爱，此外，诗人看到了情人的丑陋，于是就让那眼睛失明，原来诗人所谓的背盟正反映了诗人对黑肤女人的痴心。

诗歌围绕着恋爱双方"反复无常"的行为展开，矛盾的思考方式和行为方式是组成此诗的原料。"莎士比亚在这首十四行诗中持续使用对立面的关键在于，对偶是传统上表现道德观念的结构。在形成鲜明对比的时候，通常会影响读者对两个对立词语的评价。因此，许多最基本的对照已经具备了道德内涵。"① 莎士比亚就是通过对照的结构赋予诗歌道德内涵。诗人自己对爱情的忠贞和情人的反复无常形成了鲜明的对照，从而揭示出两种不同的爱情观和道德观。通过对比，诗人也强化了对背叛者的谴责和批判。在这首诗中，由于全诗的内容都是在鲜明的对比中展开的，发展到最后，双行体本应该有的对比效果已经被冲淡了。双行体的内容融入整体的诗歌中，成为诗歌的自然延伸。双行体的移位产生了与非移位的双行体不同的艺术效果。

因为移位的双行体不那么循规蹈矩，所以具有一种比较宽松的空间。有学者观察到双行体具有呼吸间隔："双行体……可能被视为四行诗，每两行诗之间存在着呼吸间隔和视觉空间。这样一来，作者的声音和读者的眼睛及思想会紧随故事的发展，而不会陷入押韵一致且严密的对句或 ABAB 四行诗中，空间确实起了作用。"②

双行体通过韵律变化将自身与上面的四行诗隔开，无论它与上面的诗行的关系是密切还是松散，都给读者留下一种期待。在双行体开始的时候，读者会产生片刻的停顿，而诗人有时加进标志性词汇，如 for、then、therefore 等，这些也会延长停顿的时刻，于是双行体给了我们呼吸的空间和视觉的空间。移位的双行体与普通双行体不同，便使得这种呼吸空间和视觉空间更为明显，能够更加清晰地被读者捕捉到。

双行体移位意味着诗歌的内容与诗歌的韵律结构产生差异，即韵律结构与意义结构不相匹配，但并不是所有韵律结构与意义结构不匹配的现象

---

① Weiser, David K. "Theme and Structure in Shakespeare's Sonnet 121," *Studies in Philology*, 2 (1978): 142.

② Hannan, Jim. "Crossing Couplets: Making Form the Matter of Walcotts's Tiepolo's Hound," *New Literary History*, 33. 3(2002): 579.

都可以称为移位。我们在上文中谈到的怀亚特诗歌中韵律结构与意义结构的不协调就不能叫移位，因为在怀亚特的诗中，诗人没有故意制造符合三组四行加一个双行体的内容表达格式。诗人按照情感发展的脉络道来，并没有考虑双行体原本的位置，因此谈不上移位，只能叫韵律结构与意义结构不搭配。韵律结构与意义结构不搭配会导致生硬感，从传统欣赏角度来看，没有达到应有的艺术效果。不过这个问题还有讨论的余地，因为有评论者认为怀亚特有意识地让自己的诗歌产生不和谐的效果，以表达男性的忧伤和巨大的痛苦。这是另一个问题，我们将在其他地方予以研究。对于莎士比亚这首十四行诗中韵律结构与意义结构不搭配现象，我们称为双行体移位。诗人对于双行体的功能从一开始就有清醒的认识，从而能够自觉地运用双行体的功能。特别是在双行体开始的时候，诗人用 for 这个词引出第 13 行，作为即将得出结论的标志。也就是说，莎士比亚在这首诗中最初是给双行体留出了空间的，只是写到最后，由于内容的关系，双行体没有按照事先设计的轨迹前进，与其相邻的上一组四行诗更加贴近，产生了双行体的移位现象。

双行体诗句可以表达意义上的对照关系。双行体的韵律实际上是一种声音的重复，放在十四行诗末尾的双行体被赋予一种使命，那就是产生一种对照的作用。十四行诗是一种适合论辩的诗体，莎士比亚的十四行诗充分地开发了十四行诗的论辩功能，其格式有比较模式化的倾向，基本模式是"陈述观点—展开分析—提出对立面—得出结论"。这样的模式发展到最后，通常诗人都会在结论中强调他所做出的选择，这样的内容用对立的手段来表达是最好的。亚里士多德认为只有对立的形式才受欢迎，措辞只要含有隐喻，就能受欢迎，但是隐喻还不能太牵强，否则读者就难以看出其中的关系；不过也不能太肤浅，不能给听众留下印象。此外，措辞要是能使事物呈现在眼前，也能受欢迎，因为我们应当看得更清楚的是正在发生的事情，而不是将来要发生的事情。所以我们应当追求这三样东西，即隐喻、对立子句和生动性。①

莎士比亚十四行诗的双行体把对照意思与隐喻两者结合起来，营造出生动的诗意。我们以下面的例子来说明这个问题：

---

① 〔古希腊〕亚理斯多德：《修辞学》，罗念生译，上海人民出版社，2006，第 193 页。

Sonnet 108

Shakespeare

What's in the brain that ink may character

Which hath not figured to thee my true spirit?

What's new to speak, what new to register,

That may express my love or thy dear merit?

Nothing, sweet boy; but yet, like prayers divine,

I must, each day say o'er the very same,

Counting no old thing old, thou mine, I thine,

Even as when first I hallow'd thy fair name.

So that eternal love in love's fresh case

Weighs not the dust and injury of age,

Nor gives to necessary wrinkles place,

But makes antiquity for aye his page,

Finding the first conceit of love there bred

Where time and outward form would show it dead. ①

第 108 十四行诗

莎士比亚

脑袋里有什么，笔墨形容得出，

我这颗真心不已经对你描画？

还有什么新东西可说可记录，

以表白我的爱或者你的真价？

没有，乖乖；可是，虔诚的祷词

我没有一天不把它复说一遍；

老话并不老；你属我，我也属你，

---

① Shakespeare. "Sonnet 108," https://www.opensourceshakespeare.org/views/sonnets/sonnet_view. php?Sonnet=108.

就像我祝福你名字的头一天。
所以永恒的爱在长青爱匣里
不会蒙受年岁的损害和尘土，
不会让皱纹占据应有的位置，
反而把老时光当作永久的家奴；
发觉最初的爱苗依旧得保养，
尽管时光和外貌都盼它枯黄。①

——梁宗岱译

在这首诗的第 1~4 行中，诗人说自己该写下来的都写下来了，再也没有什么新奇的办法可以让他再次表达对年轻人的爱。诗人仿佛有种情未尽、言已枯的深深遗憾。诗人一连用了两个 what，表明诗人自己在反思、反问。在第 5~8 行中，诗人说他必须每天跟年轻人说同样的话。他不再幻想创造出新的表达方式，而是用习以为常的话来表达他对年轻人的爱，浓郁的爱情在不断重复中获得新的意义。诗人此时已经把年轻人看成自己，你中有我，我中有你。这首诗让我想到了锡得尼爵士的诗，诗中描述了"你中有我，我中有你"的亲密状态：

A Ditty

Sir Philip Sidney

My true-love hath my heart, and I have his,
By just exchange one for another given:
I hold his dear, and mine he cannot miss,
There never was a better bargain driven:
My true-love hath my heart, and I have his.
His heart in me keeps him and me in one,
My heart in him his thoughts and senses guides:
He loves my heart, for once it was his own,

---

① 《莎士比亚全集》第11卷，梁宗岱译，人民文学出版社，1991，第 266 页。

I cherish his because in me it bides:

*My true-love hath my heart, and I have his.*①

小曲

菲利普·锡得尼爵士

我的真实情人占有我的心，

我也占有他的心，

我们两人公公平平

彼此以你心换我心，

我和他的心亲密无间，

他不会因失去我的心

再没有比这更好的交换。

我的真实情人占有我的心

我也占有他的心，

他的心在我体内

使他和我成为一体，

我的心在他体内

引导他的思想感官，

他爱我的心，因为以前原是他的，

我爱他的心，因为它在我体内安眠；

我的真实情人占有我的心，

我也占有他的心。②

——无名氏译

莎士比亚的这首诗似乎也令我们想起了元代的《我侬词》："你侬我侬，忒煞情多，情多处，热如火。把一块泥，捻一个你，塑一个我。将咱

---

① 〔英〕锡得尼：《小曲》，〔英〕弗·特·帕尔格雷夫原编《英诗金库》，罗义蕴、曹明伦、陈朴等编注：四川人民出版社，1987，第 100、102 页。

② 〔英〕锡得尼：《小曲》，〔英〕弗·特·帕尔格雷夫原编《英诗金库》，罗义蕴、曹明伦、陈朴编注，四川人民出版社，1987，第 101、103 页。

两个，一齐打破，用水调和。再捻一个你，再塑一个我。我泥中有你，你泥中有我。与你生同一个衾，死同一个椁。"

正因为在莎西比亚这首诗歌的前 8 行中，诗人一直在谈论他们的爱是你中有我、我中有你，才有了接下来 6 行中诗人对这种爱的坚定信念。诗人写爱不会被时光抹杀，相反，时光会成为爱的奴隶。爱被当成一个战胜者，将得以生长并永生，超越时光与外貌。在诗歌的最后，诗人强调爱终究要成为胜利者。下面，我们把注意力转移到双行体的运用上来：

Finding the first conceit of love there bred
Where time and outward form would show it dead.

发觉最初的爱苗依旧得保养，
尽管时光和外貌都盼它枯黄。

整首诗谈论的是你中有我、我中有你的爱情，意味着这样的爱情无须外表的形式，只重内在的品质。因此，在双行体中，诗人就强调了这层意思：内在的爱还在生长，而形式却已经死去。诗歌结尾的 bred、dead 韵律相同，意义相反，两个词因为押韵而被放在双行体中。时间（time）和外在的形式（outward form）与死亡（dead）联系起来，让我们想到时间对于爱情的侵蚀，以及一切外在的东西都不会永恒的无奈。爱情似乎被时间和外表吞没了，但它不会消失，因为它还在生长（bred）。因为有了这样的对照，诗歌的意境清新优美。bred 和 dead 这两个词产生押韵，它们时时交织在一起，使我们由一个联想到另一个。这种刻意的安排让诗歌的意思更加鲜明，词语的意义也更加丰富。

bred 一词有养育、繁殖之意，它本身就是一个隐喻。它将爱情隐喻为一个生命体，爱情这个生命体在成长，这是精神世界的真实感受，与下一句的 dead（死亡）形成了对比。死去的是爱情的外壳，而存活的才是爱情的内核。诗人再次证明了爱情的永恒，传达出他对爱情的坚定信念。隐喻与对照的结合使诗歌意义更加充盈。从技术层面看，隐喻的形象化语言增强了语言的表现力，使诗人更容易找到押韵的方式。就 bred 和 dead 这两个词语的字面意义来看，它们并没有对照的意思，只有当 bred 被赋予隐喻的含义时，才产生了与 dead 一词相对照的意义。这个意义是诗人安排的结果，不是词语本身包含的意思。在双行体结尾，bred、dead 作为尾韵的押韵词还出现在莎士比亚的另一首诗中，二者同样形成了对照。我们来看下面这首诗：

Sonnet 112

Your love and pity doth the impression fill

Which vulgar scandal stamp'd upon my brow;

For what care I who calls me well or ill,

So you o'er-green my bad, my good allow?

You are my all the world, and I must strive

To know my shames and praises from your tongue:

None else to me, nor I to none alive,

That my steel'd sense or changes right or wrong.

In so profound abysm I throw all care

Of others' voices, that my adder's sense

To critic and to flatterer stopped are.

Mark how with my neglect I do dispense:

You are so strongly in my purpose bred

*That all the world besides methinks are dead.*①

第 112 首十四行诗

你的爱怜抹掉那世俗的讥谗

打在我的额上的耻辱的烙印；

别人的毁誉对我有什么相干，

你既表扬我的善又把恶遮隐！

---

① Shakespeare. "Sonnet 112," https://www.opensourceshakespeare.org/views/sonnets/sonnet_view.php?Sonnet=112.

你是我整个宇宙，我必须努力
从你的口里听取我的荣和辱；
我把别人，别人把我，都当作死，
谁能使我的铁心肠变善或变恶？
别人的意见我全扔入了深渊，
那么干净，我简直像聋蛇一般，
凭他奉承或诽谤都充耳不闻。
请倾听我怎样原谅我的冷淡：
你那么根深蒂固长在我心里，
全世界，除了你，我都认为死去。[①]

——梁宗岱译

在这首十四行诗中，诗人表示他所得到的年轻人的爱对他来说价值连城，足以抹去他的耻辱烙印。诗人没有具体说人们怎样对他的名声进行诋毁，但这种诋毁已经使他声名扫地。然而，不管是什么结果，诗人已经不在意，因为他得到了年轻人的爱。诗人再一次强调，他在意的只有年轻人，并不在乎批评的人或奉承的人怎么看待自己，只要年轻人不把他往坏处想就可以了。诗人把这个年轻人的看法当作评判诗人本人的唯一标准。与前一首不同的是，这首诗全文都是在对比中进行的，对比年轻人对"我"的爱和别人对"我"的诋毁，最后的双行体顺理成章地用对照的方式总结全文，完美地体现了对照这种修辞的效果。

这首诗中不断生长、拥有生命力的是"你"，"你"正在生长（bred），而整个死亡的（dead）则是全世界。这样，这首诗比上一首诗的语气更加强烈。爱情具有生长能力，这是莎士比亚在爱情诗中经常持有的观点。爱情能够自行生长，因为它是一个有机体。在这首诗中，年轻人直接被比喻成一株植物，它生长，它拥有生命。那是一种永恒的生命，因为世界已经死去，它却仍然在生长。通过这样的隐喻，诗人再一次让生长（bred）和死亡（dead）两个词产生了对照的意思，这层意思没有隐喻的媒介是不可能实现的。隐喻和意义对照，既相辅相成，又彼此独立，它们共同造就了

---

① 《莎士比亚全集》第 11 卷，梁宗岱译，人民文学出版社，1991，第 270 页。

双行体的美妙艺术效果。它让我们熟悉的事物出现在陌生的语境中，从而使之获得特殊的含义，诗歌的魅力在这里尽情彰显。

双行体也被当成语言的游戏，在莎士比亚的诗中经常出现。这种文字游戏类似于积木玩具，词语被有意识地放在某个特定的位置上，让人产生某种特定的联想，既与诗歌总体的意思相关，又深化了诗歌的主题。

诗歌对语言艺术有极高的要求，只有艺术的语言才能达到诗歌的表意要求。因为诗歌这种艺术是含蓄和隽永的，这决定了诗歌对实用的语言没有兴趣，却对创造语言的新奇充满兴趣。语言的新奇是指诗人要创造出更好的词语搭配方式。华兹华斯认为朴素的农民语言是最好的诗歌语言，这一主张经常被人误解，以为他是要让诗歌的用语简单化。实际上，华兹华斯不过是想让我们从朴素的语言中提炼出更加诗意化的语言，即艺术的语言。艺术的语言不是我们日常生活中使用的语言，其他的功能是不同的。文学"作品具有独特的表达艺术，特别注重词语的选择和配置。比起日常实用语言来，它更加重视表现本身。表达是交流的外壳，同时又是交流不可分割的部分。这种对表达的高度重视被称为表达意向。当我们在听这类话语时，会不由自主地感觉到表达，即注意到表达所使用的词及其搭配。表达在一定程度上具有本体价值。包含着表达意向的话语被称为艺术语，以区别于不包含这种表达意向的实用语"①。下面，我们就集中研究十四行诗双行体中语言的游戏性及其艺术性。

在这里，虽然我们的重点在于讨论双行体的问题，但是如果不从整首诗篇的角度来研究双行体，是不可能得出合理结论的。因为整个诗篇就是双行体的语境，我们必须把双行体放在诗篇中来研究。韦勒克（René Wellek，1903~1995）认为"诗歌的意义与上下文是紧密相关的：一个字不仅具有字典上指出的含义，而且具有它的同义词和同音异义词的味道。词汇不仅本身有意义，而且会引发在声音上、感觉上或引申意上与其有关的其他词汇上的意义，甚至引发那些与它意义相反或者互相排斥词汇的意义"②。双行体是十四行诗的有机组成部分，对双行体的研究也必须在其使

---

① 〔俄〕鲍里斯·托马舍夫斯基：《艺术语与实用语》，转引自〔俄〕维克托·什克洛夫斯基等《俄国形式主义文论选》，方珊等译，三联书店，1989，第83~84页。

② 〔美〕勒内·韦勒克、奥斯汀·沃伦：《文学理论》，刘象愚等译，江苏教育出版社，2005，第197页。

用的语境中进行。下面，我们以莎士比亚的一首诗为例进行研究：

Sonnet 109

O, never say that I was false of heart,

Though absence seem'd my flame to qualify.

As easy might I from myself depart

As from my soul, which in thy breast doth lie:

That is my home of love: if I have ranged,

Like him that travels I return again,

Just to the time, not with the time exchanged,

So that myself bring water for my stain.

Never believe, though in my nature reign'd

All frailties that besiege all kinds of blood,

That it could so preposterously be stain'd,

To leave for nothing all thy sum of good;

For nothing this wide universe I call,

Save thou, my rose; in it thou art my all.[①]

第 109 首十四行诗

哦，千万别埋怨我改变过心肠，

别离虽似乎减低了我的热情。

正如我抛不开自己远走他方，

我也一刻离不开你，我的灵魂。

你是我的爱的家：我虽曾流浪，

现在已经像远行的游子归来；

并准时到家，没有跟时光改样，

---

① Shakespeare. "Sonnet 109," https://www.opensourceshakespeare.org/views/sonnets/sonnet_view.php?Sonnet=109.

而且把洗涤我污点的水带来。

哦，请千万别相信（尽管我难免

和别人一样经不起各种试诱）

我的天性会那么荒唐和鄙贱

竟抛弃你这至宝去追求乌有；

这无垠的宇宙对我都是虚幻；

你才是，我的玫瑰，我全部财产。①

——梁宗岱译

诗人表示，虽然别离看上去降低了他的热情，但实际上他还是离不开年轻人，他的爱从没有减少过。诗人使用旅行的意象，写他在疏远了年轻人一段时间后，又回到了年轻人的身边，带着一种忏悔的情绪归来。诗人认为自己一定会回到年轻人身边，因为在他的心里，年轻人才是他的至宝。在诗歌的最后两行，诗人强调年轻人是他的全部。

在诗歌最后的双行体中，thou 这个词被重复使用，再次让整首诗歌的旋律在诗篇中回荡起来。"你就是我的一切"，这种爱情表白的情感在这个词语的重复中被加强了。我们再来看诗歌最后一行的最后一个词 all，这个词在诗中反复出现，在此之前已经出现了三次：

All frailties that besiege all kinds of blood,
That it could so preposterously be stain'd,
To leave for nothing all thy sum of good;

all 的这几次出现将诗篇的情感推向了至高点，强调了诗人所要表达的感情是如此纯粹。加上诗人把 nothing all 两个词放在一起，简直就是把黑白两种色调加以对比，如果不把这看成修辞上的夸张，至少它也是热恋中极致情感的表达。到了诗歌的结尾处，如果再次重复使用 all 这个词语，力量已经不够了，那么应该如何使结尾更加有力呢？诗人写道：

---

① 《莎士比亚全集》第 11 卷，梁宗岱译，人民文学出版社，1991，第 267 页。

For nothing this wide universe I call,

Save thou, my rose; in it thou art my all.

在这里，诗人再一次把 nothing 和 all 两个词放置在双行体中，但是这一次不是放在一起，而是分开放置，这样的排列产生了一系列意想不到的效果。两行之间各词组的意思形成了鲜明的对比，产生了很强的视觉效果：For nothing /Save thou；this wide universe /my rose；in it thou；I call/art my all。这样文字就形成了上下文的关系，如果把每组联系起来，就成了这样的表达：除了你，我一无所求；一面是那宽广的宇宙，一面是你——我的玫瑰；你才是我想得到的全部拥有。由于汉语语言是一字一音，而且多是单音节词，所以，在汉语中做到上下句中词语对应并不是难事。但英语不同，在双行体中，完全对应是做不到的，像这一双行体的上下对应已经非常难得了。正是在这样的对应中，我们看到诗歌的语言在一个特定的语境中产生了不同凡响的艺术效果。

这种语言技巧在莎士比亚的其他诗中也出现过，诗人似乎对于这样的语言文字游戏信手拈来，毫不费力。我们来看下面这首诗中的情形：

Sonnet 111

O, for my sake do you with Fortune chide,

The guilty goddess of my harmful deeds,

That did not better for my life provide

Than public means which public manners breeds.

Thence comes it that my name receives a brand,

And almost thence my nature is subdued

To what it works in, like the dyer's hand:

Pity me then and wish I were renew'd;

Whilst, like a willing patient, I will drink

Potions of eisel 'gainst my strong infection

No bitterness that I will bitter think,

Nor double penance, to correct correction.

Pity me then, dear friend, and I assure ye
Even that your pity is enough to cure me. ①

第 111 首十四行诗

哦，请为我把命运的女神诟让，
她是喉使我造成业障的主犯，
因为她对我的生活别无赡养，
除了养成我粗鄙的众人米饭。
因而我的名字就把烙印接受，
也几乎为了这缘故我的天性
被职业所玷污，如同染工的手：
可怜我吧，并祝福我获得更新；
像个温顺的病人，我甘心饮服
涩嘴的醋来消除我的重感染；
不管它多苦，我将一点不觉苦，
也不辞两重忏悔以赎我的罪愆。
请怜悯我吧，挚友，我向你担保
你的怜悯已经够把我医治好。②

——梁宗岱译

在这首诗中，诗人一开始抱怨命运对自己不公。在第 1～4 行中，诗人认为他现在所做的一切，都是命运从他出生起就没有眷顾过他所造成的。诗人没有特别指出他做的是哪项工作，但显然这项工作是令人不愉快的。诗人把自己所遭遇的不幸和不愉快的生活归咎于命运，使诗歌的语气染上一层自怨自艾的色彩。在诗歌的后半部分，诗人说他要忏悔。至于他为什么忏悔，就是隐藏在诗歌背后的内容。但是，从诗歌开头的几句可以判断，诗人一定是处在生活的困境中。他虽然没有明确地为自己开脱，但是

---

① Shakespeare. "Sonnet 111," https://www.opensourceshakespeare.org/views/sonnets/sonnet_view.php?Sonnet=111.

② 《莎士比亚全集》第 11 卷，梁宗岱译，人民文学出版社，1991，第 269 页。

间接地描述生活的困境也等于说他犯了错误是情有可原的，而现在他表现出悔恨之情，并请求年轻人的怜悯，就显得十分凄楚。求得怜悯是这首诗的主要意图。所以，为了读懂这首诗，我们首先要解决两个问题：怜悯是如何产生的，诗歌语言是如何唤起怜悯的？这两个问题密切相关，一个属于内容方面，一个属于形式方面，而形式与内容又如同一张纸的正反面，我们无法把它们拆开。

先谈第一个方面。诗人在这首诗中一再示弱，因为弱者是最容易获得怜悯的。比如看到一个壮年男人和一个抱着病孩子的瘦弱妇女同时站在路边乞讨，我们的同情会自然地转向女人，因为她的弱者地位引起了我们对于苦难的理解，唤起了我们的同情心。"关于怜悯的情感我们可以很容易解释，我们对每一件与我们相关的事物都有一个生动的观念。因为类似关系，所有人类都同我们是相关的。因此，他们的人格、他们的利益、他们的情感、他们的痛苦和快乐都必定以同样生动的方式刺激着我们，并产生一种同原始情绪相类似的情绪，因为一种生动的观念很容易转变为悲哀印象。如果这一点大体上是正确的，那么苦恼和悲哀就更是如此了，这些情感总是要比任何愉快和快乐有更强烈、更持久的影响。"① 莎士比亚的诗之所以能够打动人心，正是因为他熟知人性。正是由于对人性的深刻认识，诗人在诗中乞求怜悯的时候，能够打动读者。那么他能够获得年轻人的怜悯吗？当我们读完这首诗，这个问题已经不再是我们关注的焦点了，因为作为读者的我们已经完全站在了莎士比亚这一边，我们无法不向诗人献上我们的同情，尽管我们十分明白这样的惨状很可能完全是诗人的虚构，但那有什么关系呢？重要的是，诗人的虚构已经唤起了我们的同感。

此外，诗人并没有一味地哀声叹气。与之相反，他表达了改过自新、重新振作的愿望。听听哲学家休谟对人性的分析："在这里就只需要注意这种情感一个非常显著的现象，它就是被传递过来的同情有时会因为其原始情感的微弱而获取力量，甚至还会通过一种并不存在的感情转移而得以产生。例如，一个人并不因痛苦而沮丧，他也会因其耐性而更多地为人所悲叹；如果那种德行被扩展到足以消去所有不快的感觉，它就更进一步增

---

① 〔英〕大卫·休谟：《人性论》，石碧球译，中国社会科学出版社，2009，第258页。

加了我们的怜悯。"① 我们惊奇地发现，休谟对人生的分析早在莎士比亚的诗中已经得到了深刻的诠释。诗人的眼睛穿透了生活的外壳，揭示了真实的人性。

下面，我们再来回答第二个问题，即诗歌语言是如何唤起怜悯的。首先，诗人把自己犯错误的原因归咎于命运：

O, for my sake do you with Fortune chide,
The guilty goddess of my harmful deeds

哦，请为我把命运的女神诟让，
她是唆使我造成业障的主犯

在这两句中，"命运女神"（guilty goddess）和"业障"（harmful deeds）形成对照，使诗人成为被命运控制的弱者。当命运成为他的对手时，他无能为力，这给读者留下深刻印象。

接着，在第 4 行中，诗人连用两次 public，public means 的意思是他必须向公众寻求帮助，比如通过写一首赞美他人的诗歌来获得别人的赞赏和资助，让自己的生活得到保障。这样的生活让人产生同情，更何况这样一个有才华的人，却不得不过这种卑微的生活，这显得尤为可怜：

Pity me then and wish I were renew'd;
Whilst, like a willing patient, I will drink
Potions of eisel 'gainst my strong infection
No bitterness that I will bitter think,
Nor double penance, to correct correction.
Pity me then, dear friend, and I assure ye
Even that your pity is enough to cure me.

在这里，诗人用了很多同根词，willing/will、bitterness/bitter、correct/

---

① 〔英〕大卫·休谟：《人性论》，石碧球译，中国社会科学出版社，2009，第 259 页。

correction 这些词语的使用类似于重复，加重了语气；又因为它们实际上只是同根词，所以让语言产生了悖论的效果。诗歌追求悖论，因为悖论的语言是最有感染力的，它考验智慧，体现机敏并蕴含游戏性，满足了诗歌的审美需要。

在这部分诗中，pity me then（可怜我吧）被重复了两次，在诗歌第 8 行中出现一次，在双行体中又出现一次，这显示了诗人急切的请求。这首诗与莎士比亚大多数十四行诗的结构不同，被平均分为两个部分，前 7 行写诗人的悲惨处境，后 7 行唤起人们的怜悯。pity me then 既是诗歌的主题，又是诗歌后半节中主要的结构词。诗人通过重复这个词组，把主题推向高潮。而双行体中第一行的 assure 与第二行的 cure 形成眼韵，使人产生丰富的联想。如果爱情能够获得保障，那么痛苦就会痊愈，这是美妙的想法，点亮了整个诗篇。眼韵给读者带来了视觉感受，让人更容易留下深刻的印象。双行体结尾的词 ye/me 押韵，不仅给人以发音上的联想，更重要的是，在内容上给人无尽的联想：你与我 ye/me 被放置在对称的位置上。两个词有同样的韵，象征着和谐一致的步调、幸福美满的关系，这与整首诗要表达的意思恰好一致。

诗歌是注重节奏的，好的节奏会让诗歌自然地呼吸。一首诗之所以让我们感觉流畅，主要原因就是我们的思维被语言的节奏引导，自然而然地领会了诗歌之美。莎士比亚曾在他的两首十四行诗中用一样的双行体结尾，这就是莎士比亚的第 36 首十四行诗与第 96 首十四行诗：

Sonnet 36

Let me confess that we two must be twain

Although our individual loves are one:

So shall those blots that do with me remain,

Without thy help by me be borne alone.

In our two loves there is but one respect,

Though in our lives a separable spite,

Which though it alter not love's sole effect,

Yet doth it steal sweet hours from love's delight.

I may not evermore acknowledge thee,

Lest my bewailèd guilt should do thee shame;

Nor thou with public kindness honor me

Unless thou take that honor from thy name:

But do not so; I love thee in such sort

As, thou being mine, mine is thy good report.[①]

第 36 首十四行诗

让我承认我们俩一定要分离，

尽管我们那分不开的爱是一体：

这样，许多留在我身上的瑕疵，

将不用你分担，由我独自承起。

你我的相爱全出于一片至诚，

尽管不同的生活把我们隔开，

这纵然改变不了爱情的真纯，

却偷掉许多密约佳期的欢快。

我再也不会高声认你做知己，

生怕我可哀的罪过使你含垢，

你也不能再当众把我来赞美，

除非你甘心使你的名字蒙羞。

可别这样做；我既然这样爱你，

你是我的，我的荣光也属于你。[②]

　　　　　　　　　　　　　　　——梁宗岱译

　　在第 36 首十四行诗中，前四行写诗人要与所爱的人分离。这是因为诗人要让年轻人不再承担诗人身上的瑕疵，以保证年轻人的纯洁，这表达了诗人的一片赤诚之心。诗人在诗中一再强调他有许多缺点，却对年轻人的缺点

① Shakespeare. "Sonnet 36," https://www.opensourceshakespeare.org/views/sonnets/sonnet_view.php?Sonnet=36.

② 《莎士比亚全集》第 11 卷，梁宗岱译，人民文学出版社，1991，第 194 页。

只字不提，似乎是在设法讨好年轻人，看来他们的关系没有持续下去的可能了。诗人心中很失落，失去所爱使诗人感到颜面尽失。诗人处在两难的境地：如果他宣布对年轻人的爱，恐怕会有损年轻人的清名；如果年轻人公开赞美诗人，诗人又害怕因为自己而让年轻人蒙羞。但他又是多么渴望这种赞美啊！于是，在最后两行，诗人用祈求的语气说：

But do not so; I love thee in such sort
As, thou being mine, mine is thy good report.

可别这样做；我既然这样爱你，
你是我的，我的荣光也属于你。

Sonnet 96

Some say thy fault is youth, some wantonness,
Some say thy grace is youth and gentle sport,
Both grace and faults are loved of more and less:
Thou mak'st fauts graces, that to thee resort"
As on the finger of a thronged queen,
The basest jewel will be well esteemed:
As are those errors that in thee are seen,
To truths translated, and for true things deemed.
How many lambs might the stern wolf betray,
If like a lamb he could his looks translate!
How many gazers mightst thou lead away,
If thou wouldst use the strength of all thy state!
But do not so; I love thee in such sort,
As thou being mine, mine is thy good report. [1]

---

[1] Shakespeare. "Sonnet 96," https://www.opensourceshakespeare.org/views/sonnets/sonnet_view.php?Sonnet=96.

第 96 首十四行诗

有人说你的缺点在年少放荡；
有人说你的魅力在年少风流；
魅力和缺点都多少受人赞赏：
缺点变成添在魅力上的锦绣。
宝座上的女王手上戴的戒指，
就是最贱的宝石也受人尊重，
同样，那在你身上出现的瑕疵
也变成真理，当作真理被推崇。
多少绵羊会受到野狼的引诱，
假如野狼戴上了绵羊的面目！
少爱慕你的人会被你拐走，
假如你肯把你全部力量使出！
可别这样做；我既然这样爱你，
你是我的，我的光荣也属于你。①

——梁宗岱译

诗人说年轻人的魅力能够遮掩他的缺点，以至于他的缺点看上去好像还增添了他的魅力，这样的表达在莎士比亚的多首十四行诗中均有体现。中国古典诗学中有比兴的手法，"兴"指的是先言他物以引起所咏之辞。在接下来的四行中，诗人先写宝座上的女王手上戴的即使是最便宜的戒指，也会受人尊重，进而引出他要表达的意思：年轻人身上的缺点也会变成真理。这正是先言他物以引起所咏之辞的"兴"的手法。诗歌的最后一组四行诗表达的是年轻人的魅力具有很大的威力，而 lamb（羊）和 wolf（狼）的比喻则把诗人自己放在了一个令人同情的弱者的位置上。年轻人外表弱小如羊，但他的内心像狼一样狠，诗人担心年轻人披上羊的伪装来拐走诗人。

---

① 《莎士比亚全集》第 11 卷，梁宗岱译，人民文学出版社，1991，第 254 页。

　　在这两首十四行诗中，诗人写的主要是他们那分不开的爱已经成为一体，他在情感上无法与年轻人分离。这两首诗就像是一整首诗的上下阕一样。上阕第 36 首诗人写自己的缺点，而对年轻人的缺点只字不提，自己的缺点似乎才是造成他们分手的原因。在下阕第 96 首诗中，诗人写年轻人的缺点。我们注意到在诗歌顺序安排上，第 36 首和第 96 首十四行诗中间有了很长的间隔。当然，系列十四行诗的排序可能还涉及更加复杂的情况，也许诗人在原稿中的排序还有待我们进一步去考证，但是有一点我们是清楚的，那就是无论第 36 首和第 96 首十四行诗的原稿顺序如何，莎士比亚显然并没有打算把它们写在一起，使之成为紧密相连的诗篇。这说明莎士比亚在写这些十四行诗的时候，有意识地为主人公情感的发展、事件的进展留出了空间。在第 36 首十四行诗中，诗人只想通过忏悔自己的过错来赢得年轻人的同情，从而挽回他的心，而在第 96 首十四行诗中，诗人则直接指出年轻人的缺点，并表示这些缺点他也可以接受，他不会改变爱的心意。因此，这两首诗就表达出爱情发展的两个阶段。两首诗指向同一目标，就是祈求不要与爱人分离，所以两首诗歌最后的双行体是一模一样的诗句：

> *But do not so; I love thee in such sort,*
> *As thou being mine, mine is thy good report.*

> 可别这样做；我既然这样爱你，
> 你是我的，我的光荣也属于你。

　　在第 36 首十四行诗中，结尾处诗人祈求的是年轻人不要放弃对自己的赞美，因为"你是我的，我的光荣也属于你。"在第 96 首中，诗人祈求的是年轻人不要用欺骗来骗取自己的爱情，因为"你是我的，我的荣光也属于你。"下面我们重点看看这个双行体：

> *But do not so; I love thee in such sort,*
> *As thou being mine, mine is thy good report.*

从这些画线的词中，我们可以看到作者有意识地创造出一种你与我的对比之意。我们把诗中画线的部分单列出来，就形成了这样一种顺序：I-thee-thou-mine-mine-thy（"我—你—你—我—我—你"）。从这种安排中不难看出，诗人强调了两人之间相互依存、你中有我、我中有你的关系。诗中还有一个重要的修辞格式，那就是链式结构，即一句的结尾正好是下一句的开头。在诗歌的最后一行，mine 是前一个分句的结尾，又恰好是后一分句的开头。这种修辞在汉语中叫顶真，或者蝉联，是一种文字游戏。这种文字游戏可俗可雅，现在我们经常玩的成语接龙游戏其实就是一种蝉联修辞的实际应用，只不过这种游戏并不要求接龙的上下成语之间构成连贯的意义。在诗中，蝉联会成为一种有效的修辞手段，创造出不同凡响的意境。在李白的《白云歌送刘十六归山》中，诗人就大量运用了蝉联。

这首诗不愧叫作白云歌，处处都在写白云。在南朝时，陶弘景作诗云："山中何所有？岭上多白云。"山中多云霓，因而白云也便与隐士联系在一起。在李白的这首诗中，蝉联的使用让诗产生了一环套一环的感觉，诗人仿佛置身层峦叠嶂的山林间，看白云万里、绵延不绝，给人以视觉上的联想。我们注意到，诗中有类似于蝉联的表达式。例如：

> 楚山秦山皆白云，白云处处长随君。
> 长随君，君入楚山里，云亦随君渡湘水。
> 湘水上，女萝衣，白云堪卧君早归。[①]

第二行中的"云"、第三行中的"白云"都呼应了第一行中的"白云"；第二行的"随君"呼应了第一行的"随君"。整个诗篇就在极简的语言中，通过不断重复，强调人在云中走、云又随人走的意境。走到哪里都有云，云在哪里都随君，这样的美很简单，很纯粹。

莎士比亚的这个双行体与之类似，既有严格意义上的蝉联，又有类似于这种蝉联结构的表达，使双行体中回荡着你中有我、我中有你的旋律。

---

① 李白：《白云歌送刘十六归山》，古诗文网，https://so.gushiwen.org/shiwenv_eca2cd2a3f91.aspx。

这种蝉联除可以使诗歌的意义绵延，创造出符合诗歌意义的意境以外，还能够在表达中产生一种节奏组合。"说话者在回忆电话或社会保险号码时，常会对其进行有节奏的分组。例如，一串数字3415960，我们在复述时可以说成'341，59，60'。如以上例子所示，我们在具有实际意义的话语中，会根据类似长度内容所持续的时长来进行有节奏的分组，并常用重音、音高和停顿来划分不同的韵律单元。"①

在运用了蝉联的双行体诗中，我们应该注意到的一件事就是蝉联使韵律单元发生了改变。在"As thou being mine, mine is thy good report"（你是我的，我的光荣也属于你）这句诗中，两个mine连在一起，都成了重读音节，成为句中强调的重点。韵律单元被停顿划分成两个部分，分别表达相互对照的意思，这使得意思的表达更加鲜明，给读者留下了非常深刻的印象。

此外，对于这个在两首十四行诗中重复使用的双行体，我们还要追问一个问题，那就是这个双行体到底好在哪里，以至于诗人两次将其作为自己十四行诗的结尾。

这一次，我们从句法的角度来分析这个问题：

> *But do not so; I love thee in such sort,*
> *As thou being mine, mine is thy good report.*

> 可别这样做；我既然这样爱你，
> 你是我的，我的光荣也属于你。

这是一个祈使句，而且是一个否定祈使句。"否定词non和祈使句形式中的重读音节非常突出，处于韵律等级的最高层。现在，这种凸显也显示出附着词素在否定祈使句中处于次要位置，而且附着词素附近语音和韵律的弱化反过来又突出了重读音节。"②

---

① Boucher J. V. "On the Function of Stress Rhythms in Speech: Evidence of a Link with Grouping Effects on Serial Memory," *Lang Speech*, 49(2006) : 498.

② Franck, Floricic. "Negative-Imperative Clitic Placement in Italian: Syntax or Phonology?" *LACUS Forum(LACUSF)*, 28(2002) : 220.

　　细读这个双行体，我们就会产生这样的感觉：莎士比亚通过否定祈使句把重要的内容突出，给读者留下了深刻的印象。也许同样的语句也给诗人自己留下了深刻的印象，所以，他才会在第36首十四行诗中用过这个双行体之后，又在后来的第96首十四行诗中再次使用这种技法。

　　这种蝉联技法在诗人的最后一首，即第154首十四行诗中也有出色的运用：

Sonnet 154

The little Love-god lying once asleep,

Laid by his side his heart- inflaming brand,

Whilst many nymphs that vowed chaste life to keep,

Came tripping by, but in her maiden hand,

The fairest votary took up that fire,

Which many legions of true hearts had warmed,

And so the general of hot desire,

Was sleeping by a virgin hand disarmed.

This brand she quenched in a cool well by,

Which from Love's fire took heat perpetual,

Growing a bath and healthful remedy,

For men discased, but I my mistress' thrall,

Came there for cure and this by that I prove,

Love's fire heats water, water cools not love. [①]

第 154 首十四行诗

小小爱神有一次呼呼地睡着，

把点燃心焰的火炬放在一边，

---

① Shakespeare. "Sonnet 154," https://www.opensourceshakespeare.org/views/sonnets/sonnet_view.php?Sonnet=154.

一群蹁跹的贞洁的仙女恰巧
走过；其中最美的一个天仙
用她处女的手把那曾经烧红
万千颗赤心的火炬偷偷拿走，
于是这玩火小法师在酣睡中
便缴械给那贞女的纤纤素手。
她把火炬往附近冷泉里一浸，
泉水被爱神的烈火烧得沸腾，
变成了温泉，能消除人间百病；
但我呵，被我情妇播弄得头疼，
跑去温泉就医，才把这点弄清：
爱烧热泉水，泉水冷不了爱情。①

——梁宗岱译

　　这首诗以一个神话传说为依托，诗人在叙述这个神话时加进了更多的细节。诗歌把甜甜睡去的小爱神、活泼美丽又顽皮的小仙女刻画得栩栩如生，让人想起莎士比亚戏剧中出现的小仙子。虽然只是几行诗，却似一个微型剧，很有画面感。诗歌最后几行写诗人自己去找温泉水来治疗，却没有效果，于是诗人最后得出了一个富有哲理的结论：

Came there for cure and this by that I prove,
Love's fire heats water, water cools not love.

跑去温泉就医，才把这点弄清：
爱烧热泉水，泉水冷不了爱情。

　　这总的来说是一个总结，但是总结与结论不同。有时候，莎士比亚直接把矛盾摆在双行体中，什么都没有得到解决。这样的双行体让人感觉并不是一首十四行诗的收尾，反倒更像是一首十四行诗的开始。作为最后一

---

① 《莎士比亚全集》第 11 卷，梁宗岱译，人民文学出版社，1991，第 312 页。

首十四行诗，他这样收尾，大有言之不尽的意思。也许，莎士比亚无意中为自己再写一个十四行诗续集埋下了伏笔。当然，这个事情没有发生，但这首诗的结尾却让我们感觉这是可能发生的事情。

这首诗中的蝉联除具有以上举例分析的诗中蝉联效果外，还有一些特殊的效果。

"Love's fire heats water, water cools not love."（爱烧热泉水，泉水冷不了爱情。）这句也是用了否定式，起到了强调的效果。但我们这里主要谈"water，water"之间的逗号，这个逗号不仅使两个相邻的词语得以突出出来，更产生了一种空间感。

提到空间感，让我们先假设有一幅画，如果画面被物体充满，就像是一间屋子里堆满了各式各样的物件一样，那一定令人不舒服。这是因为任何物体的存在都需要空间，空间是保存物体的地方，而物体是需要呼吸的。当然，这不是生物学意义上的呼吸，而是审美意义上的呼吸。一个物体如果被挤压在一堆物体中间，它是没有自由空间的；同样，自由空间狭窄，人就会产生压抑感。为了让物体可以呼吸，我们就会留出空间，如同在建筑房屋的时候，要考虑一间房子与另一间房子之间的距离一样。在诗中，这样的空间感也是存在的。我们来看最后这句诗：

Love's fire heats water, water cools not love.

这句诗是个封闭圆形：以 love 这个词开始，以 love 这个词结束，中间却用一个逗号断开了。这样表达的意义何在呢？

为了论证这个问题，让我们做个假定。假如这句话换一种方式表达，会产生什么样的效果。我们设想出这样两种可能：

（1）*Love's fire heats water that cools not love.*（没有强调，重点全无。）

（2）*Love's fire heats water but water cools not love.*（用 but 替代了逗号，但是它好像是把诗歌喘息的空间给挤没了。）

看来，这个逗号是一个隐藏的点，它负责把我们引导到下半句，提醒我们下半句的重要性，而且在空间上赫然显示出与前一句的分离，实际作用有点像是说话和思考过程中的"等待时间"。逗号产生了词与词之间的空隙，将一个完整的句子分成两半，使前半句变成了一个既成事实的表述，而后半句成了可供期待的预期。当这句话终于完成以后，那个把一行诗断开的比较显眼的标点符号为我们的思考逻辑指明了方向。在最后一句诗中，首尾词语重复，中间的蝉联造成了周而复始的效果，使诗歌没有中断。在这句诗循环性的封闭空间中，因为有这个逗号的存在，所以诗句有呼吸的空间，产生了紧与松、虚与实的审美效果。

　　通过以上分析，我们认为词语在游戏中展现了丰富的联想和厚重的美感，词语的韵律获得了意义，词语的形态也获得了意义。双行体是语言文字游戏的高潮阶段，因为十四行诗的双行体出现在诗歌的结尾处，所以至关重要。诗人也充分地发挥了双行体的优势，把词语的力量发挥到了极致，也让词语在游戏中传达了美感。

　　双行体也会以格言的方式出现。格言式双行体成为十四行诗的一种特色。"格言（警句）"一词源于希腊语，指的是"一个整洁、机智、经常矛盾的评论。在诗歌或散文中，这是一个简短的陈述，它用几个词表达了许多意义，这些词可以是褒义的、讽刺的或格言式的。一句话的形式通常简短而干练，在措词上特别且相关，在内容上严肃或诙谐，在表达上诙谐幽默，并且富有深意。如果能恰当地运用到写作中，它会使一篇文章变得有趣、沉思和发人深省"。①

　　法国文学家、文艺批评家罗兰·巴尔特（Roland Barthes，1915～1980）在其著作《写作的零度》（*Writing Degree Zero*）中说："格言是一种坚硬、闪亮以及脆弱的事物，像是昆虫之胸甲。如昆虫，它也有刺，即那些尖锐的字词之钩，它们使其结束和完成使命，通过将其装备而使其封闭（格言因被封闭而获得装备），这个结构由何组成？由一些独立于语法之外稳定的成分，它们被一种并不属于句法的固定关系联结在一起。格言不仅是与话语分离的语句，而且是在此语句内部还有一种更精细的非连续性在支配着；一个正常的语句，一个被说的（parlee）语句永远倾向于解散和糅合其各个部分，使思想之流趋于平均。简言之，它按照一种显然未被组织过

---

　　① 王玉龙、张煜、张德玉编著《英语修辞学》，国防工业出版社，2007，第177页。

的过程前进。对格言而言，它是由诸多特殊单元组成的一般单元；它不只仅具骨架之外表（骨头是坚硬之物），而且具有其神奇性。"① 这是从结构主义的角度对格言下的一个定义。巴尔特通过分析格言中词语之间的结构关系来分析其内容表达上的特殊性。同时，他将格言比喻成有刺的昆虫，这个比喻很生动，因为它一针见血地指出格言在语义上的特征。格言是有刺的，比较锋利，会直接戳中人心。格言未必能够揭示全部真理，但是一定能揭示局部，即特定区域内的真理。有人说对于格言我们只能相信一半，这是因为没有放之四海而皆准的格言，正如没有放之四海而皆准的真理一样。格言有很强的独立性，它可以与话语整体分离，格言内部又具有很强的可塑性。因此，巴尔特说格言是神奇的，格言入诗也就并不奇怪了。

　　亚里士多德则从修辞学的角度给格言下了定义，他说："格言是一种陈述，但不是对个别事理——例如伊菲克剌忒斯是什么样的人——的陈述，而是对一般事理的陈述；但也不是对任何一种一般事理——例如直线是和曲线相反的——的陈述，而是对行动的陈述，说明人们有所为有所不为。既然修辞式推论几乎都是论证这种问题的三段论，那么格言就是修辞式推论去掉三段论形式以后剩下的结论或前提，例如：'一个头脑很清醒的人绝不应当把他的子女教养成太聪明的人。'这是一句格言；再加上理由和原因，整段话就成了修辞式推论，比如：'因为他们不但会得到书呆子的骂名，而且会招惹本地市民的恶意忌妒。'"② 警句格言历史悠久，在古希腊时期，epigram 是指刻在墓碑上的铭文，后来罗马诗人将其发展为一种简短、精辟、诙谐诗歌的形式。在文艺复兴时期，这种诗体在欧洲大陆流行，甚至有人认为最早的十四行诗有可能是由格言发展而来的。按照亚里士多德的说法，格言再加上解释原因的句子，就可以构成修辞式推论，而十四行诗中也存在不少修辞式的推论。这样推演下去，由格言变成最后的十四行诗也不是不可能的事。下面，我们举个例子来看一看格言式的双行体。在莎士比亚的第150首十四行诗中，我们就发现了这类格言式的双行体：

① 〔法〕罗兰·巴尔特：《写作的零度》，李幼蒸译，中国人民大学出版社，2008，第61页。
② 〔古希腊〕亚理斯多德：《修辞学》，上海人民出版社，2006，第127页。

Sonnet 150

O from what power hast thou this powerful might,

With insufficiency my heart to sway,

To make me give the lie to my true sight,

And swear that brightness doth not grace the day?

Whence hast thou this becoming of things ill,

That in the very refuse of thy deeds,

There is such strength and warrantise of skill,

That in my mind thy worst all best exceeds?

Who taught thee how to make me love thee more,

The more I hear and see just cause of hate?

O though I love what others do abhor,

With others thou shouldst not abhor my state.

If thy unworthiness raised love in me,

*More worthy I to be beloved of thee.*①

第 150 首十四行诗

哦，从什么威力你取得这力量，

连缺陷也能把我的心灵支配？

教我诬蔑我可靠的目光撒谎，

并矢口否认太阳使白天明媚？

何来这化臭腐为神奇的本领，

使你的种种丑恶不堪的表现

都具有一种灵活强劲的保证，

使它们，对于我，超越一切至善？

谁教你有办法使我更加爱你，

---

① Shakespeare. "Sonnet 150," https://www.opensourceshakespeare.org/views/sonnets/sonnet_view.php?Sonnet=150.

　　　　当我听到和见到你种种可憎？

　　　　哦，尽管我钟爱着人家所嫌弃，

　　　　你总不该嫌弃我，同人家一条心：

　　　　既然你越不可爱，越使得我爱，

　　　　你就该觉得我更值得你喜爱。①

　　　　　　　　　　　　　　　　——梁宗岱译

　　在这里，诗人没有反思自己的做法为什么不能得到情人的爱情，而是问情人有什么魔力能够牢牢地占据诗人自己的心。情人的魔力能够让诗人否定眼睛所见，否认像“太阳使白天明媚”（brightness doth not grace the day）这样显而易见的事实。在诗歌的第 5~10 行，诗人像在第 149 首诗中一样，也用了一连串问题来质问情人，到底有什么魔力能让诗人爱上她。whence、who 这些词语的使用加重了诗人探索的语气，中心问题就是情人有什么力量把丑恶变成了美善。情人本没有任何价值，但她的伎俩却可以让诗人死心塌地地爱上她。读到这里，连读者也会产生好奇心了。不过诗人并不想解释这份爱的原因，因为诗人也不可能把这个原因解释清楚，很可能是黑肤女人富有性的吸引力，也可能是情人眼里出西施，诗人的爱没有理性，全凭感官的引导。在诗歌的最后四行中，诗人对情人劝谏。一方面，诗人指出众人对情人的评价很低，她很不可爱，但是诗人还是爱着情人，不顾别人的看法；另一方面，诗人也像是在与情人谈条件。既然情人如此不可爱，诗人还可以爱她，那么诗人要求情人回报自己的爱情也是人之常情了。最后的双行体是格言式的，或者说警句式的，体现了一种智慧。最后双行体说出的事实正是我们人人所想、人人认可的事实，凝结了作者的智慧。

　　诗论家有言：“警句就是诗魂，‘吟安一个字，捻断数茎须’；‘二句三年得，一吟双泪流。’这般苦心推敲，真是要做到‘语不惊人死不休’了。于此我们得到一点启发，虽然说是意犹率也，要作好一首诗，当以意为主，而又往往总是先得句，然后足成之。这就叫做情思与意象同时到来。或先酝酿成熟，或由灵感触发，得到一句两句，再加经营敷陈，这是符合创作规律的。另一点启发是，古典诗词流传于后人口中的，除少数极短的

————————

　　① 《莎士比亚全集》第 11 卷，梁宗岱译，人民文学出版社，1991，第 312 页。

绝句外，大多数也还是其中一二警句：'海内存知己，天涯若比邻'；'欲穷千里目，更上一层楼'。"[1] 这就是说格言警句是诗歌的重中之重，它起到了画龙点睛的作用。同时，由于格言警句写得精辟，常常可以让人铭记于心。格言警句是智慧的结晶，非智慧无以造就这样的语言。

浪漫主义诗人柯勒律治写了一首小诗，题名是《何为警句?》（*What Is an Epigram?*）：

> *What is an epigram? A dwarfish whole*
> *Its body brevity, and wit its soul.*[2]

> 何为警句？侏儒其身，
> 简约其体，机智其魂。

——笔者译

柯勒律治这首关于警句的小诗概括了警句的形式和内容特点，可谓一针见血的精辟之论。

莎士比亚十四行诗中的双行体有时候只有其中一行使用警句，通常是最后一行作为警句。比如第154首十四行诗的结尾：爱烧热泉水，泉水冷不了爱情。（Love's fire heats water, water cools not love.）无论从表达形式上，还是内容上，这个警句都更符合柯勒律治对于警句的定义。在第122首十四行诗中，他再一次使用了格言式的双行体：

Sonnet 122

> *Thy gift, thy tables, are within my brain*
> *Full character'd with lasting memory,*
> *Which shall above that idle rank remain*
> *Beyond all date, even to eternity;*
> *Or at the least, so long as brain and heart*

---

① 公木：《公木文集》第6卷，吉林大学出版社，2001，第399页。
② 高奋编著《小说、诗歌与戏剧探寻之旅——英语文学导读》，浙江大学出版社，2013，第167页。

Have faculty by nature to subsist;

Till each to razed oblivion yield his part

Of thee, thy record never can be miss'd.

That poor retention could not so much hold,

Nor need I tallies thy dear love to score;

Therefore to give them from me was I bold,

To trust those tables that receive thee more:

To keep an adjunct to remember thee

Were to import forgetfulness in me. ①

第 122 首十四行诗

你赠我的手册已经一笔一划

永不磨灭地刻在我的心版上，

它将超越无聊的名位的高下，

跨过一切时代，以至无穷无疆：

或者，至少直到大自然的规律

容许心和脑继续存在的一天；

直到它们把你每部分都让给

遗忘，你的记忆将永远不逸散。

可怜的手册就无法那样持久，

我也不用筹码把你的爱登记；

所以你的手册我大胆地放走，

把你交给更能珍藏你的册子：

要靠备忘录才不会把你遗忘，

岂不等于表明我对你也善忘？②

——梁宗岱译

---

① Shakespeare. "Sonnet 122," https://www.opensourceshakespeare.org/views/sonnets/sonnet_view.php?Sonnet=122.

② 《莎士比亚全集》第 11 卷，梁宗岱译，人民文学出版社，1991，第 280 页。

　　年轻人送给诗人一个手册。至于他为什么送这个手册给诗人，诗中并没有明说，但是从诗歌内容可以推断出，年轻人似乎担心诗人忘记他，所以赠他手册，希望诗人可以用手册记下他们之间的情感故事。但诗人并不需要这个手册，因为他对年轻人的记忆已经刻印在了心版上，而且可以跨越时代，达到永恒。在诗的第 5~8 行，诗人写他永远都不会忘记年轻人。这部分诗行表达了诗人海枯石烂不变心的坚定决心。诗歌的第 9~12 行写的是诗人对手册的处理，即把手册扔掉了。诗人说要把年轻人交给更能珍藏其情感的小册子。当然，这些小册子应该指的是诗人对年轻人的永恒的记忆。虽然诗人这样做是为了表示他不需要小册子，也能够把年轻人记住，但把年轻人送给他的小册子随便扔掉，也不免让人感觉到他们的关系变得冷淡了。在最后两行，诗人又一次强调他对年轻人的记忆是永恒的，他永远不会忘记年轻人，所以根本不需要备忘录。"要靠备忘录才不会把你遗忘，/岂不等于表明我对你也善忘？"这一句之所以是一个格言式的双行体结构，是因为这一句可以单独成为一个包含某种真理的句子，可以脱离诗歌而存在，并成为我们认同的一种思想。从整个诗篇来看，这首诗中的想象力不是很强大，显得有些平庸。幸好诗歌最后的这个格言式双行体给整个诗篇增加了色彩，让诗歌有种灵动的感觉。备忘录是用于记录的，以防止忘记，但是诗人为了表明他对所爱之人的记忆是永恒的，便反其道而用这个意象，表明他对恋人永远都不会忘记。莎士比亚虽然偶尔在双行体中用到格言警句式的诗句，但是莎士比亚对这种格言警句式的双行体还是很小心的，因为诗人知道这样的句式一旦使用过于频繁，便有可能使诗歌陷入空洞。格言警句体现诗人的智慧，过多地运用格言警句就是玩弄智慧，而莎士比亚在他的许多诗中都表明情感的真诚才是至关重要的。在第 86 首十四行诗中，莎士比亚对于诗歌的智慧发表了他的看法：

Sonnet 86

Was it the proud full sail of his great verse,
Bound for the prize of all too precious you,
That did my ripe thoughts in my brain inhearse,

Making their tomb the womb wherein they grew?

Was it his spirit, by spirits taught to write

Above a mortal pitch, that struck me dead?

No, neither he, nor his compeers by night

Giving him aid, my verse astonished.

He, nor that affable familiar ghost

Which nightly gulls him with intelligence

As victors of my silence cannot boast;

I was not sick of any fear from thence:

But when your countenance fill'd up his line,

Then lack'd I matter; that enfeebled mine. ①

第 86 首十四行诗

是否他那雄浑的诗句，昂昂然

扬帆直驶去夺取太宝贵的你，

使我成熟的思想在脑里流产，

把孕育它们的胎盘变成墓地？

是否他的心灵，从幽灵学会写

超凡的警句，把我活生生殛毙？

不，既不是他本人，也不是黑夜

遣送给他的助手，能使我昏迷。

他，或他那个和善可亲的幽灵

（它夜夜用机智骗他），都不能自豪

是他们把我打垮，使我默不作声；

他们的威胁绝不能把我吓倒。

但当他的诗充满了你的鼓励，

---

① Shakespeare. "Sonnet 86," https://www.opensourceshakespeare.org/views/sonnets/sonnet_view. php?Sonnet=86.

我就要缺灵感；这才使我丧气。①

——梁宗岱译

  诗人在第 1~6 行中一连两次发问。诗歌是用过去时写的。在诗中，那个与诗人竞争的诗人显然占了上风，赢得了年轻人的爱情。诗歌开头用船只作比喻，那个竞争诗人目标明确，直奔目的而去。诗人问，是否因为这个竞争诗人的诗句写得太雄浑，是否因为这个竞争诗人发自心灵写出了超凡的诗句，让他的思想流产，让他的诗歌窒息。这连续的提问表明诗人内心十分焦急，想要知道答案；同时也表明诗人正在经历痛苦情绪的折磨。在接下来的第 7~12 行中，诗人回答了这个问题，回答十分巧妙，把那些可能原因一个个否定掉。"neither… nor"（既不是这样……也不是那样）句式的使用创造出一种悬念，让人想知道究竟是什么扼杀了诗人的创造力。诗歌最后两行给出了答案，原来是年轻人对那个竞争诗人的青睐让诗人失去了创造的力量。这既是对年轻人的责备，又是对诗人一片深情的委婉表达。

  在这首诗中，诗人说竞争诗人拥有了"智巧"（intelligence），我们之所以把 intelligence 翻译成"智巧"，是考虑到这个词所出现的语境，gulls him with intelligence 直译就是"用智巧来欺骗他"。莎士比亚的意思是，这个竞争诗人学来了一些不正经的东西。那教过他的幽灵实际上是在欺骗他，他学来了这些东西，再拿来欺骗人。于是，竞争诗人凭借着这些虚妄不实的谎话，把自己的诗歌装扮得气势雄浑，在与诗人的竞争中取得了胜利。但是莎士比亚对此不屑一顾，因为他在诗中表示他所重视、所钟爱的这个年轻人对诗人的竞争对手给予鼓励，年轻人不再在乎诗人，而转向诗人的竞争对手，这才是给诗人的最大打击。竞争诗人诗中的语言有气势，有智巧，智巧的内容再借助一定的语言形式就成了格言警句式的句子。在这首诗中，虽然诗人没有明确地指出他对格言警句的态度，但从他对诗歌中追求智巧语言的批判，我们可以推测出诗人对格言入诗是持否定态度的。

  为什么莎士比亚自己的十四行诗双行体中还会出现格言警句式的句子

---

① 《莎士比亚全集》第 11 卷，梁宗岱译，人民文学出版社，1991，第 244 页。

呢？首先，莎士比亚的双行体通常起到总结全篇中心思想的作用，如果格言警句恰好出现在双行体中，就进一步强化了双行体的总结功能，双行体也就不显得那么突兀了。而且莎士比亚还注意使双行体的格言与全诗的风格保持一致，使格言式双行体更加自然贴切。从风格来看，有些双行体中的警句是比较正式的风格，如上面提及的第150首十四行诗就是这种情形，而第154首十四行诗中出现的这个警句则更口语化。格言语言风格上的变化也要与整个诗歌统一，这样才不至于过于突兀，显得与整首诗篇不协调。第150首十四行诗的风格是朴素而正式的，所以最后的双行体格言警句也是朴素而正式的风格。而第154首十四行诗是借一个神话故事来写爱情，因此它的风格是活泼洒脱的，这种风格延续到后面的双行体中仍然没有变，所以这句"爱烧热泉水，泉水冷不了爱情"带着很强的画面感，展现在读者面前。第80首十四行诗中"要靠备忘录才不会把你遗忘，/岂不等于表明我对你也善忘？"的双行体写得也很平稳，有了上述诗歌中围绕备忘录展开的诗句，这个双行体的出现也就顺理成章了。也就是说，莎士比亚使用格言式双行体是诗篇发展的自然结果，并不是为了写格言而写格言。

其次，在莎士比亚的艺术主张中，他一直都反对矫揉造作的艺术，反对玩弄技巧。但他同时也是一个戏剧家。戏剧中为了塑造人物，有时候会给某些角色加上啰唆的念白，所以，莎士比亚偶尔也会不由自主地把戏剧中那种啰唆念白的风格拿来用在十四行诗中。从总体来看，莎士比亚的系列十四行诗是十四行诗的精品，这毫无疑问。但是，并非每一首都是精品，也有个别篇章写得过于浮躁，语言空泛，缺乏想象力。同理，莎士比亚虽然批判了故弄玄虚的语言，也不喜欢充满智巧的语言，但是他偶尔也会用这样的语言。自相矛盾之处常人不可避免，对艺术家来说同样如此。大千世界本就是充满矛盾、复杂混沌的，人类又怎么可能使自己的思想完全一以贯之呢？

格言式双行体若是用得好，就是顺理成章；若是用得不好，就是弄巧成拙，故意卖弄。纵观莎士比亚十四行诗中所用的格言式双行体，基本上是运用比较成功的，这也说明这些格言式双行体是他下意识使用的，是篇章自然发展的结果，并非诗人故意为之。水到渠成的格言式双行体是莎士比亚留给我们的艺术财富。

在莎士比亚之后，十四行诗中的双行体开始走下坡路。很少有人像莎士比亚那样热衷于把双行体放在十四行诗的结尾处，虽然这种用法也偶尔出现。这一点与弥尔顿的影响分不开。十四行诗在弥尔顿的手里获得了更大的表现力。弥尔顿的十四行诗以叙事见长，他的诗常常是连续性叙事，不像莎士比亚的十四行诗设定了一个叙事—转折—归纳的基本思路。弥尔顿的十四行诗常常只言一件事，而且是从头到尾贯通性地叙述。这样一来，双行体就显得无用，甚至成为障碍。叙事需要更自由、更宽松的风格，所以弥尔顿常常会放弃从修辞角度考虑如何推动叙事的发展。为了叙事的连贯，弥尔顿的诗歌中有很多跨行诗行，情之所至，言辞奔放，对句的结构淡出了弥尔顿的视野。

在 19 世纪英国浪漫主义时期，华兹华斯和济慈都推崇弥尔顿。彼特拉克式的前八后六结构、弥尔顿式的散文体风格对于追求精神自由的浪漫主义诗人更有吸引力。双行体的形式虽然偶尔会在他们的十四行诗中出现，但是他们对于双行体没有特殊的感情。再后来的十四行诗是在莎士比亚、弥尔顿、济慈、华兹华斯的共同影响下产生的，形式上更加多元化，也再没有十四行诗诗人能像莎士比亚那样如醉如痴地写双行体了。

第二节　三重结构体

十四行诗以书写爱情而著称。彼特拉克、锡得尼、斯宾塞、莎士比亚的十四行诗都书写爱情，探索爱这种情感的表现及其心理影响因素。所以，通常我们谈到十四行诗时，总会把它与书写儿女情长的文学、书写个人情感的文学联系起来。而弥尔顿的十四行诗题材十分广泛，他谈论政治和一些社会问题，提出了激进的观点，同时也书写有关个人情感的十四行诗。《哀失明》就是一首著名的咏叹个人遭遇的十四行诗。

弥尔顿 1608 年生于伦敦一个富裕的清教徒家庭。1625 年入剑桥大学，并开始写诗。弥尔顿精通多种语言，如英语、希腊语、拉丁语和意大利语。1641 年，在英国资产阶级革命中，弥尔顿站在清教徒一边，参与宗教论战。他 1644 年写了《论出版自由》，主张言论自由。1649 年，英国国王被推上断头台，共和国成立。弥尔顿为革命政府工作，担任拉丁文秘书。弥尔顿从 1644 年开始视力下降，1652 年因写《为英国人民声辩》（*A*

Defense of the English People）而过度劳累造成双目失明，时年 44 岁。1660年，王朝复辟，弥尔顿被捕入狱，后又被释放，从此专心著书，写了三首长诗：《失乐园》（1667）、《复乐园》（*Paradise Regained*，1671）和《力士参孙》（*Samson Agonistes*，1671）。1674 年，他卒于伦敦。弥尔顿是一位积极投身政治活动的诗人，他对欧洲的政治和宗教信仰都产生了深远的影响，文学上的成就也影响了几代欧洲文坛。"大鹏一日同风起，扶摇直上九万里。假令风歇时下来，犹能簸却沧溟水"（李白《上李邕》）正可用来形容弥尔顿生命不息，战斗不止的一生。

弥尔顿的诗《哀失明》写的是他人生中的一个重大事件——双目失明。这是一首写个人的诗，但又不仅仅是一首只写个人命运的诗。充满个人精神体验和生命感受的诗歌常常会因强烈的自我中心主义而变得乏味，但弥尔顿的诗不是这样。弥尔顿其人与其诗一样精彩，他的自我中心主义不会将人带入狭隘的天地，而会带给我们一个新的世界。"在《失乐园》中，的确，在他的每一首诗歌中，你看到的就是弥尔顿本人，他的撒旦（Satan）、他的亚当、他的拉斐尔（Raphael），甚至他的夏娃都是约翰·弥尔顿；正是这种强烈的自我中心主义，使我们在阅读弥尔顿的作品时得到了最大的乐趣。这样一个人的自我中心主义给人们以精神的启示。"① 莎士比亚的十四行诗具有游戏的性质，因而很通俗。弥尔顿则不同，在他的诗中，隐藏在情感背后的是成熟与伟大。读者要有成熟和健全的思想和人格，才可以真正读懂弥尔顿，真正理解其精神世界。"许多人都欣赏表达真诚感情的诗体，还有少数人能够欣赏技巧的卓越。但很少有人理解诗歌是有意义的感情的表现，这种感情只活在诗里，而不存在于诗人的经历中。艺术的感情是非个人的。诗人不可能达到这个非个人的境界，除非他把自己完全献给应该做的工作。"② 弥尔顿就是那种少数能够把自己完全奉献给工作与事业的人，所以他个人的情感并非只是诗人自我的情感，而是变成了非个人的、艺术的情感。

《哀失明》这首十四行诗属于彼特拉克体，韵律为"ABBA，ABBA，

① Parker, A. Reeve. "Wordsworth's Whelming Tide: Coleridge and the Art of Analogy," *Forms of Lyric*, (1970)：78.
② 《传统与个人才能》，《艾略特文学论文集》，李赋宁译，百花洲文艺出版社，1994，第11 页。

CDE，CDE"，由意大利式十四行诗的前 8 行（octave）和后 6 行（sestet）两个部分组成，使用的是五步抑扬格。

On His Blindness

John Milton

When I consider how my light is spent
Ere half my days, in this dark world and wide,
And that one talent which is death to hide
Lodged with me useless, though my soul more bent
To serve therewith my Maker, and present
My true account, lest He returning chide, —
Doth God exact day-labor, light denied?"
I fondly ask: —but Patience, to prevent
That murmur, soon replies; God doth not need
Either man's work, or his own gifts; who best
Bear his mild yoke, they serve Him best: His state
Is kingly; thousands at His bidding speed
And post o'er land and ocean without rest: —
They also serve who only stand and wait. [①]

哀失明

约翰·弥尔顿

想到了在这茫茫黑暗的世界里，

还未到半生这两眼就已失明，

想到了我这个泰伦特，要是埋起来，

会招致死亡，却放在我手里无用，

---

① 〔英〕弥尔顿：《哀失明》，〔英〕弗·特·帕尔格雷夫原编《英诗金库》，罗义蕴、曹明伦、陈朴编注，四川人民出版社，1987，第 368、370 页。

虽然我一心想用它服务造物主，

免得报账时，得不到他的宽容；

想到这里，我就愚蠢地自问，

"神不给我光明，还要我做日工？"

但"忍耐"看我在抱怨，立刻止住我：

"神并不要你工作，或还他礼物。

谁最能服从他，谁就是忠于职守，

他君临万方，只要他一声吩咐，

万千个天使就赶忙在海陆奔驰，

但侍立左右的，也还是为他服务。"①

——殷宝书译

有批评家指出，这首诗歌从根本上讲是一个三段论结构。此诗"可以称为一个假设三段论，结论是暗示性的或者可理解的。它运行如下。当我考虑（或如果我有时候考虑）我的失明时，我低声问一个问题：即使上帝拒绝我，他也希望我为他工作吗？（第一个前提）他耐心回答了这个问题，告诉我上帝并不需要我的劳动，甚至他自己的工作都有许多人为他做，我应该记住一个人站在他旁边就可以简单地为他服务（第二个前提）。结论隐含在最后一句话中：因此，只要站有那里，我就是在做上帝要求我做的"。②

第一个前提和第二个前提构成对话结构，第一个前提对应前 8 行，第二个前提加结论对应后 6 行。前 8 行描写诗人对自己失明的沉思。面对失明，壮志未酬的诗人陷入了深深的痛苦中，人生未过半，光明已耗尽。这样的痛苦是任何一个中年失明的人都能感受到的。对于这样一种人生际遇，诗人应该有多少话要说，有多少情感要倾诉呢。但是，诗人只集中于一点，创造出一个突出的矛盾，那就是失明与为上帝工作之间的矛盾。在后六行中，"忍耐"站出来发言，充当了一个劝慰者的角色。"诗人的光明耗尽了，他的天才无用了，但诗人不应该担负责任，这是上帝不公正。但

---

① 〔英〕弥尔顿：《哀失明》，〔英〕弗·特·帕尔格雷夫原编《英诗金库》，罗义蕴、曹明伦、陈朴编注，四川人民出版社，1987，第 369、371 页。

② Stroup, Thomas B. "'When I Consider': Milton's Sonnet XIX," *Studies in Philology*, 2(1972): 242.

诗人的抱怨是放肆的，'忍耐'很快插话来消除诗人的不满，打消诗人的疑虑，并通过传授神的旨意，给诗人以信念和希望。后 6 行诗中诗人转向心灵的平静，对上帝的信仰恢复了。"① 这里出现了一个明显的对话结构，即诗中主人公与"忍耐"的对话。在前八行中，主人公站出来讲话，陈述他的痛苦。第一行 when I consider how my light is spent（想到了在这茫茫黑暗的世界里）这样的开端让诗歌以沉思冥想的方式展开，冥想的特点为诗歌的发展奠定了基础。有批评家研究冥想这种人类思维的模式，对冥想的特点进行了如下总结："虽然冥想有时被用来与'精神练习''良心检查''沉思'或'思考'等其他术语松散地互换，但作家遵循的方法通常是来自'古代逻辑和修辞学原理'。冥想这一种形式，通常倾向于从一个特定的形势出发，通过分析这种情况，最终得出某种结论，并解决这个问题。此外，不需要有任何形式的裂变，我们看到冥想分解为三个不同的部分，对应于记忆行为、理解行为和意愿行为，我们可以称之为形成、分析和对话。"② 冥想结构的这种特征正好让诗人一边描述一边分析，把他的困境立体地展现在读者面前。

在后 6 行中，"忍耐"对主人公进行开导。"忍耐"这个抽象的名词被诗人拟人化了，仿佛是上帝的使者，来到了诗人的身边，给他抚慰。最后，主人公被劝服。前八后六的结构与对话双方发言的先后次序相吻合，前八后六的结构是表面上的结构，对话构成了一个隐性结构，两个结构交相呼应，使诗歌的逻辑更加明晰。

对话结构与隐含的劝诫结构相互呼应，这种情况在弥尔顿的另一首十四行诗《我 23 岁有感》中也出现了。我们来看这首诗：

On His Having Arrived at the Age of Twenty-Three
John Milton

How soon hath Time, the subtle thief of youth,

---

① Gossman, Ann, and George W. Whiting. "Milton's First Sonnet on His Blindness," *The Review of English Studies*, 12(1961): 366.
② Stroup, Thomas B. "'When I Consider': Milton's Sonnet XIX," *Studies in Philology*, 2(1972): 248.

Stolen on his wing my three-and-twentieth year!

My hasting days fly on with full career,

But my late spring no bud or blossom shew'th.

Perhaps my semblance might deceive the truth,

That I to manhood am arrived so near,

And inward ripeness doth much less appear,

That some more timely-happy spirits endu'th.

Yet be it less or more, or soon or slow,

It shall be still in strictest measure even

To that same lot, however mean or high,

Toward which Time leads me, and the will of Heaven;

All is, if I have grace to use it so,

*As ever in my great Task-Master's eye.*①

我 23 岁有感

约翰·弥尔顿

时间啊，青春的温柔的窃贼，

在他翅膀上带走了我 23 年的时光，

时光飞逝，大业未竟，

我的晚春也未见蓓蕾与花朵。

或许我外貌年轻可掩饰真相

仿佛我尚未接近成年，

可我的内心也未见得成熟，

不如我同辈人练达睿智，与年龄相适。

然而，无论成熟还尚存青涩，快速还是缓慢，

一切仍然不差分毫地走向同一命运，无论卑微或高贵，

时间牵引我，还有上天的意志，

---

① Milton, John. "On His Having Arrived at the Age of Twenty-Three," http://www.bartleby.com/4/111. html.

一切，只要我在主的眼中行事，

我便会把我此时的成熟运用得恰到好处。

——笔者译

弥尔顿的这首《我 23 岁有感》可能写于 1632 年，这一年是弥尔顿一生中具有转折意义的一年，此时他刚刚从剑桥大学毕业不久。这首诗从结构上讲是前八后六的形式。在第 1~8 行中，弥尔顿写时间流逝得很快，他的雄心壮志没有实现，因此心中焦虑。在后 6 行中，诗人认识到只要遵从上帝的旨意，去做上帝安排的工作，他的才智就能得到尽情的发挥。由此，他的焦虑得到了缓解。

在开头的第 1~2 行里，诗人写道：时间啊，青春的温柔的窃贼，/在他翅膀上带走了我 23 年的时光。"（How soon hath Time, the subtle thief of youth, /Stol'n on his wing my three-and-twentieth year!）在这里，诗人首先用了一个比喻，即时间像一只鸟儿，把诗人的青春挂在它的翅膀上偷走了。时间已逝，而事业未果，且 "But my late spring no bud or blossom shew'th."（我的晚春也未见蓓蕾与花朵。）诗人感觉前途未卜，因而忧心忡忡。在接下来的四行诗中，诗人想到："或许我外貌年轻可掩饰真相/仿佛我尚未接近成年，/可我的内心也未见得成熟，/不如我同辈人练达睿智，与年龄相适。"（Perhaps my semblance might deceive the truth/That I to manhood am arrived so near; /And inward ripeness doth much less appear, /That some more timely-happy spirits endu'th.）诗人想，或许自己长相年轻，不像成年人，似乎可以以此自我安慰，但他随即又否认了这一想法，因为自己的内心也和外貌一样不成熟。在这首诗的前 8 行中，诗人感叹时间流逝，与同辈相比，自己未有成就。弥尔顿对时间的理解很简单，上天所赐予的时光是用来完成某种伟大事业的，诗人的这种使命感已经渗透到诗歌的每一个微小元素上，让人可以感受到诗人内心因壮志未酬而产生的焦虑。

在《我 23 岁有感》的后 6 行中，诗人悟出要按照上帝的旨意，去做上帝安排的工作，这样，诗人的焦虑就得到了缓解。这里不像在《哀失明》那首诗中一样出现一个直接站出来的答话者"忍耐"，而是诗人的另一个自我与诗人进行了对话，而自我并没有名字：

Yet be it less or more, or soon or slow,

It shall be still in strictest measure even

To that same lot, however mean or high,

Toward which Time leads me, and the will of Heaven;

All is, if I have grace to use it so,

As ever in my great Task-Master's eye.

然而，无论成熟还尚存青涩，快速还是缓慢，

一切仍然不差分毫地走向同一命运，无论卑微或高贵，

时间牵引我，还有上天的意志，

一切，只要我在主的眼中行事，

我便会把我此时的成熟运用得恰到好处。

  时间仍然在流逝，只是诗人一想到自己是按照上帝的指引走向未来，他的心就平静了。他不再关注自己是成熟还是青涩，是卑微还是高贵，而是把自己交给上帝。前 8 行中愤懑的情绪被宗教的信仰抚平了。在后 6 行中，弥尔顿找到了人与上帝对话的方式。这也是弥尔顿的其他诗中经常出现的模式，即前 8 行陈述问题的存在，后 6 行解决这些问题。

  弥尔顿诗中的怨愤不是面对世俗人间产生的愤怒，而是站在上帝面前陈述的心中不平，志存高远的弥尔顿关注的个人命运并非个人在尘世间的得失，而是个人能否合格地为上帝服务。在这首十四行诗中，关于他到底羡慕同辈人什么，这个问题弥尔顿没有展开讨论。弥尔顿在前 8 行诗中只是说他羡慕同辈人的成熟，但是这个"成熟"的意思并不明晰，因为"成熟"这个词在弥尔顿的字典里有特殊的含义。对于弥尔顿这样一位献身于公众事务的政治人物兼诗人来说，"成熟"的内涵是丰富的，应该指思想、智力与行动上的某种高度，是指能够使弥尔顿在他的时代与他所信仰的上帝进行对话那样一个高度。弥尔顿并不想细数他怨愤的事情，因为一个怀着伟大理想的人不会去关注那些琐碎的事情。伟大的追求、崇高的理想使弥尔顿必须控制住自己的情感，这也使弥尔顿的诗耐人寻味，甚至厚重得有些压抑了。弥尔顿的欢乐是属于天国的，在沉静和稳重中，他承载着上帝的使命，一步步地向天国前进。

两首诗最后都通过对神的服从使诗人走出了困境。"为什么我们要服从神的意志——如果怀疑我们是否应当服从神而提出这个问题，这就是一个对神极为不敬和极其荒唐的问题——这只能有两种不同的回答。或是这样回答：我们应当服从神的意志，因为她是一个法力无边的神，如果我们服从她，她将无休无止地报答我们，如果我们不服从她，她将无休无止地惩罚我们；或者是：姑且不谈对于我们自己的幸福或对于任何一种报酬、惩罚的考虑，一个生灵应当服从它的创造者，一个力量有限的和不完善的人，应当顺从力量无限和至善至新的神，这中间有着某种和谐性和合宜性。"① 不管在这两首十四行诗中出场的对话人是"忍耐"，还是诗人的另一个自我，其实都一样，都是诗人的另一个我。这两首诗都建立在诗人两个自我的矛盾斗争这一前提下，其中一个是质疑宗教启示的自我，另一个是重新理解了宗教启示的自我。最后，找到新的宗教启示的自我成了胜利者，诗人也在新发现的宗教启示中得到了安慰。

总的来看，弥尔顿十四行诗中的情感是非常强烈的，但是弥尔顿并不在诗中尽情地宣泄这种情感。弥尔顿十四行诗的一个重要特点就是对情感的掌控。这并不是说他的诗歌缺乏情感，正相反，弥尔顿诗歌中的情感是非常饱满和真挚的。

诗人艾略特区分了个人情感和诗歌情感，他说，"诗人在任何程度上的卓越或有趣，并不在于他个人的感情，不在于那些被他生活中某些特殊事件所唤起的感情"。他的个人感情可能很简单、粗糙，或者乏味。他诗歌中的感情却会是一个非常复杂的东西，它的复杂性并不是那些在生活中具有非常复杂或异常的感情的人们所具有的感情复杂性。"实际上，诗歌中怪僻的错误之一就是去寻求新的人类感情来加以表达；正是这种在错误的地方寻求新奇的做法使诗歌暴露出违反常情的效果。诗人的任务并不是去寻找新的感情，而是去运用普通的感情，去把它们综合加工成为诗歌，并且去表达那些并不存在于实际感情中的感受。"② 在艾略特看来，诗中的情感不等于现实生活中诗人的个人情感。诗中的情感也可以是间接地来源

---

① 〔英〕亚当·斯密：《道德情操论》，蒋自强等译，商务印书馆，1997，第402页。
② 《传统与个人才能》，《艾略特文学论文集》，李赋宁译，百花洲文艺出版社，1994，第10页。

于生活，被诗人加工合成的。但就弥尔顿的《哀失明》这首诗来说，诗中的情感既是诗人个人生活中的现实情感，也是艺术加工后的情感。十四行诗的形式赋予这种情感以极强的表现力。

《哀失明》中的情感结构与前八后六的十四行诗结构相对应。诗歌前8行出现了情感控制结构，诗歌后6行运用了情感迸发结构。这里所说的"情感迸发"并不是指诗人的情感不受控制地被抒发出来，如炸弹爆炸的情形。"情感迸发"在弥尔顿的诗中实现了，不过情感并没有改变原来的形态和浓度，仿佛只是由一个小小的雪团，以奇妙的方式，瞬间变成了一个巨大的雪团，而不是这一个小小的雪团变成了漫天的雪花。其中的区别就在于，变成巨大的雪团之后，那情感的分量是巨大的、沉甸甸的。而变成雪花的情形则正好相反，是伤感小说里常有的情形，与缠绵悱恻有关，与伟大崇高无关。弥尔顿的情感迸发是与伟大和崇高有关的情感迸发，而不是伤感缠绵的抒怀。

在《哀失明》的前8行中，诗人先是陈述自己的境遇：

> When I consider how my light is spent
> Ere half my days, in this dark world and wide,
> And that one talent which is death to hide
> Lodged with me useless, though my soul more bent
> To serve therewith my Maker, and present
> My true account, lest He returning chide, —

> 想到了在这茫茫黑暗的世界里，
> 还未到半生这两眼就已失明，
> 想到了我这个泰伦特，要是埋起来，
> 会招致死亡，却放在我手里无用，
> 虽然我一心想用它服务造物主，
> 免得报账时，得不到他的宽容，

这里诗人所用的语气是散文式的，没有华丽的辞藻，没有奇妙的隐喻，这种平铺直叙手法使诗歌仿佛是一个人在讲述自己的遭遇，不需要对此进行任何修饰，因为这件事本身就是痛苦的。修饰是多余的，而不加任何修饰就是让痛苦赤裸裸地暴露出来。令人震撼的力量来自平铺直叙的写法。"诗人根本不是那种描写奇闻怪事之人，而是用自己的笔直抒胸臆的普通人，他的内心道白对任何人而言都是适用的。"[①] 接下来的两句把诗人的痛苦情感推向高潮：

Doth God exact day-labor, light denied?"
I fondly ask: —but Patience, to prevent

　　想到这里，我就愚蠢地自问，
　　"神不给我光明，还要我做日工？"

　　这一句诗正是前 8 行诗中的高潮。弥尔顿一直相信他辛勤写作所捍卫的是正义，是符合上帝意旨的，然而他却因此失明，这让他产生了强烈的困惑和不平。尽管如此，在上帝面前，诗人仍然是很谦卑的。诗中提到"我愚蠢地自问"（I fondly ask），fondly 是古语，意思是"不明智的、愚蠢的"，这个用词体现了弥尔顿在上帝面前的谦卑。这问话虽然掷地有声，但在上帝面前弥尔顿并没有丝毫的放肆，他不是直接质问上帝，而是怯生生地问这个问题。这样一种虔诚地对待宗教的态度才使得弥尔顿在此后的 6 行诗中很自然地转向了心灵的平静，并恢复了对上帝的信仰。

　　十四行诗是形式规范严谨的格律诗。然而，弥尔顿却在不经意间挑战了其清规戒律。在弥尔顿的十四行诗中，诗的语言和形式都要按照诗人的情感来安排。弥尔顿的十四行诗强烈地体现出这样一种特征，即诗歌的内容决定形式，而不是形式决定内容。在《哀失明》一诗中，内容是完全服从于形式的吗？我们来看这两句：

When I consider how my light is spent,
Ere half my days, in this dark world and wide,

---

① 《希腊的历史与文学》，《爱默生散文选》，丁放鸣译，花城出版社，2005，第 149 页。

> 在这黑暗的茫茫世界上，
>
> 人生未过半，就耗尽了光明，

诗中提到"in this dark world and wide"，这里的 world 和 wide 是名词与形容词并列，构成头韵。诗人不写 in this dark and wide world，而写 in this dark world and wide，体现的正是诗人要让十四行诗的形式服从于他的情感这种信念。从情感来讲，诗人先体验了世界的黑暗，因为黑暗才产生了下一个感觉，那就是世界的宽广（wide），而这种宽广的感觉不仅指对空间的感受，更是心里茫然不知所措的感受。这种感受唯有 in this dark world and wide（"在这黑暗的茫茫世界上"）这样的语言排列方式才能言尽，而 In the dark and wide world 这样的词语排列方式无法表达出失明的诗人面对世界时茫然和绝望的感受。在紧接着的第 3 行中，诗人用了一个连词 and（而且），营造出一种连绵不断的效果，仿佛诗人要把他的痛苦罗列出来。诗歌的情感表达控制得如此严密，但诗歌的情感却宛若悬河泻水，不可阻挡。

前八后六结构中的转折词通常出现在第 9 行的开头，而在弥尔顿的《哀失明》中，诗人对这种彼特拉克式的结构进行了调整，转折词 but（但是）出现在第 8 行的后半句，预示着这首十四行诗的后 6 句要表达的意思从此开始。这样，弥尔顿就打破了传统彼特拉克体的限制，在韵律不变的情况下，让诗歌形式按内容的要求发展下去。与此相应，弥尔顿用了许多跨行诗句，使得全诗气韵贯通，连绵不绝，更像是一首散文诗。而诗歌的最后一行是独立诗行："They also serve who only stand and wait."（但侍立左右的，也还是为他服务。）这一结论至关重要，是此诗的主题所在。诗人使用了一个独立诗行，意在清晰地表明思考的结论，给人留下深刻的印象。莎士比亚习惯了使用双行体作为诗歌的结尾，来概括诗歌的主题，但弥尔顿却只用最后一行概括诗歌的主题，这主要是因为弥尔顿在跨行诗行里已经把意思连成一片，并给予了充分的表达，最后一句得出结论则水到渠成。

弥尔顿跨行诗句的使用并非只产生了延绵不断的效果，有时候也会在延绵不断中产生奇峰突起的惊人效果。"弥尔顿十四行诗的语法是波涛汹涌的，突然出现的这一句'His state/Is kingly'并不是因为写得平静而受到注意的，恰恰相反，它是预示性的、精确的、突如其来的。"①

弥尔顿把诗歌的情感表达和情感控制有机结合起来，从而使他的诗歌获得了一种崇高的品质。关于自我控制这个问题，我只想进一步指出，我们对在最深重和最难以预料的不幸之中继续坚韧不拔、刚毅顽强地行动的人的钦佩，"总是意味着他对那些不幸的感觉是非常强烈的，他需要作出非常大的努力才能加以克制或控制"。② 也就是说，当我们钦佩那些战胜了苦难的人时，我们也同时承认了他们所经历的痛苦和他们在克服困难的过程中所付出的努力。这个命题反过来也是真实的，当我们认识到某个人战胜了巨大的痛苦、付出了常人难以付出的努力，这时候，我们就会对他肃然起敬。崇高和庄严的感受也就在这一刻产生了。我们喜爱这种感受，因为这种感受本身也带给我们快乐，正如亚当·斯密所说："造物主对处于不幸之中的人的高尚行为给予的回报，就这样恰好同那种高尚行为的程度相一致。她对痛苦和悲伤的辛酸所能给予的唯一补偿，也这样在同高尚行为的程度相等的程度上，恰好同痛苦和悲痛的程度相适应。为克服我们天生的情感所必需的自我控制的程度愈高，由此获得的快乐和骄傲也就愈大；并且这种快乐和骄傲决不会使充分享受它们的人感到不快。"③《哀失明》使我们在崇高的情感中感受伟大，产生对诗人的敬仰之情，在这里，我们必须强调的是敬仰而不是同情，并不是没有同情，而是敬仰的光芒淹没了同情。

弥尔顿情感控制的实现是内容决定形式的结果，而内容中包含的宗教性是诗人控制情感表达的内在驱动力。比如"泰伦特"这个《圣经》典故的使用表明弥尔顿即使在自己最痛苦的时刻也没有忘记宗教的启示。诗人的痛苦虽然无边无际，但宗教的依托使诗人的痛苦仍然处于神的力量掌控之下。强烈的宗教背景在很大程度上使这首诗变得厚重而深情，与那些没有宗教因素的诗相比，这一特点会看得更加清晰。下面我们就对比莎士比亚的第29首十四行诗与弥尔顿的《哀失明》。之所以把它们放在一起来对比，是因为这两首诗都是诗人对自身厄运的抱怨，具有相

---

① Bauschatz, Paul. "Coleridge, Wordsworth, and Bowles," *Style*, 1(1993): 17.
② 〔英〕亚当·斯密：《道德情操论》，蒋自强等译，商务印书馆，1997，第189页。
③ 〔英〕亚当·斯密：《道德情操论》，蒋自强等译，商务印书馆，1997，第178页。

同的主题。

Sonnet 29

When in disgrace with fortune and men's eyes,

I all alone beweep my outcast state,

And trouble deaf heaven with my bootless cries,

And look upon myself and curse my fate,

wishing me like to one more rich in hope,

Featured like him, like him with friends possessed,

Desiring this man's art, and that man's scope,

With what I most enjoy contented least;

Yet in these thoughts myself almost despising,

Haply I think on thee—and then my state,

Like to the lark at break of day arising

From sullen earth sings hymns at heaven's gate;

For thy sweet love remembered such wealth brings,

That then I scorn to change my state with kings.[1]

第 29 首十四行诗

当我受尽命运和人们的白眼，

暗暗地哀悼自己的身世飘零，

徒用呼吁去干扰聋聩的昊天，

顾盼着身影，诅咒自己的生辰，

愿我和另一个一样富于希望，

面貌相似，又和他一样广交游，

希求这人的渊博，那人的内行，

---

① Shakespeare. "Sonnet 29," https://www.opensourceshakespeare.org/views/sonnets/sonnet_view.php?Sonnet=29.

　　最赏心的乐事觉得最不对头；

　　可是，当我正要这样看轻自己，

　　忽然想起了你，于是我的精神，

　　便像云雀破晓从阴霾的大地

　　振翮上升，高唱着圣歌在天门：

　　一想起你的爱使我那么富有，

　　和帝王换位我也不屑于屈就。①

——梁宗岱译

　　从莎士比亚的第 29 首十四行诗中，我们可以清晰地看到诗人的人生价值取向。在诗歌的第 1~8 行中，诗人提出了一个假定，一个前提。诗人表示自己的生活很悲惨，别人拥有的幸福他都没有。前 8 行诗又分为两组四行诗，表达两层意思。在第一组四行诗中，诗人描述了一种自怨自艾的挫败者状态。在第二组四行诗中，诗人则展开书写他不快乐的原因。他似乎一无所有。在这世上，他既无金玉满堂，也无高朋满座；既非玉树临风，也非才华出众。种种上天恩赐的、能使人生快乐的禀赋以及世俗人间的赏心乐事，他竟无一占有，这怎么能不让诗人灰心绝望呢？莎士比亚将人生的种种不满诉诸笔端，倾泻而出，把他对人生的欲望做了列表式的描述。

　　诗在第 9 行出现了一个转折，由前 8 行的焦虑转为后 6 行的放松。在后 6 行诗中，诗人轻松到仿佛一下从尘世飞到了天庭，而这一切都是因为突然想起了"你"。"and then my state"直译是"我的状态"，这个状态与前 8 行中诗人那种自我贬低、抑郁沮丧的状态形成了鲜明的对比。诗人在这里用了一个意象，即云雀高歌振翅飞升的意象。这象征着诗人想起与年轻人（莎士比亚这首诗是写给所爱的年轻人的）之间的情谊时，内心无比幸福，这使他忘记了人世间的种种不愉快。云雀的意象非常饱满，它在天庭之门歌唱，像天使引人去往天堂。它振翅飞升，如此轻快，把诗人的郁郁寡欢一扫而空。

　　19 世纪的英国浪漫主义诗人雪莱也写了一首诗《致云雀》：

---

① 《莎士比亚全集》第 11 卷，朱生豪译，人民文学出版社，1991，第 187 页。

Hail to thee, blithe Spirit!

Bird thou never wert,

That from Heaven, or near it,

Pourest thy full heart

*In profuse strains of unpremeditated art.*①

你好呵，欢乐的精灵！

你似乎从不是飞禽，

从天堂或天堂的邻近

以酣畅淋漓的乐音，

不事雕琢的艺术，倾吐你的衷心。

——江枫译

有趣的是，在这首诗中，云雀也是在天堂附近歌唱并飞升，也同样带给诗人极度的欢乐体验。这种相似是无意的巧合，还是有意的模仿，这无从考证，但是莎士比亚和雪莱在运用云雀意象上存在惊人的相似，让我们看到诗人在对自然之物特性的理解与想象方面常有不期而遇的共鸣，而且雪莱的《致云雀》也很像是莎士比亚的这句关于云雀诗句的扩展版。

诗歌最后两行完全颠覆了诗人在诗歌前 8 行中表达的情绪。年轻人的爱给他带来了无价之宝，他再也不是那个需要羡慕他人的可怜人了，而是一下成了比帝王还富有的人，此时他幸福至极。在诗中，诗人的状态经历了从忧郁到快乐的巨大转变，仿佛从黑暗、痛苦的隧道冲进了阳光明媚、鸟语花香的天堂。

莎士比亚和弥尔顿的这两首诗都是感叹人生际遇的。诗人都发出了人生不如意的抱怨，都表达了在与他人相比时因感到不如别人而产生的失落情绪。但是在主题的处理上，两首诗歌展现了两种不同的人生价值取向。莎士比亚的诗体现了爱情至上的观点，诗中的主人公因为无法满足权力与金钱的欲望而苦闷，但是当他想到爱人时，便顿时从忧郁转向欢乐。诗人想借此说明爱情的巨大力量。莎士比亚在爱情的欢乐中沉醉，在十四行诗

---

① Shelley. "To a Skylark,"https://www.poetryfoundation.org/poems/45146/to-a-skylark.

的结尾，喜悦的花瓣轻轻松松地洒了一地。莎士比亚这首十四行诗的语气轻松欢愉，痛苦则像是花边一样的装饰，而弥尔顿《哀失明》的情感是崇高和克制的，没有装饰，体现出史诗般的庄严与伟岸。

　　该诗在内容上也呈现出一种对照结构，主要有四重对照：一是圣经中的庸才与诗人本人的对照，二是诗人的抱负与其厄运的对照；三是诗人自身对上帝旨意的理解与上帝真实用意的对照，四是人的世界与上帝的王国的对照。在四者的共同作用下，诗歌实现了主题和艺术的完美呈现，而且这些对照都是通过用典来完成的。

　　弥尔顿要怎样在短短的几行诗中倾诉自己心中的愤懑呢？他用了典故，让诗歌的内涵因典故而丰富深邃起来。下面我们先来分析"泰伦特"（talent）这个典故。talent 是"才能"之意，古时的 talent 是重量单位。One talent 就是"一千银子"，意指"庸才"。"泰伦特"这个典故来自《圣经·新约》的《马太福音》第 25 章。"天国又好比一个人要往外国去，就叫了仆人来，把他的家业交给他们；按着各人的才干，给他们银子；一个给了五千，一个给了二千，一个给了一千，就往外国去了。那领五千的随即拿去做买卖，另外赚了五千。那领二千的也照样另赚了二千。但那领一千的去掘开地，把主人的银子埋藏了。过了许久，那些仆人的主人来了，和他们算账。那领五千银子的又带着那另外五千来，说：'主啊，你交给我五千银子。请看，我又赚了五千。'主人说：'好，你这又良善又忠心的仆人，你在不多的事上有忠心，我要把许多事派你管理；可以进来享受你主人的快乐。'那领二千银子的也来，说：'主啊，你交给我二千银子。请看，我又赚了二千。'主人说：'好，你这又良善又忠心的仆人，你在不多的事上有忠心，我要把许多事派你管理；可以进来享受你主人的快乐。'那领一千的也来，说：'主啊，我知道你是忍心的人，没有种的地方要收割，没有散的地方要聚敛；我就害怕，去把你的一千银子埋藏在地里。请看，你的原银子在这里。'主人回答说：'你这又恶又懒的仆人，你既知道我没有种的地方要收割，没有散的地方要聚敛；就当把我的银子放给兑换银钱的人，到我来的时候，可以连本带利收回。夺过他这一千来，给那有一万的。因为凡有的，还要加给他，叫他有余；没有的，连他所有的也要夺过来。把这无用的仆人丢在外面黑暗里，在那里必要哀哭切齿了。'"弥尔顿用 one talent 来比喻自己的才能，表现出自己在上帝面前的自谦，同时也创造出一个对照结构。

在《圣经》中，那个得了一千银子的人没有做任何事情，因而受到了上帝的惩罚。弥尔顿不想像这个人一样，什么都不做，浪费自己的才能。他愿意把微薄的力量奉献给神，是神让他为自由而战，但是神却夺去了他的光明。这又形成了一层对照。

诗中的第三层对照是神的旨意与人的误解的对照。诗人以为神要他工作，这才是为神效忠，但是"忍耐"告诉他：

> *That murmur, soon replies: "God doth not need*
> *Either man's work or his own gifts; who best*
> *Bear his mild yoke, they serve him best. His state*

> 但"忍耐"看我在抱怨，立刻止住我：
> "神并不要你工作，或还他礼物。
> 谁最能服从他，谁就是忠于职守，

在诗歌的第 11 行中，诗人又用了"mild yoke"的典故。这个典故出自《马太福音》第 11 章。"11：29：Take my yoke upon you, and learn of me; for I am meek and lowly in heart：and ye shall find rest unto your souls."（我心里柔和谦卑，你们当负我的轭，学我的样式，这样，你们心里就必得享安息。）"11：30：For my yoke is easy, and my burden is light."（因为我的轭是宽适的，我的担子是轻省的。）诗人从《圣经》中找到了答案，揣摩出了上帝的意图。人对上帝意图的理解与上帝的真实意图之间形成了对照关系，从而完成对于神意的领会。

第四层对照是神的王国与人的世界的对照，在神的王国里：

> *His state*
> *Is kingly: thousands at his bidding speed*
> *And post o'er land and ocean without rest.*
> *They also serve who only stand and wait."*

> 他君临万方，只要他一声吩咐，
>
> 万千个天使就赶忙在海陆奔驰，
>
> 但侍立左右的，也还是为他服务。

　　神的王国是伟大的，众生忙忙碌碌，都在奔波以完成上帝的使命，而那站立等待的人也不例外。这站立等待之人就是像弥尔顿这样无法奔跑着去完成上帝使命的人。这样一来，诗人悟出了上帝的意图，消解了自己的焦虑。或许，这站立等待者将要承担上帝所赋予的更高级别的使命。这样想着，诗人把忍受失明的痛苦变成了侍奉上帝的另一种方式。

　　通常对这几句诗的理解是：上帝得到了天使们足够的服务，所以他并不要人做什么服务。"评论家和普通读者都认为这首诗记录了弥尔顿失明的沮丧情感以及后来他对一个没有希望的未来采取的和解态度，他只会等待上帝旨意。约翰·S. 史马特（John S. Smart）做出了很好的解释："当灾难是新鲜的时候被写成了诗，在他习惯于黑暗的生活之前，以沮丧和悲伤的心打开了心扉，这颗心又以平静的方式顺从合拢。因为此时弥尔顿似乎认为他的失明要结束自己作为一个诗人的生命了，而那些他早就梦想去写的伟大作品他不会去写了。"不过，有批评家争辩说："这种对比不是在天使和人之间，而是在两类天使之间，就是天使学中讲的两类主要天使：五类低阶天使和四类高阶天使。这四类高阶天使从不离开上帝，而是不断地侍奉在其身边并将其意志传达给低阶天使去执行。他认为弥尔顿用这样的类比意在说明他被上帝召唤去做更加崇高的服务了。"[①] 事实上，弥尔顿的伟大作品《失乐园》是在他失明后写成的，这就说明诗中所说的"侍立"（wait）并非我们通常所理解的那样，即诗人接受了失明这一现实并下决心忍受，而是另有一番深意。"他被上帝召唤去做更加崇高的服务"这种解释更合情理。他不仅不再抱怨，而且还要从痛苦中崛起。"在痛苦如此突然来临时——如果允许我这样提及它们的话——我认为，最明智和坚定的人会为了保持自己的镇定，不得不作出某种重大的甚至是痛苦的努力。他对自己的痛苦天然具有的感觉，他对自己的处境天然具有的看法，严酷地

---

① Pyle, Fitzroy. "Milton's First Sonnet on His Blindness," *The Review of English Studies*, 36(1958)：376-377.

折磨着他，而且不作出大的努力，他就不能够把自己的注意力集中在公正的旁观者所会具有的感觉和看法上。"① 这种努力的动力就是弥尔顿相信他仍然可以为上帝服务，这才是真正让他摆脱痛苦的良药。

而且"等待"这个词中也包含着深刻的宗教意味："'站着和等待的人'（stand and wait）是'这在天上侍奉上帝的天使，在世界各地执行他的使命和那些在地上虔诚敬奉上帝的人，他们知道只有卑微地接受上帝的指令并以极大的忍受力来实现上帝的旨意，才能在上帝面前得到认可。在《旧约》与《新约》中，'你要等候耶和华，你要壮胆，他必坚固你。心；号啕大哭，我说，在耶和华那里（诗篇 XXVII 14）'。'在主里休息，耐心地等待他，'（诗篇 XXXVII）'我们的眼睛仰望上帝。''我们的神，直到他怜悯我们'，（诗篇 CXXIII）。求你施恩于我们；我们等候你，以赛亚三十三。'还有主，让你的心进入神的爱里，进入病人的等待中'。"（帖撒罗尼迦 III）②

这样来看，诗中的"等待"和"mild yoke"典故一样，都具有宗教含义。这也说明，在诗歌结尾，诗人决心以谦卑之心来侍奉上帝，他最终在宗教启示中找到了面对厄运的办法。这首诗歌的对话结构体现的是诗人的一种宗教性思考，而最终诗人被宗教的信仰所说服，找到了心灵的平衡。

一首诗完全像一个有机体，它的结构很重要，是一个难以掌控的诗歌元素。好的结构有助于使诗歌成为完整的整体。抒情诗以优美的语言、动人的韵律和新颖的意象吸引我们的注意力。越是在这种情况下，我们往往越会忽略诗歌的结构。特别是短诗，我们多认为其对结构的要求没有那么严苛。在读一首短诗的时候，我们一般不会去想其结构存在与否。然而，这实际上是错误的观点。任何一首诗，不论其多么短小，结构都是存在的，而且起着重要的作用。

---

① 〔英〕亚当·斯密：《道德情操论》，蒋自强等译，商务印书馆，1997，第 178 页。
② Smart, J. S. *The Sonnets of Milton*, Oxford: Clarendon Press, 1966, p. 96.

参考文献

〔法〕H. 丹纳：《艺术哲学》，张伟、沈耀峰译，当代世界出版社，2009。

《公木文集》第 6 卷，吉林大学出版社，2001。

《济慈诗选》，朱维基译，上海译文出版社，1983。

〔美〕埃德蒙·威尔逊：《阿克瑟尔的城堡：1870 年至 1930 年的想象文学研究》，黄念欣译，江苏教育出版社，2006。

〔德〕埃德蒙德·胡塞尔：《笛卡尔沉思与巴黎讲演》，张宪译，人民出版社，2008。

《艾略特诗学文集》，王恩衷编译，樊心民校，国际文化出版公司，1989。

《艾略特文学论文集》，李赋宁译，百花洲文艺出版社，1994。

〔美〕保尔·德·曼：《阅读的寓言——卢梭、尼采、里尔克和普鲁斯特的比喻语言》，沈勇译，天津人民出版社，2007。

〔英〕勃朗宁夫人：《葡萄牙人的十四行诗》，方平译，https://baike.so.com/doc/4803394-5019686.html。

〔奥〕茨威格：《一颗心的沦亡：茨威格小说选》，高中甫等译，华夏出版社，2008。

崔莉：《文艺复兴时代文学巨匠及其经典作品》，中国青年出版社，2015。

〔英〕大卫·休谟：《人性论》，石碧球译，中国社会科学出版社，2009。

〔美〕道格拉斯·R. 霍夫施塔特、丹尼尔·C. 丹尼特编著《心我论：对自我和灵魂的奇思冥想》，陈鲁明译，上海译文出版社，1999。

〔美〕杜威:《经验与自然》,傅统先译,江苏教育出版社,2005。

〔美〕杜威:《艺术即经验》,高建平译,商务印书馆,2005。

〔德〕费尔巴哈:《基督教的本质》,荣震华译,商务印书馆,1984。

冯至:《十四行诗》,http://www.douban.com/note/579149902/。

〔英〕弗·特·帕尔格雷夫原编《英诗金库》,罗义蕴、曹明伦、陈朴编注,四川人民出版社,1987。

〔英〕弗吉尼亚·伍尔夫:《伍尔夫读书随笔》,刘文荣译,文汇出版社,2006。

〔德〕弗里德里希·尼采:《权力意志——重估一切价值的尝试》,张念东、凌素心译,商务印书馆,1996。

〔奥〕弗洛伊德:《自我与本我》,车文博主编,长春出版社,2004。

高奋编著《小说、诗歌与戏剧探寻之旅——英语文学导读》,浙江大学出版社,2013。

〔美〕哈罗德·布鲁姆:《影响的焦虑:一种诗歌理论》,徐文博译,江苏教育出版社,2006。

〔德〕黑格尔:《小逻辑》,贺麟译,商务印书馆,1980。

黄玫:《韵律与意义:20世纪俄罗斯诗学理论研究》,人民出版社,2005。

〔英〕吉尔伯特·赖尔:《心的概念》,徐大建译,商务印书馆,1992。

〔英〕济慈:《穆旦译文 济慈诗选》,穆旦(查良铮)译,人民文学出版社,2024。

〔印度〕克里希那穆提:《爱与思——生命的注释》,范佳毅译,华东师范大学出版社,2005。

〔美〕拉尔夫·沃尔多·爱默生:《爱默生散文选》,丁放鸣译,花城出版社,2005。

〔美〕勒内·韦勒克、奥斯汀·沃伦:《文学理论》,刘象愚等译,江苏教育出版社,2005。

〔美〕雷纳·韦勒克:《近代文学批评史》,杨自伍译,上海译文出版社,2006。

李白:《白云歌送刘十六归山》,https://so.gushiwen.org/shiwenv_eca2cd2a3f91.aspx。

里克编选注释《历代诗论选释》，昆仑出版社，2005。

林语堂：《女性·人生》，四川文艺出版社，1996。

刘放桐等编著《新编现代西方哲学》，人民出版社，2000。

刘岩：《中国文化对美国文学的影响》，河北人民出版社，1999。

〔法〕罗兰·巴尔特：《写作的零度》，李幼蒸译，中国人民大学出版社，2008。

〔美〕罗兰·斯特龙伯格：《西方现代思想史》，刘北成、赵国新译，中央编译出版社，2005。

〔德〕马克思：《1844年经济学哲学手稿》，人民出版社，2000。

〔英〕玛丽·伊格尔顿编《女权主义文学理论》，胡敏、陈彩霞、林树明译，湖南文艺出版社，1989。

〔法〕米歇尔·福柯：《主体解释学》，佘碧平译，上海人民出版社，2005。

〔法〕莫里斯·梅洛-庞蒂：《眼与心》，杨大春译，商务印书馆，2007。

《莎士比亚全集》第11卷，梁宗岱译，人民文学出版社，1991。

〔意〕索菲娅·罗兰：《女性与美》，谢舒译，中国文联出版公司，1986。

〔俄〕瓦·费·佩列韦尔泽夫：《形象诗学原理》，宁琦、何和、王嘎译，中国青年出版社，2004。

王玉龙、张煜、张德玉编著《英语修辞学》，国防工业出版社，2007。

〔美〕韦恩·A. 米克斯：《基督教道德的起源》，吴芬译，商务印书馆，2012。

〔俄〕维克托·什克洛夫斯基等：《俄国形式主义文论选》，方珊等译，三联书店，1992。

魏淼：《历史视角下的英美女性文学作品研究》，北京工业大学出版社，2017。

〔英〕锡得尼：《为诗辩护》，钱学熙译，人民文学出版社，1998。

许海山主编《欧洲历史》，线装书局，2006。

〔英〕雪莱：《雪莱抒情诗全编》，北京十月文艺出版社，2014。

《雪莱散文》，徐文惠、杨熙龄译，人民文学出版社，2008。

〔瑞士〕雅各布·布克哈特:《意大利文艺复兴时期的文化》,何新译,商务印书馆,2007。

〔英〕亚当·斯密:《道德情操论》,蒋自强等译,商务印书馆,1997。

〔古希腊〕亚理斯多德:《修辞学》,罗念生译,上海人民出版社,2006。

〔古希腊〕亚理斯多德、〔古罗马〕贺拉斯:《诗学·诗艺》,罗念生、杨周瀚译,人民文学出版社,1982。

〔法〕约翰·加尔文:《基督教要义》,钱曜诚等译,三联书店,2014。

赵树勤主编《女性文化学》,湖南师范大学出版社,2015。

钟玲:《美国诗与中国梦:美国现代诗里的中国文化模式》,广西师范大学出版社,2003。

Albergotti, Dan. "Sonnet Sonnet, " *European Romantic Review*, 4(2002)

Aquilina, Mario. "The Event of Style in Shakespeare's Sonnets, " *The Oxford Literary Review*, 1(2015) .

Baker, Jeffrey. *John Keats and Symbolism*, Sussex & New York: The Harvester Press & St. Martin's Press, 1986.

Balaev, Michelle. "Trends in Literary Trauma Theory, " *Mosaic: A Journal for the Interdisciplinary Study of Literature*, 2(2008) .

Bauschatz, Paul. "Coleridge, Wordsworth, and Bowles, " *Style,* 1(1993) .

Boucher J. V. "On the Function of Stress Rhythms in Speech: Evidence of a Link with Grouping Effects on Serial Memory, " *Lang Speech*, 49(2006) .

Braden, Gordon. "Wyatt and Petrarch: Italian Fashion at the Court of Henry VIII, " *Annali d' Italianistica*, 22(2004) .

Brooks, Gwendolyn. "The Sonnet-Ballad, " http://www. docin. com/p-442120853. html.

Coleridge. "On a Discovery Made Too Late, " http://www. Sonnets. org/coleridg. htm.

Coles, Kimberly Anne. "The Matter of Belief in John Donne's Holy Sonnets, " *Renaissance Quarterly*, 3(2015) .

Dawes, G. W. "The rationality of renaissance magic(Review) , " *Parergon*, 2(2013)

Donne, John. "La Corona, " http://www. luminarium. org/sevenlit/ donne/ lacorona. htm.

Dowden, Edward, ed. *The Poetical Works of William Wordsworth*. Ward, Lick & CO., Limited, 1940.

Dubrow, Heather. "' Incertainties now crown themselves assur'd' : The Politics of Plotting Shakespeare's Sonnets, " *Poetry Criticism*, edited by Michelle Lee, Vol. 98, Gale, 2009.

Erickson, Wayne. "The Poet's Power and the Rhetoric of Humility in Spenser's Dedicatory Sonnets, " *Studies in the Literary Imagination*, 38. 2(Fall 2005) .

Franck, Floricic. "Negative-Imperative Clitic Placement in Italian: Syntax or Phonology? " *LACUS Forum(LACUSF)* , 28(2002) .

Frisch, Andrea. "Decorum and the Dignity of Memory: Transformations of the Memorable in Renaissance and Reformation France, " *South Atlantic Review*, 4 (2018) .

Frost, Robert. " Mowing, " https://www. poetryfoundation. org/poems/ 53001/mowing-56d231eca88cd.

Giddings, Robert, ed. *Letters of John Keats*, Oxford: Oxford University Press, 1998.

Gil, Daniel Juan. " Poetic Autonomy and the History of Sexuality in Shakespeare's Sonnets, " *Poetry Criticism*, 98(2009) .

Gold, Nili Rachel Scharf. "Flowers, Fragrances, and Memories: The Different Functions of Plant Images in Amichai's Later Poetry, " *Hebrew Studies,* 33(Annual 1992) .

Gossman, Ann, and George W. Whiting. " Milton's First Sonnet on His Blindness, " *The Review of English Studies*, 12(1961) .

Hannan, Jim. " Crossing Couplets: Making Form the Matter of Walcott's Tiepolo's Hound, " *New Literary History*, 33. 3(2002) .

Hardison, O. B. . " Tudor Humanism and Surrey's Translation of the Aeneid, " *Studies in Philology*, 3(1986) .

Harrison, Antony. "Intertextuality: Dante, Petrarch and Christina Rossetti." *Victorian Studies*, 3(1983) .

Harrison, John Smith. *Platonism in English Poetry of the Sixteenth and Seventeenth Centuries*, New York: Columbia University Press, 1980.

Harrison, Ray. *Elizabethan Poetry*, New York: St Mar Tin's Press, 1960.

Hazlitt, William. *Lectures on the English Poets*, Oxford: Oxford University Press, 1952.

Henderson, Greig. "A Rhetoric of Form: The Early Burke and Reader-Response Criticism, " *Twentieth-Century Literary Criticism*, 286(2011).

Heninger, S. K. Jr. *Sidney and Spenser: The Poet as Maker*, Philadelphia: The Pennsylvania State University Press, 1988.

Hermann, Pernille. *The Journal of English and Germanic Philology*, Urbana: University of Illinois Press, 2015.

Highet, Gilbert. *The Powers of Poetry*, New York: Oxford Univer-sity, 1960.

Isobel, Armstrong. "D. G. Rossetti and Christina Rossetti as Sonnet Writers, " *Victorian Poetry*, 4(2010).

Iwańczak, Wojciecha. "Miles Christi: The medieval ideal of Knighthood, " *Journal of the Australian Early Medieval Association*, 8(2012).

Jen, Gish. *Tiger Writing, Art, Culture, and the Interdependent Self*, Cambridge: Harvard UP, 2013.

Jentoft, C. W. "Surrey's Four ' Orations' and the Influence of Rhetoric on Dramatic Effect, " *Papers on Literature and Language*, 9. 3(Summer 1973).

Jones, Llewellyn. "Art, Form and Expression, Essay, American Editor(1884-1961), " *Contemporary American Criticism*, (1926).

Keats, John. "On the Sonnet, " http://www. sonnets. org/keats. htm.

Kelley, Maurice. "Milton's Later Sonnets and the Cambridge Manuscript, "*Modern Philology*, 1(1956).

Lee, Sidney. "Sir Philip Sidney, " *Literature Criticism from 1400 to 1800*, 19 (1992).

Lynn-George, M. "Structures of Care in the ' Iliad' , " *The Classical Quarterly*, 1 (1996): 1.

Mandel, Naomi. "The Contours of Loss, " *Criticism,* 4(2008).

Mandlove, Nancy B. "Dialogue of Poets and Poetry: Intertextual Patterns in the Sonnets of Jorge Guillén, " *Anales de la Literatura Espanola Contemporanea*, 1-2 (1991).

Merriam Webster, ed. *Merriam Webster's Encyclopedia of Literature,* Springfield: Merriam-Webster, 1995.

Miles, Josephine. "Wordsworth: The Mind's Excursive Power, " Clarence D. Thorpe, Carlos Baker, Jr, Bennett Weaver, ed. *The Major English Romantic Poets—A Symposium in Reappraisal*, Carbondale: Southern Illinois University Press, 1957.

Milton, John. "On His Having Arrived at the Age of Twenty-Three, " http://www. bartleby. com/4/111. html.

Mrs. Browning. *Sonnets from the Portuguese,* http://www. gutenberg. org/files/2002/2002-h/2002-h. htm.

Obaña, Fe. "Discovering Chinese Poetry " (*The Diliman Review*, 18.1 (Jan. 1970).

Parker, A. Reeve. "Wordsworth's Whelming Tide: Coleridge and the Art of Analogy, " *Forms of Lyric*, (1970).

Parker, William Riley, and Fitzroy Pyle. "Milton's Last Sonnet Again, " *The Review of English Studies*, 6(1951).

Peterson, Douglas L. *The English Lyric from Wyatt to Donne*, Princeton: Princeton University Press, 1967.

Petrachy. "If my life ofbitter torment and of tears, " http://www. poetryintranslation. com/PITBR/Italian/Petrarch. htm#anchor_Toc13045770.

Petrachy. "Those Eyes, ' Neath Which My Passionate Rapture Rose, " trans. Thomas Wentworth Higginson, http://www. sonnets. org/petrarch. htm.

Pyle, Fitzroy. "Milton's First Sonnet on His Blindness, " *The Review of English Studies*, 36(1958).

Pyle, Fitzroy. "Milton's Sonnet on his ' Late Espoused Saint' , " *The Review of English Studies*, 97(1949).

Remoortel, Marianne Van. "(Re) gendering Petrarch: Elizabeth Barrett Browning's ' Sonnets from the Portuguese' , " *Tulsa Studies in Women's Literature*, 2 (2006).

Roche, Thomas P. Jr. *Petrarch, and the English Sonnet Sequences*, New York: AMS Press, Inc., 1989.

Rosen, Jonathan. "Return to Paradise, " *New Yorker*, 16(2008).

Roychoudhury, Suparna. "Anatomies of Imagination in Shakespeare's Sonnets, " *Studies in English Literature*, 1(2014).

Senna, Carl. *Shakespeare's Sonnets Notes*, Washington: Library of Congress, 2000.

Seward, Anna. "Autumn Leaves, " http://www. sonnets. org/seward. htm.

Shakespeare. " *Sonnets* 1-154, " http://www. opensourceshakespeare. org/views /sonnets/sonnets. php.

Sidney, Philip. "Astrophil and Stella Sonnets, " http://www.poetryintranslation. com/PITBR/English/Sidney1thru27. php.

Smart, J. S. *The Sonnets of Milton*, Oxford: Clarendon Press, 1966.

Spenser, Edmund. "Happy ye leaves! When as those lily hands, " http://www. sonnets. org/spenser. htm.

Spiller, Michael R. G. *The Development of the Sonnet: An Introduction*, London: Routledge, 1992.

Stroup, Thomas B. "'When I Consider': Milton's Sonnet XIX, " *Studies in Philology*, 2(1972).

Su, Hui, and Li Yinbo. "A Comparative Study on the Man-Nature Relationship and Its Presentation in Chinese and British Nature Poetry, " *Forum for World Literature Studies*, 4(2015):633.

Surrey. "Love that doth reign and live within my thought, " http://www. sonnets. org/surrey. htm#102.

Surrey. "Set me whereas the sun doth parch the green, " http://www. sonnets. org/surrey. htm#102.

Trillini, Regula H Ohl. "The Gaze of the Listener: Shakespeare's Sonnet 128 and Early Modern Discourses of Music and Gender, " *Music and Letters*, 1(2008).

Weiser, DavidK. "Theme and Structure in Shakespeare's Sonnet 121, " *Studies in Philology*, 2(1978).

White, Patrick. *The Tree of Man*, New York: The Viking Press, 1955.

Williams, Rhian, "' Our Deep, Dear Silence' : Marriage and Lyricism in the Sonnets from the Portuguese, "*Victorian Literature and Culture*, 1(2009) .

Wood, Chauncey. "Sin and the Sonnet: Sidney, St. Augustine, and Herbert's ' The Sinner' , " *George Herbert Journal,* 2(1992) .

Wyatt. *Sonnets,* http: // www. sonnets. org/ wyatt. htm.

Wyatt. "Like to these immeasurable mountains, " https: // genius. com/ Thomas-wyatt-like-to-these-immeasurable-mountains-annotated.

Zarnowiecki, Matthew. "Responses to Responses to Shakespeare's Sonnets: More Sonnets, " *Critical Survey*, 2(2016) .

图书在版编目（CIP）数据

英语十四行诗的历时演变与艺术传承／周桂君著.
北京：社会科学文献出版社，2025.1. -- ISBN 978-7
-5228-4005-5

Ⅰ.Ⅰ106.2

中国国家版本馆 CIP 数据核字第 2024D46A62 号

英语十四行诗的历时演变与艺术传承

著　　者／周桂君

出 版 人／冀祥德
责任编辑／王玉敏
文稿编辑／卢　玥
责任印制／王京美

出　　版／社会科学文献出版社·马克思主义分社（010）59367126
　　　　　　地址：北京市北三环中路甲 29 号院华龙大厦　邮编：100029
　　　　　　网址：www.ssap.com.cn
发　　行／社会科学文献出版社（010）59367028
印　　装／三河市东方印刷有限公司

规　　格／开本：787mm×1092mm　1/16
　　　　　　印 张：45.75　字 数：746 千字
版　　次／2025 年 1 月第 1 版　2025 年 1 月第 1 次印刷
书　　号／ISBN 978-7-5228-4005-5
定　　价／288.00 元

读者服务电话：4008918866